Randy Singer · Die Staatsanwältin

Randy Singer

DIE STAATS-ANWÄLTIN

Thriller

SCM Hänssler

SCM

Stiftung Christliche Medien

FSC www.fsc.org MIX Papier aus verantwortungsvollen Quellen FSC® C006701

SCM Hänssler im SCM-Verlag GmbH & Co. KG · 71088 Holzgerlingen
Internet: www.scm-haenssler.de; E-Mail: info@scm-haenssler.de

Originally published in English under the title: Last Plea Bargain

Übersetzung: Karen Gerwig
Umschlaggestaltung: OHA Werbeagentur GmbH, Grabs, Schweiz; www.oha-werbeagentur.ch
Titelbild: shutterstock.com; istockphoto.com
Satz: Satz & Medien Wieser, Stolberg
Druck und Bindung: CPI – Ebner & Spiegel, Ulm
Gedruckt in Deutschland
ISBN 978-3-7751-5419-2
Bestell-Nr. 395.419

Lob für Romane von Randy Singer

»Der Imam ist ein aufwändig konstruierter und fesselnder Justizthriller vor internationaler Kulisse. Zusätzlich zu Action und reichhaltigen kulturellen Details tragen die glaubhaften Charaktere die Handlung zu einer spannenden Auflösung.«

Faithfulreader.com

»Singers überragendes Erzähltalent steht seinem Wissen um das Gesetz in nichts nach. Wieder einmal führt er uns an den Abgrund und lässt uns dort hängen, bevor er uns kunstvoll zurückzieht.«

Romantic Times über *Der Imam*

»Machen Sie sich bereit, die großen Themen Wahrheit, Gerechtigkeit und Mut anzugehen. Leser werden gefesselt sein von der sachlichen Spannung der Gerichtsszenen und der emotionalen Spannung zwischen den Figuren.«

Crosswalk.com über *Der Imam*

»Ein Buch, das Leser unterhält und zum Nachdenken anregt – was will man mehr?«

Publishers Weekly über *Das Spiel*

»Singer hat einen raffinierten Roman geschaffen, eine perfekte Mischung aus Glaube und Spannung … [Das Spiel] ist temporeich bis zum überraschenden Schluss.«

Romantic Times

»Die Witwe ist eine gut konstruiertes Gerichtsdrama mit starken Figuren, überraschenden Wendungen und einem ansprechenden Thema.«

Randy Alcorn, Bestsellerautor

»Leser werden Singers neuesten spannungsgeladenen Thriller nicht mehr aus der Hand legen können.«

Christian Retailing über *Die Vision*

»Im Zentrum der Handlung stehen die moralischen Fragen, die zu Singers Repertoire gehören … ein fesselnder Thriller.«

Booklist über *Die Vision*

»Singer fesselt Leser von der Eröffnungsszene im Gerichtssaal an und treibt sie dann im schnellen Trott durch eine Handlung, die einfach alle Erwartungen erfüllt.«

Publishers Weekly über *Die Vision*

Für die Somerville-Mädchen
– Ginger, Alita und Sara –,
deren unablässiges Streben nach Gerechtigkeit
mich zu diesem Buch inspiriert hat.
Euer Vater war ein guter Mann.

Prolog

Die Sanitäter waren mit einer Schnelligkeit da, die Caleb Tate überraschte. Er empfing sie an der Eingangstür seiner Siebenhundert-Quadratmeter-Villa auf einem ausladenden Hügel mitten in Atlantas exklusivem Viertel Buckhead. Seine Freunde nannten es »das Haus, das auf Mord gebaut wurde«. Caleb Tate war schließlich einer der bekanntesten und berüchtigtsten Strafverteidiger von Atlanta – ein Ruf, den er schon seine ganze berufliche Laufbahn über hegte und pflegte.

Er ließ die Sanitäter herein und versorgte sie atemlos mit Einzelheiten, während sie ihm die Wendeltreppe hinauffolgten, immer zwei Stufen auf einmal nehmend.

Die Sanitäter hatten mit ihren Sauerstoffmasken und Defibrillatoren und all der anderen lebenserhaltenden Ausrüstung, die sie schleppen mussten, Mühe, mit ihm Schritt zu halten. Adrenalin pumpte durch Calebs Körper, und er fühlte sich wie in einem Albtraum, in einer Szene aus einem Horrorfilm.

Er stürmte ins Schlafzimmer und trat beiseite; er zitterte, während er die Szenerie in sich aufnahm, als sähe er sie zum ersten Mal. Seine Frau lag mitten im Zimmer auf dem Boden, ein Nachthemd um ihren Körper verdreht.

Er hatte sie vom Bett gehoben und auf den Teppich gelegt, um mit der Wiederbelebung anzufangen, hatte ihren Kopf nach hinten gebogen und sie beatmet.

Sie hatte gegurgelt und erbrochen, das Abendessen war über ihre Wange geflossen und hatte ihre braunen Haare verfilzt. Er hatte ihr das Gesicht mit dem Nachthemd gesäubert, ihren Kopf zur Seite gedreht und ihr mit zwei Fingern Mund und Rachen gesäubert. Dann hatte er ihren Kopf wieder nach hinten gebogen und mit der Wiederbelebung weitergemacht, wie wahnsinnig mit den Handballen ihre Brust gedrückt und tiefe Atemzüge in ihre Lungen geblasen. Er hatte laut gezählt, um sich selbst zu bremsen. Ständig hatte er ihren Puls gefühlt und gegen die aufsteigende Panik gekämpft.

Nach ein paar Minuten, vielleicht länger, hatte er den Notruf gewählt. Er wusste, es war zu spät.

»Gehen Sie besser hinaus in den Flur«, sagte ein älterer Sanitäter. Er kniete neben Rikki und schien so ruhig und unbeeindruckt, als müsse er nur eine Schiene an ein gebrochenes Bein anlegen.

Das Team schloss den Defibrillator an, aber auf der Anzeige stand: »Kein Schock ratsam.« Sie steckten Rikki einen Schlauch in den Hals, und eine Maschine begann, Atemluft in sie zu pumpen.

»Sie sollten wirklich besser draußen warten.« Diesmal klang der Mann mitfühlender. Er war ein großer Kerl mit schütter werdenden, grauen Haaren.

Doch Caleb konnte sich nicht rühren. Seine Füße waren wie einbetoniert, und der Raum begann sich zu drehen.

»Ich muss hierbleiben«, beharrte er mit leiser und abwesender Stimme. Er hörte die Sirenen von anderen Wagen, die in die Einfahrt fuhren. Blaues Signallicht pulsierte durch die Fenster. Polizisten eilten die Treppe herauf, und ein zweites Sanitäterteam folgte. Bevor Caleb wusste, wie ihm geschah, wimmelte das ganze Haus von Rettungspersonal. Jemand führte ihn sanft in den Flur, und die Fragen begannen. Wann haben Sie sie gefunden? Hatte sie vorher schon gesundheitliche Probleme? Welche Medikamente nahm sie ein? Wie lange waren Sie weg?

Stockend erklärte Caleb, dass er bei einem Freund gewesen sei, um sich ein paar Basketballspiele anzusehen. Er war neben Rikki ins Bett gekrochen, hatte ihr eine Frage gestellt und sie angestupst, als er keine Antwort bekam. Dann hatte er sie noch einmal angefasst und bemerkt, dass ihre Haut kalt war und sie nicht atmete. Von da an war alles wie in Trance passiert – aus dem Bett springen, Wiederbelebungsversuche starten, Hilfe rufen.

Er wusste nicht, wie lange die Sanitäter an ihr arbeiteten, bevor der ältere Herr mit grimmigem Blick in den Flur kam. »Es tut mir leid«, sagte er. »Wir haben getan, was wir konnten.«

Caleb spürte, wie seine Knie nachgaben, und packte den Arm eines Polizisten. Sie halfen ihm, sich auf den Boden zu setzen, und er senkte den Kopf zwischen die Knie, um zu Atem zu kommen.

»Das kann nicht wahr sein«, sagte er.

»Es tut mir leid«, murmelte einer der Polizisten.

Nach einer Weile schaffte es Caleb, langsam wieder aufzustehen und zumindest einen Anschein der Fassung wiederzugewinnen, die ihn zu einer so respekteinflößenden Größe im Gerichtssaal machte. Er schaute zur Schlafzimmertür und wollte hineingehen.

Eine Polizistin stellte sich ihm in den Weg. »Sie sollten besser nicht dort reingehen«, sagte sie.

Er schob sie behutsam zur Seite. »Das ist mein Haus.«

An der Tür blieb er stehen – im Raum lagen überall medizinische Geräte verstreut. Polizisten machten Fotos und wuselten geschäftig durcheinander, als sei das hier ein Tatort. Mindestens ein halbes Dutzend Leute erstarrten und sahen ihn an.

»Ich muss einen Augenblick mit meiner Frau allein sein.«

Die Polizisten und Sanitäter sahen einander an, und ein ranghöherer Polizist nickte. »Bitte bringen Sie nichts durcheinander«, sagte er. »Es ist nur Routine, aber wir brauchen alles genauso, wie wir es vorgefunden haben.« Die Leute gingen, ohne die Tür zu schließen. Zwei von ihnen blieben an der Tür stehen, in ein beiläufiges Gespräch verwickelt. Caleb wusste, sie beobachteten ihn.

Er ging zu seiner Frau und zog ihr Nachthemd hinunter, um ihren nackten Körper wieder zu bedecken. Er zog die Daunendecke vom Bett und legte sie über sie, steckte sie um ihre Schultern und unter ihren Füßen fest. Er strich ihr die Haare aus dem Gesicht und war erschrocken, wie sehr sie sich schon verändert hatte. Die Blässe. Der leblose Blick. Der Mund stand offen und sah aus wie ein angestrengter letzter Atemzug. Die Sanitäter hatten die Schläuche schon entfernt.

Er dachte an die Fotos, die die Polizisten gemacht hatten, und er wusste, dass sie weitergegeben und die Runde im Internet machen würden. Aber dagegen konnte er jetzt nichts tun.

Rikki Tate, die Frau des berühmten Strafverteidigers Caleb Tate. Im Leben ein Showgirl. Sie würde auch im Tod ein Showgirl sein.

Caleb spürte eine Hand auf seiner Schulter. »Es tut mir leid, Mr Tate, aber wir müssen Ihnen noch ein paar Fragen stellen.«

Caleb stand auf und erwiderte den Blick des Polizisten. Er konnte sich nicht an den Namen des Mannes erinnern, aber er hatte ihn schon mindestens ein oder zwei Mal im Kreuzverhör befragt. Jetzt war es genau umgekehrt.

Caleb war realistisch. Er wusste, dass er Feinde auf jeder Stufe der Strafverfolgungsbehörden in Atlanta hatte. Und er wusste auch, dass er, sobald die Autopsieergebnisse vorlagen, ihr erster und einziger Verdächtiger sein würde.

Caleb würde in vollem Umfang kooperieren. Er folgte dem Polizisten in den Flur und die Treppe hinunter ins Esszimmer. Er beantwortete alle Fragen, kämpfte gegen Benommenheit und Erschöpfung, während die Ereignisse der Nacht langsam in sein Bewusstsein drangen. Rikki war tot, und sie würde nicht zurückkommen. So jung. So viel Potenzial. So wild entschlossen, etwas aus ihrem Leben zu machen. So begeistert für ihren neu entdeckten Glauben.

Nichts davon zählte mehr. Es würde alles untergehen im Strudel der Gerüchte um die Drogen, die sie in ihrem Körper finden würden. Es war eine amerikanische Leidensgeschichte – schlicht und einfach.

Marilyn Monroe. Anna Nicole Smith. Und jetzt Rikki Tate.

1

Den vierten Tag hintereinander ging ich durch die gewundenen Flure des Piedmont Hospitals, meine Absätze klapperten auf dem Fliesenboden. Ich hatte mich mit der Zeit an den antiseptischen Geruch gewöhnt und an die langsamen, schwerfälligen Aufzüge, die mich in den dritten Stock brachten. Vor dem Zimmer meines Vaters spritzte ich mir ein bisschen Desinfektionsmittel auf die Hände, genau wie ich es ein paar Minuten zuvor getan hatte, als ich das Krankenhaus betreten hatte. Es war so etwas wie ein Ritual geworden.

Es war keine Krankenschwester im Zimmer meines Vaters, kein Anzeichen von etwas, das nach Leben aussah.

Mein Name ist Jamie Brock. Staatsanwältin in Milton County. Single, fleißig, keine Zeit für das männliche Geschlecht, abgesehen von meinem Vater, meinem schwarzen Labrador und den dreiundachtzig Angeklagten, die ich hinter Gitter zu bringen versuche.

Aber in diesem Moment, als ich mir einen Stuhl ans Bett meines Vaters zog und eine Hand auf seinen Unterarm legte, war ich außerdem Jamie Brock, Tochter meines Vaters.

Und mit achtundzwanzig Jahren sollte ich bald Waise sein.

Mein Vater hatte seit seinem zweiten Schlaganfall vor vier Tagen nicht mehr gesprochen. Der erste Schlaganfall hatte ihn in einen Mann verwandelt, den ich nicht wiedererkannte. Der scharfe Verstand und sein beißender Witz waren verschwunden, und an ihre Stelle war eine zerbrechliche und verwirrte Person getreten, die aussah wie mein Vater, aber Schwierigkeiten mit komplexen Sachverhalten hatte. Manchmal erkannte er nicht einmal Familie und Freunde. Seit dem zweiten Schlaganfall vegetierte er nur noch dahin. Er lag seit vier Tagen hier im selben Bett, an dieselben Maschinen angeschlossen, dieselben Krankenschwestern und Ärzte kümmerten sich um ihn. Sein behandelnder Arzt, ein kompetenter indischstämmiger Arzt namens Kumar Guptara, hatte mir gesagt, mein Vater werde sich nicht mehr erholen. Mich nie wieder beruhigend in den Arm nehmen. Seine Augen würden nicht mehr aufgehen und beim Anblick seiner einzigen Tochter leuchten. Er würde mir nie wieder sagen, dass er mich liebte.

Trotz Guptaras Pessimismus, den auch jeder andere Arzt teilte, den wir konsultiert hatten, hatte ich noch die vage Hoffnung, dass mein Vater eines Tages aufwachen und sich von den Maschinen lösen würde, sein Krankenhausnachthemd gegen seine eigenen Kleider tauschte und den Raum verließ, obwohl die Krankenschwestern ihm nachriefen, er solle hierbleiben. Mein Vater war ein Kämpfer. Diese Eigenschaft hatte ich von ihm geerbt.

Mein Bruder wollte die Geräte abschalten. Aber mein Dad, wie die meisten Anwälte, hatte sich um seine Mandanten gekümmert, bevor er sich um sich selbst gekümmert hatte. Er besaß keine Patientenverfügung, und die Ärzte waren nicht bereit, die Nabelschnur zu den Maschinen zu durchtrennen, solange die Kinder sich nicht einig waren. Vor allem, wenn eines der Kinder Anwältin war.

Und so streichelte ich seinen Unterarm und versuchte zu ignorieren, dass er vor meinen Augen verfiel, immer dünner wurde, obwohl er künstlich ernährt wurde, und man förmlich zusehen konnte, wie seine haarigen Arme trocken und spröde wurden.

»Hey Dad, ich bin's, Jamie. Sie sagen, du kannst mich nicht hören, aber wer weiß das schon sicher – stimmt's?« Der Raum war still, die Maschinen pochten rhythmisch, die Brust meines Vaters hob und senkte sich langsam.

Ich senkte die Stimme. »Noch vier Tage, Dad. Kannst du noch vier Tage durchhalten?«

Nach elf Jahren Berufungen sagten die Experten, diesmal wäre es endlich soweit. Antoine Marshall, der Mann, der drei Monate nach meinem sechzehnten Geburtstag in unser Haus eingebrochen war und meine Mutter getötet hatte, sollte die Todesspritze bekommen.

In dieser Nacht damals hatte er auch meinen Vater angeschossen und sterbend liegen lassen. Mein Dad hatte anderthalb Liter Blut verloren, aber überlebt und gegen ihn ausgesagt. Wie konnte ich ihn dann jetzt sterben lassen?

»Wir erwarten die Laborergebnisse für Rikki Tate für morgen«, erzählte ich meinem Dad. Ich berichtete ihm jeden Tag von dem Fall. Rikki war vor dem zweiten Schlaganfall meines Vaters gestorben, und wir wussten beide, dass an diesem Tod etwas faul war. »Caleb Tate redet sich schon heraus. Sagt, er habe von Rikkis Medikamentensucht gewusst, habe sie aber nicht davon abhalten können.«

Ich beugte mich dichter an sein Ohr. »Du hattest recht, Dad. Er hat sie vergiftet. Das kann ich riechen.«

Caleb Tate hatte Antoine Marshall in seinem Prozess vertreten. Ich würde den Tag nie vergessen, als er meinen Vater ins Kreuzverhör genommen hatte, den einzigen Augenzeugen des Verbrechens. Dad war ein großartiger Anwalt, aber es stimmt, was man sagt: Die besten Anwälte geben die schlechtesten Zeugen ab. Es war schmerzhaft gewesen, zusehen zu müssen, wie Tate die Zeugenaussage meines Vaters Stück für Stück auseinandergenommen hatte. Wäre Richterin Snowden nicht gewesen – die Jury hätte Marshall womöglich freigesprochen.

Ich nahm die Hand meines Vaters zwischen meine Hände. »Ich werde Caleb Tate festnageln«, versprach ich ihm. Antoine Marshall und Caleb Tate waren dafür verantwortlich, dass mein Vater hier lag. Er hatte die Schießerei überlebt, sich aber psychisch nie ganz erholt. Sie waren außerdem der Grund, warum ich seit drei Jahren bei der Staatsanwaltschaft arbeitete und noch in keinem Fall einen Vergleich geschlossen hatte. Selbst jetzt, als ich in das bleiche Gesicht meines Vaters blickte und ihm die grauen Haare aus der Stirn strich, fraß die Bitterkeit an meiner Seele wie der Krebs.

Mein Traum war, Caleb Tate innerhalb von dreißig Tagen nach der Hinrichtung seines ehemaligen Mandanten anzuklagen.

Mein Vater würde nicht dabei sein und sehen, wie seine Tochter das Andenken einer Frau rächte, die wir beide geliebt hatten. Aber ich würde es tun, um das Andenken meines Vaters zu ehren. Und ich würde es auf das Grab meiner Mutter schwören.

* * *

Zu Hause wartete ich an diesem Abend mit einer Mischung aus Vorahnung und Ekel auf den aktuellen Fernsehbericht über Antoine Marshalls Berufung. Ein Kollege aus der Staatsanwaltschaft hatte mich auf die Sendung auf WDKX aufmerksam gemacht. »Das zeigt, wie verzweifelt er ist«, hatte mein Freund gesagt.

Die Story war um sechs gesendet worden und sollte um elf wiederholt werden. Ein Sprecher kündigte die Reportage direkt vor der Werbepause an, und meine Handflächen begannen zu schwitzen. Ich wappnete mich innerlich, denn ich wusste: Marshalls Verteidigerteam machte vor nichts halt.

Nach der Werbepause schaltete der Sender zu einem Interview mit Professor Mason James von der Southeastern-Lawschool, Antoine Marshalls leitendem Berufungsanwalt.

Das Interview fand in James' vollgestopftem Universitätsbüro statt. Der Mann sah eher aus wie ein Wrestler als wie ein Professor. Er trug ein enges, schwarzes T-Shirt, das eine Bodybuilder-Statur zur Geltung brachte – muskulöser Hals, Trapezmuskeln, die sich abzeichneten wie Drahtseile, riesige Bizepse mit Tätowierungen, die beide Arme wie Ärmel bedeckten. Er war komplett kahl, mit dunkler Haut, eckigem Kinn und einer breiten Nase, die zu viele Fäuste gesehen hatte.

Er war, das wusste ich, das Aushängeschild der Southeastern – geliebt von den meisten Studenten, aber gehasst von Jura-Absolventen wie mir. Ein verurteilter Verbrecher, der bei einem Gefängnisaufstand einem Wärter das Leben gerettet hatte und vom Begnadigungsausschuss des Bundesstaates Georgia begnadigt worden war. Als einer von nur drei ehemaligen Straftätern, die als Anwälte in Georgia zugelassen waren, war er jetzt der Vorsitzende des *Innocence Project* der Southeastern-Lawschool, einer gemeinnützigen Kanzlei, die tonnenweise Berufungsanträge für verurteilte Verbrecher bearbeitete.

Die Kamera zoomte auf James, mit einem Whiteboard im Hintergrund. *Noch 4 Tage* stand darauf geschrieben.

»Ach, verschon mich!«, murmelte ich.

»Das können Sie nicht ernst meinen!«, sagte die Reporterin. Sie bezog sich auf James' neuesten Berufungsantrag.

»Todernst«, sagte James. »Verzeihen Sie das Wortspiel. Im Moment ist landesweit das Thiopental knapp – es gehört zu dem Cocktail aus drei Medikamenten, mit dem in Georgia Gefangene getötet werden. Meine Quellen sagen mir, dass der Staat das Medikament von einem Expresslieferanten bekommt, der aus einem Hinterzimmer einer Fahrschule in England operiert.«

James schaute mit festem Blick in die Kamera. »Sie würden nicht einmal Ihren Hund mit solchen Medikamenten einschläfern lassen«, sagte er. »Wir bitten nur um dreißig Tage Zeit für die Untersuchung.«

Ich blickte verächtlich auf den Schirm. Die Szene hätte lustig sein können, wenn der Hintergrund nicht so herzzerreißend traurig gewesen wäre. Antoine Marshall hatte meiner Mutter ohne nachzudenken in den Kopf geschossen, weil er Geld für Speed gebraucht hatte. Und jetzt, zwölf Jahre nach der Schießerei, elf Jahre nach seiner Verurteilung, beschwerte er sich über die Herkunft der Medikamente, die sie benutzen würden, um sein Leben auf sanfte Weise zu beenden.

Ich konnte es nicht erwarten, den Freitag hinter mich zu bringen.

2

Die Debatte fand im Auditorium der Milton-Highschool statt. Es war nicht einmal halb voll, und ich saß neben meiner Freundin und Mentorin Regina Granger, gleichzeitig auch meine Vorgesetzte bei der Staatsanwaltschaft von Milton County. Regina, eine kräftige und laute Frau, hatte ein ausgelassenes Lachen, das den Eindruck erweckte, sie sei warmherzig und knuddelig. War sie nicht. Regina war einer der taffsten Menschen, die ich kannte, eine Afroamerikanerin, die sich ihre Sporen vor dreißig Jahren in der Männergesellschaft von Milton County verdient hatte.

Wenn man in unserem County eines Verbrechens beschuldigt wurde, war die schlimmste Nachricht, dass Regina Granger den eigenen Fall übernommen hatte. In meinen drei Jahren bei der Staatsanwaltschaft hatte sie nicht einmal verloren.

Wir sahen den republikanischen Kandidaten für das Amt des Generalstaatsanwalts von Georgia beim Debattieren zu. Ich hätte lieber eine Wurzelbehandlung über mich ergehen lassen oder mir eine Oper angesehen. Regina und ich waren beide aus demselben Grund hier – unser Boss war einer der Kandidaten.

Bezirksstaatsanwalt William Masterson füllte jeden Zentimeter seines Stuhls in der Mitte des Tisches von Kandidaten aus, und noch ein bisschen mehr. Er war der John Madden* des Gerichts von Milton County – überzeugend, ruppig und bodenständig. Alle von der Staatsanwaltschaft liebten ihn oder respektierten ihn zumindest. Aber er steckte auch auf dem dritten Platz eines Rennens von fünf Kandidaten fest, und es waren nur noch vier Monate bis zu den innerparteilichen Vorwahlen.

Der führende Kandidat war der leitende Assistent des momentanen Generalstaatsanwalts, ein Mann namens Andrew Thornton. Im Gegensatz zu Masterson war Thornton dünn, belesen und todernst. Ich hatte ihn schon zweimal vor dem Berufungsgericht von Georgia gegen Antoine Marshalls Revisionen argumentieren sehen, hatte ihn telefonisch aber noch nie erreichen können. Er ließ jüngere Mitarbeiter der Generalstaatsanwaltschaft sich um lästige Opfer wie mich kümmern.

Gegen Ende der Debatte stellte der Moderator eine Frage zur Todesstrafe, und Masterson stürzte sich darauf. »Ich werde mich nie dafür entschuldigen, dass ich die Todesstrafe für diejenigen Mitglieder unserer Gesellschaft fordere, die kaltschnäuzige Gleichgültigkeit gegenüber dem Leben anderer zeigen. Es wird viel über die Rechte der Angeklagten gesprochen, aber ich kann Ihnen eines sagen …« Masterson machte eine effektvolle Pause, um sich die volle Aufmerksamkeit aller zu sichern. »In jedem Fall, in dem ich die Todesstrafe gefordert habe, hat das Opfer weit mehr erlitten als jeder Angeklagte, der vom Staat hingerichtet wurde. Ich könnte Ihnen ein paar grausame Geschichten erzählen, wie diese Opfer gefoltert, vergewaltigt und getötet wurden. Und im Gegensatz zu den Angeklagten hatten die Opfer keine Wahl.«

Es folgte vereinzelter Applaus von den Erzkonservativen, die zu der Debatte aufgetaucht waren. Ich fand das Ganze ein bisschen peinlich.

»Mein größtes Problem mit der Todesstrafe: Wir lassen zu, dass sich diese Fälle über Jahre hinziehen und die Steuerzahler Millionen kosten«, fuhr Masterson fort. »Im Publikum sitzt heute Abend eine meiner Mitarbeiterinnen, Jamie Brock.«

---

* John Madden ist in den USA eine Football-Legende; er war ein erfolgreicher Trainer und hat 30 Jahre lang als Fernsehkommentator die wichtigsten Spiele kommentiert (Anm. d. Red.)

Ich fühlte, wie mir die Röte ins Gesicht stieg, und ich wusste, was als Nächstes kam. Ich hasste es, die Opferkarte auszuspielen, und ich hasste es, wenn andere das für mich taten.

»Wie viele von Ihnen wissen, wurde ihre Mutter vor mehr als zehn Jahren von einem dreimaligen Straftäter namens Antoine Marshall getötet. Er sitzt immer noch im Todestrakt und geht gegen alles und jeden vor, der in den Prozess verwickelt ist, obwohl Jamies Vater, den dieser Mann ebenfalls anschoss, überlebte und ihn im Prozess eindeutig identifizierte. Deshalb ist Jamie heute Staatsanwältin.«

Masterson deutete im Publikum auf mich. »Jamie, würden Sie bitte kurz aufstehen?«

Ich warf ihm einen raschen Blick zu, um ihm zu verstehen zu geben, dass mir das gar nicht passte, dann stand ich auf und zwang mich zu einem Lächeln. Die Menge applaudierte höflich.

»Für mich ist Staatsanwalt zu sein nicht nur ein Job«, sagte Masterson. »Mir geht es genauso wie Jamie – unser Beruf ist unsere Berufung. Opfer haben Rechte, und sie haben ein Recht auf Gerechtigkeit.«

* * *

Als die Debatte vorüber war und Masterson jeden umgarnt hatte, der noch auf ihn zugekommen war, umarmte er mich. »Ich hoffe, ich habe Sie nicht in eine peinliche Situation gebracht«, sagte er.

»Doch, das haben Sie«, antwortete ich. »Aber Sie können es wiedergutmachen. Wir müssen reden.«

Masterson hob eine Augenbraue. »Kann das nicht bis morgen warten?«

»Es dauert nur fünf Minuten.«

Er grunzte zustimmend und beschloss dann, unser Gespräch wenigstens bei Kaffee und Eiscreme hinter sich zu bringen. Fünfzehn Minuten später saßen wir in einer »Applebee's«-Filiale, und Masterson ging die Debatte noch einmal durch und fragte mich nach meiner Meinung. Als sein Eis endlich kam, hatte er zwei Fragen. »Sind Sie sicher, dass Sie keines wollen?«

»Nein, danke.« Ich blieb bei meinem Kaffee.

»Worüber wollen Sie mit mir reden?«

»Rikki Tate.«

»Dann reden Sie.« Er nahm einen Löffel Eis.

Ich hatte meine Verhandlungsstrategie genau durchdacht. Ich wollte an dem Tate-Fall arbeiten. Ich sah Mastersons Einwand voraus, ich sei zu beschäftigt. Ich würde ihm antworten, dass ich Überstunden machen und meine anderen Fälle trotzdem erledigen würde. Dann würde er erwidern, ich hätte nicht genug Erfahrung für einen solchen Fall, und ich würde ihm anbieten, den Posten als zweite verfahrensführende Anwältin zu übernehmen. Er würde behaupten, ich sei zu sehr emotional involviert, und ich würde seine Rede von diesem Abend zitieren, als er gesagt hatte, als Staatsanwälte sollten wir in jedem Fall persönlich involviert sein. Wie ich es vor jedem Kreuzverhör tat, war ich das Gespräch in Gedanken hundert Mal durchgegangen und hatte eine Antwort auf jeden Einwand, eine Erwiderung auf jedes Argument.

»Ich würde gerne an dem Tate-Fall arbeiten«, sagte ich.

»Den bearbeite ich selbst«, antwortete Masterson und nahm einen weiteren Löffel Eis. »Aber ich könnte eine Stellvertreterin gebrauchen.«

Ich brauchte eine Sekunde, um den Gang zu wechseln – ich hatte eine Diskussion erwartet, keine Kapitulation. »Ernsthaft?«

»Unter einer Bedingung.«

»Alles!«, sagte ich eilig. Vielleicht zu eilig.

Masterson beugte sich vor und schuf damit diese schwergewichtige Ausstrahlung, mit der er jeden Verteidiger einschüchterte. Sein Blick machte mir nichts aus; ich wusste, er war nur ein großer Teddybär.

»Ich bestimme, wo es langgeht«, sagte er. »Ich werde Sie um Ihren Beitrag bitten, aber letztendlich treffe ich alle strategischen Entscheidungen. Falls wir vor Gericht gehen, werden Sie ein paar Zeugen übernehmen und vielleicht sogar die Eröffnung. Zum Henker, vielleicht lasse ich Sie sogar den ganzen Fall verhandeln. Aber wenn es darum geht, ob wir ihn anklagen, und falls ja, wofür – das ist alles meine Sache.«

Masterson musterte mich einen Augenblick, und ich wusste, ich hatte keinen Verhandlungsspielraum.

»Verstanden?«

»Alles, was Sie sagen, Boss.«

3

Auf dem Heimweg rief ich Regina an. »Er hat sich nicht einmal gewehrt«, sagte ich aufgekratzt. »Er sagte, ich könne die zweite Anwältin sein, solange er die Strategie bestimmt.«

Am anderen Ende der Leitung herrschte Schweigen, während Regina diese Information verarbeitete. »Das hatte ich befürchtet«, sagte sie schließlich.

»Häh?«

»Ich vermute, dass der Chef vorhat, Tate entweder nicht anzuklagen oder eine schnelle Einigung auszuhandeln. Und er weiß, wenn er dich mit im Boot hat, wird ihm die Presse in diesem Fall schwerlich vorwerfen können, zu nachgiebig zu sein, denn sie wissen, wie sehr du Tate hasst. Du bist sein Puffer, Jamie. Du fängst jede mögliche Kritik mitten in seiner Wahlkampagne ab.«

Daran hatte ich nicht einmal gedacht. Und einen Moment lang fragte ich mich, ob ich je auch nur eine halb so gute Anwältin werden würde wie meine Mentorin. Oder wie Masterson offensichtlich.

»Aber die Autopsie ist noch nicht einmal durchgeführt.«

»Wann hat der Chef das letzte Mal reagiert, statt selbst die Initiative zu ergreifen?«

Regina hatte recht.

»Du sagst also, ich sollte den Fall nicht übernehmen?«

»Nein; er will dich dabeihaben«, erklärte Regina. »Und du kennst Bill. Wenn er überzeugt ist, dass Tate seine Frau vergiftet hat, wird er mit einer Wasserpistole die Hölle stürmen, um ihn zu überführen. Er sorgt nur für Deckung, falls er beschließt, den Stecker zu ziehen.«

»Wie schön zu wissen, dass ich so wertgeschätzt bin«, sagte ich.

* * *

Meine Laune stieg, als ich mein Haus betrat und von meinem schwarzen Labrador wie ein Rockstar begrüßt wurde. Wir rauften eine Weile auf dem Boden und spielten Tauziehen mit ein paar abgenutzten verschlungenen Gummiringen. Er knurrte wie ein ganzer Kerl und ruckte mit seinen starken Halsmuskeln, um mir das Spielzeug aus den Händen zu reißen. Ich knurrte zurück, knuddelte ihn und machte ihm Abendessen. Er war seit mehr als zwölf Stunden im Haus eingesperrt gewesen und hungerte nach Aufmerksamkeit.

»Es war ein guter Tag für die Guten«, sagte ich zu Justice. Er blickte mit seinen bewundernden Welpenaugen zu mir auf und legte den Kopf schräg.

»Wir kriegen den Kerl«, versprach ich ihm.

4

Am Mittwoch klingelte mein BlackBerry-Wecker um fünf Uhr, eine halbe Stunde früher als sonst, und Justice beschloss, es sei Essenszeit. Normale Leute konnten ihre Schlummerfunktion gute fünfzehn oder zwanzig Minuten ausreizen, aber ich nicht. Wie ein pawlowscher Hund war Justice überzeugt, dass der Weckerton des BlackBerry allein für ihn geschaffen war und nur eines bedeute. Er schlug mit der Pfote nach meiner Hand, bis ich widerstrebend aufstand und nach unten in die Küche tappte. Ich machte eine Tasse Kaffee für mich und Frühstück für meinen Mitbewohner.

Ich lebte im Haus meiner Eltern, dem Haus, in dem ich aufgewachsen war. Es war ein hübsches Haus im vornehmen Viertel Seven Oaks von Alpharetta in Georgia. Das Haus war fast dreihundert Quadratmeter groß, und Justice und ich benutzten im Großen und Ganzen ungefähr vier Zimmer. Vor einem Jahr hatten mein Bruder Chris und ich beschlossen, dass mein Vater nicht mehr hier allein leben konnte. Chris war der Pastor einer kleinen Kirche im Norden von Georgia und hatte ihm angeboten, dass Dad zu ihm ziehen konnte. Doch die unabhängige Ader und die Sturheit meines Vaters machten diesen Plan zunichte. Uns wurde schnell klar, dass wir ihm nur helfen konnten, wenn Justice und ich zurück nach Hause zogen.

Dies war außerdem das Haus, in dem meine Mutter getötet worden war. Im ersten Monat, nachdem ich zurückgekehrt war, hatte ich jede

Nacht Albträume gehabt. Aber mein Vater hatte sich geweigert auszuziehen; er glaubte, das würde seine letzte Verbindung zu meiner Mom durchtrennen. Und so hatte ich das schicke, urbane Umfeld meines Apartments in Atlantic Station verlassen und war in die Vorstadt gezogen, in ein Viertel mit Familien und verheirateten Paaren, die mich und Justice warmherzig aufnahmen. Und jetzt, nach einem Jahr in einem Haus mit umzäunten Garten, zweifelte ich, ob ich je wieder in ein Studio-Loft zurückkehren könnte.

Ich ließ Justice zur Hintertür hinaus und begann, mich mental auf die Ereignisse des Tages vorzubereiten. Ich zog meine Trainingsklamotten an – eine lange Leggins und ein T-Shirt für einen frischen Märzmorgen. Justice und ich würden eine Runde in der Nachbarschaft laufen gehen, und gegen sieben würde ich auf dem Weg zur Arbeit sein.

Ich war die fleißigste Staatsanwältin in Milton County, und ich wollte es nicht anders. In meinem Bewerbungsgespräch mit Bill Masterson hatte ich ihm erklärt, dass Deals zwischen Anklagevertretung und Verteidigung – Absprachen, die Staatsanwälte in 90 Prozent ihrer Fälle trafen und die den Angeklagten im Austausch für ein Schuldeingeständnis eine kürzere Zeit im Gefängnis einbrachten – meiner Weltanschauung widersprächen. Er hatte mir erklärt, dass Milton County ungefähr achttausend Schwerverbrechen im Jahr verhandle, und dass das System ohne diese Absprachen zusammenbrechen würde. Wir einigten uns schließlich auf einen Kompromiss – ich würde in meinen Fällen keine Deals eingehen, solange ich meinen Job machte und genauso viele Fälle schaffte wie alle anderen. Es funktionierte. Viele meiner Angeklagten bekannten sich auch ohne einen Deal schuldig, in der Hoffnung, das Gericht würde Milde walten lassen.

Die Strafverteidiger hassten mich dafür. Selbst die Richter hielten mich für ein bisschen verrückt.

Um sieben ließ ich die Stille meines Zuhauses hinter mir und stürzte mich in den Verkehr auf den Nebenstraßen zum Büro. Unterwegs dachte ich über die Anträge nach, die Mace James die ganze Woche fieberhaft einreichen würde, und ich dachte an meinen Dad. Außerdem dachte ich an das Meeting, das das Highlight meines Tages werden würde. Die Autopsie an Rikki Tate war abgeschlossen.

* * *

Milton Countys beste Gerichtsmedizinerin, eine temperamentvolle Lady namens Grace O'Leary, sah nicht wie eine distinguierte Ärztin aus. Sie war klein und füllig, mit widerspenstigen schwarzen Haaren. Sie roch nach Zigaretten, was ich ironisch fand, denn ich wusste, sie hatte aus der Nähe gesehen, was der Krebs mit den Lungen eines Menschen anstellen konnte. Aber sie war unanfechtbar im Kreuzverhör, mit einer herausragenden Präsenz im Gerichtssaal.

Das erste Mal, als ich mit Dr. O'Leary gearbeitet hatte, hatte sie klargestellt, wer der Boss war. Ich war die zweite verfahrensführende Anwältin in einem Mordfall gewesen, und eine meiner Aufgaben war gewesen, O'Leary fürs Kreuzverhör vorzubereiten. Sie fasste meine Bestrebungen als persönliche Beleidigung auf und erinnerte mich daran, dass sie schon Autopsien durchgeführt hatte, bevor ich geboren war.

In typischer Jamie-Brock-Manier hatte ich sie trotzdem zu einem Treffen gedrängt, und sie hatte am Ende zugestimmt. Aber sie hatte Bedingungen. Das Treffen musste in ihrem Labor stattfinden; jeder Staatsanwalt sollte genau wissen, wie eine Autopsie durchgeführt wurde, ansonsten sei er nicht fähig, intelligente Fragen dazu zu stellen. Zufällig konnte sie unser Treffen direkt nach einer Autopsie am nächsten Tag dazwischenquetschen. Wie wäre es, wenn ich früher vorbeikäme, um zuzusehen? Ich hätte wissen müssen, dass das eine Falle war, aber ich bin Jamie Brock, Sportlerin und kompromisslose Staatsanwältin, die keine Angst vor ein bisschen Blut hat. Also nahm ich die Einladung an, als hätten wir uns zum Mittagessen verabredet.

An diesem Tag auf dem Weg nach unten ins Labor war O'Leary gesprächig und fröhlich. »Wussten Sie, dass *Autopsie* ein griechisches Wort ist, das ›Sehen Sie selbst‹ heißt?«

»Eigentlich nicht.«

»Ich bin genau wie jeder andere Arzt«, erklärte sie. »Meine Patienten sind nur zufällig tot. Trotzdem haben sie eine Geschichte zu erzählen, und es ist mein Job im Zeugenstand, ihnen dabei zu helfen.«

Mir wurde langsam klar, warum die Staatsanwälte sagten, O'Leary sei die beste Geheimwaffe, die wir in Milton County hatten.

Während der äußeren Untersuchung hielt ich mich recht gut – O'Leary notierte die Größe und das Gewicht des nackten, blauen Leichnams und diktierte Anmerkungen zu unveränderlichen Kennzeichen, Narben und Tätowierungen. Während sie plapperte, wurde mir langsam ein bisschen flau, allein bei dem Gedanken daran, dass der Mann vor uns vor nicht einmal achtundvierzig Stunden aufgehört hatte zu atmen. Die Leichenstarre hatte eingesetzt, und O'Leary behandelte ihn wie ein Stück Fleisch.

Meine Knie wurden weich, als sie den Y-förmigen Einschnitt von beiden Schultern nach unten durchs Brustbein machte und dann die Haut und das darunterliegende Gewebe zurückklappte. Ich wurde ohnmächtig, bevor sie dazu kam, das Gehirn zu entnehmen.

Als ich an diesem Tag in mein Büro zurückkehrte, fand ich heraus, dass bisher nur drei Staatsanwälte eine komplette Autopsie durchgestanden hatten. Aber es war mir ein bisschen peinlich zu erfahren, dass neun von zehn es weiter als ich geschafft hatten. Von da an beschloss ich, O'Leary habe die Prozessvorbereitung nicht nötig, die die meisten Zeugen brauchten.

»Jamie, wie schön, Sie wiederzusehen!«, sagte O'Leary, als ich ankam, um über Rikki Tates Autopsie zu sprechen. Dankenswerterweise unterhielten wir uns in ihrem Büro. Auf dem Weg dorthin hatte mir vor dem Gedanken gegraut, sie könne mich ins Labor einladen, damit wir reden konnten, während sie einen neuen toten Menschen zerstückelte.

»Wollen Sie sich setzen, bevor ich Ihnen die Fotos zeige?«, fragte sie.

»Danke«, sagte ich und setzte mich. Es war sinnlos, den Macho vor jemandem spielen zu wollen, der mich schon einmal dazu gebracht hatte, ohnmächtig zu werden.

In den nächsten Minuten ging Dr. O'Leary die Autopsie mit mir durch, illustrierte jeden Schritt mit eindeutigen Fotos und warf immer wieder Geschichten von anderen Autopsieopfern ein. O'Leary hatte keine Anzeichen von Traumata, Würgemale oder sonstige Hinweise auf eine Todesursache abseits einer Überdosis Drogen gefunden. Chronische Herzinsuffizienz und akutes Herzversagen hatte sie ausgeschlossen.

»Rikkis Lungen wiesen Ödeme auf, was ein gängiger Befund ist bei Leuten, die an Überdosen sterben. Es bedeutet, ihre Lungen waren mit

Flüssigkeit gefüllt und sie ist im Grunde erstickt. Es ist kein gängiger Befund bei Leuten, die an einer Herzrhythmusstörung sterben.«

Sie erklärte, sie habe Blut aus einer Oberschenkelarterie entnommen und dieses Blut und Rikkis Mageninhalt an das Toxikologielabor des Bundesstaates geschickt. Sie prüfte die genauen Zahlen auf dem Toxikologiebericht.

»Wir haben 134 Gramm Mageninhalt verschickt. Das Labor fand 16 Milligramm Oxycodon und 9 Milligramm Codein. Im Blut fanden sie 0,74 Milligramm pro Liter an Oxycodon und 0,27 Milligramm pro Liter an Codein.«

»Wie lassen sich diese Werte mit anderen Fällen aus ihrer Erfahrung vergleichen?«

»Sie sind toxisch«, sagte O'Leary bestimmt. »Das Codein allein hätte sie getötet. Das Oxycodon allein hätte sie getötet. Zusammen haben sie einen additiven Effekt und sind eindeutig die Todesursache. Bei Hospizpatienten kann man vielleicht manchmal höhere Werte finden, aber selbst für Süchtige sind diese Werte hoch.«

Ich hatte schon über den Flurfunk gehört, dass das Labor erhöhte Medikamentenwerte gefunden hatte. Aber das beantwortete nicht die wichtigste Frage: »Können Sie mir sagen, ob das eine versehentliche Überdosis war oder ob sie vergiftet wurde?«

O'Leary ordnete ihre Papiere und stapelte sie hübsch ordentlich. Wir waren fertig mit den harten Fakten. Jetzt kam die Analyse. »Das ist die Frage, nicht wahr?« Ohne auf meine Antwort zu warten, stürzte sie sich in ihre Theorie.

»Der beste Weg, das herauszufinden, wäre eine Laboruntersuchung der Haare. Medikamente und Drogen im Blut gehen über in die Haarwurzeln. Wenn die Haare wachsen, werden die Substanzen ein fester Bestandteil des Haares. Haare wachsen ungefähr einen Zentimeter pro Monat, man kann also bestimmen, wie lange sie den Substanzen ausgesetzt waren – je nachdem, wie lang die Haare sind. Rikki hatte kurzes Haar, aber man könnte trotzdem Daten für ungefähr sechs Monate bekommen.«

Bevor ich Fragen zu den Haartests stellen konnte, kam sie schon zu ihrem zweiten Punkt.

»Ebenfalls kurios ist, dass ich Promethazin in Rikki Tates Mageninhalt und Blut gefunden habe. Das ist ein Mittel gegen Übelkeit, das hilft, Betäubungsmittel im Organismus aufzunehmen. Das findet man normalerweise nicht, es sei denn bei einem recht erfahrenen Süchtigen, oder ein Arzt verschreibt Promethazin zusammen mit Oxycodon. Als ich Rikkis ärztliche Unterlagen geprüft habe, habe ich keine Verschreibungen solcher Medikamente gefunden.«

O'Leary schwieg und sah mich prüfend an. Sie wollte anscheinend, dass ich ihre Aussagen aufnahm und über die Schlussfolgerungen nachdachte, die für unseren Fall nichts Gutes bedeuteten.

»Wenn Sie glauben, Caleb Tate habe seine Frau vergiftet, müsste er ziemlich viel Erfahrung haben, um zusätzlich Promethazin zu verwenden. Und falls er so erfahren wäre, hätte er wahrscheinlich Medikamente genommen, die schwerer zu entdecken sind.«

»Wo könnten wir ihre Haare analysieren lassen?«

O'Leary stopfte die Fotos und den Autopsiebericht zurück in ihren Ordner. »Es gibt ein Labor in Washington, D. C., das *National Toxicology Testing* heißt. Sie sind die Besten in diesem Bereich. Sie müssten uns sagen können, wie lange Rikki Tate die Medikamente zu sich genommen hat.«

»Versuchen wir es«, sagte ich. Aber ich hatte keine große Hoffnung. Caleb Tate war nicht dumm. Falls er kaltblütig und durchtrieben genug war, seine Frau zu vergiften, hätte er sich erkundigt. Er hätte die Drogen nach und nach in ihr Essen gemischt, über einen längeren Zeitraum hinweg, der in einer massiven Überdosis mündete. Er wüsste alles über Haartests. Und er würde es benutzen, um zu beweisen, dass Rikki Tate diese Medikamente schon sehr lange nahm.

5

Am Donnerstagnachmittag, einen Tag nachdem die Autopsieergebnisse veröffentlicht worden waren, machte ich es mir auf einem der Lederstühle in unserem Hauptkonferenzraum bequem, um mir die Pressekonferenz zum Fall Caleb Tate anzusehen. Andere Kollegen waren vor Gericht beschäftigt, aber ich hatte eine Freundin überredet, meine Termine an diesem Nachmittag zu übernehmen. Zwei Büroassistenten gesellten sich zu mir, während ich darauf wartete, dass der Nachrichtensender sein normales Programm unterbrach.

Rikki Tates Tod dominierte bereits die lokalen Nachrichtensendungen und hatte sogar ein paar landesweite Erwähnungen erhalten. Bevor sie nach Atlanta gezogen war, hatte Rikki in Las Vegas als Showgirl gearbeitet. In Atlanta hatte sie ein bisschen gemodelt und für einen exklusiven Begleitservice gearbeitet. Als das Sittendezernat von Milton County Rikki unter Druck gesetzt hatte, gegen die Geschäftsführung der Firma auszusagen, hatte sie Caleb Tate angeheuert. Er hatte einen Deal für sie ausgehandelt. Rikki arbeitete eng mit Bill Masterson und anderen zusammen, sagte gegen die Zuhälter und Freier aus - auch gegen ein paar von ihren eigenen Kunden - und entging so einer Gefängnisstrafe. Weniger als ein Jahr später wurde sie Caleb Tates Vorzeigepüppchen. Und jetzt, nach zwölf Jahren Ehe, war sie tot.

Was den Fall noch faszinierender machte, war, dass Rikki ungefähr anderthalb Jahre zuvor eine pressewirksame religiöse Bekehrung erlebt hatte, mit der christliche Gruppierungen im ganzen Land warben. Sie hatte Webseiten verklagt, die Nacktfotos von ihr zeigten, und hatte einstweilige Verfügungen beantragt, weil die Verträge, die sie unterzeichnet hatte, sittenwidrig waren. Pornofirmen schlugen Alarm und behaupteten, dass alle ihre Darstellerinnen mit dieser Begründung von ihren Verträgen zurücktreten konnten, wann immer sie wollten. Es hing eine Menge ab von Rikkis Fall, der in diesem Moment immer noch in der Ermittlungsphase war.

Die Autopsieergebnisse befeuerten die Kontroversen. Manche behaupteten, das sei der Beweis, dass Rikki Tate sich nie ehrlich verändert hatte, dass ihre Bekehrung und die Anklagen nur Werbegags seien. Andere behaupteten, ihre Veränderung sei echt und habe Probleme in der Ehe verursacht, die schließlich zu ihrer Ermordung führten. Zu diesem Lager gehörte ich. Und dann waren da noch die Verschwörungstheoretiker, die überzeugt waren, Rikki sei irgendwie von Auftragskillern der Pornoindustrie vergiftet worden.

Tate hielt seine Pressekonferenz in einem eleganten Konferenzraum seiner Kanzlei ab. Die Wand hinter ihm diente als Werbetafel für seine Dienste – die Worte *Tate & Partner* prangten darauf in großen, erhabenen goldenen Lettern. Der Raum war mit dunklem Holz getäfelt und mit Originalölbildern eines impressionistischen Künstlers geschmückt. Tate hatte am Ende eines polierten Eichentisches ein Pult aufgestellt.

Er trug seinen neuesten Designeranzug; jedes Haar saß, und er sah gebräunt aus, als sei er gerade aus einem Urlaub in Hawaii gekommen. Er war schlau genug, um düster und todunglücklich zu wirken, und ich wurde wieder daran erinnert, was für ein großartiger Schauspieler er während Antoine Marshalls Prozess gewesen war.

»Mein Name ist Caleb Tate, und ich habe diese Pressekonferenz einberufen, um auf die Gerüchte über meine Frau und die Umstände ihres Todes zu reagieren.« Tate hob den Kopf und blickte mit blutunterlaufenen Augen und dunklen Augenringen in die Kamera. Entweder hatte der Mann wach gelegen und geweint, oder er hatte einen guten Visagisten. »Ich habe heute nicht vor, Fragen zu beantworten. Der Tod meiner geliebten Frau hat mich bis ins Innerste erschüttert, und ich habe es immer noch nicht ganz begriffen. Dieser Schmerz wird jedoch von Gerüchten noch verstärkt, zu denen ich Stellung nehmen muss.«

Tate hatte keine Notizen und ließ es aussehen, als spräche er frei. Aber ich hatte ihn schon beobachten können. Ich wusste, dass jedes Wort sorgfältig gewählt und mehrfach geprobt war.

»Wie die Autopsieergebnisse gestern bewiesen haben, starb meine Frau an einer Überdosis gewisser Medikamente, unter anderem Oxycodon. Angesichts der Messwerte dieser Medikamente in ihrem Organismus sind im Internet die Gerüchte explodiert, dass daran etwas faul sein könnte. Um diese unverantwortlichen und haltlosen Aussagen zum Verstummen zu bringen, möchte ich ein paar Dinge ganz glasklar sagen.«

Während er sprach, fiel mir seine sorgfältige Wortwahl auf. Die Vorwürfe, dass etwas nicht stimmen konnte, waren nur »Internetgerüchte«. Und selbst dort waren sie laut Tate nur Gerüchte über die Möglichkeit eines solchen Tatbestands. Meiner Meinung nach konnte solch ein Mann, der fähig war, seine Worte so sorgfältig zu wählen und so einen Auftritt zu inszenieren, auch einen Giftmord sorgfältig planen und ausführen.

»Ich habe Rikki sehr geliebt. Wir waren in unserer Ehe nie glücklicher als im vergangenen Jahr, und es war unsere Hoffnung und unser Traum, zusammen alt zu werden.«

Tate hielt einen Augenblick inne, um sich wieder zu fassen. Ich bemerkte, dass seine Augen trocken geblieben waren.

»Es stimmt, dass Rikki Probleme mit der Abhängigkeit von gewissen Medikamenten hatte, unter anderem Oxycodon. Wie jeder Arzt Ihnen bestätigen wird, nimmt man mit der Zeit immer mehr und mehr vom selben Medikament, um die erwünschte Wirkung erzielen zu können. Das erklärt die hohen Werte sowohl von Oxycodon als auch Codein in Rikkis Blut.

Manche werden mich für das, was passiert ist, verantwortlich machen wollen. Wenn Sie das wünschen, stellen Sie sich hinten an. Ganz vorne in der Schlange stehe ich. Niemand ist erschütterter von den Ereignissen als ich, und niemand wird härter mit mir ins Gericht gehen als ich selbst. Ich hätte mehr tun sollen, um Rikki bei der Bewältigung ihrer Sucht zu helfen.«

Tates Stimme war rau geworden, und er schluckte trocken. »Ich habe es versucht ... ich habe es *wirklich* versucht ... Aber nach einer Weile lernte ich einfach damit zu leben. Rikki veränderte sich durch die Drogen, aber ich liebte sie dennoch. Seit sie tot ist, grüble ich über alles nach, was ich getan oder nicht getan habe. Ich bin besonders bestürzt, dass ich so mit meiner Arbeit beschäftigt war, dass ich nicht für Rikki da war, als sie mich am meisten brauchte.

Wenn Sie mir die Schuld geben wollen – Bitte sehr. Aber geben Sie nicht Rikki die Schuld. In ihrer Jugend wurde sie sowohl von ihrem Stiefvater als auch von einem Onkel missbraucht. Als sie dieser Umgebung schließlich entkam, endete sie in Las Vegas, wo man sie als Blickfang für Shows benutzte, und dann hier in Atlanta, wo sie von einem Edelprostitutionsring wieder missbraucht wurde.

Als ich Rikki kennenlernte, sah ich mehr, ich sah mehr als die oberflächliche Schönheit, die andere anzog. Sie besaß so viel Anmut und Klasse und einen Wunsch zu lieben und geliebt zu werden. Am Ende fand sie diese Liebe in unserer Ehe und in jüngster Zeit durch ihre Bekehrung zum Christentum.«

Tate hielt wieder inne, als überlege er, was er als Nächstes sagen sollte. Im Konferenzraum war es still, und mir war klar, auch ohne ihre Gesichter zu sehen, dass die Reporter fasziniert waren.

»Wenn Sie nie Drogen genommen haben, um den Erinnerungen an einen Missbrauch zu entfliehen, dann haben Sie kein Recht, Rikki zu verurteilen«, fuhr Tate fort. Seine Stimme war jetzt kraftvoller, er verteidigte die Frau, die er liebte. »Sie haben keine Ahnung, was sie durchgemacht hat. Sie war eine wunderbare Ehefrau und eine gute Frau. Sie begegnete der Welt voller Liebe, wurde selbst aber nur wegen ihres Körpers benutzt. Also hören Sie bitte auf, Urteile über meine Frau zu fällen. Sie können sich an mir austoben, wenn Sie wollen, aber lassen Sie Rikki in Frieden ruhen.«

Tate musterte seine gefesselten Zuschauer einen nach dem anderen, wie er es während seiner Schlussplädoyers mit den Geschworenen tat. »Danke«, sagte er und verließ den Konferenzraum.

Ich war frustriert, wie wirkungsvoll seine Vorstellung gewesen war. Er hatte es irgendwie geschafft, seine Rolle zu wechseln – vom Verdächtigen Nummer eins zum Beschützer von Rikki Tate. Wie ritterlich!

Was für ein Mistkerl!

Die Kommentatoren begannen darüber zu reden, wie fesselnd Tates Stellungnahme gewesen sei. Als ich aufstand, seufzte eine der Assistentinnen, die in meiner Nähe saß. »Ich sage es nur ungern«, sagte sie, »aber mir tut der Mann tatsächlich ein bisschen leid.«

* * *

Ich fuhr nach Hause und ließ Justice hinaus. Er verschlang sein Abendessen, und ich fragte ihn, ob er einen Ausflug machen wolle. Er wedelte mit dem Schwanz und tänzelte ungeduldig vor der Tür herum. Auf dem Weg zum Krankenhaus saß er auf dem Beifahrersitz meines Wagens, bellte ein paar Mal Fußgänger an und hatte unglaublichen Spaß.

Ich fand einen Platz in der Parkgarage, ließ die Fenster einen Spalt offen und befahl Justice, auf seinem Sitz zu bleiben. Ich schloss die Tür ab und wusste, dass Justice innerhalb von fünf Sekunden auf dem Fahrersitz sein würde. Er würde dort sitzen wie ein kleiner Wachposten, bis ich vom Besuch bei meinem Vater zurückkam, und dann würde er aufstehen und mich ganz aufgeregt abschlabbern, wenn ich in den Wagen stieg.

Es war schön, geliebt zu werden.

Ich sprach ein paar Minuten mit den Krankenschwestern, ließ mir von seinen fehlenden Fortschritten berichten und betrat dann das Zimmer meines Vaters. Die Maschinen piepsten gleichmäßig vor sich hin, und die einzige Bewegung meines Vaters war das langsame Heben und Senken seiner Brust.

Ich wusste nicht, ob ich es mir nur einbildete, aber er schien immer noch dünner zu werden, zu einem Bruchteil der Person zusammenzuschrumpfen, die ich einmal gekannt hatte. Inzwischen hatte ich die Hoffnung aufgegeben, dass er sich wieder erholen würde. Ich wollte nur noch, dass er länger lebte als Antoine Marshall.

Ich setzte mich an sein Bett und legte eine Hand auf seinen Unterarm.

»Hey, Dad. Ich weiß nicht, ob du mich hören kannst, aber wir machen Fortschritte im Fall Tate. Dein alter Freund Bill Masterson arbeitet hart an seinem Wahlkampf. Und ich glaube, diesmal ist Antoine Marshalls Hinrichtungsdatum endgültig.«

Bevor mein Dad seinen zweiten Schlaganfall gehabt hatte, hatten wir oft über solche Dinge gesprochen. Dinge, die wir planten. Aktuelle Ereignisse. Fälle, Richter und Prozesstaktiken. Aber aus irgendeinem Grund hatte ich jetzt, als er hier in diesem Krankenhausbett lag und nicht antworten konnte, das Gefühl, ich könne tiefer gehen, über Dinge sprechen, über die wir mein ganzes Leben lang schon hätten reden sollen. Dinge, von denen ich wünschte, wir hätten darüber gesprochen. Dinge, die wirklich zählten.

»Ich vermisse Mom wirklich«, sagte ich leise. »Und um ehrlich zu sein: Nach dem, was Mom und jetzt dir passiert ist, habe ich Angst, dass mir jeder weggenommen wird, den ich anfange zu lieben.«

Ich schaute in das ausdruckslose Gesicht meines Vaters, die geschlossenen Augen, die Schläuche, die aus Nase und Mund kamen. »Chris geht es gut, Dad. Er sagt, er verlässt sich auf Gott, obwohl er niemals verstehen wird, warum das alles passiert ist.«

Ich zögerte und überlegte, ob ich den nächsten Satz laut sagen sollte. »Ich denke, man könnte sagen, dass ich genau in die andere Richtung tendiere. Mein Kopf sagt mir schon, dass Gott mich liebt, aber es fühlt sich nicht immer so an.«

Ich seufzte und sah mich im Zimmer um. Heute Abend hatte ich noch mehr als sonst das Gefühl, er sei gar nicht mehr hier. Es war, als habe er seinen Köper als leere Hülle zurückgelassen. Ich drückte seinen Arm, sagte meinem Vater, dass ich ihn liebte, und stand auf, um zu gehen.

Als ich zur Tür ging, spürte ich, dass etwas anders war, aber ich konnte nicht recht sagen, was. Alles im Zimmer sah aus wie sonst. Dieselben Maschinen mit denselben Anzeigen. Dieselben Genesungswünsche auf den Tischen. Der Fernseher, der an einer Wand hing, und das kleine Fenster zur Außenwelt.

Ich zuckte die Achseln und war schon fast aus der Tür, bevor mir bewusst wurde, was es war. Zum ersten Mal, seit ich herkam, um meinen Vater zu besuchen, merkte ich, dass ich alle Hoffnung verloren hatte. Er kam nicht zurück.

Und merkwürdigerweise brach mich dieser Gedanke nicht oder zwang mich auf die Knie oder löste einen Weinkrampf aus. Es war, als hätte ich begonnen, diese Tatsache langsam zu akzeptieren; jeder Tag machte ein kleines Stück meiner Hoffnung und meines Glaubens zunichte, dass er je wieder aus diesem Koma erwachen würde. Und heute war der letzte Hoffnungshauch einfach verschwunden.

In zwei Tagen, nach Antoine Marshalls Hinrichtung, würde ich meinen Vater in Frieden sterben lassen. Bis dahin hatte Gott immer noch Zeit, ein Wunder zu wirken. Und wenn kein Wunder kam, verschaffte das mir die Zeit, mich auf die Einsamkeit vorzubereiten.

6

Mace James saß in seinem Pick-up, der vor dem *Flying Saucer* in Nashville, Tennessee, parkte. Es war eine von Nashvilles trendigsten Bars, hinter dem alten Bahnhof. Ungeachtet des futuristischen Namens war das Gebäude altmodisch aus Stein gebaut, mit Bogenfenstern und einem Baldachin über dem Eingang. Man hatte das Gefühl, als wäre man zurück in die 1950er gereist und könnte im Inneren plötzlich James Cagney über den Weg laufen.

Mace hatte ein schlechtes Gefühl, aber ihm fiel keine bessere Alternative ein. Er dachte fünfzehn Jahre zurück an den Abend, der sein Leben verändert hatte. Ein Freund hatte in der *Buckhead Bar* einen Streit angefangen und wurde verprügelt. Ohne nachzudenken waren ihm Mace und ein paar Kumpels zur Seite gesprungen, um die Chancen auszugleichen. Befeuert von Adrenalin und Alkohol hatte Mace zwei Männer ins Krankenhaus gebracht. Einer von ihnen war ein Polizist, der nicht im Dienst gewesen war, eine Marke vorgezeigt hatte (zumindest behauptete er das) und Befehle brüllte, bevor Mace ihn mit einem rechten Haken erwischte, der ihm den Kiefer brach. Der Partner des Mannes rang Mace nieder und hatte ihn in Handschellen gelegt, bevor Mace wusste, wie ihm geschah.

Ein paar Minuten später, als Mace gefilzt wurde, entdeckten sie einen kleinen Beutel Kokain in seiner hinteren Jeanstasche. Bis heute wusste Mace nicht, ob er von einem der Cops dort hineingeschmuggelt worden war oder von einem der Männer, mit denen er sich geprügelt hatte.

So oder so hatte er damit zwei Straftaten und ein geringfügiges Vergehen auf dem Konto. Sein Anwalt verschwendete keine Zeit und handelte einen Deal aus – er bekannte sich schuldig der schweren Körperverletzung und des Widerstandes gegen die Festnahme. Die Anklage wegen Drogenbesitzes wurde fallen gelassen.

Zwei Jahre später, als Mace einem Wärter während einer Gefängnisrevolte das Leben rettete, wurde er begnadigt. Er hatte es immer ironisch gefunden, dass ihn dasselbe Verhalten, das ihn in den Knast gebracht hatte – für den Unterlegenen eintreten –, ihn auch wieder herausholte. Es hing alles davon ab, wer die Marke trug, das wusste er jetzt.

Er wusste außerdem, dass sein Plan heute Abend den Beigeschmack der Verzweiflung hatte. Wenn er nicht aufging, würde er seinen Ruf verlieren und ziemlich wahrscheinlich seine Zulassung als Anwalt. Mal wieder eine Kneipenschlägerei. Sie würden sagen, er habe nichts dazugelernt.

Aber er hatte dazugelernt. Er hatte sich im Gefängnis verändert, eine geistliche Bekehrung, die echt war, nicht nur Augenwischerei für den

Berufungsausschuss. Warum saß er also hier herum und dachte über eine Kneipenschlägerei nach? Weil er noch etwas gelernt hatte: unschuldige Männer konnten in Fallen tappen. Jemand hatte ihm Kokain untergeschoben. Wie leicht war es dann, Antoine Marshall einen Mord in die Schuhe zu schieben?

Bevor er die Bar betrat, hörte Mace sich die Aufzeichnung auf seinem BlackBerry ein letztes Mal an. Sie kam von einem Privatdetektiv, den Mace beauftrag hatte, und die Qualität war nicht gut. Man konnte die verzerrte Stimme von Freddie Cooper ausmachen, aber selbst mit der besten digitalen Bearbeitung wären seine Worte kaum zu verstehen gewesen. Mace konnte hören, dass Freddie getrunken hatte, seine Gedanken waren zusammenhanglos. Es würde die Richter am Berufungsgericht sicher nicht überzeugen.

Mace dehnte seine Nackenmuskeln, atmete tief aus und stieg aus seinem Truck. Es war ein warmer Märzabend bei Vollmond und einem bedrohlichen Wind von Norden. Mace trug Jeans und ein enges, schwarzes T-Shirt und sah damit aus wie ein Türsteher.

Leute standen dicht gedrängt an der Bar und bestellten eine der achtzig Biersorten, die gut sichtbar auf einer Tafel hoch über der Bar aufgelistet waren. Mixgetränke kamen bei dieser Klientel nicht gut an. Mace drängte sich zum Billardraum durch, wo sich Gruppen von Männern und ein paar Frauen um sechs mit rotem Filz bespannte Pooltische fläzten. Barhocker standen an der Wand aufgereiht, und grüne Lampen hingen über den Tischen. Für das typische Bild fehlte nur noch der Zigarettenrauch.

Am anderen Ende des Raumes stand ein Straßenlaternenmast von 1950. Junior Watts lehnte daran, hielt ein Billardqueue und behielt den Tisch im Auge. Junior war ein kleiner, dicklicher Mann mit Hängebacken und grauen Haaren, mit denen er kein Jahr jünger als fünfzig aussah. Im Billardraum waren die Leute jünger, und Junior stach heraus wie ein Teenager, der im Einkaufszentrum auf den Weihnachtsmann wartet. Er blickte auf und nickte Mace zu.

Mace schob sich näher an den letzten Tisch heran, während Junior darum herumging und sich auf seinen nächsten Stoß vorbereitete, indem er die Lage der Kugeln aus verschiedenen Blickwinkeln beäugte. Während er noch überlegte, machte Junior eine Gruppe von Männern dumm an, bis sich die Lage aufheizte. Er legte seinen Queue ab und stellte sich vor den Größten und Dünnsten der Gruppe. Mehr Worte wurden gewechselt, und dann schlug Junior dem Typ das Bier aus der Hand. Flüche folgten, und der andere Mann schlug zu. Junior duckte sich weg, landete einen rechten Haken, und der Kampf begann.

Andere im Billardraum gafften zu diesem plötzlichen Ausbruch von Gewalt hinüber und wichen vor den prügelnden Verrückten zurück. Ein Mann sprang Junior von hinten an. Die Schlägerei hätte sich auf wenige Teilnehmer beschränkt, wenn sich die drei Männer, die Junior vorher bezahlt hatte, herausgehalten hätten. Aber sie wollten sich ihre hundert Mäuse verdienen.

Einer von ihnen zerbrach einen Queue auf den Schultern eines Mannes, der mit Junior kämpfte, und das Handgemenge eskalierte. Wilde Schläge wurden verteilt, Queues wurden zu Waffen, und ein paar Leute wurden über Billardtische geworfen.

Wie bei den meisten Schlägereien teilte sich die Zuschauerschaft in zwei Gruppen – die, die sich davonstahlen, und die, die einer ordentlichen Rauferei nicht widerstehen konnten. Mace schaffte es, sich ins Zentrum des Geschehens zu schieben, gerade bevor die Türsteher kamen, um die Schläger zu trennen.

Mace ging geradewegs auf den Mann zu, den Junior als Erstes angegriffen hatte – ein dürrer Mann mit gelben Zähnen, passenden schmutzigblonden Haaren und einem zotteligen Kinnbärtchen. Mace spielte die Rolle eines guten Türstehers, nahm sich den Mann vor und begann, ihn von der Menge wegzuschieben. Der Kerl fluchte und schrie in Juniors Richtung, erklärte Junior und den anderen, sie seien alle verrückt und dass er sie draußen auf dem Parkplatz erwarten werde.

»Ganz ruhig«, warnte Mace. »Kein Grund, sich hier verhaften zu lassen.«

Während Mace den Mann zurückdrängte, versuchte der, um Mace herumzukommen und noch ein paar Schläge anzubringen. Aber Mace hatte ihn fest im Griff und schleppte ihn auf die Tür zu. »Raus mit dir!«, befahl er. Die echten Türsteher trennten inzwischen die anderen Kämpfenden und versuchten herauszufinden, wer angefangen hatte.

»Na komm schon, Coop.« Mace drängte den Mann auf die Ausgangstür zu. »Sie rufen die Cops, und du willst doch nicht mittendrin sein, wenn sie auftauchen.«

Die Worte schienen Freddie Cooper zu beruhigen, und er sah Mace mit einem glasigen Blick an, als frage er sich, woher der große Mann seinen Spitznamen kannte. Mace zog ihn hinaus, und Freddie stolperte. Er fing sich wieder, schwankte ein wenig und schüttelte den Kopf, um wieder klarer zu sehen.

»Diese Typen haben Glück, dass du mich da rausgezogen hast«, sagte Freddie. Dann schimpfte er weiter auf Junior. »Ich hätte das Arschloch umgebracht!«

»Ja, klar«, sagte Mace. Er nahm Freddie am Arm und drängte ihn in Richtung Pick-up. »Wir müssen dich ausnüchtern, bevor die Polizei anfängt, Fragen zu stellen.«

»Was redest du da?« Freddie versteifte sich; er fand offenbar, er sei weit genug mitgegangen.

Mace fragte nicht noch einmal. Stattdessen hieb er Freddie die Faust in den Bauch, sodass der sich vornüber krümmte und ihm die Luft ausging. Mace stellte ihn wieder auf, schnappte ihn am Kragen und hob ihn praktisch vom Boden hoch. Seine Nase war nur Zentimeter von Freddies entfernt. »Du kommst mit mir. Okay?«

Freddie nickte, sein Blick schoss ängstlich hin und her. Er sah aus, als habe er keine Ahnung, was los sei, ahnte aber wahrscheinlich, dass es nichts Gutes sein konnte.

In diesem Punkt hatte Freddie recht.

7

Im Hotelzimmer bewachte Mace die Tür, während Freddie auf dem Bett saß, sich den Kiefer rieb und einen nassen Waschlappen mit Eis auf sein linkes Auge drückte. Sie hatten das meiste Blut abgewischt, nur noch ein kleiner Riss war sichtbar. Diesen Schlag hatte nicht Mace gelandet, aber es würde trotzdem nicht gut aussehen.

Junior kam fünf Minuten später herein und schaltete seinen Videorecorder an.

»Was will der denn hier?«, wollte Freddie wissen. Als er aufstand, drückte Mace ihn zurück aufs Bett.

»Setz dich und halt den Mund!«

Mace drehte sich zur Kamera und wartete, dass Junior mit der Aufnahme begann. »Mein Name ist Mason James, und ich bin hier im Union Station Hotel in Nashville, Tennessee, Zimmer 521, mit einem Mann namens Freddie Cooper, dessen Freunde ihn Coop nennen.«

Junior schwenkte die Kamera auf Freddie, der mit finsterer Miene auf dem Bett saß.

»Ich habe Mr Cooper gerade aus einer Schlägerei im Billardraum der Bar *Flying Saucer* gerettet«, fuhr Mace fort. »Zufällig erkannte ich Mr Cooper als einen Mann mit drei Vorstrafen wegen verschiedener Drogenvergehen. Es hätten vier werden können, und er könnte jetzt im Gefängnis sitzen, aber er hat es geschafft, dass die vierte Verurteilung abgewiesen wurde, indem er vor ungefähr elf Jahren gegen meinen Mandanten Antoine Marshall ausgesagt hat.«

Mace ging zum Bett und beugte sich über Freddie. »Zufällig glaube ich auch, dass Mr Cooper wieder in Besitz von Kokain ist.«

Junior zoomte in eine Weitwinkeleinstellung.

»Mach deine Taschen leer!«, verlangte Mace.

»Leck mich am ...«

Mace zog Freddie am Kragen vom Bett hoch. »Mach deine Taschen leer!«, zischte er.

»Hoppla«, sagte Junior von seinem Platz neben der Tür aus. »Die Kamera ist ausgegangen. Es dauert ein paar Sekunden, bis sie wieder läuft.«

Freddies Augen waren groß vor Angst. »Schlag mich nicht, Mann!«, sagte er zu Mace.

Er hob die Hände und sah zur Kamera, ob das Aufnahmelicht an war. Eilig griff er in die Tasche und warf ein Päckchen weißes Pulver aufs Bett.

»Hast du das drauf?«, fragte Mace Junior.

»Yep. Versteckte Kamera neben dem Fernseher. Heute Nachmittag installiert.«

Mace ließ Freddie los, zog ein Paar Handschuhe aus der Tasche, zog sie an und nahm den Beutel hoch. »Ich will die Fingerabdrücke nicht verwischen«, sagte er zu Freddie.

Freddie sah benommen aus von dem, was ihm da passierte. Der Alkohol vernebelte offenbar sein Urteilsvermögen. »Was willst du?«, fragte er.

»Ich will, dass du in die Kamera lächelst und wiederholst, was du meinem Kumpel gestern Abend erzählt hast.«

Mace meinte das Gespräch, das Junior aufgenommen hatte. Junior hatte eine Woche gebraucht, um sich mit Freddie anzufreunden und das Gespräch auf die Rolle zu bringen, die Freddie im Prozess von Antoine Marshall gespielt hatte. Schließlich hatte Freddie am Vorabend, nach mehr als nur ein paar Bier, mit dem Deal angegeben, den er mit der Staatsanwaltschaft gemacht hatte und wie er die Wahrheit verbogen hatte. Aber die Aufnahme war nicht zu gebrauchen. Und als Junior heute Abend versucht hatte, die Information noch einmal aus Freddie herauszupressen, hatte Freddie nicht reden wollen.

»Wir haben dich schon auf Band«, sagte Mace. »Und so wie ich es sehe, hast du zwei Möglichkeiten. Entweder du wiederholst für die Videokamera, was du gestern Abend gesagt hast. Und du unterschreibst eine eidesstattliche Erklärung, dass du vor elf Jahren gelogen hast. Dann reichen wir das bei Gericht ein. In diesem Fall werden die Staatsanwaltschaft und das Gericht versuchen, deine Zeugenaussage herunterzuspielen, weil sie die Verurteilung von Antoine Marshall nicht gefährden wollen. Du wirst auf gar keinen Fall wegen Meineids angeklagt.«

Mace sah, wie Freddie der Schweiß ausbrach, und er wusste, er hatte ihn.

»Die zweite Möglichkeit ist, dass du dich weigerst, das Ganze aufzuklären, und bei deiner ursprünglichen Aussage bleibst. In dem Fall werde ich diese Videoaufzeichnung und den Beutel Kokain der Polizei von Nashville übergeben, und nachdem Antoine Marshall hingerichtet wurde, schicke ich die Aufnahme deines Geständnisses von gestern Abend an die Staatsanwaltschaft von Atlanta. Wenn Antoine Marshall tot ist, werden sie keinen Grund mehr haben, deine Lügen unter den Teppich zu kehren, und du wirst sowohl für Meineid als auch für Drogenbesitz angeklagt. Du hast zehn Sekunden. Wie entscheidest du dich?«

Freddie starrte Mace leer an und blinzelte ein paar Mal, als wäre das hier nur ein böser Traum. Er blickte auf das kleine Päckchen Kokain, das Mace auf die Kommode gelegt hatte, und dann auf die Videokamera.

Mace verschränkte die Arme. »Fünf Sekunden.«

»Sie haben mich mit eurem Jungen in eine Zelle gesteckt«, sagte Freddie. »Ich habe ihnen gesagt, ich will mit keinem …« Freddie warf einen weiteren raschen Blick in Richtung Kamera. »Mit keinem Afroamerikaner in einer Zelle sein.«

Er trat von einem Bein aufs andere und fuhr fort. »Ähm … sie haben mir gesagt, es wäre nur für ein paar Tage, und wenn ich wüsste, was gut für mich ist, würde ich die Klappe halten und es machen. Sie haben mir gesagt, euer Junge sei wegen Mord dran und dass er vielleicht mit mir reden würde. Sie haben mir nichts versprochen oder so was, aber ich bin nicht dumm.«

Darüber ließ sich Maces Meinung nach zwar streiten, aber er sagte nichts. Junior bewegte sich hinter Mace, um einen besseren Blickwinkel auf Freddie zu bekommen. Mace hörte mit steinerner Miene zu, während Freddie weitschweifig und manchmal zusammenhangslos erklärte, warum er gelogen hatte. Als das Geständnis auf Band war, schlug Mace vor, Kaffee zu machen und das Ganze noch einmal durchzugehen.

Drei Tassen Kaffee später, mit mehr als nur ein bisschen Nachhilfe von Mace, lieferte Freddie seine beste Vorstellung der Nacht ab. Das linke Auge war jetzt geschwollen, und beide Augenlider waren schwer von Müdigkeit und Alkohol. Sein Blick aus blutunterlaufenen Augen glitt öfter von der Kamera weg, als Mace lieb war, Freddie konnte sein Lallen nicht unterdrücken und ließ mehrmals Sätze unvollendet in der Luft hängen, aber es war schließlich auch kein Spielberg-Film. Um drei Uhr morgens erlaubte Mace Freddie, sich hinzulegen und ein Nickerchen zu machen, während Mace eine eidesstattliche Erklärung in seinen Computer hämmerte. Um fünf Uhr morgens war die Schlafenszeit vorbei, und Mace druckte die Erklärung auf einem tragbaren Drucker aus, den Junior mitgebracht hatte, und ließ sie von Freddie unterschreiben.

Wenn alles nach Plan lief, würde Freddies Gesicht bald durch sämtliche Fernsehsender von Atlanta flimmern. Mace ging zur Rezeption und faxte die eidesstattliche Erklärung an einen Anwalt bei Knight & Joyner, einer großen Kanzlei im Zentrum von Atlanta, die den Fall als Teil ihres *Pro-bono*-Programms unterstützte.

Mace sah auf die Uhr. Wenn sein Plan nicht funktionierte, würde in vierzehn Stunden ein Arzt im *Georgia Diagnostic and Classification Prison* in Jackson Antoine Marshall eine Nadel in den Arm stechen, und der Staat Georgia würde einen unschuldigen Mann hinrichten.

8

Ich weiß nicht mehr, ob ich am Tag von Antoine Marshalls Hinrichtung aufgewacht bin, weil ich mich nicht mehr daran erinnere, am Abend vorher eingeschlafen zu sein. Die ganze Nacht war ich mal mehr, mal weniger bei Bewusstsein gewesen, war aus Albträumen hochgeschreckt und hatte auf den Wecker gestarrt. Als mein Herz sich wieder beruhigt hatte, wurde mir klar, dass es immer noch Stunden dauern würde, bis die Sonne aufging.

Die Sonne ging nicht auf. Der Morgen war wolkenverhangen und grau, und der Wettermann sagte Regen für den ganzen Tag voraus. Das, beschloss ich, war eine angemessene Vorhersage für das, was ein brutaler Tag zu werden versprach.

Ich stand um halb sechs auf und las die Zeitung online. Es gab keine neuen Nachrichten zu Marshalls Hinrichtung. Ich machte mir eine Tasse Kaffee, fütterte Justice und wappnete mich gegen die lautstarken Angriffe, die aus Antoine Marshalls Lager kommen würden. Jeder ihrer Anträge würde lächerlicher sein als der vorherige. Bill Masterson, der das Ganze schon ein, zwei Mal durchgemacht hatte, warnte mich davor, auch nur einen davon zu lesen. »Die sind verzweifelt, Jamie. Sie werden behaupten, was auch immer sie müssen, damit die Hinrichtung verschoben wird.«

Ich ignorierte seinen Rat. In den vergangenen sieben Jahren – drei Jahre als Jurastudentin und vier als Staatsanwältin – hatte ich obsessiv jede Verhandlung verfolgt, bei der Mason James und die Anwälte von Knight & Joyner ihre verschiedenen Anträge und Schriftsätze eingereicht hatten. Jedes Wort ihrer Berufungsbegründungen hatte an mir genagt und meinen schon vorher verzweifelten Wunsch befeuert, diesen letzten Tag von Marshalls Kampf hinter mich zu bringen. Jetzt war der Tag endlich gekommen.

Zur Vorbereitung auf die Hinrichtung hatte ich viele verschiedene Reaktionen anderer Opfer gelesen, die einer solchen beigewohnt hatten. Manche beschwerten sich, der Prozess sei zu menschlich für die Monster, die solch unaussprechliche Verbrechen begangen hatten. Andere waren benommen und sprachlos. Ein paar sagten, sie bereuten es, hingegangen zu sein. Für die meisten schien die Erfahrung merkwürdig verstörend zu sein und warf mehr Fragen auf, als Antworten zu bieten. Demonstranten stilisierten die Gefangenen im Todestrakt zu Helden. Die Verurteilten erhielten Heiratsanträge von verrückten Europäerinnen. Pastoren, die sich in Gefängnissen engagierten, erzählten Geschichten von Bekehrungen in letzter Minute. Selbst die Gefängnisverwaltung umsorgte die Mörder fast den ganzen Tag und servierte ihnen alles, was sie wollten, als letzte Mahlzeit. Die letzten Worte des Verurteilten verbreiteten sich nah und fern.

Und die Opfer wurden wieder einmal vergessen.

Ich war so emotional ausgelaugt, als der Freitagmorgen kam, dass ich nicht die Energie aufbrachte, ins Fitnessstudio zu gehen. Ich duschte und war um sieben angezogen, und dann zog ich mich noch dreimal um. Ich wollte nicht Schwarz tragen, als wäre ich in Trauer. Noch wollte ich zu sehr wie eine Anwältin aussehen. Schließlich entschied ich mich für eine Kombination aus Rock und Bluse mit einem Pulli, den meine Mutter einmal getragen hatte. Ich legte eine Topazkette und passende Ohrringe an, die ihr gehört hatten.

Juristisch gesehen musste ich nicht zu der Hinrichtung gehen. Aber moralisch … das war etwas anderes. Wie konnte ich für meine Fälle im Büro die härteste Strafe fordern und in meinem Privatleben nicht zu ihrer Vollstreckung gehen und es durchziehen? Ich redete mir ein, ich sei nicht blutrünstig oder rachsüchtig, wenn ich hinging. Das war die Art, wie ich das Andenken meiner Mutter würdigte. Dies war die Art, wie ich für Gerechtigkeit stand.

Ich fragte mich, was Antoine Marshall sagen würde, wenn die Zeit kam. Er hatte meinem Bruder Chris Briefe geschrieben und davon gesprochen, wie er Jesus im Gefängnis gefunden habe und wie der Glaube sein Leben verändert habe. Er sagte, er bete jeden Tag für uns. Aber er gab nie zu, dass er meine Mutter umgebracht hatte, und ich wusste, er würde es bis ins Grab leugnen. Ich versuchte, mich darauf vorzubereiten, dass der Mann, der mich zur Waise gemacht hatte, ein letztes Mal dreist seine Unschuld beteuern würde. Ich würde durch den Einwegspiegel schauen und trotzig den Kopf schütteln.

Chris wachte um acht auf und kam herunter, um sich ein Müsli zu machen. Er hatte Amanda und ihre zwei kleinen Töchter zu Hause in Nordgeorgia gelassen, damit die Mädchen in ihrem Alltag bleiben konnten und Marshalls Hinrichtung so wenig Auswirkungen wie möglich auf sie hatte. Sogar Chris hatte ursprünglich gesagt, er werde nicht zu der Hinrichtung gehen, aber nach Dads Schlaganfall hatte er seine Meinung geändert.

Chris war grundsätzlich gegen die Todesstrafe, weil er fand, das System irre sich zu oft. Afroamerikaner wurden überproportional oft hingerichtet, und in zu vielen Fällen entlasteten DNA-Beweise Männer, die schon lange im Gefängnis saßen. Aber Chris war der Passive in der Familie, und ich hatte ihn überredet, diese Ansichten nicht öffentlich zu äußern. Ich wusste, das Rechtssystem war nicht perfekt, aber ich wusste auch, dass es diesmal richtig lag. Es musste nicht sein, dass die Presse Bruder und Schwester gegeneinander ausspielte.

»Guten Morgen«, sagte Chris. »Wann fahren wir los?« Er trug immer noch eine Pyjamahose und ein T-Shirt. Seine blonden Haare standen in alle Richtungen ab.

»Ich dachte, ich gehe vorher noch eine Weile arbeiten«, sagte ich. »Wir müssen hier ungefähr um drei los.«

Wir aßen ein paar Minuten schweigend, während ich noch ein paar Webseiten checkte und dann meinen Computer herunterfuhr. »Danke, dass du das machst, Chris«, sagte ich leise.

»Ich freue mich nicht darauf«, antwortete er.

»Ich auch nicht.«

Er aß weiter, auf sein Müsli konzentriert, während ich meine Aktentasche packte. Uns gingen beiden tausend Dinge durch den Kopf, doch uns fehlten die Worte, sie auszudrücken. Wir hatten stundenlang über diesen

Moment gesprochen, aber jetzt, wo er gekommen war, schien das Einzige zu sein, stoisch weiterzumachen und anzunehmen, was das Leben uns vorsetzte.

»Gibt es irgendeine Möglichkeit, dass er noch einen Aufschub bekommt?«, fragte Chris. Er nahm einen Schluck Milch. Ich hatte nicht gedacht, dass er an diesem Morgen so ruhig sein würde und einfach sein Frühstück verschlingen würde wie an jedem anderen Tag auch. Mein Magen war jetzt schon in Aufruhr.

Ich zuckte die Achseln. »Sieht nicht so aus. Aber wer weiß? Wir müssen auf alles vorbereitet sein.«

Chris sah mich an, und ich sah die Besorgnis in seinen Augen. Ich hatte sein Schweigen als Nonchalance missdeutet. Aber in diesem Moment wurde mir klar, dass es etwas anderes war – Ungewissheit, Nervosität, sogar Angst. Mein Bruder war älter als ich, der Pastor in der Familie. Aber ich würde die Standhafte sein müssen. Mir wurde klar, dass er sich diesem Tag nicht stellen wollte; er wollte kein schweigender Komplize bei einer staatlich sanktionierten Tötung sein. Solche Bedenken hatte ich nicht.

»Ich will nur, dass es vorbeigeht«, sagte Chris.

9

Mace James raste von Nashville nach Atlanta, und sein Handy stand die ganze Fahrt über nicht still. Während er fuhr, arbeiteten neun Anwälte bei Knight & Joyner an Anträgen in letzter Minute. In den weniger hektischen Wochen und Monaten bis zu diesem Tag hatte Mace die Führung übernommen. Er hatte vor dem Berufungsgericht von Georgia verhandelt und vor dem Bundesberufungsgericht. Er hatte persönlich die meisten Schriftsätze verfasst und nach letzten Zählungen sechzehn Anträge für Haftprüfungstermine eingereicht. Aber jetzt, am letzten Tag, überließ er der großen Firma die Einzelheiten. Sein Job bestand aus zweierlei: die Presse auf dem Laufenden zu halten und, wenn alles andere nichts nützte, für Antoine da zu sein.

Sie hatten nur noch drei Chancen übrig - alle wenig vielversprechend. Sie hatten gerade eine Bitte um Haftprüfung beim obersten Bundesgericht eingereicht, mit der Begründung, dass Thiopental knapp war und den Bedenken über den Ursprung der Lieferung für Georgia. Mace war der Meinung, er hätte bessere Chancen, Papst zu werden, als diese Eingabe zu gewinnen. Sie hatten außerdem ein Gnadengesuch beim Begnadigungsausschuss von Georgia eingereicht. Die Aussicht dort war düster, aber nicht vollkommen hoffnungslos. Der Ausschuss hatte seit 1976 in sieben Fällen Gnade walten lassen, unter anderem in einem Fall im Jahr 1990, als die Todesstrafe des Häftlings umgewandelt wurde, mit der Begründung einer vorbildlichen Gefängnisakte, erwiesener Reue, einer religiösen Bekehrung und Gnadengesuchen der Familie des Opfers. Antoine hatte zwei von vier - eine gute Gefängnisakte und eine Bekehrung. Mace bezweifelte, dass das genügte. Viele Häftlinge behaupteten, dramatische Gefängnisbekehrungen erlebt zu haben. Mace war einer aus einer kleinen Schar Auserwählter, der die Sache auch nach seiner Entlassung durchgezogen hatte.

Damit blieb der Antrag auf Haftprüfung vor dem Berufungsgericht von Georgia. Noch eine verzweifelte letzte Maßnahme, aber immerhin die beste in einem mageren Haufen. Mace hatte Freddie Cooper umgedreht, damit blieb der Staatsanwaltschaft nur der Augenzeugenbericht von Robert Brock ohne unterstützendes DNA-Material oder andere wissenschaftliche Beweise. Und Brocks Aussage war im Kreuzverhör weitgehend diskreditiert worden.

Trotz des Regens jagte Mace den Tachometer auf über neunzig Meilen die Stunde, während er die I-75 im Norden Georgias entlangraste. Er hielt die Geschwindigkeit, bis sein Truck anfing zu zittern, und ging dann nur ein kleines bisschen vom Gas. Ein paar Mal sah er die Polizei früh genug, um auf achtzig herunterzugehen. Einmal wäre er fast angehalten worden, wurde aber von zwei anderen Wagen rechts und links verdeckt, als er an einem Streifenwagen vorbeikam, der auf dem Mittelstreifen lauerte. Nichts davon hielt ihn davon ab, SMS zu verschicken und Anrufe zu machen. Ein Auge auf der Straße. Mit dem anderen checkte er das Internet mithilfe seines BlackBerrys und fragte sich, warum die Presse so wenig Interesse an der Hinrichtung eines Unschuldigen hatte.

Eigentlich wusste Mace genau, warum. Sein Mandant war ein dreimal verurteilter Straftäter. Ein Schwarzer, der dafür hingerichtet werden sollte, eine respektable weiße Frau in ihrem eigenen Heim getötet zu haben. Antoine hatte keine Fürsprecher außer seine Anwälte und eine engagierte Gruppe von Gegnern der Todesstrafe, die sich um jeden Todeskandidaten kümmerte. Antoines Mutter war vor fünf Jahren gestorben, und es gab keine anderen Familienmitglieder, die der Hinrichtung beiwohnen würden. Für den größten Teil von Georgia war Antoine Marshall nichts weiter als der Gefangene Nummer 12 452, ein Mann, der dazu bestimmt war, eine letzte Schlagzeile zu werden – im Lokalteil –, bevor er aufhörte, auf Kosten der Steuerzahler Kost und Logis zu bekommen. Dennoch erstaunte es Mace, dass nur ein Fernsehsender aus ganz Atlanta Interesse daran hatte, Freddie Coopers Widerruf zu senden.

Mace kam um halb zehn beim Sender an und meldete sich an der Rezeption. Er hatte ein graues Jackett über sein schwarzes T-Shirt geworfen, denn er hatte keine Zeit gehabt, sich zu Hause umzuziehen. Er wusste, er sah aus wie der Tod, aber vielleicht war das angemessen.

Staci Anderson, die Reporterin, die die Fragen stellen würde, war kleiner, als sie im Fernsehen aussah, aber kein bisschen weniger attraktiv. Sie hatte lange, dunkle Haare und ein leicht lateinamerikanisches Aussehen. Wie alle Moderatorinnen trug sie kiloweise Make-up, und ihre Zähne funkelten beinahe.

Mace folgte Staci ins Studio und verbrachte die nächsten fünf Minuten in der Maske. Eine redselige Frau puderte seinen kahlen Kopf, damit er nicht zu sehr glänzte, und spachtelte ihm Rouge ins Gesicht. Als er fertig war, zeigte Mace Staci und ihrem Regisseur die Aufnahme, und der Regisseur murmelte etwas davon, es sei »guter Stoff«. Bevor er wusste, wie ihm geschah, saß Mace im Studio, die Kameras liefen und Staci feuerte Fragen auf ihn ab.

»Warum hat Freddie Cooper bis zum Vorabend der Hinrichtung gewartet, um sich zu melden?«, fragte Staci. »Das erscheint mir ein merkwürdiger Zufall zu sein.«

Mace versuchte, nicht gereizt zu reagieren. Er wollte nicht wirken wie einer dieser Kreuzritter, die glaubten, man sollte jeden Todeskandidaten frei auf der Straße herumlaufen lassen. »Wir suchen ihn schon seit ein paar Wochen«, sagte er. »Er hat nicht gerade ein hyperaktives Gewissen, und wenn wir ihn nicht gefunden hätten, hätte er wahrscheinlich gar nichts gesagt. Ich glaube, er hoffte, wir würden die Hinrichtung auf irgendeine andere Weise stoppen.«

»Aber soweit ich weiß«, sagte Staci, »gibt es einen Augenzeugen des Verbrechens – Robert Brock, den Ehemann des Opfers, der ebenfalls von Ihrem Mandanten angeschossen wurde. Welche Auswirkungen hat Mr Coopers Sinneswandel auf die Glaubwürdigkeit von Mr Brock?«

Das war eine gute Frage, Mace wusste das. Und es war dieselbe Frage, die das Berufungsgericht stellen würde. Dies konnte Maces beste Gelegenheit sein, das Gericht zu überzeugen. Richter schauten auch fern.

Mace wandte sich von Staci ab und blickte direkt in die Kamera. »Mr Brock ist Opfer eines schrecklichen Verbrechens geworden, und mein Mitgefühl gilt ihm und seiner Familie. Aber er stand unter Schock, als er seine Frau blutend auf dem Boden sah. Er konnte den Eindringling nur einen sehr kurzen Augenblick sehen, bevor er angeschossen wurde. Später benutzte die Polizei Suggestivfragen und eine fehlerhafte Gegenüberstellung, um Mr Brock zu überzeugen, dass mein Mandant der Mörder sei. Im Prozess wurde der Verteidigung nicht gestattet, Expertenaussagen über die Gefahren transethnischer Zeugenidentifikationen einzubringen, noch darüber, wie die Polizisten mithilfe einer falschen Gegenüberstellung und manipulativen Fragen falsche Erinnerungen zum Aussehen des Verdächtigen geschaffen hatten.«

»Was geschieht jetzt?«, fragte Staci.

»Wir haben eine Petition mit der Bitte um Aufschub beim Berufungsgericht von Georgia eingereicht«, sagte Mace. »Und erwarten jetzt das Urteil.«

»Danke, Professor James«, sagte Staci. »Ich weiß, Sie haben einen arbeitsreichen Tag vor sich und danke Ihnen, dass Sie sich die Zeit genommen haben.«

Mace wusste, von ihm wurde erwartet, einfach seinen eigenen Dank zu murmeln. Die Programmablaufkarten hinter der Kamera zeigten fünf Sekunden an. Aber er musste nicht nach ihren Regeln spielen.

»Antoine Marshall ist meines Wissens der einzige Angeklagte im Todestrakt, der einen Lügendetektortest bestanden hat«, fügte er hinzu.

Die Zeit war um, bevor Staci den nächsten Beitrag ansagen konnte. In der Pause dankte sie Mace, dann begann sie mit ihrem Regisseur die nächsten Programmpunkte zu besprechen.

Mace ließ eine Kopie der Aufzeichnung von Freddie Cooper beim Sender und sah auf die Uhr. Es war Zeit, sich auf den Weg zum Todestrakt zu machen.

* * *

Den ganzen Morgen arbeitete ich an meinem Schreibtisch und lud mit schwitzenden Handflächen immer wieder die verschiedenen Gerichtshomepages neu, die ich verfolgte. Ich sah die Petition mit der angehängten eidesstattlichen Erklärung von Freddie Cooper um halb elf. Sofort rief ich im Büro des Generalstaatsanwalts an, wo man mir sagte, man arbeite daran. Eine Reaktion werde in spätestens zwei Stunden herausgegeben.

»Das passiert ständig«, sagte einer der Anwälte. »Sie müssen sich keine Sorgen machen.«

Ich bekam eine SMS von einer Freundin, die mich auf die Nachrichten um zwölf hinwies. Ich schaute mir eine Aufzeichnung an und ertappte mich dabei, wie ich mit den Zähnen knirschte. Mace James besaß kein Schamgefühl. Mein Vater lag ohne Bewusstsein in einem Krankenhausbett, und James schoss aus dem Hinterhalt auf ihn.

Sie zeigten einen Ausschnitt von Coopers Widerruf, und er sah aus, als sei er verprügelt worden. Ich rief zum zweiten Mal im Büro des Generalstaatsanwalts an.

»Haben Sie das Video gesehen?«, fragte ich. »Es sieht aus, als hätten sie die Aussage aus ihm herausgeprügelt.«

»Das haben wir bemerkt«, versicherten sie mir. »Wir nehmen es in unsere Schriftsätze auf.«

Ein paar Stunden später, direkt bevor ich zu Hause ankam, rief ich Chris an. »Ich bin in ein paar Minuten da. Hast du Justice rausgelassen?«

»Ungefähr ein Dutzend Mal.«

Ich wusste, Justice nutzte meinen Bruder aus und sammelte ein bisschen zusätzliche Aufmerksamkeit. Bei diesem Gedanken musste ich lächeln.

Als ich zu Hause ankam, parkte ich in der Einfahrt, und Chris war schon vor der Tür, bevor ich hupen konnte. Der Himmel war immer noch wolkenverhangen, aber es hatte aufgehört zu regnen. Als Chris am Wagen ankam, zog er seinen Mantel aus und warf ihn auf den Rücksitz. Mein Vater war ein paar Zentimeter kleiner als Chris und vor seinen Schlaganfällen ungefähr zwanzig Pfund schwerer gewesen. Aber für diesen Anlass hatte Chris beschlossen, eines der Sakkos und die Lieblingskrawatte meines Vaters anzuziehen. Die Krawatte sah super aus, aber das Sakko war an den Ärmeln ein paar Zentimeter zu kurz und an den Schultern viel zu weit.

Chris hatte mir gesagt, ich sähe gut aus, bevor ich am Morgen zur Arbeit gegangen war. Ich hatte ihm gesagt, dass ich Moms Ohrringe und Kette trug. Jetzt stiegen mir beim Anblick meines Bruders im Sakko meines Dads die Tränen in die Augen.

Chris stieg wortlos ein.

»Du siehst super aus«, sagte ich mit rauer Stimme.

»Ich wünschte, er könnte dabei sein«, sagte Chris.

Ich fuhr rückwärts aus der Einfahrt, ohne noch etwas zu sagen.

10

Mace James kam um Viertel nach drei am Gefängnis von Jackson an. Es waren 107 Männer im Todestrakt, alle im selben Flügel der Anlage, nur wenige Meter von der Hinrichtungskammer entfernt, wo die meisten von ihnen sterben würden. Andere Staaten transportierten ihre Gefangenen in speziell gebaute Hinrichtungsräume meilenweit entfernt von dort, wo die Gefangenen im Gefängnis saßen. Aber Georgia glaubte an Effizienz.

Eine Handvoll Demonstranten hatte sich schon vor dem Gefängnis versammelt, und Mace nahm sich die Zeit, allen die Hand zu schütteln. Es erstaunte ihn immer noch, wie gering der öffentliche Aufschrei war, den der Fall ausgelöst hatte, sogar nach seinem Fernsehinterview. Der Fall von Troy Davis hatte ein Jahr vorher noch weitreichende öffentliche Aufmerksamkeit erregt. Aber nichts hatte sich geändert. Wenn überhaupt, hatte sich das Publikum inzwischen an Anträge in letzter Minute von Anwälten der Todeskandidaten gewöhnt, die behaupteten, ihr Mandant sei »wirklich unschuldig«. Bei den meisten lösten solche Anträge nur noch ein kollektives Gähnen aus.

Am frühen Nachmittag hatte der Begnadigungsausschuss gegen eine Begnadigung gestimmt. Das Oberste Bundesgericht hatte einen Aufschub wegen der fragwürdigen Herkunft des Thiopentals abgelehnt. Die einzige Hoffnung war im Moment die Petition vor dem Berufungsgericht von Georgia. Wenn diese abgelehnt wurde, würden die Anwälte von Knight & Joyner denselben Sachverhalt mit einem Antrag auf Revision des Todesurteils bei den Bundesgerichten einreichen – zuerst beim Bundesberufungsgericht und am Ende bei einem Richter des Obersten Bundesgerichtes.

Es war nie zu spät. Den Rekord hielt in Georgia ein Mann namens Troy Davis, der 1989 für den Mord an einem Polizisten in Savannah verurteilt worden war. Zwanzig Jahre später gewährte ihm das Oberste Bundesgericht weniger als zwei Stunden vor seinem Hinrichtungstermin einen Aufschub. Doch ihm war kein Happy End beschieden gewesen. Davis bekam später die Erlaubnis, einem Bundesrichter in Georgia neue Beweise vorzulegen, der daraufhin entschied, diese seien nichts weiter als »Schall und Rauch«. Jetzt saß Davis wieder im Todestrakt, erklärte immer noch lauthals seine Unschuld und war Mace eine ständige Mahnung an seine eigenen Misserfolge. Wie hatten es Davis' Anwälte geschafft, ihren Mandanten dreiundzwanzig Jahre lang am Leben zu erhalten, wenn Mace es bei einem wirklich unschuldigen Mann nicht mehr als zehn schaffte?

Die Antwort, das wusste Mace, war ein Anti-Terror-Gesetz von 1996, das das Recht auf Haftprüfung von Todeskandidaten, die danach verurteilt wurden, gravierend einschränkte. Aber Mace schulterte ebenfalls einen gerechten Anteil der Schuld. Ein guter Anwalt ließ nicht zu, dass ein unschuldiger Mensch starb.

Bevor er sich mit Antoine traf, inspizierte Mace den Hinrichtungsraum, der schon für den Abend vorbereitet war. Der Raum war klein, kalt und steril, ungefähr so groß wie das Untersuchungszimmer einer Arztpraxis. Er war so weiß, dass es beinahe verwirrend war – die weißen Wände und der weiße Fliesenboden wurden nur durch eine zehn Zentimeter breite schwarze Sockelleiste unterbrochen. Das »Bett«, auf das sie Antoine schnallen würden, besaß eine fünf Zentimeter dicke Matratze, überzogen mit einem weißen Wegwerfleintuch. Für die Arme und Fußknöchel gab es dicke braune Lederriemen, und nur zur Sicherheit hingen mehrere zusätzliche Riemen von einer Stange an einer Seite des Bettes.

Mace hatte noch nie einer Hinrichtung beigewohnt. Aber es war offensichtlich, dass der Staat alles nach einem ganz gewöhnlichen medizinischen Vorgang aussehen lassen wollte. Sie würden Antoines Arm sogar mit Alkohol abtupfen, bevor sie die Nadel für die Infusion einführten.

Auf der der Tür gegenüberliegenden Seite des Raumes befand sich ein großes, verspiegeltes Fenster, durch das Beobachter die Prozedur sehen konnten. Auf der Innenseite gab es Jalousien, die geöffnet wurden, wenn Antoine festgeschnallt war. Auf der anderen Spiegelseite waren zwei Räume. Eines für Angehörige des Opfers und Staatsanwalt Masterson. Mace würde im anderen Raum sein, zusammen mit dem Gefängnisseelsorger, der Antoine recht lieb gewonnen hatte. Obwohl auch die Anwälte von Knight & Joyner das Recht hatten, dabei zu sein, behaupteten sie, sie hätten in ihren Büros im Zentrum von Atlanta zu viel mit den Anträgen in letzter Minute zu tun.

Mace musterte den Raum und sah die Gefängnisaufseher achselzuckend an. Was sollte er tun – sich beschweren, dass er die Wände in einer anderen Farbe gestrichen haben wollte?

»Ich würde jetzt gerne meinen Mandanten sehen«, sagte er.

Ein paar Minuten später betrat Mace einen kleinen Raum, wo Antoine mit Fesseln an Handgelenken und Knöcheln an einem am Boden verschraubten Tisch saß. Ein Wärter stand direkt vor der Tür und starrte durch ein vergittertes Fenster herein.

Als die Tür sich hinter Mace schloss, schaute Antoine mit großen Augen zu ihm auf. Vorher waren die beiden immer durch kugelsicheres Glas getrennt gewesen. Aber heute, an Antoines planmäßig letztem Tag auf Erden, durften sie sich ohne Barrieren treffen.

Antoine stand auf, und Mace ging zu ihm hinüber und umarmte ihn fest. Mace spürte die knochigen Schulterblätter seines Mandanten und war ein wenig überrascht, wie viel kleiner Antoine aussah, wenn er in der

Kabine saß. Der Häftling roch, als habe er schon ein paar Wochen nicht geduscht, und seine Haare waren verfilzt und verwahrlost, sein Atem warf Mace fast um.

»Danke fürs Kommen«, sagte Antoine, als sei Mace ein Besucher im Krankenhaus nach einer Operation.

»Ja, ich hatte daran gedacht, stattdessen Golf spielen zu gehen, habe es mir aber dann doch anders überlegt«, erwiderte Mace.

Antoine lächelte nicht, und die beiden setzten sich am Tisch einander gegenüber. Sie beugten sich beide auf den Ellbogen vor, damit sie leise sprechen konnten. Antoine hatte einen gesunden Verfolgungswahn, genährt von elf Jahren im Justizvollzugssystem und Erinnerungen an Freddie Cooper, die immer wieder auf ihn einstürmten. Mace versuchte, den fauligen Atem seines Mandanten zu ignorieren.

»Ich habe keine guten Nachrichten«, sagte Mace und kam direkt zum Punkt. »Der Begnadigungsausschuss hat das Gesuch abgelehnt. Der Oberste Gerichtshof hat unseren Revisionsantrag abgelehnt. Die einzige Chance, die uns bleibt, ist die Petition auf Grundlage von Coopers eidesstattlicher Erklärung.«

Antoines Gesichtsausdruck änderte sich nicht. »So etwas hatte ich erwartet.«

»Im Grunde haben wie drei Versuche mit dieser Petition. Beim Berufungsgericht von Georgia, beim Bundesberufungsgericht und beim Obersten Gerichtshof.«

»Ich halte nicht den Atem an.«

Mace wünschte, er würde.

»Ich auch nicht«, sagte er. Er hatte nie versucht, Antoines Stimmung mit falschen Erwartungen zu heben. Es gab keinen Grund, jetzt damit anzufangen.

»Ich bin bereit«, erklärte Antoine. »Und ich möchte gerne, dass Sie sich etwas ansehen.«

Er griff in die Tasche seines orangefarbenen Overalls und reichte Mace ein gefaltetes Stück Papier.

»Was ist das?«, fragte Mace.

»Meine letzten Worte. Ich werde sie bis sieben Uhr auswendig lernen.«

Unter Antoines forschendem Blick las Mace den Text:

Ich möchte der Familie Brock mein Bedauern aussprechen. Ich habe jeden Tag für Sie gebetet, und ich hoffe, Sie können dieses Kapitel Ihres Lebens durch meine Hinrichtung abschließen. An Jamie und Chris Brock: Es tut mir leid, dass Sie Ihre Mutter verloren haben. An Robert Brock: Es tut mir leid, dass Sie Ihre Frau verloren haben.

Ich bin bereit zu sterben. Diejenigen von Ihnen, die Macht über mich haben, hätten sie nicht, wenn sie Ihnen nicht von oben verliehen worden wäre.

Vergib ihnen, Vater, denn sie wissen nicht, was sie tun.

In deine Hände, Jesus, lege ich meinen Geist.

Mace las den Text zweimal, um sich Zeit zum Nachdenken zu verschaffen. Er gefiel ihm nicht. Die Erklärung war verwirrend, und es gab keine eindeutige Unschuldsbekundung. Schlimmer noch: Antoine zitierte die Worte Jesu, was die Opfer wütend machen würde.

»Was meinen Sie dazu?«, fragte Antoine, und seine Augen leuchteten zum ersten Mal, seit Mace den Raum betreten hatte.

Mace verzog leicht das Gesicht. »Es ist okay. Sehr biblisch. Aber ich finde, Sie könnten stärker Ihre Unschuld beteuern.«

Antoine hatte offensichtlich darüber nachgedacht. »Jesus hätte auch auf seiner Unschuld beharren können. Aber die Bibel sagt, er schwieg wie ein Lamm auf der Schlachtbank.«

»Aber das ist etwas anderes. Jesus musste sterben, um die Welt zu retten. In Ihrem Fall ist es schlicht und einfach Unrecht.«

Antoine nahm ihm das Papier wieder ab, faltete es und steckte es zurück in die Tasche. »Ich weiß Ihre Meinung zu schätzen. Aber dem Seelsorger gefiel es. Und ich glaube nicht, dass ich etwas falsch machen kann, wenn ich die Worte Jesu zitiere.«

Mace wollte widersprechen, entschied sich aber dagegen. Dies war Antoines letzter Akt der Selbstbestimmung. Der Staat hatte ihm alles genommen, bis auf sein Recht, direkt vor seinem Tod sagen zu dürfen, was immer er wollte. Wer war Mace, dass er diese Worte kritisierte?

»Es ist eine gute Stellungnahme, Antoine. Ich wäre zu verbittert, um etwas so Gnädiges zu sagen. Sie sind ein besserer Mensch als ich.«

»Da wären einige anderer Meinung«, sagte Antoine mit einem gezwungenen Lächeln. Dann wurde er wieder ernst und kniff die Augen zusammen. »Mace, werden Sie aufhören, an diesem Fall zu arbeiten, wenn sie mich töten?«

»Nein«, sagte Mace. »Ich werde aufhören, an diesem Fall zu arbeiten, wenn ich Ihren Namen reingewaschen habe.«

Antoine musterte Mace einen Augenblick, wie um sich zu vergewissern, ob er dieses Versprechen wirklich glauben konnte. Sie wussten beide, dass es andere Männer im Todestrakt geben würde, die Maces Hilfe brauchten. »Sie haben bisher alles getan, was Sie versprochen haben«, sagte Antoine schließlich.

»Danke«, sagte Mace. »Aber lassen Sie uns noch nicht aufgeben.«

Daraufhin lehnte sich Antoine auf seinem Stuhl zurück. »Bringen wir es einfach hinter uns.«

11

Chris und ich waren beide in Gedanken versunken, als wir auf der Route 400 nach Süden fuhren und dabei Countrymusik hörten. Die Fahrt nach Jackson würde neunzig Minuten dauern, falls der Verkehr mitmachte. Aber in Atlanta stand dahinter ein großes Fragezeichen.

Wir gerieten auf der Ringstraße 285 ins Stocken, direkt hinter der Kreuzung mit der I-85. Die Straße hatte sechs Spuren in jede Richtung und Betonabsperrungen auf beiden Seiten. Als der Verkehr vollständig zum Erliegen kam, wusste ich, es musste irgendeinen Unfall gegeben haben.

Chris schaltete auf der Suche nach Verkehrsmeldungen durch die verschiedenen Radiosender. Da ich fuhr, reichte ich ihm meinen BlackBerry und bat ihn, die Verkehrsmeldungen auf der Homepage der Zeitung aufzurufen.

Chris war der Typ, der gerne überall pünktlich war. Ich konnte an seiner Körpersprache ablesen, dass er innerlich kochte, weil ich ihn eine Viertelstunde zu spät abgeholt hatte.

»Es müsste immer noch reichen«, sagte ich. »Wir haben zwei Stunden extra eingeplant.«

»Nur dass hier überhaupt nichts vorwärtsgeht«, erwiderte Chris.

Ich war versucht, ihn daran zu erinnern, dass er ursprünglich überhaupt nicht hatte hingehen wollen, aber ich beschloss, keinen Streit anzufangen. Wir würden einander heute brauchen. Chris war alles, was mir noch von meiner Familie geblieben war.

»Zehn Meilen südlich von hier gab es einen Unfall mit einem Sattelschlepper«, sagte er. Er las den Bericht auf meinem BlackBerry, und die Frustration in seiner Stimme war nicht zu überhören. »Wir fahren am besten schon die nächste Ausfahrt raus und nehmen die Verbindungsstraße.«

Ich wusste, alle anderen würden auf dieselbe Idee kommen. Ich wusste aber auch, dass wir allein bis zur nächsten Ausfahrt ewig brauchen würden. Ich rammte den Schalthebel des Automatikgetriebes in die Parkstellung. »Ich fasse es nicht«, murmelte ich.

»Vielleicht sollen wir einfach nicht dort sein«, sagte Chris.

Es war die falsche Bemerkung zur falschen Zeit. »Du bist auch noch froh darüber, oder?«, blaffte ich.

Chris warf mir einen finsteren Blick zu. »Ich bin nicht derjenige, der eine Viertelstunde zu spät kam.«

Ich spürte, dass ein ausgewachsener Geschwisterstreit im Anmarsch war, aber ohne klaren Gewinner in Sicht. Normalerweise war ich willensstärker und bügelte ihn nieder. Chris verzog sich dann in sein Schneckenhaus; ich fühlte mich schlecht und entschuldigte mich irgendwann. Diesmal beschloss ich, den Teufelskreis abzukürzen.

»Wir haben immer noch jede Menge Zeit«, murmelte ich.

Er nahm mein Friedensangebot an und antwortete nicht.

Zwanzig Minuten später, nachdem sich ein paar Rettungswagen auf der Fahrgemeinschaftsspur an uns vorbeigequetscht hatten und wir uns immer noch nicht bewegt hatten, beschloss ich, Bill Masterson anzurufen.

»Haben Sie von der Ringstraße gehört?«, fragte ich.

»Nein, was ist damit?«

»Wir stecken im Verkehr fest. Wir sind seit einer halben Stunde keinen

Zentimeter vorangekommen. Wann können wir uns spätestens im Gefängnis anmelden?«

Masterson zögerte. »Ich weiß nicht. Es ist ja nicht so, als täte ich das jeden Tag.«

Er versprach mir, sich zu erkundigen und mich zurückzurufen. Fünf Minuten später telefonierte ich wieder mit ihm.

»Können Sie das Auto auf den Seitenstreifen fahren?«, fragte er.

»Warum?«

»Ich habe ein paar Gefälligkeiten eingefordert. Die State Police wird Sie in ungefähr zehn Minuten abholen. Wenn sie kommen, schalten sie das Blaulicht an, und Sie können ihnen auf dem Seitenstreifen folgen, bis Sie einen Platz finden, wo Sie Ihr Auto parken können.«

Es war jetzt halb fünf, und unser Puffer war auf weniger als eine Stunde zusammengeschrumpft. Ich fragte mich, ob es in der ganzen Geschichte der Hinrichtungen in Georgia je vorgekommen war, dass die Familienmitglieder eines Opfers zu spät kamen.

Ich dankte Masterson und erklärte Chris den Plan. Da wir uns auf einer der mittleren Spuren befanden, musste ich handeln.

»Du fährst!«, befahl ich Chris. Ich sprang aus dem Auto und ging zu den Fahrern, die vor uns auf den rechten Spuren standen. Ich erklärte die Lage, und sie musterten mich alle, als überlegten sie, ob sich jemand so etwas Verrücktes einfach ausdenken würde. Schließlich quetschten sie sich zusammen und schufen genug Platz, damit wir uns bis auf den Seitenstreifen durchzwängen konnten. Zehn Minuten später kam ein Polizeiauto. Der Officer sagte uns, wir sollten ihn vorbeilassen und ihm dann auf dem Seitenstreifen bis zur nächsten Ausfahrt folgen. Nachdem wir mein Auto geparkt hatten, würden wir dann im Polizeiwagen nach Jackson mitfahren.

Als wir auf dem Seitenstreifen anfuhren, erfüllte mich ein Gefühl der Dankbarkeit. Es fühlte sich gut an, auf der richtigen Seite des Gesetzes zu stehen. Staatsanwälte und Cops konnten sich manchmal gegenseitig an die Gurgel gehen, aber wir stärkten uns auch gegenseitig den Rücken. Mein Beruf bestand darin, Polizisten wie denen, die jetzt vor uns herfuhren, dabei zu helfen, Gangster einzubuchten. Heute kümmerte sich die »blaue Bruderschaft« um mich.

»Ich fasse es nicht, dass sie das für uns tun«, sagte ich.
»Ziemlich cool«, stimmte Chris zu.

* * *

Wir waren aus dem Verkehr auf der Ringstraße heraus und fuhren auf dem Rücksitz des Polizeiwagens auf der I-75 nach Süden, als der nächste Anruf von Bill Masterson kam. Wie immer war der Chef geradeheraus, aber ich hörte Sorge in seiner Stimme.

»Jamie, ich habe gerade einen Anruf aus dem Büro des Generalstaatsanwalts erhalten. Das Berufungsgericht von Georgia hat eben einen Aufschub der Hinrichtung bis 7. August angeordnet. Sie brauchen Zeit, um den Fall im Licht der eidesstattlichen Erklärung von Cooper zu bewerten. Sie haben einen Zeitplan für Briefing und mündliche Beweisausführungen verschickt.« Er schwieg, während ich die Neuigkeit verarbeitete. »Es tut mir leid.«

Wie betäubt starrte ich stur geradeaus. Ich hatte geglaubt, ich sei auf alles vorbereitet. Ich hatte mich tausend Mal daran erinnert, dass das passieren konnte. Aber die Wirklichkeit traf mich härter, als ich es mir vorgestellt hatte. Ich hatte diesen Tag schon vor Monaten als den Tag im Kalender angestrichen, an dem ich endlich abschließen konnte. Aber jetzt saß ich hier und wurde schon wieder vom System geschmäht.

»Alles in Ordnung?«, fragte Masterson.

»Ich glaube nicht«, war alles, was ich herausbrachte.

»Ich weiß, Sie sind enttäuscht«, sagte Masterson. »Aber ich würde da nicht zu viel hineininterpretieren. Sie wollen nur Zeit, um die Sache zu prüfen. Diese eidesstattliche Erklärung wird die Zeugenaussage Ihres Vaters nicht außer Kraft setzen.«

Es half, Masterson so zuversichtlich zu hören. Aber der Schlag in die Magengrube hatte mir mehr oder weniger den Atem genommen. Ich wusste, ich musste das Gespräch beenden, bevor ich anfing zu weinen.

»Okay. Danke für die Information.«

Masterson entschuldigte sich noch einmal, bevor er auflegte. Chris sah mich an, und ich spürte, dass mir alles Blut aus dem Gesicht gewichen war. Er rückte zu mir herüber und legte mir einen Arm um die

Schulter. Er hatte genug von dem Gespräch mitgehört, um Bescheid zu wissen.

»Officer Hartley, ich bitte Sie nur sehr ungern darum, aber könnten Sie uns zu unserem Auto zurückfahren?«, fragte ich. Meine Stimme trug, obwohl ich spürte, wie mir die Kehle eng wurde und die Tränen in die Augen stiegen. »Das Berufungsgericht Georgia hat eben einen Aufschub bewilligt.«

Ich lehnte mich an meinen großen Bruder, und dann begannen die Tränen über mein Gesicht zu laufen. Bevor ich mich bremsen konnte, schluchzte ich, obwohl ich versuchte, ruhig und gefasst zu sein.

»Es tut mir leid«, sagte Officer Hartley vom Fahrersitz aus.

In diesem Moment konnte ich nicht einmal antworten. Ich legte nur den Kopf an Chris' Schulter und erlaubte mir zu weinen.

* * *

Einer der Gefängniswärter fand Mace telefonierend in einem Konferenzraum und reichte ihm ein einzelnes Blatt Papier. Mace beendete sein Gespräch und überflog die Seite rasch.

»Er ist ein guter Häftling«, sagte der Wärter mit leiser Stimme. »Er hat es wahrscheinlich verdient.«

»Darf ich es Antoine sagen?«, fragte Mace.

»Natürlich.«

Sie trafen sich im selben Raum, in dem Antoine Mace nur ungefähr eine Stunde zuvor seine letzten Worte zu lesen gegeben hatte.

»Troy Davis hält den Rekord immer noch«, sagte Mace. »Sein Aufschub kam zwei Stunden vor seiner geplanten Hinrichtung.« Mace schaute auf die Uhr, dann wieder zu Antoine. »Ihrer kam großzügige drei Stunden und drei Minuten vorher.«

Antoine starrte ihn an, als habe er eben einen Geist gesehen. Vielleicht seinen eigenen? »Was sagen Sie da?«

»Das Berufungsgericht Georgia hat einen Aufschub gewährt. Sie nehmen sich vier Monate Zeit, um den Fall neu zu prüfen.«

Eine sehr lange Sekunde lang starrte ein fassungsloser Antoine Marshall seinen Anwalt an und versuchte, diese Nachricht zu verarbeiten.

Seine Lippen begannen zu zittern, und in seinen Augen schwammen Tränen. »Gelobt sei Gott«, sagte er. Dann verbarg er das Gesicht in den Händen und begann zu weinen.

12

Es war mein Vater gewesen, der mich gelehrt hatte, stark zu sein. Als ich in der Grundschule war, hatten ein paar Jungen meinem Vater Schimpfnamen gegeben, weil er einen Mann verteidigte, der angeklagt war, seine Frau und Kinder umgebracht zu haben. Mein Vater plädierte auf Unzurechnungsfähigkeit - sein Mandant glaubte, die Götter hätten ein Blutopfer gefordert -, und meine Mutter lieferte das psychiatrische Gutachten dazu. Ich geriet in der Schule in eine Prügelei, und meine Eltern fanden es heraus.

An diesem Abend hielt mir meine Mutter einen Vortrag darüber, warum Gewalt niemals eine Lösung war. Sie gab mir Hausarrest und schickte mich in mein Zimmer, während mein Vater schweigend danebenstand. Später, während ich vor Wut kochte, weil ich dafür bestraft wurde, meine Eltern verteidigt zu haben, kam mein Vater herein und setzte sich auf mein Bett.

»Hast du gewonnen?«, fragte er konspirativ flüsternd.

»Ja.«

»Gut. Erzähl mir davon.«

Als ich damit fertig war, die Prügelei zu beschreiben, und von ihm ein paar Tipps für die nächste bekommen hatte, küsste er mich auf die Stirn und stand auf. »Nur fürs Protokoll«, sagte er, »ich bin auch gegen Prügeleien. Aber eines weiß ich - wenn du kämpfen musst, solltest du besser den ersten Schlag austeilen, und zwar einen guten. Und, Jamie ...«

Er wartete, bis er meine volle Aufmerksamkeit hatte.

»Wenn du den anderen Kerl am Boden hast, lass ihn nicht wieder aufstehen.«

Vielleicht war es deshalb so schwer, meinen Vater von den lebenserhaltenden Maschinen zu trennen. Er war ein Kämpfer. Ich wusste einfach, irgendwann, wenn ich ins Krankenhaus kommen würde, würden seine Arme zucken, die Augen blinzeln, und mein Vater würde langsam, aber sicher ein letztes Mal von der Matte aufstehen. Man konnte ihn nicht auszählen.

Doch nachdem Antoine Marshall seinen Aufschub bekommen hatte, wurde mir klar, es war Zeit, Chris den Stecker ziehen zu lassen. Schon vor der Enttäuschung am Freitag hatte ich mich durch die Trauerphase gearbeitet, in der man sich der Realität verweigert. Ich war noch nicht bereit dafür, dass mein Vater starb, aber ich wusste, das würde ich niemals sein. Am Ende hatte ich doch die Tatsache akzeptiert, dass er nicht zurückkommen würde.

Bis ich im Krankenhaus ankam, hatte ich so viel geweint, dass ich das Gefühl hatte, keine Tränen übrig zu haben. Ich war so schwach vor Trauer und dem Wissen, was wir würden tun müssen, als hätte jemand die ganze Energie und Freude aus meinem Herzen gequetscht. Ich traf Chris und Amanda in der Lobby, und wir gingen gemeinsam zu Dads Zimmer, wo wir uns mit Dr. Guptura und ein paar Krankenschwestern trafen. Wir baten um etwas Zeit allein mit ihm.

Ich betrat den Raum, ohne mir die Hände zu desinfizieren, und stellte mich an das Krankenhausbett, während Chris und Amanda sich auf die andere Seite stellten. Chris hielt Amandas Hand, während er meinem Vater sagte, wie sehr er ihn liebte.

»Es wird mir fehlen, einfach den Telefonhörer zu nehmen und seine Stimme zu hören«, sagte Chris zu Amanda und mir. »Es wird mir fehlen, ihm zuzusehen, wie er sich auf den Boden setzt und mit den Mädchen spielt.«

Er wischte sich die Augen und legte eine Hand auf Dads Stirn. Tränen kullerten über seine Wangen, als er die Augen schloss und Gott dafür dankte, dass er uns so einen wunderbaren Vater geschenkt hatte. »Ich weiß nicht, womit ich einen Vater wie dich verdient habe«, sagte er zu Dad, nachdem er sein Gebet beendet hatte. »Und du hast etwas Besseres verdient.« Er schwieg kurz und schluckte trocken. »Umarme Mum für mich, wenn du sie siehst.«

Den ganzen Tag hatte ich darüber nachgedacht, was ich meinem Dad in diesen letzten gemeinsamen Momenten sagen könnte. Aber jetzt erschienen mir meine sorgfältig überlegten Worte so sinnlos. Die Tränen waren mir in die Augen gestiegen, während ich Chris zuhörte, und jetzt erstickte die Trauer meine Worte.

Ich wusste, die letzten Worte, die mein Vater mich wirklich hatte sagen hören, waren diejenigen, die ich am Morgen seines zweiten Schlaganfalls auf dem Weg zur Tür hinaus gesagt hatte. Weil sein erster Schlaganfall sein Kurzzeitgedächtnis beeinträchtigt hatte, hatte ich es mir zur Gewohnheit gemacht, Dinge aufzuschreiben, an die er sich erinnern sollte. Am Morgen seines zweiten Schlaganfalls hatte ich ihn daran erinnert, die Mülltonne hereinzuholen, nachdem die Müllabfuhr da war. »Vergiss nicht, mit Justice Gassi zu gehen. Ich arbeite heute Abend wahrscheinlich länger, also mach dir keine Sorgen, wenn ich nicht zum Abendessen da bin.«

Es gab keine Umarmung. Kein *Ich liebe dich*. Mein Dad war schon in seinem Arbeitszimmer und gab vor, fleißig zu arbeiten.

»Bis später«, hatte ich gesagt. »Dir einen schönen Tag!«

Und jetzt, als wir ein letztes Mal an seinem Bett standen, erschien mir der Versuch, das wiedergutzumachen, sinnlos. Ich wischte mir mit dem Handrücken die Tränen aus den Augen und sah Chris an. »Ich kann nichts sagen.«

Chris nickte. »Das ist in Ordnung. Wir werden ihn eines Tages wiedersehen. Dann kannst du ihm alles sagen.«

Ich beugte mich nieder und küsste meinen Vater auf die Wange; meine frischen Tränen benetzten sein Gesicht. Die Krankenschwestern rasierten ihn jeden Tag, aber ich spürte trotzdem seine Bartstoppeln. Als ich klein war, hatte er oft mit Chris und mir gerungen und uns dann manchmal auf dem Boden festgehalten und uns gekitzelt oder sanft diese Stoppeln über unsere Wangen gerieben.

Der Gedanke daran tat mir im Herzen weh. Wir waren keine Bilderbuchfamilie gewesen, aber wir taten unser Bestes, bis Antoine Marshall daherkam und alles zunichtemachte. Ich richtete mich auf und hielt mir die Faust vor den Mund im Versuch, nicht die Fassung zu verlieren. Ich schniefte und nickte Chris zu.

Ich erinnere mich nicht, dass er zu Dr. Guptara hinausging, aber ich erinnere mich, dass der meinen Platz neben dem Bett einnahm, etwas in seine Krankenakte kritzelte, uns sagte, das sei das Beste für meinen Dad, und die lebenserhaltenden Maschinen abstöpselte.

Als Dad fortging, stand ich neben dem Fußende seines Bettes und beobachtete die Monitore. Es war erstaunlich, wie schnell und ruhig das Herz meines Vaters aufhörte zu schlagen. Eine Welle des Leids und der Schuld spülte über mich hinweg, als mir die Endgültigkeit bewusst wurde – wir hatten gerade alle Hoffnung auf eine wundersame Genesung aufgegeben. Meine Knie gaben nach, und der Raum begann sich zu drehen.

Chris kam herüber und umarmte mich lange. Keiner von uns sprach. Schließlich ging ich zurück zum Bett und gab meinem Dad einen letzten Kuss auf die Stirn.

Wie im Nebel füllte ich den Papierkram aus und versicherte Chris und Amanda, es ginge schon.

Ich erinnere mich nicht an die Heimfahrt. Ich fühlte mich selbst auch tot, als hätte jemand meinen Körper übernommen und zwänge mich, mechanisch durch den Trott des Lebens zu gehen, während ich außerhalb von mir selbst in einem See von Trauer und Verzweiflung dahintrieb. Zu Hause spürte Justice sofort, dass etwas nicht stimmte, und versuchte sein Bestes, mich zu trösten. Er fand ein Spielzeug und stupste es gegen mein Bein – *Willst du spielen?* Als ich mich weigerte, legte er sich neben mich, legte den Kopf sanft auf meine Füße und warf gelegentlich einen Blick zu mir herauf, um zu sehen, ob alles in Ordnung war.

Nach ein paar Stunden zog ich meine Joggingklamotten an und ging lange mit Justice laufen. Ich kämpfte mich an den Hügeln ab, bis ich das Gefühl hatte, meine Lungen explodierten gleich. Der Schmerz betäubte den Kummer ein wenig. Als ich endlich wieder zu Hause ankam, bis aufs Mark erschöpft, setzte ich mich lange auf die Verandastufen, den Kopf gesenkt und Justice direkt neben mir. Ich erinnerte mich an die guten Zeiten mit meinem Dad, und die Tränen begannen wieder zu fließen und bildeten eine kleine Pfütze zu meinen Füßen. Diesmal tat ich nichts, um sie aufzuhalten.

Als ich geduscht war, zog ich eine Jeans, ein T-Shirt und eines der Sweatshirts meines Vaters an und rollte mich auf der Couch zusammen. Ich hatte mich für fünf mit Chris im Beerdigungsinstitut verabredet. Wir mussten einen Gedenkgottesdienst planen, die Einzelheiten des Begräbnisses besprechen und eine Todesanzeige schreiben, aber ich wusste, dass das alles auch ohne mich passieren würde.

Das Haus kam mir lebloser vor als jemals zuvor, und ich wehrte mich gegen den Gedanken, die Sachen meines Vaters ausräumen und das Haus zum Verkauf ausschreiben zu müssen.

»Seine Zeit war gekommen«, hatte Chris im Krankenhaus gesagt. »Aber niemand kann uns die Erinnerungen nehmen.«

Was das anging, hatte Chris recht. Also ging ich in Dads Arbeitszimmer und zog das Buch heraus, das er mir als kleines Mädchen vorgelesen hatte.

Ich kuschelte mich damit auf die Couch, und Justice blickte bettelnd zu mir auf. Ich tätschelte das Kissen neben mir, und er sprang herauf und rollte sich neben meinen Beinen zusammen.

Die nächsten zwei Stunden war ich wieder Daddys kleines Mädchen. Er war Atticus Finch und ich war Scout, und jedes Mal, wenn er versuchte, das Buch wegzulegen und mir zu sagen, es sei Schlafenszeit, bettelte ich ihn an, nur noch ein Kapitel von *Wer die Nachtigall stört* vorzulesen.

13

Die folgenden Tage verbrachte ich in einem Nebel von Trauer und Ungläubigkeit. In den Südstaaten gibt es eine Menge Traditionen, die unsere Hände und den Kopf in den Tagen nach einem Todesfall beschäftigen und die es uns erlauben, echte Trauer mindestens eine Woche lang von uns zu schieben. Am Tag, als mein Vater starb, arbeiteten Chris und ich den Nachruf für die Zeitung aus und machten Pläne für die Beerdigung. Am nächsten Tag halfen Chris und Amanda das Haus zu putzen, damit wir einen anständigen Empfang für Familie, Freunde und Kondolenzbesucher ausrichten konnten. Uns wurden riesige Mengen zu Essen gebracht, als wäre das Haus ein Sammellager für Katastrophenhilfsgüter und nicht das Heim einer Familie, die gerade einen geliebten Menschen verloren hatte.

Die größte Qual waren die zwei Stunden, während denen ich die Hände der Besucher bei der Totenfeier schüttelte. Die Warteschlange reichte bis vor die Tür des Bestattungsunternehmens und schien mir unendlich lang. Als die Leute dann endlich zum Kopf der Schlange kamen, um mir die Hand zu schütteln und Chris, Amanda und ihre zwei Mädchen zu umarmen, sprachen sie mit gedämpften Stimmen und sagten mir, wie leid es ihnen täte, als hätten sie irgendwie selbst den Tod meines Vaters verursacht. Alle fühlten sich unwohl, und es war deutlich, dass sie an einer Million Orten lieber gewesen wären als hier.

Na ja, nicht alle. Die paar Ausnahmen erhellten meinen Abend. Einer war ein alter Kommilitone von mir namens Isaiah Haywood. Er war immer respektlos gewesen, laut und unausstehlich und sah offenbar keinen Grund, eine Ausnahme zu machen, nur weil mein Vater gestorben war.

»Danke fürs Kommen«, sagte ich zu Isaiah. Wie üblich hatte er beschlossen, der bestangezogene Mann des Abends zu sein. Er arbeitete als fest angestellter Anwalt für eine Sportagentur und verdiente anscheinend genug Geld, um sich Fünfhundert-Dollar-Anzüge leisten zu können.

»Ich wäre auch über Glasscherben hierher gekrochen, nur um dich mal wieder in diesem schwarzen Kleid zu sehen«, sagte er. Die Bemerkung ließ mich erröten. Isaiah hatte das ganze Studium über ähnliche Bemerkungen gemacht. Ich hatte ihn jedes Mal abblitzen lassen, aber das schien ihn nicht zu stören.

»Dein Verlust tut mir wirklich leid«, sagte Isaiah. »Er muss ein großartiger Mensch gewesen sein, wenn er so eine wunderbare Tochter großgezogen hat.«

Ich beugte mich vor, um ihn zu umarmen. Es war eine der wenigen Umarmungen, die ich an diesem Abend mit Bedacht verteilte.

Zwei Tage später war die Beerdigung, an der ein Großteil der Rechtsgemeinde von Atlanta teilnahm. Mein Dad war eine kleine Legende gewesen. Chris machte seine Sache bei seiner Ansprache großartig und schaffte es irgendwie, die ganze Zeit über die Beherrschung zu wahren. Wir versuchten, das Leben meines Vaters zu feiern, und im Großen und Ganzen gelang uns das auch. Ich weinte nur einmal, und das war, als ich sah, wie Chris' Mädchen, die zehnjährige Lola und die achtjährige Sophie, jede eine Rose auf den Sarg ihres Opas legten.

Ich war gerührt von der Menge der Besucher aus der Staatsanwaltschaft. Bill Masterson war da und hatte anscheinend verfügt, dass alle, die nicht vor Gericht mussten, auch kommen sollten. Sie besetzten zwei volle Reihen, und es war herzerwärmend, wie die Staatsanwälte einem Strafverteidiger ihren Respekt zollten, der ihnen meistens ein Stachel im Fleisch gewesen war.

Zum Ende der Feier war ich ausgelaugt vom Schmerz und vom Protokoll und wollte nur noch allein sein. Aber das war nicht möglich, denn ich wohnte im Haus meiner Eltern, wo wir den Empfang abhielten. Meine Tanten und Onkel kamen alle, zusammen mit meinen engsten Freunden von der Uni und von der Arbeit. Justice machte die Runde, arbeitete sich durch die Menge, um Essenshappen abzustauben und alle Reste von den Tellern zu verschlingen, die auf Couchtischen stehen geblieben waren.

Als sich die Besuchermenge ausdünnte, fingen Chris und ich an, Geschichten über unseren Dad zu erzählen, und wir lachten alle ein paar Mal herzlich.

Meine Freunde und Verwandten machten sauber, bevor sie gingen, und um acht Uhr an diesem Abend umarmte ich endlich Chris und seine Familie, versicherte ihnen, ich würde schon allein zurechtkommen, und winkte ihnen von der vorderen Veranda aus nach, als sie wegfuhren. Als ich wieder hineinging, war das Haus totenstill. Ich spürte, wie sich die Einsamkeit auf mich legte, und wusste, ich brauchte Ablenkung. Wir hatten unsere Aufgabe gut gemacht und unseren Dad bei der Beerdigung geehrt, und diese Zeremonie hinter mich gebracht zu haben, nahm mir irgendwie einen Teil des Drucks, der auf meiner Brust gelegen hatte. Ich glaubte keine Minute daran, dass mein Dad wollte, dass ich herumsaß und in Selbstmitleid versank. Seine Lösung für so ziemlich alles war gewesen, ein bisschen härter zu arbeiten. Und obwohl Masterson mir gesagt hatte, ich solle mir mindestens eine Woche freinehmen, wollte ich möglichst schnell wieder ins Büro und die Bösen fertigmachen.

Ich verbrachte den Abend mit dem Ordnen der Unterlagen über Rikki Tate. Ich entfernte das weinrote Tischtuch und die silbernen Kerzenhalter von unserem Esszimmertisch, breitete die Akte darauf aus und machte das Esszimmer so zu meiner Rikki-Tate-Kommandozentrale. Wie ich gehofft hatte, lenkte mich die Aufgabe eine Weile ab. Ich musste zurück in eine Routine kommen, und ich war entschlossener als je zuvor, dafür zu sorgen, dass Caleb Tate bekam, was er verdiente.

Justice reagierte auf meinen Stimmungsanstieg, und wir spielten ein bisschen Tauziehen, bevor wir zu Bett gingen. In dieser Nacht schob ich Justice zum ersten Mal seit dem Tod meines Vaters aus dem Bett und ließ ihn auf seinem üblichen Platz auf einer Decke auf dem Boden schlafen.

Jamie Brock war wieder da. Und es war Zeit, wieder ein bisschen Disziplin einkehren zu lassen.

14

Unser Haus stand auf einem kleinen Hügel am Ende einer Sackgasse. Wenn ich aus den Panoramafenstern im Arbeitszimmer meines Vaters schaute, konnte ich einen guten Teil der Nachbarschaft sehen, und ich fühlte mich wie eine Königin in ihrem mittelalterlichen Schloss.

Nach seinem ersten Schlaganfall hatte mein Vater mehrere Stunden am Tag hier drin verbracht und Geschäftigkeit vorgetäuscht, obwohl er nicht mehr als Anwalt praktizieren konnte. Wenn ich auf dem Weg nach draußen an dem Zimmer vorbeikam, saß er nur an seinem Schreibtisch, starrte aus dem Fenster, tief in Gedanken versunken. Neben seinem Computer stand eine halb volle Tasse Kaffee und wurde kalt. Wenn ich dann abends nach Hause kam, goss ich den Kaffee in den Ausguss und stellte die Tasse in den Geschirrspüler. Manchmal standen zwei oder drei halb volle Tassen im Arbeitszimmer herum, alle offenbar vergessen und stehen gelassen.

Am Morgen nach der Beerdigung übernahm ich seinen Platz, trank an seinem Schreibtisch Kaffee und schaute aus den Fenstern. Kinder aus der Nachbarschaft warteten an der Einfahrt in die Sackgasse auf den Schulbus, ihre Eltern standen mit ihnen dort, plauderten und genossen den schönen Frühlingsmorgen. Ich sehnte mich nach so einem normalen Leben. Und ich wünschte, mein Vater säße noch auf diesem Stuhl, selbst mit dem geschwächten Geist und der veränderten Persönlichkeit, die seinem ersten Schlaganfall gefolgt waren. Ich mühte mich ab, die Endgültigkeit des Ganzen zu erfassen – die Tatsache, dass ich ihn in diesem Haus nie wiedersehen würde, nie wieder Zuversicht und Kraft allein aus dem Wissen würde schöpfen können, dass er da war.

Als ich meinen Kaffee ausgetrunken hatte, schüttelte ich die Melancholie ab und ging in die Rikki-Tate-Kommandozentrale. Ich nahm die Bilder von den Wänden und stellte eine Staffelei in die Ecke. An den Wänden entlang standen ein paar dekorative Tische, und die machte ich ebenfalls frei.

Ich klebte ein paar Bilder von Rikki an eine Seitenwand und setzte mich an meinen Computer, um ihre Biografie zusammenzufassen. Das war meine besondere Perspektive, die ich in Fälle wie diesen einbrachte. Ich schaute mir alles aus der Sicht des Opfers an – studierte seine Gewohnheiten, seine Freunde und seine Persönlichkeit. Ich würde praktisch zu Rikki Tate werden, damit ich verstand, was sie dachte und wer ihren Tod gewollt hatte. Natürlich würde ich wie alle anderen auch den Verdächtigen studieren. Aber große Teile meiner Zeit würde ich auf das Opfer verwenden, etwas, auf das andere Typen von Strafverfolgern zu wenig Wert legten.

Rikkis Leben las sich wie eine Shakespeare-Tragödie – vom Missbrauch in der Kindheit über Las Vegas, dann dem Begleitservice in Atlanta und schließlich zur Ehe mit Caleb Tate. Ich sah die Akten ihrer Zivilklagen durch, die sie eingereicht hatte im Versuch, ihre Nacktfotos aus dem Internet entfernen zu lassen. Ich las Onlineberichte über die Existenzangst, die das unter den Pornolieferanten auslöste. Ich suchte nach einer Verbindung zwischen ihnen und Caleb Tate.

Die Polizei hatte ziemlich viel Zeit damit verbracht, Gerüchten nachzugehen, dass sowohl Rikki als auch Caleb Affären gehabt hatten. Caleb war angeblich mit einer Büroangestellten heimlich verreist. Zwei Jahre zuvor war Rikki mit einem Kerl zusammengekommen, den sie aus dem Fitnessstudio kannte. Rikkis Affäre endete kurz vor ihrer Bekehrung. Der aktuelle Stand der Beziehung zwischen Caleb und seiner Angestellten war unbekannt.

Rikkis Krankenakten waren umfangreich, aber das meiste davon bestand aus Schönheitsoperationen und anderen Dingen ohne Bezug zu ihrem Tod. Es gab keinen Hinweis darauf, dass sie je Oxycodon, Codein oder Promethazin verschrieben bekommen hatte. Caleb Tate hatte ein paar Jahre zuvor nach einer Operation an der Schulter ein paar Monate lang OxyContin genommen, was ein Markenname für Oxycodon war, aber er hatte das Rezept nur zweimal eingelöst.

Caleb und Rikki hatten sicherlich ihre Probleme gehabt. Freunde berichteten von Streits, aber die Polizei wurde nie gerufen, und niemand hatte je behauptet, Caleb habe Hand an Rikki gelegt. Ihre Bekehrung hatte laut ihren Freunden aus der Kirche die Probleme nur verschärft. Rikki hatte die Mitglieder ihrer Gemeinde gebeten, für ihren Mann zu beten. Er nahm ihren Glauben nicht ernst, war sich sicher, es sei nur eine Marotte, die sich auswachsen werde.

Ich las jede Polizeibefragung, jeden Krankenbericht und jedes Computerprotokoll in der Akte. Auf keinen Fall würde Bill Masterson mich auf der Grundlage *dieser* Informationen Anklage erheben lassen. Wir würden zumindest beweisen müssen, dass Caleb Tate Zugang zu den Medikamenten hatte, die man in Rikkis Blut gefunden hatte, und wir würden ein starkes Motiv nachweisen müssen. Vielleicht hatte Calebs Geliebte etwas von ihm verlangt. Vielleicht hatte Rikki mit Scheidung gedroht. Vielleicht hatte Caleb nur genug von einem verbrauchten, drogenabhängigen Showgirl gehabt.

Ich suchte in den Dokumenten auf dem Tisch vergeblich nach einem Hinweis auf einen entscheidenden Beweis, aber ich fand keinen. Es gab allerdings einen Gegenstand in der Akte, der einen kleinen Hoffnungsschimmer in mir weckte. Rikki Tate war, was nicht überraschte, in den letzten zehn Jahren bei einem teuren Psychiater in Behandlung gewesen: Dr. Aaron Gillespie, ein Experte, den ich in ein paar Fällen von Unzurechnungsfähigkeit schon als Gerichtspsychiater herangezogen hatte, und ehemaliger Kollege meiner Mutter.

Ich rief an, um einen Termin zu vereinbaren, aber seine Assistentin stellte so viele Fragen, dass ich das Gespräch höflich beendete und auflegte. Ich zog mich für die Arbeit an, googelte seine Adresse und fuhr los, um zu sehen, ob der Doktor zu Hause war.

15

Gillespie arbeitete in einem gemütlichen Bürokomplex, lauschig inmitten von Pinien gelegen und weniger als eine Meile vom Johns Creek Hospital entfernt. Die für Georgia typischen Backsteingebäude waren alle brandneu, mit perfekt gepflegtem Rasen und einem kleinen Teich dahinter. Der Gebäudekomplex war weit genug vom Creek Parkway zurückgesetzt, dass die Kulisse wie eine Oase der Ruhe im Verkehrschaos von Nord-Georgia wirkte.

Obwohl ich seit dem Tod meiner Mutter vor fast zwölf Jahren mit Dr. Gillespie befreundet war, war ich noch nie in seinem neuen Büro gewesen. Wie einige andere Gerichtspsychiater hatte er meine Mutter als eine Art Mentorin betrachtet. Aber im Gegensatz zu den anderen hatte er in den Tagen nach ihrem Tod den Kontakt zu mir gesucht und mich wissen lassen, er sei für mich da, wenn ich je reden wolle.

Ich hatte sein Angebot höflich abgelehnt, war aber in Kontakt geblieben. Mehrere Jahre später, als ich während des Studiums als Trainerin im *Gold's Gym* arbeitete, hatte mich Gillespie engagiert, dreimal die Woche mit ihm zu trainieren.

Er war glücklich verheiratet und einer der wenigen Männer, die nicht versuchten, mich während des Trainings zu beeindrucken. Eigentlich hatte er mich die meiste Zeit reden lassen, und ich arbeitete mich durch ein paar ziemlich ernste Probleme, während er Gewichte stemmte. Erst später war mir klar geworden, dass er ins Studio gekommen war, weil er wusste, dass ich zwar Therapie brauchte, aber nie einen Fuß in seine Praxis gesetzt hätte.

Ich kündigte mich bei seiner Empfangsdame an und setzte mich in sein vornehmes Wartezimmer. Gillespie hatte es hier nicht schlecht. Nach ein paar Minuten kam er mit federndem Gang heraus. Der Mann war groß – ungefähr eins neunzig – mit einem jungenhaften Gesicht, schwarzer Brille und dunklen Haaren, die er zur Seite kämmte, als sei ihm nicht klar, dass Teile davon schon vor Jahren ausgefallen waren. Er war füllig um die Mitte, und mein Training mit ihm hatte sich scheinbar nicht nachhaltig ausgewirkt.

Er verneigte sich tief, als ich aufstand, als wäre ich die Königin von

England. »Womit habe ich diese große Ehre verdient?«, fragte er. Dann umarmte er mich.

»Hast du eine Sekunde Zeit?«

Er sah sich um, als gehöre das Büro jemand anderem. »Eigentlich habe ich jetzt einen Patienten. Geht es um einen von unseren Fällen?«

Einer der Gründe für meinen raschen Aufstieg bei der Staatsanwaltschaft war der Mann, der da vor mir stand. Gillespie war für die Staatsanwaltschaft zum Ansprechpartner für Fälle geworden, in denen es um Unzurechnungsfähigkeit ging. Die Geschworenen liebten ihn, und wir hatten ihn im Moment für drei unserer bedeutendsten Fälle engagiert.

»Können wir kurz privat reden?«, fragte ich.

Die Empfangsdame runzelte die Stirn, aber Gillespie verstand. Er führte mich in ein Büro am Ende des Flurs und schloss die Tür.

»Ich bin mit meinem Patienten in ungefähr einer halben Stunde fertig. Ich könnte meinen nächsten Termin absagen, wenn nötig«, sagte er mit besorgtem Gesichtsausdruck.

»Nein, nein, es ist nichts dergleichen. Ich wollte nur nicht am Telefon darüber reden.« Ich senkte ein wenig die Stimme. »Das muss vertraulich bleiben, okay?«

Gillespie warf mir einen Seitenblick zu. »Natürlich.«

»Ich untersuche den Tod von Rikki Tate. Wenn ich es richtig verstanden habe, war sie eine deiner Patientinnen.«

»Du weißt, dass ich dazu nichts sagen kann.«

»Ich weiß. Und ich bitte dich nicht, die Schweigepflicht zu brechen, denn wir können die Akten per Gerichtsbeschluss bekommen. Aber das dauert eine Weile. Ich hatte gehofft, du könntest mir vielleicht, rein hypothetisch gesprochen natürlich, sagen, ob in den Akten vielleicht etwas stehen könnte, das für unseren Fall hilfreich wäre.«

Gillespie setzte sich auf die Tischkante und seufzte. Er nahm die Brille ab und rieb sich das Gesicht, bevor er sie wieder aufsetzte. »Rein hypothetisch – wonach suchst du?«

»Streit mit ihrem Ehemann. Affären. Zugang zu Medikamenten wie Oxycodon und Codein.«

Einen Moment lang starrte Gillespie an die Wand hinter mir. Dann wandte er sich wieder mir zu. »Ich kann nicht darüber reden, ob ich der

Therapeut von Rikki Tate gewesen bin. Aber eines kann ich dir sagen – es ist meistens die Mühe wert, die Akten eines behandelnden Psychiaters anzufordern.«

»Weil dieser Psychiater Medikamente verschreiben kann?«

»Nicht unbedingt. Weil dem Psychiater Dinge erzählt werden. Die meisten Leute – abgesehen von ein paar Staatsanwälten, die glauben, sie seien so hart im Nehmen, dass sie kein Ventil für ihre Gefühle brauchen –« Er nickte mir leicht zu, eine subtile Schelte. »Die meisten Leute reden mit Psychiatern über ihre Probleme. Über Abhängigkeiten, die sie loswerden wollen. Darüber, ob sie ihrem Ehepartner treu waren. Solche Dinge.«

»Verstehe.« Ich hütete mich, weiter zu bohren. Ich würde die Akten anfordern, und er würde sie mir unter Verschluss aushändigen. Aber die Antwort, die er so beiläufig fallen gelassen hatte, gab mir schon die Richtung vor – *»Abhängigkeiten, die sie loswerden wollen … ob sie ihrem Ehepartner treu waren.«*

»Wir haben dieses Gespräch nie geführt – klar?«

»Was für ein Gespräch?« Gillespie erhob sich von seinem Schreibtisch. Er ging zur Tür und legte die Hand an den Knauf, dann drehte er sich noch einmal nach mir um. »Jamie, ich mochte dieses Mädchen ehrlich. Natürlich hatte sie Probleme, aber wir haben alle Probleme. Die Akten können dir genauso schaden wie helfen. Sie wird ein leichtes Ziel sein.«

Er zögerte, vielleicht machte er sich Sorgen, zu viel gesagt zu haben. »Aber sie hat sich nicht umgebracht. Und sie hatte es nicht verdient zu sterben.«

Jetzt sprach der Mann meine Sprache. Auf seine Art war Gillespie genauso ein Fürsprecher der Opfer wie ich.

»Und dich, Jamie, habe ich auch sehr gern. Um ganz offen zu sein – ich weiß nicht, was Masterson sich gedacht hat, als er dir diese Untersuchung übertragen hat. Das könnte alte Wunden wieder aufreißen. Du musst den Tod deiner Mutter von dem von Rikki Tate trennen. Hast du das verstanden?«

Ich antwortete nicht, aber das schreckte Gillespie nicht ab. »Dieser Fall ist nicht Teil der Rache für deine Mutter. Deine Mutter wurde gerächt, als Antoine Marshall zum Tode verurteilt wurde.«

Ich hätte dem guten Doktor am liebsten gesagt, ich sei nicht zu einer Therapiestunde hergekommen. Aber ich biss mir auf die Zunge. Der Mann wollte nur mein Bestes. »Kapiert«, sagte ich.

»Ich sollte vielleicht mal wieder regelmäßig trainieren«, sagte Gillespie, als er die Tür öffnete. »Kennst du einen guten Trainer?«

Ich lächelte. »Ich rufe dich an, wenn ich jemanden zum Reden brauche«, sagte ich. »Aber du hast recht; du solltest wirklich wieder regelmäßig trainieren.«

Er zog den Bauch ein und streckte die Brust heraus. »Freut mich zu hören, dass du deine spitze Zunge nicht verloren hast.« Er trat zu mir, umarmte mich und schickte mich meiner Wege.

16

Ich verbrachte den Donnerstagnachmittag in einem überfüllten Gerichtssaal im dritten Stock des Kammergerichts von Milton County mit Kautionsverhandlungen. Ich hatte das Glück, Richterin Simmons gezogen zu haben, eine mollige Blonde, die aussah wie eine Kindergärtnerin, aber knallhart war. Sie hatte eine piepsige Stimme, die kein Fünkchen Respekt hervorrief, aber Anwälte, die versuchten, sich mit ihr anzulegen, bekamen es schnell mit ihrem Temperament zu tun.

Gegen zwei der drei ersten Anträge auf Kautionsänderung legte ich Widerspruch ein. Nachdem Simmons im dritten Fall zu meinen Gunsten geurteilt hatte, fluchte der Verteidiger unterdrückt auf dem Weg aus dem Gerichtssaal. Simmons hörte es, und der Anwalt endete beinahe bei seinem Mandanten im Gefängnis.

Daraufhin herrschte Anspannung im Gerichtssaal, als der Gerichtsdiener den Fall von Rafael Rivera aufrief, eines bekannten Gangmitglieds, das auf Grundlage der Zeugenaussage eines verdeckten Drogenermittlers vor einer Gefängnisstrafe wegen Drogenhandels stand. Zusätzlich zu seinen Drogendelikten hatte Rivera zweimal wegen Mordes vor Gericht gestanden, aber Zeugen waren auf mysteriöse Weise verschwunden oder hatten auf wundersame Weise ihre Aussagen widerrufen. Das machte diese Anklage wegen Drogenhandels so wichtig. Wir bekamen ihn vielleicht nicht für Mord dran, aber er würde nach dem »Three Strikes Law« mindestens fünfzehn Jahre absitzen.

Ironischerweise wurde Rivera von einer Anwältin aus Caleb Tates Kanzlei vertreten, einer tatkräftigen jungen Frau, die ein Jahr vor mir ihren Abschluss an der Southeastern Law School gemacht hatte. Doch als Riveras Fall aufgerufen wurde, war die junge Anwältin nirgends zu finden.

»Sie hat angerufen und sich entschuldigt, sie steckt in einer Anhörung in Fulton fest«, teilte der Gerichtsdiener Richterin Simmons mit. »Sie schickt jemanden als Vertretung.«

Simmons sah verärgert aus. »Hat sie auch gesagt, wann diese Vertretung uns mit ihrer Anwesenheit beehren wird?«

»Ungefähr um drei.«

Simmons gefiel das nicht, aber ihr war klar, dass Verteidiger nicht an zwei Orten gleichzeitig sein konnten. Kautionsanhörungen hatten keine hohe Priorität.

Simmons schlug ihren Hammer auf den Tisch. »Die Verhandlung ist bis 15.10 Uhr unterbrochen«, sagte sie.

* * *

Um drei betrat ich Simmons' Gerichtssaal wieder und war entsetzt zu sehen, dass der Chef - Caleb Tate - höchstpersönlich am Tisch der Verteidigung saß. »Mischen Sie sich heute unters gemeine Volk?«, fragte ich ihn.

Er stand auf und streckte die Hand aus. »Schön, Sie zu sehen, Frau Anwältin.«

Ich dachte kurz daran, ihm zum Tod seiner Frau zu kondolieren, aber ich brachte diese Scheinheiligkeit nicht fertig. »Sind Sie wegen der Kautionsanhörung hier?«

Tate lächelte auf seine typische, schmierige Art, die einen ganzen Mund voller großer, weißer Zähne sehen ließ - ein Lächeln, mit dem er schon mehr als nur ein paar Geschworene für sich gewonnen hatte. Vor allem die weiblichen. »Mein Mandant ist unschuldig, Jamie. Er muss draußen seinen Beitrag für die Gesellschaft leisten.«

»Sparen Sie sich das für die Richterin.«

Tate senkte die Stimme. »Ich erwarte eigentlich nicht, bei Simmons allzu weit zu kommen. Aber könnte ich Sie nach der Anhörung fünf Minuten sprechen?«

»Weswegen?«

Er trat einen Schritt näher, als wären wir Verbindungsbrüder, die ein Geheimnis teilen wollten. »Ich habe einen Deal, über den Sie nachdenken sollten.«

»Ich mache keine Deals, Caleb. Wenn Sie ab und zu wegen ein paar gewöhnlichen Straftaten vor Gericht kommen würden, wüssten Sie das vielleicht.«

Er kicherte. »Ich wollte damit keinen wunden Punkt treffen. Aber könnte ich einfach ein paar Minuten mit Ihnen reden? Sie werden vielleicht danach froh sein.«

Ich hätte ihn am liebsten angespuckt, aber ich wusste, ich konnte mich nicht weigern, ihm wenigstens zuzuhören. Mein Ruf unter den Verteidigern war auch so schon schlecht genug.

»Sie verschwenden Ihre Zeit. Aber ich gebe Ihnen nach der Anhörung fünf Minuten.«

»Na gut. Das sind drei Minuten mehr als ich erwartet hatte.«

Die Anhörung lief formgerecht ab. Rivera trat missmutig auf, warf der Richterin finstere Blicke zu und lümmelte auf seinem Stuhl herum. Er hatte Rastalocken und einen strähnigen Bart und vermittelte allen im Gerichtssaal eine Haltung der Überlegenheit. Simmons hörte skeptisch zu, die Hand unter dem Kinn, während Caleb Tate dafür argumentierte, die Kaution von dreihunderttausend Dollar, die ein anderer Richter kurz nach Riveras Verhaftung festgelegt hatte, zu reduzieren. »Ich habe schon Mörder vertreten, die niedrigere Kautionen bekamen«, sagte Tate. »Mutmaßliche Mörder«, fügte er mit einem Lächeln hinzu.

Ich reagierte mit dem leidenschaftlichen Einwand, wie gefährlich Rivera sei, und erinnerte Simmons daran, dass in seinen vorherigen Fällen Zeugen verschwunden waren. Sie nickte und schaute in ihre Notizen. Als ich fertig war, befahl sie Rivera aufzustehen. Er blieb sitzen, bis ein Deputy hinter ihn trat und ihm einen harten Stoß versetzte. Rivera schüttelte ihn ab und erhob sich langsam, den Blick unverwandt auf Richterin Simmons gerichtet.

»Ich sollte Ihre Kaution auf eine halbe Million erhöhen«, sagte sie und erwiderte seinen Blick ebenso gnadenlos. »Ich werde sie sicherlich nicht *reduzieren*. Und eines will ich Ihnen sagen, Mr Rivera: Wenn ich auch nur andeutungsweise von Zeugenmanipulation oder Einschüchterung höre, werden Sie sich wünschen, wir beide hätten uns nie kennengelernt. Ist das klar?«

Als Rivera nicht antwortete, sprang Tate ein. »Euer Ehren, Ms Brocks Anschuldigungen wegen Zeugenbeeinflussung sind unbegründet und …«

»Sparen Sie sich das«, blaffte Simmons. »Mr Rivera, Ihr Antrag auf Verringerung der Kaution ist abgelehnt.« Sie benutzte ihren Hammer. »Die Anhörung ist beendet.«

Rivera schnaubte höhnisch und ließ ein überhebliches Glucksen hören, als Simmons die Richterbank verließ. Zwei Deputys drängten ihn durch die Ausgangstür und ließen sie hinter sich zufallen.

Tate wandte sich an mich. »Wieder einmal ein grandioser Erfolg«, sagte er. Er packte seine Sachen zusammen und schlug vor, in den Flur hinauszugehen. Ich nickte und folgte ihm.

Es war elf Jahre her, seit dieser Mann den Mörder meiner Mutter verteidigt und meinen Vater einen Lügner genannt hatte. Die Zeit hatte meine Verachtung für ihn nicht gemildert.

Während meiner drei Jahre als Staatsanwältin hatte ich nie die Gelegenheit gehabt, persönlich einen Fall gegen Caleb Tate zu verhandeln. Um genau zu sein war ich ihm noch nie so nahe gewesen. Ich hatte ihn aus der Entfernung verachten gelernt. Und jetzt, wo ich ihm Auge in Auge gegenüberstand, spürte ich, wie der Hass mit neuer Intensität in mir hochkochte.

Ich war eins dreiundsiebzig groß, und Tate war kaum größer. In meiner Erinnerung sah ich ihn immer noch wie vor elf Jahren im Gerichtssaal herumstolzieren, haarsträubende Behauptungen aufstellen und Säure in die klaffenden Wunden unserer zerstörten Familie schütten. Aber jetzt, wo er vor mir stand, sah er aus wie eine ausgehöhlte Version des Mannes, an den ich mich erinnerte. Es war, als sähe ich einen Filmstar aus der Nähe, jede Falte, jede Pore und die roten Adern in den müden Augen.

»Fünf Minuten«, erinnerte ich ihn.

»Lassen Sie uns einen Deal mit Rivera machen«, schlug Tate vor. »Sie und ich haben beide Wichtigeres zu tun. Es ist nur eine Anklage wegen Drogenmissbrauchs, Jamie. Ich überrede ihn zu sieben Jahren, fünf davon bei guter Führung auf Bewährung. Nageln Sie ihn während dieser sieben Jahre noch mal fest, und Sie können ihn wegsperren, bis ich in Rente gehe.«

Meine Aktentasche stand auf dem Boden, und ich hatte die Arme vor der Brust verschränkt. »Fertig?«

»Mit diesem Teil, ja«, antwortete er.

»Nein«, sagte ich. »Auf keinen Fall. Nicht jetzt und nicht am Abend vor dem Prozess. Niemals. Der hier geht vor Gericht, Caleb. Sie haben recht – wir haben beide zu viel zu tun, um Zeit zu verschwenden. Also sparen Sie sich die Mühe, mir noch weitere Deals vorzuschlagen.«

Tate zog ein Gesicht. »Okay«, sagte er. »Ich wusste, das war riskant.«

Das fühlte sich gut an. Ich nahm meine Aktentasche auf und fühlte mich ein wenig selbstzufrieden dabei.

»Ich habe noch zwei Minuten«, sagte Tate.

»Wofür?«

»Für den wahren Grund, warum ich hier bin.« Er senkte die Stimme und sah sich kurz im Flur um. »Ich weiß, Bill Masterson hat Sie gebeten, ihm bei der Ermittlung zum Tod meiner Frau zu helfen. Ich habe versucht, Bill zu erreichen, aber er ist mit seinem Wahlkampf beschäftigt. Ich kann mir vorstellen, dass es ihnen vielleicht ein bisschen schwerfallen wird, unvoreingenommen zu sein, und ich kann Ihnen da keinen Vorwurf machen. Aber Jamie …« Er zögerte und sah mir direkt in die Augen. »Ich habe Rikki nicht umgebracht. Ich werde jede Frage beantworten, die Sie wollen. Ich mache einen Lügendetektortest. Ich lasse Sie kommen und ohne Durchsuchungsbefehl unser Haus ansehen. Aber Sie müssen mir glauben – ich habe diese Frau geliebt, und ich hätte ihr nie etwas getan.«

Ich sagte kein Wort. Ich hatte früh in meiner beruflichen Laufbahn gelernt, dass man einen Verdächtigen reden ließ, wenn er redete … selbst wenn man ihn abgrundtief hasste. Selbst wenn man ihm am liebsten die Hände um den Hals gelegt und ihn erwürgt hätte.

Also sagte ich nichts.

»Ich mache das schon lange genug, um zu wissen, dass man für alles eine Anklage bekommen kann«, fuhr Tate fort. »Aber sagen Sie Ihrem Boss, wenn er mich des Mordes anklagt, wird er keine Verurteilung bekommen. Die einzige Art, wie ich mich verteidigen kann ist, der Welt von der dunklen Seite von Rikki Tate zu erzählen. Rikkis Leben war hart genug, Jamie. Zwingen Sie mich nicht, sie in aller Öffentlichkeit auseinanderzunehmen.«

Das kam einem Flehen so nahe, wie sich der große Caleb Tate wohl jemals herablassen würde. Bei jedem anderen Staatsanwalt hätte das vielleicht einen Anflug von Mitgefühl ausgelöst. Aber dies war der Mann, der Empörung über die Polizei vorgespielt hatte und ihnen den Versuch vorgeworfen hatte, Antoine Marshall vorschnell zu verurteilen. Derselbe Mann, der vor Aufrichtigkeit getrieft hatte, als er in einem dramatischen Kreuzverhör die Zeugenaussage meines Vaters anzweifelte.

Caleb Tate war ein Schauspieler. Und ich kaufte ihm nichts ab.

»Ich werde Ihre Botschaft an Mr Masterson weitergeben«, versprach ich. »Aber Botschaften funktionieren in zwei Richtungen.«

Ich hielt eine Sekunde inne, um meine Gedanken zu ordnen. Ich hielt die Wut im Zaum und meine Stimme neutral. »Falls Sie einen Fehler gemacht haben, als Sie Ihre Frau vergifteten, falls Sie vergessen haben, peinlich genau aufs kleinste Detail zu achten oder uns – im übertragenen Sinn – auch nur das winzigste Stück Seil geben … dann verspreche ich Ihnen eines: Ich werde jeden Zentimeter dieses Seils nehmen, um Sie am erstbesten Baum aufzuknüpfen, den ich finden kann, und ich werde es mir nicht zweimal überlegen. Sie haben recht – Rikki hatte ein hartes Leben. Und sie hatte etwas Besseres verdient als einen Mann wie Sie.«

17

Der Donnerstag endete mit einem Abteilungsmeeting, das Bill Masterson einberufen hatte. Er versammelte sechs weitere Staatsanwältinnen und mich in unserem größten Konferenzraum und kam in typischer Masterson-Manier direkt zum Punkt.

»Wir haben vier Monate bis zur Vorwahl, und bei der Wahlkampftour wird es gerade ziemlich hässlich.« Masterson saß am Kopf des Tisches. Regina Granger saß zu seiner Rechten. Ihrem Blick nach zu urteilen, kannte sie wahrscheinlich den Grund dieses Treffens. Der Rest von uns nicht.

»Meine kleinen Wohnmobiltouren durch den Bundesstaat scheinen Wirkung zu zeigen, und ein paar von den Favoriten bekommen Angst«, sagte Masterson.

In den vergangenen sechs Wochen war Masterson in einem Wohnmobil herumgefahren, das ein Unterstützer ihm geliehen hatte, und hatte an kleinen Veranstaltungen und Gottesdiensten teilgenommen und jedem Einwohner von Georgia die Hand geschüttelt, den er finden konnte.

»Einer meiner Gegner hat gerade eine Negativkampagne per Postwurfsendung gegen mich gestartet.« Er ließ ein Hochglanzfaltblatt herumgehen, das ein paar unvorteilhafte Fotos eines jungen Bill Masterson zeigte, der auf einer dunklen Tanzfläche mit einer Dame tanzte, die offensichtlich nicht seine Frau war. Es gab Fotos von drei weiteren Frauen, die behaupteten, Masterson habe bei der Staatsanwaltschaft eine feindselige Arbeitsatmosphäre gefördert.

»Vor Jahren, als ich leitender Assistent war, hat unser illustrer Bezirksstaatsanwalt jedes Weihnachten eine Büroparty geschmissen. Manche von Ihnen waren dabei und wissen, dass Ehepartner nicht eingeladen waren. Manchmal geriet das Ganze etwas außer Kontrolle. Eine unserer Kolleginnen wurde vor ungefähr zehn Jahren entlassen und reichte eine Klage wegen sexueller Belästigung gegen meinen Vorgänger ein. Aber da jetzt ich das Büro leite, ist diese ganze Sache plötzlich irgendwie meine Schuld.«

Ich hatte Geschichten von den Büropartys gehört. Das meiste davon gehörte für mich in den Bereich der Legenden. Jeder, der für Masterson arbeitete, wusste, dass er ein gerechter Chef war, der alle gleich behandelte. Er war ein bisschen ungehobelt, aber tolerierte nichts, das auch nur entfernt den Beigeschmack von Belästigung oder Schikane hatte.

Seine Frau hatte vor sechs Jahren die Scheidung eingereicht, weil Bill ein unverbesserlicher Workaholic war; sie hatte am Ende einfach nicht mehr versucht, mit seiner Arbeit zu konkurrieren. Soweit ich wusste, gab es nicht einmal das Gerücht einer Affäre. Er hatte sich in den letzten paar Jahren mit ein paar Frauen getroffen, aber den Großteil seiner Zeit im Büro verbracht, vollkommen eingenommen vom Job.

»Sie haben ein paar Vergewaltigungsopfer zitiert, die behaupten, ich verfolgte ihre Fälle nicht gerade enthusiastisch. Dasselbe gilt für drei oder vier verprügelte Ehefrauen. Nehmen Sie dann noch ein paar anonyme Quellen dazu, die behaupten, ich mache gern schmutzige Witze im Büro, und Sie haben einen ziemlich guten Beitrag für die Presse.«

Allein das zu hören, erinnerte mich daran, warum ich nie in die Politik wollte. Ich mochte den Gerichtssaal, wo es wenigstens Beweisregeln gab und größtenteils unvoreingenommene Richter. Die Politik verkam meistens eher zu Schulhofzänkereien, statt die erhabene Demokratie zu sein, die unsere Staatsgründer sich vorgestellt hatten.

»Meine politischen Berater haben mich gefragt, ob die Frauen in meinem Büro bereit wären, eine Petition zu unterzeichnen, in der erklärt wird, was für ein vorurteilsfreier und gerechter Chef ich bin«, fuhr Masterson fort. »Ich habe ihnen gesagt, Sie würden das vielleicht tun, solange Sie es nicht unter Eid unterzeichnen müssen.«

Es gab ein wenig nervöses Gekicher, und ich gewann den Eindruck, dass die anderen Staatsanwältinnen genau wie ich auch gerne helfen wollten. Wir wussten alle, Politik konnte hässlich werden, aber es war schwer, dabei zuzusehen, wie ein guter Mann wie Masterson für etwas mit Schmutz beworfen wurde, das er nicht getan hatte. Er war mehr als einmal für fast alle hier am Tisch in den Ring gestiegen, und Staatsanwälte hielten zusammen.

»Meine Berater wollen einen ›Frauen-für-Masterson‹-Beitrag zusammenstellen, den wir an die Medien verteilen könnten. Sie werden Sie alle noch einzeln darum bitten, aber ich wollte mich erst mit Ihnen treffen und Ihnen sagen, dass Sie das nicht tun müssen und – obwohl es sich von selbst versteht – dass es in keinem Fall Ihre Arbeitsbewertung beeinflussen wird. Um ehrlich zu sein, habe ich gezögert, Sie da mit hineinzuziehen, und es tut mir leid, dass ich Sie darum bitten muss. Ich würde es lieber einfach aussitzen. Aber man hat mir gesagt, wenn wir nicht aggressiv reagieren, wird die Öffentlichkeit annehmen, diese Behauptungen seien wahr.«

»Das ist Blödsinn«, sagte Regina, sobald Masterson Luft holte. Bills Stimme war ruhig und bedächtig gewesen, aber Regina war aufgebracht. »Ich bin mir sicher, jede von uns wäre bereit, zu unterzeichnen, was immer Sie brauchen. Und Sie können auch gleich eine Kampagne zum Thema ›Afroamerikaner für Masterson‹ machen lassen, denn das wird wahrscheinlich der nächste Angriff sein.«

Als Regina fertig war, begann die Bauchpinselei erst richtig, und wir sagten dem Chef alle, wir seien mit dabei. Er dankte uns für unsere Unterstützung, sagte uns, wir sollten nicht alles glauben, was wir in den Zeitungen lasen, und entschuldigte sich noch einmal für seine Bitte. Ein paar meiner Kolleginnen fingen an, sich gegenseitig in Erinnerung zu rufen, wie Bill für sie eingetreten war, als sie von diesem oder jenem Strafverteidiger angegriffen wurden, aber Bill unterbrach sie. Er sagte, er wolle unsere wertvolle Zeit nicht verschwenden, indem er sich von uns auf die Schulter klopfen ließe. »Die Straßen werden nicht sicherer, während wir hier herumsitzen und ›Kumbaya, My Lord‹ singen«, sagte er. »Machen wir uns wieder an die Arbeit!«

Ich stand mit den anderen Frauen auf, aber Masterson hatte etwas anderes vor. »Brock, kann ich Sie einen Moment sprechen?«, knurrte er.

Regina blieb auch zurück und hörte zu, als Bill seine Bitte vorbrachte. »Ich habe Regina gebeten, bei unserer Fernsehwerbung mitzumachen«, sagte er. »Es würde mir sehr helfen, wenn Sie auch bereit wären, ein paar Worte zu sagen. Vielleicht erinnern Sie die Leute daran, dass ich den Mörder Ihrer Mutter angeklagt habe und dass das teilweise der Grund ist, warum Sie jetzt für mich arbeiten.« Masterson zuckte die Achseln. »Es würde die Behauptungen dieser Opfer vielleicht ein bisschen abschwächen.«

»Außerdem bist du fotogen«, sagte Regina. »Ich habe ein Gesicht fürs Radio, aber du hast eines fürs Fernsehen.«

Ich willigte ein, den Fernsehspot zu machen, und brachte Bill und Regina dann über die Tate-Untersuchung auf den neuesten Stand. Ich berichtete, wir machten Fortschritte, wenn wir auch noch nicht beweisen konnten, dass Tate Zugang zu den Medikamenten hatte.

»Nebensache«, sagte Masterson. »Etwas Ernsthaftes haben Sie nicht?«

Ich habe gerade versprochen Ihnen einen Gefallen zu tun, hätte ich am liebsten gesagt. Aber so lief das nicht bei Masterson. Er war immer geradeheraus, ein Mann, der nicht daran glaubte, Leuten etwas schuldig zu sein.

»Ich verstehe«, sagte ich. »Aber Tate verhält sich durchaus schuldig.« Ich gab mein Gespräch mit Tate nach der Kautionsanhörung wieder – alles bis auf meine Drohung am Ende.

»Eindeutig schuldig«, resümierte Masterson. »Will einen Lügendetektortest machen, Fragen der Polizei beantworten und sein Haus von Ihnen durchsuchen lassen. Das ist im Grunde ein Geständnis.«

Ich hasste es, wenn Masterson ironisch wurde. Aber er hatte nicht unrecht. »Ich habe nicht gesagt, ich sei schon bereit, ihn anzuklagen.«

»Die Untertreibung des Jahres«, erwiderte Masterson.

* * *

Am nächsten Tag kamen Filmcrews in unser Büro. Regina Granger, ausladend und laut, schaute direkt in die Kamera und erklärte selbstsicher ihre Unterstützung für ihren Chef und verlässlichen Freund Bill Masterson. Sie machte es beim ersten Anlauf richtig, während ich nervös zusah. Die Kameracrew beschloss, noch eine zweite Aufnahme mit Regina zu machen, nur um sicherzugehen.

Nachdem sie fertig war, brauchte ich fünf Versuche, um die richtige Dosis Eindringlichkeit und Enthusiasmus hinzubekommen. Alle bestärkten mich, sagten mir, ich sei ein Naturtalent, aber dann schlugen sie mir noch einen Versuch vor und gaben mir Nachhilfe, wie ich meinen Gesichtsausdruck ändern konnte oder meine Hände halten oder langsamer reden oder schneller oder in eine andere Richtung schauen. Als sie schließlich sagten: »Wir haben's im Kasten«, konnte ich nicht schnell genug wegkommen.

Die Schlammschlacht per Werbespot der anderen Kandidaten begann am Samstag, und »Frauen für Masterson« reagierte am Sonntag. Trotz des Gegenschlags machten sich Mastersons Berater Sorgen, dass seine Umfragewerte fallen könnten. »Negativwerbung funktioniert«, sagten sie ihm. »Positive Spots sind nur Schadensbegrenzung. Wir müssen uns etwas Kreativeres ausdenken. Wir müssen die Karten neu mischen.«

18

Auf der dreistündigen Fahrt vom Gefängnis nach Rabun County dachte Mace über Antoine Marshalls Haftbedingungen nach. Wegen zwei Fällen versuchten Selbstmords im Todestrakt im Vorjahr wurden Marshall und die anderen Häftlinge dreiundzwanzig Stunden am Tag in Einzelhaft gehalten und waren auf Besuche ohne direkten Kontakt von Geistlichen und Familienmitgliedern beschränkt. Antoine hatte keine Familie, und sein einziger Besucher war Mace.

In den letzten elf Jahren hatte Mace seinen Mandanten durch Phasen von Verzweiflung und Hoffnung gehen sehen. Manchmal war Antoine monatelang depressiv gewesen. Aber wenn er in einer manischen Phase war, kritzelte er wild Notizen für zukünftige Predigten, die er halten wollte, wenn seine Unschuld endlich bewiesen war. Er studierte Theologie und hatte Visionen davon, die Ausgestoßenen zu Christus zu führen.

Seine Ansichten zum Neuen Testament, die Mace erfrischend und völlig mit seinen eigenen übereinstimmend fand, sahen Jesus als Verteidiger der Unterdrückten und Machtlosen. Und Antoine war bereit, sich an die Seite von Jesus zu stellen.

Antoine hatte außerdem viel Zeit mit Briefeschreiben verbracht. Er hatte ein paar Brieffreundinnen aus den liberaleren europäischen Ländern, von denen ihm zwei Heiratsanträge gemacht hatten. Außerdem hatte er der Brock-Familie geschrieben, auch wenn nur Chris sich die Mühe gemacht hatte zu antworten.

Es war später Freitagnachmittag, als Mace auf den Parkplatz von Chris Brocks Kirche fuhr – der First Baptist Church in Rabun, Georgia. In seinem Pick-up hatte sich Mace auf der Fahrt durch die Berge von Georgia wie zu Hause gefühlt. Normalerweise fuhr er an einem schönen Frühlingstag wie diesem mit seiner Harley. Aber er musste als Antoine Marshalls Anwalt auch so schon genug Vorurteile entkräften, also hatte er die Harley zu Hause gelassen.

Die Kirche war klein und unscheinbar, wie tausend andere Baptistengemeinden im ländlichen Georgia. Pastor Brock sorgte für ungefähr hundert bibeltreue Menschen, wahre konservative Gläubige: Sie waren Gott, ihren Waffen und dem Footballteam der Georgia Bulldogs treu ergeben, wenn auch nicht unbedingt in dieser Reihenfolge.

Eine Empfangsdame, deren Namensschild sie als Diane auswies, begrüßte Mace misstrauisch; wahrscheinlich glaubte sie, er wolle Almosen. Mace erklärte, wer er war, und ihre Skepsis wurde zu kaum verhohlener Feindseligkeit. »Pastor Brock ist heute Nachmittag im Pfarrhaus«, sagte sie. »Vielleicht könnten Sie nächstes Mal anrufen und einen Termin vereinbaren.«

»Könnten Sie ihn nicht jetzt anrufen und fragen, ob ich kurz vorbeikommen kann?«, fragte Mace. »Ich verspreche, ich werde nicht mehr als eine halbe Stunde seiner Zeit beanspruchen.«

Diane blickte finster drein. Pastor Brocks Zeit war anscheinend sehr wertvoll, vor allem, wenn es um den Anwalt ging, der den Mörder seiner Mutter verteidigte. Mace konnte förmlich sehen, wie sich hinter ihrer Stirn Ausreden bildeten. Sie sah aus, als bedauere sie, ihm schon gesagt zu haben, der Pastor sei im Pfarrhaus. »Er bereitet wahrscheinlich die Predigt für Sonntag vor«, sagte Diane. »Er wird nicht gern gestört, wenn er mitten in der Vorbereitung ist.«

»Sie machen Ihre Sache sehr gut. Und ich weiß zu schätzen, was Sie für den Reverend tun. Aber Ma'am, ich könnte von hundert verschiedenen Leuten hier in Rabun erfahren, wo der Pastor wohnt. Ich möchte nicht gerne unangekündigt vor seiner Tür auftauchen, aber ich bin mehr als vier Stunden gefahren, und ich muss wirklich dringend mit ihm sprechen, nur ein paar Minuten. Wenn ich er wäre, würde ich wollen, dass Sie anrufen und es mir sagen.«

Diane schüttelte den Kopf und seufzte tief. Was konnte man von einem Strafverteidiger schon erwarten? Sie wählte eine Nummer, und nachdem sie mit Pastor Brock gesprochen hatte, bat sie Mace, Platz zu nehmen. Sie bot ihm sogar Kaffee an.

* * *

Als der Reverend kam, begrüßte er Mace mit einem Lächeln und einem festen Händedruck. Mace war immer verblüfft gewesen, wie ähnlich sich die Brock-Geschwister waren. Sie hatten beide strahlende, ausdrucksvolle Augen und Grübchen, wenn sie lächelten. Jamie hatte ein kantigeres Kinn und hohe Wangenknochen, eine kompromisslose Schönheit, die viel Aufmerksamkeit erregte. Chris sah kräftiger und gutmütiger aus, ein paar Pfund zusätzlich verliehen seinem Gesicht eine Weichheit, die Jamies Zügen fehlte.

»Mein Büro wird gestrichen, vielleicht könnten wir ein paar Minuten im Altarraum reden«, schlug Chris vor. »Hat Diane Ihnen etwas zu trinken angeboten?«

»Ja, danke.«

Mace folgte Chris in den Altarraum, und die Stille dort verstärkte seine Nervosität noch. In seinem Brief an Antoine hatte Chris gesagt, er habe ihm verziehen. Er hatte sogar Dankbarkeit darüber ausgedrückt, dass Antoine zu Jesus gefunden hatte. Dennoch hatte Chris vorgehabt, bei der geplanten Hinrichtung zuzusehen. Jetzt, wo dem Berufungsgericht Georgia neue Beweise für Antoines Unschuld vorlagen, hegte Mace die Hoffnung, dass Chris vielleicht das nächste Hinrichtungsdatum infrage stellen würde.

Die beiden setzten sich auf die gepolsterte Bank in der vordersten Reihe, einen Meter auseinander, und schauten auf den Altar.

»Ich weiß es zu schätzen, dass Sie mich empfangen, Pastor. Und im Namen meines Mandanten kann ich Ihnen gar nicht sagen, wie viel Ihre Vergebung ihm bedeutet.«

»Ich wäre kein besonders guter Pastor, wenn ich darüber predigte, es aber selbst nicht lebte. Ich habe gesehen, wie Bitterkeit und Rachegedanken die Seele eines Menschen einschrumpfen lassen können«, sagte Chris. Er sprach leise und wirkte ganz gelassen. Mace fragte sich, ob er von Jamie sprach – oder vielleicht von seinem Vater.

»Wie kann man die Christenpflicht der Vergebung mit der Todesstrafe in Einklang bringen, Pastor?«, fragte Mace. Er wusste, die Frage war sehr direkt, aber er fand es eine größere Beleidigung, um den heißen Brei herumzureden, wenn offensichtlich war, weshalb er hier war.

Chris dachte kurz nach. Er hatte zweifellos schon früher mit dieser Frage gekämpft, schien aber seine Worte umsichtig zu wählen. Vielleicht machte er sich auch Sorgen, dass Mace versuchen würde, seine Antwort gegen ihn zu verwenden. »Individuen sollten vergeben. Aber die Rolle der Regierung ist, das Böse einzudämmen, und manchmal erfordert das die Todesstrafe. Ich bin nicht generell gegen die Todesstrafe. Es ist nur so, dass sie nicht angewendet werden sollte, wenn es auch nur den kleinsten Zweifel an der Schuld des Verurteilten gibt.«

»Glauben Sie an zweite Chancen?«

Das löste ein weiteres Schweigen von Chris aus, den Blick auf den Altar gerichtet. »Ich glaube nicht, dass irgendwer unrettbar ist, wenn Sie das meinen. Aber unsere Taten haben Konsequenzen. In dieser Hinsicht glaube ich also nicht, dass ein Kerl wie Antoine Marshall freikommen sollte, damit er noch eine Gelegenheit bekommt zu töten.«

»Was ist mit König David? Was ist mit Moses?«

Diesmal reagierte Chris mit einem verärgerten Schnauben. »Was wollen Sie von mir?«

Mace wandte sich dem Pastor zu. »Ich habe die letzten Jahre in der Gefängnisseelsorge verbracht. Das wissen Sie wahrscheinlich, aber ich habe auch selbst einige Zeit im Gefängnis verbracht – vor dem Jurastudium. Ich bin einer von vielleicht drei oder vier Anwälten im ganzen Staat mit einer Vorstrafe wegen einer schweren Straftat. Wenn jemand weiß, wie man eine falsche Gefängnisbekehrung erkennt, dann ich.

Ich will Ihnen nur sagen, dass Antoine Marshall wirklich ein geläuterter Mann ist. Wer auch immer er vorher war … diese Person ist er nicht mehr. Wie Sie wissen, sagt die Schrift, dass der alte Mensch fort ist und alles neu wird.

Ich bitte Sie darum, sich mit ihm zu treffen, Pastor. Urteilen Sie selbst. Wenn Sie seine Hinrichtung danach immer noch wollen, werde ich Sie nie wieder belästigen. Aber Sie können einen Mann nicht nach seinen Briefen beurteilen oder sein Herz kennen, solange Sie ihm nicht in die Augen geblickt haben. Ich bitte Sie, nach Jackson zu fahren und meinen Mandanten kennenzulernen.«

Chris rutschte auf der Bank herum. »Professor James …«

»Bitte … nennen Sie mich Mace. Das tun alle.«

»Okay … Mace. Mein Problem mit Ihrer Bitte ist ganz einfach: Jeder Gläubige lernt, wie vergeben werden sollte. Wenn mich jemand auf die eine Wange schlägt, muss ich die andere hinhalten. Aber bevor Absolution erteilt wird, muss die Person, die Unrecht getan hat, bereuen. Sie klingen, als hätten Sie die Bibel ein paar Mal durchgelesen. Also wissen Sie, dass Johannes der Täufer und Jesus und alle Jünger Jesu eines gemeinsam hatten – sie sagten den Leuten überall, sie sollten bereuen. Und Reue beginnt mit dem Geständnis dessen, was wir falsch gemacht haben.«

Chris stand auf und signalisierte damit das Ende des Treffens. Seine Stimme war immer noch leise, aber gleichzeitig auch fest. »Ich fahre hin und treffe mich mit Ihrem Mandanten«, sagte er. »Aber das Erste, das ich ihn fragen werde, ist, ob er meine Mutter getötet hat und ob es ihm leidtut. Veränderte Herzen beginnen mit Reue. Wenn er wirklich bereut, wird er in mir seinen größten Fürsprecher haben. Aber wenn nicht, kann ich ihm nicht helfen.«

»Na gut«, sagte Mace. »Ich werde alles in die Wege leiten.«

19

Zu Beginn der Ermittlungen gegen Caleb Tate hatte ich Bill Masterson gebeten, seinen Einfluss geltend zu machen, damit ein paar erfahrene Polizisten aus der Mordabteilung dem Fall zugeteilt wurden. Aber Masterson hatte mich daran erinnert, dass er die Polizisten nicht in seine Angelegenheiten pfuschen ließ, genauso wenig wie sie ihn in die ihren.

Also wurde der Fall stattdessen Tyler Finnegan zugeteilt, einem jungen Detective, der erst vor drei Jahren von Los Angeles nach Atlanta gezogen war und konsequenterweise den einfallslosen Spitznamen »L. A.« erhalten hatte. Er war erst Anfang dreißig und besaß nichts von dem knallharten Auftreten, das ich im Umgang mit einem Schleimbeutel wie Caleb Tate für nötig hielt.

L. A. war eher Surfer als Cop, mit einem widerspenstigen blonden Haarschopf und strahlend blauen Augen. Er wirkte manchmal ahnungslos oder desinteressiert, aber laut ein paar Kollegen von der Staatsanwaltschaft, die schon mit ihm zusammengearbeitet hatten, schaffte er es auf eine verblüffende Art, dass Verdächtige kooperierten. Außerdem bemerkte er Dinge, die sonst keiner sah. Manchmal war es eine Geste des

Unbehagens, manchmal ein Mikroausdruck der Wut, manchmal eine Veränderung im Vokabular. Laut meinen Quellen konnte L. A. es oft selbst nicht erklären. Aber er war einer von fünfzehntausend Leuten, die von kalifornischen Wissenschaftlern in einem Projekt für Angehörige der Strafverfolgungsbehörden zum Thema soziale Intelligenz getestet worden waren. Von den Kandidaten waren nur fünfzig in der Lage gewesen, mehr als 80 Prozent Treffer in zwei separaten Übungen zu erzielen, in denen sie Lügen erkennen mussten. L. A. war einer von ihnen und war prahlerisch als »Lügendetektor« bezeichnet worden.

Er hatte außerdem an ein paar Promiverbrechen in Hollywood gearbeitet und wusste vermutlich, wie man mit der Presse umging. Und nach ein paar Wochen Zusammenarbeit mit ihm begann ich es zu schätzen, dass er die Arbeitseinstellung eines Arbeiters besaß, obwohl er versuchte, sie mit lässigem Verhalten zu kaschieren.

Aber was am wichtigsten war: Er war ein Bruder im Glauben an die Schuld von Caleb Tate. Für uns beide war es keine Frage, ob er schuldig war; die Frage war nur, ob wir es beweisen konnten. Alles in allem hatte ich in der dritten Woche der Untersuchung fast ganz beschlossen, dass L. A. der Richtige für den Job war, auch wenn wir trotzdem ab und zu anderer Meinung waren.

Ich bewunderte seine Fähigkeit, die Presseleute dazu zu bringen, dass sie fast täglich positiv über die Arbeit der Staatsanwaltschaft berichteten. Offiziell gab er sehr wenige Kommentare ab, aber nebenbei fütterte er ausgewählte Reporter mit saftigen Leckerbissen, und in den Storys wurden dann »ungenannte, mit dem Fall vertraute Quellen« zitiert. Die Tate-Story war ein Dauerbrenner, weil sie mit allen pikanten Details gespickt war. Es gab den Pretty-Woman-Aspekt eines Mädchens, das für einen Begleitservice arbeitete und dann einen reichen Kerl heiratete. Es gab Ehestreits und Gerüchte um Affären. Es gab eine medienwirksame Bekehrung zum Christentum und einen Ehemann, der nichts davon hielt. Und es gab den Gruselfaktor. Eine »anonyme Quelle« ließ durchsickern, dass Caleb Tate regelmäßig die Telefongespräche seiner Frau aufgezeichnet und sie gezwungen hatte, ihn jedes Mal um Erlaubnis zu fragen, wenn sie mehr als fünfzig Dollar ausgeben wollte. Nicht nur das, Caleb Tate hatte sich auch öffentlich gegen die Entscheidung seiner Frau ausgesprochen, juristisch gegen die Webseiten vorzugehen, die Nacktfotos von ihr zeigten – Fälle, die die Aufmerksamkeit der Pornoindustrie auf sich gezogen hatten.

Hätten die braven Leute in meinem County, die jeden Sonntag in die Kirche gingen, allein auf Grundlage der Presseberichte ein Urteil fällen müssen – sie hätten die Todesspritze noch für zu gnädig gehalten.

Ich verhandelte meine Fälle normalerweise nicht gerne in der Presse, aber in diesem Fall war ich bereit, eine Ausnahme zu machen. Abgesehen davon: Als ich L. A. mit den undichten Stellen konfrontierte, lächelte er nur und stimmte mir zu, es sei furchtbar, dass die Presse so viele Maulwürfe in den Reihen der Polizei habe. Dann zog er los und ließ eine weitere Story durchsickern.

Die Kehrseite von L. A.s Taktik war, dass die Öffentlichkeit lauthals eine Verhaftung forderte, aber wir hatten immer noch ein großes Beweisproblem. Wir konnten Caleb Tates Zugang zu den Medikamenten nicht beweisen, noch hatten wir ein solides Motiv. Beim aktuellen Stand der Dinge bezweifelte ich, dass wir über eine Voranhörung hinauskämen, ganz zu schweigen von einer Verurteilung.

* * *

Ich fand Rikki Tates richterlich angeforderte psychiatrische Patientenakte am Abend des ersten Donnerstags im April in einem Ordner auf meinem Schreibtisch. L. A. hatte einen Klebezettel daran befestigt, ich solle ihn anrufen, wenn ich sie mir angesehen hätte.

Ich nahm die Berichte mit nach Hause und begann sofort, sie durchzugehen. Um Mitternacht ging ich ins Bett, starrte eine Stunde lang an die Decke und dachte an meinen Vater. Die Gefühle kamen wie eine Sturzflut: unvorhersehbar und überwältigend, und als sie sich zurückzogen, hinterließen sie den Schlamm der Mutlosigkeit. Aus irgendeinem Grund pulsierte das Haus an diesem Abend vor Einsamkeit, und ich ertappte mich dabei, wie ich an meine Kindheit zurückdachte, während Tränen mein Kissen durchnässten.

Als ich mich ausgeweint hatte, schaltete ich das Licht an und beschloss, aufzustehen und noch ein bisschen zu arbeiten. Zwei Stunden später brütete ich immer noch in Pyjamahose, Sweatshirt und Laufsocken in der Kommandozentrale über den Dokumenten. Justice war vom Schlafzimmer mit mir in die Kommandozentrale gekommen, aber nicht, ohne mir einen seiner »Wie-lange-wollen-wir-uns-noch-so-verrückt-benehmen?«-Blicke zuzuwerfen.

Rikkis Akte in einer emotionalen Nacht wie dieser durchzulesen, verschlimmerte meine Melancholie und Depression nur noch. Meine Methode, mich mit dem Opfer zu identifizieren, hatte diesmal einen hohen Preis.

Rikki war eine unregelmäßige Besucherin, die anscheinend nur dann zur Therapie auftauchte, wenn sie mitten in irgendeiner Krise steckte. In den sechs Monaten vor ihrem Tod waren ihre Termine sehr viel regelmäßiger geworden. Die Sitzungsnotizen schweiften ab und sprangen vor und zurück, und ich tat mein Bestes, die Informationen in den Zeitstrahl von Rikkis Leben einzufügen, den ich bereits aufgestellt hatte.

Ihre Geschichte war die nur zu bekannte Geschichte von Missbrauch in der Kindheit, der das Selbstwert- und Identitätsgefühl einer schönen jungen Frau zerstörte. Rikkis Vater hatte die Familie verlassen, als sie in der Grundschule war. Während ihrer frühen Teenagerjahre wurde sie von ihrem Stiefvater missbraucht. Zwei Monate nach ihrem sechzehnten Geburtstag lief sie von zu Hause weg. Ihr trauriges Familienleben weckte in mir nur noch mehr Sehnsucht nach den liebevollen Umarmungen meines Vaters.

Rikki landete schließlich in Las Vegas und zog mit einem Lover nach dem anderen zusammen. Ihren ersten Durchbruch hatte sie, als sie Fotos von sich auf eine Model-Webseite stellte und schon kurz danach Angebote für Castings bekam, manche davon oben ohne. Als sie einundzwanzig wurde, begann sie in den Shows in Vegas zu arbeiten – zuerst als Lockvogel im Publikum für einen Comedy-Hypnotiseur, dann als Assistentin eines bekannten Magiers und schließlich als Showgirl in einem der größten Musicals auf dem Strip.

Während ihre Karriere im Höhenflug war, trudelten ihre Beziehungen leider abwärts. Sie wurde zweimal wegen Drogenbesitzes festgenommen. Ein Freund verprügelte sie, und sie zeigte ihn an. Das Casino feuerte sie, weil sie unregelmäßig zur Arbeit kam, und sie wurde auf dem Strip auf die schwarze Liste gesetzt.

Mit sechsundzwanzig zog Rikki nach Atlanta, um von vorn anzufangen.

Sie landete bei einem teuren Begleitservice und wurde prompt wegen Prostitution und Drogenbesitz verhaftet. Als sie Caleb Tate als Anwalt engagierte, nahm ihr Leben eine dramatische Wende.

Tate schloss zwei Deals ab; von einem der beiden behauptete er, es sei der beste seines Lebens gewesen. Der Erste war eine Vereinbarung mit Masterson über Rikkis Strafmaß im Austausch gegen Informationen. Rikki besaß eine hochkarätige Kundenliste und willigte ein, gegen ihre Zuhälter und Freier auszusagen. Im Gegenzug ließ die Staatsanwaltschaft alle Anklagen gegen Rikki fallen.

Der zweite Deal war ein Antrag von Caleb, der zwölf Jahre älter war als seine hinreißende Mandantin. Nachdem sich der Rauch der Untersuchung verzogen hatte, unternahmen Caleb und Rikki einen gemeinsamen Ausflug nach Vegas, wo Rikki ihren alten Tummelplatz am Arm eines Mannes mit einer Menge Geld genoss. Sie kehrten als Mr und Mrs Tate nach Atlanta zurück. Laut Gillespies Notizen behauptete Rikki, Caleb Tate sei der erste Mann, der sie je wie eine Dame behandelt habe. Er liebte sie für das, was sie war, nicht für das, was sie für ihn tun konnte. Es war Calebs dritte Ehe und Rikkis erste.

Die Flitterwochen dauerten zwei Jahre.

Danach fühlte sich Rikki in Tates Kreisen fehl am Platz. Nur in der Welt des Kinos konnte sich ein Vegas-Showgirl in die feine Gesellschaft von Atlanta einfügen. Sie wandte sich ein oder zwei Jahre wieder den Drogen zu und begann dann, als Caleb sich mehr für seine Arbeit als für sie zu interessieren schien, eine Reihe von Affären mit mindestens drei verschiedenen Männern. In ihren Therapiesitzungen benutzte sie nur Vornamen, und es war schwer zu sagen, ob diese Namen echt oder erfunden waren. Gillespie hatte sie nie nach Einzelheiten ausgefragt.

Gillespies Notizen zufolge fand Caleb zwei der Affären heraus, und beide Male versprach Rikki, es sei das letzte Mal gewesen. Ungefähr anderthalb Jahre vor ihrem Tod, direkt nachdem Caleb von der zweiten Affäre erfahren hatte, begann Rikki einen Bibelkreis in der Nachbarschaft zu besuchen. Schließlich ging sie dann mit einer der Frauen aus dem Kreis in einen charismatischen Gottesdienst und erfuhr auf die dramatische Art, die ihr Leben auch sonst kennzeichnete, ein radikales Errettungserlebnis. Nach dem zu urteilen, was sie Gillespie erzählte, glaubte sie, ihr neuer Glaube würde ihre Eheprobleme lösen, aber es machte alles nur schlimmer.

Im Jahr vor ihrem Tod stritt sie mit Caleb darüber, wie offen sie ihren Glauben nach draußen tragen solle. Als sie beschloss, die Betreiber der Internetseiten zu verklagen, die immer noch ihre Nacktfotos zeigten, riet Caleb ihr davon ab.

Der eine Eintrag, den ich aus der Sicht einer Staatsanwältin am befremdlichsten fand, war eine Notiz ungefähr drei Monate vor Rikkis Tod. Sie gab einen Anruf von Caleb Tate bei Dr. Gillespie wieder, in dem er die Sorge ausdrückte, Rikki sei wieder in ihre Drogenabhängigkeit zurückgefallen. Sie wirke, sagte Caleb Tate, die ganze Zeit weggetreten und lethargischer als je zuvor. Gillespie konfrontierte Rikki damit, und obwohl sie jeglichen Drogenkonsum abstritt, glaubte er ihr nicht.

Bei der Lektüre der Notizen war ich überrascht, wie Caleb Tate auf Rikkis Affären reagiert hatte. Er hatte ihr nicht nur einmal, sondern zweimal verziehen. Und ich hatte Schwierigkeiten, Calebs Anruf mit meiner Theorie in Einklang zu bringen. Vielleicht hatte er schon begonnen, seine Frau unter Drogen zu setzen und konstruierte ein ausgeklügeltes Alibi, aber das erschien mir ein bisschen leichtsinnig für einen Mann, der so akribisch plante wie Caleb. Ein solches Vorgehen hätte Gillespie doch nur sensibler für Anzeichen von Drogenmissbrauch gemacht. Und was wäre gewesen, wenn Gillespie Rikki in den Sitzungen zu einem Entzug überredet hätte?

Positiv war, dass von keinen Selbstmordgedanken von Rikki berichtet wurde. Und der Ablauf von Rikkis Affären konnte zweierlei bedeuten. Ja, sie zeigten Caleb als verzeihenden Ehemann. Aber sie halfen auch, ein Motiv aufzubauen. Rikki und Caleb schliefen seit zwei Jahren in getrennten Zimmern. Ihre Ehe war eine Zweckehe. Caleb hatte gern ein vorzeigbares Püppchen am Arm, wenn er zu seinen High-Society-Veranstaltungen ging. Rikki mochte die Annehmlichkeiten, die Caleb ihr bot, und genoss das gute Leben einer Hausfrau in Atlanta.

Vielleicht war Rikki eine zu teure Puppe geworden. Vielleicht hatte Caleb jemand anderen gefunden und wollte nicht noch einer dritten Exfrau ein Vermögen an Alimenten zahlen. Seine zweite Scheidung hatte ihn eine Riesensumme gekostet.

Es war fast vier Uhr morgens, als ich eine E-Mail an L. A. abschickte, in der ich ihn bat, sicherzugehen, dass die Presse keine Kopien der Therapieprotokolle in die Hände bekam.

Offen gesagt helfen sie uns nicht in dem Fall, und sie stellen Rikki in einem schlechten Licht dar. Sie hatte ein hartes Leben, und ich will sichergehen, dass wir ihren Ruf nicht mehr beeinträchtigen als wir müssen.

Ich war überrascht, eine Antwort zu bekommen, bevor ich meinen Computer herunterfahren konnte.

Ich gebe dir recht. Und jetzt schlaf ein bisschen.

Ich feuerte eine weitere E-Mail zurück:

Das musst du gerade sagen!

Drei Stunden später, als ich aufwachte und meinen Computer einschaltete, hatte die Atlanta Times schon eine Story als Sondermeldung auf ihrer Webseite: »Tates psychiatrische Krankenakte lässt auf problematische Ehe schließen.«

20

Mace James stand hinter Chris Brock, die Arme vor der Brust verschränkt. Auf der anderen Seite der kugelsicheren Scheibe sprach Antoine Marshall ins Telefon, das Gesicht nur einen halben Meter von dem Sohn der Frau entfernt, für deren Mord er verurteilt worden war. Antoine dankte Chris für sein Kommen und drückte ihm sein Mitgefühl für den Tod seines Vaters aus. Er sagte es ohne das kleinste bisschen Ironie, aber alle drei Männer wussten: Wäre Chris' Vater nicht gewesen, stünde Antoine nicht 123 Tage vor seiner Hinrichtung.

Mace hatte im Berufungsverfahren alles Mögliche getan, um Robert Brocks Glaubwürdigkeit in Zweifel zu ziehen. Im Prozess hatte Caleb Tate versucht, einen Sachverständigen vorzuladen, der bezeugen sollte, wie schwierig es für Augenzeugen war, Menschen anderer Hautfarbe zweifelsfrei zu identifizieren. Aber Richterin Snowden hatte den Zeugen nicht zugelassen. Um sein Argument auf anderem Wege vorzubringen, hatte Tate seinen Mandanten an dem Morgen, als Robert Brock in den Zeugenstand musste, aus dem Gerichtssaal ferngehalten. Im Versuch zu zeigen, wie suggestiv die Gegenüberstellung der Polizei gewesen war, hatte Tate seine eigene Gegenüberstellung fabriziert, aber dazu Männer benutzt, die Antoine Marshall sehr ähnlich sahen. Zusätzlich zu einem ein Jahr alten Foto von Marshall umfasste Tates Gegenüberstellung vier Fotos von anderen verurteilten Verbrechern, die auf Bewährung draußen gewesen waren, als Laura Brock getötet wurde. Nachdem er ungewöhnlich lang auf die Fotos gestarrt hatte, gab Robert Brock zu, er sei nicht hundertprozentig sicher, welcher der Männer der Eindringling gewesen sei.

Von da an hatte Tate versucht, Robert Brocks eigene Worte gegen ihn zu verwenden. Er hatte angefangen, Fragen über Schlussplädoyers zu stellen, in denen Brock selbst damit argumentiert hatte, dass es schwierig war, Menschen anderer Hautfarbe zu identifizieren. Aber Masterson hatte Einspruch erhoben, und Snowden hatte dem Einspruch schnell stattgegeben.

Als Tate sich setzte, hatte Richterin Snowden das ganze Kreuzverhör untergraben, indem sie selbst gezielte Fragen gestellt hatte. Mace hatte dieses Vorgehen zum Herzstück seiner Revisionsanträge gemacht, aber vier verschiedene Berufungsgerichte hatten nichts Unrechtes an den Fragen erkennen können.

Nichtsdestotrotz hatte Mace den Wortwechsel praktisch auswendig gelernt.

Richterin Snowden: Der Mord an Ihrer Frau ist mehr als ein Jahr her, Mr Brock. Glauben Sie, Ihre Erinnerung an das Gesicht des

Täters war in der bewussten Nacht besser oder jetzt, ein Jahr später, hier im Gerichtssaal?

Der Zeuge: Sie war damals definitiv besser. Um genau zu sein habe ich in dieser Nacht jedes Mal, wenn ich die Augen schloss, sein Gesicht gesehen.

Richterin Snowden: Mr Tate scheint andeuten zu wollen, dass Sie sehr wenig mit Afroamerikanern zu tun haben. Können Sie dem Gericht sagen, wie hoch der Prozentsatz an Afroamerikanern unter Ihren Mandanten ist?

Caleb Tate: Euer Ehren, ich muss Einspruch gegen die Fragen des Gerichts erheben. Identifizierungen von Menschen anderer Hautfarbe sind immer problematisch, egal, wie viel Kontakt wir mit ihnen haben.

Richterin Snowden: Wie Sie wissen, Mr Tate, werden die Geschworenen über die Verlässlichkeit von Mr Brocks Augenzeugenbericht entscheiden. Ich dachte nur, es könnte hilfreich sein, wenn wir sie mit allen relevanten Informationen versorgen.

Caleb Tate: Ich glaube, Euer Ehren sollte dem Staatsanwalt erlauben, seinen Fall selbst vorzutragen.

Richterin Snowden: Abgelehnt, Mr Tate. Und jetzt setzen Sie sich. Wenn Sie Anschlussfragen stellen wollen, können Sie das tun, wenn ich fertig bin.

Caleb Tate: Vermerken Sie einfach meinen Einspruch, Euer Ehren. Und ich möchte ins Protokoll aufnehmen, dass die Richterin vor den Geschworenen die Stimme gegen mich erhebt.

Richterin Snowden: Setzen Sie sich, Mr Tate!

Caleb Tate: Ja, Euer Ehren.

Richterin Snowden: Also, Mr Brock, Sie dürfen die Frage beantworten.

Der Zeuge: Ich kenne den genauen Prozentsatz nicht, Euer Ehren. Aber ich würde sagen, die Mehrheit meiner Mandanten sind Afroamerikaner.

Mace war nicht dabei gewesen, aber Caleb Tate hatte ihm erzählt, dass die Geschworenen, von denen die meisten farbig waren, während der Befragung durch die Richterin besonders aufmerksam gewirkt hatten.

All das war jetzt Geschichte. Und es würde nichts helfen, Chris Brocks toten Vater in der jetzigen Situation zu kritisieren.

»Er war ein guter Mann«, sagte Chris.

Antoine nickte, sagte aber nichts.

»Wie wäre es, wenn Sie Mr Brock erzählen, wie sich Ihr Leben im Gefängnis verändert hat?«, soufflierte Mace.

Er versuchte, laut genug zu reden, dass er durch das Telefon zu hören war, das Chris hielt.

Antoine sammelte seine Gedanken und begann seine Geschichte. Er und Mace hatten diesen Teil tatsächlich geübt, nicht, weil die Erzählung nicht aufrichtig sein sollte, sondern weil Mace sichergehen wollte, dass sein Mandant den richtigen Ton traf. Antoines Stimme klang gepresst und heiser, als er seine Kindheit beschrieb – der Vater, den er nie kennenlernte, die Gangs, bei denen er ein Zuhause fand, die Drogen, mit denen er noch vor seinem vierzehnten Geburtstag zu experimentieren begann. Crack und Speed wurden seine Lieblingsdrogen, und sie waren nicht billig. Er ging von Einkaufszentrum zu Einkaufszentrum, stahl und versetzte die Ware. Er versuchte es mit Teilzeitarbeit, stellte aber fest, dass er mehr Geld mit Einbrüchen in Privathäusern machen konnte. Er besorgte sich eine Waffe – nicht weil er vorgehabt hätte, jemanden zu erschießen, sondern weil er zu viele Freunde bei Bandenfehden verloren hatte.

Chris hörte aufmerksam zu, ohne den Blick von Antoine abzuwenden. Als der Gefangene mit seiner Geschichte warm wurde, sprach er langsamer und lebendiger.

»Wie Sie wissen, war ich in der Nacht, in der Ihre Mutter ermordet wurde, auf Kaution frei. Ich stand vor meiner dritten Verurteilung in zehn Jahren und hatte eine schwere Zeit vor mir. Waren Sie je high?«

Chris schüttelte den Kopf. »Ich habe mich nie auf Drogen eingelassen.«

»Mann, Sie können an nichts anderes mehr denken. Ich meine, wenn ich meinen Schuss nicht bekam, bin ich durchgedreht. Ich tat alles, um an Crack zu kommen. Ich hab nicht mal versucht, einen Job zu behalten, denn so schnell wie ich es rauchte oder durch die Nase zog, konnte ich gar kein Geld verdienen. Ich musste Sachen klauen, damit ich mich mit Stoff versorgen konnte.«

Antoine senkte den Blick; er schämte sich offensichtlich für seine Taten. Andere Häftlinge prahlten gern mit ihrer Vergangenheit. Antoine gehörte nicht dazu.

»Ich weiß nicht … Ich versuche nicht, mich herauszureden. Ich sage nur: Damals war ich nicht ich selbst. Es war irgendwie, als hätte eine andere Person meinen Körper übernommen. Wenn ich aufwachte, wusste ich nicht mal, wo ich in der Nacht davor gewesen war.«

Mace konnte erkennen, dass Antoine sein Bestes tat, um diesen Drahtseilakt zu vollführen. Er würde niemals zugeben, Laura Brock getötet zu haben, aber Mace hatte betont, wie wichtig es war, Reue zu zeigen. Es kam Mace so vor, als übertreibe Antoine es und erwecke den Anschein, Dinge getan zu haben, an die er sich nicht erinnern konnte.

Antoine sprach noch eine Weile über die Drogen und glitt immer wieder in eine Sprache ab, die eine Entschuldigung erforderte – »Sorry, Pastor.«

»Kein Problem«, sagte Chris dann.

Irgendwann kam Antoine auf die Verzweiflung und Niedergeschlagenheit zu sprechen, die er im Gefängnis gespürt hatte. Es war hart gewesen, den kalten Entzug durchzustehen, aber er war eines der besten Dinge, die ihm je passiert waren.

An dieser Stelle nickte Antoine Mace zu. »Dieser Mann da hinten hat mich gerettet«, sagte er. »Die ganzen anderen Typen im Todestrakt beschweren sich die ganze Zeit über ihre Anwälte. Ihre Anwälte nehmen keine R-Gespräche an. Ihre Fälle sind ihnen egal. Sie wollen nur Schlagzeilen machen. Aber dieser Mann – ihm bin ich wichtig.«

Das war nicht ganz so, wie sie es geübt hatten. Aber Antoine hatte sich vom Drehbuch gelöst und sprach jetzt aus dem Herzen. Er schluckte, zu Tränen gerührt, und hielt kurz inne, um die Fassung wiederzugewinnen.

»Eines Tages habe ich den Mann einfach gefragt: ›Warum bin ich Ihnen nicht egal?‹ Wissen Sie, was er gesagt hat?«

Chris schüttelte den Kopf.

»Er sagte mir, dass er Jesus Christus auch nicht egal gewesen sei, als er sich schuldig gemacht habe. Er sagte mir, er wolle mich genauso verteidigen wie Christus ihn verteidigt hat. Und wissen Sie was? Das ... hat mich umgehauen.« Antoine schüttelte den Kopf, als könne er es immer noch nicht glauben. »Ich meine, es war wie ... Mann, ich habe nie geglaubt, dass sich jemand was aus mir macht, nach allem, was ich getan habe. Aber Mace zeigte mir, dass das nur die Lüge des Teufels war.«

Antoine hatte ein paar Blatt Papier neben sich und zeigte sie jetzt Chris. »Ich habe gebetet, dass Christus mir vergibt, und ich bete jeden Abend für Sie und Ihre Familie.« Er hielt ein Papier so, dass Chris es sehen konnte. Jeder Zentimeter war mit winzigen handschriftlichen Notizen bedeckt. Papier war ein wertvoller Rohstoff im Gefängnis.

»Das sind die Dinge, für die ich bete. Sie stehen hier drauf und ihre Schwester auch. Ihr Vater stand auch drauf ...« Antoine konnte Chris nicht in die Augen sehen, und das Papier zitterte ein bisschen in seiner Hand. »Sie haben keine Ahnung, wie viel es mir bedeutet hat, dass Sie mir geschrieben haben, dass Sie mir vergeben.«

Antoine schürzte die Lippen und legte das Papier hin. Er öffnete eine Bibel, die sprichwörtlich auseinanderfiel. »Ich will eines Tages Prediger sein wie Sie«, sagte Antoine. »Ich glaube, ich habe die Gabe.«

Er zeigte Chris ein paar Seiten in der Bibel, wo er Notizen an den Rand geschrieben hatte. »Das ist eine Predigt, die ich über die Frau am Brunnen geschrieben habe«, sagte er. In kleiner Handschrift, über den ganzen Rand der Seite, auf der Johannes 4 stand, hatte Antoine den Entwurf einer Predigt geschrieben.

»Ich wollte Sie fragen – aber fühlen Sie sich nicht verpflichtet –, ob Sie mir vielleicht ein paar von Ihren Predigtentwürfen schicken könnten.«

»Klar kann ich das.«

»Danke. Jedenfalls …« Antoine schien die Puste auszugehen. Er runzelte die Stirn und erinnerte sich dann an etwas. »Oh ja. Hätte ich fast vergessen. Ich verbringe eine Stunde am Tag mit den anderen Häftlingen. Einer von ihnen hat herausgefunden, wie er Tattoos machen kann mit einem …« Antoine erinnerte sich plötzlich daran, dass ein Wärter hinter ihm stand. Er legte die Hand um den Hörer und senkte die Stimme. »Na ja, ich erzähle Ihnen ein andermal, wie wir es machen. Aber ich wusste, was Mace gesagt hat, war richtig. Dass Jesus nicht nur für mich ans Kreuz gegangen ist, sondern dass er auch für mich verprügelt wurde. Er wurde ausgepeitscht. Na ja … Sie wissen schon.«

Daraufhin legte Antoine den Hörer hin und stand langsam auf. Der Wärter machte einen Schritt vorwärts. Antoine öffnete den Reißverschluss seines Overalls und streifte ihn von den Schultern, sodass er ihm nur noch um die Taille hing.

Mace hatte ihn lange nicht ohne den Overall gesehen. Der Mann war erschreckend dünn geworden. Mace konnte jede Rippe zählen; Antoines knochige Schultern stachen hervor wie bei einem Kriegsgefangenen. Es hatte einmal eine Zeit gegeben, als seine Arme muskulös gewesen waren, aber jetzt waren sie nur noch Haut und Knochen.

Mace wusste, was jetzt kam.

Antoine drehte sich um, damit Chris seinen Rücken sehen konnte. Es war nicht überraschend, dass er Tätowierungen an Hals, Schultern und Trizeps hatte. Aber eine Tätowierung bedeckte den Rücken von Schulterblatt zu Schulterblatt. Es waren fünf Buchstaben, von dem Häftling, der die Macht über die Tätowiernadel hatte, in kursiver Schrift geschrieben. Da stand einfach: *Jesus*.

»Hübsch«, sagte Chris.

21

Antoine zog seinen Overall wieder hoch, setzte sich und zuckte die Achseln. »Schätze, das war's so ungefähr. Ich versuche jetzt einfach, für Jesus zu leben. Und falls ich sterbe – ich bete, dass er mir hilft, mich auch darauf vorzubereiten.«

Es folgte ein unbehagliches Schweigen, und Antoine warf einen verstohlenen Blick auf Mace.

Der starrte zurück, als wolle er sagen: *Gib dem Pastor Zeit, es zu verarbeiten. Jetzt ist er dran.*

Chris hatte seine eigene Bibel mitgebracht, und er hatte sie auf seiner Seite auf den Fenstersims gelegt.

»Ich weiß es wirklich zu schätzen, dass Sie mir die Geschichte Ihrer Bekehrung erzählt haben«, sagte er. »Wenn ich nicht glauben würde, dass Gott die schlimmsten Sünder retten kann, wäre ich kein Pastor. Gott sagt mir sogar, wenn ich in meinem Herzen einen Hass auf meinen Bruder habe, ist es dasselbe, als hätte ich ihn umgebracht. Also bin ich so gesehen auch wegen Mordes überführt.«

Obwohl Chris diese Bemerkung nicht näher ausführte, hätte die Bedeutung nicht klarer sein können. Die Person, die Chris einst gehasst hatte – so sehr gehasst, dass man es als Mord bezeichnen konnte –, saß direkt vor ihm.

»Und es ist nicht nur Hass«, fuhr Chris fort. »Ich hatte mein ganzes Leben Probleme mit Dingen wie Hochmut und Habgier. Es sieht aus, als hätten Sie Ihre Bibel ziemlich in Gebrauch. Ich werde Ihnen etwas vorlesen, das Ihnen wahrscheinlich bekannt vorkommt, und dann möchte ich Ihnen eine Frage stellen. Ist das in Ordnung?«

»Ja.«

Chris blätterte zu einer Seite im hinteren Teil seiner Bibel. »1. Johannes 1, Vers 8-10«, sagte er und deutete auf die Verse. »Wenn wir sagen, wir seien ohne Schuld, betrügen wir uns selbst und die Wahrheit ist nicht in uns. Doch wenn wir ihm unsere Sünden bekennen, ist er treu und gerecht, dass er uns vergibt und uns von allem Bösen reinigt. Wenn wir behaupten, wir hätten nicht gesündigt, machen wir Gott damit zum Lügner und beweisen, dass sein Wort nicht in unserem Herzen ist.«

Chris sah Antoine einen Augenblick an, und der Blick des Sträflings schoss ein bisschen hin und her. Er zappelte immer herum; seine nervöse Energie ließ ihn nie still sitzen. Doch jetzt war es noch auffälliger.

»Antoine, ich muss es wissen, und ich muss es von Ihnen hören. Haben Sie meine Mutter umgebracht? Und bitten Sie mich, Ihnen das zu vergeben? Denn wenn Sie das bekennen und um Vergebung beten – nicht mir gegenüber, sondern vor Gott – wird er Ihnen vergeben. Aber wenn wir unsere Sünde nicht offen eingestehen, wie können wir dann Gott bitten, uns zu vergeben? Hier steht« – Chris tippte mit dem Finger auf seine Bibel wie ein guter Prediger, obwohl die Sanftheit und Eindringlichkeit in seiner Stimme echte Sorge um Antoine erkennen ließ – »dass sein Wort nicht in unserem Herzen ist, wenn wir behaupten, wir hätten nicht gesündigt.«

Antoine senkte den Blick, dann schlug er dieselbe Passage in seiner eigenen Bibel auf, als wolle er sie zur Sicherheit nachprüfen. Er schüttelte ein wenig den Kopf, ein nervöser Tick, und sah Chris offen an. »Ich kann nicht sagen, ich hätte etwas getan, das ich nicht getan habe. Genau das würde mich zu einem Lügner machen. Ich kann Sie nicht anlügen, Pastor. Sie sind ein Mann Gottes.«

Chris sah ihn weiter unverwandt an und fragte leise: »Streiten Sie ab, dass Sie meine Mutter umgebracht haben?«

Antoine strich sich mit der Hand über die Stirn und die Haare. »Ich sagte, ich erinnere mich an nichts aus dieser Zeit in meinem Leben. Gott ist mein Zeuge, Pastor, ich erinnere mich nicht, jemanden umgebracht zu haben. Ich erinnere mich nicht, in Ihr Hause eingebrochen zu sein. Ich schwöre Ihnen, Mann – ich habe nie im Zorn auf jemanden geschossen. So war ich einfach nicht. Ich hätte es nicht tun können. Nicht ich, Mann. Ich habe es nicht getan.« Antoines Stimme wurde schärfer, eindringlicher. Mace machte eine Handbewegung quer über seine Kehle, aber Antoine ignorierte ihn.

»Ich sitze hier seit elf Jahren für etwas, das jemand anderes getan hat. Pastor, das müssen Sie mir glauben. Ich habe ihre Mutter nicht erschossen. Ich war nie in Ihrem Haus. Ich weiß, wenn ich sage, ich war's und anfange zu heulen und Ihnen sage, wie leid es mir tut, dann würden Sie wahrscheinlich versuchen, mir herauszuhelfen. Aber ich kann Ihnen nichts gestehen, das ich nicht getan habe. Kommen Sie, Mann! Ich kann Sie nicht anlügen. Ich kann Gott nicht anlügen.«

Mace machte einen Schritt vorwärts. »Antoine«, sagte er mit fester Stimme. »Chris beschuldigt Sie nicht. Aber er muss der Aussage seines eigenen Vaters glauben. Und wenn Sie an seiner Stelle wären, würden Sie dasselbe tun.«

»Tut mir leid, Pastor«, sagte Antoine jetzt kleinlauter. Die Demut war wieder da.

»Ich wollte nur … Sie wissen nicht, wie es ist, den ganzen Tag im selben engen Raum zu sitzen, ohne Fenster, und zu Gott zu beten, dass irgendwie die Wahrheit herauskommt.«

Antoine machte den Mund auf, als wolle er noch mehr sagen, überlegte es sich aber anders. Alle drei ließen das Schweigen eine Weile in der Luft hängen.

»Ich habe den ganzen Prozess lang für genau dasselbe gebetet«, sagte Chris leise. »Ich wollte nur, dass die Wahrheit herauskommt. Und ich glaube, meine Gebete wurden erhört.«

»Es tut mir leid, dass Sie mir nicht glauben«, antwortete Antoine. »Und ich werde weiterhin jeden Tag für Sie beten.« Sein Gezappel hatte sich jetzt zu einem Tick ausgewachsen, zu unregelmäßigen kleinen Kopfbewegungen.

Mace hatte das schon ein paar Mal gesehen, wenn sein Mandant unter Druck stand. »Aber ich habe Ihre Mutter nicht umgebracht. Und ich kann nicht gestehen, dass ich es war.«

* * *

Auf dem Parkplatz versuchte sich Mace in Schadensbegrenzung. »Er hat nie etwas anderes als seine Unschuld beteuert«, sagte Mace. »Aber vergessen Sie nicht, was er vorher gesagt hat. Er erinnert sich kaum an die Hälfte der Dinge, die er getan hat, weil er die meiste Zeit high war.«

»Ich verstehe das«, sagte Chris. »Und ich habe mir lange den Kopf über dieses Treffen zerbrochen, habe gebetet, was ich tun soll. Aber ich kann keinen Brief an den Begnadigungsausschuss schreiben, wenn ich nicht glaube, dass Ihr Mandant bereut.«

Das war ein Tiefschlag für Mace. Er hatte dieses Ergebnis kommen sehen, aber immer noch Hoffnung gehabt. »Ich verstehe«, sagte er.

Chris gab Mace seine Bibel. »Sieht so aus, als könnte Ihr Mandant eine neue gebrauchen«, sagte Chris. »Können Sie dafür sorgen, dass er die bekommt? Und sagen Sie ihm, dass ich auch für ihn bete.«

22

Am Montag, dem 9. April, führten Detective L. A. Finnegan und ein Trupp von vier Polizisten des Milton County einen Durchsuchungsbefehl in Caleb Tates Villa aus. Der Richter hatte ihn unter der Bedingung unterschrieben, dass eine (vom Gericht benannte) Spezialinstanz den Abruf der Daten von Tates Computer überwachte. Der Richter machte sich Sorgen, es könnten Informationen auf der Festplatte sein, die Tates andere Fälle betrafen und unter die anwaltliche Schweigepflicht fielen.

Jemand – und ich war mir ziemlich sicher, ich wusste, wer es war – hatte den Medien einen Tipp gegeben, damit die lokalen Fernsehsender live übertragen konnten, wie die Polizei in Tates Haus ausschwärmte. Außerdem brachten sie Auszüge von der eidesstattlichen Erklärung, die wir eingereicht hatten, um den Durchsuchungsbefehl zu bekommen.

Leider fanden wir wenig, das uns weiterhalf, was uns nicht überraschte, da Tate einen Monat Zeit gehabt hatte, um das Haus zu säubern. Am nächsten Tag zeigte er, dass er sich auf diesen Moment vorbereitet hatte, indem er mehr tat als Frühjahrsputz zu machen.

L. A. schickte mir am Dienstag kurz vor Mittag eine SMS mit seinem neuesten Coup: WVRC bringt heute Abend ein Exklusivinterview mit Tate. Nachrichten um halb sieben. Zehn Minuten.

Ich rief ihn an, um mich zu vergewissern, dass ich es richtig verstanden hatte. »Er wird im Fernsehen zu dem Fall interviewt?«

»Nicht nur das«, erzählte mir L. A. »Er macht live einen Lügendetektortest.«

»Was?«

»Der Mann hat einen Sinn für Dramatik.«

* * *

Wir versammelten uns im Konferenzraum, um die große Show zu sehen – ich, Regina, L. A. und ein halbes Dutzend anderer Kollegen aus unserem Büro. Masterson war auf Wahlkampftour. Ich hatte Dr. O'Leary, die Gerichtsmedizinerin, eingeladen, aber sie hatte andere dringende Aufgaben.

Die Sendung begann mit einer ernsthaften jungen Reporterin namens Lori Conrad, die Tate Fragen zum Tod seiner Frau stellte. Conrad war eine der beliebtesten Fernsehreporterinnen auf dem Markt in Atlanta. Sie saß Tate gegenüber, wie es die berühmten Reporter in 60 Minutes machten, und kam nach ein paar einfachen Fragen zum Punkt.

»Trotz allem, was Sie gesagt haben, gibt es immer noch Menschen, die glauben, Sie hätten Ihre Frau vergiftet. Was würden Sie ihnen antworten?«

Caleb schaute selbstzufrieden drein und schien nicht recht zu wissen, ob er lieber in die Kamera oder Lori ansehen wollte. »Ich habe seit dem Tod meiner Frau größtenteils geschwiegen, weil ich wusste, wenn ich mich verteidigte, müsste ich Schlechtes über ein paar sehr private Dinge in unserem Leben sagen – Dinge, die Rikkis Andenken schmälern könnten. Aber am Ende ist mir klar geworden, dass sie diese ganze Sache nicht zu einer zweifachen Tragödie machen wollen würde. Wir haben uns geliebt. Und so tragisch ihr Tod auch war, sie würde nicht wollen, dass diese Tragödie noch verschlimmert würde, indem mir die Schuld dafür gegeben wird.«

Caleb schluckte trocken und fuhr fort. »Wie Sie wahrscheinlich wissen, Lori, kann man mithilfe einer Haaranalyse feststellen, wie lange jemand Drogen genommen hat. Drogen lagern sich in den Haarwurzeln ein und werden ein Teil des Haarschaftes, wenn die Haare herauswachsen. Ich nehme an, dass die Ermittler Rikkis Haare analysiert haben. Wenn ja, sollten sie diese Ergebnisse veröffentlichen.«

»Was glauben Sie, was diese Ergebnisse beweisen würden?«, fragte Lori Conrad.

»Dass meine Frau sehr lange Zeit medikamentenabhängig war.«

Als Tate das mit seiner arroganten Miene sagte, sah ich mich rasch im

Raum um. Es war das erste Mal in diesem Fall, dass ich mich fragte, ob Tate eine Quelle innerhalb unserer Ermittlungen hatte. Wenn wir Anklage erheben wollten, mussten wir die Ergebnisse der Haaranalyse offenlegen. Leider hatte seine Beurteilung den Nagel auf den Kopf getroffen. Die Haaranalyse hatte sechs Monate Drogenaufnahme bestätigt.

Andere im Raum sahen sich das Interview mit versteinerten Gesichtern an, unbeeindruckt von den Bemerkungen zur Haaranalyse.

»Aber ein paar von unseren Zuschauern könnten glauben, Sie hätten sie langsam vergiftet«, sagte Conrad. »Wie würden sie darauf reagieren?«

Tate feixte, als sei es grotesk, dass er sich mit solch an den Haaren herbeigezogenen Anschuldigungen herumschlagen musste. »Ich würde dasselbe antworten, was ich auch den Ermittlern und der Staatsanwaltschaft gesagt habe. Ich habe Staatsanwältin Jamie Brock, die diese Untersuchung leitet, gesagt, ich würde in vollem Umfang kooperieren. Ich sagte, ich würde vorbeikommen und sämtliche Fragen beantworten und alle Dokumente vorlegen, die sie brauchten, mein Haus durchsuchen lassen und einen Lügendetektortest machen. Ich habe nichts zu verbergen.«

Lori Conrad setzte einen verwirrten Gesichtsausdruck auf, der einstudiert wirkte. Ich spürte, wie sich mein Magen zusammenzog. Ich wusste, was jetzt kam.

»Hat es Sie überrascht, dass Ms Brock den Fall bearbeitet?«

»Ich kann Ihnen so viel sagen: Ich war überrascht, dass man aus den sechsundzwanzig Anwälten bei der Staatsanwaltschaft die Person ausgewählt hat, mit der ich eine gemeinsame Vergangenheit habe. Sie erinnern sich vielleicht, dass ich den Mann verteidigt habe, der angeklagt war, Ms Brocks Mutter getötet zu haben.«

Als Conrad die Antwort eine Sekunde nachwirken ließ, hatte ich das Gefühl, die anderen Anwälte im Raum warfen mir verstohlene Seitenblicke zu. Ich wappnete mich.

»Was hat Ms Brock gesagt, als Sie ihr anboten zu kooperieren?«

Caleb konnte sich ein kleines Kopfschütteln nicht verkneifen. »Sie ist praktisch auf mich losgegangen. Sie sagte mir, ich solle mich besser vorsehen. Sie sagte, wenn ich ihr das kleinste Stückchen Seil gäbe, würde sie es benutzen, um mich damit zu lynchen.«

Conrad heuchelte Bestürzung. »Sie hat genau das gesagt – ›Sie damit lynchen‹?«

»Das waren ihre exakten Worte.«

Ein paar der Staatsanwälte im Raum bekundeten ihre Missbilligung über den dramatischen Ton des Interviews. Das waren nicht meine exakten Worte gewesen, aber ich fühlte trotzdem, wie mein Gesicht rot wurde, als mir klar wurde, dass Tate mir eine Falle gestellt hatte. »Deshalb bin ich zu Ihnen gekommen«, sagte Caleb Tate zu seiner Gastgeberin. Er wirkte aufrichtig. Verletzt.

Ich hätte am liebsten mit etwas geworfen.

»Die Staatsanwaltschaft hat mein Angebot eines Lügendetektortests abgelehnt, also habe ich Sie gefragt, ob Sie Interesse daran hätten, für Ihre Sendung einen zu machen.«

Diese Dreistigkeit! Ich hoffte, die Zuschauer würden es durchschauen.

Lori Conrad wandte sich seitwärts zur Kamera, stolz auf sich und ihren beeindruckenden Trick. »Wir haben Dr. Stanley Feldman hier, einen der besten Lügendetektoranalysten des Landes. Vor dieser Sendung hat er sich mit Caleb Tate hingesetzt und einen gründlichen Test durchgeführt.« Sie machte eine effektvolle Pause, dann wandte sie sich wieder an Caleb. »Wir werden den Zuschauern ein paar Ausschnitte des Tests zeigen, und dann, nach der Pause, werden wir Dr. Feldman live hier haben, um uns die Ergebnisse mitzuteilen.«

Abermals drehte sie sich zur Kamera. Das Ganze war so kitschig und mies – es spottete jeder Beschreibung. »Nicht einmal Mr Tate weiß, zu welchen Ergebnissen Dr. Feldman gekommen ist.«

In der Werbepause stellten sich meine Freunde in der Staatsanwaltschaft auf meine Seite. Tate sei ein Effekthascher. Lügendetektoren seien bekanntermaßen unzuverlässig. Erfahrene Lügner wie Tate konnten sie jederzeit überlisten. Das Ganze sei nur ein Werbegag eines verzweifelten Beschuldigten. Die ganze Stadt werde das genauso sehen.

Doch Regina Granger schwieg. Genau wie L. A. Ich konnte erkennen, dass er es nicht gewöhnt war, in den Medien überflügelt zu werden.

Dr. Feldman machte nach der Pause eine ziemliche Show. Er sprach über die Funktionsweise von Polygrafen und dass sie auch noch den kleinsten Anstieg von Puls, Blutdruck, Atmung und Transpiration wahrnehmen konnten. Ja, es gebe abgebrühte Lügner, die in der Lage seien, den Test zu manipulieren, aber er kenne Mittel und Wege, zu erkennen, ob jemand versuche, das Ergebnis zu beeinflussen. Das sei hier eindeutig nicht der Fall gewesen. Feldman war hundertprozentig überzeugt, dass diese Ergebnisse korrekt waren; er wollte sogar mit seinem untadeligen landesweiten Ruf dafür bürgen.

»Wie viele Lügendetektortests haben Sie schon durchgeführt?«, fragte Lori Conrad.

»Ich weiß nicht. Wahrscheinlich ein paar Tausend. Vielleicht mehr. Ehrlich gesagt, versuche ich nicht einmal mitzuzählen.«

Zufrieden stellte Conrad die Frage, auf die alle warteten: »Also, zu welchem Ergebnis sind Sie gekommen? Hat Caleb Tate seine Frau vergiftet?«

»Auf keinen Fall.«

»Hat Caleb Tate etwas von den Substanzen besorgt, die Rikki Tates Tod verursachten?«

»Auf keinen Fall.«

»In einem Gerichtsverfahren werden Sie gefragt, ob Sie Ihre Ansicht mit einem angemessenen Grad an wissenschaftlicher Sicherheit äußern können. Besitzen Sie diese Art von Sicherheit hinsichtlich dieses Tests?«

»Ich bin mit dem Vorgehen vertraut«, sagte Dr. Feldman. »Und mein Grad an Sicherheit geht in diesem Fall weit über das Maß hinaus, das für die Zulässigkeit vor Gericht notwendig ist.«

Die Kamera zoomte auf Caleb Tate, dicht genug, dass man die Poren sehen konnte, und sein Gesichtsausdruck zeigte ehrliche Erleichterung. Er schien nicht gewusst zu haben, dass dieses Ergebnis kommen würde. Vielleicht war er wirklich nur ein sehr guter Schauspieler, oder vielleicht hatte er seine Frau nicht umgebracht. Einen Moment lang hatte sogar ich einen Anflug von Zweifeln.

Aber nur einen Moment lang. »Das ist Pseudowissenschaft«, sagte ich. »Er schafft es nie, dass der Test in diesem Verfahren zugelassen wird, und das weiß er auch.«

»Er hat es gerade geschafft«, sagte L. A.

23

Zehn Minuten nach Caleb Tates Mediencoup wurde ich in Regina Grangers Büro gerufen. Masterson, der in einem der weiter entfernten Gebiete des Bundesstaates Wahlkampf machte, war am Telefon und auf Lautsprecher gestellt. Regina sah niedergeschlagen aus, und mir war klar, dass sie und Masterson schon gesprochen hatten.

»Jamie ist jetzt hier«, meldete Regina.

»Regina sagt, Sie hätten das Tate-Interview mit ihr angesehen«, sagte Masterson.

»Das habe ich.«

»Wir müssen sofort eine Erklärung herausgeben und dieser Lynch-Bemerkung widersprechen. Mich haben schon ein Dutzend Reporter angerufen. Dieser ganze Vorfall schmälert die Integrität unserer Untersuchung.«

Masterson schwieg kurz, und ich beschloss, nicht zu antworten.

»Wir könnten in derselben Erklärung auch Fach-Blabla über Lügendetektortests unterbringen und alle ermahnen, sich mit Urteilen zurückzuhalten, bis die Polizei ihre Untersuchung beendet hat. Wir müssen wohlüberlegt, aber schnell reagieren.«

Im Büro eines Staatsanwalts wurden Dinge gesagt und blieben andere ungesagt. Vor allem, wenn es um juristische Ethik geht, wo jeder herumschleicht und sich in Mehrdeutigkeiten ergeht.

Masterson war ein gerissener Veteran und einer der direktesten und moralischsten Menschen, die ich kannte. Aber ohne eine Extraportion Gewieftheit wird man kein Bezirksstaatsanwalt. Ich bemerkte, dass er mich nie fragte, ob ich diese Aussagen tatsächlich gemacht hatte. Und das war kein Versehen.

Solange er es nicht wusste, konnte er die Presseabteilung der Staatsanwaltschaft anweisen, eine Gegendarstellung herauszugehen. Damit stünde unser Wort gegen das von Tate.

Aber diese Art von Spielchen spielte ich nicht. Es war derselbe Grund, aus dem ich mich nie zu einer Absprache mit der Verteidigung durchringen konnte. Ich hatte diese idealistische Vorstellung von Gerechtigkeit, wo es die Guten und die Schlechten gab. Und wenn man anfängt, die Grenzen verschwimmen zu lassen – eine Notlüge hier, ein kleiner Deal da –, wird es unmöglich, sie dann wieder zu trennen.

»Was meint Regina?«, fragte ich. Damit spielte ich Mutter gegen Vater aus, aber ich brauchte Hilfe.

Regina warf mir einen Seitenblick zu, als schätzte sie es nicht, in Verlegenheit gebracht zu werden. »Regina findet, kein Staatsanwalt bei Verstand würde einen Verdächtigen so bedrohen.« Ihre Stimme war kühl und schneidend. »Ich möchte hoffen, dass die Leute in unserem Büro wissen, wie widerwärtig diese Bildsprache für Afroamerikaner ist.«

Sie sah mich finster an, und ich senkte den Blick.

»Aber ich habe Bill auch gesagt, dass ich es nicht für nötig halte, mit irgendeiner Art von öffentlicher Verlautbarung zu reagieren. Das verleiht dem, was dieser Clown getan hat, nur Gewicht und lenkt den Fokus von der Frage ab, ob er seine Frau getötet hat, hin zu der, ob jemand in unserem Büro ihn bedroht hat.«

Ich nickte, auch wenn ich ihr nicht in die Augen sah. Ich hatte Masterson schon aufgebracht erlebt, wenn er wütend im Büro herumstapfte und Leute zusammenstauchte. Aber Regina war normalerweise lebhaft und fröhlich, die Großmutter, die nur das Gute in ihren Enkeln sah. Sie aufgebracht zu sehen, war beunruhigend.

»Kürzen wir diesen Unsinn ab«, sagte Masterson, und seine Stimme dröhnte über den Lautsprecher. »Haben Sie ihm gedroht, ihn zu lynchen?«

Ich zögerte, während mein Gehirn hundert Berechnungen anstellte. Ich hatte in den vergangenen vier Jahren so hart gearbeitet, wahrscheinlich härter als alle anderen. Meine Integrität und mein Urteilsvermögen waren vorher noch nie infrage gestellt worden. Ich war ein aufgehender Stern im Büro, klug genug, um zu wissen, dass eine derartige Bemerkung fatal für meine Karriere sein konnte.

Ich sah mich einfach nicht in einer privaten Kanzlei. Und ich wusste, dass niemand je in der Lage sein würde zu beweisen, ob ich es gesagt hatte oder nicht.

Aber ich wusste auch, dass ich mir selbst ins Gesicht sehen können musste. Gute Kerle machen Fehler. Aber sie lügen nicht, um sie zu vertuschen.

»Also?«

»Ich glaube nicht, dass ich das Wort lynchen benutzt habe. Aber ich habe etwas davon gesagt, ihn aufzuknüpfen.«

»Haarspalterei«, sagte Masterson. Seine Stimme war jetzt resignierter; er klang enttäuscht. Regina schenkte mir einen verständnisvollen Blick.

»Es waren ein paar harte Wochen für sie«, erinnerte Regina den Boss. »Und es ist ja nicht so, als wäre Tate ein schwarzer Verdächtiger. Wir sollten ein bisschen nachsichtig mit ihr sein.«

»Es war dumm«, gab ich zu. »Ich habe die Beherrschung verloren. Dafür gibt es keine Entschuldigung.«

Masterson ließ uns beide volle fünf oder zehn Sekunden warten, die mir noch viel länger vorkamen. Ich war wütend auf mich selbst, es war mir peinlich für die ganze Staatsanwaltschaft, ich schämte mich. Im Grunde wäre ich am liebsten im Erdboden versunken.

»Darüber muss ich eine Weile nachdenken«, sagte Masterson schließlich. »Wir müssen es uns genau ansehen und überlegen, ob wir den Rückstoß überleben können. Aber auf kurze Sicht müssen wir zwei Dinge tun. Als Erstes entschuldigt sich Jamie öffentlich. Zweitens ziehe ich sie von dem Fall ab, bis die Sache vollständig untersucht ist. Auch wenn es strittig sein mag, ob wir genug zusammenbekommen, um Anklage zu erheben.«

Ich wollte protestieren, aber Regina hob die Hand. »Ich halte das für einen Fehler«, sagte sie. »Es ist okay für mich, wenn Jamie sich entschuldigt, aber ich kann mir nicht von diesem Mediencoup diktieren lassen, wer den Fall bearbeitet. Stellen Sie Jamie vor die Kameras und lassen Sie sie ein volles Schuldeingeständnis machen. Sie kann über ihre Mutter reden und über Tates Rolle bei der Verteidigung von Antoine Marshall. Sie kann erwähnen, dass sie ihren Vater verloren hat. Die Zuschauer werden das einsehen.«

»Das Risiko können wir nicht eingehen, Regina. Es war von vornherein ein Risiko, Jamie auf den Fall anzusetzen. Wir können jetzt nicht die Untersuchung aufs Spiel setzen.«

»Bill, ich finde …«

»Ich möchte nicht darüber diskutieren. Jamie, es ist in Ihrem Interesse. Und offen gesagt würde nichts von alledem passieren, wenn Sie sich von diesem Kerl nicht in die Falle locken hätten lassen, dumme Bemerkungen zu machen.«

»Ja, Sir.«

Etwas, das ich an meinem Chef zu schätzen wusste, war seine Geradlinigkeit und Offenheit, auch wenn es wehtat. Man wusste immer genau, wo man stand.

Doch dieser Schlag war schwer zu verdauen. Wenn ich je einen gebraucht hatte, der mir den Rücken stärkte, dann war es jetzt. Ich hatte das Gefühl, die letzten vier Jahre meines Lebens für diese Behörde gegeben zu haben, und jetzt ließ mich der Bezirksstaatsanwalt beim ersten Fehler hängen. Ich hätte ihn am liebsten gefragt, wie sehr es dabei um seine eigene Wahlkampagne ging. Aber meine große Klappe hatte mich schon einmal in Schwierigkeiten gebracht, also beschloss ich, die Bemerkung diesmal hinunterzuschlucken.

»Regina, wie wäre es, wenn Sie Jamie helfen, eine angemessene Entschuldigung zu entwerfen, und ich arbeite mit Ihnen an einer Stellungnahme zur Untersuchung.«

»Ich denke, Jamie ist in der Lage, ihre eigene Entschuldigung zu schreiben«, sagte Regina.

»In Ordnung. Jamie, schicken Sie mir innerhalb von dreißig Minuten eine E-Mail rüber.«

Nach dem Telefongespräch fragte mich Regina, ob ich reden wolle. Ich sagte ihr, ich sei der Meinung, die Sache sei ziemlich eindeutig. Dann stolzierte ich in mein Büro und hämmerte eine E-Mail in die Tasten, in der ich mich für meine Gefühllosigkeit entschuldigte, und feuerte sie auf Regina und Masterson ab.

Als das erledigt war, machte ich mich auf den Heimweg. Ich hatte genug davon, Überstunden zu machen, ohne im Gegenzug Unterstützung zu bekommen.

24

An diesem Abend verbrachte ich Stunden im Arbeitszimmer meines Vaters; Justice lag am Vorderfenster, während ich zwanghaft Blogs durchforstete. Ich war eigentlich nicht so dumm, im Internet zu surfen und das ganze Gift der Aufwiegler zu lesen, aber ich konnte nicht anders. Die Zeitung hatte schon einen Artikel über Tates Lügendetektortest und meine »Lynch«-Bemerkung im Netz. Meine Entschuldigung - kurz, süßlich und uneingeschränkt - stand im letzten Absatz. Die Kommentare auf den Artikel waren brutal. Eine Person nannte mich den Mark Fuhrman der Staatsanwaltschaft. Mehr als die Hälfte der negativen Kommentare zielten auf Bill Masterson ab - mal wieder ein angeblich republikanischer Rassist, der Leute wie mich in seiner Behörde tolerierte.

Ich hatte ein paar Verteidiger. Einer sagte, das Ganze sei überzogen und dass Tate kein Recht habe, die Rassenkarte zu spielen. Noch ein Typ, der anonym schrieb, sagte, meine Bemerkung klänge präsidial und zitierte Andrew Jackson, als der Süden damit drohte, sich von den Nordstaaten loszusagen: »Wenn sich auch nur einer findet, der die Abspaltung plant, nehme ich mir das nächstbeste Seil und knüpfe ihn am nächstbesten Baum auf.«

Aber viele meiner Verteidiger waren explizit rassistisch. Und wenn ich die Onlineempörung sah, die meine Bemerkung ausgelöst hatte, schämte ich mich noch mehr als je zuvor.

Tagsüber war ich wütend auf Masterson gewesen, weil er nicht für mich eintrat. Aber je länger ich online war, desto klarer wurde mir, dass er keine Wahl hatte. Ich hatte Glück, wenn ich nicht komplett suspendiert wurde.

Es war erstaunlich, wie eine dumme Bemerkung und eine schlaue Medienmasche von Caleb Tate die ganze Sache so schnell drehen konnten. Ich fühlte mich, als hätte ich nicht nur die Staatsanwaltschaft verraten, sondern auch das Streben meiner Familie nach Gerechtigkeit.

Um halb zehn, als ich einen kleinen Sportwagen um die Ecke in unsere Sackgasse rasen sah, saß ich immer noch im Arbeitszimmer meines Vaters. In unserer gemütlichen kleinen Straße gab es nur sieben Häuser, und nachdem ich so oft hier durchs Arbeitszimmerfenster geschaut hatte, kannte ich die Autos auswendig, die kamen und gingen. Ab und zu drehte jemand in der Straße, aber dieses Auto fuhr direkt auf meine Einfahrt zu und parkte hinter dem Wagen meines Vaters. Es war ein rotes Cabrio, ein Auto, das ich noch nie gesehen hatte, und ich fragte mich, ob die Presse anfangen würde, mich wegen dieser Geschichte zu Hause zu belagern.

Eilig verließ ich das Arbeitszimmer, bevor ich gesehen wurde, und spähte durch ein Fenster im Esszimmer hinaus. Justice dagegen blieb am Panoramafenster im Arbeitszimmer und hieß den neuen Besucher auf dem Brock-Anwesen schwanzwedelnd willkommen.

Zu meiner Überraschung stieg L. A. aus und kam den Hügel herauf. Er trug Jeans mit Löchern an den Knien, ein weißes T-Shirt und Sandalen. Eindeutig außer Dienst.

Was tat er hier?

Die Türklingel war Justices' Stichwort, um verrücktzuspielen, und genau das tat er auch. Ich befahl ihm, sich zu setzen, und er kauerte sich in eine beinahe sitzende Position, den Hintern ein paar Zentimeter über dem Boden, zum Sprung bereit. Er wedelte wild mit dem Schwanz, hyperventilierte schon, und sein wilder Blick war fest auf die Türklinke gerichtet.

Ich öffnete die Tür einen Spalt, und Justice drängte sich hindurch, warf sich auf L. A. und begann, den armen Mann abzulecken und sich an seinen Beinen zu reiben.

»Hey, mein Großer«, sagte L. A. An der Art, wie er anfing, Justice den Rücken zu kraulen, konnte ich sehen, dass er selbst auch einen Hund hatte.

»Glaubst du, deine Mama lässt mich rein?«, fragte er Justice.

»Haben Sie einen Durchsuchungsbefehl?«, fragte ich.

Er klopfte seine Taschen ab. »Äh … hab ich im Büro vergessen.«

Ich bat ihn herein, und Justice beruhigte sich. Ein wenig. Er schnappte sich ein Seiltau, wohl in der Hoffnung, L. A. würde Tauziehen mit ihm spielen.

»Kann ich dir etwas zu trinken anbieten?«, fragte ich. »Etwas zu essen? Ich habe wahrscheinlich noch eine Woche altes Essen von der Beerdigung.«

Er lächelte und zeigte seine Grübchen. Laut meinen Quellen war dieses Lächeln fast schon legendär, denn es entspannte weibliche Zeugen, sogar soweit, dass sie ihm ihre tiefsten Geheimnisse verrieten. Und jetzt wurde mir klar, dass ich mich jetzt schon ein bisschen dumm verhalten hatte, indem ich es mit einem Witz versuchte, der im besten Falle idiotisch war.

Ich beschloss wachsam zu sein.

L. A. und Justice hatten schon das Wohnzimmer übernommen und ließen die Muskeln spielen. Justice kauerte sich nieder, ein Ende des Seils zwischen den Zähnen, und zog, so fest er konnte. L. A. grinste und lachte, während er Justice anstachelte. Ich kam nicht umhin, die Muskeln an L. A.s rechtem Arm zu bemerken, mit dem er am anderen Ende des Seiles zog. Ich gab mir Mühe, nicht hinzustarren.

»Ich hatte tatsächlich noch kein Abendessen«, sagte L. A. »Aber Beerdigungsessen war eigentlich nicht ganz das, was ich mir vorgestellt hatte.« Er ließ sein Seilende los - schade - und streichelte Justice den Kopf. »Du hast gewonnen, Mann. Du bist zu stark für mich.«

Er stand auf und zeigte wieder seine Grübchen. »Toller Hund.«

»Oh ja.«

»Hör zu, ich habe ein paar Theorien über den Tate-Fall, die ich mit dir besprechen will. Hast du Lust, was essen zu gehen?«

»Ich arbeite nicht mehr am Tate-Fall.« Wo warst du den ganzen Tag?

»Ich weiß«, sagte L. A. Er kniete sich nieder und begann wieder Justice zu kraulen. »Aber ich dachte, als komplett desinteressierte Beobachterin mit vollkommener Objektivität könntest du eine gute Diskussionspartnerin für mich sein. Und ich habe gehört, es gibt eine minimale Möglichkeit, dass sie dir, wenn du brav bist und all die richtigen Füße küsst, vielleicht wieder die Ehre erteilen, rund um die Uhr an dem Fall zu arbeiten, damit Masterson vor Gericht gut aussieht.«

Trotz meiner zynischen Haltung gegenüber Männern begann ich diesen Kerl zu mögen. Was Justice anging - er lag auf dem Rücken und ließ sich von L. A. den Bauch kraulen. »Na ja ... ich habe eigentlich auch noch nichts gegessen.«

»Ich werte das mal als Zustimmung. Aber wir müssen dein Auto benutzen«, fügte er hinzu.

»Was stimmt nicht mit deinem?«

L. A. schenkte mir einen verletzten Blick, als sei er schockiert, dass jemand andeuten könnte, etwas stimme nicht mit seinem Auto. »Es ist ein Mazda MX-5 Miata mit beheizten Ledersitzen, Turbolader und Handschaltung mit sechs Gängen. Das beste Auto, das es gibt. Aber es hat eine offenkundige Schwäche.«

Ich bin kein großer Automensch, also schenkte ich ihm einen gelangweilten, unbeeindruckten Blick.

»Es hat nur Platz für zwei«, sagte er. »Wenn ich meinen Hund mitnehme, fahre ich den Honda.«

Okay, dieser Kerl war echt gut. Der Weg zum Herzen einer Frau führt direkt über ihren Hund. Aber ich würde nicht kampflos aufgeben. Und ich notierte mir im Geiste: Er hatte zwei Autos, und das bei einem Polizistengehalt.

»Ich lasse ihn nicht gern so lange allein im Auto, vor allem bei Nacht.«

»Wer hat etwas davon gesagt, ihn im Auto zu lassen? Ich denke, wir holen uns was zum Mitnehmen und essen mit ihm im Auto. Wir können beim Supermarkt vorbeifahren und ihm einen Kauknochen kaufen.«

»Du hast auch einen Hund, was?«

»Eine Englische Bulldogge«, sagte er stolz. »Die tollste Rasse der … Na ja, vielleicht die zweittollste.« Er tätschelte Justice.

»Wie heißt er?«

»Er ist eine Sie. Und ihr Name ist J-Lo.«

»War ja klar«, sagte ich. Dann ging ich meine Schuhe holen.

25

Wir fuhren zu einem nahe gelegenen *Steak-'n'-Shake* und aßen auf dem Parkplatz Burger und Pommes. L. A. ergänzte das durch einen Vanille-Milchshake zum Nachtisch. Er saß auf dem Beifahrersitz und schob verstohlen eine Pommes nach der anderen auf den Boden vor dem Rücksitz, wo Justice gespannt die nächste Lieferung erwartete.

»Er darf kein Menschenfutter haben.«

L. A. zeigte mir schnell zwei leere Hände und schob die Unterlippe vor. »Ich habe keine Ahnung, was Sie meinen.«

Aber Justice wusste nicht, dass er aufgeflogen war. Er kratzte mit der Pfote an L. A.s Sitz, als verstünde er nicht, warum das Transportband langsamer geworden war.

»Ungezogener Hund!«, sagte L. A.

Ich boxte ihn schelmisch. »Siehst du, was du angerichtet hast?«

Dann schenkte ich Justice einen finsteren Blick, befahl ihm, wieder auf den Rücksitz zu klettern, und das Gespräch mit L. A. kehrte zum Fall zurück.

Wir hatten zwei verschiedene Theorien über den Lügendetektortest von Caleb Tate. L. A. nahm an, dass Dr. Feldman gekauft worden war. Ich fand es wahrscheinlicher, dass Tate ein so vollendeter Lügner war, dass er das Gerät überlisten konnte. Ich hatte mit mehreren Staatsanwälten gesprochen, die mir erzählt hatten, wie Caleb Tate in seinen Fällen die hanebüchensten Argumente vortragen und so tun konnte, als glaube er zu 100 Prozent daran. Ich kannte Leute, die sich Dinge so stark einreden konnten, dass sie ihre eigenen Lügen glaubten. Caleb Tate gehörte meiner Ansicht nach dazu.

Aber was mich wirklich faszinierte war L. A.s Theorie über die Haaruntersuchung. »Erinnerst du dich noch an den Fall in Los Angeles, wo Kendra Van Wyck beschuldigt wurde, ihre Backgroundsängerin vergiftet zu haben, nachdem sie herausgefunden hatte, dass sie eine Affäre mit ihrem Mann hatte?«

»Ja. Mir sind die Parallelen auch schon aufgefallen.« Ich hatte meine Recherche über den Fall Van Wyck gemacht, sobald ich die Resultate unseres Haartests erhalten hatte. Kendra Van Wyck war freigesprochen worden, weil die Haartests bewiesen hatten, dass ihre Backgroundsängerin die fraglichen Drogen lange Zeit eingenommen hatte. Aber im darauffolgenden Zivilprozess gegen Van Wyck hatte ein erstklassiger junger Anwalt namens Jason Noble bewiesen, dass die Haarproben wahrscheinlich aufgrund einer oberflächlichen Kontaminierung falsch positiv gewesen waren – das Ergebnis unsachgemäßer Waschtechniken im Labor. Der Familie der Backgroundsängerin wurden knapp zwanzig Millionen Dollar zugesprochen. Aber ich wusste auch, dass *National Toxicology*

Testing, das Labor, das Dr. O'Leary beauftragt hatte, alle Probleme mit dem Waschvorgang beseitigt hatte.

»Ich habe unsere Computerjungs und den Experten, den der Richter bestimmt hat, gebeten, Tates Computer darauf zu prüfen, ob er je nach Einzelheiten über den Fall Van Wyck gesucht hat«, sagte L. A. »Auch wenn es bei der Backgroundsängerin um Kokain ging – eine Droge, die wir in Rikkis Blutkreislauf nicht gefunden haben –, fand ich die Ähnlichkeiten einfach zu auffällig, als dass das noch Zufall sein könnte.«

L. A., der wahrscheinlich spürte, dass er meine ungeteilte Aufmerksamkeit hatte, hielt inne, um in seinen Cheeseburger zu beißen. Ich ahnte, worauf er hinauswollte. Was, wenn der Fall Van Wyck Caleb Tate irgendwie auf seinen Plan für Rikki gebracht hatte? Was, wenn er seine Frau ein halbes Jahr lang heimlich unter Drogen gesetzt hatte, damit ihre Haare von den Wurzeln bis zu den Spitzen voller Drogen waren? Er konnte den Fall Van Wyck für seine Verteidigung benutzen. Geschworene liebten CSI-mäßige Beweise, und vielleicht hatte Tate selbst ein paar gebastelt.

»Vor ungefähr sieben Monaten hat Tate mehrere Dokumente aus dem Fall Van Wyck über den Rechercheservice *Westlaw* heruntergeladen. Nicht nur die Urteilsbegründung, sondern auch die Schriftsätze der Anwälte, in denen es sehr ausführlich um die Haarproben ging.«

L. A. war eindeutig stolz auf sich und biss noch mal zu, um das Schauspiel in die Länge zu ziehen. Aber ich sah schon Schwachstellen in seiner Theorie.

Laut Gillespies Notizen hatte Rikki Tate immer wieder Probleme mit Drogen gehabt, schon lange bevor sich Caleb Tate diese juristischen Dokumente beschafft hatte.

»Ich habe auch mit ein paar von Rikki Tates Freunden über ihre neue Frisur gesprochen«, fuhr L. A. fort. Er schaltete das Licht an und zeigte mir zwei Fotos von Rikki. Das erste war ein Jahr alt, als Rikki lange, dunkle Haare hatte. Das neuere zeigte den kurzen Stufenschnitt, den ich von den Autopsiefotos kannte.

»Laut Aussage ihrer Freunde – rate mal, wer Rikki gedrängt hat, sich die Haare schneiden zu lassen?«

»Caleb?«, fragte ich hoffnungsvoll.

»Er hat ihr gesagt, er möge kurze Haare. Sie sähe jünger damit aus und heißer. Sie hat vor ungefähr einem halben Jahr die Frisur gewechselt, und laut ihren Freunden hat er sie mit Lob überschüttet. Einen Monat vor ihrem Tod hat sie sie nachschneiden lassen. Ein praktischer Kurzhaarschnitt.«

»Aber was ist mit Gillespies Notizen? Sie hatte schon seit Jahren Suchtprobleme.«

»Daran habe ich auch gedacht. Aber für mich sagen die Notizen nur aus, dass sie durch Phasen der Besserung ging und dann wieder in ihr Suchtverhalten zurückfiel. Immer wieder. Nach ihrer Bekehrung hat sie wieder versucht aufzuhören. Außerdem wissen wir nicht, wie viele Pillen sie nahm und wie oft. Wir wissen aber, dass Caleb Tate ein Kontrollfreak ist. Vielleicht hat er den Van-Wyck-Fall gelesen und langsam angefangen, diese Betäubungsmittel in sie hineinzupumpen. Eine Pille hier und da in ihrem Essen, so was in der Art. Mit der Zeit erhöhte er die Dosis, damit das Muster nach einer typischen Süchtigen aussieht. Er überredet sie, sich die Haare schneiden zu lassen, sodass wir nur die Drogen der letzten sechs Monate sehen können, einen dramatisch hohen Drogenspiegel in ihrem Organismus, und dann … bumm. Er gibt ihr eine Megadosis, und er ist frei und kann seine süße kleine Anwaltsgehilfin heiraten.«

»Hast du mehr über die Anwaltsgehilfin herausgefunden?«

»Ich habe eine Aufstellung von Tates Anrufen gemacht.« L. A. zog noch ein paar Dokumente heraus. »Er hat viel Zeit am Handy mit ihr verbracht. Ich kann es noch nicht beweisen, aber Caleb hatte definitiv etwas nebenher laufen.«

L. A. hatte sehr viel härter gearbeitet, als ich gedacht hatte. Aber er konnte die Drogen immer noch nicht mit Tate in Verbindung bringen. Und Telefongespräche waren noch lange keine Affäre. Dennoch, selbst dieser kleine Fortschritt ließ mich wünschen, ich wäre nicht von dem Fall abgezogen worden.

»Ich weiß nicht«, sagte ich. »Wenn jemand unsere Telefone überprüfte, würde er auch eine Menge gegenseitige Anrufe finden.«

»Und …?«

»Und wir haben keine Affäre. Wir arbeiten zusammen. Wir haben einen großen Fall …«

»Noch nicht.«

»Noch nicht was? Was soll das heißen?«

L. A. schenkte mir sein schönstes durchtriebenes Herzensbrecherlächeln. »Noch haben wir keinen großen Fall. Aber ich arbeite dran.«

Ich schnaubte. Wir wussten beide, woran er wirklich arbeitete.

Er wischte sich die Hände an der Hose ab und reichte mir dann ein weiteres Foto. Es war eine Aufnahme von Rikki Tates Händen.

»Was siehst du?«, fragte er.

»Manikürte Hände. Knallroten Nagellack. Sichtbare Venen.«

»Und lange Fingernägel«, fügte L. A. hinzu. »Weißt du, was man mit Fingernägeln machen kann?«

Ich dachte kurz nach, und dann traf es mich wie ein Schlag. »Sag mir bitte, dass man sie zermahlen und auf Chemikalien untersuchen kann.«

Er nickte lächelnd. »Yep. Und von der Länge dieser Süßen von der Nagelhaut bis zu den Spitzen her würde ich sagen: zwei Jahre. Zum Glück ging es im Fall Van Wyck nicht um Fingernagelproben.«

Ich beendete meine Mahlzeit, steckte meinen Müll in die Tüte und knüllte sie zusammen. »Warum erzählst du mir das alles? Ich weiß nicht einmal, wann oder ob ich überhaupt wieder zurück an den Fall darf.«

Er nahm einen großen Schluck von seinem Milchshake und schlürfte, als sein Strohhalm am Becherboden auf Luft traf. »Ich nehme nicht an, dass du vorhast, vor die Kameras zu treten und eine tränenreiche Entschuldigung abzuliefern«, sagte er. »Allen vom Tod deines Vaters zu erzählen. Ihnen erzählen, wie dieser Mann, der deinen Dad einen Lügner genannt hat, dich direkt verhöhnt hat. Ihnen sagen, wie leid es dir tut, dass du durch deine Leidenschaft für Gerechtigkeit jedes Taktgefühl verloren hattest. Du könntest mit deinen großen, braunen Augen ein paar Herzen erweichen, vor allem, wenn du es schaffst, dass sie sich mit Tränen füllen.«

»Auf Kommando heulen ist nicht wirklich mein Ding.«

»Dachte ich mir. Deshalb habe ich auch einen Plan B. Schau dir heute Abend auf *WATL* die Elf-Uhr-Nachrichten an.«

»Wozu?«

»Wirst du schon sehen.« Und das war alles, was er zu dem Thema sagen wollte. Ich konnte noch so schmeicheln, betteln und sogar schmollen, ich konnte kein weiteres Wort über die Sendung aus ihm herauspressen.

Als wir nach Hause zurückkamen, stieg L. A. aus meinem Wagen, ließ Justice hinten heraus und knuddelte ihn ein bisschen. Dann stand er auf und wandte sich mir zu.

»Wir schaffen das, dass du wieder an den Fall kommst«, sagte er. »Du bist die beste Anwältin bei der Staatsanwaltschaft, und ich bin nicht bereit, mit irgendeiner anderen in den Krieg zu ziehen.«

Dieser Mann kannte mich kaum. Dennoch schätzte ich sein Vertrauensvotum, vor allem an einem Abend wie heute.

»Danke.«

Er sagte mir, ich solle auf mich aufpassen, sprang in seinen Sportwagen und fuhr rückwärts aus der Einfahrt.

Ich hatte den Mann eindeutig unterschätzt und wieder einmal bewiesen, dass Justice ein besserer Menschenkenner war als ich.

* * *

An diesem Abend interviewte ein WATL-Reporter Isaiah Haywood, einen Kumpel von der Uni. Isaiah war die perfekte Wahl für das Interview, und ich nahm an, dass L. A. ihn bei der Beerdigung meines Vaters kennengelernt hatte. Isaiah war nicht nur ein enger Freund; er war Afroamerikaner und ehemaliger Footballstar der University of Georgia. Die meisten Leute in Atlanta kannten ihn. Er arbeitete jetzt für eine bekannte Sportagentur.

»Jamie Brock ist eine meiner besten Freunde«, sagte er dem Reporter. »Ich kann Ihnen eines garantieren – diese Frau hat keine einzige rassistische Faser im Leib. Ich habe sie beim Jurastudium kennengelernt. Und rassistische Mädchen gehen normalerweise nicht mit Typen wie mir aus. Für den Fall, dass Sie es nicht bemerkt haben – ich bin nicht gerade der weiße Arbeitertyp.«

Isaiah und ich waren zwar enge Freunde gewesen. In Wahrheit hatten wir viel zusammen herumgehangen, aber ich hatte jedes Angebot, mit ihm auszugehen, abgelehnt. Doch ich würde sicherlich nicht den Sender anrufen und das richtigstellen.

»Und ich finde es beleidigend, dass einer der anderen Fernsehsender diesem weißen Strafverteidiger aus einer komplett weißen Kanzlei dabei hilft, sich hinter Rassismusvorwürfen zu verstecken, als wären seine Leute irgendwie Opfer von Lynchjustiz geworden.« Isaiah kam jetzt in Fahrt, seine Halsmuskeln traten hervor. Die Kamera zoomte heran, damit die Zuschauer das Feuer in seinen Augen besser sehen konnten.

»Ich habe mich ein bisschen über Mr Tate erkundigt, und ich habe herausgefunden, dass seine Kanzlei nur zwei Afroamerikaner beschäftigt. Einer ist Fahrer für Mr Tate und ein paar seiner hoch bezahlten Partner. Der andere ist Kurier.«

Isaiah holte Luft, und der Reporter warf ein: »Warum ist das relevant?«

»Weil man es einem Kerl, der mit reichen weißen Eltern in Edelviertel von Atlanta aufgewachsen ist und sich in der Country-Club-Szene herumtreibt, nicht durchgehen lassen darf, mit einem Rassismusvorwurf gegen eine junge Anwältin vorzugehen, von der ich weiß, dass sie einer der tolerantesten und vorurteilslosesten Menschen ist, die ich je kennengelernt habe.«

Der Reporter beendete das Interview und übergab zum Moderator der Sendung im Studio, während Isaiah für die Kamera posierte. Ich hätte am liebsten den Fernseher geküsst. Stattdessen rief ich sofort Isaiah an.

»Das wäre nicht nötig gewesen«, sagte ich.

»Ich gebe dir Rückendeckung, Jamie. Sorg du nur dafür, dass der Kerl verurteilt wird.«

* * *

Um Mitternacht erhielt ich den zweiten unangekündigten Besuch an diesem Abend. Ich war auf der Couch eingeschlafen, und Justice spielte verrückt, als er die Türklingel hörte. Ich wachte mit einem Ruck auf, und mein Herz hämmerte in meiner Brust. Ich versuchte, meine Gedanken zu sammeln, den Albtraum von eben von der Realität zu trennen, in die ich eben wieder eingetaucht war. Ich schlurfte zur Haustür und schaltete das Licht auf der Veranda ein.

Es war Chris.

Ich öffnete die Tür, und Justice fiel über ihn her.

Ich musste zweimal blinzeln, um sicherzugehen, dass ich nicht immer noch träumte. Chris wohnte mehrere Stunden entfernt in den Bergen.

»Ich dachte mir, du könntest heute ein bisschen Gesellschaft gebrauchen«, sagte er. »Hast du ein Gästezimmer?«

Er kam in den Flur, und ich umarmte ihn fest. Doch bevor ich etwas sagen konnte, bevor ich ihm auch nur für sein Kommen danken konnte, fing ich an zu weinen. Ich legte den Kopf an seine Schulter und ließ die Tränen fließen. Um ehrlich zu sein, war ich mir nicht sicher, ob ich meinen Vater vermisste oder dankbar für meinen Bruder war oder sauer über alles, was bei der Arbeit passierte. Ich wusste nur, es musste raus.

»Okay«, sagte ich, als ich mich schließlich wieder gefangen hatte. »Das habe ich gebraucht. Jetzt kannst du wieder nach Hause fahren.«

26

Chris fuhr nicht nach Hause. Dank seiner Anwesenheit konnte ich in dieser Nacht wieder einmal gut schlafen. Ich wusste, wie ungern er von Amanda und den Mädchen getrennt war, und das machte es nur noch bewegender, dass er die Reise auf sich genommen hatte. Am nächsten Morgen ging ich mit Justice laufen und hatte Mühe, meine kurze Drei-Meilen-Runde zu vollenden. Das emotionale Trauma der vergangenen Wochen hatte mich eingeholt.

Nach dem Laufen frühstückten Chris und ich zusammen, und er erzählte mir von seinem Besuch im Gefängnis in Jackson. Obwohl ich mir gewünscht hätte, dass er mir vorher Bescheid gesagt hätte, war ich stolz auf meinen Bruder, dass er Mace James und Antoine Marshall Paroli geboten hatte.

Nach dem Frühstück zog ich meinen schwarzen Nadelstreifenrock mit Jackett an, mein bestes »Poweroutfit«, wie ich fand, und legte ein bisschen mehr Make-up als sonst auf. Ich benutzte Concealer gegen die dunklen Ringe unter beiden Augen und schnallte mir eine schicke neue Uhr um, die ich an Weihnachten gekauft hatte. Auf dem Weg zur Tür hinaus umarmte ich Chris und dankte ihm, dass er gekommen war.

»Brauchst du noch etwas?«, fragte er. Ich wusste, er musste zurück nach Rabun.

»Ich schaff' das schon.«

Vor Gericht arbeitete ich wie üblich meinen morgendlichen Terminkalender ab, der hauptsächlich aus Anträgen auf Klageabweisung und Kautionswiderrufen bestand. Obwohl keiner etwas über die Nachrichten des Vorabends sagte, spürte ich, dass die meisten meiner Kollegen froh waren, dass zur Abwechslung einmal ich unter Druck stand. Um halb zwölf war ich zurück in meinem Büro und arbeitete an einem Memo für Bill Masterson über Caleb Tates Lügendetektortest. Ich wusste, Masterson würde sich keine Sorgen machen, dass der Test als Beweismaterial zugelassen wurde – das Gesetz war da sehr eindeutig. Aber ich machte mir Sorgen, dass er ihm zu viel Gewicht in seiner Einschätzung des Falles einräumen könnte.

Weil die meisten Strafverfolgungsbehörden sich auch auf Lügendetektortests als eine ihrer Ermittlungstechniken verlassen, tendieren Cops und Staatsanwälte dazu, die Zuverlässigkeit der Tests in hohem Maße zu überschätzen. Ich wusste es besser, zum Teil aus meiner Erfahrung mit Antoine Marshalls Berufungsverfahren, wo die und die Verlässlichkeit des Tests und seine Zulässigkeit vor Gericht wichtige Themen gewesen waren.

In meinem Memo an Masterson zitierte ich einen Bericht der *National Academy of Sciences*, dass siebenundfünfzig der achtzig Studien, die die Glaubwürdigkeit von Lügendetektortests bewiesen, mit fehlerhaften Daten zu ihren Ergebnissen gekommen waren. Die NAS-Studie kam zu dem Schluss, dass die Treffsicherheit von Lügendetektoren zwar »besser als der Zufall, aber weitab von Perfektion« war. Es gab einen hohen Prozentsatz an falsch positiven Ergebnissen, und einige berühmte Kriminelle hatten mehr als einmal Lügendetektoren überlistet. Aldrich Ames zum Beispiel, ein berüchtigter sowjetischer Spion, der für die CIA arbeitete, bestand den Test mit Glanz und Gloria – und zwar nicht nur einmal, sondern gleich zweimal.

Ich erklärte außerdem, dass man den Test überlisten konnte, indem man während der Kontrollfragen Stress produzierte. Manche Verdächtige zwangen sich, an ihr schmerzhaftestes Erlebnis zu denken, während andere sich auf die Innenseite der Wangen bissen, damit der Schmerz ihre Atmung und den Puls beschleunigte. Bei relevanten Fragen entspannten sie sich und kontrollierten ihre Atmung. Ich glaubte, dass Tate den Test vor der Sendung wahrscheinlich ein paar Mal gemacht hatte, und sich dann, als er die Techniken beherrschte, im Fernsehen testen ließ.

Ich kontrollierte das Memo zweimal auf Fehler und fügte einen letzten Abschnitt hinzu, in dem ich ausführte, ich sei zwar nicht länger mit dem Fall betraut, hoffe aber, diese Informationen könne meinem Nachfolger helfen, wer auch immer das sein mochte.

An diesem Nachmittag nahm ich das Memo mit zum Gericht, um es Masterson persönlich zu geben. Eines musste ich dem Kerl lassen – während andere Bezirksstaatsanwälte alle Fälle an ihre besten Mitarbeiter delegierten, bestand Masterson darauf, ein paar der schwereren Fälle selbst zu verhandeln. An diesem Tag vertrat er die Mordanklage gegen einen Mann, dem vorgeworfen wurde, eine Prostituierte getötet zu haben. Zugegeben, er konnte wahrscheinlich politisches Kapital aus diesem Fall schlagen, aber zumindest hatte er keine Angst, sich die Hände schmutzig zu machen. Eigentlich sah Masterson sogar aus, als mache ihm der Prozess richtig Spaß.

Der Verteidiger benutzte eine Menge elektronischer Hilfsmittel und setzte während seines Schlussplädoyers auf PowerPoint. Aber Masterson ging nur im Gerichtssaal auf und ab und wetterte gegen den Angeklagten – alte Schule und sehr effektiv. Das wollte ich auch eines Tages können. Ich ertappte mich dabei, wie ich seinen Stil studierte wie schon so viele Male zuvor. Wann und warum machte er Pausen? Wie setzte er Stimme und Tonfall ein? Wie band er Zeugenaussagen und Beweise ein? Ich wusste, ich musste meinen eigenen Stil im Gerichtssaal entwickeln, aber ich war bescheiden genug zu erkennen, dass ich viel von einem alten Profi wie Bill Masterson lernen konnte.

Als sich die Jury zur Beratung zurückzog, kam Masterson zu mir nach hinten und begrüßte mich herzlich. Ich war bei meinen Fällen immer ein Nervenbündel, während die Jury sich beriet, aber Masterson schien bereit, zur Tagesordnung überzugehen, als wäre das Urteil eine ausgemachte Sache.

»Ich habe einen kleinen Bericht über die Treffsicherheit von Lügendetektortests geschrieben«, sagte ich und reichte ihm das Papier.

Er warf einen Blick darauf und gab es mir zurück. »Können Sie es mir als Datei schicken?«

»Klar«, sagte ich, ein wenig enttäuscht. Ich hatte gehofft, wir könnten zumindest darüber reden.

»Haben Sie kurz Zeit?«, fragte Masterson.

»Ja natürlich.«

Er führte mich aus dem Gerichtssaal und den Flur entlang zu einem kleinen Konferenzraum. Wir sprachen ein paar Minuten über sein Schlussplädoyer. Ich saß stocksteif und aufrecht auf meinem Stuhl, während Masterson auf seinem lümmelte, die Beine an den Knöcheln überkreuzt. Er liebte es, wenn andere Anwälte kamen, um ihm vor Gericht zuzusehen, und er wollte unbedingt meine Einschätzung hören. »Wie fanden Sie mein Schlussplädoyer? Hätten Sie etwas anders gemacht? Was sagen Sie zu der Jury?«

Ich beantwortete seine Fragen, dann wechselte er abrupt das Thema.

»Was hat Caleb Tate zu Ihnen gesagt, bevor Sie ihm drohten, ihn zu lynchen?«

»Nun ... noch einmal: Ich glaube nicht, dass ich dieses spezielle Wort benutzt habe. Aber im Grunde hat er mir gesagt, wenn wir versuchten, ihn wegen Mordes an seiner Frau anzuklagen, würde es für ihn und für uns hässlich werden. Ich habe das als Drohung verstanden.«

Masterson schnaubte, und ich verstand warum – Staatsanwälte müssen ein dickes Fell haben. »Sind Sie sicher, dass er Sie nicht irgendwie beschimpft hat?«

»Ich bin mir sicher.«

»Es würde aber helfen, wenn er Sie beschimpft hätte.«

»Hat er aber nicht.«

»Okay, haben Sie je das Wort »Neger« oder »Nigger« benutzt oder irgendwelche anderen rassistischen Bemerkungen gegenüber irgendwem gemacht?«

»Sie kennen mich besser.«

»Beantworten Sie einfach die Frage.«

»Nein. Nie.«

»Dieser Kerl, Isaiah Haywood, hat gestern ganze Arbeit für Sie geleistet.«

»Ich weiß.«

Masterson streckte sich ein bisschen. »Glauben Sie, er wird schuldig gesprochen?«

»Wer, Caleb Tate?«

Masterson lachte. »Nein, der Angeklagte in dem Fall, den Sie eben gesehen haben.«

Ich zuckte die Achseln. »Ich habe Sie noch nie verlieren sehen. Manche würden sagen, Sie picken sich die Rosinen heraus.«

Das brachte Masterson zum Lächeln. »Werden Sie Bezirksstaatsanwältin, dann können Sie sich auch die Rosinen herauspicken.«

»Nein danke. Ich hasse Politik.«

Masterson sah auf die Uhr und beschloss offenbar, er müsse zurück in den Gerichtssaal. »Ich würde sagen, damit haben wir es unter Dach und Fach«, sagte er.

Ich runzelte die Stirn. Heute hatte ich Schwierigkeiten, seinen Gedankengängen zu folgen. »Was haben wir unter Dach und Fach?«

»Meine Untersuchung ihres Fehlverhaltens. Ich werde wahrscheinlich ein paar Tage warten, bevor ich eine offizielle Stellungnahme abgebe.«

»Das war's?« Ich war mir nicht sicher, ob ich ihn richtig verstanden hatte. »Das ist Ihre ganze Untersuchung?«

Er schenkte mir einen listigen Blick. »Wollen Sie sagen, ich sollte Ihnen nicht vertrauen?«

»Nein, es ist nur …«

»Ich halte Sie immer noch für die beste Staatsanwältin für den Job. Wenn ich zulasse, dass Strafverteidiger jeden Staatsanwalt ausschließen lassen, der sich gegen sie stellt, könnte ich diese Behörde sicher nicht leiten.«

Ich hatte das Gefühl, als habe jemand ein riesiges Gewicht von meinen Schultern genommen. »Wollen Sie damit sagen …?«

»Sie bekommen meine Stellungnahme in ein paar Tagen«, unterbrach er mich. »Ich mache Sie nur darauf aufmerksam, dass Sie Ihre Akte noch nicht abschließen sollten.«

Ich hätte den Kerl am liebsten umarmt, beschloss aber, professionell zu bleiben. Obwohl ich äußerlich ruhig blieb, jubelte ich innerlich. »Sie werden es nicht bereuen.«

Er tat es mit einem Achselzucken ab. »Nächstes Mal, Jamie, halten Sie den Mund.«

»Ja, Sir.«

* * *

Am Ende dieser Woche rief L. A. mit den Ergebnissen der Fingernageltests an. Der Oxycodon- und Codeinspiegel in dem Fingernagelabschnitt, der den letzten sechs Monaten in Rikkis Leben entsprach, war hoch und passte zu den Haarproben. Aber die Menge im Zeitraum davor war kaum messbar. Insgesamt wiesen die Ergebnisse darauf hin, dass sie wahrscheinlich sechs Monate vor ihrem Tod angefangen hatte, die Medikamente in größeren Mengen einzunehmen. »Es könnten auch sieben Monate gewesen sein«, sagte L. A., »was die geringen Spuren in den älteren Fingernagelabschnitten erklären würde. Oder sie hat vielleicht in den Monaten davor ab und zu ein paar Pillen genommen. Aber nichts Ernsthaftes, bis ein halbes Jahr vor ihrem Tod.«

»Das ist gut«, sagte ich.

»Baby, das ist mehr als gut!«

Ich lächelte. Das war unser erster größerer Durchbruch.

»Und noch eines: Die älteren Fingernagelproben enthielten auch Spuren von Morphin.«

»Morphin?«, fragte ich.

»Könnte eine Folge von Heroinmissbrauch sein«, sagte L. A. »Aber O'Leary bezweifelt das. Wenn sich Heroin im Körper aufspaltet, dann wird es zu Morphin und irgendeinem anderen Stoffwechselprodukt. Das Labor hat diesen anderen Stoff aber nicht gefunden. Deshalb glaubt O'Leary, dass jemand ihr Morphin untergejubelt hat.«

»Aber nicht in letzter Zeit? Vor mehr als sechs Monaten?«

»So sieht es aus.«

27

An diesem Wochenende ging ich mit Dr. Gillespie ins Fitnessstudio, und wir wussten beide, dass es eine Therapiesitzung werden würde. Während meiner Jahre am College war ich Leistungssportlerin gewesen, war in nationalen Wettbewerben Kajak gefahren und dabei zu einer Fitnessfanatikerin geworden. Während des Jurastudiums hatte ich als Trainerin in einem Studio in der Innenstadt gearbeitet. So war es nicht verwunderlich, dass der große und etwas behäbige Psychiater Schwierigkeiten hatte, mit mir Schritt zu halten.

Ich trieb ihn ziemlich an, denn er hatte es nötig. Aber das hielt ihn nicht davon ab, mir in den Verschnaufpausen eine Menge Fragen zu stellen. Ich machte ihn beim Training ziemlich fertig, und hinterher setzten wir uns mit Wasserflaschen in einen ungenutzten Aerobic-Raum. Während er an der Wand lehnte und ihm der Schweiß am Körper herunterlief, bat mich Gillespie scherzhaft, ihm am besten einen Krankenwagen zu rufen.

Er fragte mich, wie ich mit dem Tod meines Vaters zurechtkäme, und ich sagte ihm die Wahrheit: nicht sehr gut. Die Albträume von der Schießerei vor zwölf Jahren brachen wieder mit aller Gewalt über mich herein, und ich hatte in letzter Zeit sehr wenig geschlafen. Um ehrlich zu sein, ging ich abends nur noch sehr ungern schlafen, denn ich wusste, die Albträume würden kommen. Gillespie sagte, das überrasche ihn nicht, angesichts dessen, dass ich immer noch im selben Haus lebte, in dem meine Mutter gestorben war.

Er schlug mir Schlaftabletten vor, und ich hörte höflich zu, hatte aber nicht vor, seinen Rat zu beherzigen. Ich war immer sehr vorsichtig damit gewesen, was ich meinem Körper zumutete, und selbst jetzt, wo ich mit beinahe lähmendem Kummer zu kämpfen hatte, war ich entschlossen, nicht von Medikamenten abhängig zu werden, nur um diese schwere Zeit zu überleben.

Ich schaffte es schließlich, das Gespräch von mir auf meine Theorie über Rikki Tates Tod zu lenken. »Ich weiß, du darfst nicht über deine Sitzungen mit ihr reden, aber wir haben ja deine Notizen«, erklärte ich Gillespie. »Und wir haben noch ein paar andere Dinge erfahren.«

Ich erzählte ihm von den neuesten Entwicklungen in dem Fall, alles, bis auf die Fingernagelproben. Wir diskutierten den Lügendetektortest, und ich erklärte, wie ihn Tate meiner Meinung nach bestanden hatte.

Er nahm mir meine Theorie nicht ab.

»Caleb Tate ist ein Kontrollfreak. Selbst wenn er den Test trainiert hätte und ihn viermal hintereinander bestanden hätte, hätte er gewusst, dass ein erhebliches Risiko bestand, live im Fernsehen ein negatives Ergebnis zu bekommen, vor allem, wenn so viel davon abhängt und er einen entsprechend hohen Adrenalinspiegel hat. Er kommt mir nicht wie ein Mensch vor, der ein solches Risiko eingehen würde.«

Ich stand auf und begann mit dem Stretching. Erst einen Arm, dann den anderen. Ich wies Gillespie darauf hin, dass ihm ein bisschen Stretching nach dem Training auch guttun würde.

Er saß auf dem Boden und machte keine Anstalten, sich zu rühren.

»Also, was ist deine Erklärung für den bestandenen Test?«, fragte ich.

»Ich würde Dr. Feldman überprüfen«, sagte er. »Ich habe in meiner beruflichen Laufbahn viel Zeit mit dem Studium des Lügendetektortests verbracht und sogar ein paar Mal vor Gericht darüber ausgesagt. Wenn der Test richtig durchgeführt wird, ist er nicht so leicht zu fälschen, wie man glaubt. Ich sehe drei Möglichkeiten: Entweder Feldman hat seine Arbeit nicht richtig gemacht, Caleb Tate ist ein ungewöhnlich hohes Risiko eingegangen, oder Feldman ist vielleicht nicht so grundehrlich wie es sein Ruf behauptet.«

Ich setzte mich, spreizte die Beine und beugte mich zu meinem rechten Bein, um den hinteren Oberschenkelmuskel zu dehnen. Mir gefiel, wie Gillespie dachte. Wie ich selbst fühlte auch er sich dem Opfer verpflichtet und zog deshalb nicht einmal die Möglichkeit in Betracht, warum der Meinung anderer nach der Lügendetektortest negativ ausgefallen war – weil Rikki Tate an einer versehentlichen Überdosis gestorben war.

28

Am Dienstagabend bekam ich eine SMS von L. A.

Kannst du so schnell wie möglich ins Gefängnis kommen?

Was ist los?, schrieb ich zurück.

Interessante Entwicklung im Fall Tate. Wir reden, wenn du da bist.

Ich tauschte meine Shorts gegen Jeans. Zog ein schwarzes, kurzärmliges T-Shirt an. Ein Paar niedliche, flache, schwarze Lacklederschuhe. Dann fummelte ich ein bisschen an meinen Haaren herum und redete mir ein, ich täte es nicht für L. A. Innerhalb von fünf Minuten war ich aus der Haustür.

Um halb neun saß ich in einer kleinen Besucherkabine. L. A. stand hinter mir, und ein säuerlich dreinblickender Rafael Rivera saß mir auf der anderen Seite der Glasscheibe gegenüber. Wir hätten uns mit Rivera in einem Verhörraum treffen können, aber L. A. wollte nicht, dass sich Rivera zu wichtig vorkam.

Der Gangster saß da, dummdreist wie immer. Sein Bart war gewachsen, seine Dreadlocks zerfranst, und seine Augen waren rot vor Hass. Ich hatte es vorher nie bemerkt, aber seine Augenbrauen vereinigten sich zu einem dauerhaften höhnischen Stirnrunzeln. Ich war mir sicher, dass er mich dafür verantwortlich machte, dass die Richterin ihm die Kaution verweigert hatte.

»Ich verstehe das richtig, dass Sie mich in Abwesenheit Ihres Anwaltes sprechen wollen«, sagte ich und versuchte, so ruhig und autoritär wie möglich zu klingen. Dieser Mann konnte mir nichts mehr tun.

»Das stimmt.«

»Dann muss ich unser Gespräch aufzeichnen und Ihnen ein paar Fragen vorab stellen.« Ich holte ein Diktiergerät heraus und stellte es vor das kleine runde Metallgitter am unteren Rand der Scheibe, durch das wir uns gegenseitig hören konnten.

Rivera warf einen kurzen Blick darauf, dann sah er wieder mich an. »Okay.«

Ich schaltete den Rekorder an und stellte ein paar Fragen, um zu bestätigen, dass er seine Rechte kannte und dass er auf die Anwesenheit seines Anwalts im Rahmen dieser Besprechung verzichtete. Als ich mit den Fragen fertig war, überließ ich ihm das Feld. »Ihretwegen bin ich den ganzen Weg hier heruntergefahren. Ich will hoffen, dass Sie was Brauchbares für mich haben.«

Rivera warf einen Blick auf L. A., der wahrscheinlich nickte oder ihm ein anderes Signal gab. Dann wandte sich Rivera wieder an mich, als schätze er mich ab, und beugte sich dichter an die Metallschlitze.

»Es ist brauchbar, Baby. Ich habe, was du brauchst, um Caleb Tate dranzukriegen.« Er sagte es langsam, selbstbewusst, betonte jedes Wort. »Aber ich muss wissen, was für mich dabei rausspringt.«

Ich zeigte keine Regung. »Sie sind lange genug dabei, Mr Rivera, um zu wissen, dass es so nicht läuft. Erstens sind Sie zur Falschen gegangen, wenn Sie einen Deal machen wollen. Und zweitens: Selbst wenn ich Deals schließen würde, was ich nicht tue, würde ich Sie dazu bringen, mir zuerst alles zu sagen, was Sie haben - das nennt man ein Angebot -, bevor ich entscheide, ob ich es verwenden kann.«

Wir saßen einen Moment lang schweigend da und starrten uns an. In Grundzügen wusste ich schon, was er mir sagen wollte, aber ich musste es von ihm hören, nicht von L. A.

»Ich brauche Immunität dafür«, sagte er. »Völlige Immunität. Nicht diesen anderen Mist.«

Er bezog sich auf eine Praxis, die nur garantierte, dass wir sein Geständnis nicht in einer Ermittlung oder einem Verfahren gegen ihn verwenden würden. Wir konnten ihn trotzdem anklagen, wenn wir ihm das Verbrechen auf anderem Wege nachweisen konnten.

»Ich verspreche nichts und mache auch keine Deals, solange ich nicht weiß, was Sie zu verkaufen haben.«

Rafael beugte sich noch dichter zur Scheibe, warf einen Blick zu L. A. hinauf und bedachte mich mit einem Ausdruck, der L. A. dazu brachte, sich blitzartig über meine Schulter zu beugen.

»Hör mir mal zu, du kleiner Dreckskerl«, sagte er. »Du hast ungefähr zwei Sekunden, um dein Herz auszuschütten, oder wir gehen, und du wanderst zurück ins Gefängnis und kannst dort die nächsten fünfzehn Jahre verrotten.«

Ich hob die Hand und schob L. A. zurück. Rafael schoss ein höhnisches Grinsen in L. A.s Richtung.

»Wir sind hier fertig«, sagte ich. Ich schaltete das Aufnahmegerät aus und hob den Telefonhörer ab, um dem Wachmann zu sagen, er könne Rafael abholen. »Er hat gar nichts«, sagte ich zu L. A.

Rafael lehnte sich auf seinem Stuhl zurück und musterte mich vom Kopf bis zur Taille. Die Ellbogen hatte er auf die Armlehnen seines Stuhls gestützt. »Was, wenn ich derjenige gewesen wäre, der Mr Tate die Drogen beschafft hat?«

Die Tür hinter Rafael ging auf, und ein Wachmann trat in die Kabine.

Diesmal grinste ich höhnisch. »Das ist alles?«, fragte ich. »Dafür haben Sie meine Zeit verschwendet? Warum sollte irgendjemand Ihnen glauben?«

Der Wachmann stellte sich hinter Rivera, aber der Häftling machte keine Anstalten, aufzustehen. »Ich spreche hier rein hypothetisch. Aber was, wenn ich darüber aussagen könnte, wie viel Oxycodon und Codein und Promethazin …« – er ließ sich die Worte auf der Zunge zergehen, stolz, dass er die Drogen kannte, die man in Rikki Tates Organismus gefunden hatte; Fakten, die die gesamte Öffentlichkeit ebenfalls kannte – »ich Mr Tate besorgt habe?«

»Jeder kann die Zeitung lesen und herausfinden, dass das die Drogen waren, die man in Rikki Tates Blut gefunden hat. Ihre Zeugenaussage würde vor Gericht in der Luft zerrissen.«

»Gehen wir«, sagte der Wachmann. »Stehen Sie auf!«

Rivera rührte sich immer noch nicht. »Was, wenn ich wüsste, dass er erst vor einem halben Jahr angefangen hat, sich die Drogen zu besorgen? Was, wenn ich noch zwei andere Zeugen besorgen könnte, die wussten, dass ich Drogen für Mr Tate besorgte? Was wäre das – wie gesagt rein hypothetisch – wert?«

Diesmal hatte er mein Interesse geweckt. Niemand wusste von unserer Theorie, dass Caleb Tate erst vor einem halben Jahr angefangen hatte, seine Frau mit Drogen vollzupumpen. Die Zeugen, die Riveras Aussage stützen sollten, waren dagegen vermutlich nutzlos, wenn sie nicht gesehen hatten, wie er Tate die Drogen gab. Ihre Aussage würde als Hörensagen gewertet werden.

»Ich habe ihm jeden Monat mehr Drogen verkauft«, sagte Rafael. »Ich habe ihm einmal sogar ein bisschen Morphin gegeben. Vielleicht sollten Sie die Haare darauf untersuchen.«

Der Wachmann packte die Schulter von Riveras Overall und wollte ihn hochziehen. »Bewegung!«

»Warten Sie!«, bat ich ihn mit erhobener Hand. L. A. beugte sich dichter über meine Schulter.

Ich schaltete den Rekorder wieder ein. »Sagen Sie das noch mal«, verlangte ich.

»Das mit dem Morphin?«

»Alles.«

Er wiederholte seine Behauptungen für das Diktiergerät, und meine Gedanken rasten. Man lernt als Staatsanwalt früh, dass man seine Fälle nicht mit den Aussagen von Pfadfindern und Nonnen beweisen kann. Ja, verurteilte Verbrecher sagen alles, um aus dem Gefängnis zu kommen, aber sie wissen auch viel. Und im Moment versorgte uns Rafael Rivera mit Details, die er unmöglich wissen konnte, wenn er nicht die Wahrheit sprach.

Als er fertig war, schaltete ich das Gerät wieder aus und starrte in seine blutunterlaufenen Augen. Ich schenkte ihm meinen kältesten Blick und wartete fünf Sekunden, bevor ich anfing zu sprechen. »Wenn ein Wort hiervon zu Caleb Tate durchsickert, sind alle Ihre Chancen auf einen Deal dahin. Verstanden?«

»Verstanden«, sagte er selbstbewusst, als habe er eben einen Deal gemacht.

»Diese Zeugen – haben die gesehen, wie Sie Tate die Drogen gaben, oder haben sie selbst mit Tate gesprochen?«

»Nö. Aber ich habe ihnen von Tate erzählt, als ich die Drogen kaufte.«

»Ich will ihre Namen trotzdem. Und ich werde jedes Stückchen Information überprüfen, das Sie mir gegeben haben. Wenn Sie versuchen, Spielchen mit mir zu spielen, werden Sie bereuen, mich je gesehen zu haben.«

»So ein hübsches Gesicht?«, sagte Rivera arrogant. »Das glaube ich nicht.«

Ich gab dem Wachmann ein Zeichen, und er entfernte den Abschaum aus meinem Gesichtsfeld.

Rivera war mir nicht geheuer, aber L. A. und ich neigten beide dazu, ihm zu glauben. Falls Caleb Tate seine Frau vergiften wollte, war es sinnvoll, die Drogen bei jemandem wie Rivera zu kaufen – jemand, den Tate vor Gericht leicht diskreditieren konnte. In der Presse war nichts über unsere Theorie zu Tate und dem sechsmonatigen Drogengebrauch erwähnt worden, und auch nichts über die winzige Menge an Morphin in den Fingernagelproben. Wie konnte Rafael Rivera das alles wissen?

Doch der Gedanke, Rivera als einen meiner Zeugen in den Zeugenstand zu holen, machte mich krank. Noch schlimmer war der Gedanke, ihn auch noch mit einer Haftminderung dafür zu belohnen.

Als ich an diesem Abend ins Bett kroch, hatte ich immer noch das höhnisch grinsende Gesicht von Rivera vor meinem inneren Auge, wie er sich zu mir vorbeugte, und seine vulgären Bemerkungen gingen mir nicht aus dem Kopf. Ich dachte an die Zeugen, selbst Gangmitglieder, die man dazu gebracht hatte, in einem älteren Mordfall gegen ihn auszusagen. Sie waren verschwunden, ihre Leichen hatte man nie gefunden.

Wie konnte ich so einen Mann freilassen – nur wegen meines persönlichen Rachefeldzugs gegen Caleb Tate?

29

Am nächsten Tag einen Termin mit Bill Masterson ausmachen zu wollen, kam dem Versuch gleich, eine Audienz beim Papst zu bekommen. Am Morgen hatte er ein paar Radiointerviews und Treffen mit Kampagnenberatern, dann machte er sich auf den Weg nach Süden nach Macon, um bei einem Mittagessen der örtlichen Anwaltskammer zu sprechen. Am Abend musste er nach Savannah zu einer Benefizveranstaltung bei einer reichen Dame der Gesellschaft. »Geht das nicht übers Telefon?«, fragte er mich.

»Ich muss wirklich persönlich mit Ihnen reden«, antwortete ich.

Er gab mir dreiundachtzig Meilen – die Entfernung von Atlanta nach Macon auf der Interstate 75. Wir saßen hinten in seinem Wohnmobil an einem kleinen Küchentisch, während ein junger Praktikant aus seinem Wahlkampfteam fuhr.

Der Junge hörte in der Fahrerkabine Countrymusik, was zusammen mit dem Dröhnen des Motors laut genug war, damit der Chef und ich uns ungestört unterhalten konnten.

Ich hatte meine Erläuterungen genau gegliedert und hatte gerade fünf Minuten erzählt, als Mastersons Telefon klingelte. Er kümmerte sich um ein paar Wahlkampfangelegenheiten und entschuldigte sich bei mir. Ich machte weiter, wo ich aufgehört hatte, und wurde ein paar Minuten später vom nächsten Anruf unterbrochen. Diesmal stellte er seinen BlackBerry nach dem Gespräch auf Vibrationsalarm und steckte ihn in seine Hülle.

»Ich gehöre ganz Ihnen. Aber ich muss nicht jedes Beweisstück im Detail hören. Die Pointe genügt.«

Ich fasste mein Gespräch mit Rafael Rivera kurz zusammen, und das schien endlich doch noch seine Aufmerksamkeit zu wecken. Als ich erklärte, dass Rivera behauptete, er habe erst vor sechs Monaten angefangen, Tate mit Oxycodon und Codein zu versorgen und habe ihm auch einmal Morphin besorgt, wurde Masterson erst richtig munter.

Als ich fertig war, ließ er sich alles eine Weile durch den Kopf gehen, schnäuzte sich und verschlang ein paar Cracker direkt aus der Schachtel. »Was sagt Ihnen Ihr Bauch?«, fragte er.

»Dass Rivera Abschaum ist, der sogar seinen eigenen Anwalt in die Pfanne hauen würde.«

Masterson nickte. Im Hintergrund lief Countrymusik von Carrie Underwood. So hatte ich mir das an der Uni nicht vorgestellt: strategische Entscheidungen über Mordfälle, getroffen auf dem Weg nach Süden zu einem Barbecue in Macon hinten in einem Wohnmobil.

»Wollen Sie einen Deal mit Rivera machen?«, fragte Masterson.

»Eigentlich nicht. Ich glaube, er ist gefährlicher als Tate.«

Masterson schnaubte. »Das glaube ich auch. Aber Rivera wird wieder Mist bauen. Wenn wir ihn morgen freilassen, nageln wir ihn in einem halben Jahr wieder fest. Außerdem gehen die Medien wegen Rivera nicht auf die Barrikaden.«

Ich war mir nicht so sicher, dass wir Rivera ein halbes Jahr später wieder schnappen würden. Ich dachte an den Drogenfahnder, der im Undercover-Einsatz sein Leben riskiert hatte, um diesen Mann hinter Gitter zu bringen. Und ich glaubte auch nicht, dass die Berichterstattung der Presse darüber entscheiden sollte, welcher der Männer – Rivera oder Caleb Tate – ungestraft davonkommen sollte. Um ehrlich zu sein, fühlte ich mich bei diesem ganzen Gespräch unwohl.

»Ich habe nie einen Deal mit jemandem wie Rivera gemacht, und ich bin mir nicht sicher, ob ich damit leben könnte.«

Masterson runzelte die Augenbrauen. Noch mehr Cracker, diesmal gefolgt von einem Schluck Red Bull. »Und Sie könnten besser damit leben, keine Beweise für eine Anklage gegen Caleb Tate zu haben?«

Ich zuckte die Achseln. »Ich weiß nicht.«

Masterson rieb sich das Gesicht und kratzte sich am Hinterkopf. Er war solche Entscheidungen gewöhnt, aber das machte sie nicht leichter.

»Glauben Sie, Sie bekommen Rivera dazu, zwei Jahre ins Gefängnis zu gehen und trotzdem auszusagen?«

»Das bezweifle ich. Er glaubt, er hat uns in der Hand. Dafür wird er Straffreiheit wollen.«

»Es wäre schon nett, Tate festzunageln, oder?«

»Der Gedanke ist mir auch schon durch den Kopf gegangen.«

»Wollen Sie ein paar Cracker?«

»Nein danke. Nicht im Moment.«

Masterson stand auf, um sich zu strecken, und hielt sich fest, während das Wohnmobil die Straße entlangraste. Dann setzte er sich wieder. »Genau deshalb zahlt man mir die große Kohle.«

Er zog ein Diktiergerät heraus und diktierte ein Memo an seine Assistentin, während ich zuhörte. Das Memo übertrug den Fall Rafael Rivera von mir an ihn. Eine Kopie ging an Regina Granger, die die Verteilung der Fallakten beaufsichtigte. Er senkte sein Diktiergerät.

»Sie arbeiten sowieso zu hart. Ich habe beschlossen, Sie haben vielleicht einen Fall zu viel.«

Ich wusste nicht recht, wo das hinführen sollte, also wusste ich nicht, ob ich ihm danken oder protestieren sollte. Aber ich konnte an seinem Gesicht ablesen, dass er seine Entscheidung getroffen hatte. Das hatte ich an meinem Chef immer bewundert. Ich grübelte endlos über Dinge, analysierte erst eine Seite, dann die andere. Masterson dagegen hörte sich zwei, drei Minuten einer Erklärung an, kam zum Punkt und traf eine Entscheidung.

»Nur damit Sie es wissen: Ich werde einen Deal mit Rivera machen. Sie besorgen mir seine Aussage auf Video und prüfen nochmals, ob es auch sicher kein Leck gab, was das Morphin angeht. Die nächste Grand Jury tritt am Montag zusammen. Ich habe einen Wahlkampf zu führen und eine Behörde im kontrollierten Chaos. Meinen Sie, Sie kriegen die Jury dazu, die Anklage gegen Tate zuzulassen?«

Ich richtete mich auf. Wir wussten beide, dass man in Milton County die Grand Jury sogar dazu bekam, den Weihnachtsmann wegen Hausfriedensbruch anzuklagen. Die Verteidigung durfte den Raum der Jury nicht einmal betreten. Eigentlich hätten wir Tate auch ohne Riveras Aussage anklagen können. Aber man tritt nicht vor die Grand Jury, wenn man nicht vollkommen sicher ist.

Trotz meiner Freude über die bevorstehende Anklage gegen Tate wollte eine leise Stimme in mir protestieren. Wenn ich genug Theater machte, würde Masterson es sich vielleicht noch einmal anders überlegen und keinen Deal mit Rivera machen. Was, wenn Rivera jemanden umbrachte, während er eigentlich hinter Gittern sein sollte?

Aber ich hielt den Mund. Ich wollte Caleb Tate so dringend festnageln, dass ich den Triumph deutlich vor mir sah. Und ich sagte mir, dass ich ja nicht diejenige war, die den Deal mit Rivera machen würde. Mein Vorgesetzter hatte mir die Entscheidung aus den Händen genommen.

»Ich dachte schon, Sie fragen nie«, sagte ich.

»Gut. Wir halten eine Pressekonferenz ab, sobald wir die Anklage haben. Sagen Sie Ihrem Freund L. A., er soll die Verhaftung für die Presse inszenieren. Sorgen Sie dafür, dass jeder Sender in Atlanta sie überträgt.«

Es war eindeutig – Masterson machte das Spaß. Er würde einen guten Generalstaatsanwalt abgeben. Er mochte nichts lieber als einen großen Kampf mit jemandem, den er für wirklich böse hielt.

»Ich wünschte, Ihr Vater könnte das sehen«, sagte er.

Er musste meine Gedanken gelesen haben. Und das war das andere, das ich an Masterson schätzte: Er wirkte groß und schroff und gleichgültig. Aber Bemerkungen wie diese zeigten seine wahre Natur. Und was das anging, erinnerte er mich an meinen Dad.

»Ich auch«, erwiderte ich.

30

Ich hatte fünf Tage Zeit, um mich auf den Auftritt vor der Grand Jury vorzubereiten. Ich musste die Trauer über den Tod meines Vaters beiseiteschieben und mich auf den Fall Tate stürzen. Tagsüber arbeitete ich mit meinen Zeugen. Die Abende verbrachte ich in meiner Kommandozentrale zu Hause, wo sich die Dokumente und Beweisstücke stapelten und irgendwann in die Küche und schließlich auch ins Wohnzimmer überquollen. Justice bettelte mich an, mit ihm Frisbee spielen zu gehen, aber ich ließ ihn einfach allein in den umzäunten Garten. Das morgendliche Training ließ ich ausfallen. Ich blieb wach bis nachts um zwei oder drei, trank Kaffee und bereitete meinen Fall vor.

In den unpassendsten Momenten brach ich zusammen und weinte, wenn mein Verlust mir das Herz zerriss. Ich konnte diese Momente nicht planen; sie schlichen sich immer an – unerwartet, ausgelöst von irgendeiner Kleinigkeit, die mich an meinen Dad erinnerte.

Am Freitagabend zog ein Gewitter auf. Der Wind heulte und bog die großen Kiefern im Garten hin und her. Als kleines Mädchen hatte ich immer Angst gehabt, die Bäume könnten abbrechen und auf unser Haus fallen, aber mein Vater hatte eine Lehrstunde daraus gemacht: »Diese Bäume wissen, wie sie sich mit dem Wind biegen müssen, Jamie. Du musst dir keine Sorgen um sie machen. Eichen wissen nicht, wie man sich biegt – ihretwegen solltest du dir Sorgen machen.«

Jetzt tanzten die Kiefern im Sturm und warfen lange Schatten durch die Panoramafenster ins Wohnzimmer. Ich konnte im Heulen des Windes beinahe die Stimme meines Vaters hören.

Am Tag der Anhörung fuhr ich mit dem Chrysler meines Vaters zum Gericht. Niemand hatte den Wagen gefahren, seit mein Dad gestorben war, aber ich fand, es war eine gute Art, ihn zu ehren. Ich hatte auch seine abgenutzte braune Aktentasche dabei. Er hatte das Ding in den letzten fünfzehn Jahren herumgetragen, und das Leder an den Griffen war von schwitzenden Händen dunkelbraun verfärbt. Auf dem Boden der Tasche lag noch Zeug herum - eingerollte gelbe Klebezettel, ein paar leere Batterien, ein alter Textmarker, Tabletten, die aus einer Packung gefallen waren. Wer weiß, wie lange dieses Gerümpel dort schon lag?

Ich nahm die Aktentasche mit in den Jurysaal und gelobte mir feierlich, sie auf jedem Schritt in Caleb Tates Prozess bei mir zu haben.

31

An der Southeastern Law School ging Professor Mace James vorne im Hörsaal auf und ab und dozierte eloquent über das Argument der Unverhältnismäßigkeit in der Debatte um die Todesstrafe. Einer der anderen Juraprofessoren der Universität bot James dieses Forum ein paar Mal pro Sommersemester in einer Verfassungsrecht-Vorlesung im zweiten Studienjahr. Mace leitete normalerweise nur Arbeitsgruppen und bekam nicht oft die Möglichkeit, seine Ansichten vor so einer großen Gruppe von Studenten auszusprechen, deshalb ergriff er die Gelegenheit immer sehr gerne. Sein Freund an der Fakultät hatte dafür gern ab und zu den Vormittag frei.

Mace gab sich provokant, erzählte Geschichten von unschuldigen Todeskandidaten, die durch DNA-Tests entlastet worden waren, und argumentierte, dass die Todesstrafe überproportional oft männliche Schwarze mit geringem Einkommen traf.

»Bei einer Hinrichtung wird die gleiche Tötungsmethode verwendet wie beim Einschläfern eines Familienhunds, wenn Bello alt wird oder zu viele Nachbarn beißt«, sagte er. »Wie viele von Ihnen haben tatsächlich einmal einer Hinrichtung beigewohnt?«

Keiner hob die Hand.

»Dann lassen Sie es mich Ihnen beschreiben.«

Während er das tat, ging die hintere Tür des Hörsaals auf, und Caleb Tate glitt auf einen der Sitze. Mace warf ihm einen überraschten Blick zu, sprach aber weiter.

Als er fertig war, debattierte Mace noch eine Weile mit ein paar von den konservativen Studenten, bevor er Schluss machte. Eine Reihe von Studenten kam für eine kleine Nachdiskussion nach vorn, doch Mace wies sie ab und entschuldigte sich.

Er stieg die Stufen des Auditoriums hinauf und begrüßte Caleb. Die beiden Männer hätten nicht unterschiedlicher sein können. Tate trug einen seiner feinen anthrazitfarbenen Anzüge und ein weißes Hemd mit Monogramm. Er war makellos frisiert.

Mace trug seine Lieblingsjeans mit einem Loch am Knie, das jedes Mal größer wurde, wenn er sie wusch. Da es April war, hatte er die Flip-Flops an, die er den ganzen Sommer tragen würde. Er sagte den Leuten immer, er habe sich im Gefängnis an sie gewöhnt und könne diese Angewohnheit nicht aufgeben. Eine umgedrehte Baseballmütze bedeckte seinen kahlen Schädel.

Tate sah sich im Hörsaal um; wahrscheinlich schaute er sich die Studentinnen an. »Wie komme ich auch an so einen Job?«

»Lassen Sie sich für ein Kapitalverbrechen verurteilen und werden Sie ein Musterbeispiel für erfolgreiche Rehabilitation. Dann werden die Liberalen Sie lieben.«

Sobald die Worte heraus waren, dachte Mace an Rikki Tates Tod. Caleb schätzte Witzelei dieser Art wahrscheinlich nicht besonders.

»Ehrlich gesagt bin ich sogar deshalb hier«, sagte Tate. »Können wir irgendwo hingehen und reden?«

Sie gingen nach oben in Maces Büro, und Mace räumte einen Stapel Papiere von einem der Stühle. Er setzte sich hinter seinen Schreibtisch und rückte etwas zur Seite, damit sein Blick auf Caleb Tate nicht von seinem großen Monitor verstellt wurde.

Caleb warf einen Blick auf das Whiteboard an der Wand mit einer Reihe von durchgestrichenen Zahlen, die anzeigte, dass es nur noch 106 Tage bis zu Antoines Hinrichtung waren. Berufungsbegründungsschriften und Akten lagen auf dem Boden verstreut.

Die zwei Männer gingen ganz sachlich miteinander um, wenn man die Umstände bedachte. Antoine Marshall hatte das bisschen Geld, das er hatte, in Caleb Tates Dienste als Strafverteidiger im Prozess investiert. Tates wahrer Beweggrund, den Fall zu übernehmen, war vermutlich das riesige Medieninteresse gewesen, das der Fall ausgelöst hatte. Dann, als das Urteil gesprochen, das Geld weg und der Fall ein alter Hut war, hatte Tate Antoine an Maces kostenloses Rechtshilfebüro und das Pro-Bono-Programm von Knight & Joyner weitergereicht.

Berufungsanwälte wie Mace gründeten einen Berufungsantrag oft auf die Behauptung, der Angeklagte sei vor Gericht nicht angemessen vertreten worden. Mace hatte so eine Behauptung nicht aufgestellt; Caleb Tate war alles andere als unfähig gewesen. Und Tate hatte die Art scheinbar zu schätzen gewusst, wie Mace seinen ehemaligen Mandanten behandelte.

»Das war ganz schön knapp bei Antoine letztes Mal«, sagte Tate.

»Wir sind noch nicht über den Berg.«

»Er hat Glück, dass er Sie hat.« Tate verschränkte die Beine und versuchte, es sich bequem zu machen. »Aber deshalb bin ich nicht hier. Es geht um Rikki.«

Mace nickte. »Mein Beileid«, sagte er.

Caleb seufzte, aber Mace hörte darin keine Trauer. »Sie wissen, dass sie hinter mir her sind«, sagte Caleb. »Zwischen mir, Bill Masterson und Jamie Brock läuft eine Fehde, und sie glauben, sie können mich festnageln. Im Moment stellen sie den Fall der Grand Jury vor. Spätestens morgen haben sie ihre Anklage.«

»Tut mir leid, das zu hören«, sagte Mace, auch wenn er nicht recht wusste, was das mit ihm zu tun hatte.

»Ja, nicht so leid wie mir.« Caleb holte noch einmal tief Luft und sagte dann das Letzte, was Mace erwartet hätte: »Ich würde Sie gern als meinen Anwalt engagieren.«

»Wie bitte?«

»Ich will, dass Sie mich vertreten. Mir gefällt es, wie Sie Antoines Fall verfolgen.«

Mace hatte nie unter mangelndem Selbstbewusstsein gelitten, aber er war realistisch genug zu wissen, dass an der Geschichte mehr dran war.

Mace war ein Berufungsanwalt, der spekulative letzte Anträge für Todeskandidaten einreichte. Es gab hundert Anwälte in Atlanta, die ihre Sache in der ersten Instanz besser machen konnten als er.

»Ich verhandle keine Fälle; das wissen Sie. Ich habe ein paar Jahre lang Prozessverteidigung gelehrt, und ich habe ein paar Strafverteidigungen gemacht, aber ich habe mein ganzes Leben noch kein Kapitalverbrechen verhandelt. Ich komme Prozessen am nächsten, wenn ich Anträge wegen inkompetenter Vertretung in der Berufung einreiche und mich darüber beschwere, wie schlecht Kerle wie Sie ihren Job vor Gericht gemacht haben.«

Caleb lächelte nicht. Er war ganz geschäftsmäßig, und Mace konnte es ihm nicht verdenken. »Das ist einer der Gründe, warum ich Sie engagieren will. Alle Staranwälte würden verlangen, dass ich einfach nur dasitze und den Mund halte. Ich werde mich aber aktiv an meiner Verteidigung beteiligen, und ich glaube, Ihr Ego wird das verkraften.«

Er sagte das, als habe Mace schon zugestimmt. Doch der stellte in Gedanken gerade eine Liste von Ausreden zusammen.

»Ich habe alle Hände voll mit Antoines Fall zu tun«, sagte er. »Und, ehrlich gesagt, glaube ich nicht, dass das in Ihrem Interesse wäre.«

»Da irren Sie sich. Ich brauche einen Anwalt, der keine Angst vor Recherche hat. Die Entscheidungen des Richters über die Zulässigkeit von Beweisen werden entscheidend sein. Und Sie sind, was Anträge angeht, so gut wie jeder andere, den ich kenne.«

Obwohl er es besser wusste, konnte Mace nicht anders, als sich ein bisschen geschmeichelt zu fühlen. Außerdem würde der Fall eine Menge Aufmerksamkeit bekommen. Aber dennoch ... »Was ist mit Bobby Conway oder diesem Typ mit dem Pferdeschwanz, der die ganzen medienwirksamen Fälle bekommt? Ich bin mir sicher, einer von denen würde Sie eine aktive Rolle in dem Fall übernehmen lassen.«

Caleb saß einen Augenblick lang nur da und beschloss dann offenbar, Klartext zu sprechen. »Ich kann sie mir nicht leisten. Meine Kanzlei macht eine schwere Zeit durch, und diese Jungs sind unglaublich teuer. Und ich nehme keine neuen Fälle an, bis mein Name reingewaschen ist.«

Mace fand es ironisch, dass sich Caleb Tate über die Honorarforderungen anderer Anwälte beschwerte. Sein letzter Kenntnisstand war, dass

Calebs Stundensatz irgendwas jenseits von fünfhundert Dollar die Stunde betrug.

»Ich dachte, es gäbe Geld von der Lebensversicherung«, sagte Mace.

»Sie zahlen nicht, bis ich für unschuldig erklärt wurde. Und, Mace, ich bin unschuldig. Sie wissen, dass ich einen Lügendetektortest bestanden habe.«

Caleb griff in seine Anzugsjacke und legte einen Scheck auf den Schreibtisch. »Hier ist ein Vorschuss über zehntausend Dollar. Stellen Sie mir einen beliebigen Stundensatz in Rechnung, und ich zahle den Rest, sobald ich das Geld von der Versicherung habe.«

Caleb stand auf; anscheinend konnte er es sich nicht verkneifen, dem Ganzen noch etwas Dramatik zu verleihen. »Es geht um mein Leben, Mace. Ich brauche jemanden neben mir, der schon im Gefängnis war. Jemanden, der das hier nicht einfach nur wie jeden anderen Fall behandelt. Jemanden, der nicht versuchen wird, mich zu einem Deal zu überreden und beim ersten Anzeichen von Ärger die Zelte abbricht. Im Grunde brauche ich jemanden, der bereit ist, wie der Teufel zu kämpfen.«

Mace musterte den Mann, der da vor ihm stand, lange. Obwohl er Caleb schon seit elf Jahren kannte – seit er an Antoines Fall arbeitete –, wusste er nicht viel über diesen Mann. Er bezweifelte, dass es irgendjemandem anders ging.

War er dazu fähig, seine Frau kaltblütig zu ermorden? Und war er ein so guter professioneller Lügner, dass er einen Lügendetektortest bestand?

»Ich muss darüber nachdenken. Um genau zu sein … Ich muss darüber beten.«

Falls Caleb von der Bemerkung überrascht war, zeigte er es nicht. Andererseits war Caleb Tate ein Prozessanwalt – geübt, niemals Überraschung zu zeigen. »Damit kann ich leben«, sagte Caleb. Er machte keine Anstalten, den Scheck zurückzunehmen. »Aber eines kann ich Ihnen sagen – ich werde niemanden sonst kontaktieren. Und wenn Sie an meiner Stelle wären und Ihr Leben auf dem Spiel stünde, würde ich Ihren Fall übernehmen.«

Aber ich würde dich wahrscheinlich nicht darum bitten, dachte Mace. »Ich sage Ihnen bis heute Abend Bescheid.«

32

Den Montagmorgen verbrachte ich damit, mehrere Fälle vor die Grand Jury zu bringen, eine Beziehung zu den rechtschaffenen Geschworenen aufzubauen und möglichst oft eine Anklage zu erhalten. Das gelang mir in mehr als einem halben Dutzend eindeutiger Fälle. Nach der Mittagspause gab ich den Geschworenen einen Überblick über den Fall Tate und rief L. A. als meinen ersten Zeugen auf. Ungefähr zehn Minuten nach Beginn seiner Aussage wurde mir klar, dass ich mir Stunden an Vorbereitungszeit hätte sparen können.

L. A. war ein Charmeur, und er hatte kein Problem damit, mir das Leben schwer zu machen, um von den Geschworenen ein paar Lacher zu bekommen. Ich ging die Ermittlungen Schritt für Schritt mit ihm durch. Als er fertig war, standen wir schon ganz gut da. Als Nächstes sagte Dr. O'Leary über die Todesursache aus und legte es anscheinend darauf an, dass ein paar Geschworene ihr Mittagessen wieder von sich gaben, bevor sie den Zeugenstand verließ. Ihr folgte ein Toxikologe, der über die Blut- und Haaruntersuchungen aussagte.

Am Dienstagmorgen hörten sich die Geschworenen Dr. Gillespie an. Die meisten schienen den Mann zu mögen, obwohl einer oder zwei während seiner Aussage immer wieder einnickten. Ich ging mit dem Psychiater alle wichtigen Therapieeinheiten mit Rikki durch. Ja, sie hatte ein paar Affären gehabt. Und ja, Caleb Tate hatte davon gewusst.

Als Nächstes marschierte ein ganzer Umzug von Kirchenmitgliedern vorbei, die davon sprachen, wie Rikkis neu gewonnener Glaube die Ehe belastet hatte und dass Caleb Tate ein Kontrollfreak sei. Ich rief Rikki Tates Zivilrechtsanwalt in den Zeugenstand, damit er etwas zu Calebs Widerstand gegen die Klagen aussagte, die Rikki eingereicht hatte, um ihre Nacktfotos von verschiedenen Internetseiten entfernen zu lassen. Ein paar der weiblichen Geschworenen verzogen während dieser Aussage deutlich die Gesichter – *Was für ein menschlicher Abschaum ist dieser Kerl eigentlich?*

Ich hielt den Atem an und rief Rafael Rivera in den Zeugenstand. Die Beamten hatten ihn nett angezogen und vom County-Gefängnis herübergebracht. Er hob die Hand, schwor, die Wahrheit zu sagen, und warf mir ein herablassendes Lächeln zu. Er bezeugte, Caleb Tate im letzten halben Jahr mit Oxycodon und Codein versorgt zu haben. Ich fragte ihn nicht nach dem Morphin. Obwohl Tate und seine Verteidiger nicht im Jurysaal zugelassen waren, würden sie irgendwann ein Verfahrensprotokoll bekommen. Ich wollte unseren Trumpf mit dem Morphin nicht früher als nötig ausspielen.

Trotz seines abstoßenden Verhaltens hielt sich Rivera ans Drehbuch, und ich war nach einer Viertelstunde mit ihm fertig. Zum ersten Mal in zwei Tagen entspannte ich mich. Die Jury würde die Anklage zulassen. Es war auch eigentlich ziemlich schwer, einen Fall zu verlieren, wenn die Gegenseite nicht anwesend sein durfte.

Nachdem ich mit Rivera fertig war, rief ich L. A. zurück in den Zeugenstand, damit er über Caleb Tates Vermögenslage aussagte. Tates Anwaltskanzlei hatte trotz ihres scheinbaren großen Erfolges in Wirklichkeit Probleme mit steigenden Schulden. Sein persönliches Leben finanzierte er mit einer ganzen Reihe von Krediten, und die verschiedenen Banken, die ihm während seiner Glanzzeit Geld geliehen hatten, drehten langsam die Daumenschrauben an. L. A. sagte außerdem über die Millionen-Dollar-Lebensversicherung aus, die Caleb Tate auf seine Frau abgeschlossen hatte – kurz nachdem er vor zwei Jahren von ihrer Affäre erfahren hatte.

»Zwei Jahre erscheinen mir eine lange Wartezeit für jemanden wie Tate«, sagte ich.

»Giftmord ist kein Verbrechen aus Leidenschaft«, dozierte L. A. »Es ist ein hinterlistiges Verbrechen. Es erfordert sorgfältige und geduldige Planung. Ich habe ein paar Schaubilder von Mr Tates Geldfluss und Verbindlichkeiten erstellt. Er wusste wahrscheinlich, dass er es sich leisten konnte, zwei Jahre zu warten, aber nicht viel länger.«

Ich schloss meine Argumentation mit einem kurzen und schnörkellosen Schlussplädoyer ab. Ich konnte erkennen, dass die einzige Frage der Geschworenen war, wie schnell sie die Anklageschrift unterschreiben konnten.

Nachdem sie den Klageantrag einstimmig beschlossen hatten, erinnerte ich sie an die absolute Vertraulichkeit der Verhandlung. Ich dankte ihnen für ihren Einsatz, stopfte ein paar Papiere in die Aktentasche meines Vaters und rief Bill Masterson an, sobald ich im Flur war.

»Holen Sie sich Ihren Haftbefehl und nehmen Sie sich den restlichen Tag frei«, sagte er. Es war kurz nach drei.

»Vielleicht mache ich das tatsächlich.«

Weil die Anklage durch die Grand Jury zugelassen worden war, bekam ich von einem erstinstanzlichen Richter meinen Haftbefehl und traf mich mit L. A. im Flur. »Viel Spaß«, sagte ich, als ich ihm den Haftbefehl reichte. Ich verließ das Gerichtsgebäude allein und ging die breite Betontreppe hinab. Die Sonne schien, und ich roch den frisch gemähten Rasen vor dem Gebäude. Zum ersten Mal seit Monaten hatte ich das Gefühl, voll durchatmen zu können, als sei eine Last von meiner Brust genommen worden. Ich wusste, mein Vater wäre stolz auf mich gewesen.

Ich hätte Bill Mastersons Rat folgen und mir den restlichen Tag freinehmen sollen. Stattdessen stieg ich in mein Auto und fuhr zurück ins Büro.

33

Mace James hatte eine Schwäche für Underdogs. Das hatte ihn ins Gefängnis gebracht und auch wieder heraus. Das war, was er in der kostenlosen Rechtsberatung auslebte, seit er Anwalt geworden war. Die meisten seiner Mandanten waren schuldig, aber irgendwer musste die Gnade verteidigen. Und wenn die Möglichkeit bestand, dass sie unschuldig waren, stand noch mehr auf dem Spiel.

Caleb Tate hatte einen Lügendetektortest bestanden. Das musste doch etwas zählen. Nachdem, was Mace über die Faktenlage wusste, konnte er nicht ausschließen, dass Caleb nur ein unschuldiges Opfer eines übereilten Urteils der Staatsanwaltschaft war. Er rief Tate am Montag um fünf Uhr nachmittags an. »Ich bin dabei«, sagte er.

Den Dienstagmorgen verbrachte er damit, diese drei Worte zu bereuen, aber er brachte es nicht über sich, den Hörer in die Hand zu nehmen und Caleb noch einmal anzurufen, um wieder abzusagen. Der Kerl brauchte Hilfe. Er war nicht der sympathischste Mandant, aber das hieß nicht, dass er ein Mörder war. Und Mace war dreist genug, um mit ihm einer Meinung zu sein. Er wusste, dass Caleb mit seiner Annahme recht hatte und Mace in seiner Verteidigung härter und schlauer sein würde als jeder andere Anwalt in der Gegend. Dennoch hatte er kein uneingeschränkt gutes Gefühl bei der Sache. Er hatte darüber gebetet, aber keine klare Antwort bekommen.

Nachmittags um drei zählte das alles nicht mehr. Caleb Tates Quellen hatten die Anklageeröffnung der Grand Jury bestätigt. Damit konnte man davon ausgehen, dass die Cops in dreißig oder vierzig Minuten bei ihm sein würden. Mace hetzte hinüber in Calebs Büro, wo er seinen Mandanten in einem teuren dunkelblauen Armani-Anzug vorfand, als wäre er bereit, einen Fall vor dem Obersten Gerichtshof zu verhandeln. Mace selbst trug Jeans, ein weißes T-Shirt, eine John-Deere-Kappe und Flip-Flops.

Die beiden Männer sahen aus dem Fenster des Konferenzraums, fünfunddreißig Stockwerke über der Straße, während Einsatzfahrzeuge und Fernsehtransporter sich in der Auffahrt aufreihten. Ein junger Detective mit widerspenstigen blonden Haaren führte die Truppe an.

»Das Spiel beginnt«, sagte Tate.

Als die Cops aus dem Aufzug traten, wartete Tate dort bereits. Er streckte die Hände für die Handschellen aus. »Sie können das Verlesen der Rechte überspringen«, sagte er.

Unbeirrt begann der Detective, ihm seine Rechte vorzutragen, während die Cops ihm die Arme auf den Rücken zerrten und die Handschellen zuschnappen ließen.

»Haben Sie diese Rechte verstanden?«, fragte der Detective.

»Nicht wirklich«, sagte Tate ruhig. »Ich bin ein bisschen verwirrt von Richter Kennedys Urteilsbegründung im Fall *Berghuis gegen Thompkins*, wo er schreibt, der reine Akt des Schweigens genüge, um sich auf das Recht zu schweigen zu berufen und die folgenden willentlichen Aussagen damit unzulässig zu machen, selbst wenn man sich nicht explizit auf dieses Recht beruft. Könnten Sie mir das bitte erklären?«

Der Detective packte Tate am Arm und schob ihn zum Aufzug. »Einsteigen!«, befahl er.

Mace versuchte zu folgen, aber derselbe Mann hielt ihn mit ausgestrecktem Arm zurück.

»Ich bin sein Anwalt«, sagte Mace.

»Schön. Sie können in ein paar Stunden im Gefängnis mit ihm reden.«

Aus dem Aufzug heraus sah Tate Mace mit schräggelegtem Kopf an – *Was soll man machen?* Die Aufzugstüren schlossen sich, und Mace drückte den Knopf für den nächsten.

Er schaffte es ein paar Sekunden hinter Tate und seiner inszenierten Entourage auf den Vorplatz. Die meisten Angeklagten ließen den Kopf hängen und versuchten, ihre Gesichter abzuschirmen, doch Tate schaute direkt in die Kameras und gab einen Kommentar ab: »Ich habe der Polizei gesagt, ich würde jederzeit freiwillig vorbeikommen – Tag und Nacht. Ich habe ihnen gesagt, ich würde einen Lügendetektortest machen. Ich habe ihnen gesagt, sie können alles in meinem Haus und Büro durchsuchen. Aber sie geben das Geld der Steuerzahler lieber für so etwas aus.«

Als sie das Einsatzfahrzeug erreichten, schob der Detective Tate auf den Rücksitz und schloss die Tür, damit der Verdächtige aufhörte, mit den Kameras zu reden. Das war Maces Stichwort.

»Hey! Ich bin Caleb Tates Anwalt. Will irgendeiner von euch ein Interview?«, schrie er. Drei Kamerateams drängelten zu den Stufen herüber, wo Mace sich positioniert hatte.

»Sind Sie bereit?«, fragte er einen der Kameramänner.

Der Typ nickte.

Mace stellte sich vor und erinnerte die Welt daran, dass Caleb Tate einen Lügendetektortest bestanden hatte und sich außergewöhnlich bemüht gezeigt hatte, mit den Behörden zu kooperieren.

»Wir werden auf eine unverzügliche Hauptverhandlung bestehen«, sagte Mace. Auf diese Strategie hatten er und Caleb sich schon geeinigt. In Georgia hatte ein Verdächtiger, der von einer Grand Jury angeklagt worden war, kein Recht auf eine Vorabanhörung. Der Prozess war die erste Gelegenheit, Tates Unschuld zu beweisen. »Wie fordern den ersten verfügbaren Prozesstermin. Sollte die Staatsanwaltschaft nächsten Monat anfangen wollen, werden mein Mandant und ich da sein. Und ich gehe davon aus, die Staatsanwaltschaft hätte Mr Tate nicht angeklagt, wenn sie nicht bereit wäre.«

Die Medien sogen das auf. Sie waren an Verdächtige gewöhnt, die sich in Polizeiautos duckten, während ihre Anwälte verkündeten, sie würden das Reden vor Gericht erledigen. Doch hier war ein Angeklagter, der zurückschlagen wollte! Und ein Anwalt mit einer John-Deere-Kappe!

Beflügelt beschloss Mace, einen subtilen Hinweis auf Jamie Brocks Bemerkungen zum Thema Lynchen einzuflechten: »Die Staatsanwaltschaft hat es auf Caleb Tate abgesehen, weil er die Kühnheit besaß, Angeklagte so zu vertreten, wie es sich die Urheber unserer Verfassung vorstellten. Er hatte den Mumm, sich für seine Mandanten abzukämpfen, und jetzt bezahlt er dafür. Aber zu Mr Tates Glück wurden Lynchmobs inzwischen durch Jurys ersetzt. Und je schneller wir diesen Fall vor eine bringen, desto schneller können wir den Ruf meines Mandanten wiederherstellen und ihm ermöglichen, in Ruhe zu trauern.«

Das schien ihm ein gutes Schlusswort zu sein, also dankte Mace allen, machte eine 180-Grad-Drehung und ging zurück ins Gebäude. Er ritt zwar nicht in den Sonnenuntergang, aber es war die bestmögliche Alternative.

Was habe ich mir da nur angetan?, fragte er sich.

* * *

Um 18 Uhr verließ ich das Bürogebäude der Staatsanwaltschaft und fand L. A. an seinen Sportwagen gelehnt in der Auffahrt vor. Es war entweder ein großer Zufall, oder er hatte die Empfangsdame dafür bezahlt, ihm Bescheid zu sagen, wenn ich ging. Er öffnete die Beifahrertür.

»Steig ein«, sagte er. Er machte ein ernstes Gesicht, und ich spürte: Etwas stimmte nicht. Meine Euphorie über Tates Anklage wurde zu einem komischen Gefühl.

»Was ist los?«

»Steig einfach ein.« Er sah sich nervös um. »Ich will nicht hier draußen darüber reden.«

Ich warf die Aktentasche meines Vaters hinter den Sitz und stieg ein. Dann schloss ich die Tür und sah zu, wie L. A. sich auf den Fahrersitz setzte und losfuhr.

»Was ist los?«

»Kannst du die Nachbarn anrufen und sie bitten, Justice rauszulassen?«, fragte L. A. »Wir haben ein ernsthaftes Problem, und ich brauche für ein paar Stunden deine Hilfe.«

Ich warf ihm einen neugierigen Blick zu. Er schaltete wie ein Verrückter und sah ernster aus, als ich ihn je gesehen hatte. »Was für ein Problem?«

»Ruf einfach die Nachbarn an.«

Ich tat es und verlangte dann eine Erklärung von ihm. Wir waren jetzt auf der Auffahrt zur Interstate 400 nach Süden in Richtung Atlanta.

»Du verlierst viel zu viel Gewicht«, sagte L. A. »Ich fürchte, in dem Tempo hältst du nicht bis zum Prozess durch. Wir gehen zu *Ruth's Chris*, und ich werde dich zwingen, ein Steak zu essen.«

Das gefiel mir gar nicht. »Soll das ein Witz sein? Nach allem, was ich heute schon durchgemacht habe, lässt du mich in dem Glauben, wir hätten eine Krise, nur um mich in dein Auto zu locken und zum Essen zu fahren? Was, wenn ich schon etwas vorgehabt hätte?«

»Hattest du?«

»Darum geht es nicht! Ich werde nicht gern in die Irre geführt. Und gekidnappt.«

»Ist notiert.« L. A. lächelte, und mir war klar, dass er meine Proteste nicht ernst nahm. Was okay war, denn Abendessen bei *Ruth's Chris* klang gar nicht schlecht. Und es war schwer, sauer auf einen Kerl zu bleiben, der behauptete, ich nähme ab, wenn ich in Wahrheit zunahm.

Eine halbe Stunde vorher hatte ich mich auf einen Abend zu Hause und ohne Druck gefreut. Aber zu Hause war es einsam, und es war nicht abzusehen, wann der Schatten meines Vaters, der immer noch in den Zimmern spürbar war, mich zusammenbrechen ließ. Ich hatte Hunger, und es gab Männer, die schlimmer aussahen als dieser gerissene Detective mit den struppigen Haaren. Außerdem hatte er sich im Zeugenstand gut geschlagen. Er verdiente eine Belohnung.

»Ich komme unter einer Bedingung mit«, sagte ich.

»Ich glaube nicht, dass du in der Position für Verhandlungen bist.«

»Ich bezahle mein Essen selbst.«

Das brachte mir ein breites Grinsen ein.

»Ich habe nie das Gegenteil behauptet.« Er warf mir einen schelmischen Seitenblick aus blauen Augen zu. »Du hast doch nicht gedacht, das sei ein Date, oder?«

»Schau auf die Straße.«

34

Am Mittwochmorgen wachte ich zum ersten Mal seit Wochen erholt auf. Am späten Dienstagabend hatte ich wider besseres Wissen eine Schlaftablette genommen, die mir Dr. Gillespie verschrieben hatte. Er war besorgt, dass ich mit meiner Trauer noch nicht fertig gewesen war, bevor ich mich so schnell in die Strafverfolgung von Tate gestürzt hatte. »Du musst auf dich aufpassen«, hatte er gesagt. »Das fängt bei Ruhe und Erholung, Sport und Ernährung an.«

»Du hältst mir Vorträge über Ernährung?«, erwiderte ich.

Er kicherte. »Na gut. Aber ich verstehe ein bisschen was von Ruhe und Erholung. Und deine Schlafgewohnheiten sind grauenhaft.«

Vielleicht hatte er recht, denn am Mittwochmorgen fühlte ich mich wie eine neue Jamie. Ich ließ mir Zeit beim Duschen und bügelte eine schwarze Anzugshose, die nicht in der Reinigung gewesen war, seit ich sie das letzte Mal angehabt hatte. Dazu zog ich eine meiner Lieblingsblusen und einen grauen Blazer an und meine Lieblingssilberkette. Zur Feier des Tages holte ich sogar hohe Schuhe hervor. Normalerweise bin ich kein Modepüppchen, aber an diesem Tag würden die Medien vollständig versammelt sein.

Caleb Tate würde als einer von mehreren Angeklagten vor Gericht erscheinen, es würde eine Kaution festgesetzt und ich würde gegen die beiden Männer in Stellung gehen, die seit elf Jahren den Mörder meiner Mutter verteidigten. Wie nett von ihnen, sich zusammenzuschließen, damit ich sie beide gemeinsam besiegen konnte.

Ich konnte die Rache schon riechen.

Ich verabschiedete mich von Justice und sprach ein schnelles Gebet, bevor ich das Haus verließ. Unterwegs besorgte ich mir einen Kaffee und saß dann in meinem Auto auf dem Parkplatz des Gerichtsgebäudes von Milton County, um meine Argumentation ein letztes Mal durchzugehen. In Richterin Simmons hatte ich eine Verbündete. Tate verkörperte die zwei Gruppen von Menschen, die sie am meisten hasste – Straftäter und Strafverteidiger. Ich würde fordern, die Kaution auf fünf Millionen festzulegen, und auf zwei hoffen. Wenn ich Glück hatte, würde Mace James geltend machen, sein Mandant habe in letzter Zeit einige finanzielle

Rückschläge erlitten – was uns später helfen würde, das Motiv zu begründen.

Ich überprüfte mein Make-up im Rückspiegel und legte noch etwas Lipgloss auf. Mit den Fingern fuhr ich mir durch die kurzen Haare und schob ein paar lose Strähnen hinters Ohr. Ich beschloss, dass ich bereit war, schnappte mir die Aktentasche meines Vaters und machte mich auf in das Chaos in Gerichtssaal 2.

* * *

Mace James hasste Anzüge. Vom Gehalt eines Juraprofessors konnte er sich keine maßgeschneiderten leisten, und die von der Stange passten nie richtig. Die Schultern und Arme waren immer zu eng und schnürten ihn ab, wenn er versuchte, sich zu bewegen. Wenn die Schultern des Anzugs breit genug waren, waren die Ärmel zu lang, und der Schneider musste die Hose mehrere Zentimeter kürzen. Es gab sportliche Schnitte von der Stange. Aber nicht für Männer wie Mace – Besessene, die fünfmal die Woche anderthalb Stunden lang Gewichte stemmten und abgesehen von Steroiden alles taten, um den perfekten Körper zu formen.

Für die Anklageverlesung hatte er einen schlecht sitzenden Anzug an und war zeitig da. Er setzte sich in die Mitte der ersten Holzbank und beobachtete, wie sich die Zuschauerränge füllten.

Jamie Brock tauchte um fünf vor neun auf und sah aus, als käme sie direkt von einem Hollywood-Casting. Sie hatte die starken Gesichtszüge einer Staatsanwältin für die Großbildleinwand – hohe Wangenknochen, dunkelbraune Augen, gerade, weiße Zähne und ein resolutes Kinn. Sie hielt den Kopf hoch erhoben und den Rücken gerade, während sie im Gerichtssaal entschlossen nach vorne ging und die Gerichtsangestellten begrüßte. Es bestand kein Zweifel daran: Dies war ihr Heimspiel.

* * *

Mace James quetschte sich aus seiner Reihe und kam zu mir nach vorn. Wir schüttelten uns die Hände; meine ging vollkommen in seiner unter.

»Ich habe das mit Ihrem Vater gehört; es tut mir leid«, sagte er.

»Irgendwie bezweifle ich das«, antwortete ich.

Sein Blick verfinsterte sich. »Ich nehme an, Sie wissen, dass ich Caleb Tate vertrete.«

»Irgendwie schaffen Sie es immer, die Rosinen herauszupicken.«

»Ihnen auch viel Glück.«

James kehrte eindeutig beleidigt zu seinem Platz zurück. Vielleicht war es ein Fehler gewesen, gleich den ersten Streit vom Zaun zu brechen, aber ich mochte Anwälte nicht, die vor Gericht gegen mich kämpften und hinterher versuchten, mir einen Drink zu spendieren. Strafverteidiger behaupteten gerne, sie machten nur ihre Arbeit. Ich kaufte es ihnen nicht ab. Niemand hielt ihnen eine Pistole an den Kopf. Es war vielleicht nur ein Job, aber es war der Job, den sie *gewählt* hatten. Es gab für Anwälte eine Menge anderer Wege, Geld zu verdienen.

Die ersten fünf Fälle liefen nach Plan. Als der Gerichtsdiener Caleb Tates Namen aufrief, richteten sich alle im Saal auf. Mace James nahm am Tisch der Verteidigung Platz. Zwei Wachmänner führten Tate in den Saal, an Handgelenken und Knöcheln gefesselt, als könnte er jeden Moment fliehen. Er trug einen Anzug, hatte aber ein Klemmpflaster über der linken Augenbraue. Er lächelte Mace an, und die beiden schüttelten sich die Hände, was die Handschellen zum Klirren brachte. Tate warf nicht einmal einen Blick in meine Richtung.

Als Tate saß, verlas Richterin Simmons die Anklage, und Mace plädierte für seinen Mandanten auf »Absolut nicht schuldig«. Er beantragte Kaution, und Simmons sagte, sie wolle zuerst die Staatsanwaltschaft hören.

Ich stand auf und begann, im Detail das Verbrechen zu beschreiben, dessen Caleb Tate angeklagt wurde. Dabei beobachtete ich ihn aus dem Augenwinkel. Er saß überheblich am Tisch der Verteidigung und musterte mich, als sei ich irgendein Tier im Versuchslabor, und machte sich nicht auch nur eine Notiz.

»Giftmord ist ein Verbrechen mit Planung und Vorbereitung«, betonte ich. »Und der Angeklagte besitzt die Mittel, aus dem Bundesstaat *und* aus dem Land zu fliehen. Er besitzt einen gültigen Pass, und er besaß früher eine Immobilie auf den Britischen Jungferninseln. Seine Anwaltskanzlei erwirtschaftete letztes Jahr fast sechs Millionen Dollar, und sein Haus wird auf 2,5 Millionen geschätzt. Oh … ich hätte fast vergessen zu erwähnen, dass er eine Zeit lang Teilpächter eines Privatjets war und wahrscheinlich Piloten kennt, die ihn überall auf der Welt hinfliegen können.

Wir glauben, dass die entsetzliche Art des Verbrechens und die Tatsache, dass der Angeklagte alles zu verlieren hat, bei Mr Tate auf eine erhebliche Fluchtgefahr schließen lässt. Das Letzte, was der Staat will, ist, dass Mr Tate seine Reichtümer nimmt und in ein anderes Land flieht, wo er den Rest seines Lebens damit verbringen könnte, gegen seine Auslieferung zu kämpfen. Folglich beantragen wir eine Kaution von nicht weniger als fünf Millionen Dollar.«

Ich setzte mich, und Simmons nickte Professor James zu. »Ihre Antwort, Mr …« – sie senkte den Blick auf das Blatt Papier vor sich – »Mr James. Und bitte halten Sie sich kurz.«

»Bei meinem Mandanten besteht ein Fluchtrisiko«, wiederholte Mace sarkastisch, während er sich erhob. »Mal sehen – er macht freiwillig einen Lügendetektortest, er bietet sich an, zur Befragung zu kommen, wann immer die Polizei ihm Fragen stellen will, er macht deutlich, dass er sich freiwillig stellen wird, falls sie ihn verhaften wollen, und er hat feste Bindungen im Gemeinwesen. Er ist nicht nur geschäftsführender Partner einer renommierten Kanzlei, sondern auch gesellschaftlich äußerst engagiert. Er hat dem Kinderkrankenhaus zwanzigtausend Dollar gespendet, er beteiligt sich auch mit zehntausend Dollar im Jahr beim Wohltätigkeitsnetzwerk *United Way*, er gehört zu den Schirmherren des Aquariums …«

»Ich brauche keine Liste seiner gemeinnützigen Aktivitäten«, unterbrach ihn Richterin Simmons. »Ich weiß, wir haben heute eine Menge Reporter im Gerichtssaal, aber dies ist nicht der richtige Ort für Effekthascherei. Ich setze die Kaution auf drei Millionen fest und verlange, dass Mr Tate seinen Pass hinterlegt und den Bundesstaat Georgia ohne Erlaubnis des Gerichts nicht verlässt. Sind diese Bedingungen klar?«

»Sie sind klar«, sagte Mace und sah verblüfft drein. »Aber ich würde sie nicht gerecht nennen. Caleb Tate ist selbst am allermeisten darauf erpicht, diesen Fall vor Gericht zu bringen. Er wird nirgendwo hingehen. Tatsächlich ist er auch bereit, den erstbesten Prozesstermin anzunehmen …«

Simmons benutzte ihren Hammer und warf Mace einen flammenden Blick zu. »Das reicht«, sagte sie. »Ich habe entschieden. Ms Brock hat absolut recht, was die Natur dieses Verbrechens angeht. Falls er es war – und ich sage nicht, *dass* er es war –, aber *falls* er es war, bedeutet das, dass er dieses Verbrechen mindestens ein halbes Jahr lang geplant hat. Ein Mann, der seine eigene Frau kaltblütig ermorden kann, würde nicht zögern, außer Landes zu fliehen. Also, Mr James, können Sie froh sein, dass Ihr Mandant überhaupt auf Kaution freigelassen wird.«

Mace James' Gesichtsausdruck nach zu urteilen, war er überhaupt nicht froh. Genauso wenig wie Caleb Tate.

35

Mace James verbrachte die folgenden drei Tage in R-Gesprächen mit seinem neuen Mandanten. Milton County gestand seinen Gefangenen großzügige Telefonrechte zu, und Caleb Tate nutzte diese Freiheit aus.

Immer wieder klingelte Maces Handy und zeigte die Nummer des Gefängnisses an. Er hatte dann eine Automatenstimme am Apparat, die ihm erklärte, dies sei ein R-Gespräch, wie hoch der Tarif war und dass der Anruf aufgezeichnet werden könnte. Mace nahm daraufhin den Anruf an und informierte jeden, der zuhörte, dass dies ein Gespräch zwischen Anwalt und Mandant sei und dass alle Abhörgeräte umgehend abzustellen seien.

Doch auch mit diesen Sicherheitsvorkehrungen zögerte Caleb offenbar, viel zu erzählen. Die Anwälte in seiner Kanzlei sammelten Bürgschaften, um die drei Millionen Dollar Kaution hinterlegen zu können, sagte Caleb. Meistens beschwerte er sich über die Banken, die nur zu gern sein Geld genommen hatten, als die Zeiten noch gut waren, und jetzt nicht bereit waren, ihm welches zu leihen. Seine Villa besaß nach Abzug der Belastungen keinen Wert. Der Kreditrahmen seiner Firma war ausgeschöpft. Ein paar Freunde sammelten Geld für den »Caleb-Tate-Verteidigungsfonds«. Mace fragte sich langsam, ob der Vorschuss von zehntausend Dollar nicht viel zu niedrig angesetzt war.

»Ich bin vielleicht das ganze Wochenende hier drin, bis wir das Geld für die Kaution zusammenhaben«, sagte Tate. »Und ich drehe hier noch durch.«

Am Samstag, vier Tage nach Tates Festnahme, ging Mace seinen Mandanten besuchen.

Das Gefängnis war ein großes Backsteingebäude in den Außenbezirken von Alpharetta, ein paar Blocks vom Gericht entfernt. Es besaß nach hinten hinaus einen kleinen betonierten Hof, umzäunt mit glänzendem Stacheldraht. Es war immer überfüllt. Die Häftlinge waren in Zellenblocks untergebracht, lose aufgeteilt nach der Art der Verbrechen, derer sie angeklagt waren, und nach ihrer geschätzten Gefährlichkeit für die Wachen und untereinander.

Die Einrichtung, 2002 fertiggestellt, war hochmodern. Die Wachen saßen hinter kugelsicherem Glas in einem Kontrollraum, von dem aus sie die Zellenblocks überwachen konnten. Die Zellen der Häftlinge öffneten sich zu einem kleinen Gemeinschaftsbereich hin, mit am Boden festgeschraubten Tischen und Fernsehern, die hoch an der Wand angebracht waren. Alle Zellenblocks waren durch dicke Stahltüren von den anderen getrennt. Im Fall eines Aufstandes konnten einzelne Zellenblöcke isoliert und die Kämpfe leicht unter Kontrolle gebracht werden. Die Wachen konnten per Fernbedienung Tränengasdüsen oder Sprinkler in den Zellenblöcken aktivieren.

Die Häftlinge verbrachten am Nachmittag eine Stunde zusammen, und in dieser Zeit wurden Bündnisse zementiert und Neue und Ausgestoßene zusammengestaucht. Mace hatte nie in Milton County gesessen, aber er kannte das typische Gefängnisleben, wie seine Narben bewiesen. Selbst in einer Einrichtung wie Milton County, die ganz anders war als das staatliche Gefängnis, wo die ganz harten Jungs die richtig langen Strafen absaßen, waren Anzugträger wie Caleb Tate leichte Beute für die anderen Gefangenen.

Aber Caleb Tate hatte eine Geheimwaffe, die sich jeder Häftling wünschte – das Wissen, wie man Schlupflöcher im Rechtssystem ausnutzte.

Alle Sorgen, ob Tate seine Zeit im Gefängnis überstehen würde, ohne zum Opfer zu werden, lösten sich in Luft auf, als Mace ihn am Samstagmorgen im Besprechungsraum des Gefängnisses traf.

»Dieses Gefängnis wird im Grunde von drei Gangs kontrolliert«, erklärte Tate. Er sah blass und verhärmt aus, sein Körper verschwand fast in dem orangefarbenen Overall. »Meine Kanzlei vertritt jetzt zwei von den Anführern. Ich habe versprochen, ihre Fälle persönlich zu bearbeiten, wenn ich rauskomme. Und einen meiner Kumpels aus einer anderen Kanzlei habe ich überredet, den dritten zu vertreten.«

»Wie ist Ihr Zellengenosse?«, fragte Mace.

Caleb verzog das Gesicht. »Fix und fertig. Das Hirn von Speed verbrutzelt. Schnarcht, dass die Wände wackeln.«

Die beiden besprachen, was Caleb über die Beweise erfahren hatte, die der Grand Jury vorgelegt worden waren. Mace hatte noch kein Protokoll, aber Caleb hatte seine Quellen.

»Es läuft alles auf Rafael Rivera hinaus«, erklärte Tate. Mace sah den Hass in seinen Augen. »Ehemaliger Mandant. Hat der Staatsanwaltschaft erzählt, er habe mich mit Drogen versorgt.«

»Sitzt er hier ein?«

Tate senkte die Stimme, obwohl sie im Konferenzraum allein waren. »Nein. Sie haben ihn nach Gwinnett County verlegt – auf seine Bitte hin. Aus gutem Grund. Die Jungs hier mögen keine Spitzel.«

Mace machte sich keine allzu großen Sorgen über Riveras Zeugenaussage. Ein dreimal verurteilter Verbrecher – wie glaubwürdig konnte der schon sein?

»Was glauben Sie, wann Sie das Geld für die Kaution zusammenhaben?«, fragte Mace.

Caleb winkte ab. »Anfang nächster Woche. Aber ich nutze meine Zeit gut.« Er legte die Unterarme auf den Tisch und beugte sich dichter zu Mace. »Haben Sie je vom Gefangenendilemma gehört? Haben Sie das mal an der Uni gelehrt?«

»Das Gefangenendilemma?«

»Ja. Das ist, was das System am Leben erhält. Zwei Personen werden verdächtigt, eine Straftat gemeinsam begangen zu haben, und die Polizei befragt sie in getrennten Räumen. Die Cops sagen jedem Verdächtigen, dass er, wenn er gesteht und gegen den anderen aussagt, einen Deal bekommt. Ein Jahr im Gefängnis. Aber wenn er nicht schnell einen Deal macht und der andere ihm zuvorkommt, bekommt der andere Kerl den

Einjahresdeal. Der unkooperative Verdächtige könnte vor Gericht gestellt werden und zehn Jahre bekommen, wenn er schuldig gesprochen wird.

Jetzt wissen beide Verdächtige, wenn keiner von ihnen singt, geht keiner von beiden ins Gefängnis. Aber wenn einer nicht singt und der andere Typ schon, muss der Geständige mit zehn Jahren rechnen. Was meinen Sie, was passiert?«

»Sie versuchen beide, den Deal zu schließen. Es gibt keine Ehre unter Dieben.«

»Genau. Und so werden die meisten Verbrechen in unserem Land abgeschlossen. Wissen Sie, wie hoch der Prozentsatz der Fälle ist, die in Milton County in einem Vergleich enden?«

Mace hatte darüber nie nachgedacht, aber er wusste, Milton unterschied sich nicht groß von anderen Gerichtsbezirken. »Vermutlich ungefähr neunzig Prozent.«

»Vierundneunzig Prozent.« Calebs Stimme sank zu einem konspirativen Flüstern.

»Was glauben Sie, was passieren würde, wenn die Verdächtigen sich alle zusammentun und beschließen würden, dass keiner von ihnen je wieder einen Deal macht? Was glauben Sie, was *das* mit dem System machen würde?«

Mace gefiel gar nicht, worauf das hinauslief. »Das System würde zusammenbrechen. Chaos.«

»Genau«, sagte Caleb und tippte mit dem Finger auf den Tisch. »Die Staatsanwaltschaft wäre überfordert. Pflichtverteidiger würden mit Fällen überschwemmt. Der Staat hat schon allen die Budgets gekürzt. Jeder Verdächtige könnte einen schnellen Prozess verlangen und dann in der Berufung einen Aufstand machen, weil er unangemessen vertreten wurde. Das System wäre auf Jahre hinaus blockiert. Wenn jeder einzelne Häftling in diesem Gefängnis jetzt sofort auf seinen vollen Verhandlungsrechten bestehen würde, müsste die Staatsanwaltschaft die Hälfte von ihnen freilassen, weil sie nicht jeden Fall verhandeln könnte. Die andere Hälfte hätte einige Munition für die Berufung. Zum Henker, die Regierungsangestellten und Lehrer haben sich gewerkschaftlich organisiert. Warum nicht auch die Verbrecher?«

Caleb lehnte sich auf seinem Stuhl zurück; Stolz leuchtete aus seinem schmalen Gesicht. Mace wusste, dass einem das Gefängnis aufs Gemüt schlug. Das Eingesperrtsein löste Paranoia aus und brachte Verschwörungstheoretiker hervor. Aber Mace konnte nicht sagen, ob Calebs Ideen nur typisches Gefängnisgefasel waren oder ob er so etwas wirklich inszenieren konnte.

»Das würde natürlich nur funktionieren, wenn alle Häftlinge mitspielen würden. Und die Staatsanwaltschaft würde wahrscheinlich anfangen, ein paar sehr attraktive Deals anzubieten, um die Blockade zu durchbrechen. Also müsste man alle Bandenchefs auf eine Seite bekommen und bereit sein, jeden zu bestrafen, der einen Deal macht. Und dafür bräuchte man - rein hypothetisch gesprochen natürlich - jemanden, der die ganze Sache anführt. Jemanden, dem die Bandenchefs vertrauen. Da diese rivalisierenden Gangsterbosse sich aber gegenseitig so hassen, würde das nie funktionieren. Aber wenn, dann überlegen Sie nur mal, wie uns das helfen würde. Denn ich gehe mit meinem Fall vor Gericht, komme, was wolle. Und es würde nicht schaden, wenn die Staatsanwaltschaft mit den anderen Gefangenen beschäftigt wäre, die plötzlich alle keine Deals mehr machen wollen.«

Caleb Tate saß eine Weile mit einem Gesichtsausdruck da, der Mace Sorgen machte. Entweder der Mann drehte durch, oder der Plan war schon in Arbeit.

»Machen Sie keine Dummheiten«, sagte Mace, während sich sein sowieso schon bestehendes Unbehagen gegenüber Tate und seinem Fall nur noch verstärkte. »Ein derartiger Plan müsste mit ziemlicher Härte durchgesetzt werden. Sie sollten mit so etwas nicht in Verbindung gebracht werden.«

»Sie haben recht. Deshalb spreche ich ja nur hypothetisch. Aber es wäre auf jeden Fall ein Spaß, dabei zuzusehen.«

36

Am Dienstag hatte ich das Gefühl, als erlebte ich wieder meinen ersten Tag in der Staatsanwaltschaft, als ich Dinge tun musste, die ich noch nie vorher getan hatte.

Ich fand mich mit zwölf Fallakten vor Gericht wieder, und in jeden Fall hatte sich der Angeklagte auf die eine oder andere Weise schuldig bekannt. Keiner der Fälle gehörte mir. Aber ich war dort, weil Rafael Rivera an diesem Tag verurteilt würde - ein Deal, den Masterson selbst ausgearbeitet hatte. Außerdem war ich für einen meiner befreundeten Kollegen eingesprungen, der meine Fälle übernommen hatte, während ich um meinen Vater trauerte.

Ich wusste, ich musste mir heute für diese geschlossenen Deals kein Bein ausreißen. Mein Job war einfach, dem Richter die Anklagepunkte zu erklären, ihn zu informieren, dass sich der Angeklagte schuldig bekannt hatte, und ein Strafmaß vorzuschlagen. Theoretisch konnte der Richter meine vorgeschlagene Strafe entweder annehmen oder abweisen, aber im Normalfall schloss sich das Gericht fast immer der Empfehlung an, die Staatsanwaltschaft und Verteidigung gemeinsam ausgearbeitet hatten.

Weil Rafael Rivera in einem anderen Gerichtsbezirk untergebracht war, um ihn von den Häftlingen in Milton County fernzuhalten, kam sein Fall als erster dran.

Ich fand, Masterson war Rivera zu weit entgegengekommen, und ich nahm an, dass Masterson deshalb nicht selbst vor Gericht erschienen war - er wollte während seines Wahlkampfs nicht mit diesem Deal gebrandmarkt werden. Nichtsdestotrotz war ich dankbar, dass mir der Chef Rivera abgenommen hatte. Masterson hatte einen Deal geschlossen, dem ich nie zugestimmt hätte, aber zumindest kamen wir jetzt mit der Anklage gegen Tate voran.

Richter Harold Brown war ein großer, dünner Mann, der auf dem Richterstuhl des Kammergerichts saß, solange ich denken konnte. Er war im College Langstreckenläufer gewesen und immer noch stolz darauf, mit sechzig so gut in Form zu sein. Er war zügig und effizient, außer wenn er einen in sein Richterzimmer schleppte und mit seinen

Geschichten anfing. Brown war der Typ Richter, der das Rechtssystem am Laufen hielt - er bevorteilte niemanden, weder Staatsanwälte noch die Angeklagten, und er sorgte dafür, dass jedes Gesetz und jedes Prozedere peinlich genau befolgt wurde.

Er setzte sich, begrüßte den Pflichtverteidiger und mich und bat die Wachmänner, den Angeklagten hereinzubringen. Während Rivera langsam zu seinem Platz schlurfte, an Händen und Füßen gefesselt, nahm Richter Brown seine Uhr und den dicken Collegering ab und legte sie vor sich hin. Das war eine seiner kleinen Eigenheiten, die bedeuteten, dass er bereit war anzufangen.

Als ich erklärte, dass wir die Klage wegen Drogenbesitzes und Verkaufsabsicht fallen lassen würden und dass sich Rivera des geringeren Vergehens des Kokainbesitzes schuldig bekennen würde, zog Brown eine Augenbraue hoch. Er war lange genug dabei, um ein abgekartetes Spiel zu erkennen, wenn er eines vor sich hatte. Ich senkte den Blick und las den Rest meiner Notizen ab, damit ich dem Richter nicht in die Augen sehen musste, während ich die empfohlene Strafe erläuterte. Brown kannte wie jeder andere Richter des Kammergerichts meine Prinzipien zum Thema Deals.

»Der Staat empfiehlt für Mr Rivera ein Strafmaß von fünf Jahren Gefängnis, alle bis auf sechzig Tage zur Bewährung ausgesetzt, die bereits verbüßte Zeit wird angerechnet, unter der Voraussetzung, dass Mr Rivera weiterhin in anderen Fällen kooperiert, für die er wertvolle Informationen und Zeugenaussagen liefert. Wir empfehlen außerdem, dass Mr Rivera für zehn Jahre unter Aufsicht gestellt wird.«

Nachdem ich die empfohlenen Bedingungen für die Bewährung einzeln aufgeführt hatte, ließ Richter Brown Rivera aufstehen und ging mit ihm eine ganze Reihe Fragen durch, um sicherzugehen, dass die Absprache freiwillig war. Rivera murmelte all die korrekten Antworten, und Brown beschloss, das Ganze mit einem wohlverdienten Vortrag abzuschließen.

»Sie bekommen einen ausgesprochen guten Deal, Mr Rivera, und Sie sollten sich glücklich schätzen. Aber eines will ich Ihnen sagen, mein Sohn ...«

Ich konnte es mir nicht verkneifen, Rivera einen verstohlenen Blick zuzuwerfen, der sich sichtlich dagegen sträubte, »mein Sohn« genannt zu werden.

»... Sie halten sich besser von allen illegalen Aktivitäten fern und tun alles, was die Staatsanwaltschaft von Ihnen verlangt. Denn wenn Sie in diesen Gerichtssaal zurückkommen, weil Sie gegen Ihre Bewährungsauflagen verstoßen haben oder nicht in vollem Umfang und in allem, worum man sie bittet, kooperieren ...« – Brown ließ die Worte einen Moment in der Luft schweben, obwohl Rivera durch die Drohung des Richters nicht eingeschüchtert wirkte –, »lasse ich Sie jeden Tag der fünf Jahre absitzen, die Ihnen drohen. Und ich werde keinen Funken Gnade walten lassen, falls Sie sich wieder etwas zuschulden kommen lassen. Ist das klar?«

Rivera murmelte etwas, das ich nicht hören konnte.

»Immer raus damit, Junge«, sagte Richter Brown. »Das Gericht kann Sie nicht hören, wenn Sie murmeln.«

Rivera starrte den Richter einen Augenblick an, und Verachtung troff aus seiner höhnischen Bemerkung: »Ja, *Euer Ehren*, ich hab's kapiert.«

»Sehr gut. Dann nimmt das Gericht die Empfehlung der Anwälte an und verurteilt den Angeklagten zu fünf Jahren, bis auf sechzig Tage zur Bewährung ausgesetzt, zu den von Ms Brock angeführten Bedingungen. Das Gericht verurteilt den Angeklagten außerdem zu zehn Jahren beaufsichtigter Bewährung, ebenfalls zu den von Ms Brock vorgetragenen Bedingungen.«

Ein paar Minuten später schlurfte Rivera aus dem Gerichtssaal. Unterwegs warf er mir einen drohenden Blick über die Schulter zu. Ich hatte keine Dankbarkeit von ihm erwartet, aber ich fragte mich wieder einmal, ob wir das Richtige taten.

Ich hatte allerdings keine Zeit, länger darüber nachzudenken, denn die Sitzung ging weiter. Ein neuer Pflichtanwalt trat an den Tisch der Verteidigung, und ein Angeklagter namens Lucious Hazlett wurde von den Wachmännern hereingebracht. Hazlett war wegen schwerer Körperverletzung angeklagt, weil er bei einem häuslichen Streit seiner Freundin Schnittverletzungen im Gesicht zugefügt hatte.

Hazlett hatte sich bereit erklärt, sich schuldig zu bekennen und dem Staat die Mühe zu ersparen, ihn vor Gericht zu stellen im Austausch gegen die Empfehlung einer Strafminderung. In der Akte standen ein paar Vermerke, die erklärten, dass wir den Deal akzeptierten, weil die Freundin wieder mit Hazlett zusammenlebte und es »Beweisprobleme« gab. Ich wusste, was dieser Euphemismus bedeutete. Wir konnten die Freundin jederzeit zur Aussage vorladen, aber wir konnten sie nicht davon abhalten, ihre Aussage zu beschönigen, damit das Ganze eher versehentlich als vorsätzlich wirkte.

Ich erklärte die vorgeschlagene Absprache, und Richter Brown behielt diesmal seine erhobene Augenbraue für sich. Er hatte Hunderte von Fällen gesehen, in denen ein Partner oder eine Partnerin, Ehemann oder Ehefrau zur Polizei ging und wüste Beschuldigungen ausstieß, später aber wieder versuchte, einen Rückzieher zu machen. Meine Kollegen schlossen in solchen Fällen normalerweise immer Deals.

»Verstehen Sie die Natur der Anklagen gegen Sie und dass Sie das Recht haben, auf nicht schuldig zu plädieren?«, fragte Brown.

»Ja«, sagte Hazlett.

»Verstehen Sie, dass Sie, indem Sie sich schuldig bekennen, auf das Recht auf ein Schwurgerichtsverfahren und auf eine Gegenüberstellung mit den Zeugen verzichten?«

»Ja.«

»Sind Sie in dieser Angelegenheit zufrieden mit der Vertretung durch Ihren Anwalt?«

»Nicht wirklich.«

»Verstehen Sie ...?« Brown unterbrach sich mitten im Satz. Es hatte einen Moment gedauert, bis Hazletts Antwort angekommen war. »Haben Sie eben gesagt: ›Nicht wirklich‹?«

»Ja.«

Brown runzelte die Stirn. Manchmal gingen Schuldbekenntnisse schief, weil die Angeklagten zu dumm waren, um die richtigen Antworten zu geben. Vielleicht war das einer davon. Brown beschloss, dem Angeklagten etwas Hilfestellung zu geben.

»Sie verstehen aber, dass ich Ihr Schuldeingeständnis nicht annehmen kann, solange Sie mit der Arbeit Ihres Anwaltes nicht zufrieden sind«, sagte Brown. Er klang, als gäbe er einem Fünfjährigen Nachhilfe. »Andernfalls könnten Sie auf unzureichende Vertretung durch Ihren Anwalt plädieren und in der Berufung den Deal für ungültig erklären.«

Hazlett zuckte die Achseln. Seine eigene Freiheit interessierte ihn offenbar nicht besonders.

»Also lassen Sie mich noch einmal fragen: Sind Sie zufrieden mit der Unterstützung durch Ihren Anwalt?«

Diesmal wandte sich Hazlett seinem Anwalt zu und schnaubte. »Dieser Typ kennt nicht mal meinen Namen. Sehen Sie den Stapel Papier vor ihm, Richter? Er will nur diesen Aktenberg abarbeiten, damit er mit seinen Kumpels ein Bier trinken kann und nach Hause zu seiner Frau kommt. Wenn die Staatsanwaltschaft mir die Spritze geben wollte, würde er das auch in einen Deal aufnehmen! Als ich ihm gesagt habe, ich will eine Verhandlung, dachte ich, er macht sich in die Hose! Also: Nein, ich bin nicht zufrieden mit meinem Anwalt. Ich finde, der Staat Georgia lässt sich ausnehmen, wenn er diesem Kerl mehr als zwanzig Mäuse für meinen Fall zahlt.«

Richter Browns Gesicht rötete sich. »Sind Sie fertig?«

»So ziemlich.«

»Gut. Dann machen wir zwei Dinge: Als Erstes werde ich Ihrem Anwalt erlauben, sich von dem Fall zurückzuziehen, und wir finden einen neuen Anwalt für Sie. Und Zweitens werde ich diesen Vergleich abweisen, und die Staatsanwaltschaft wird den Fall gegen Sie verfolgen und die höchste Strafe fordern, die das Gesetz hergibt. Ist das klar, Ms Brock?«

Ich stand auf. »Glasklar.«

Der Richter besprach ein paar Minuten lang die Modalitäten mit dem Pflichtverteidiger. Hazlett grinste, als er aus dem Gerichtssaal geführt wurde.

Als die beiden nächsten Angeklagten ebenfalls ihre Deals sabotierten, wusste ich, da war etwas faul. Es war selten, dass auch nur eine Absprache in Rauch aufging. Aber drei hintereinander trotzten jedem Zufall. Aus irgendeinem Grund hatten die Angeklagten vereinbart, dass sie ihr Glück mit einem Prozess versuchen wollten. Das hatte ich weder je zuvor erlebt noch davon gehört. Die Pflichtverteidiger fingen an zu tuscheln, und der Gerichtsdiener setzte sich aufrechter hin und machte Notizen. Da alle zwölf Angeklagten zusammen in derselben Zelle auf die Verhandlung gewartet hatten, nahm ich an, dass einer von ihnen unzufrieden war mit seinem Deal und durchsetzungsstark genug, die anderen zu überreden, ihre Absprachen ebenfalls abzulehnen. Hazlett war der wahrscheinlichste Kandidat.

Als nacheinander fünf Angeklagte ihre Deals ablehnten, ging Richter Brown die Geduld aus. Beim Nächsten verzichtete er auf jede Einleitung.

»Haben Sie vor, die Absprache, die für Sie getroffen wurde, anzunehmen oder abzulehnen?«, fragte er den Angeklagten, noch bevor ich die Grundlagen des Falls zusammenfassen konnte.

Der überraschte Angeklagte stand auf. »Ich habe meine Meinung geändert, Euer Ehren.« Der Mann starrte auf den Boden, als schämte er sich dafür.

»Der Nächste!«, sagte Brown.

Die Überraschungen nahmen kein Ende. Der neunte Angeklagte des Morgens, ein junger Mann namens Ronald Powell, hatte zugestimmt, sich wegen Totschlags im Straßenverkehr schuldig zu bekennen. Er hatte bereits zwei Anklagen wegen Fahrens unter Alkoholeinfluss, und diesmal war das Ergebnis seiner Trunkenheitsfahrt der Tod seines Kumpels gewesen.

Powell war angemessen reuig und hatte für eine leichte Strafmilderung eingewilligt, sich schuldig zu bekennen.

»Bekennen Sie sich schuldig und nehmen den Vergleich an, den Ihr Anwalt für Sie ausgehandelt hat, oder haben Sie auch vor, sich aus Ihrem Deal herauszuwinden?«, fragte Richter Brown.

Powell stand zitternd auf. »Nein, Euer Ehren. Ich habe getan, wofür ich angeklagt bin, und ich werde mir das nie verzeihen. Ich will den Deal immer noch annehmen.«

Der Gerichtsdiener hörte auf zu tippen, und selbst der Gerichtsreporter wirkte überrascht. Ein Schuldeingeständnis, das vielleicht tatsächlich standhielt!

Ich hätte nie gedacht, dass ich einmal so begeistert sein würde, wenn ein Angeklagter einen Deal schloss.

Richter Brown stellte die üblichen Fragen und zur Sicherheit noch ein paar mehr. Powell, das musste man ihm lassen, sah dem Richter in die Augen und beantwortete alle korrekt. Mir tat der junge Mann so leid, dass ich daran dachte, aus reinem Mitgefühl noch ein Jahr von seiner Strafe abzuziehen.

Brown verurteilte Powell zu zehn Jahren Gefängnis, davon fünf auf Bewährung, und der Junge dankte ihm tatsächlich dafür. »Ich habe meine Lektion gelernt, Euer Ehren. Das kann ich Ihnen versprechen.«

»Das hoffe ich«, sagte Brown.

Ich bemerkte, dass die Familie des Opfers gekommen war, um sich Powells Verurteilung anzuhören. Meine Aktenvermerke besagten, dass sie an Powells Reue glaubten und seinen Deal voll unterstützten.

Doch Powell war die einzige Erfolgsgeschichte an diesem Tag. Nachdem die anderen Angeklagten ihre Vergleiche abgelehnt hatten, rief Richter Brown die Pflichtverteidiger und mich nach vorn an die Richterbank.

»Was ist hier los?«, fragte er.

»Ich habe nicht die leiseste Ahnung«, antwortete ich. »Aber ich gedenke es herauszufinden.«

* * *

Am Ende des Tages summte das ganze Büro von den Ereignissen des Morgens. Es wurde zum Running Gag. Meine Kollegen behaupteten, von mir ging Anti-Deal-Strahlung aus. Sie versicherten mir, sie würden mich nie wieder mit so einfachen Aufgaben vor Gericht schicken. Selbst Bill Masterson machte mit. Er rief mich an und sagte, er werde ein Notbudget für zwei neue Staatsanwälte beantragen müssen, wenn ich je wieder Deals vor Gericht verhandeln würde.

Die Witzeleien endeten am Mittwochnachmittag. Ronald Powell wurde tot in seinem Zellenblock im Gefängnis von Milton County aufgefunden. Die Häftlinge hatten es irgendwie geschafft, ihn vor den Sicherheitskameras abzuschirmen, während sie ihm die Zunge herausschnitten. Er verblutete, noch bevor die Wachen wussten, was passiert war.

Caleb Tate bekam das nicht persönlich mit. Er hatte am Mittwochmorgen seine Kaution hinterlegt und genoss bereits wieder das Leben in Freiheit.

37

Die Zeitung brachte einen kurzen Artikel über den Mord im Gefängnis von Milton County. Er war auf Seite drei im Lokalteil vergraben und bot nicht viele Details.

Die Wachmänner schafften es, die Tatsache geheim zu halten, dass die Gefangenen Ronald Powell die Zunge herausgeschnitten hatten und dass Powell der einzige Angeklagte gewesen war, der sich am Dienstag schuldig bekannt hatte.

Meine Kollegen stellten eine Menge Theorien über die Weigerungen der anderen Angeklagten auf. Die Lieblingstheorie der meisten war, dass die Bandenchefs im Gefängnis herausgefunden hatten, dass ich diejenige sein würde, die die Deals vor Gericht vertreten würde. Als Vergeltung für meine sonstigen Weigerungen, Absprachen zu treffen, hatten sie vielleicht alle Angeklagten instruiert, die Deals zu sabotieren, die wir angeboten hatten. Als Powell nicht mitmachte, schnitten sie ihm die Zunge heraus.

Es war ein symbolischer Mord, eine Botschaft – daran bestand kein Zweifel. Aber was war die Botschaft?

Mittwochnacht schlief ich mit einer geladenen Kimber Pro Carry II Kaliber 45 neben dem Bett. Ich hatte sie in meinem dritten Studienjahr in einem Waffengeschäft in Gainesville gekauft, nachdem ich mit ein paar Mitgliedern des Zeugenschutzprogramms aneinandergeraten war. Außerdem achtete ich darauf, mich von den großen Fenstern im Arbeitszimmer meines Vaters fernzuhalten. Ich nahm keine Schlaftablette, weil ich Sorge hatte, dass ich nicht aufwachen würde, wenn jemand einzubrechen versuchte. Ich wusste, Justice würde wie verrückt bellen, aber wenn jemand es wirklich ins Haus schaffte, würde mein schwarzer Labrador nur versuchen, ihn zu Tode zu lecken. Zu meinem Schutz bevorzugte ich die Kimber.

Es war eine lange Nacht. Ich vermisste meinen Vater, dachte über Rafael Rivera nach, wollte in Tates Fall weiterkommen und wusste, dass mich vielleicht Bandenchefs im Visier hatten – ich stand so unter Strom, ich konnte kaum schlafen. Den nächsten Tag überstand ich nur mit Mühe, und am Donnerstagabend brauchte ich ganz dringend Schlaf. Kurz nach Mitternacht gab ich schließlich auf und warf zwei Schlaftabletten ein. Am Freitagmorgen kam ich zu spät zur Arbeit.

Bis Freitagmittag wusste ich, dass meine Erfahrung im Gerichtssaal in dieser Woche kein Einzelfall gewesen war. Am Mittwoch hatten keine Anhörungen stattgefunden, aber alle Angeklagten, die am Donnerstag einen Deal bekommen sollten, hatten einen Rückzieher gemacht, obwohl ein anderer Kollege für die Fälle zuständig war.

Die Pflichtverteidiger waren inzwischen genauso nervös wie die Staatsanwälte und verbrachten den gesamten Donnerstagnachmittag in Besprechungen mit allen Angeklagten, die am Freitagmorgen ihre Anhörungen hatten.

Alle bis auf einen stiegen sofort aus.

Am Freitag bekannte sich der übrig gebliebene Angeklagte, Rontavius Eastbrook, eines geringeren Vergehens schuldig und bekam dafür eine reduzierte Strafe wegen seiner Kooperation mit der Polizei bei einer wichtigen verdeckten Ermittlung. Nachdem der Richter den Vergleich angenommen hatte, wurde Rontavius direkt aus dem Gerichtssaal zur weiteren Abwicklung ins Büro des Bezirksstaatsanwalts geführt. Er hatte seine Zeit schon abgebüßt und wurde freigelassen. Der Papierkram wurde zur Sicherheit nicht wie sonst im Gefängnis abgewickelt. Er wurde gefragt, ob er Polizeischutz wolle, machte sich über diese Vorstellung aber nur lustig.

* * *

Die SMS kam am Samstagabend, direkt nach meinem Training im Fitnessstudio. Man hatte Rontavius Eastbrook tot in einer Gasse in der Sozialsiedlung gefunden. Todesursache war eine Kugel im Hinterkopf.

38

Am Montagmorgen standen keine Anhörungen mit Deals auf dem Gerichtskalender. Stattdessen berief Bill Masterson eine außerordentliche

Sitzung aller Staatsanwälte ein. Wer nicht vor Gericht sein musste, wurde um Punkt 10 Uhr im Konferenzraum erwartet.

In meinen drei Jahren bei der Staatsanwaltschaft hatte ich nie erlebt, dass ein hausinternes Meeting pünktlich begann. Aber als ich kurz vor zehn ankam, waren schon alle Stühle besetzt, und ich musste mit ein paar Kollegen an der Seiten stehen. Der Raum summte vor Aufregung und einer ganzen Menge nervöser Energie. Die meisten von uns waren Staatsanwälte geworden, weil wir Kreuzritter waren; wir wollten Unrecht wiedergutmachen. Die neuesten Entwicklungen empfanden wir als einen Frontalangriff auf die Unversehrtheit des Strafjustizsystems, und wir konnten den Häftlingen nicht erlauben, es zu einem Irrenhaus zu machen.

Zugegeben, ein paar Staatsanwälte vertraten den gegenteiligen Ansatz. Sie glaubten, der einzige Weg gegen diese Blockade sei »Teile und herrsche«. Sie wollten eine Latino-Gang herauspicken und ihnen unwiderstehliche Deals anbieten, damit die Mühlen der Justiz wieder mahlen konnten. Wenn die Afroamerikaner erst erfuhren, dass die Latinos bevorzugt behandelt wurden, würden sie auch dabei sein wollen. Es war das Gesetz von Angebot und Nachfrage; wir mussten nur die Preise für die Deals richtig festsetzen. Meiner Meinung nach war das die dümmste Idee, die ich je gehört hatte.

Masterson kam fünf Minuten zu spät herein, und das Geschnatter erstarb rasch. Er setzte sich ans Kopfende des Tisches. Regina Granger stellte sich hinter ihn.

Der Chef sah sich im Raum um und nickte den meisten von uns fast unmerklich zu. Wir waren seine handverlesenen Mitstreiter, und man konnte seinen Blick lesen – *Wenn ich in den Krieg ziehe, will ich, dass ihr mitkommt.* Er holte tief Luft, bevor er zu sprechen begann.

»Ich nehme an, Sie haben inzwischen gehört, dass die Häftlinge beschlossen haben, das interessante kleine Spiel ›Wer bremst, verliert‹ mit uns zu spielen«, sagte er. »Ich wusste immer, unser Job würde ein bisschen härter werden, wenn sie eine Gewerkschaft bilden würden.«

Die Bemerkung brachte ihm ein Lächeln hier und da ein, aber Masterson blieb ernst. »Wir versuchen immer noch herauszufinden, wer hinter alledem steckt, und wir haben verschiedene Vermutungen. Aber das ist nicht der Grund für dieses Treffen. Egal, wie oder warum diese Sache begonnen hat – es ist die neue Realität, und wir müssen damit umgehen.«

Eine Reihe von Theorien, wie die Häftlinge sich organisiert haben könnten, waren im Büro schon hin und her geflogen. Manche verdächtigten die Bandenchefs, und die Justizbeamten hatten sie inzwischen alle in Einzelhaft gesteckt. Viele von uns mutmaßten, dass Caleb Tate etwas damit zu tun hatte. Die ersten Deals waren gescheitert, kurz nachdem er in Haft gekommen war, und seine Kanzlei vertrat plötzlich zwei der Bandenführer. Aber niemand sagte etwas.

»Wir setzen die Gangleader unter Druck und drohen ihnen mit neuen Anklagen«, fuhr Masterson fort. »Aber bis jemand blinzelt, haben wir im Grunde nur drei Möglichkeiten. Einige sagen, wir sollten die schwächsten Häftlinge aussondern und ihnen Deals anbieten, die sie nicht ablehnen können. Ein Problem dieser Herangehensweise ist, dass wir wertvolle Mitarbeiter der Strafverfolgungsbehörden einsetzen müssten, um sie zu beschützen, wenn sie erst raus sind. Ein Vergleich ist deutlich unattraktiver, wenn man weiß, dass man nach der Freilassung nur noch vierundzwanzig Stunden zu leben hat.

Ein zweiter Ansatz ist: Wir verzichten bei allen nicht gewalttätigen Straftätern auf Strafverfahren. Unsere Mittel sind begrenzt, die der Pflichtverteidigung ebenfalls. Bei diesem Plan würden wir die Junkies freilassen und nur die Vergewaltiger und Mörder anklagen. Ich würde mich dabei fühlen, als ob wir uns geschlagen geben, und ich bin kein großer Fan davon, mich tot zu stellen, bevor der erste Schuss abgefeuert wurde.«

Ganz zu schweigen davon, dass das im Wahlkampf schwierig zu erklären sein könnte, dachte ich.

»Es gibt eine dritte Alternative. Wir machen unmissverständlich deutlich, dass sie nicht die Einzigen sind, die dieses Spielchen spielen können. Wir reißen uns den Hintern auf und verfolgen sie mit der ganzen Härte des Gesetzes. Wir machen bis auf Weiteres in Milton County keine Deals mehr. Wenn sie sich ohne Zusagen unsererseits schuldig bekennen wollen, um sich den Prozess zu ersparen, na ja … dazu können sie uns vielleicht überreden. Aber ansonsten machen wir die Arbeit, für die uns die Steuerzahler bezahlen.«

Es lag ein entschlossener Ausdruck auf den meisten Gesichtern im Raum, aber es gab auch ein paar Skeptiker. Selbst wenn wir rund um die Uhr arbeiteten, konnten wir unmöglich *alle* Fälle fristgerecht vor Gericht bringen. Und selbst *wenn* wir es könnten, hätten die Pflichtverteidiger keinen Anreiz, mitzuspielen. Pflichtverteidiger beschwerten sich nur zu gern, wie überarbeitet sie waren und wie klein ihr Budget sei. Sie würden behaupten, sie könnten all diese Fälle nicht angemessen vorbereiten, und wenn wir Schuldsprüche erreichten, würden die Berufungsanträge die Gerichte auf Jahre hin verstopfen.

»Haben Sie die Zahlen dazu analysiert, Bill?«, fragte einer der ranghöheren Staatsanwälte. »Ich meine, ich bin bereit zu tun, was nötig ist, aber wir haben offen gesagt nicht genug Leute, um das durchzuziehen.«

»Das weiß ich«, entgegnete Masterson. »Und ich weiß, dass die Pflichtverteidigung vor einer noch größeren Herausforderung steht. Aber darüber habe ich ein bisschen nachgedacht. Ich könnte unseren Gesetzgeber um eine Notfallgesetzgebung bitten, mit der wir Anwälte aus privaten Kanzleien als Teilzeitstaatsanwälte einstellen können. Sie können ja jetzt schon freiwillig als Pflichtverteidiger aushelfen. Wir könnten Druck auf die großen Kanzleien in Atlanta ausüben und ihnen positive Publicity versprechen, wenn sie uns für einen Tag oder eine Woche ihre jungen Talente schicken. Wenn wir die Namen der Kanzleien veröffentlichen, könnten wir Ende des Monats fünfzig neue Staatsanwälte haben.«

»Ich weiß nicht«, sagte Staatsanwalt Larry Hinson. Er hatte den Ruf, der Letzte zu sein, der morgens kam und der Erste, der abends ging. »Es würde zu lange dauern, um sie zu schulen. Sie würden nicht wissen, was sie tun sollen. Die meisten Anwälte in Großkanzleien haben noch nie einen Gerichtssaal von innen gesehen.«

Masterson starrte ihn an, bis er den Blick abwandte. »Haben Sie eine bessere Idee, Larry? Denn ich habe noch eine Menge anderer Leute, die mir die Probleme aufzeigen. Ich bin an Lösungen interessiert.«

Larry zuckte die Achseln. »Mir gefällt die erste Option. Teile und herrsche.«

»Mir nicht«, sagte ich. Köpfe drehten sich in meine Richtung. »Deshalb arbeite ich hier. Ich habe gesehen, wie Mr Masterson den Mann vor Gericht gestellt hat, der meine Mutter ermordet hat, und ich wusste, es war mehr als nur ein Job für ihn. Und das war kein leichter Fall. Um ehrlich zu sein, weiß ich nicht, ob ich überlebt hätte, wenn nicht jemand für unsere Familie eingetreten wäre und Antoine Marshall hinter Gitter gebracht hätte.«

Im Raum war es still. Alle im Büro kannten meine Geschichte, aber ich hatte die Opferkarte in meinen ganzen vier Jahren hier nie ausgespielt. Jetzt tat ich es.

»Wenn wir jetzt zurückweichen, ist es nur eine Frage der Zeit, bis sie es wieder tun. Und ich bin nicht bereit, einem Vergewaltigungsopfer oder dem Familienmitglied eines Mordopfers in die Augen zu schauen und ihnen zu sagen, dass der Mann, der dieses Verbrechen begangen hat, einen Deal schließt. Alles nur, weil wir nicht bereit sind, rund um die Uhr zu arbeiten und ein paar Privatkanzleianwälte einzuarbeiten. Also … ich weiß nicht. Ich habe wahrscheinlich schon zu viel gesagt, aber ich glaube, wir sollten die Arbeit machen, für die wir bezahlt werden.«

Im Raum hatte sich jetzt unbehagliches Schweigen ausgebreitet, während Masterson sich umsah. »Will sonst noch jemand etwas sagen?«, fragte er. »Ich werde nicht darüber abstimmen lassen, aber ich will wissen, was Sie denken.«

Die beiden Staatsanwälte im ersten Berufsjahr, die am anderen Ende des Raumes saßen, hatte ich als Mentorin betreut. Einer nach dem anderen ergriffen sie das Wort und wiederholten meine Bedenken. Die Neuen waren voll dabei.

Ein stiller Mann namens Al, ein Kerl, der sein Berufsleben der Staatsanwaltschaft gewidmet hatte, sprach als Nächster. Er sagte, seiner Meinung nach könnten wir ethisch gesehen nichts anderes tun, als diese Männer und Frauen mit der ganzen Härte des Gesetzes anzuklagen. In den alten Zeiten habe er dreimal so viele Fälle bearbeitet wie jetzt. Und er sei bereit, das Tempo wieder anzuziehen.

Einer nach dem anderen sprachen sich meine Kollegen für Mastersons dritten Vorschlag aus.

Ein paar meiner theatralischeren Kollegen sprachen sogar mit belegten Stimmen, als sie sich an die Gründe erinnerten, warum sie hier arbeiteten. Bis der Letzte gesprochen hatte, waren wir bereit zum Angriff. Zumindest die meisten von uns. Ein paar Anwälte blieben auffällig still, und Larry starrte auf einen Punkt am Boden. Keine zweistündigen Mittagspausen mehr.

»Ich glaube, damit wäre das geklärt«, sagte Masterson. »Es hat nie einen guten Zeitpunkt gegeben, um in Milton County ein Verbrechen zu begehen. Aber wer gerade jetzt gegen das Gesetz verstößt – dem gnade Gott.«

39

Unser Enthusiasmus, die Bösen einzusperren und den Schlüssel wegzuwerfen, dauerte weniger als eine Woche an.

Die Unterstützung durch Anwälte aus privaten Kanzleien erwies sich aus einer ganzen Reihe von Gründen als problematisch. Das Parlament des Bundesstaats ließ sich Zeit mit der Debatte des Konzepts, und es wurde klar, dass die Demokraten keinen republikanischen Kandidaten für das Amt des Generalstaatsanwalts als Helden dastehen lassen wollten.

In der Zwischenzeit hatte Masterson jeden von uns gebeten, mit der Schulung von zwei oder drei Mitarbeitern aus privaten Kanzleien zu beginnen, während wir auf die Genehmigung des Gesetzgebers warteten. Das erschwerte meinen Job erheblich. Ein Staatsanwalt erreicht einen Großteil seiner Erfolge bei Gesprächen in seinem Büro oder in den Fluren des Gerichtsgebäudes.

Dass nun immer noch ein anderer Anwalt dabei war, verkomplizierte die Dinge nur, und dass die Strafverteidiger vor den Neuen knallhart wirken wollten, machte die Arbeit mit der Gegenseite noch schwieriger als sonst.

Doch die wahre Achillesferse des Plans wurde sichtbar, als private Anwälte sich als Pflichtverteidiger bei den Angeklagten vorstellten. Die Häftlinge waren alle von irgendjemandem gut instruiert worden. Sie alle fragten ihre neuen Anwälte, wie viele Jahre Erfahrung sie mit Strafrechtsfällen hatten. Dann legten sie Widerspruch gegen die Ernennung der Anfänger als ihre Vertretung ein. Jeder wusste, was wirklich los war –

die Verbrecher legten es auf eine Berufungsklage wegen ineffektiver Vertretung an.

Am Ende einer langen und frustrierenden Woche mit dem Versuch, das System wieder zum Laufen zu bringen, berief Masterson noch eine Sitzung ein und kündigte an, er werde seine Gesetzesinitiative zurückziehen. »Wir werden die Sache unter uns regeln müssen.«

Meine Kollegen und ich murrten, aber insgeheim waren wir froh. Es war einfacher, wenn wir den Job erledigten, als Anwälte im ersten Berufsjahr zu schulen, die vorher nie aus ihren Büros in den großen Kanzleien herausgekommen waren.

Doch in der zweiten Woche schlüpfte uns so langsam einiges durch die Maschen. Ich verlor einen Antrag auf Nichtzulassung von Beweisen, weil ein Zeuge nicht vorgeladen worden war. Meine Assistentin machte die Lawine von Fällen dafür verantwortlich, die sie zu bearbeiten hatte, und weinte, als ich ihr sagte, das dürfe uns nicht noch einmal passieren. Die Richter waren in den Verhandlungen langsam frustriert und schroff. Reporter tauchten bei den Anklageverlesungen auf, um zuzusehen, wie ein Angeklagter nach dem anderen auf nicht schuldig plädierte und einen Geschworenenprozess verlangte.

Jeden Tag schwor ich mir, am Abend am Fall Caleb Tate weiterzuarbeiten, aber ich kam immer spät nach Hause, ausgelaugt von vierzehn Stunden Chaos. Ich fütterte Justice, hing vor dem Computer oder Fernseher herum und schlief ein. Fünf oder sechs Stunden später wachte ich auf und begann das Ganze wieder von vorn.

Masterson seinerseits wurde zu so etwas wie einem Kulthelden. Seine kompromisslose Haltung brachte ihm Interviews auf Fox News, CNN und all den lokalen Sendern ein. Sogar die Geschichten von Angeklagten, die durch die Maschen schlüpften, vergrößerten Mastersons Ansehen nur noch. Was konnte er schon tun? Er hatte um die Möglichkeit gebeten, Anwälte aus privaten Kanzleien hinzuzuziehen, und war abgeblockt worden. Seine Schützlinge arbeiteten jetzt buchstäblich rund um die Uhr.

Je schlimmer die Lage wurde, desto volksnäher und ungezwungener wurde Masterson, schaute in die Kameras, versprach den Verbrechern, sie würden dieses Glücksspiel noch mit jeder Faser ihres Seins bereuen. Die Öffentlichkeit sah jetzt den Bill Masterson, den ich kannte. »Sie können die Justiz nicht als Geisel nehmen«, versprach er. »Für Erpressung können wir uns nicht erwärmen.«

Als ewiger Opportunist kündigte Masterson außerdem an, er werde mit dem Fundraising für seinen Wahlkampf aufhören und seine Spender stattdessen bitten, direkt an die Staatsanwaltschaft von Milton County zu spenden. Er werde die Mittel benutzen, um den überarbeiteten Anwälten, Assistenten, Ermittlern und anderen Mitarbeitern einen kleinen Bonus zu zahlen.

Bill Masterson war bald ein bekannter Name und seine Umfragewerte schossen in die Höhe, von einem entfernten dritten Platz auf die Führungsposition mit fünf Punkten Abstand vor Andrew Thornton, dem Assistenten des momentanen Generalstaatsanwalts, der vom ersten Tag an das Rennen angeführt hatte.

Es war mitten in dieser überladenen Atmosphäre, am 21. Mai, als ich mir den Morgen freinahm, um bei den mündlichen Beweisausführungen im Fall *Marshall gegen Georgia* am Berufungsgericht des Staates Georgia dabei zu sein.

40

Das Gerichtsgebäude des Berufungsgerichts am Capitol Square in der Innenstadt von Atlanta war erbaut worden, um zu beeindrucken. Die erstinstanzlichen Gerichte von Georgia waren unschön und chaotisch, ihre Prozesslisten verstopft von angeklagten Verbrechern, die Deals schlossen, und Eheleuten, die sich um die Kinder stritten - Gerichtssaaldramen aus dem richtigen Leben, in denen Streits ausbrachen und die reinen Emotionen zutage traten.

Aber das Berufungsgericht stand über alledem - erhaben, präzise und auf das Gesetz konzentriert. Es war die letzte Stufe auf dem Rechtsweg der Bundesstaaten, ein Ort der Endgültigkeit, ein Ort, an dem Hoffnungen für immer zerschmettert wurden, ein Ort, an dem plötzliche Aufhebungen von Urteilen alles auslöschen konnten, was vorher geschehen war.

Drei Stockwerke hohe Säulen flankierten den Eingang des massiven Granitgebäudes. Die Grünflächen perfekt gepflegt, eine makellose Mischung aus alten Bäumen, getrimmten Büschen und frisch gepflanzten Frühlingsblumen. Der Rasen war sattgrün.

Der Maimorgen, an dem die mündliche Verhandlung angesetzt war, hätte aus einem Tourismusprospekt stammen können - sonnig, mit Temperaturen um die fünfundzwanzig Grad und einem leichten Wind aus Nordost. Ein solches Wetter machte mich normalerweise fröhlich und energiegeladen. Es hätte ein großartiger Tag sein können, um laufen zu gehen oder mit meinem Kajak auf dem Chattahoochee zu paddeln. Aber es war sicher kein guter Tag, um Professor Mace James dabei zuzuhören, wie er die Unschuld des Mörders meiner Mutter ausrief.

Ich hatte im Vorfeld herausgefunden, dass die Seite des Staates von Andrew Thornton übernommen worden war. Bill Masterson, der normalerweise mit mir an Berufungsverfahren teilnahm, konnte nicht dabei sein. Er behauptete, er werde am Gericht von Milton County gebraucht. Ich dagegen glaubte, dass er nicht im Publikum sitzen und seinem politischen Gegner dabei zusehen wollte - und ihn damit unterstützen -, während er einen medienwirksamen großen Fall verhandelte. So oder so, Masterson hatte mir gesagt, ich solle mich wappnen. Er misstraute dem großen Interesse, das das Berufungsgericht von Georgia dem aktuellsten Antrag von Professor James schenkte. Außerdem, sagte er, sei Thornton eher ein Schreibtischhengst als ein Berufungsanwalt.

Als ich ankam, war das Gebäude eingerüstet, und Bauarbeiter säuberten es gerade mit Hochdruckreinigern. Ein Sprühregen trieb in meine Richtung, und ich nahm das als schlechtes Omen - ich schaffte es sogar, im Regen zu stehen, wenn keine Wolke am Himmel stand.

Das Gebäude hatte schon einige Kontroversen gesehen, unter anderem ein paar Grundsatzentscheidungen über die Todesstrafe, die vor dem Obersten Bundesgericht geendet hatten. In *Furman gegen Georgia* hatte das Gericht in Georgia die Verurteilung zum Tode für einen überführten Mörder aufrechterhalten. Aber der US Supreme Court hatte das Urteil aufgehoben und entschieden, dass Gesetze, die Jurys einen großen Ermessensspielraum bei der Anwendung der Todesstrafe ließen, eine Unverhältnismäßigkeit der Strafe darstellten. Diese Entscheidung von 1972 hatte für die folgenden vier Jahre eine Aussetzung der Todesstrafe in den Vereinigten Staaten zur Folge gehabt.

Ein zweiter Fall in Georgia hatte dieses Moratorium wieder aufgehoben. Im Fall *Gregg gegen Georgia* überlegten sich die Gerichte ein neues Rechtssystem, nach dem Prozesse in zwei Phasen unterteilt wurden. Die erste Phase legte die Schuld oder Unschuld des Angeklagten fest. In der zweiten Phase wurde, wenn nötig, festgestellt, ob es eine ausreichende Schwere der Schuld gab, um die Todesstrafe zu verhängen. Das Oberste Bundesgericht stimmte diesem Entwurf zu, und die Hinrichtungen wurden wieder aufgenommen.

In einem dritten Fall, *McCleskey gegen Kemp*, der 1987 entschieden wurde, erwogen die Gerichte, ob die Todesstrafe für verfassungswidrig erklärt werden solle wegen der angeblich diskriminierenden Art, wie sie in Georgia angewandt wurde.

McCleskeys Anwälte hatten über zweitausend Mordfälle untersucht und statistisch nachgewiesen, dass Angeklagte, denen die Tötung weißer Opfer vorgeworfen wurde, in elf Prozent der Fälle die Todesstrafe bekamen, aber Angeklagte, die schwarze Opfer getötet hatten, in nur einem Prozent der Fälle. Dieses Ungleichgewicht war besonders ausgeprägt in Fällen mit schwarzen Angeklagten und weißen Opfern, wo in 22 Prozent der Fälle die Todesstrafe verhängt wurde. Wenn die Rollen vertauscht waren - weiße Angeklagte und schwarze Opfer - fiel die Rate von 22 auf 1 Prozent.

Sowohl das Berufungsgericht von Georgia als auch der US Supreme Court hatten die Statistiken analysiert und beschlossen, sie genügten nicht, um die Todesstrafe für verfassungswidrig zu erklären. Die Hinrichtungen gingen weiter.

Als ich durch den Metalldetektor des Gerichtsgebäudes ging, dachte ich an diese Fälle und andere dieser Art, die ich an der Uni untersucht hatte. Ich hatte die Todesstrafe immer verteidigt, denn ich verstand das Bedürfnis eines Opfers nach absoluter Gerechtigkeit. Jetzt fragte ich mich, ob das Berufungsgericht Georgia, das bereits berühmt war für seine Rechtsprechung zur Todesstrafe, in unserem Fall neue Wege einschlagen würde. Würden zukünftige Generationen von Jurastudenten den Fall *Marshall gegen Georgia* analysieren und die Vorzüge und Nachteile der

Todesstrafe diskutieren, ohne dabei das persönliche Opfer zu beachten, den so ein Fall von den Opfern forderte?

Ich hoffte nicht. Ich wünschte mir verzweifelt, dass diese ganze endlose Geschichte bald vorüber war, dass der Richter befand, Coopers eidesstattliche Erklärung genüge nicht, um das Spiel zu wenden, und dass Antoine Marshall seinen unberechenbaren Marsch in Richtung Todeskammer fortsetzen konnte. Ich wollte, dass dieser Fall eine Fußnote in den Lehrbüchern wurde, keine Kapitelüberschrift.

Ich kam volle fünfzehn Minuten zu früh in dem eleganten Gerichtssaal an, in dem die Berufungsverhandlungen stattfanden. Es gab sieben lederbezogene Stühle mit hohem Rücken auf dem Eichenpodium im vorderen Teil des Raumes. An den eichenvertäfelten Wänden hingen Porträts ehemaliger vorsitzender Richter. Der Teppichboden war dick und dunkelgrün, und die große Wand hinter der Richterbank war, im Gegensatz zu den holzvertäfelten Wänden an den Seiten des Saales, mit Granit verkleidet. Die Wand trug eine einfache lateinische Inschrift als erhabenes Relief: *Fiat justitia, ruat caelum*. Ich hatte es nach dem ersten Mal, als unser Fall hier verhandelt worden war, vor mehr als acht Jahren, nachgeschlagen. Es bedeutete: »Der Gerechtigkeit soll Genüge geleistet werden und wenn der Himmel einstürzt«. Ich betete, das möge heute der Fall sein.

Mace James und ein paar andere Anwälte saßen vor dem Geländer im vorderen Bereich links. Mace sah mit seiner massigen Gestalt, dem kahlen Kopf und dem tätowierten Hals immer fehl am Platz aus in einem Anzug. Als Teenager hatte mich Caleb Tates Selbstdarstellung immer wütend gemacht, wenn er Antoine Marshall im Prozess verteidigte. Als Erwachsene ärgerten mich die Argumente von Professor James mindestens genauso.

Caleb Tate hatte wie ein geschickter Schauspieler gewirkt – ich wusste, er hatte eigentlich nicht an Antoine Marshalls Unschuld geglaubt, aber er hatte seine Arbeit zu tun und wusste, wie man eine Show inszenierte. Aber für Mace James war es mehr als ein Job; er glaubte wirklich an Marshalls Unschuld. Wenn ich auch seinen Kampfgeist bewunderte, brachte mich doch seine blinde Loyalität seinem Mandanten gegenüber und seine Weigerung, dessen Tat anzuerkennen, zur Weißglut.

Bei der Anhörung überraschte es mich, zu sehen, dass Caleb Tate direkt hinter dem Anwaltstisch saß. Tate hatte in den Berufungsverhandlungen für Antoine Marshall bis jetzt keine Rolle gespielt, konnte aber anscheinend einer Anhörung nicht widerstehen, wenn die Presse dabei war.

Ich nahm auf der ersten Bank auf der rechten Seite Platz, in der Hoffnung, die Richter des Berufungsgerichtes würden ein Familienmitglied des Opfers im Verfahren bemerken. Drei Berufungsanwälte der Staatsanwaltschaft steckten an ihrem Tisch die Köpfe zusammen. Einer der Jüngeren bemerkte mich und sagte Hallo. Ich stand auf, und alle drei schüttelten mir über das Geländer hinweg die Hand und dankten mir, dass ich gekommen war. Sogar Andrew Thornton, das älteste Teammitglied.

Der Händedruck von Thornton war unangenehm, und er wirkte noch steifer als normal. Und dies war der Mann, der für mich und meine Familie Gerechtigkeit erreichen sollte.

41

Die Richter kamen pünktlich im Gänsemarsch herein, und der Gerichtsdiener rief den Saal zur Ordnung. Es war eine beeindruckende Versammlung, und ich fragte mich, ob ich je die Selbstsicherheit und die Fähigkeit haben würde, hier einen Fall zu verhandeln. Mace James jedenfalls schien unbeeindruckt von der Kulisse.

Er stellte sich ohne eine einzige Notiz hinters Rednerpult und sah die sieben Richter direkt an, die gerade mal sechs Meter von ihm entfernt saßen. Eine rote Digitaluhr an der rechten Seite der Richterbank zeigte die Zeit an, die von seinen dreißig Minuten Redezeit übrig war. Aus meiner Perspektive konnte ich ihn nur im Halbprofil sehen – die entschlossene Kieferpartie, die Tätowierung am Hals, den Hinterkopf und seine breiten Schultern, die sich spannten, als er die Hände seitlich aufs Pult stützte.

»Mit Erlaubnis des Gerichts vertrete ich den Berufungskläger, Antoine

Marshall, in seinem Mordprozess. Vor sechzig Tagen stand der Staat Georgia nur drei Stunden davor, einen unschuldigen Mann hinzurichten. Zum Glück ist dieses Gericht eingeschritten.«

James ließ sie einen Augenblick darüber nachdenken, und ich murmelte lautlos den lateinischen Satz vor mich hin: »*Fiat justitia, ruat caelum*.«

Nach dieser kurzen Pause fuhr James mit Zuversicht fort, beharrte auf Argumenten, die die Gerichte meiner Meinung nach bereits berücksichtigt hatten: die ungebührliche Streichung von drei Afroamerikanern von der Geschworenenliste durch Bill Masterson, die Fragen von Richterin Cynthia Snowden, durch die die Zeugenaussage meines Vaters rehabilitiert worden war, ihre Weigerung, die Ergebnisse des Lügendetektortests zuzulassen, und ihre Weigerung, die Aussage von zwei Expertenzeugen zuzulassen.

»Ich versuche hier nicht, alte Geschichten aufzuwärmen«, sagte James. Darauf konnte ich nur höhnisch schnauben, und die Richter sahen aus, als teilten sie meine Skepsis. »Aber ich finde, wir sollten uns die eidesstattliche Erklärung von Mr Cooper im Gesamtzusammenhang dieses Falles ansehen. Es ist hier nicht so, dass die Aussage eines Gefängnisspitzels nur ein belastendes Element in einem Berg von Schuldbeweisen wäre. Wenn Sie Coopers Aussage weglassen, bleibt nur die umstrittene Identifizierung eines Afroamerikaners durch einen Augenzeugen, der den Angeklagten bei einer Gegenüberstellung im Zeugenstand vor Gericht nicht bestimmen konnte.«

»Aber, Herr Anwalt«, unterbrach ihn die vorsitzende Richterin. Sie war eine Konservative, die ich zu den vier Stimmen zählte, die wir für eine Entscheidung gegen Marshall brauchten. »Mr Tate hat Freddie Cooper im Prozess ins Kreuzverhör genommen und ihn so diskreditiert, dass der Staatsanwalt Cooper in seinem Schlussplädoyer kaum noch erwähnte. Wie können Sie das ausklammern und behaupten, Coopers Aussage sei das Herzstück der Argumentation der Staatsanwaltschaft gewesen?«

»Ich sage nicht, dass sie das Herzstück war, Euer Ehren. Aber wir wissen nicht, wie sehr sich die Jury auf ihn gestützt hat. Und das ist der Punkt. Wie können wir sagen, dass die Staatsanwaltschaft ihre Anklagepunkte unabhängig von Coopers Aussage jenseits aller begründeten Zweifel bewiesen hat? Mit einem unglaubwürdigen Augenzeugen? Ohne

DNS, ohne Geständnis, ohne unterstützendes Beweismaterial? Dieser Fall schreit nach einem Wiederaufnahmeverfahren.«

»Wie praktisch«, schoss Richter Sherman zurück, der noch nicht lange Richter und vorher Staatsanwalt gewesen war. »Der einzige Augenzeuge ist jetzt tot, wenn ich das richtig sehe, und Ihr Mandant will ein Wiederaufnahmeverfahren.«

Genau, dachte ich. Es war frustrierend, dazusitzen und zuzuhören, wie James so eloquent erörterte, warum ein Mörder freikommen sollte. Aber es war ermutigend zu sehen, dass sich ihm zumindest ein paar Richter entgegenstellten. Dennoch hätte ich während des Meinungsaustausches, der sich über die folgenden zwanzig Minuten erstreckte, nicht sagen können, ob wir die vier Stimmen hatten, die wir für einen Sieg brauchten.

Der Richter, dessen Abstimmungsverhalten am wenigsten vorhersagbar war, war Richter Skelton, ein Südstaatengentleman, ein unaufdringlicher Gemäßigter, der nach der Vorsitzenden am längsten hier Richter war. Und Skelton saß nur da, das Kinn in die Hand gestützt, und hörte aufmerksam zu, sagte aber nichts.

Was dachte dieser Mann?

42

Als sich Staatsanwalt Andrew Thornton hinter das Rednerpult stellte, schien sich der Gerichtssaal auszudehnen. Er war schmal, sein Kopf wirkte zu groß für seinen Körper. Er spähte über eine Lesebrille, während er sprach. Im Gegensatz zu Professor James trug er ein dickes schwarzes Notizbuch zum Pult und las seine einführenden Bemerkungen, den verfahrensrechtlichen Hintergrund des Falles, sogar daraus ab. Er begann langsam; die Richter wirkten gelangweilt, und ich wäre am liebsten aufgestanden und hätte die Verhandlung selbst geführt.

»Wir haben Ihre Zusammenfassung gelesen«, unterbrach ihn die Vorsitzende. »Wir wissen, warum der Fall zu uns kam. Kommen wir zum Punkt.«

Ich verzog das Gesicht. Warum musste der Fall meiner Mutter in den Händen dieses Typs enden?

Unbeirrt hob Thornton ein dreiseitiges Dokument hoch. »Ich habe eine zweite eidesstattliche Aussage von Mr Cooper«, sagte er.

Ich warf einen Blick zu Mace James hinüber, der sich bis dahin ruhig Notizen gemacht hatte. Jetzt hob er abrupt den Kopf.

»In dieser Aussage widerruft er seinen vorherigen Widerruf. Ich hätte sie zusammen mit unseren Schriftsätzen eingereicht, aber wir haben Mr Cooper erst gestern gefunden. Ich würde das Dokument jetzt gerne einreichen und Mr James eine Kopie geben.«

James stand auf, sein Hals war rot. »Mr Thornton hätte mir wenigstens vor Beginn dieser Anhörung eine Kopie dieser Aussage geben können. Diese Art von staatsanwaltlichem Fehlverhalten hat uns überhaupt erst hierher gebracht …«

Die vorsitzende Richterin benutzte ihren Hammer. »Mr James, dies ist keine Gerichtsverhandlung. Setzen Sie sich.« Dann wandte sie sich mit finsterem Blick wieder Thornton zu. »Und Mr Thornton, der Anwalt der Verteidigung hat recht. Sie hätten ihm vor Beginn der Anhörung eine Kopie geben können.«

Thornton murmelte eine Entschuldigung, nachdem sein Spielchen nach hinten losgegangen war. »Darf ich fortfahren?«, fragte er.

Seine Antwort bekam er nicht von der Vorsitzenden, sondern von dem Mann, der zu ihrer Rechten saß – der siebenundsechzigjährige Christopher Wright, der liberalste Richter an diesem Gericht. »Diese eidesstattliche Erklärung wurde nicht fristgerecht eingereicht«, sagte Wright, »und offen gesagt kann sie Ihrer Verhandlungsposition nur schaden. Dies ist kein Prozessgericht. Wenn Sie finden, dieses Gericht sollte über die Wahrhaftigkeit von Mr Coopers Aussage befinden, um den Ausgang des Falles zu entscheiden, warum sollten wir den Fall dann nicht zur erneuten Verhandlung in die erste Instanz zurückschicken?«

Thornton zuckte mit keiner Wimper. »Wenn ich diese eidesstattliche Erklärung einreichen dürfte und Euer Ehren sie lesen würde, dann würden Sie sehen, dass es um mehr geht als um Mr Coopers Glaubwürdigkeit. Er schwört, dass er von Professor James dazu gezwungen wurde, seine ursprüngliche Aussage zu widerrufen. Dass Professor James ihn gewaltsam aus einer Bar in Nashville in Tennessee entführt und ihm gedroht habe, ihn wegen Drogenbesitzes anzuschwärzen, wenn er nicht widerruft.«

Jetzt war Mace James auf den Beinen, die Arme weit ausgebreitet.

»Setzen Sie sich, Mr James!«, sagte die vorsitzende Richterin.

Thornton nahm das als Stichwort, um fortzufahren. »Aufgrund dieser Umstände, die der Staat vor dieser Anhörung auch nicht durch sorgfältige Prüfung hätte aufdecken können, bitte ich um die Erlaubnis, einen zusätzlichen Schriftsatz einreichen zu dürfen.«

»Zeigen Sie Mr James eine Kopie der eidesstattlichen Erklärung und geben sie dem Gerichtsdiener Kopien für das Gericht«, befahl die Vorsitzende.

Thornton tat wie geheißen, und der Gerichtsdiener verteilte Kopien an jeden der Richter. Ich konnte die Scheitel aller sieben sehen, als sie die Erklärung überflogen. Mace James zeigte seine Empörung, während er von Seite eins auf Seite zwei blätterte. Ich wünschte, jemand hätte mir eine Kopie gegeben.

»Fahren Sie fort«, sagte die Vorsitzende, nachdem sie fertig war.

»Euer Ehren haben das Video von Mr Cooper gesehen, das mit dem ursprünglichen Berufungsantrag der Verteidigung eingereicht wurde«, sprach Thornton weiter. Jetzt wirkte er nicht mehr so klein und schmächtig. »Das Video zeigt, dass Mr Cooper kurz vorher in eine Prügelei geraten war. Jetzt kennen wir den Rest der Geschichte. Das geschwollene linke Auge stammt von Mr James. Das Video wurde in einem Hotelzimmer aufgezeichnet, in dem Mr Cooper von Mr James und seinem Ermittler gefangen gehalten wurde. Der Widerruf war erzwungen. Am Ende der Erklärung, die wir soeben eingereicht haben, bekräftigt Mr Cooper noch einmal seine ursprüngliche Aussage.«

Reporter im Gerichtssaal hämmerten mit fliegenden Fingern auf ihre Laptops ein. Das war mal eine Geschichte! Weil Berufungsanhörungen normalerweise fade Angelegenheiten waren, waren heute nur ein paar Hartnäckige aufgetaucht.

Aber ihr Entzücken war beinahe greifbar. Und ich konnte mir ihre Schlagzeile schon jetzt vorstellen: *Juraprofessor unter Verdacht der Zeugennötigung!*

Das Motto des Berufungsgerichtes von Georgia wurde Realität. Hier wurde wirklich der Gerechtigkeit Genüge geleistet!

Als Thornton seine Argumentation beendet hatte, gab die Vorsitzende Mace James fünf Minuten Zeit für eine Erwiderung. James stellte sich hinters Rednerpult, hielt sich daran fest und starrte Thornton einen Moment an, bevor er sich an die Richter wandte.

»Diese eidesstattliche Erklärung ist ganz offensichtlich falsch«, sagte er, und man hörte jedem Wort an, dass er vor Wut kochte. »Ich wüsste gerne, was die Staatsanwaltschaft Mr Cooper angeboten hat, um sie zu bekommen.«

»Herr Anwalt«, warnte die Vorsitzende scharf, »lassen Sie die persönlichen Angriffe sein!«

»Aber, Euer Ehren, genau das ist diese ganze Erklärung doch! Die Staatsanwaltschaft benutzt einen dreimal verurteilten Verbrecher, um *mich* persönlich anzugreifen. Er hat in seiner Aussage im Prozess gelogen, und jetzt lügt er wieder.«

»Haben Sie ihn aus einer Bar in Nashville geholt und bedroht?«, fragte Richter Sherman. Der ehemalige Staatsanwalt kannte die Tricks der Strafverteidiger nur zu gut.

»Vor diesem Zwischenfall in der Bar hat einer meiner Ermittler ein Geständnis von Mr Cooper aufgezeichnet, dass er im Prozess gelogen hatte. Weil die Qualität dieser Aufnahme nicht gut war, haben wir ihn tatsächlich am Abend vor der geplanten Hinrichtung meines Mandanten aus einer Bar in Nashville geholt, um ihn so weit auszunüchtern, dass wir eine zweite Aufnahme machen und eine eidesstattliche Erklärung aufzeichnen konnten.«

»Haben Sie ihm gedroht, ihn wegen Drogenvergehen anzuzeigen, wenn er nicht kooperiert?«, fragte Sherman, in dessen Stimme die Verärgerung deutlich zu hören war.

James zögerte, und ich wusste, die Richter hatten ihn erwischt.

»Er hatte Drogen in seinem Besitz, Euer Ehren. Ich habe ihm gesagt, wenn er nicht die Wahrheit sagte, würde ich ihn ausliefern. Aber er hatte schon vorher zugegeben, dass seine Aussage im Prozess falsch war.«

»Haben Sie den Behörden gesagt, dass Mr Cooper im Besitz von Drogen war?«

Er zögerte wieder, und die Röte kroch an Mace James' Hals hinauf, verschluckte seine Tätowierung und färbte seinen kahlen Kopf. »Nein. Ich sah mich dazu nicht verpflichtet.«

»Aber Sie hätten es getan, wenn er Ihre eidesstattliche Erklärung nicht unterschrieben hätte?«

»Ich weiß nicht.«

Sherman beugte sich vor. »Haben Sie ihm gesagt, Sie würden ihn wegen Drogenbesitzes bei der Polizei anzeigen, wenn er Ihnen keine eidesstattliche Erklärung liefert, in der er seine vorherige Zeugenaussage widerruft – ja oder nein?«

»Ja. Aber das bedeutet nicht, dass die Erklärung unwahr ist.«

»Darüber werden wir urteilen.«

43

Aufgeregtes Gemurmel herrschte, als die Richter den nächsten Fall aufriefen. James stürmte aus dem Saal, ohne den Staatsanwälten die Hände zu schütteln.

Caleb Tate folgte ihm auf den Fersen. Ich wartete, bis beide weg waren, und folgte ihnen dann hinaus; ich konnte meine Aufregung kaum im Zaum halten. Ich wartete noch eine Weile im Flur und dankte Andrew Thornton.

»Das lief nicht genau, wie ich es mir erhofft hatte«, gab er zu. »Aber ich denke, wir werden die richtigen Ergebnisse bekommen.«

»Sie werden auf keinen Fall einen neuen Prozess anordnen«, sagte ich. »Und ich weiß es zu schätzen, dass Sie da drin alles gegeben haben, um sicherzugehen, dass Gerechtigkeit geschieht.«

Thornton zuckte die Achseln. Er wirkte zurückhaltend und nett, aber ich wollte trotzdem lieber Bill Masterson als Georgias nächsten Generalstaatsanwalt haben. Masterson erweckte Vertrauen; Thornton erweckte Mitleid.

»Heißt das, ich kann auf Ihre Stimme zählen?«, fragte er mit einem listigen Lächeln.

Ich lächelte zurück. »Nur, wenn Sie die republikanische Vorwahl ohne mich gewinnen.«

Reporter warteten auf uns beide. Ich sagte ihnen, ich würde keine Fragen beantworten, und machte mich in Richtung Aufzüge davon. Ich fuhr ins Erdgeschoss und ging gerade durch die Eingangshalle, als ich aus dem Augenwinkel Caleb Tate sah. Er steuerte auf mich zu, und ich ging weiter, den Blick stur geradeaus gerichtet.

»Jamie, haben Sie einen Augenblick Zeit?«

Ich ging nicht langsamer. »Warum? Damit Sie mir wieder eine Falle stellen und mich in der Presse falsch zitieren können?«

Er ging jetzt neben mir her. »Ich muss über meinen Fall reden. Es gibt da etwas, das Sie zu Ihrem eigenen Besten wissen sollten. Sie müssen kein Wort sagen – hören Sie einfach nur zu.«

Ich hatte fast die Tür erreicht, bevor ich stehen blieb, um mich ihm zuzuwenden. »Verzeihen Sie mir, aber wenn jemand, der Lügen über mich erzählt hat, noch einmal mit mir sprechen will, bin ich ein bisschen skeptisch. Außerdem habe ich dank Ihres Einflusses auf die anderen Häftlinge im Gefängnis von Milton County eine Menge Arbeit.« Ich wandte mich ab und drückte die Tür auf.

»Es betrifft Ihren Vater«, sagte Tate, was mich erstarren ließ. Er zog ein Diktiergerät aus seiner Anzugstasche und hielt es mir hin. »Hier. Sie können jedes Wort des Gesprächs aufzeichnen und das Band behalten. So müssen Sie sich keine Sorgen machen, dass ich *vermeintlich* falsch auslege, was gesagt wurde.«

Ich dachte kurz darüber nach. Es gab ein altes Sprichwort, dass jeder Anwalt, der sich selbst verteidigte, einen Narren als Mandanten hatte. Der Grund war einfach – Anwälte hielten sich für schlauer, als gut für sie war. Sie glaubten, die Regeln gälten für sie nicht. Und eine der Hauptregeln war, dass kein Angeklagter jemals mit einem Staatsanwalt sprechen sollte, ohne dass ein Anwalt anwesend war.

»Sie werden von Mace James vertreten«, sagte ich, immer noch in der Tür stehend. »Ich sollte nicht einmal mit Ihnen reden.«

Ein Paar kam durch die Tür, die ich jetzt offen hielt, und Tate trat einen Schritt näher und schaltete den Rekorder ein. Er nannte seinen Namen, den Ort und die Zeit unseres Gesprächs. »Ich verzichte auf mein

Recht auf die Anwesenheit eines Anwaltes, und ich habe ausdrücklich darum gebeten, dass sich Ms Brock anhört, was ich zu sagen habe. Sie hat mich informiert, dass ich das Recht auf die Anwesenheit eines Anwaltes habe, aber ich habe ihr ausdrücklich gesagt, ich wolle ohne meinen Anwalt mit ihr sprechen.«

Er schaltete das Band ab und spulte zurück, damit ich seine Stimme hören konnte. »Gut genug?«, fragte er. Er reichte mir den Rekorder und diesmal nahm ich ihn.

»Gehen wir da rüber in die Ecke«, sagte ich.

Wir gingen schweigend ans andere Ende der Eingangshalle. Ich machte ein paar Testaufnahmen, um sicherzugehen, dass die Maschine richtig funktionierte. »Reden Sie«, sagte ich.

Tate räusperte sich und sah mich an, um meinen Gesichtsausdruck zu sehen, während er sprach.

»Hier spricht Caleb Tate, und ich bin unschuldig. Ich habe Rikki geliebt, und ich hätte ihr niemals wehgetan.«

Ich trat vom linken auf den rechten Fuß, stützte die linke Hand auf die Hüfte, mit der Rechten hielt ich das Aufnahmegerät zwischen uns. Ich wusste, Tate konnte meine Ungeduld deutlich sehen. *Das beeindruckt mich nicht.*

»Jamie, wir wissen beide, Sie können ohne Rafael Rivera keinen Fall gegen mich aufbauen. Und er hat mehr Glaubwürdigkeitsprobleme, als Ihnen klar ist. Weil ich sein Anwalt war, kann ich Ihnen im Moment nicht sagen, was das für Probleme sind. Aber wenn Rivera in den Zeugenstand tritt und gegen mich aussagt, entlässt er mich automatisch aus der anwaltlichen Schweigepflicht, und ich werde über jedes Gespräch aussagen können, das wir je geführt haben.«

»Worauf wollen Sie hinaus?«

Tate schaute über meine Schulter und dann wieder mir ins Gesicht. »Lassen Sie mich einen Moment hypothetisch sprechen – nur, damit Sie die Bedeutung dessen verstehen, was ich zu sagen versuche. Sagen wir mal hypothetisch, mein Mandant kam zu mir und sagte mir, er wolle einen gewissen Richter bestechen, damit er freigesprochen wird. Sagen wir, er habe explizit Cynthia Snowden erwähnt, eine Richterin, die im Ruf steht, die Hand aufzuhalten. Sagen wir, ich weigerte mich, und mein

Mandant sagte, ich werde das noch bereuen. Sagen wir, derselbe Mandant kam später zu Ihnen und bot an, gegen mich auszusagen.«

Tate sah mich an, als sollten Glühbirnen in meinem Kopf angehen. Aber nichts davon schien unseren Fall zu torpedieren. Es stand immer noch Riveras Wort gegen Tates.

»Das ist alles? Sie tun so geheimnisvoll, nur um mir das zu sagen?«

»Wir sprechen immer noch hypothetisch, richtig?«

»Klar«, sagte ich, auf sein Spiel eingehend. Er hatte schon einen Teil seiner Strategie für Riveras Kreuzverhör preisgegeben. Vielleicht erzählte er mir noch mehr.

»Was, wenn ich beweisen könnte, dass Richterin Snowden wirklich die Hand aufgehalten hat? Das würde meine Version doch untermauern, oder etwa nicht? Was, wenn ich Ihnen die Namen dreier Strafverteidiger nennen könnte, die vor Richterin Snowden ungewöhnlich gute Ergebnisse erzielt haben? Würden Sie Rivera dann trotzdem noch in den Zeugenstand holen?«

Ich spürte, dass Tate eine Menge ungesagt ließ. Und ich war nicht so dumm, Fragen von einem Widerling wie ihm zu beantworten. »Vielleicht haben Sie nur Gerüchte gehört, Richterin Snowden sei bestechlich, und haben sich eine Geschichte rund um diese Gerüchte zusammengesponnen, um sich selbst glaubhafter zu machen. Ob ich Rafael Rivera trotzdem in den Zeugenstand rufen werde – da müssen Sie wohl zum ersten Prozesstag erscheinen und es selbst herausfinden.«

»Clever … aber vielleicht wird das Ihre Meinung ändern.« Er griff in die Tasche seiner Anzugsjacke und zog ein gefaltetes Stück Papier heraus, das er mir gab. »Das sind die Namen der drei Strafverteidiger, die unerklärliche Urteile von Richterin Snowden bekommen haben. Prüfen Sie sie selbst. Ich denke, Sie werden feststellen, dass die Richterin definitiv Leute bevorzugt.«

Ich steckte das Stück Papier in die Tasche, ohne einen Blick darauf zu werfen. »War das alles?«

»Sie können den Rekorder behalten«, sagte Tate. »Ich wünsche Ihnen einen schönen Tag.«

Ich grinste ihn an. »Für den Fall, dass Sie es vergessen haben – den habe ich schon.«

* * *

Ich wartete, bis ich in meinem Wagen in der Parkgarage saß, bevor ich das Papier auseinanderfaltete. Die ersten zwei Namen waren Verteidiger, die schon lange in Atlanta waren und bekannt dafür waren, beeindruckende Urteile abzuräumen. Sie waren Tates Konkurrenten, und ihre Namen auf der Liste zu sehen, überraschte mich nicht. Aber der dritte Name machte mich schwindelig. Die Achterbahnfahrt meines Lebens war soeben in eine atemberaubende Talfahrt übergegangen. Ich starrte ungläubig auf das Papier. Ich wusste, das konnte nicht stimmen, aber ich war schockiert, dass Caleb Tate die Dreistigkeit besaß, es auch nur anzudeuten.

Der Mann, den ich mehr als jeden anderen auf der Welt verabscheute, hatte in säuberlichen Druckbuchstaben den Namen meines eigenen Vaters geschrieben: *Robert James Brock*.

44

Mace James verließ den Gerichtssaal und hielt den Kopf gesenkt, während Reporter ihn mit Fragen bombardierten. Er wäre am liebsten stehen geblieben, um ihnen die ganze Geschichte zu erzählen, aber er wusste, dass er Teile davon besser für sich behielt. Er nahm die Treppe, um dem Risiko zu entgehen, dass die Reporter mit ihm in den Aufzug sprangen.

Als Mace endlich die Einsamkeit seines Wagens erreicht hatte, ging sein erster Anruf an die Dekanin der Southeastern Law School. Sylvia Ellison hob beim zweiten Klingeln ab.

»Es gibt da etwas, das Sie am besten von mir hören sollten«, sagte Mace. »Es hat mit einer Anhörung im Fall Marshall am Berufungsgericht zu tun.«

Zehn Minuten lang erzählte Mace ihr die Geschichte von Freddy Cooper, unterbrochen nur von gelegentlichen Ausrufen der Überraschung und Sorge von Dekanin Ellison. Sie hatte Mace vor sechs Jahren eingestellt, hatte sich für ihn aus dem Fenster gelehnt und war eine seiner größten Fürsprecher. Aber heute hätte er nicht sagen können, wie sie die Sache aufnahm. Als er fertig war, stellte sie ein paar prägnante Fragen und schwieg dann eine Weile. Mace wartete ab.

»Wir haben ein ernstes Problem«, sagte sie. »Wenn Sie Mandanten unserer Beratungsstelle vertreten, handeln Sie nicht im eigenen Namen. Sie repräsentieren dadurch auch die Universität. Ich werde mir deswegen einiges von den anderen Professoren und Alumni anhören müssen.«

»Ich weiß, Sylvia. Es tut mir leid.«

»Ich brauche ein bisschen Zeit, um das zu verarbeiten. Kommen Sie morgen früh um acht in mein Büro. Vielleicht werden auch Elias und John da sein.«

Elias war der wissenschaftliche Leiter der Universität. John war Vorsitzender des Stiftungsrats der Universität und geschäftsführender Teilhaber einer großen Kanzlei in Atlanta. Es war wie ins Büro des Direktors gerufen zu werden und zu wissen, dass beide Eltern da sein würden.

»Okay«, sagte Mace. »Ich ziehe meine kugelsicheren Unterhosen an.«

»Wir sehen uns morgen«, sagte Sylvia. Es schien, als habe die Dekanin ihren Sinn für Humor verloren.

* * *

Auf dem Weg nach Jackson rief Mace ein paar Kollegen an der Uni an, um ihnen seine Seite der Geschichte zu erzählen. Außerdem ein paar Freunde, bei denen er nicht wollte, dass sie die Geschichte aus den Nachrichten erfuhren.

Sie waren schon auf seiner Seite, bevor er auch nur die Hälfte der Fakten erzählt hatte. Sein letzter Anruf, bevor er am Gefängnis in Jackson ankam, ging an seinen Pastor. Der Mann hörte geduldig zu und versprach, für Mace zu beten.

Das Gespräch, das Mace am meisten gefürchtet hatte, fand zehn Minuten später statt. Durch Glas von seinem Mandanten getrennt, einen Telefonhörer am Ohr, gab Mace Antoine einen detaillierten Bericht der Anhörung.

Antoines Augen wurden groß wie Untertassen, und Tränen begannen sich darin zu sammeln, während Mace fortfuhr. Antoine hielt das Telefon fest umklammert und hatte Mühe, die Fassung zu wahren.

»Sie wissen nicht, wie viel ich gebetet habe«, sagte Antoine, als Mace fertig war. »Ich habe seit drei Tagen nichts gegessen, weil die Bibel sagt, wir sollen fasten. Warum hasst Gott mich so?«

Mace wusste, er hatte keine befriedigenden Antworten für einen Mann, der schon elf Jahre hinter Gittern verbracht hatte für etwas, das er nicht getan hatte. »Ich weiß nicht, was los ist«, gab Mace zu. »Aber ich weiß, Sie standen schon einmal nur drei Stunden vor dem Tod, und Gott hat Ihr Leben verschont. Sie sollten jetzt nicht aufgeben.«

Antoine zuckte die Achseln, seine hängenden Schultern signalisierten totale Niedergeschlagenheit. »Sie sind ein guter Anwalt, Mace. Aber Sie können nicht gegen das System gewinnen. Vielleicht ist es an der Zeit, dass wir aufhören, es zu versuchen. Verwenden Sie Ihre Zeit auf jemanden, der eine Chance hat.«

»Ich gebe nicht auf«, versprach Mace. Er versuchte, überzeugter zu klingen, als er sich fühlte. »Ich werde jetzt erst warm.«

»Na klar«, murmelte Antoine, tief in Selbstmitleid versunken. »Vielleicht sollte ich dem Staat einfach ein bisschen unter die Arme greifen. Alle glücklich machen. Es ein für alle Mal beenden.«

Mace beugte sich vor. Hätte er durch die Glasscheibe greifen können, er hätte seinen Mandanten geschüttelt, bis er wieder zur Vernunft kam. »Sagen Sie das nie wieder!«, sagte er fest. »Wir bekommen Sie hier raus!«

45

Als ich wieder im Büro ankam, hatte ich gerade genug Zeit, um mir meine Akten zu schnappen und rechtzeitig zum Beginn der Nachmittagssitzung im Gericht zu sein. Vor der Anhörung am Berufungsgericht war ich zu nervös gewesen, um groß zu frühstücken, und jetzt hatte ich das Mittagessen ausgelassen. In Gedanken war ich eine Million Meilen vom Gerichtsgebäude entfernt. Ich musste beweisen, dass Caleb Tate unrecht hatte, was meinen Vater anging.

Die Behauptung, mein Vater habe Richterin Snowden bestochen oder erpresst, war lächerlich. Das widersprach allem, was ich über seinen Charakter wusste. Aber Caleb Tate hatte seine Behauptung mit solcher Überzeugung vorgebracht und mich aufgefordert, es selbst nachzuprüfen. Er hatte es geschafft, einen winzigen Zweifel in mir aufkeimen zu lassen. Und dieser Keim hatte sich inzwischen zu hundert Was-wäre-wenn-Fragen ausgewachsen.

Was, wenn mein Vater bei Richterin Snowden wirklich unerklärlich gute Ergebnisse erzielt hatte, auch wenn er nichts Illegales getan hatte? Was, wenn Tate die Wahrheit über seinen ehemaligen Mandanten Rafael Rivera sagte? Was, wenn – und ich konnte es nicht fassen, dass ich mich das überhaupt fragte – mein Vater etwas gegen Richterin Snowden in der Hand gehabt hatte? Was, wenn das alles publik wurde? Würde Antoine Marshall einen neuen Prozess bekommen? Und falls ja, wie konnten wir jetzt eine Verurteilung bekommen, wo mein Vater, der einzige Augenzeuge des Verbrechens, tot war?

Diese Fragen nagten an mir, während Richter Pipes, ein Ersatzrichter, der aus der Rente geholt worden war, um in der Deal-Krise auszuhelfen, die Nachmittagsanhörung eröffnete. Ich hatte ungefähr fünfzehn Fallakten vor mir auf dem Tisch gestapelt. Es waren alles Bewährungsverstöße und Kautionsaufhebungen – die Art von Dingen, die das Gericht normalerweise mit äußerster Effizienz abwickelte.

Angeklagte, die gegen ihre Bewährungsauflagen verstoßen hatten, kamen herein und baten den Richter um eine weitere Chance. Ich drückte die Enttäuschung der Staatsanwaltschaft über Verurteilte aus, die eine zweite Chance bekommen hatten und nun dem Gericht eine lange Nase machten. Die Richter verhängten normalerweise die Strafe, die ich vorschlug, und legten gratis noch einen harschen Vortrag drauf.

Aber an diesem Nachmittag verhängte Richter Pipes, der während seiner aktiven Zeit einer der härteren Richter gewesen war, leichte Strafen und setzte niedrige Kautionen fest. Meine Empfehlungen für liebevolle Strenge wurden ignoriert.

Nach der Hälfte begann ich energischer zu argumentieren und nahm die Angeklagten ausführlich ins Kreuzverhör, um ihre eklatante Missachtung der Gesetze aufzuzeigen. Aber nichts davon schien Pipes zu kümmern. Am Ende des Tages wurde mir bewusst, dass sich eine neue Normalität in Milton County etabliert hatte: Statt auf die Staatsanwaltschaft zu hören, gingen die Richter gnädig mit gewaltlosen Straftätern um und machten damit Platz im Gefängnis für die schweren Verbrecher.

Um fünf kehrte ich ins Büro zurück und verglich meine Notizen mit anderen Staatsanwälten. Sie hatten dasselbe erlebt. Es war, als hätten sich die Richter zusammengetan und beschlossen, die Richtlinien für Strafzuweisungen zu ändern. Wenn sich das herumsprach, würde Milton County *der* Ort für Drogenbanden werden.

Wir hatten Runde eins verloren.

Ich rief sowohl Bill Masterson als auch Regina Granger an, erreichte aber nur ihre Anrufbeantworter. Ich schloss mich in meinem Büro ein, schaute nach meinen E-Mails und spielte im Internet herum. Ich versuchte, den Mut aufzubringen, unsere Datenbank auf Caleb Tates Behauptungen zu überprüfen.

Nachdem ich es eine halbe Stunde vor mir hergeschoben hatte, gab ich den Namen meines Vaters ins Feld für die Strafverteidiger ein und suchte seine Kriminalfälle in der Datenbank der Staatsanwaltschaft von Milton County. Ich begann zehn Jahre vor dem Tod meiner Mutter und sah mir jeden Fall an, den mein Vater vor Snowden und jedem anderen Richter im County verhandelt hatte. Ich machte mir Notizen und ordnete die Ergebnisse.

Als ich zwei Stunden lang mehr als dreihundert Akten überflogen hatte, rechnete ich die Ergebnisse zusammen und starrte ungläubig auf das Blatt. Mein Magen schmerzte, während die Wahrheit in mein Bewusstsein drang. Die Ergebnisse sprangen mich förmlich an, spotteten meiner Hoffnung, dass Caleb Tate die Ergebnisse meines Vaters aufgebauscht hatte.

Als Staatsanwälte gewinnen wir normalerweise ungefähr 90 Prozent unserer Fälle. Im Ganzen war mein Dad besser gewesen als die meisten Verteidiger und hatte nicht 10 Prozent, sondern fast 30 Prozent seiner Prozesse gewonnen. Aber von den vierzig Fällen in Richterin Snowdens Gerichtssaal hatte er neunundzwanzig gewonnen – mehr als 70 Prozent. Noch schlimmer: Ungefähr die Hälfte seiner Siege waren in Anhörungen zur Nichtzulassung von Beweismitteln oder anderen Anhörungen entschieden worden, in denen der Richter eine große Rolle spielte. Es war genau so, wie Caleb Tate es angedeutet hatte.

Mir war übel, als ich versuchte, mir Szenarien vorzustellen, die diese Ergebnisse erklären konnten. Vielleicht hatte mein Vater einfach verstanden, wie Richterin Snowden dachte, genauso wie ich bei einigen Dozenten bessere Noten bekommen hatte als bei anderen. Vielleicht hatte Snowden großen Respekt vor meinem Vater und gestand ihm unterbewusst einen Vertrauensbonus zu.

Okay, vielleicht hatte die Richterin also ihre Lieblinge. Machte sie das korrupt? Oder vielleicht mochte sie einfach nur die Strafverteidiger, die besser vorbereitet waren als die anderen. Nichts davon musste bedeuten, dass mein Vater oder Richterin Snowden etwas Falsches getan hatten.

Aber als gründliche Anwältin konnte ich die klaren Fakten nicht ignorieren. Mein Vater hatte 72 Prozent seiner Fälle vor Richterin Snowden gewonnen und nur 30 Prozent vor anderen Richtern. Bei keinem einzigen anderen Richter hatte er auch nur halb so viele Fälle gewonnen. Falls er nur besser vorbereitet gewesen war als andere Verteidiger oder schneller reagiert hatte oder die Ausreißer aufgrund seines Rufes erzielt hatte, warum galt das nicht auch bei anderen Richtern? Nicht nur das – bei Snowden schienen auch mehr Fälle meines Vaters vor Gericht gegangen zu sein als bei jedem anderen Richter.

Ich prüfte auch die Ergebnisse der anderen Richter auf Caleb Tates Liste nach. Auch sie gewannen ungefähr 70 Prozent ihrer Fälle bei Snowden. Dann prüfte ich ganz allgemein die Fälle, in denen Snowden den Vorsitz gehabt hatte. Ihre gesamte Verurteilungsrate lag bei ungefähr 90 Prozent. Was konnte erklären, dass die drei Anwälte auf Tates Liste 70 Prozent ihrer Fälle bei Snowden gewannen, während andere Verteidiger nur 10 Prozent gewannen?

Es war fast Mitternacht, als ich fertig war. Ich war seit drei Stunden nicht von meinem Computer aufgestanden. Der arme Justice tänzelte inzwischen wahrscheinlich mit zum Platzen gefüllter Blase im Haus herum. Aber ich war förmlich gelähmt, zu niedergeschlagen, um mich von meinem Bildschirm wegzubewegen, während die schonungslose Wahrheit in mein Bewusstsein drang. Ob mein Vater und Snowden etwas Illegales getan hatten oder nicht, war fast unerheblich. Die Tatsachen allein würden Mace James etwas Neues geben, um Alarm zu schlagen. Snowden hatte in fast allen Beweisanträgen gegen Antoine Marshall entschieden und sogar ein paar Fragen gestellt, um die Glaubwürdigkeit der Aussage meines Vaters nach Tates Kreuzverhör wiederherzustellen. Die Leute würden voreilige Schlüsse ziehen. Wo Rauch ist, würden sie behaupten, da muss auch Feuer sein. Der Ruf meines Vaters wäre ruiniert. Und falls Mace James Glück hatte, würde der Mörder meiner Mutter als freier Mann aus dem Gefängnis marschieren.

Meine einzige Alternative – eine, die mir genauso verabscheuungswürdig vorkam – war, das Verfahren gegen Caleb Tate einzustellen. Dann würden diese Zahlen niemals ans Licht kommen. Tate würde durch die Regeln der Berufsethik daran gebunden sein, nichts davon zu wiederholen, was Rafael Rivera ihm erzählt hatte, es sei denn, Rivera sagte im Zeugenstand gegen ihn aus. Aber wie konnte ich einen Mörder wie Tate freilassen, nur um den Ruf meines Vaters zu schützen?

Ich war Staatsanwältin geworden, weil ich an das Rechtssystem glaubte. Staatsanwälte standen auf der Seite der Engel. Doch plötzlich war alles düster und unklar. Ohne mein Zutun hatte sich das Schicksal gegen mich verschworen.

Ich fuhr meinen Computer herunter und zwang mich, kurz nach Mitternacht das Büro zu verlassen. In manchen Nächten hasste ich es, Staatsanwältin zu sein.

46

Ich schlief unruhig in dieser Nacht, wachte mehrmals auf und betete, dass das Ganze nur ein Albtraum war. Um drei Uhr morgens dachte ich darüber nach, eine Schlaftablette zu nehmen, aber mir war klar, dass ich dann nicht rechtzeitig zur Arbeit aufwachen würde. Um halb fünf, nachdem ich eine halbe Stunde wach gelegen und an die Decke gestarrt hatte, gab ich mich geschlagen und stand auf. Ich zog mir meinen Jogginganzug über, und Justice rollte sich zu mir herum und sah mich an, als sei ich verrückt. Ich tapste ins Büro meines Vaters nach unten, setzte mich auf seinen Stuhl und fing an, die Schubladen seines Schreibtisches zu durchsuchen, als könnte ich darin den Schlüssel zu seinem Charakter finden. Konnte ich mich in jemandem so getäuscht haben, den ich so gut kannte?

In der obersten linken Schublade lagen ein paar alte Familienfotos. Chris, Mom, Dad und ich, lächelnd im Urlaub. Ich war fünfzehn, und meine Haare sahen aus wie ein Rattennest. Fotos von mir aus meinen Collegetagen bei Kajakrennen und ein paar von den olympischen Qualifikationswettkämpfen, bei denen mir ein Platz für die Qualifikation gefehlt hatte. Es gab ein paar von Chris mit Hut und Robe bei der Abschlussfeier seines Seminars, Dad auf einer Seite neben ihm, ich auf der anderen. Noch ein Familienfoto aus meinen Mittelstufenjahren; Mom hatte sich selbst aus dem Bild abgeschnitten. Vor ihrem Tod hatten wir uns immer über sie lustig gemacht - meine Mom, die Psychologin, die schwor, sie könne nicht fotografieren. Wir sagten, sie müsse an ihrem Selbstbild arbeiten.

Bei Antoine Marshalls Mordprozess hatte Masterson das Foto als Beweisstück verwendet und während seines Schlussplädoyers benutzt: »Das hat Antoine Marshall dieser Familie angetan.«

Weiter unten in der Schublade lagen ein paar vergilbte Blätter Papier aus meiner früheren Kindheit; das Papier mit den weiten Linien, das man zum Schreibenlernen benutzt. Auf eines davon hatte ich in die untere rechte Ecke ein Bild von mir selbst mit meiner weißen Kappe und der Robe bei der Abschlussfeier der Vorschule geklebt. Auf dieselbe Seite hatte ich zwei Bonbons geklebt, die nach all den Jahren nicht mehr rot, sondern weiß waren. In großen Blockbuchstaben hatte ich geschrieben: *Ich hab dich lieb, Dad. Jamie.*

Unter dieser Erinnerung fand ich ein Buch, das ich in der zweiten Klasse gebastelt hatte. Unsere Lehrer hatten uns über unsere Helden schreiben lassen. Mir war die Wahl nicht leichtgefallen, aber schließlich war ich bei meinem Dad gelandet. Sogar heute erinnerte ich mich noch daran, was für ein schlechtes Gewissen ich gehabt hatte, dass ich ihn und nicht meine Mom gewählt hatte. Ich hatte sogar mit meiner Mutter darüber gesprochen. Sie war so begeistert gewesen, dass wir stundenlang gemeinsam an dem kleinen Buch gearbeitet hatten. Der Vater meiner

Mutter hatte ihre Familie verlassen, als sie in der Grundschule gewesen war, und sie sagte, sie habe immer gebetet, dass ihre Kinder eine besondere Beziehung zu ihrem Vater haben würden.

Ich las das Buch durch, jetzt kullerten mir Tränen über die Wangen, und ich war mir irgendwie sicher, dass mein Vater niemals betrogen hätte, um seine Mandanten freizubekommen. Es lag an mir, seinen Ruf zu retten. Antoine Marshall hatte meine Mutter getötet. Ich konnte nicht zulassen, dass mein Vater von seinem Anwalt vernichtet wurde.

* * *

Mace James achtete darauf, sämtliche Zeitungs- und Fernsehberichte zu meiden, bevor er sich am Dienstagmorgen mit Dekanin Ellison traf. Er trug seinen besten blauen Nadelstreifenanzug und ein weißes Oxford-Hemd. Man sollte als Mann gut angezogen sein, wenn man sich dem Erschießungskommando stellte.

Die Dekanin bat Mace in ihr Büro, und er tauschte knappe Begrüßungen mit Elias Gonzales und John Shaw aus.

Ellison hatte ein großzügiges Büro mit einem verschnörkelten Schreibtisch und einem runden Konferenztisch, an dem sie zu viert bequem Platz gehabt hätten.

Aber Mace hatte noch nie gesehen, dass sich Ellison mit jemandem an den Tisch setzte. Stattdessen nahmen sie und die anderen, wie es ihre Angewohnheit war, am anderen Ende des Büros Platz, wo zwei Lehnsessel, ein Couchtisch und ein kleines Sofa Besuchern eine gemütliche Atmosphäre boten. Gonzales und Shaw setzten sich auf die Couch. Mace setzte sich in einen der Sessel, und die Dekanin nahm ihm gegenüber im anderen Platz.

»Etwas zu trinken?«, fragte sie.

»Danke, nein.«

»Haben Sie heute Morgen die Zeitung gelesen?«, fragte Shaw. Als geschäftsführender Teilhaber einer der größten Kanzleien in Atlanta war Shaw stolz auf seinen Ruf und auf den der Universität. Er hütete sie beide wie ein Rottweiler.

»Nein.«

Shaw legte die Zeitung auf den Couchtisch. Es war ein langer Artikel, Seite eins, Lokalteil. »Glückwunsch«, sagte Shaw.

Mace reagierte nicht.

»Mace, bevor wir darüber reden, wie wir vorgehen sollten, denke ich, es könnte hilfreich für uns sein, Ihre Version der Geschehnisse zu hören«, schaltete sich Dekanin Ellison ein. »Wie wäre es, wenn Sie von vorn erzählen, und wir können Zwischenfragen stellen?«

Mace räusperte sich, überrascht, wie nervös er war. Seine Stimme war heiser, als er anfing, aber irgendwann entspannte er sich ein wenig. Als er zu der Kneipenschlägerei kam, zog John Shaw eine ungläubige Grimasse. »Diesen Aspekt haben die Zeitungen noch nicht einmal herausgefunden«, sagte er. »Dass Sie eine Prügelei inszeniert haben, um diesen Kerl entführen zu können – warten Sie nur ab, wenn *das* herauskommt.«

»Lassen Sie ihn ausreden«, sagte Gonzales.

Von da an lieferte Mace ihnen die gekürzte und leicht bereinigte Version und endete mit der Anhörung vor dem Berufungsgericht Georgia.

Als er fertig war, wandten sich die Köpfe Dekanin Ellison zu. Mace wusste, dass Shaw ihn loswerden wollte. Gonzales hatte Mace immer gemocht, hauptsächlich, weil der sich nicht über zu viel Arbeit beschwerte wie die anderen Professoren. Aber die Entscheidung lag bei der Dekanin.

Sie zögerte etwas zu lange für John Shaws Geschmack. »Ich habe fünf verschiedene Verstöße gegen die Ethik gezählt, falls jemand eine Liste braucht«, sagte er.

»Und die Hinrichtung eines unschuldigen Mannes wurde verschoben«, fügte Mace sarkastisch hinzu. »Aber vielleicht gehört das in Ihrer Welt nicht auf die Liste.«

»In meiner Welt heiligt der Zweck nicht die Mittel«, gab Shaw zurück.

»*Meine Herren*«, sagte die Dekanin. Als er ihren Tonfall hörte, schluckte Mace seinen verbalen Gegenschlag herunter. Er fühlte sich wie ein Schuljunge, der beim Raufen erwischt wurde.

Die Stimme der Dekanin wurde weicher. »Mace, was würden *Sie* vorschlagen?«

»Ich nehme an, dass der Titel ›Lehrer des Jahres‹ nicht mehr zur Debatte steht?«

Ellison schenkte ihm einen giftigen Blick.

»Entschuldigung«, sagte Mace. »Hören Sie – Sie haben mich eingestellt, um die kostenlose Rechtsberatung zu führen und unsere Mandanten mit Eifer und Pflichtbewusstsein zu vertreten. Und das geht nicht so sauber vor sich wie die Zivilrechtsfälle, die Mr Shaw in seiner hocheleganten Kanzlei bearbeitet. Ich bereue es, dass ich eine Grenze überschritten habe. Und es tut mir besonders leid, dass es ein schlechtes Licht auf die Universität geworfen hat und allen möglichen Kummer verursacht. Es ist keine Entschuldigung, aber ich frage mich einfach die ganze Zeit: Wie kann ich zu Antoine Marshalls Beerdigung gehen in dem Wissen, dass ich nicht alles Mögliche getan habe, um ihn zu retten?«

Mace senkte den Blick und hob ihn dann wieder zu Dekanin Ellison. »Tja, wenn ich Sie wäre, würde ich eine Entschuldigung von mir verlangen, und dann würde ich mich wahrscheinlich suspendieren, solange die Untersuchung der Anwaltskammer läuft. Ich bin mir sicher, Andrew Thornton hat mich schon gemeldet.«

Die Dekanin wandte sich an ihren Kollegen. »Elias?«

»Das klingt ganz gut. Ich würde von der Universität aus auch noch eine eigene Untersuchung anordnen, damit wir einen Bericht veröffentlichen können, mit dem ein paar mögliche Fragen der Öffentlichkeit beantwortet werden. Ich kann nicht gutheißen, was Mace getan hat, aber an Antoine Marshalls Stelle wäre ich froh, ihn auf meiner Seite zu haben.«

»John?«

»Sie wissen, wie ich darüber denke. Ich praktiziere schon seit vierzig Jahren. Es gibt immer Wege und Möglichkeiten, auch ohne die Regeln der Ethik zu verletzen. Wir haben alle zu lange und zu schwer für die landesweite Reputation unserer Universität gearbeitet, um sie mit derartigem Verhalten wieder ins Klo zu spülen.«

John warf einen anklagenden Blick zu Mace. »Offen gesagt, wenn Sie in meiner Kanzlei angestellt wären, hätte ich Sie inzwischen schon gefeuert.«

Offen gesagt, wenn ich in Ihrer Kanzlei angestellt wäre, hätte ich inzwischen schon Selbstmord begangen. Aber Mace sprach das nicht aus. Er würde Ellison nicht gewinnen, wenn er sich mit dem Vorstand anlegte.

Im Raum wurde es still, und dann seufzte die Dekanin. »Sie stellen mich vor ein ziemliches Dilemma, Mace. Ich mag Sie sehr. Die Studenten lieben Sie. Und Ihr Hintergrund hat die Universität bereichert. Aber warum sollten wir unsere Studenten dazu anhalten, den höchstmöglichen ethischen Maßstäben zu folgen, wenn wir gleichzeitig ein solches Verhalten billigen?«

Es war eine rhetorische Frage, und Mace versuchte nicht zu antworten. Er sah die Dekanin unverwandt an, während sie sich darauf vorbereitete, die Strafe auszusprechen. Er mochte diese Frau und respektierte ihre Rechtschaffenheit. Er konnte ihr keinen Vorwurf machen, falls sie ihn auf der Stelle feuerte. Sie musste für die ganze Universität mitdenken. Aber Maces Job war es, sich um seine Mandanten zu kümmern.

»Als ich Sie eingestellt habe, sagte ich Ihnen, Sie würden unter strengerer Beobachtung stehen als die anderen Professoren. Wegen Ihrer Vergangenheit gab es eine Menge Leute, die mich davor gewarnt haben, eine Zusammenarbeit mit Ihnen zu riskieren. Bisher waren Sie eine Bereicherung für die Universität, und ich werde das berücksichtigen. Aber gestern Abend habe ich sechsundachtzig E-Mails und Anrufe bekommen, in denen Ihre Entlassung gefordert wurde.

Besonders beunruhigend ist, dass Ihr jüngstes Verhalten ein wenig dem ähnelt, das Sie damals ins Gefängnis gebracht hat. Ich dachte, Sie hätten sich geändert, und ich habe meinen Kopf für Sie riskiert, Mace. Und Sie haben mich enttäuscht.«

»Es tut mir leid, Sylvia. Das meine ich wirklich ernst.«

»Ich glaube Ihnen. Aber das ändert nichts an den Ereignissen.« Noch ein tiefer Seufzer. Für die Dekanin war das dasselbe wie ein Schlag mit einem Richterhammer.

»Ich werde Sie mit sofortiger Wirkung für das restliche Studienjahr suspendieren. Bis dahin müsste die Untersuchung beendet sein. Ich werde Ihre Stelle freihalten, und Sie können sich zusammen mit anderen Kandidaten im Sommer neu bewerben. Wir werden mit unserer Entscheidung bis nach dem 7. August warten.«

Mace war klar, was das bedeutete. Der 7. August war das neue Datum für Antoines Hinrichtung. Bis dahin würden die Gerichte über Maces Antrag entschieden haben, und die Untersuchung seines Verhaltens würde beendet sein. Dekanin Ellison gab ihm jede Chance, seinen Namen reinzuwaschen.

»Danke«, sagte Mace.

»Die meisten Leute bekommen niemals eine Chance zur Wiedergutmachung«, sagte Dekanin Ellison. »Sie haben jetzt zwei bekommen. Machen Sie diesmal das Beste daraus.«

»Ich glaube, Sie machen hier einen Fehler, Sylvia«, schaltete sich John Shaw ein. »Diese Sache wird nicht einfach verschwinden, wenn wir nicht rigoros durchgreifen.«

»Ich bin nicht daran interessiert, dass diese Sache verschwindet. Ich bin daran interessiert, für die richtige Sache einzutreten.«

Shaw schüttelte den Kopf und blickte finster drein. Mace hoffte, der Mann werde eines Tages selbst einmal auf der Anklagebank sitzen. Für einen Anwalt wie Shaw, der ein geborgenes Leben geführt hatte, war Gnade nur ein Konzept, und zwar eines, das ständig die wahre Anwendung der Gerechtigkeit störte. Aber für Männer wie Mace, denen schon viel vergeben worden war, war Gnade wie die Luft zum Atmen. Ohne konnte man einfach nicht überleben.

47

Jimmy Brandywine war ein Verlierer in jeder Hinsicht. Er war weich und teigig, mit einem schiefen Zahn und lockigen braunen Haaren. Sogar mit einunddreißig wuchs ihm noch kein richtiger Bart; die Stoppeln in seinem Gesicht zählten wohl kaum. Er litt erwiesenermaßen an paranoider Schizophrenie und war seinen vorherigen beiden Anwälten gegenüber handgreiflich geworfen, wenn seine Medikation nicht gestimmt hatte. Vor seiner Verhaftung hatte er bei seiner Mutter gewohnt und war vierzehn Monate lang mit Unterbrechungen arbeitslos gewesen. Die Polizei hatte ihn im Zuge einer verdeckten Ermittlung in einem Pornoring hochgenommen und Hunderte von kinderpornografischen Bildern auf seinem Computer gefunden.

Jimmy war seit sechs Monaten im Gefängnis, als seine neue Anwältin einen Monat vor dem Prozess behauptete, Jimmy sei nicht in der Lage, zu seiner eigenen Verteidigung beizutragen. Rowena Guilford, eine der am schwersten arbeitenden Pflichtverteidigerinnen, die ich kannte, argumentierte, dass Jimmy wiederholt von anderen Gefangenen missbraucht worden sei. Dieser Missbrauch habe seine bereits vorher bestehenden psychischen Probleme verstärkt und in den Wahn abgleiten lassen. Ihrem Antrag zufolge glaubte Jimmy jetzt, die ganze Welt habe sich gegen ihn verschworen – inklusive seine eigene Anwältin. »Der Angeklagte kann seine eigene psychotische Vorstellungswelt nicht mehr von der Realität unterscheiden und ist daher nicht verhandlungsfähig«, schrieb sie.

Kurz danach wurde Jimmy von Dr. Aaron Gillespie untersucht, der erklärte, der Angeklagte sei doch verhandlungsfähig. Das Gericht stimmte zu. Und so begann der Prozess am Dienstagmorgen.

Richter Whitaker war ein massiger schwarzer Jurist, der dafür bekannt war, bedacht und unparteiisch zu sein. Rowena Guilfords Rat folgend, hatte Jimmy auf sein Recht auf einen Geschworenenprozess verzichtet; Richter waren im Allgemeinen gnädiger bei Anklagen wegen Pornografie. Aber bevor Whitaker die Richterbank betrat und die Verhandlung eröffnete, kam Rowena zu mir an den Tisch. »Ich würde gerne über einen Deal reden«, sagte sie.

Und zu jedem anderen Zeitpunkt wäre das zu erwarten gewesen. Wir hatten einen Fall, den wir nicht verlieren konnten – die Polizei hatte Brandywines Computer durchsucht und pornografische Bilder von minderjährigen Mädchen gefunden. Aber in den vergangenen zwei Wochen hatte kein einziger Angeklagter versucht, einen Deal zu schließen.

Ich versuchte mich zu zieren. »Wozu soll das gut sein? Wir haben ihn auf frischer Tat ertappt.«

Rowena sah mich finster an. »Hören Sie auf mit dem Mist, Jamie. Wir wissen alle, dass hier alles den Bach runtergeht. Mein Mandant ist bereit, sich schuldig zu bekennen und sein Leben zu riskieren, wenn er aus den Gefängnismauern rauskommt. Er bittet Sie, dem Richter drei Jahre vorzuschlagen und alles, bis auf die sechs Monate, die er schon abgesessen hat, auf Bewährung auszusetzen.«

Ich höhnte: »Sie wollen, dass er sich schuldig bekennt und hier rausgeht, ohne noch einen einzigen Tag abzusitzen?«

Rowena senkte die Stimme. »Er ist bereit zu kooperieren. Ich hatte seit fast drei Wochen keinen Mandanten mehr, der bereit war zu kooperieren. Das könnte die Blockade durchbrechen, Jamie.«

Sie zögerte und runzelte die Stirn, als versuche sie, sich selbst von etwas zu überzeugen. »Hören Sie, wenn Sie wollen, dass er noch ein paar Monate absitzt und dafür sorgen können, dass er in Isolationshaft kommt und rund um die Uhr bewacht wird, kann ich das wahrscheinlich auch hinbiegen.«

Ich sah mich im Gerichtssaal um. Es saßen ein paar Leute in den Rängen, aber niemand konnte uns hören. Der Angeklagte war noch nicht hereingeführt worden. »Sie wissen, dass ich keine Deals mache, Rowena. Vor allem nicht bei Besitz von Pornografie.«

»Er hat niemanden verletzt. Er ist keiner Gewalttat angeklagt.«

Das empörte mich. *Niemanden verletzt?* »Es gibt Fotos Hunderter nackter Mädchen auf seinem Computer, und einige von ihnen sind erst elf oder zwölf Jahre alt. Sagen Sie mir nicht, dass er niemanden verletzt hat!«

»Das meinte ich nicht, Jamie. Reden Sie zumindest mit Ihrem Boss darüber. Dieser Kerl wird im Gefängnis so misshandelt, dass er alles tun würde, um herauszukommen, selbst auf die Gefahr hin, dass ihn draußen irgendwer abknallt. Wir werden nie einen passenden Fall bekommen, um diesen Stillstand zu durchbrechen.«

»Ich schaue, was ich tun kann.«

Ich ging hinaus in den Flur und rief Bill Masterson an. Eilig erklärte ich ihm die Einzelheiten und erwartete, dass er von mir verlangen würde, den Deal einzugehen. Stattdessen hatte er dieselben Bedenken wie ich.

»Wir können unseren ersten Deal nicht mit einem Kerl machen, der sich Kinderpornos herunterlädt«, sagte er. »Wir reißen uns seit zwei Wochen den Hintern auf und versuchen, mit der Menge an Fällen Schritt zu halten. Wir können jetzt nicht einknicken und anfangen, Deals zu verteilen, die wir nicht eingegangen wären, bevor die Angeklagten mit diesem Schwachsinn angefangen haben.«

»Ich bin Ihrer Meinung«, sagte ich schnell. »Ich wollte nur sichergehen, dass Sie genauso denken.«

Ich gab die Nachricht an Rowena weiter, die sagte, ich mache einen großen Fehler.

Ein paar Minuten später, als der Prozess begann, bekannte sich Jimmy Brandywine des Besitzes von Kinderpornografie für schuldig und versuchte sein Glück bei Richter Whitaker.

Beide Seiten waren sich einig über die Fakten, und dann ließ Rowena Jimmy darüber aussagen, wie leid ihm täte, was er getan habe. Jimmys Mutter trat in den Zeugenstand und erzählte schluchzend, wie sich drei Entlassungen im Jahr vor der Verhaftung auf das Selbstbild ihres Sohnes ausgewirkt hatten. Sie hatte sich stark eingeschränkt, damit er trotz ihres begrenzten Einkommens einen Platz zum Leben hatte. Sie schaffte es noch, mit einzuflechten, wie Jimmy im Gefängnis missbraucht worden sei. Ich hatte das alles schon hundert Mal gesehen – die Liebe einer Mutter zu ihrem Sohn machte es möglich, ihm alle Sünden zu vergeben.

Als es Zeit für die Schlussplädoyers wurde, drängte ich Richter Whitaker, keine Gnade walten zu lassen. Ohne Männer wie Jimmy Brandywine könnten Leute, die Geschäfte mit Sex und Internetpornografie machten, nicht existieren. Alle in dieser Kette, die zum Missbrauch von elf- und zwölfjährigen Mädchen führte, seien gleichermaßen verantwortlich. Eine Menge Männer seien aus ihren Jobs entlassen worden – das sei keine Lizenz zum Ausnutzen von Kindern. »Einige dieser Mädchen müssen in der fünften Klasse sein, Euer Ehren.« *Die fünfte Klasse!* Was für ein Tier sitzt den ganzen Tag an seinem Computer und starrt auf Bilder von nackten Fünftklässlerinnen?

»Die Staatsanwaltschaft empfiehlt eine achtjährige Gefängnisstrafe ohne Bewährung«, sagte ich. »Wir schlagen außerdem zehn weitere Jahre unter Aufsicht vor und dass Mr Brandywine sich als Sexualstraftäter registrieren lassen muss, wenn er aus der Haft entlassen wird.«

Ich konnte hören, wie Brandywines Mutter nach Luft schnappte. Brandywine würde beinahe vierzig sein, wenn er wieder herauskam. Ich hätte sogar noch mehr verlangt, wenn ich geglaubt hätte, Richter Whitaker würde mitziehen.

Rowena stand zu ihrem Schlussplädoyer auf und erinnerte das Gericht daran, dass Brandywine keine Vorstrafen hatte. Er hatte die volle Verantwortung für seine Verbrechen übernommen und sich beim Gericht entschuldigt. »Wenn es nach Ms Brock ginge, würde jeder verurteilte Straftäter im Gefängnis sterben.« Das ging unter die Gürtellinie, aber ich verschaffte ihr nicht die Genugtuung einer Erwiderung.

»Sprechen wir über das, an was wir alle denken«, fuhr Rowena fort. »Kein Angeklagter hatte in den letzten zwei Wochen hier in Milton County den Mumm, sich vor einem Gericht irgendeiner Sache schuldig zu bekennen. Keiner meiner Mandanten hat das getan. Jeder hier in diesem County weiß, dass Deals mit der Staatsanwaltschaft und Schuldbekenntnisse hier Vergangenheit sind. Warum? Weil Männer wie Mr Brandywine, die bereit sind, die Verantwortung für ihre Verbrechen zu übernehmen, innerhalb von sechsunddreißig Stunden nach ihrer Freilassung getötet werden. Wenn das Gericht über seine Strafe nachdenkt, sollte es meiner Meinung nach die Tatsache mitbedenken, dass Mr Brandywine sich heute schuldig bekannt hat, weil es das Richtige war, obwohl er dadurch sein Leben aufs Spiel setzt.«

Richter Whitaker gab mir die Gelegenheit, das zu erwidern, und ich explodierte. »Euer Ehren, ich kann nicht glauben, was ich da eben gehört habe. Dieser Angeklagte – Jimmy Brandywine – hat gerade zugegeben, dass er Hunderte Fotos von jungen Mädchen auf seinem Computer angegafft hat, und jetzt will seine Anwältin, dass Sie ihn als eine Art Helden betrachten? Das kann nicht Ms Guilfords Ernst sein! Nur, weil die Angeklagten in diesem County eine Art Komplott ausgeheckt haben, das System zum Erliegen zu bringen, sollten wir nicht jemanden belohnen, der mit Kinderpornografie zu tun hat.«

Ich beruhigte mich. Holte tief Luft. »Jedes dieser Bilder ist ein Verbrechen für sich. Ms Guilford hat recht; ich will wirklich, dass Euer Ehren diesen Mann für den Rest seines Lebens im Gefängnis halten soll. Denn dieser Mann ist niederträchtig. Und es gibt keine Garantie, dass ein Mann, der so selbstsüchtig und ausbeuterisch ist wie er, nicht einen Tag, nachdem er wieder raus ist, wieder junge Mädchen begaffen wird. Aber ich weiß, eine lebenslange Strafe ist nicht möglich. Acht Jahre ist ein Angebot, Euer Ehren. Weniger wäre eine Beleidigung für die Leben dieser jungen Opfer.«

Als ich mich wieder setzte, zog Richter Whitaker ein Gesicht, als bekäme er nicht genug bezahlt, um solche Entscheidungen zu treffen. »Ms

Brock hat da einige richtige Dinge angesprochen«, sagte er. »Und wie die Staatsanwaltschaft weiß, war dieses Gericht in der Vergangenheit unnachgiebig gegenüber Sexualstraftätern. Aber Ms Guilford hat ebenfalls recht. Der Angeklagte hatte vor seiner Verhaftung eine saubere Akte. Und es gibt keine Anschuldigungen, dass er Kinderpornografie verbreitet oder produziert hätte. Wie Ms Guilford außerdem sagte, muss ich die Überfüllung unserer Gefängnisse mitberücksichtigen und diesem Angeklagten zugutehalten, dass er seine Schuld zugegeben hat. Kein anderer Angeklagter war in den vergangenen zwei Wochen in irgendeinem Gerichtssaal in Milton County mutig genug, das zu tun.«

Whitaker unterbrach sich und machte sich ein paar Notizen. Ich spürte, wie sich mir die Nackenhaare sträubten. Ich wusste, das Urteil würde mir nicht gefallen.

»Wie Ms Brock vorschlug, wird dem Angeklagten auferlegt, sich als Sexualstraftäter registrieren zu lassen. Außerdem wird er zu den von Ms Brock vorgeschlagenen acht Jahren Gefängnis verurteilt, die aber bis auf die bereits verbüßten sechs Monate zur Bewährung ausgesetzt werden. Zusätzlich werden dem Angeklagten zwei Jahre überwachter Bewährung auferlegt und er wird fünftausend Dollar an den Hilfsfonds für Verbrechensopfer zahlen.«

»Gott sei Dank«, hörte ich Brandywines Mutter hinter mir sagen. Ich fand die Bemerkung blasphemisch.

Richter Whitaker benutzte seinen Hammer, und Guilford dankte dem Gericht für seine Entscheidung. Ich schüttelte Rowena die Hand, warf Brandywine einen bösen Blick zu und stolzierte aus dem Gerichtssaal.

Es herrschte Chaos in Milton County. Ich konnte mich an keinen Kinderpornografiefall erinnern, in dem der Angeklagte so leicht davongekommen war. Die Insassen hatten jetzt offiziell die Leitung des Irrenhauses inne.

* * *

Als ich Masterson von dem Urteil erzählte, schlug er vor, die Polizei von Milton County anzurufen und in den nächsten Tagen einen Wagen vor Brandywines Haus zu postieren. Ich erinnerte Masterson daran, dass

Brandywine ein Pornosüchtiger sei, kein städtischer Würdenträger. Aber ich wusste, er hatte recht. Wenn Brandywine etwas passierte, würde es in Milton County monatelang kein Schuldbekenntnis mehr geben.

Es war zwei Uhr am Mittwochmorgen, als mich das Telefon aus meinem schlafmittelverstärkten Schlaf riss.

»Du musst dir keine Sorgen machen, dass Brandywine zu billig wegkommt«, sagte L. A. »Er und seine Mutter sind eben bei einem Hausbrand gestorben. Es heißt, die Explosion sei durch Fernzündung ausgelöst worden.«

Ich saß aufrecht im Bett und versuchte, die Spinnweben aus meinem Kopf zu wedeln. »Ich dachte, sie haben Brandywine überwacht.«

»Haben sie auch. Aber die Sprengvorrichtung wurde offenbar schon vor ein paar Tagen im Haus versteckt.«

48

Am Donnerstagabend ging ich ins Büro meines Vaters und wühlte mich in einer Ecke durch einen Aktenschrank. In der dritten Schublade von oben fand ich die VHS-Bänder, auf denen der Kanzleipartner meines Vaters Marshalls Mordprozess aufgezeichnet hatte, der auf *Court TV* gelaufen war. Während des Jurastudiums hatte ich mir oft geschworen, dass ich das ganze Ding von vorn bis hinten anschauen würde, hatte aber nie die emotionale Energie aufgebracht, es auch zu tun.

Ich schloss einen alten Videorekorder im Wohnzimmer an und brauchte ungefähr zwanzig Minuten, um den Abschnitt zu finden, den ich suchte. Richterin Snowdens Entscheidungen waren im Berufungsverfahren auseinandergenommen und von Mace James endlos kritisiert worden, aber von den Berufungsrichtern immer bestätigt worden. Hingegen hatte es einige größere Meinungsverschiedenheiten darüber gegeben, ob man Caleb Tate hätte erlauben sollen, einen Gutachter aufzurufen, der nachwies, dass die Cops meinen Vater dahingehend beeinflusst hatten, Marshall fälschlich zu identifizieren.

Die Polizei hatte Antoine Marshall von Anfang an verdächtigt. Er war schon vorher wegen Einbruchs und Diebstahls verhaftet worden. Er hatte so seine Drogensucht finanziert. Laut Caleb Tate hatten die Cops meinem Vater mit ihren Suggestivfragen Merkmale von Antoine Marshall in das Gedächtnis gebrannt: Hatte der Verdächtige Dreadlocks? War er Afroamerikaner? Wirkte er dünn und athletisch?

Bei der Gegenüberstellung sei dann Marshall der Einzige in der Reihe gewesen, der alle äußeren Merkmale aufwies, die meinem Vater eingeimpft worden waren.

Genau wie bei dem Experten zum Thema Identifizierung von Menschen anderer Hautfarbe bestimmte Richterin Snowden, dass das Gutachten zur sogenannten manipulierten Gegenüberstellung unzulässig war. Sie ließ Tate den Experten allerdings in Abwesenheit der Jury vorladen, um eine Aufzeichnung für die Revision zu haben. Ich fand den Beginn der Aussage und sah ihn mir mit einem unguten Gefühl in der Magengrube an.

Der Name der Gutachterin war Dr. Natalie Rutherford, eine zierliche und dynamische Professorin für Psychologie an der University of Michigan, die viel über die Fabrikation falscher Erinnerungen veröffentlicht hatte. Sie hatte sich in zahlreichen anderen Fällen als Gutachterin hervorgetan. In einem bedeutenden Prozess hatte sie über einen Psychiater ausgesagt, der einer Patientin unter Hypnose falsche Erinnerungen eingepflanzt hatte. Diese Patientin war danach überzeugt, dass ihr Priester sie als Kind wiederholt vergewaltigt habe. Doch im Zuge der strafrechtlichen Ermittlungen wurde entdeckt, dass die Patientin Jungfrau war. Der Priester verklagte den Psychiater, und Dr. Rutherford sagte für den Priester aus. Die Geschworenen sprachen ihm im Prozess 2,5 Millionen Dollar zu.

Gemeinsam mit ihren Studenten hatte Dr. Rutherford mehr als hundert Experimente mit über fünftausend Versuchspersonen durchgeführt, um zu dokumentieren, wie Fehlinformationen veränderte Erinnerungen hervorrufen können. Einer ihrer Lieblingstricks war, ein Foto der Versuchsperson als Kind zusammen mit einem Elternteil in ein Foto eines Ortes zu kopieren, an dem diese Person nie gewesen war. Nachdem sie die Montage gesehen hatte, wurde die Person gebeten, das Ereignis auf dem Bild zu beschreiben. Die meisten lieferten lebhafte Details und erinnerten sich an Einzelheiten von Begebenheiten, die nie stattgefunden hatten.

Rutherford bezeugte, dass dasselbe Phänomen auftrete, wenn Personen versuchten, sich Erlebnisse aus der jüngeren Vergangenheit ins Gedächtnis zu rufen. Unsere Erinnerungen entstünden, indem wir tatsächliche Erinnerungen mit den Andeutungen anderer kombinierten. Manipulierte Erinnerungen, teilweise auf Grundlage unrichtiger Vorschläge von anderen gebildet, seien für eine Person dann genauso zutreffend und real wie echte Erinnerungen.

Rutherford erklärte außerdem, wie wir unsere Erinnerungen vervollständigten, indem wir uns an gewisse Details richtig erinnerten und die Leerstellen dann mit Einzelheiten auffüllten, die wir von anderen erhalten haben. Sobald diese neuen Einzelheiten Teil des Ereignisses geworden sind, brennen sie sich genauso natürlich in unser Gedächtnis ein wie die Details, an die wir uns selbst erinnern.

Rein theoretisch musste ich zugeben, dass ihre Aussage Sinn ergab. Ich dachte an den Fall der Heckenschützenangriffe in der Gegend um Washington, als die Medien behauptet hatten, dass die Verdächtigen möglicherweise einen weißen Van fuhren. Sofort berichteten mehrere Zeugen an den Schauplätzen mehrerer verschiedener Schießereien, direkt nach der Tat einen weißen Van flüchten gesehen zu haben. Als die Verdächtigen schließlich gefasst wurden, stellte sich heraus, dass sie eine blaue Limousine fuhren.

Dr. Rutherfords Beispiel war sogar noch einprägsamer. Leuten, die Disney World besucht hatten, wurde ein gefälschtes Bild mit einem Text gezeigt, der beschrieb, wie sie Bugs Bunny die Hand schüttelten. Als sie später gefragt wurden, was ihnen von dieser Begegnung in Erinnerung geblieben sei, erinnerten sich die meisten daran, Bugs Bunny umarmt zu haben und ein paar erinnerten sich, seine Ohren oder den Schwanz berührt zu haben. Andere wussten noch genau, dass Bugs Bunny in diesem Moment eine Karotte in der Hand gehalten hatte.

Dr. Rutherford lächelte und gab sich größte Mühe, die skeptische Richterin Snowden zu überzeugen. »Bugs Bunny ist eine Trickfilmfigur von Warner Brothers«, sagte sie. »Man hätte ihm niemals erlaubt, auch nur einen Fuß in Disney World zu setzen.«

Wieder auf den vorliegenden Fall zurückkommend, sagte Rutherford aus, sie habe die ursprüngliche Aufstellung, die man meinem Vater gezeigt hatte, und die Fragen, die ihm während der vorausgehenden Befragung durch die Polizei gestellt worden waren, gründlich überprüft. Ihrer Meinung nach, die sich auf sechsundzwanzig Jahre Forschung zur Manipulation von Erinnerungen stützte, habe die Polizei genau das mit meinem Vater getan. Die Wahrscheinlichkeit, dass Antoine Marshall dieses Verbrechen begangen habe, läge nicht höher als bei jeder anderen Person, die in dieser Nacht in erreichbarer Nähe gewesen war.

Richterin Snowden hörte aufmerksam zu und wiederholte dann ihre frühere Entscheidung, dass diese Aussage unzulässig sei. »Mir scheint, dass Sie Dr. Rutherford nur als Tatsacheninstanz benutzen wollen, um den Geschworenen zu sagen, warum sie Mr Brocks Augenzeugenbericht Gewicht beimessen sollten oder nicht«, sagte sie. »Das ist ein cleverer Versuch, Mr Tate, aber das Gericht wird das nicht zulassen. Es unterscheidet sich nicht von Ihrem Gutachten über die Identifizierung von Menschen anderer Hautfarbe.«

Die Geschworenen hatten Dr. Rutherford nie gehört, und damals war ich froh gewesen. Doch jetzt, mit der neuen Information über den Erfolg, den mein Vater in Richterin Snowdens Gerichtssaal gehabt hatte, beunruhigte mich Rutherfords Aussage. Konnte sie recht haben? War mein Vater unwissentlich von den Cops hereingelegt worden? Und falls ja, konnte das bedeuten, dass der Mörder meiner Mutter immer noch frei herumlief?

Die vergangenen zwölf Jahre meines Lebens waren von der absoluten Sicherheit bestimmt gewesen, dass Antoine Marshall meine Mutter ermordet hatte und den Tod dafür verdiente. So viel Energie und Zeit hatte ich auf den Versuch verwendet, ihn dafür bezahlen zu lassen, was er getan hatte. Ich durfte jetzt nicht anfangen, daran zu zweifeln.

Mein Vater *musste* recht haben. Auch wenn er in Richterin Snowdens Verhandlungen unheimlich erfolgreich gewesen war. Sogar falls er sie, Gott bewahre, irgendwie erpresst hatte, gab es keinen Beweggrund für ihn zu versuchen, einen unschuldigen Mann zum Tode verurteilen zu lassen. Mein Vater konnte sich nicht geirrt haben.

Oder doch?

49

Ich hatte nie verstanden, wie mein Vater nach dem Tod meiner Mutter weiterhin als Strafverteidiger arbeiten konnte. Am Freitagmorgen im Berufsverkehr auf dem Weg zur Arbeit erschien mir diese unerklärliche Tatsache in einem anderen Licht. Dinge, die mir vorher lauter und sogar nobel erschienen waren, ließen jetzt weniger Gutes ahnen, falls Caleb Tate die Wahrheit sagte.

In den ersten Tagen, nachdem ich mit Tate gesprochen hatte, hatte ich mich geweigert, auch nur über die Möglichkeit nachzudenken, dass mein Vater korrupt gewesen sein könnte. Auch nachdem ich die Ergebnisse seiner Fälle geprüft hatte, wollte ich weiterhin glauben, dass es eine unantastbare Erklärung dafür geben musste. Doch im Lauf der Woche hatte ich mich dabei ertappt, wie ich Ereignisse aus meiner Vergangenheit wieder aufleben ließ und sie durch das Prisma dieses neuen Wissens ansah. Und ich begann mich zu fragen, ob mein Dad vielleicht einige sehr dunkle Geheimnisse gehabt hatte.

Ich erinnerte mich zum Beispiel an ein besonders schmerzliches Gespräch in einem Chinarestaurant während meines ersten Studienjahres am College. Ich hatte gerade die Wan Tans mit Huhn bestellt, mein Vater aß gebratenen Reis mit Rind. Mein Bruder war auch da. Ich war über die Winterferien zu Hause, und ich hatte beschlossen, Jura zu studieren und Staatsanwältin zu werden.

»Wie kannst du immer noch Strafverteidiger sein, nachdem, was Mom passiert ist?«, fragte ich meinen Vater.

Chris verzog das Gesicht. Mein Dad und ich sprachen immer offen miteinander, aber Chris mochte keine Konflikte in der Familie.

Mein Vater legte seine Gabel hin und wischte sich den Mund ab. »Gute Frage. Und ich bin mir nicht sicher, dass ich dich mit irgendeiner Erklärung überzeugen werde, dass es das Richtige ist, aber du solltest zumindest wissen, dass ich viel darüber nachgedacht habe …« Er zögerte, dann fügte er hinzu: »… und viel darüber gebetet.«

»Deine Mutter hat sich in mich verliebt, als ich schon Strafverteidiger war. Auch nachdem wir geheiratet hatten, sagte sie in Prozessen als Gutachterin für beide Seiten aus. Am meisten hat es ihr Spaß gemacht, mit mir zusammenzuarbeiten, um jemanden zu verteidigen, der unschuldig war. Ich weiß, du willst deine Mom ehren, indem du Staatsanwältin wirst, Jamie, und ich finde das sehr nobel. Aber ich hoffe, du kannst erkennen, dass auch auf der anderen Seite hohe Ideale stehen.«

»Theoretisch sehe ich das schon«, hatte ich gesagt und einen Bissen von meinem Essen genommen. »Aber wann hast du das letzte Mal wirklich einen Unschuldigen verteidigt?«

»Und los geht's«, sagte Chris.

Mein Dad nahm ebenfalls sein Essen in Angriff und begann wie immer zu reden, bevor er schluckte. Und diese Antwort ging mir jetzt im Kopf herum. »Es gibt keine wirklich unschuldigen Menschen, Jamie. Das Böse liegt uns in der Natur. Manche lernen, die bösen Impulse zu kontrollieren. Andere nicht. Ich vertrete diejenigen, die es nicht können. Aber sie unterscheiden sich in Wahrheit nicht allzu sehr von uns.«

»Also sind Antoine Marshall und Chris im Grunde derselbe?«, fragte ich. Ich ging auf Nummer sicher und benutzte meinen Bruder als Beispiel für Unschuld, angesichts meiner eigenen bewegteren Vergangenheit.

»Also, im Grunde ja«, sagte Chris und wurde zum angehenden Prediger. »Wenn du die Bergpredigt liest, sind wir das. Jeder, der wütend auf seinen Bruder ist, ist wie ein Mörder. Und wenn ich eine Frau begehrlich ansehe, habe ich schon Ehebruch begangen. Dad hat aus der theologischen Perspektive gesehen recht. Wir sind alle schuldig, wenn du unsere Herzen ansiehst.«

Ich liebte meinen Bruder. Aber damals, nach dem ersten Jahr seiner theologischen Ausbildung, liebte er es zu predigen. »Bei allem Respekt«, sagte ich, »ich habe es mehr mit dem Alten Testament, wenn es um Gerechtigkeit geht. Seine Kinder sollen zu Waisen werden und so.«

»Lustig«, sagte mein Dad, »als Teenager schienst du dich mehr für Barmherzigkeit zu interessieren.«

Während der Highschool hatte ich ein paar Mal Hausarrest gehabt. Na gut, ziemlich oft. Aber das war etwas anderes.

»In unserem Debattierklub nennt man das einen persönlichen Angriff, Dad.«

Die Worte meines Vaters hatten mich an diesem Abend nicht überzeugt, aber ich dachte während meines Jurastudiums ernsthaft über sie nach. Ich beobachtete seine Arbeit aus der Ferne und bewunderte, wie er seine Mandanten vertrat. Und ich hatte, zumindest mit der Zeit, gelernt zu akzeptieren, dass das seine eigene Art war, meine Mom zu ehren.

Aber jetzt musste ich die Frage stellen. Konnte es sein, dass mein Vater Teil eines korrupten Systems gewesen war? Schon allein bei dem Gedanken fühlte ich mich wie eine Verräterin. Wie konnte ich an meinem eigenen Vater zweifeln? Aber wie sonst hätte man die Statistiken interpretieren können?

Als mein Vater starb, hatte ich mich gefühlt, als hätte mir jemand das Herz herausgerissen. Ein Teil von mir war mit ihm gestorben. Doch wie Chris gesagt hatte: Ich hatte zumindest noch die Erinnerungen.

Jetzt war ich mir da nicht mehr so sicher. Ich hatte das Gefühl, als fräße der Krebs an meinen Erinnerungen und verwandelte jeden glücklichen Moment in etwas Düsteres. Es war schwer genug, die Liebe eines Vaters zu verlieren. Es war noch schwerer, auch noch das Vermächtnis einer Familie zu verlieren.

50

Am Memorial Day brachte die *Atlanta Times* eine Titelstory über das Chaos im Justizsystem von Milton County. Zum ersten Mal brachte ein Bericht die Tode von Ronald Powell, Rontavius Eastbrook und Jimmy Brandywine mit dem Keine-Deals-Pakt unter den Verbrechern in Verbindung.

In dem Artikel wurde oft eine »Quelle mit Verbindungen zu Staatsanwaltschaft und Polizeibehörden in Milton County« zitiert, und ich wusste, das musste L. A. sein.

Die Quelle wies darauf hin, dass die Deals mit der Staatsanwaltschaft direkt nachdem Caleb Tate ein paar Tage im Gefängnis verbracht habe, durchgefallen waren. Tates Kanzlei vertrete jetzt die Anführer der beiden mächtigsten Gangs. Der Autor gab an, Tate sei kein Verbrechen außer dem Mord an seiner Frau vorgeworfen worden, aber jeder mit halbwegs Verstand konnte den Artikel lesen und die Zusammenhänge herstellen.

Es waren dieselben Zusammenhänge, die L. A. und ich hergestellt hatten, nachdem die Häftlinge ihre Rebellion gestartet hatten.

Ich rief L. A. an. »Hübscher Artikel«, sagte ich.

»Es gibt einen Artikel? In der Zeitung von heute?«

»Genau.«

Er lachte. »Willst du damit andeuten, ich sei die ungenannte Insiderquelle? Glaubst du wirklich, ich würde Caleb Tate so viel kostenlose Werbung verschaffen? Sein Telefon raucht wahrscheinlich schon vor Anrufen potenzieller Mandanten.«

Es gab Gerüchte, L. A. habe etwas mit einer der Reporterinnen bei der Zeitung am Laufen. Doch andererseits gab es Gerüchte über L. A. und Techtelmechtel mit so ungefähr jedem.

»Hast du etwas Konkretes ausgegraben, das ihn mit den drei Morden aus dem Artikel in Verbindung bringt?«, fragte ich ihn.

»Noch nicht. Aber wenn, dann erfährst du es als Erste.«

* * *

Am nächsten Tag erhielten alle im Büro ein Memo von Bill Masterson. Das Thema: unsere neue Reaktion auf die Deal-Krise.

Ich gebe heute eine Pressekonferenz und kündige eine Strategieänderung für den Umgang mit der Krise im Rechtssystem von Milton County an. Ich will, dass Sie es zuerst von mir erfahren.

Wie Sie wissen, hat das Ermächtigungsgesetz, das es mir erlaubte, Anwälte von Privatkanzleien einzustellen, zu nichts geführt. Folglich werden wir eine andere Herangehensweise wählen.

Zunächst einmal müssen wir das Personal aufstocken. Zehn große Kanzleien in der Region Atlanta haben sich bereit erklärt, einen ihrer Mitarbeiter für ein halbes Jahr zur Verfügung zu stellen. Das bedeutet, die Kanzlei bezahlt das Gehalt dieses Mitarbeiters, aber er oder sie wird bei der Staatsanwaltschaft Milton County angestellt und uns rechenschaftspflichtig sein. Ein ähnliches Arrangement wurde mit zehn weiteren Kanzleien getroffen, die im Büro der Pflichtverteidigung aushelfen werden. Wir brauchen keine Ermächtigungsgesetze dafür, denn sie werden als Angestellte behandelt, nicht als Freiwillige.

In zwei Wochen, wenn diese Anwälte geschult sind, werden sie für einen Großteil der Vergehen zuständig sein. Dennoch steigert das unsere Arbeitskraft um nur 25 Prozent, während die Zahl unserer Fälle um 900 Prozent gestiegen ist. Und diese neuen Anwälte werden mehrere Wochen brauchen, bis sie die Verbrechensfälle bearbeiten können. Was mich zu Teil zwei des Plans bringt.

Ab sofort sollten Sie alle Ihre Fälle aussortieren. Wir können nicht weiterhin alle Fälle verfolgen, die über unsere Schreibtische gehen. Setzen Sie Prioritäten. Widmen Sie Ihre Aufmerksamkeit gewalttätigen Mehrfachtätern und bekannten Bandenchefs. Lassen Sie die kleinen Gauner und die ungefährlichen Straftäter laufen.

Was uns zu Punkt drei bringt. Eine große Herausforderung ist für uns im Moment die Überfüllung unserer Gefängnisse. In den letzten Tagen wurden drei Bundesklagen eingereicht, in denen behauptet wird, das Gefängnis sei so überfüllt, dass die Haft ein unverhältnismäßiges Strafmaß darstelle. Diese Lage wird sich nur noch verschlimmern, wenn wir Kriminelle einschließen, die auf ihren Prozess warten.

Folglich werden wir, mit Beginn dieser Woche, alle nicht gewalttätigen Straftäter bis zu ihrer Verhandlung freilassen. Außerdem werden wir zukünftig keine Gefängnisstrafen mehr für nicht gewalttätige Straftäter fordern.

Unsere oberste Verantwortung ist der Schutz der Bürger von Milton County vor denjenigen, die ihnen körperlichen Schaden zufügen könnten oder eine Bedrohung für ihr Leben wären. In der derzeitigen Krise müssen wir einige schwierige Entscheidungen treffen. Entweder wir machen weiter wie bisher und lassen zu, dass viele gewalttätige Straftäter durch die Maschen schlüpfen, oder wir greifen hart gegen sie durch und geben anderen eine zweite oder sogar dritte Chance.

Beachten Sie bitte die angehängten Richtlinien, in denen die Verbrechen in gewalttätige / nicht gewalttätige Kategorien aufgeteilt und die Höhe von Kautionsgesuchen und Strafen festgelegt werden, die wir jetzt anstreben.

Bill Masterson gab seine Pressekonferenz um elf. Ich konnte nicht zusehen, weil ich - wie die anderen Staatsanwälte - vor Gericht beschäftigt war. Aber in der Mittagspause hörte ich, dass Masterson die neuen Richtlinien erklärt und in seiner üblichen offenen und direkten Art eine Vielzahl von Fragen beantwortet habe. Die Story erschien landesweit in den Nachrichten, und die Kommentatoren lobten Mastersons Führungsqualitäten in Zeiten der Krise. Ihnen gefiel, dass er sich auf Gewaltverbrechen konzentrierte, und sie glaubten, dies könne eine Vorlage für andere Bezirke werden, falls sie mit ähnlichen Problemen konfrontiert würden.

Ich hatte gemischte Gefühle, was das anging. Ich verstand zwar die praktische Notwendigkeit der Prioritätensetzung, aber der Gedanke, dass Straftäter mit Drogenverstößen ohne Gefängnisstrafe davonkamen, gefiel mir überhaupt nicht. Abhängige wurden irgendwann gewalttätig, wenn das nötig war, um ihre Sucht zu finanzieren. Wenn sie es taten, starben unschuldige Menschen, und Familien wurden zerstört. Familien wie meine.

Aber ich hatte keinen besseren Plan, also kritisierte ich auch Mastersons Vorhaben nicht. Irgendwie mussten wir diesem kriminellen Kartell das Rückgrat brechen.

* * *

Als ich an diesem Nachmittag zum erstinstanzlichen Gericht von Milton County kam, wartete L. A. auf der anderen Seite der Metalldetektoren auf mich, zusammen mit einer blonden Frau, die aussah, als wäre sie ein paar Jahre jünger und zehn Zentimeter kleiner als ich.

»Jamie, das ist Megan Armstrong, Rafael Riveras Bewährungshelferin.

Ich schüttelte ihr die Hand. »Nett, Sie kennenzulernen.« Ich wandte mich an L. A. »Ich komme zu spät zur Verhandlung; können wir im Gehen reden?«

»Klar.«

Wir gingen den Flur entlang und stiegen die Rolltreppe hoch, L. A. neben mir und Megan einen halben Schritt dahinter.

»Jemand hat letzte Nacht versucht, Rafael Rivera umzubringen«, sagte L. A.

Ich murmelte einen Fluch, wurde aber nicht langsamer. Scheinbar wollten die schlechten Nachrichten kein Ende nehmen.

»Schüsse aus einem fahrenden Auto. Er hat zersplitterte Fenster und Einschusslöcher im Auto. Glücklicherweise – oder leider, je nach Sichtweise – hat er es geschafft, davonzukommen.«

»Ohne ihn gibt es keinen Fall gegen Caleb Tate. Also sage ich wohl, wenn auch widerstrebend, ›glücklicherweise‹«. Wir stiegen jetzt die Stufen der Rolltreppe hinauf, so schnell ich konnte, und Megan fiel weiter zurück.

L. A. senkte die Stimme. »Ich habe heute Morgen mit ihm gesprochen. Er hat wirklich Angst.«

»Gut.«

»Wir dürfen ihn nicht verlieren. Und wir haben nicht die nötigen Ressourcen, um ihm irgendeinen Schutz zu bieten.«

Wir kamen oben an der Rolltreppe an, und ich sah auf die Uhr. Schon drei Minuten zu spät. Und mich erwartete Richter Westbrook, der gern pünktlich anfing.

Ich nickte in Richtung einer Ecke. »Es muss schnell gehen«, sagte ich, als Megan uns endlich einholte.

»Das wird es.«

Wir drei steckten die Köpfe zusammen, und L. A. erklärte seine Idee. Er schlug vor, dass wir uns einen Termin für eine vertrauliche Anhörung mit einem der Richter besorgten und um eine Änderung von Riveras Bewährungsauflagen baten.

Wir konnten ihn nach Kalifornien schicken, wo er von einem von L. A.s Freunden beaufsichtigt werden konnte, der als Bewährungshelfer arbeitete. Wir konnten Rivera außerdem verpflichten, sich täglich telefonisch bei Megan zu melden.

»Wir müssen ihn aus Atlanta rausschaffen«, sagte L. A. »Zumindest für die nächsten Monate, bis der Prozess beginnt.«

Das gefiel mir nicht. Ich befürchtete, dass Rafael das System ausnutzte und verschwand, sobald er aus der Gerichtsbarkeit von Georgia entkam. »Können wir ihn nicht nach Savannah schicken oder so was?«

L. A. schüttelte den Kopf. »Ich habe mir sein Auto angeschaut, Jamie. Diese Jungs meinen es ernst. Wir haben schon drei Verurteilte verloren, die einen Deal geschlossen haben. Wir können es uns nicht leisten, Rafael auch noch zu verlieren.«

L. A. hatte recht. Aber es musste mir nicht gefallen.

»Ich sollte schon lange in Richter Westbrooks Gerichtssaal sein«, sagte ich. »Wenn ich fertig bin, suchen wir Richter Brown und sehen zu, ob er Riveras Bewährungsauflagen ändern kann.«

Um neun Uhr abends am nächsten Tag bestieg Rivera ein Flugzeug nach Kalifornien. L. A. versprach mir, dass ich Rivera am 20. August, dem Tag von Caleb Tates Prozess, wiedersehen würde.

* * *

Mace James wurde per SMS gefeuert. Caleb Tate hatte nicht den Mumm, ihn anzurufen oder die Klasse, ihm einen Brief zu schicken oder zumindest eine E-Mail. Nein, er schoss eine SMS ab. Um genau zu sein zwei SMS nacheinander, weil nicht alles in eine passte.

Mace, ich bin Ihnen dankbar für Ihre Hilfe in meinem Fall, Sie haben gute Arbeit geleistet. Aber ich brauche Ihre Dienste nicht mehr, denn ich habe beschlossen, mich selbst zu verteidigen.

Ich weiß, ein Narr als Mandant usw., aber ich glaube, es ist im Moment das Richtige. Danke für Ihr Verständnis. Caleb.

Er erwähnte nichts von dem Ärger, den Mace wegen der Sache mit Antoine Marshall hatte. Aber Mace war nicht dumm. Und irgendwie konnte er Caleb auch keinen Vorwurf machen. Caleb Tate hatte jetzt selbst genug Probleme. Er brauchte keinen Anwalt, gegen den ermittelt wurde und der gerade von seinem Job an der *Southeastern Law School* suspendiert worden war.

Und offen gesagt war er froh, dass er ihn los war. Auch wenn Mace an Calebs Unschuld glaubte, war er sich ziemlich sicher, dass Caleb hinter der Keine-Deals-Strategie steckte, die schon drei Männer das Leben gekostet hatte. Mace wollte kein Blut an den Händen kleben haben.

Nach dem zweiten Lesen hatte er das Gefühl, wieder ein bisschen befreiter atmen zu können. Zusätzlich zu seinen Sorgen über Caleb Tate hatte Mace nur zwei Monate und ein paar Tage bis zu Antoine Marshalls festgesetztem Hinrichtungstermin, und er wollte seine ganze Zeit und Energie dafür aufwenden, das Leben seines Mandanten zu retten. Caleb Tates Prozess sollte nur dreizehn Tage später beginnen. Und jetzt war er von diesem Fall sozusagen begnadigt worden.

Er fühlte sich ein wenig wie ein neuer Mensch.

51

Jeder hat seine Grenzen. Ich erreichte meine am Mittwoch, dem 13. Juni, um drei Uhr nachmittags. Ironischerweise fand der Zusammenbruch vor Richter Brown statt, einem Richter, vor dem ich den allergrößten Respekt hatte. Eigentlich waren wir Seelenverwandte. Ich war direkt und methodisch in der Präsentation meiner Fälle, und er war genauso direkt in seinen Urteilen.

Aber leider hatten wir auch dieselbe Willensstärke.

Ich hatte einen Schuldspruch wegen Einbruchs erwirkt. Der Angeklagte war vorher schon zweimal wegen Drogendelikten verurteilt worden.

Für mich war er ein neuer Antoine Marshall, nur dass diesmal zum Glück die Hauseigentümer nicht da gewesen waren. Die Richtlinien in Bill Mastersons Memo ignorierend, bat ich um eine Gefängnisstrafe von sieben Jahren mit zwei Jahren auf Bewährung.

Richter Brown wirkte verblüfft über meine Empfehlung. Alle Richter wussten von Mastersons Richtlinien – kein Gefängnis für nicht gewalttätige Straftäter. Und ein Einbruch zählte nicht als Gewaltverbrechen, wenn niemand zu Hause war.

Brown hörte höflich zu, während die Pflichtverteidigerin ihre übliche Rede abspulte, ihr Mandant habe eine Drogentherapie durchlaufen und sei keine Gefahr mehr für die Gesellschaft. Sie fände sieben Jahre selbst unter normalen Umständen extrem – und dies seien keine normalen Zeiten in Milton County. Sie bat Brown, ihrem Mandanten zwei Jahre zu geben und alles bis auf die bereits verbüßte Zeit zur Bewährung auszusetzen.

Ich stand auf. »Darf ich antworten?«

»Das wird nicht nötig sein.«

»Aber Euer Ehren, das ist lächerlich. Nur weil die Angeklagten alle Deals verweigern, können sie nicht diktieren, wie die Strafe aussehen sollte.«

»Das hat auch keiner behauptet«, sagte Brown, dessen Stimme scharf wurde. »Und jetzt setzen Sie sich!«

Er setzte seine Brille auf und blätterte noch einmal die Akte durch. Alle Richter in Milton County kannten meine Familiengeschichte, und sie spielte sicherlich bei meiner Strafmaßforderung eine Rolle. Ich würde Bill Masterson später einiges zu erklären haben, aber ich brachte es einfach nicht über mich, diesen Mann so einfach aus dem Gerichtssaal spazieren zu lassen.

»Bei seinem Urteil muss das Gericht eine ganze Bandbreite von Faktoren mitberücksichtigen«, verkündete Richter Brown. Ich spielte mit meinem Kuli und beobachtete ihn konzentriert.

»Unter anderem die Frage, ob der Angeklagte weiterhin ein Risiko für die Gesellschaft darstellt, dann muss die Strafe dem Verbrechen angemessen sein, außerdem muss dem doppelten Ziel der Strafe und Resozialisierung Rechnung getragen werden.

Das Gericht befindet, dass der Angeklagte ein gewisses Rückfallrisiko besitzt, das aber durch weitere Zeit im Gefängnis nur erhöht wird. Ferner bin ich mir bewusst, dass dies ein gewaltloses Verbrechen war und dass die meisten Staatsanwälte entsprechend den Richtlinien von Bezirksstaatsanwalt Masterson empfehlen, solche Straftäter auf Bewährung freizulassen. Angesichts der Überfüllung der Justizvollzugsanstalten von Milton County und der Tatsache, dass dieser Mann dreißig Tage abgesessen hat, bevor er Kaution stellte, verurteile ich den Angeklagten zu sieben Jahren Haft, wie es die Staatsanwältin vorgeschlagen hat, setze sie aber bis auf die dreißig bereits verbüßten Tage zur Bewährung aus.«

»Das ist lächerlich«, murmelte ich.

»Ms Brock«, blaffte Richter Brown, »haben Sie etwas zu sagen?«

Ich stand wieder auf, empört über das Urteil des Gerichts. In vier Jahren als Staatsanwältin hatte ich ausnahmslos Respekt vor den Richtern gezeigt. Ich hatte immer »Danke, Euer Ehren« gemurmelt, selbst wenn die Urteile gegen mich ausfielen.

Doch an diesem Tag, ausgelaugt von einer endlosen Menge an Fällen und gebeugt von den Sorgen über meinen Vater und seinen Ruf, war meine Geduld überstrapaziert.

»Bei allem nötigen Respekt, Euer Ehren, ich halte es für einen traurigen Tag in Milton County, wenn ein Mehrfachstraftäter wie dieser Mann, auf frischer Tat ertappt, ohne einen weiteren Tag im Gefängnis hier hinausmarschieren darf.«

»Vielleicht sollten Sie das mit Ihrem Chef besprechen«, sagte Richter Brown.

»Soweit ich weiß, ist mein Chef nicht derjenige, der die Urteile fällt.«

Richter Brown lief rot an und schürzte die Lippen. Er starrte mich einen Augenblick an. »Ms Brock, mir ist klar, dass Sie im Moment unter großem Druck stehen; andernfalls hätte Ihnen diese Bemerkung eine Strafe wegen Missachtung des Gerichts eingebracht. Aber ich schlage vor, Sie denken das nächste Mal zweimal nach, bevor Sie sich einem Richter gegenüber so schnippisch äußern.«

Ich biss mir auf die Zunge, aber mein höhnisches Grinsen spiegelte offenbar meine Verachtung wider.

»War an meinen Bemerkungen irgendetwas amüsant?«, fragte Richter Brown nach.

»Ich finde es nur ironisch, dass die Gefängnisse zu überfüllt für die Angeklagten sind, aber nicht zu überfüllt für Staatsanwälte.«

Ich war immer ein größerer Besserwisser, als mir guttat und bereute meine Worte üblicherweise später. Aber diesmal fühlte es sich richtig an, sie auszusprechen. Ich hatte genug davon, dass die Angeklagten in Milton County bestimmten, wo es langging. Es wurde langsam Zeit, dass sich jemand auf die Seite der Opfer stellte.

»Diese Bemerkung kostet Sie jetzt tatsächlich fünftausend Dollar wegen Missachtung«, entschied Richter Brown. »Haben Sie dem Gericht sonst noch etwas zu sagen?«

»Nein, Euer Ehren. Mehr kann ich mir nicht leisten.«

* * *

Die Nachricht über meinen Trotzanfall kam vor mir im Büro an. Bill Masterson war unterwegs, deshalb wurde ich in Regina Grangers Büro gerufen, um mir übers Telefon eine Strafpredigt anzuhören. Ich entschuldigte mich sowohl bei Masterson als auch bei Regina und hatte nicht viel zu meiner Verteidigung zu sagen. Ich willigte ein, mich am nächsten Tag bei Richter Brown zu entschuldigen, aber ich sperrte mich, als Masterson außerdem ein paar Stunden beim Psychologen vorschlug.

»Ich schaffe das schon«, sagte ich. »Diese Tat war nur so ähnlich dem gewesen, was Antoine Marshall gemacht hat. Der einzige Unterschied war, dass keiner zu Hause war.«

»Jamie, ich verstehe das«, sagte Masterson. »Aber ich habe auch eine Verantwortung der Öffentlichkeit und unseren Mitarbeitern gegenüber, dass sich meine Staatsanwälte im Griff haben. Und ich würde es wirklich begrüßen, wenn Sie mit einem Psychologen sprechen würden. Ich weiß, Sie sind mit Gillespie befreundet. Auch wenn es nur ein oder zwei Sitzungen mit ihm sind, finde ich, Sie sollten zumindest mit ihm reden.«

Regina sah mich an und nickte. »Das ist eine gute Idee, Jamie. Ich glaube, du stehst unter größerem Druck, als dir klar ist.«

Ich rutschte auf meinem Stuhl ein bisschen tiefer und murmelte ein leises »Okay.«

»Jamie, Ihre Arbeitsmoral ist eine Inspiration für alle im Büro«, sagte Masterson, der offenbar versuchte, den Tonfall des Gesprächs zu ändern. »Aber Sie sind nicht Superwoman. Ich will, dass Sie noch sehr lange Fälle bearbeiten, und das heißt, Sie müssen sich ein bisschen Zeit nehmen, um ein paar Dinge aufzuarbeiten, mit denen Sie zu kämpfen haben.«

Ich hörte jemanden im Hintergrund auf Mastersons Seite. »Tut mir leid«, sagte er. »Ich muss los.«

Masterson beendete das Gespräch und ließ mich schmoren. Wenn irgendwer sich für übermenschlich hielt und glaubte, er könne tagsüber Fälle verhandeln und nachts einen Wahlkampf führen, dann war das Bill Masterson.

Regina dankte mir, dass ich einer psychologischen Beratung zugestimmt hatte.

»Eine Sitzung«, sagte ich.

* * *

Bill Masterson hatte üblicherweise einen scharfen Sinn für alles Politische, aber in diesem Fall stellte sich heraus, dass er sich gewaltig irrte.

An diesem Abend las ich online einen Zeitungsartikel, der wörtlich aus einer Mitschrift der Anhörung zitierte. Der Titel lautete: »Staatsanwältin wegen Missachtung des Gerichts belangt«. Die Kommentare zu dem Artikel sympathisierten vier zu eins mit mir. Die Bürger glaubten, dass die Richter die Angeklagten zu einfach vom Haken ließen. Ihnen gefiel, dass zumindest eine Staatsanwältin fand, ein Kerl mit zwei Vorstrafen wegen Drogenvergehen, der jetzt einen Einbruch begangen hatte, sollte ein bisschen Zeit im Gefängnis verbringen.

Mein Posteingang floss vor positiver E-Mails über, und die lokalen Fernsehsender hatten keine Probleme, Anwälte zu finden, die sich für mich aussprachen. Aus irgendeinem mir schleierhaften Grund wurde ich zur Volksheldin.

Bis zum folgenden Nachmittag, noch bevor ich meinen ersten Termin mit Dr. Gillespie wahrnehmen konnte, war Bill Masterson zu einem meiner lautesten Befürworter geworden. »Jamie Brock hat sich bei Richter Brown für ihren mangelnden Respekt entschuldigt, und ich denke, das war durchaus angemessen. Aber ich muss sagen, ich würde gleich morgen noch einmal ein Dutzend Staatsanwälte wie sie einstellen.«

Nur im Land der Zerrspiegel, bekannt als Justizsystem von Milton County, konnte der emotionale Zusammenbruch einer Staatsanwältin sie zu einer Legende machen. *Vielleicht sollte ich das öfter machen*, dachte ich.

52

So sehr ich den Gedanken an psychologische Beratung hasste, fand ich es unmöglich, nicht von Aaron Gillespie fasziniert zu sein. Er saß auf einer braunen Ledercouch in seinem Büro, die Ärmel seines weißen Hemdes hochgekrempelt, eine Krawatte mit Paisleymuster hing ihm über den weichen Bauch. Ich nahm in einem Ohrensessel Platz und schlug die Beine übereinander.

Er wusste, ich war nur unter Protest hier, aber innerhalb von Minuten hatten wir den Faden dort wieder aufgenommen, wo wir ein paar Wochen zuvor im Fitnessstudio aufgehört hatten.

Er hatte eine besondere Art, mir vorsichtige Fragen zu stellen und geduldig auf die Antworten zu warten. Schläfst du genug? Hast du vor, an Antoine Marshalls Hinrichtung teilzunehmen? Wie geht es dir dabei? Wie kommst du mit dem Tod deines Vaters zurecht? Der Rhythmus des Gesprächs entspannte mich.

Die Fragen waren direkt, und er machte keine Notizen oder diese leisen, gutturalen Geräusche, die tiefe Einsichten über einige psychologische Schwachstellen in mir signalisieren sollten. Wir sprachen schon ungefähr eine Dreiviertelstunde, bevor er überhaupt den Vorfall im Gericht erwähnte.

»Findest du, Bill Masterson hat überreagiert, als er von dir verlangte, dir psychologische Hilfe zu holen?«

»Ja.«

»Hältst du es für nötig, hier zu sein?«

»Eigentlich nicht.«

»Glaubst du, er wollte nur politisch das Gesicht wahren?«

Das ließ mich innehalten. Die republikanische Vorwahl war nächsten Monat, und Masterson war sicherlich ein politisches Wesen. Aber ich hatte immer daran geglaubt, dass ihm mein Wohlbefinden am Herzen lag.

»Eigentlich nicht. Ich habe ihn einige ziemlich unpopuläre Entscheidungen treffen sehen, obwohl er mitten in einem Wahlkampf steckt. Ich glaube, er wollte mich nur daran erinnern, wer der Boss ist.«

Gillespie schob die Unterlippe vor und nickte. Er nahm den Arm von der Rücklehne der Couch und lehnte sich leicht vor. »Jamie, wenn du willst, unterschreibe ich dir sehr gerne, dass du Beratung in Anspruch genommen hast und wieder weitermachen kannst. Offen gesagt hat es mich gefreut, zu sehen, dass du neulich vor Gericht ein bisschen Dampf abgelassen hast. Ich glaube, dein größtes Problem ist, dass du zu viel in dich hineinfrisst und niemanden hast, mit dem du reden kannst.«

Damit hatte er recht. Zumindest teilweise. Ich fraß sehr viel in mich hinein. Aber mein größtes Problem war, dass ich über das eine, das mich am meisten belastete, mit *niemandem* sprechen konnte. Zumindest nicht solange, bis ich es erklären konnte. Ich konnte auf keinen Fall mit Gillespie sprechen – er hatte meine Mom und meinen Dad gekannt. Aber die Tage bis zu Antoine Marshalls geplanter Hinrichtung und Caleb Tates Prozess verrannen. Und ich saß auf einem Pulverfass, das den Ruf meines Vaters in winzige Granatsplitter zerfetzen konnte.

»Jamie?«, sagte Gillespie und holte mich in die Gegenwart zurück.

»Oh … Entschuldigung.«

Er legte den Kopf schief. »Gibt es sonst noch etwas, worüber du reden willst?«

»Nein. Alles in Ordnung.«

Er schwieg kurz. »Okay, aber ich möchte dir noch eine Frage stellen, die nichts damit zu tun hat, was vor Gericht passiert ist. Und es bleibt unter uns, genau wie alles andere, was wir hier besprechen.«

Gillespie wartete, bis ich zustimmend genickt hatte. Er war geschickt vom Freund zum Psychologen übergegangen, und in seiner Stimme lag ein neuer, ernsthafter Ton.

»Gibst du dir selbst, und sei es nur ein bisschen, die Schuld am Tod deiner Mutter?«

Die Frage traf mich wie ein Vorschlaghammer, und ich nahm den Kopf zurück und runzelte die Stirn. »Nein. Warum fragst du?«

»Bist du sicher?«

Anscheinend konnte er die Schuldgefühle in meinem Gesicht lesen. Als meine Mutter starb, war ich sechzehn. Ich hatte in jener Woche ein bisschen Ärger gehabt und musste um Mitternacht zu Hause sein. Aber als ich an diesem Abend um ein Uhr nachts immer noch nicht zu Hause war und nicht an mein Handy ging, schickten meine Eltern Chris zum Haus meiner Freundin, um mich abzuholen. Er ließ die Garagentür offen.

Eine Viertelstunde nachdem er weggefahren war, schlich sich Antoine Marshall in unser Haus und versuchte genug Sachen zu stehlen, um seine Speedsucht zu finanzieren. Meine Mutter hörte ihn und kam herunter; sie dachte, Chris und ich seien nach Hause gekommen. Sie schrie. Schüsse fielen. Mein Dad kam gerannt, um zu sehen, was passiert war. Marshall schoss auch auf ihn. Chris und ich fanden die beiden. Mein Dad war bewusstlos, meine Mom tot.

»Nein … Ich bin mir nicht sicher.«

Es war die Wahrheit. Und es war das erste Mal, dass ich sie laut ausgesprochen hatte.

»Jamie, du kannst das nicht auf dich nehmen. Du hast es nicht verursacht, und du hättest auch nichts anders machen können, um es zu verhindern. Der Mann stand unter Drogen und hatte eine Pistole. Wenn du und Chris zu Hause gewesen wärt, hätte es vielleicht zwei Tote mehr gegeben.«

Das hatte ich alles schon gehört. Und ich konnte nicht widersprechen. Aber die Schuldgefühle verschwanden dadurch nicht.

»Ich stelle mir trotzdem die Fragen, Doc. Was, wenn das Garagentor nicht offen gewesen wäre? Was, wenn Chris oder ich jemanden gehört und gerufen hätten – wäre Marshall dann wieder gegangen?« Ich spürte, dass die Gefühle mit mir durchgingen, was ich nicht zulassen wollte. »Außerdem … das Schlimmste ist … das letzte Mal, als ich meine Mom sah, haben wir uns gestritten.« Ich spürte, wie meine Unterlippe zu zittern begann, und beschloss, nicht noch tiefer zu graben. Ich biss mir auf die Lippe und senkte den Blick.

»Willst du darüber reden – über deine Beziehung zu deiner Mom?«

Ich schüttelte den Kopf. Nicht jetzt.

»Okay«, sagte Gillespie. »Aber wenn ich ehrlich zu dir sein darf: Ich glaube, du leidest an der Schuld des Überlebenden, und es würde nicht schaden, wenn wir noch ein bisschen mehr darüber sprechen würden.«

»Ich schaffe das schon«, versicherte ich ihm.

Ich ging, ohne einen neuen Termin zu vereinbaren.

Aber später am Abend ließ mich der Gedanke nicht los. Ich durchlebte diese Nacht vor zwölf Jahren immer wieder und wünschte, ich wäre zu Hause gewesen. Die Fragen und Möglichkeiten, was hätte passieren können, wenn alles anders gewesen wäre, wirbelten in meinem Kopf herum – und in jedem Szenario wäre die Sache anders ausgegangen, wenn ich nur zu Hause geblieben wäre. Antoine Marshall wäre in ein anderes Haus eingebrochen, und meine Familie wäre gerettet gewesen.

Ein paar Minuten vor Mitternacht schickte ich Aaron Gillespie eine E-Mail und bat um einen neuen Termin.

53

Am letzten Samstag im Juni wachte ich früh auf und ging mit Justice spazieren. Es hatte schon fast dreißig Grad und bis zum Nachmittag waren mindestens fünfunddreißig vorhergesagt. Sprinklersysteme liefen in der ganzen Nachbarschaft, und ein paar frühmorgendliche Jogger versuchten, der Hitze zu trotzen.

Als ich nach Hause zurückkam, mähte ich zum ersten Mal seit zwei Wochen den Rasen. Der Vorgarten war nicht groß, aber das Haus stand auf einem Hügel, und bis ich fertig war, war ich verschwitzt, müde und außer Atem. Ein Teil meiner Erschöpfung war dem Schlafmangel und der emotionalen Anspannung geschuldet, aber ich hatte in den letzten Monaten auch weniger trainiert als zu jeder anderen Zeit als Erwachsener.

In ein paar Tagen würde ich mich Tausenden verrückter Bewohner von Atlanta anschließen und am 4. Juli den *Peachtree Road Race* laufen. Das tat ich schon seit acht Jahren ohne Unterbrechung, und ich würde jetzt kein Jahr auslassen, auch wenn es vermutlich eine meiner bisher langsamsten Zeiten werden würde.

Ich setzte mich auf die Veranda, dachte über das Rennen nach und trank Eistee, während Justice mich anbettelte, seinen Tennisball zu werfen. Zusätzlich zu allem anderen fühlte ich mich jetzt auch noch schuldig, weil ich Justice in den letzten Monaten so vernachlässigt hatte und weil ich so außer Form war. Jamie Brock, einst Olympiaanwärterin im Kajak, jetzt erschöpft vom Rasenmähen.

Sogar Justice schien ein paar Extrapfunde zugelegt zu haben. Es war noch nicht ganz neun Uhr morgens, und ich war samstagmorgens um diese Zeit normalerweise schon im Büro, aber ich wusste, ich konnte nicht so weitermachen.

»Willst du schwimmen gehen?«, fragte ich Justice.

Er spitzte die Ohren, als könne er ihnen nicht trauen. Er begann mit dem Schwanz zu wedeln und schlug damit gegen das Verandageländer. Dann fing er an herumzuspringen und tänzelte auf der Veranda herum, während Aufregung und Adrenalin durch seinen Körper strömten.

Er hüpfte hinüber zur Hintertür und kratzte daran. Ich musste über seine Begeisterung lächeln. Ich zog mir Trainingsklamotten an und konnte Justice kaum unter Kontrolle halten, während ich mein Kajak auf den Wagen lud.

Wir gehen zum Fluss! Justice spürte es, und allein der Gedanke machte ihn verrückt.

Letzten Sommer waren wir fast jedes Wochenende zum Chattahoochee gefahren. Aber diesen Frühling, bei allem, was in meinem Leben passiert war, hatte ich mein Boot nicht einmal zu Wasser gelassen. Es hatte staubbedeckt in der Garage gelegen. Heute würde sich das ändern.

Eine halbe Stunde später glaubte Justice, er sei gestorben und im Hundehimmel. Ich stand am Ufer des Chattahoochee und warf sein großes Gummispielzeug mitten in den Fluss. Er flog mit einem Bauchklatscher ins Wasser und schwamm hinaus zu seinem Spielzeug, schnappte es mit dem Maul und zerrte es zurück zum Ufer. Er stieg aus dem Wasser, schüttelte sich, ließ das Spielzeug vor meine Füße fallen und wartete in Habachtstellung auf meinen nächsten Wurf.

Werfen, holen, fallen lassen. *Noch mal!* Werfen, holen, fallen lassen. Wieder und wieder, bis seine Zunge so weit herausging, dass ich dachte, er würde noch darüber stolpern.

»Zeit für Mami, ein bisschen zu trainieren«, sagte ich schließlich. Diese Übung kannte er. Ich trug mein Kajak zum Fluss und paddelte in die Mitte der Strömung, während Justice am Ufer blieb. Ich sprintete ungefähr fünf Minuten hart gegen die Strömung und drehte an einem Betonpfeiler unter der Brücke der Medlock Bridge Road. Justice folgte mir am Ufer, kämpfte sich durchs Unterholz und rutschte gelegentlich einen matschigen Hang ins Wasser hinunter. Ich fuhr flussabwärts bis zu unserem Ausgangspunkt, drehte und sprintete wieder.

Die ganze Zeit über folgte mir Justice. Hin und zurück, hin und zurück.

Letztes Jahr hatte ich das eine volle Stunde lang gemacht, aber heute brannten mir die Arme schon nach einer halben. Beim letzten Sprint fühlten sich meine Lungen an, als würden sie explodieren, und ich beugte mich erschöpft vor, als ich am Pfeiler ankam. Es fühlte sich toll an, auf dem Wasser zu sein, während Justice genug Auslauf für eine ganze Woche bekam. Es war das erste Mal seit Monaten, dass sich meine Gedanken nicht um Antoine Marshalls Berufung oder Caleb Tates Anklage drehten oder darum, wie sehr ich meinen Dad vermisste. Ich trieb zurück zu dem kleinen Parkplatz, wo ich mein Boot ins Wasser gesetzt hatte, und trug es zurück zum Wagen.

Der letzte Teil unseres Rituals war unzweifelhaft Justices liebste Aktion. Ich nahm das Frisbee vom Rücksitz und holte aus, um es ordentlich weit zu schleudern. Doch da merkte ich, dass das rote Licht an meinem BlackBerry blinkte.

»Warte mal kurz, Kumpel.« Der verpasste Anruf war von L. A. In der Zwischenzeit hechelte Justice zu meinen Füßen und schlug mit der Pfote nach dem Frisbee, aber irgendetwas an diesem blinkenden roten Licht machte süchtig. Ich rief L. A. zurück.

»Wo bist du?«, fragte er.

»Geht dich nichts an. Es ist Samstag.«

Er lachte. »Schön zu sehen, dass sich deine schlechte Laune nicht auf Arbeitstage beschränkt.«

»Soweit ich weiß *ist* Samstag ein Arbeitstag.«

»Auch wieder wahr.«

Ich warf das Frisbee und sah Justice nach, der hinterherstürmte.

»Ich bin im Büro vorbeigefahren, um zu sehen, ob du da bist«, sagte L. A. Er klang zögerlicher als sonst. »Ich habe da was, was ich mit dir bereden wollte, aber das wäre besser unter vier Augen.«

Justice kam zurückgerannt, ließ mir das Frisbee vor die Füße fallen und setzte sich erwartungsvoll. »Kannst du mir eine Andeutung geben?«

»Nicht am Telefon. Ich will dabei sein und dich lächeln sehen.«

Jetzt hatte er mich. »Aber keine Spielchen. Ich hatte eine lange Woche.«

»Es gibt nur einen Weg, das herauszufinden. Sag mir, wo du bist.«

Er klang ein bisschen flirtend, und ich überraschte mich selbst mit einem Grinsen. »Chattahoochee River Park an der Medlock Bridge Road. Ich arbeite hart an den Fällen der nächsten Woche.«

»Klingt, als könntest du Hilfe gebrauchen. Vielleicht sollte ich J-Lo mitbringen.«

»Justice würde sich freuen.«

* * *

L. A. kam zwanzig Minuten später in seinem blassgrünen Honda Element vorgefahren, der aussah wie ein Karton auf Rädern, auf dem Beifahrersitz seine braunweiße Englische Bulldogge. J-Lo war ungefähr 40 Zentimeter groß, mit kurzen Stummelbeinen, einer breiten, platten Schnauze und einer ebenfalls breiten schwarzen Nase. Ihre dunklen Augen lagen tief in den Höhlen, und die Haut hing ihr vom Gesicht: XL-Haut für ein Größe-M-Gesicht.

»Sie ist eine kleine Primadonna«, sagte L. A. »Sie verträgt die Hitze nicht gut.«

L. A. hielt sie an der Leine. Er trug Jeans, Flip-Flops und ein T-Shirt. Ich nahm an, er kam direkt von der Arbeit. Ich hatte immer noch mein Bikinioberteil und Shorts an. L. A. fing an, Fragen über das Kajak zu stellen, als wolle er es womöglich ausprobieren.

Ich wusste, er war ein guter Sportler, aber ich wusste auch, dass mein Rennkajak extrem wacklig war. Ich hatte noch keinen getroffen, der beim ersten Versuch aufrecht blieb.

»Willst du's mal ausprobieren?«, fragte ich.

»Ich habe keine Shorts dabei.«

»Du kannst die Hosenbeine hochkrempeln. Aber ich meine, wenn du nicht damit zurechtkommst …«

Nach einigem Herumdrucksen willigte er ein, einen Versuch zu wagen. Er trug es für mich zum Wasser, als könne eine Frau irgendwie nicht mit einem Boot von vierzehn Kilo umgehen, obwohl ich es ja vorher getan hatte. Ich demonstrierte kurz, wie es ging, und ließ es einfach aussehen. Ich zeigte ihm, wie man sich seitlich aufstützte und wie man gerade saß und mit den Beinen trat, während man den Oberkörper drehte, um die maximale Kraft in jeden Schlag zu legen. Ich fuhr ein paar Meter den Fluss hinauf, bevor ich eine scharfe Kurve fuhr und zu ihm zurückgeschossen kam. Dann hielt ich an dem Steg, wo L. A. bis fast zu den Knien im Wasser stand.

Er zog sein Shirt aus, und ich versuchte, seinen Sixpack nicht zu bemerken. Ich hielt das Boot gerade, während er hineinstieg und das Paddel nahm.

»Bereit?«

»Eigentlich nicht.« Er wackelte schon ein wenig, und er hatte noch nicht einmal angefangen.

»Es ist wie Fahrradfahren. Wenn man erst mal drin ist, ist es leichter, das Gleichgewicht zu halten.

Ich gab ihm einen sanften Schubs, und er fuhr in die Strömung. Das Boot wackelte, aber er war schlau genug, die Kraft seines Schlags zu benutzen, um sich abzustützen. Er sah aus, als bekäme er den Dreh heraus. Er hatte breite, muskulöse Schultern und blieb aufs Wasser konzentriert, den Blick auf einen Punkt knapp vor dem Boot gerichtet, genau wie ich es ihm gesagt hatte. Es dauerte nicht lange, bis er anfing, sich wohlzufühlen, und ein bisschen Tempo aufnahm.

Dann bekam er Probleme.

Die Strömung griff den Bug des Kajaks und wollte ihn flussabwärts drehen. »Was mache ich jetzt?«, rief er.

»Links paddeln!«

L. A. versuchte, meinen Rat zu befolgen, aber es ist schwer, mit einem Kajakpaddel auf nur einer Seite zu paddeln. Er machte ein paar Schläge auf der linken Seite und wäre fast gekippt. Er stützte sich rechts mit dem Paddel ab, doch dann drückte die Strömung das Boot weiter herum. Er versuchte, noch einen Schlag links anzubringen. Sein Paddel verfing sich beim Herausziehen im Wasser, und bevor er auch nur blinzeln konnte, lag er im Wasser, schwamm neben dem Kajak und klammerte sich an sein Paddel.

Justice stand am Ufer und bellte. Ich hielt J-Los Leine. »Alles klar?«

Er sah zu mir herüber, während er versuchte, ins Kajak zurückzukriechen. »Abgesehen von meinem Stolz geht es mir super.«

Er sah unbeholfen aus bei seinen ersten zwei Versuchen, zurück ins Boot zu kommen. Beim dritten Versuch schaffte er es schließlich, an Bord zu klettern, und hätte dabei fast die Hose verloren. Er paddelte noch ein paar Züge flussabwärts. Als er zu drehen versuchte, kippte er ein zweites Mal um.

Alles in allem kippte L. A. in den folgenden zwanzig Minuten noch fünf Mal, aber er beeindruckte mich dennoch mit seiner Beharrlichkeit. Bevor er aufhörte, schaffte er es, nonstop zu der Brücke zu paddeln, wo ich umgedreht hatte, und zu mir zurückzusprinten, ohne wieder baden zu gehen. Seine Bewegungen waren immer noch zu lang und holprig, aber er hatte herausgefunden, wie man das Boot stabil hielt.

»Du bist ein geborener Kajaker«, sagte ich und hielt ihm das Boot fest, während er ausstieg.

»Das ist schwerer, als es aussieht«, sagte er. »Man muss auf jeden Fall wissen, was man tut.«

Gemeinsam trugen wir das Kajak zu meinem Auto. Als wir es festschnallten, fragte ich L. A. zum dritten Mal, was so wichtig war, dass wir von Angesicht zu Angesicht darüber sprechen mussten. Er kam zu mir herüber; Wasser tropfte von seinem Körper.

»Ich habe Freunde mit Insiderinformationen aus dem Berufungsgericht«, sagte er endlich. »Sie veröffentlichen am Montag eine Urteilsbegründung.«

Er schwieg kurz, und ich machte mich auf die Neuigkeiten gefasst.

»Deinem Freund Antoine Marshall wird sie nicht gefallen.«

Ich atmete erleichtert auf. Fast hätte ich L. A. umarmt, fing mich aber noch rechtzeitig. Ich bin von Natur aus keine Schmuserin, und es gab in dieser ganzen Sache eigentlich keinen Grund zur Freude. Ich wollte sicher nicht, dass Antoine Marshall die Berufungsverhandlung gewann, aber zu wissen, dass er verlieren würde, brachte mir meine Mutter nicht zurück. Es brachte das Leben nicht wieder in Ordnung. Bestenfalls war dieses Kapitel damit endlich abgeschlossen.

»Das sind ja wohl gute Neuigkeiten.«

»Das ist alles? Ich bin den ganzen Weg hier herausgekommen und habe mich zum Idioten gemacht – für *diese* Reaktion?« Er tat, als schmerze ihn das, aber mir war klar, dass er scherzte.

»Ich weiß nicht, L. A. Es fühlt sich einfach so an, als gäbe es in dieser Sache niemals wahre Gewinner. Ich will es wohl einfach möglichst schnell hinter mich bringen.«

»Verstehe. Ich habe keine Ahnung, wie du geschafft hast, bis jetzt damit zurechtzukommen. Und ich weiß, es bringt dir deinen Vater nicht zurück, aber zumindest hat das Gericht diesen Müll über Coopers Sinneswandel nicht geglaubt.«

L. A. zog sein T-Shirt an und kniete sich dann hin, um mit Justice zu spielen. Ich fing wirklich an, diesen Kerl zu mögen. Er konnte weicher sein als ich ursprünglich gedacht hatte. Außerdem hatte er die Demütigung beim Kajakfahren besser weggesteckt, als es die meisten Typen getan hätten, die ich kannte.

Es waren noch andere Leute da, die das Flussufer nutzten. Ein paar Bootsfahrer waren vom selben Punkt gestartet, den wir gerade benutzt hatten. Andere Hundebesitzer waren da; ein paar Typen warfen einen Football und tranken Bier dazu.

»Ich muss noch über etwas anderes mit dir reden«, sagte ich L. A. »Ich wohne nicht so weit von hier, und wahrscheinlich gibt es von meinem Dad noch ein paar trockene Klamotten, die du anziehen könntest. Auch wenn sie vielleicht auf Bauchhöhe ein bisschen weit sind.« Ich lächelte.

L. A. grinste. »J-Lo und ich würden uns geehrt fühlen.« Er ließ seine Grübchen sehen. »Na komm, Junge«, sagte er zu Justice. »Du fährst mit mir.«

* * *

L. A. war ein guter Verlierer und trug eine Jeans von meinem Vater, die ihm viel zu weit, aber dafür auch viel zu kurz war. Ich gab ihm einen der Gürtel meines Vaters, den er zuzog und die Taille in Falten legte. Dann krempelte er die Hosenbeine bis zur Hälfte der Waden auf.

Wir redeten am Küchentisch, beide Hunde lagen zu unseren Füßen. Zögernd erzählte ich ihm von Caleb Tates Drohung und was meine Recherchen zutage gebracht hatten.

L. A. schüttelte stirnrunzelnd den Kopf. »Glaubst du wirklich, dein Dad hatte etwas gegen die Richterin in der Hand?«, fragte er.

»Ich weiß nicht. Aber ich weiß, dass diese Zahlen es so *aussehen* lassen, und sie geben Caleb Tate etwas, womit er arbeiten kann.«

»Ganz zu schweigen davon, was das für den Ruf deines Vaters bedeutet«, sagte L. A. leise.

Ich nickte, und wir saßen einen Augenblick schweigend da und dachten nach.

»Antoine Marshalls Hinrichtung soll zwei Wochen vor Tates Prozessbeginn stattfinden«, sagte ich schließlich.

An L. A.s Blick konnte ich ablesen, dass er sofort wusste, was auf dem Spiel stand. Wenn wir stillhielten und Antoine Marshalls Hinrichtung geschehen ließen, würde Tate uns im Prozess vernichten. Er würde der Jury von Richterin Snowden und den Informationen, die er mir gegeben hatte, erzählen. Er würde erklären, dass ich auf diesen Informationen gesessen und Marshalls Hinrichtung zugelassen hätte. Und dann würde er die Informationen benutzen, um seine eigene Geschichte über Rafaels Riveras Verrat zu untermauern.

L. A. stand auf und starrte aus dem Fenster. Justice warf ihm einen Blick zu, legte den Kopf aber wieder auf die Vorderpfoten und schloss die Augen.

L. A. dachte eine Weile nach und wandte sich dann zu mir um. »Jamie, du bist die Anwältin. Wenn diese Information über Snowden und deinen Dad vor Marshalls Hinrichtung herauskommt und die Richter ihm einen neuen Prozess zugestehen, kann dann die Zeugenaussage deines Vaters von vor elf Jahren als Beweis vorgelesen werden?«

Ich schüttelte den Kopf. »Das ist das Problem. Die Strafverteidiger werden Einspruch erheben mit dem Argument, dass sie ihn zu diesen neuen Erkenntnissen nicht ins Kreuzverhör nehmen können.«

»Dann wäre kein Beweis mehr übrig, um Antoine Marshall zu verurteilen.«

»Richtig.«

Das beunruhigte L. A., sein Stirnrunzeln verstärkte sich. »*Musst* du diese Informationen als Staatsanwältin einreichen?«

»Das ist nicht eindeutig«, sagte ich. »Ich habe dazu recherchiert, aber keine eindeutige Antwort gefunden. Ein Staatsanwalt muss einem Strafverteidiger alle entlastenden Beweise aushändigen. Aber unser Büro bearbeitet die Revision nicht, und ich würde argumentieren, dass die neuen Erkenntnisse nicht wirklich entlastend sind.«

»Was meinst du damit?«

»Na ja, sie beweisen eigentlich nicht Marshalls Unschuld. Sie werfen nur Zweifel über die Integrität meines Vaters und Richterin Snowden auf.«

L. A. verzog das Gesicht – das war selbst für ihn schwer zu schlucken. »So oder so, wir können nichts verraten«, entschied er. »Solange wir Rafael Rivera nicht in den Zeugenstand holen, kann Caleb Tate diese Informationen nicht verwenden; sie sind durch die anwaltliche Schweigepflicht geschützt. Aber falls sein ehemaliger Mandant gegen ihn aussagt, verzichtet er auf diese Schweigepflicht. Offen gesagt, würde ich eher die Anklage gegen Tate fallen lassen als Antoine Marshall davonkommen lassen.«

Er schwieg kurz und murmelte dann: »Ganz zu schweigen vom Ruf deines Vaters.«

»Ich weiß nicht, ob ich da deiner Meinung bin«, erwiderte ich. »Ich habe mein ganzes Leben der Gerechtigkeit gewidmet. Wie kann ich jetzt anfangen, Ausnahmen zu machen? Sollte ich diese Erkenntnisse nicht offenlegen und die Dinge einfach laufen lassen?«

L. A. setzte sich wieder mir gegenüber an den Tisch und sah mir in die Augen. »Du hast ein gutes Herz, und du bist ein ehrlicher Kerl. Aber Jamie – manchmal ist das System nicht gerecht. Und manchmal braucht es ein bisschen Hilfe.«

»Wie zum Beispiel?«

»Ich weiß es selbst nicht genau«, sagte L. A. Er sah mir mit einer Eindringlichkeit in die Augen, die ich noch nie gesehen hatte. »Aber Antoine Marshall kann nicht deine Mutter töten, deinen Vater verletzen und nach elf Jahren aus dem Gefängnis spazieren, nur wegen dieser Sache. So viel kann ich dir sagen.«

Wir analysierten die Lage über eine Stunde lang, nahmen jede Option auseinander, dachten alle Möglichkeiten durch. Wir kamen zu keinem Ergebnis, aber es fühlte sich gut an, darüber zu sprechen. Er sagte mir noch einmal, er habe keine Ahnung, wie ich dem Druck so gut standhielt. Er umarmte mich, ich ließ es zu, und es dauerte länger als eine rein freundschaftliche Geste. Es fühlte sich richtig gut an, diese paar Sekunden lang seine Arme um mich zu spüren.

»Tu überrascht, wenn du am Montag die Urteilsbegründung siehst«, erinnerte er mich, als er sich von mir löste. »Und mach dir keine Sorgen wegen dieser anderen Sache. Wir bekommen das schon hin.«

Es wäre der perfekte Abschluss unseres Treffens gewesen, aber das echte Leben funktioniert anders.

»J-Lo!«, schrie er. Er hatte sie im Haus von der Leine gelassen und bemerkte jetzt einen gelben Fleck unter der Ecke des Esszimmertisches, direkt dort, wo Justice normalerweise zu meinen Füßen lag.

»Böser Hund!«, schalt L. A.

Er bestand darauf, die Pfütze wegzuwischen, und ich ließ ihn. Justice sah mich die ganze Zeit an, als wisse er nicht recht, ob er auch Ärger hatte. »Guter Junge«, sagte ich zu ihm und strich ihm über den Kopf.

L. A. schrubbte den Teppich, bis der Fleck verschwunden war.

»Sie ist manchmal ein bisschen eifersüchtig«, sagte er.

54

Am Montag, dem 2. Juli, um 9.30 Uhr erhielt Mace James eine E-Mail vom Berufungsgericht Georgia mit der Urteilsbegründung zu Antoines Fall als Anhang. Mace sprach ein rasches Gebet und klickte mit schweißnasser Hand auf die Maus.

Das Gericht hatte sein Gesuch abgelehnt und bestätigte das Hinrichtungsdatum 7. August. Und die Richter hatten ein paar harsche Worte für Mace zu sagen.

Die Strafverteidigung hat die Pflicht, ihren Mandanten mit Eifer zu verteidigen. Aber diese Pflicht hat ihre Grenzen. In diesem Fall hat die Verteidigung diese Grenzen überschritten und kam einer absichtlichen Täuschung des Gerichts gefährlich nahe. Das Gericht versteht, dass sich der Strafverteidiger durch die Umstände in einer Zwangslage sah, aber seine Rolle als Beauftragter des

Gerichts verbietet diese Art des Betrugs und der Gewalt, die er offenbar anwandte, um die eidesstattliche Erklärung von Mr Cooper zu bekommen. Sein Vorgehen wirft ein schlechtes Licht auf den Berufsstand der Justiz und zeigt eine mangelnde Urteilsfähigkeit, die dieses Gericht beunruhigend findet.

Mace kämpfte mit widerstrebenden Gefühlen, während er die Urteilsbegründung las. Frustration, weil die Richter die Wahrheit hinter den Ereignissen nicht anerkannten. Scham angesichts der scharfen Kritik. Hilflosigkeit, weil er einen unschuldigen Mann im Todestrakt vertrat und alles, was er tat, die Sache nur zu verschlimmern schien. Aber hauptsächlich fühlte er sich ausgelaugt. Er hatte Jahre damit verbracht, mit dem Kopf gegen eine Wand nach der anderen zu rennen. Und jetzt hatte er nur noch ein paar Wochen.

Mace stieg in sein Auto und fuhr nach Jackson, um seinem Mandanten die Nachricht persönlich zu überbringen. Bis er dort war, den Telefonhörer in die Hand nahm und Antoine Marshall auf der anderen Seite der Scheibe ansah, war er niedergeschlagen.

»Das Berufungsgericht Georgia hat unser Gesuch abgelehnt«, sagte Mace. Er schob einen Ausdruck der Urteilsbegründung durch den Schlitz unter dem Glas. Antoine nahm ihn wortlos und drehte sich seitwärts, damit er ihn auf Armeslänge von sich weghalten konnte. »Ich habe meine Lesebrille in der Zelle gelassen«, sagte er.

Mace sah zu, wie Antoine blinzelnd und langsam las, ab und zu grunzte und den Kopf schüttelte, während er die Seiten umblätterte. Er las quälend lange, verschlang langsam jedes Wort. Mace konnte sehen, wie die Hoffnung aus seiner Miene wich und einer grimmigen Gewissheit Platz machte, dass seine Tage auf dieser Erde jetzt auf sechsunddreißig beschränkt waren.

Als er fertig war, legte Antoine die Urteilsbegründung auf die Ablage vor sich und wandte sich wieder Mace zu. Tränen traten ihm in die Augen.

»Es tut mir leid«, sagte Mace.

»Bei den anderen Typen im Todestrakt – ihren Anwälten ist es egal«, sagte Antoine. Seine Stimme war rau und versagte fast. »Aber mein Anwalt fährt den ganzen Weg von Atlanta her, nur um mir in die Augen zu sehen und mir zu sagen, dass es ihm leidtut. Mein Anwalt verprügelt einen Kerl in einer Bar und riskiert seine Zulassung, nur um mir eine Chance zu verschaffen. Ihnen muss nichts leidtun, Mr James.«

Antoine setzte sich aufrechter hin und sah Mace direkt an. Mace war gekommen, um seinen Mandanten zu trösten, aber es lief andersherum.

»Ich bin stolz, dass ich den besten Anwalt von allen hier im Todestrakt habe.«

»Das weiß ich zu schätzen«, sagte Mace. Und das stimmte. »Aber vielleicht bin ich nicht so toll, wenn Sie hier nicht herauskommen.«

Antoine schüttelte den Kopf. »Manches soll einfach nicht sein. Sie haben getan, was Sie konnten. Machen Sie sich keine Vorwürfe.«

Antoine schob die Urteilsbegründung unter der Scheibe zurück, und Mace steckte sie in seine Aktentasche. Es hatte eigentlich Antoines Kopie sein sollen, aber es war klar, dass sein Mandant sie nicht in seiner Zelle herumliegen haben wollte.

»Für die Zeit nach meinem Tod müssen Sie mir etwas versprechen«, sagte Antoine.

Mace sah ihm in die Augen. Abgesehen von den roten Augen und den Tränen wirkte Antoine entschlossen.

»Legen Sie meine Akte nicht einfach in den Schrank und machen Sie mit dem nächsten Fall weiter. Ich weiß, ich habe keine Familie, die sich darum schert, aber ich will, dass mein Name reingewaschen wird. Es ist der einzige Weg, um sicherzugehen, dass dem nächsten Kerl nicht dasselbe passiert. Vielleicht hat Gott mich deshalb hergeschickt.«

»Ich verstehe, was Sie sagen, Antoine«, erwiderte Mace. Sie hatten schon einmal darüber gesprochen. »Aber jetzt hören Sie mir zu: Ich bin noch nicht fertig mit meinem Kampf um Ihr Leben.«

Antoine gluckste sarkastisch. »Der 7. August kommt, Mr James. Ob Sie dafür bereit sind oder nicht. Ich will nur sichergehen, dass Sie, wenn er gekommen und wieder gegangen ist und ich fort bin, weiter daran arbeiten, meinen Namen reinzuwaschen.«

»Darauf haben Sie mein Wort«, sagte Mace.

Antoine nickte, und Mace bemerkte, dass er dabei leicht zuckte. Der Druck forderte seinen Tribut.

»Ich habe noch eine letzte Strategie, aber das ist ein Schuss ins Blaue«, warnte Mace. »Ich werde die Erlaubnis des Gerichts brauchen, um es zu versuchen.«

Antoine zuckte die Achseln. »Im Augenblick klingt ein Schuss ins Blaue ziemlich gut.«

55

Der *Peachtree Road Race* findet jedes Jahr am 4. Juli, dem Unabhängigkeitstag, in Atlanta statt. Es ist einer der größten Zehn-Kilometer-Läufe der Welt – und meiner Meinung nach auch der verrückteste. Sechzigtausend Läufer starten an zwanzig verschiedenen Startpunkten. Unter ihnen war dieses Jahr die Hälfte der Staatsanwaltschaft von Milton County.

Wir hatten uns in zwei Gruppen aufgeteilt – ernsthafte Läufer und die, die vorhatten, zu walken. Wir hatten alle T-Shirts mit dem Aufdruck *Masterson als Generalstaatsanwalt* auf der Vorderseite und auf der Rückseite die Rechtsbelehrung für Verhaftete. Die Shirts gehörten noch zu den zahmeren Läuferoutfits.

Ich stand um fünf Uhr morgens auf, versorgte Justice und fuhr zur Schnellbahnstation, wo ich mich mit Läufern jeder Fitnessklasse in den Zug quetschte.

Bei solchen Veranstaltungen setzte immer mein Wettkampfinstinkt ein, und ich schaute mich um, pickte die am schnellsten aussehenden Läufer heraus und verglich mich mit ihnen. Ich hätte sie wahrscheinlich schlagen können, wenn ich nur mehr trainiert hätte. Wenn ich nur längere Beine hätte. Wenn ich nur keinen Job hätte, der siebzig oder achtzig Wochenstunden von mir forderte.

Ich traf mich mit den anderen Staatsanwälten am abgesprochenen Ort. Masterson war auch da, klopfte jedem auf den Rücken und dankte uns für unser Kommen. Er würde heute nicht mitlaufen, aber er würde ungefähr auf halbem Weg einen Streckenposten einrichten, mit großen Schildern und Bannern, und Energieriegel an die Läufer verteilen.

Meine Kollegen und ich standen schließlich mehr als eine Stunde herum und warteten auf den Start unserer Gruppe. Und selbst als wir dran waren, dauerte es noch ein paar Minuten, bis ich meinen ersten Schritt machen konnte. Irgendwann begannen die Läufer, sich alle in Bewegung zu setzen wie eine riesige Amöbe, zuerst gehend, dann langsam joggend und schließlich laufend.

Das *Peachtree*-Rennen war kein Ort für persönliche Rekorde, aber es war super, was die Kulisse anging. Eine Menge Leute trugen Kostüme, für die sie ins Gefängnis hätten kommen müssen. Es gab immer ein paar, die sich als Freiheitsstatue verkleideten, Männer in Kilts und Frauen in Bikinis. Mich schauderte immer, wenn ich die Typen in knappen Badehosen sah.

Irgendwann verteilte sich unsere kleine Gruppe von Staatsanwälten, und ich ließ viele meiner Kollegen hinter mir. Ich pendelte mich in meinem Rhythmus ein, sodass ich die Meile in unter acht Minuten schaffte, und wich anderen Läufern aus wie ein Runningback auf dem Footballfeld. Bei Meile drei überholte mich ein Geschwader Marines, die alle in Formation liefen, als sei dies eine ganz normale morgendliche Trainingseinheit.

Bei Meile fünf zahlte ich für meinen anfänglichen Enthusiasmus, und ich brauchte schon achteinhalb Minuten pro Meile. Zehn Kilometer waren mir noch nie so lang erschienen.

Einige der Läufer überholten mich lachend und scherzten miteinander, aber ich konnte kaum noch atmen. Kurz vor der Meilenmarkierung Nummer sechs schloss ein Mann in gestreifter Gefängniskleidung und mit schwarzer Maske zu mir auf.

»Fast geschafft«, sagte er.

»Ja.« Ich hasste es, wenn Leute versuchten, mit mir zu reden, wenn ich lief. Einsilbige Antworten beendeten das Gespräch normalerweise sehr schnell wieder.

»Ihr macht eure Sache gut bei der Staatsanwaltschaft«, sagte er. »Weiter so.«

»Danke.«

»Hier ist etwas, das Ihnen vielleicht helfen könnte. Sie können es nach dem Rennen lesen.«

Er reichte mir ein gefaltetes Stück Papier, und ich nahm es instinktiv. Der ganze Austausch war merkwürdig, aber ich war müde und dachte in dem Moment nicht klar.

»Guten Endspurt noch«, sagte der Mann. Er lief in einem Tempo davon, mit dem ich auf keinen Fall mithalten konnte. Ich lief weiter und faltete dabei das Blatt auseinander.

Ich wurde langsamer und blieb an der Seite stehen, obwohl uns die Zuschauer anfeuerten. Ich las das Papier und begann wieder zu laufen. Aber jetzt war ich komplett abgelenkt, lief langsamer und dachte nicht einmal mehr an die Ziellinie. Die Nachricht war getippt und nicht unterschrieben.

Seien Sie vorsichtig, wem Sie vertrauen. Nicht jeder, der von der Regierung bezahlt wird, arbeitet auch für die Regierung. Was glauben Sie, woher Rivera sonst von dem Morphin wusste?

* * *

Um Atlanta gibt es am 4. Juli ein Duell der Feuerwerke. Das Spektakulärste findet im *Centennial Olympic Park* in der Innenstadt von Atlanta statt. Aber es konkurriert mit dem Höhepunkt des Country-Festivals, welches zehn Meilen entfernt in Buckhead stattfindet. Das Problem mit beiden Orten ist, dass man hinterher auf dem Weg nach Hause eine Stunde im Verkehr festsitzt.

L. A. hatte die Lösung.

Wir standen auf dem Standstreifen der Autobahn auf halbem Weg zwischen der Innenstadt von Atlanta und Buckhead, und auf dem Dach von L. A.s Zivilfahrzeug drehte sich das portable Blaulicht. Er hatte das Radio auf den Sender eingestellt, der die Musik zum Feuerwerk im Centennial Park spielte. Dieses hatte als Erstes angefangen, aber jetzt nach der Hälfte begann auch das Feuerwerk in Buckhead hinter uns. Feuerwerk in Stereo, und wir würden wieder weg sein, bevor die Verkehrsstaus einsetzten.

Ich warf einen verstohlenen Blick auf L. A.s ausgesprochen gut aussehendes Profil und die Reflektionen des Feuerwerks, die in seinen Augen glitzerten. Es hätte eigentlich der perfekte romantische Abend sein können. Aber ich ertappte mich die ganze Zeit bei der Frage: *Was weiß ich eigentlich über diesen Kerl?*

Da waren natürlich die Gerüchte über L. A. und die Frauen. Und obwohl er mich immer mit Respekt behandelt hatte, schien er jederzeit zwei oder drei verschiedene Intrigen am Laufen zu haben. Ich hatte ihn mit wenig Achtung vor Ethik mit dem System spielen sehen wie auf einem Klavier. Ich war mir zum Beispiel ziemlich sicher, dass L. A. derjenige war, der die psychiatrische Akte von Rikki Tate an die Presse weitergegeben hatte.

Wie weit würde er wohl gehen, um eine Verurteilung zu bekommen? So weit, dass er die Information über das Morphin zu Rivera durchsickern lassen würde, damit die Zeugenaussage des Verbrechers plausibler klang? Es störte mich, dass L. A. andere Leute so gut durchschaute, aber selbst so undurchsichtig blieb.

»Was ist los?«, fragte er.

»Nichts.«

»Okay. Also, was ist wirklich los?«

»Versuch bloß nicht dieses Lügendetektor-Ding bei mir«, sagte ich.

Ein helles Spinnennetz von Raketen zerplatzte vor unserer Windschutzscheibe. Hinter uns schossen zeitversetzt Raketen vom Boden hoch und explodierten in einem Wolkenpilz aus Rot und Blau.

»Man muss kein menschlicher Lügendetektor sein, um zu wissen, dass eine Frau, wenn sie ›nichts‹ sagt, eigentlich meint: ›Frag weiter, bis du es herausgefunden hast.‹«

Ich strich mir eine Haarsträhne hinters Ohr. »Mal sehen … mein Vater ist gestorben, die Arbeit stresst mich, der Mörder meiner Mutter soll in einem Monat hingerichtet werden und unser Fall gegen Caleb Tate hängt am seidenen Faden. Abgesehen davon ist es ein super Unabhängigkeitstag.«

L. A. wandte sich mir zu. »Aber das ist nicht alles, oder?«

Er hatte recht. Ich fühlte mich, als säße ich mit einem Gedankenleser im Auto. Trotzdem würde ich ihm nicht von dem Blatt erzählen, das mir an diesem Tag bei dem Rennen zugesteckt worden war. Von meinen Verdächtigungen. Von der Spannung zwischen einer wachsenden emotionalen Bindung an ihn und der Saat des Misstrauens, die in meinen Gedanken Wurzeln geschlagen hatte.

»Mir geht es gut.« Ich warf ihm einen Seitenblick zu. Sein Gesichtsausdruck sagte mir, dass er mir nicht glaubte, aber er verstand. Ich wollte nicht darüber reden.

Das Radio spielte »Only in America«. Feuerwerkskörper explodierten über uns. Ein Typ mit dem guten Aussehen eines Filmstars saß neben mir.

Er streckte die Hand über die Mittelkonsole, und ich zögerte, bevor ich meine hineinlegte.

»Deine Hände sind kalt«, sagte er.

»Kalte Hände, warmes Herz.«

»Das hätte eigentlich mein Spruch werden sollen.«

56

Für Mace James war der Kampf schon halb gewonnen, als er die Erlaubnis des Gerichts bekam, den Test überhaupt durchzuführen. Er hatte seinen Antrag versiegelt eingereicht, denn die Testergebnisse würden vertraulich bleiben, wenn sie Antoine Marshall nicht entlasten konnten.

Die Generalstaatsanwaltschaft hatte ihre Eingabe ebenfalls versiegelt eingereicht und darin alle Gründe aufgezählt, weshalb der Test unzulässig war.

Doch Mace hatte seine Hausaufgaben gemacht. Der Test namens *Brain Electrical Oscillation Signature Test,* abgekürzt BEOS, war bereits bei einer Gerichtsverhandlung in Indien angewandt worden, um zwei Urteile wegen Mordes zu bestätigen. Die Technologie war von angesehenen Neuropsychologen auf der ganzen Welt getestet und begutachtet worden. Mace hatte seinem Antrag eidesstattliche Erklärungen von mehreren von ihnen beigefügt.

Der Test bestand aus einer einzigartigen Anwendung eines EEGs, die es ermöglichte, Erfahrungswissen vom konzeptuellen Wissen zu trennen. Ein Verdächtiger wurde an bis zu zweiunddreißig Elektroden angeschlossen, zwei davon an den Ohrläppchen und der Rest an verschiedenen Stellen der Kopfhaut. Der Verdächtige saß dann schweigend und mit geschlossenen Augen da, während ihm eine Reihe von Aussagen vorgelesen wurde.

Eine Software zeichnete die per EEG gemessenen elektrischen Signale auf, mit denen das Hirn auf die Aussagen reagierte. Weil Erfahrungswissen über ein Ereignis nur durch persönliches Erleben entsteht, ist die Hirnaktivität beim Erinnern daran eine andere, als wenn der Verdächtige nur von anderen von den Ereignissen hört. Anders ausgedrückt: Der Test konnte zwischen Erinnerungen unterscheiden, die durch Erfahrung entstanden waren, und solchen, die durch die Erzählungen anderer erzeugt wurden.

Mace hatte einen der besten Neuropsychologen des Landes für die Durchführung des Tests angeheuert. Vielleicht aus dem Widerstreben heraus, Mace James noch ein Thema zu liefern, über das er sich in einer Revision beschweren konnte, hatte das Gericht schließlich eingewilligt. Doch es machte auch deutlich, dass es sich ein Urteil darüber vorbehielt, ob es die Testergebnisse letztlich als beweiskräftig anerkennen würde. Diese Entscheidung musste noch einen Tag warten.

Jetzt, neunzehn Tage vor Antoine Marshalls geplanter Hinrichtung, saß Mace James in einem geschlossenen Konferenzraum im *Diagnostic and Classification Prison* in Jackson und beobachtete eine Szene, die direkt aus einem Buch von George Orwell hätte stammen können.

Antoine Marshall trug eine Haube mit den zweiunddreißig Elektroden, die seine Hirnströme maßen. Er hatte die Augen geschlossen und lauschte hoch konzentriert auf die Aussagen, die Dr. Rukmani Chandar ihm vorlas. Sie begannen damit, die Normalreaktion festzustellen – »Der Himmel ist blau« –, und Chandar studierte die Reaktionen auf dem Computer.

Als Nächstes ging Chandar zu Ereignissen über, von denen er wusste, dass sie eine Erfahrungsreaktion hervorrufen würden, wie »Anfang 2000 war ich auf Speed« oder »Heute Morgen habe ich Eier zum Frühstück gegessen«. Außerdem streute er Aussagen ein, die eine konzeptuelle Reaktion hervorrufen würden, wie »Ich habe eine Verhandlung vor dem Berufungsgericht von Georgia geführt«.

Als die normalen Reaktionen festgelegt waren, ging Chandar vorsichtig eine kurze Reihe von sachlichen Aussagen über das fragliche Verbrechen durch. »Ich bin in das Haus der Brocks am English Oak Court Nr. 130 eingebrochen ... Ich hatte in dieser Nacht eine Waffe dabei ... Ich suchte nach Geld und anderen Wertgegenständen, damit ich mir Drogen kaufen konnte ... Ich dachte, die Brocks seien nicht zu Hause ... Ich erschoss Dr. Brock, als sie mich störte ... Ich schoss Robert Brock in den Bauch.«

Mace beobachtete den Gesichtsausdruck seines Mandanten, als diese Aussagen genannt wurden. Antoine zeigte keine äußerliche Reaktion, sein Verhalten war während der Beschreibung des Verbrechens dasselbe wie bei den Grundlagenfragen. Chandar war nur auf seinen Computer und die elektronischen Muster konzentriert, die er vor sich sah. Mace wusste, es würde ein paar Tage brauchen, bis alle Ergebnisse vollständig interpretiert waren, aber Chandar sah auch jetzt schon eindeutig etwas Interessantes.

Mace konnte nicht sagen, ob das gut war oder schlecht.

Der Test dauerte nicht länger als eine Stunde. Als er fertig war, blieb Chandar zugeknöpft. »Ich kann nichts Definitives sagen, bevor ich mehr Zeit hatte, um alle Muster zu analysieren.«

»Wie lange wird das dauern?«

»Zwei Tage. Vielleicht drei.«

Mace hatte schon so lange gewartet. Er konnte eigentlich schon anfangen, Schriftsätze zu entwerfen, in der Annahme, dass die Testergebnisse positiv ausfallen würden. Schließlich hatte Antoine schon zwei Lügendetektortests bestanden. Wie konnte er diesen hier nicht bestehen? Die schwierige Frage war, ob die Gerichte die Ergebnisse als verlässliche Beweise zulassen würden. In diesem Punkt wusste Mace, dass er einen schweren Kampf austrug. Aber zumindest würde der Kampf eine neue Welle der Öffentlichkeitswirksamkeit für den Fall bringen, eine, die sich um einen topaktuellen wissenschaftlichen Test drehte und noch einmal bestätigte, dass sein Mandant in der fraglichen Nacht nicht einmal in der Nähe des Brock-Hauses gewesen war.

Falls Mace gewann, hatten Strafverteidiger überall eine mächtige neue Waffe in ihrem Arsenal. Der Fünfte Verfassungszusatz mit dem

Auskunftsverweigerungsrecht würde Staatsanwälte davon abhalten, diesen Test in Amerika zu benutzen, es sei denn, der Angeklagte erklärte sich dazu bereit. Es würde sein wie bei der Einführung der DNS-Beweise, aber die Verteidigung konnte nun ein Veto gegen die Verwendung der Beweise einlegen. Allein dieser Test würde das Blatt zugunsten von Strafverteidigern im ganzen Land wenden.

Doch Mace konnte sich nicht mit den gesellschaftlichen Auswirkungen seines Tuns beschäftigen. Im Moment musste er sich konzentrieren. Er versuchte Antoine Marshalls Leben zu retten.

57

Die republikanische Vorwahl fand am letzten Dienstag im Juli statt, einem Datum, das ich seit mehr als einer Woche fürchtete. Das Gute war, dass die omnipräsenten Werbespots mit mir und anderen »Frauen für Masterson« endlich verschwinden würden oder, falls Masterson gewann, zumindest weniger oft laufen würden. Das Dumme war, dass ich mich freiwillig gemeldet hatte, eines der Wahllokale für meinen Boss zu bearbeiten.

Damals hatte ich das für eine gute Idee gehalten. Alle anderen Kollegen hatten sich auch gemeldet. Aber als ich um fünf aufstand, damit ich um sechs am Wahllokal sein konnte, dachte ich nur noch eins: *Was habe ich mir bloß dabei gedacht?*

Es war nicht nur, dass über dreißig Grad und Regenschauer für den Morgen vorhergesagt waren; es war allein der Gedanke, an einen fremden Ort zu fahren und Leute anzusprechen, die ich nicht kannte - die wahrscheinlich auch gar nicht mit mir reden wollten -, und sie dazu zu drängen, für Bill Masterson abzustimmen. Ich glaubte, dass er der beste Kandidat war. Aber ich hasste diese lästigen Wahlkämpfer immer, wenn ich zum Wählen ging. Heute würde ich eine von ihnen sein.

Ich kam rechtzeitig an und setzte mich mit einer weiteren Freiwilligen an den Wahlkampftisch von Masterson. Sie hatte schon ein paar Plakate an der Auffahrt und um den Parkplatz herum angebracht, aber die Szenerie wurde von Andrew Thorntons Plakaten dominiert. Als Thorntons Helfer damit fertig waren, ihr großes Zelt mit den kostenlosen Wasserflaschen direkt neben unserem viel kleineren Masterson-Tisch aufzubauen, sprang mein Wettkampfgeist an. Die andere Freiwillige war damit zufrieden, hinter unserem Tisch zu sitzen und Fragen zu beantworten, aber ich gesellte mich zu den Leuten von Thornton auf dem Gehweg und drängelte mich mit ihnen auf den besten Plätzen, um die Wähler als Erstes begrüßen zu können.

Um acht Uhr begann der Dauerregen, und die Thornton-Anhänger fingen an, zu den Autos aller Wähler zu joggen, um sie mit großen Golfschirmen abzuholen und sie bis zu der Grenze um das Wahllokal zu begleiten, innerhalb der Wahlkampf verboten war.

Meine Kollegin verzog sich in ihr Auto, um den Sturm abzuwarten. Ich nicht. Ich holte meinen eigenen kleinen Schirm heraus und versuchte auch Wähler zu beschirmen, obwohl ich dabei klatschnass wurde.

Bis Mittag hatte der Regen aufgehört, aber der Parkplatz fühlte sich an wie eine Sauna. Ich hatte genug davon, dass die Thornton-Leute einfach mehr waren und mich wegschieben konnten, also beschloss ich, Verstärkung zu holen. Ich ließ meine Kollegin eine halbe Stunde am Wahllokal allein, während ich nach Hause fuhr und den Wunderhund abholte. Als wir wiederkamen, begrüßte Justice jeden mit dem hechelnden und schwanzwedelnden Enthusiasmus eines schwarzen Labradors. Die Leute blieben stehen und sprachen mich an. So hatte ich den Rest des Nachmittags ständig ein Knäuel Menschen um mich herumstehen, denen ich erklärte, wie schwer Bill Masterson arbeite, damit die Verbrecher mit ihrer Dealverweigerungs-Strategie nicht durchkamen.

Um drei am Nachmittag kam Masterson selbst vorbei, und unsere kleine Menge von Wohlgesonnenen wuchs. Er blieb ungefähr zwei Stunden und stupste seine Faust an meine, bevor er ging. »Sie sind die geborene Politikerin«, sagte er.

»Sie schulden mir was«, antwortete ich ihm.

An diesem Abend versammelten sich Mastersons Unterstützer im Festsaal des Marriott. Es gab unbestätigte Gerüchte, dass Bill die Nase vorn hatte. Ich nippte an einer Cola light, machte SmallTalk mit meinen Kollegen und wünschte, ich wäre daheim und könnte an Caleb Tates Fall arbeiten. Um Viertel nach neun begannen die Fernsehsender, von Mastersons Vorsprung im Rennen zu berichten. Um halb zehn betrat er die Bühne, und der ganze Raum brach in Jubel aus.

Ich freute mich ehrlich für den Mann. Er dankte einer langen Liste von Leuten, unter anderem mir und den meisten anderen Staatsanwälten in unserem Büro. Ich mochte den Politikbetrieb nicht, aber ich war froh, dass ein guter Mann eine Chance bei einem hohen Amt hatte. Und ganz egoistisch gesehen schadete es auch meiner Karriere nicht, den Generalstaatsanwalt persönlich zu kennen.

Ich kam erst um elf nach Hause und schnappte mir gedankenverloren die Post am Ende der Einfahrt. Mein erster Tagesordnungspunkt war, Justice hinauszulassen. Während er draußen war, ging ich die Rechnungen und Zeitschriften durch, die ich aus dem Briefkasten geholt hatte. Darunter war ein Brief in einem handbeschrifteten Umschlag und der Absenderadresse von Antoine Marshall. Ich starrte einen Augenblick darauf, bevor ich endlich die Kraft aufbrachte, ihn zu öffnen.

Der Brief bestand aus zwei Seiten kleiner Blockschrift. Es war Jahre her, seit er mir ein paar Briefe geschrieben hatte, und ich konnte nicht glauben, was ich jetzt las.

Ich war so schockiert, dass ich den Brief zweimal lesen musste, nur um mich zu überzeugen, dass er echt war. Marshall focht diesen Fall seit zwölf Jahren durch alle Instanzen, und jetzt, nur sieben Tage vor seinem zweiten Hinrichtungstermin, hatte ich endlich, wonach ich mich immer gesehnt hatte: ein Schuldeingeständnis.

Liebe Ms Brock,

ich schreibe Ihnen, um Ihnen zu sagen, wie leid es mir tut und um Sie um Verzeihung zu bitten. Mein Anwalt weiß nicht, dass ich Ihnen diesen Brief schicke und würde mir wahrscheinlich sagen, ich solle es nicht tun, aber ich musste einfach.

Zwölf Jahre lang glaubte ich, unschuldig an dem Mord an Ihrer Mutter zu sein, der mir vorgeworfen wurde. Ich habe einen Lügendetektortest bestanden – eigentlich sogar zwei – und ich erinnere mich wirklich nicht, in Ihrem Haus gewesen zu sein.

Aber ich habe gerade einen Test gemacht, in dem mein Gehirn gescannt wurde, während man mir Aussagen zu den Schüssen auf Ihre Mutter vorlas. Der Doktor, der den Test mit mir machte, sagt, meine Hirnaktivität zeige, ich sei in der Nacht dort gewesen.

Ich muss völlig high gewesen sein oder so, denn ich kann mich ehrlich nicht erinnern.

Ich weiß, Sie können mir wahrscheinlich nicht vergeben, aber ich habe zu Gott gebetet und weiß, dass er mir vergeben hat. Nachdem ich ihm mein Leben übergeben hatte, habe ich ihm gesagt, dass ich von jetzt an das Richtige tun würde, und das scheint mir jetzt das Richtige zu sein.

Es tut mir leid, dass Sie meinetwegen zwölf Jahre durch die Hölle gegangen sind, aber bald werden Sie sich darüber keine Sorgen mehr machen müssen.

Ich bete, dass Sie mir vergeben können. Es fällt mir schwer, mir selbst zu vergeben.

Hochachtungsvoll
Antoine Marshall

Ich las den Brief zu Ende, faltete ihn wieder sorgfältig und steckte ihn zurück in den Umschlag. Ich wusste nicht, was ich fühlte. Ich war ganz betäubt von dem Schock. Konnte das wirklich passiert sein? Nach all den Jahren?

Ich musste es jemandem erzählen, also rief ich L. A. an. Ich fing an, ihm den Brief vorzulesen, aber auf der Hälfte musste ich innehalten, weil meine Stimme versagte.

»Geht es dir gut?«, fragte er. Ich freute mich über die Sorge in seiner Stimme, aber ich wusste ehrlich nicht, was ich ihm antworten sollte.

Er gab mir einen Augenblick Zeit, um mich zu fassen, und fragte dann leise: »Willst du, dass ich vorbeikomme?«

»Alles in Ordnung«, sagte ich. »Mir geht es gut, ehrlich.«

* * *

Mace James ging es nicht gut. Seine neue Strategie, Antoines Unschuld zu beweisen, war nach hinten losgegangen. Seit er die Ergebnisse hatte, versuchte Mace, die Verlässlichkeit der BEOS-Tests herunterzuspielen, aber Antoine kaufte ihm das nicht ab. Und Mace selbst fragte sich, ob er wirklich einen unschuldigen Mann verteidigte oder nur einen, der so high gewesen war, dass er sich nicht mehr an die Mordnacht erinnerte, als er den Lügendetektortest machte.

Aber was machte das schon aus? Mace hatte seine Arbeit zu tun; er hatte noch sieben Tage, um Antoines Leben zu retten. Die Debatte über die Zuverlässigkeit des BEOS-Tests und Antoines Unschuld konnte später geklärt werden. Maces Job war, dafür zu sorgen, dass sein Mandant dann noch da war.

58

Am 1. August, am Tag, nachdem ich Antoine Marshalls Brief bekommen hatte, wachte ich auf und öffnete ihn gleich wieder. Ich las ihn noch einmal, während ich meinen Morgenkaffee trank. Die Euphorie darüber, endlich ein Geständnis des Mörders meiner Mutter zu haben, war abgeflaut. An ihre Stelle war Melancholie getreten, ein seltsames Gefühl der Mutlosigkeit, das ich nicht abschütteln konnte.

Ich war immer ehrlich zu mir selbst gewesen, sogar unnachgiebig gegenüber mir selbst – etwas, das Dr. Gillespie mir in meinen Therapiestunden auszutreiben versuchte. Es funktionierte nicht. Und an diesem Morgen bekam ich Zweifel an meinem Umgang mit den Informationen über Richterin Snowden.

Antoine Marshall war ein dreifach verurteilter Straftäter, der den Anstand besaß, mir einen Brief zu schreiben und Beweise aufzudecken, die sein Schicksal besiegeln konnten. Und ich, eine Anwältin, die geschworen hatte, das Recht hochzuhalten, hatte Beweise zurückgehalten, die ihm vielleicht einen Weg aus dem Todestrakt hätten ebnen können. Natürlich hatte ich viele rationale Erklärungen und Begründungen für mein Verhalten. Und in Bezug auf die Gerechtigkeit fühlte ich mich bestätigter als je zuvor. Antoine Marshall war ganz sicher der Mörder meiner Mutter. Aber rechtfertigte das die Unterschlagung von Beweisen, mit denen er vielleicht einen neuen Prozess bekommen hätte?

Das System verlangte manchmal von uns, Schuldige freizulassen, um die Unversehrtheit des Justizprozesses und der verfassungsmäßigen Rechte aller zu schützen. Bei meiner Vereidigung als Staatsanwältin hatte mich Bill Masterson ermahnt, dass es unser Job sei, nach Gerechtigkeit zu streben und nicht nur Fälle zu gewinnen. Aber jetzt, im wichtigsten Fall meines Lebens, trieb ich Schindluder mit den Regeln.

Ich hatte keinen Appetit auf Frühstück. Die Informationen über meinen Vater quälten mich; ich bekam sie einfach nicht aus dem Kopf. Ich beobachtete Justice im Garten, ohne ihn wirklich wahrzunehmen. Mit den Gedanken war ich ganz woanders und überlegte, ob ich meiner Rechtschaffenheit und meinen Moralvorstellungen so geschadet hatte, dass sich meine Seele nicht davon erholen würde.

Antoine Marshalls Hinrichtung war noch sechs Tage entfernt. Was würde passieren, wenn ich Mace James jetzt diese Informationen gab? War es zu spät, als dass es noch eine Rolle spielen würde? Selbst wenn nicht, würde der Generalstaatsanwalt den neuen Brief von Antoine benutzen können, um die Auswirkungen dieser Erkenntnisse über Richter Snowden und meinen Vater zu kompensieren? Sollte ich mir überhaupt solche Fragen stellen?

Anders ausgedrückt: Konnte ich wirklich auf diesen entlastenden Beweisen sitzen bleiben und zusehen, wie der Staat Antoine Marshalls Leben ein Ende setzte?

Ich musste mit Dr. Gillespie reden. Ich rief ihn an, bevor ich zur Arbeit fuhr, und er versprach, sich für mich Zeit zu nehmen, sobald ich aus dem Gericht kam.

* * *

Später am Nachmittag sprach ich mit Chris. Er hatte auf meinem Anrufbeantworter vier Nachrichten über einen ähnlichen Brief hinterlassen, den er erhalten hatte. Ich hatte den Rückruf hinausgeschoben, denn ich wusste, es würde emotional anstrengend werden, darüber zu sprechen.

Er ging beim ersten Klingeln ran. »Hast du einen Brief bekommen?«, fragte er.

»Ja. Ich musste ihn dreimal lesen, bevor ich es begriffen habe.«

»Ich auch. Ich versuche seit gestern Abend, dich zu erreichen.«

»Ich weiß. Du hast vielleicht gehört, dass wir ein bisschen beschäftigt sind.«

Chris antwortete lange nicht. Ich kannte meinen Bruder, deshalb war mir klar, dass er den Mut sammelte, um mir etwas zu sagen. »Jamie, ich glaube, dieser Brief ist echt. Ich weiß, wie du darüber denkst, aber ich glaube wirklich, dass Antoine Marshall eine ehrliche Bekehrung erlebt hat und dass dieser Hirntest ihm geholfen hat, sich damit auseinanderzusetzen, was er getan hat. Ich sage nicht, dass er unschuldig ist, aber ich sage, er ist heute nicht mehr derselbe Mensch wie damals.«

Chris unterbrach sich und wartete auf eine Reaktion.

Ich dachte nach und wählte meine Worte mit Bedacht. »Ich habe die ganze Zeit mit Typen wie Antoine Marshall zu tun. Sie behaupten alle, sie hätten im Gefängnis zu Jesus gefunden. Dadurch bekommen sie Strafverkürzungen. Ich finde es höchst verdächtig, dass er nur eine Woche vor seiner Hinrichtung endlich gesteht, aber erst, nachdem er alles andere versucht hat, damit sein Fall neu aufgerollt wird.«

»Sein Anwalt hat heute angerufen.« Chris' Stimme blieb leise. Ich wusste, er wollte keinen Streit, und ich in Wahrheit auch nicht. »Er will wissen, ob ich offiziell darum bitten könnte, dass Marshalls Todesurteil in Lebenslänglich ohne Bewährung umgewandelt wird.« Er zögerte, wahrscheinlich erwartete er eine Explosion von mir. Als keine kam, ließ er seine eigene Bombe platzen.

»Ich denke ernsthaft darüber nach, Jamie. Ich war nie für die Todesstrafe, und ich glaube, ich könnte nicht damit leben, wenn ich in diesem Fall nicht um Gnade bitten würde. Ich komme immer wieder zur Bergpredigt zurück, wo Christus uns sagt, wir sollen anderen vergeben, wenn wir wollen, dass uns vergeben wird.«

»Wir müssen beide tun, was wir für das Richtige halten«, sagte ich. Ich wusste, Chris erwartete mehr Widerstand, aber ich war zu ausgelaugt und erschöpft für diese Unterhaltung. Dennoch fühlte ich mich von meinem älteren Bruder im Stich gelassen. Antoine Marshall hatte unsere Mutter umgebracht, und jetzt wollte mein Bruder eine eidesstattliche Erklärung unterschreiben und darum bitten, dass das Leben dieses Mannes verschont wurde? Für mich fühlte es sich wie Verrat an.

»Gehst du trotzdem mit mir zur Hinrichtung?«, fragte ich.

»Ja. Und ich bete, dass du diesem Mann irgendwann vergeben kannst, auch wenn du glaubst, dass der Staat ihn hinrichten sollte.«

»Dann bete weiter. Denn im Moment kann ich daran nicht glauben.«

* * *

Mitten in meiner Sitzung mit Dr. Gillespie wurde mir alles klar. Zum ersten Mal erzählte ich ihm alles über das Dilemma, in dem ich steckte. Erwartungsgemäß hörte er geduldig zu und stellte verständnisvolle Fragen. Wenn er sprach, waren seine Worte wohlüberlegt und aufschlussreich. Er half mir, mein Dilemma in einem ganz neuen Licht zu sehen.

»Tief in deinem Inneren«, sagte er, »bist du der Gerechtigkeit verpflichtet. Mace James Beweise vorzuenthalten und Antoine Marshall sterben zu sehen, wäre wie eine Vergewaltigung seiner Seele.«

Ich sagte nichts.

»Auf der anderen Seite hast du das Bedürfnis, deinen Vater zu beschützen und das Bild dieser perfekten Familie zu bewahren, die Antoine Marshall auseinandergerissen hat.«

»Was soll ich also tun?«, fragte ich.

»Du solltest die guten Erinnerungen an deinen Dad festhalten und daran denken, dass er dich sehr geliebt hat. Nichts kann dir das nehmen. Aber du musst auch die Unzulänglichkeiten deines Vaters anerkennen.

Niemand ist perfekt, Jamie. Wir lernen aus den Fehlern unserer Eltern und schaffen eine bessere Welt für uns und unsere Kinder. Wir verschlimmern ihre Fehler nur, wenn wir versuchen, sie zu vertuschen.«

Ich verließ Gillespies Büro tieftraurig beim Gedanken daran, was ich zu tun hatte. Ich würde meinem Boss von den Beweisen erzählen, die meinen Vater mit Richterin Snowden in Verbindung brachten. Er würde sich moralisch verpflichtet fühlen, diese Erkenntnisse an Mace James weiterzugeben. Im schlimmsten Fall würde Antoine Marshall das Gefängnis als freier Mann verlassen.

Und so betete ich. Nicht dafür, dass ich die Fähigkeit in mir fand, Antoine Marshall zu vergeben. Meine Gebete trugen eher den Geruch des Alten Testaments - dass Antoine Marshall auf die eine oder andere Art die Gerechtigkeit erfahren würde, die er zweifellos verdiente.

59

Bill Masterson war am Donnerstag nicht im Büro. Laut seiner Assistentin hatte er beschlossen, sich nach seinem großen Vorwahlsieg den Donnerstag und Freitag freizunehmen und sich in der Hütte eines Freundes am Lake Oconee zu entspannen. Es seien, sagte sie, seine ersten freien Tage sei Monaten. Er versuche, ein paar Grundsatzpapiere durchzulesen und sich auf den Wahlkampf im Herbst vorzubereiten. Er hatte Regina Granger die Leitung des Büros übergeben und ging nicht mehr an sein Handy.

Ich verließ das Büro am Mittag, ging nach Hause, zog mich um und holte meinen Ordner mit den Informationen über Richterin Snowden und meinen Dad. Mit etwas Glück war ich gegen vier am Lake Oconee.

Ich dachte daran, L. A. anzurufen, aber ich wusste, er würde versuchen, es mir auszureden. Wenn ihm wirklich etwas an mir lag, würde er es verstehen.

* * *

Die »Hütte«, in der Bill Masterson wohnte, stellte sich als schönes, zweistöckiges Haus auf einem waldähnlichen Privatgrundstück heraus, beschattet von zweihundertjährigen Kiefern. Es hatte einen langen, abfallenden Garten, der zum See hinunterführte. Mastersons Wagen, ein Ford Taurus, stand in der Einfahrt. Ich klopfte ein paarmal an die Tür, jedes Mal etwas lauter, und klingelte sogar. Als nichts passierte, wanderte ich ums Haus herum.

Ich entdeckte meinen Boss am Ende eines riesigen Stegs, der sich in den Lake Oconee erstreckte und als Dock für zwei Jet Skis, ein Motorboot und eine kleine weiße Yacht diente. Ich ging den Hügel hinunter, die Akte in der Hand, und rief seinen Namen. Masterson zog die Sonnenbrille hinunter und blinzelte mich darüber hinweg an. Als er mich erkannte und er sich von seinem Erstaunen erholt hatte, schob er die Sonnenbrille wieder hoch und winkte mir, herunterzukommen.

Er trug nur ausgeleierte Shorts; es fühlte sich unangenehm an, meinen Boss ohne Hemd zu sehen, vor allem, weil niemand Bill Masterson vorwerfen konnte, gut in Form zu sein. Wenn die Wähler ihn jetzt sehen könnten, dachte ich, würden seine Umfragewerte um 20 Prozent fallen. Er war ein haariger Mann, und er hatte entweder haufenweise Sonnencreme aufgetragen, oder er schwitzte wie verrückt bei über dreißig Grad. Unter den Haaren auf seinen Armen, der Brust, dem Bauch und dem Rücken war seine Haut weiß bis auf die Bauarbeiterbräune vom Bizeps abwärts.

Er hatte breite Schultern und eine ausladende Brust, aber der Bauch hing ihm über die Shorts. Er wirkte deswegen aber nicht im Geringsten verlegen – ich bemerkte ein T-Shirt auf dem Steg, aber Masterson machte keine Anstalten, es anzuziehen.

»Jamie! Was für eine schöne Überraschung! Ich wusste nicht, dass wir beide im selben Gewässer fischen.«

Erst als er es sagte, bemerkte ich eine aufgestellte Angel, deren Leine ins Wasser hing. Aber der Boss schien ihr nicht viel Aufmerksamkeit zu schenken. Um seinen Stuhl herum stapelten sich die Bücher, und er war in seine Studien vertieft gewesen, als ich mich näherte.

»Tut mir leid, Sie zu unterbrechen. Ich weiß, Sie haben nur ein paar Tage, um zu verschnaufen, und ich wäre nicht hier, wenn es kein Notfall wäre.«

Er winkte ab. »Machen Sie sich keine Gedanken. Ich habe mich sowieso langsam einsam gefühlt. Hatte schon Lust, von Tür zu Tür um den See zu gehen und politische Flyer zu verteilen, nur um meine tägliche Zahl an Händen zu schütteln. Hier, setzen Sie sich.«

Er rückte ein paar Bücher beiseite, und ich zog mir einen Liegestuhl heran. Ich trug Shorts und ein Trägershirt und trat meine Flip-Flops von den Füßen. Es fühlte sich gut an, draußen in der Sonne zu sein.

»Es ist schön hier draußen«, sagte ich.

Masterson sprach ein paar Minuten über den Freund, der ihn sein Seehaus benutzen ließ, und dass ihm das Jagen und Angeln half, in Balance zu bleiben. Er warnte mich, vorsichtig zu sein – mein Leben würde von der Juristerei aufgefressen, wenn ich mir nie Zeit nahm, um an Rosen zu riechen. »Sie glauben, Sie seien unentbehrlich«, sagte er. Ich hatte das Gefühl, er sprach mehr über einen jüngeren Bill Masterson als über mich. »Sie glauben, Sie sind Supermann. Aber wenn Sie älter werden, verbrennen Sie sich ein paarmal die Finger und werden ziemlich zynisch. Dann kann zweierlei passieren. Entweder Sie werden davon besessen, die Bösen wegzusperren, und fangen an zu pfuschen, um das zu erreichen, oder Sie winken ab und sagen: ›Was bringt's?‹ Sie fühlen sich, als versuchten Sie, das Meer mit einem Teelöffel leerzuschöpfen. Ich habe eine Menge gute Staatsanwälte gesehen, die entweder die Grenzen überschritten haben oder ausbrannten.«

Der Boss blickte aufs Wasser hinaus und sprach in seinem breiten Südstaatenakzent. Zum ersten Mal bemerkte ich das Bier auf der anderen Seite seines Stuhls. »Ich will nicht, dass Ihnen das passiert, Jamie.«

Es hätte mir leichtfallen müssen, ihm zu versichern, dass das nie passieren werde, aber ich war mir da nicht mehr so sicher. Grenzen, die einst klar ausgesehen hatten, begannen schon zu verschwimmen.

»Eigentlich bin ich genau deshalb hier. Ich muss mit Ihnen über Caleb Tates Fall sprechen, und es muss jetzt sein, denn meine Informationen könnten Auswirkungen auf Antoine Marshalls Hinrichtung haben.«

Der Boss legte ein Buch weg und nahm einen Schluck von seinem Bier. »Okay. Schießen Sie los.«

Es stellte sich heraus, dass es ein guter Ort war, um ihm alles zu erzählen, was in den letzten Wochen passiert war. Es gab keine Unterbrechungen. Keine Smartphones summten und lenkten den Boss ab. Keine Computerbildschirme, auf die man Blicke werfen konnte. Ich erzählte ihm von der Anhörung vor dem Berufungsgericht von Georgia und von Caleb Tates Drohung. Von meiner Suche in der Datenbank und meiner Entdeckung, dass mein Vater und zwei andere Strafverteidiger ungewöhnlich oft Erfolg in Richterin Snowdens Verhandlungen gehabt hatten. Ich ließ meine Gespräche mit L. A. und Gillespie aus, erzählte dem Boss aber, dass ich seit Wochen damit rang, ob ich etwas sagen sollte.

Jetzt, wo Antoine Marshalls Hinrichtung nur noch ein paar Tage entfernt sei, könne ich diese Informationen nicht länger für mich behalten.

Mit jedem Satz spürte ich, wie sich die Last dieses Geheimnisses, das mich seit zwei Monaten niederdrückte, langsam hob. Teilweise mochte es am Tag oder der Umgebung liegen, aber es fühlte sich unbestreitbar richtig an, mit meinem Boss darüber zu reden. Ich wusste, dieser Schritt war unwiderruflich und dass Masterson, wenn er die Information erst hatte, etwas damit tun musste. Und ich wusste, wenn ich ehrlich war, dass das das Ende für den guten Ruf meines Vaters bedeuten würde. Aber Dr. Gillespie hatte recht – wenn ich diese Information nicht weitergab, würde es das Ende *meiner* Überzeugung und *meiner* Identität bedeuten.

Masterson zeigte keine Regung, selbst als ich ihm ausführlich die Statistiken beschrieb, die meinen Dad betrafen. Er hatte ein paar Fragen über die Erfolgsrate meines Vaters bei anderen Richtern und ob das vielleicht nur Ausreißer sein könnten – dieselben Fragen, die ich mir bereits selbst ausführlich beantwortet hatte.

Dann nahm er die Sonnenbrille ab und rieb sich eine Minute lang das Gesicht, tief in Gedanken versunken. Er meinte, es knabbere etwas an seiner Schnur, sprang eilig auf, riss die Angel hoch und holte die Schnur ein.

»Nichts«, sagte er. Er warf sie wieder aus, bevor er sich hinsetzte.

»Ich wünschte, Sie hätten früher etwas gesagt«, sprach er weiter. »Aber es war richtig, dass Sie vor der Hinrichtung zu mir gekommen sind.«

Er beugte sich vor und schaute wieder über den See. »Es liegt jetzt in meiner Hand, Jamie. Ich kann Entscheidungen treffen, die Sie nicht treffen können, ohne dass man Ihnen vorwirft, Ihren Vater schützen und dafür sorgen zu wollen, dass der Mörder Ihrer Mutter nicht noch einen Aufschub oder sogar einen neuen Prozess bekommt.«

»Ich weiß das zu schätzen, aber deshalb habe ich es Ihnen nicht …«

»Ich weiß«, unterbrach mich Masterson. »Aber Sie sind nicht die Erste, die solche Anschuldigungen gegen Richterin Snowden vorbringt.« Er ließ mich diese Aussage erfassen, bevor er fortfuhr. »Ich habe inoffiziell schon Ermittlungen gegen sie eingeleitet. Ich füge das zu der Akte hinzu.«

Der Akte hinzufügen?

Diese Reaktion hatte ich nun wirklich nicht erwartet. Staatsanwälte hatten die Pflicht, entlastende Informationen an Strafverteidiger weiterzugeben.

»Müssen wir es nicht Mace James sagen?«

Masterson schüttelte den Kopf. »Nicht, solange wir die Verbindung zwischen diesen Anwälten und Snowden nur durch bloße Statistiken und Mutmaßungen belegen können. Urteile sind öffentlich zugänglich. James hätte das auch selbst herausfinden können. Vielleicht hat er das auch schon. Abgesehen davon kann ich nicht zulassen, dass unsere Ermittlungen gegen Snowden ausgerechnet jetzt an die Presse geraten. Und machen Sie sich keine Sorgen; die Fälle Ihres Vaters sind in diesen Ermittlungen bisher nicht aufgetaucht.«

Seine Haltung behagte mir nicht recht, aber ich erinnerte mich daran, dass ich genau aus diesem Grund zu Masterson gekommen war – weil er das Gesamtbild sah.

»Snowden wird es sowieso in ein paar Wochen erfahren«, erinnerte ich ihn. »Wenn wir Rafael Rivera in den Zeugenstand holen, wird Tate diese Statistik im Kreuzverhör benutzen.«

Bill Masterson holte tief Luft und sah mich offen an. »Bei allem, was Sie mir gerade erzählt haben, können wir Tate nicht anklagen. Er würde uns fertigmachen. Nicht nur sein Kreuzverhör von Rivera wäre verheerend, er könnte auch die Tatsache als Beweis aufnehmen lassen, dass er Sie schon zwei Monate vor der Hinrichtung von Antoine Marshall über diese Sache informiert hat und dass Sie einfach bis nach seinem Tod darauf sitzen geblieben sind.«

»Es ist noch nicht zu spät«, sagte ich. »Wir könnten immer noch Mace James alles übergeben und dieses Argument entkräften.«

»Es tut mir leid, Jamie, aber nicht, nachdem Sie es so lange zurückgehalten haben. Wir würden vor Gericht in der Luft zerrissen werden. Außerdem würde es meine Ermittlungen gegen Snowden gefährden.« Er schüttelte den Kopf. »Caleb Tate ist ein dicker Fisch, aber es gib noch dickere Fische da draußen. Ich weiß, diesen Teil unserer Arbeit mögen Sie nicht, aber wir müssen immer Entscheidungen treffen. Und dieses Mal ist es ziemlich eindeutig. Wir halten unsere Ermittlungen gegen Snowden aufrecht, schützen den Ruf Ihres Vaters und sorgen dafür, dass Antoine Marshall bekommt, was er verdient hat.«

»Aber was ist mit Caleb Tate? Seinetwegen schließt kein Angeklagter in Milton County mehr Deals. Ganz zu schweigen von den Morden an denjenigen, die es doch getan haben.«

Masterson antwortete nicht sofort. Als er es schließlich tat, war sein Ton leise und beruhigend. Er wollte nicht diskutieren. Und er war nicht derjenige, der die Information zwei Monate zurückgehalten hatte.

»Das wissen wir nicht sicher. Aber falls er wirklich hinter diesen Morden steckt, kriegen wir ihn irgendwann trotzdem dran. Irgendwer wird reden; irgendwer wird einen Fehler machen. Das tun sie immer.«

»Und wenn nicht?«

Masterson schaute auf seine Angelschnur. »Jamie, gehen Sie manchmal angeln?«

»Nein. Ich hole Fischen nicht gern den Haken aus dem Maul.«

»Also, dann will ich Ihnen die erste Regel des Angelns nennen: Selbst die besten Angler erwischen nicht alle.«

Ich verstand genau, was er meinte. Aber er überließ in seiner typischen Art nichts dem Zufall.

»Und genauso ist es bei uns auch«, sagte er.

60

Dank des Verkehrs in Atlanta hatte ich auf der Heimfahrt vier Stunden Zeit, über das nachzudenken, was Bill Masterson gesagt hatte. Bevor ich ging, hatte er sich noch bereit erklärt, die allgemeine Ermittlung über Caleb Tate noch nicht abzuschließen, wollte aber das schwebende Verfahren einstellen, denn es waren nur noch drei Wochen bis zum Prozess. Falls wir neue Beweise aufdeckten, die Tate mit den Drogen in Verbindung brachten, konnten wir erneut Anklage erheben.

Ich rief L. A. an, als ich mich Alpharetta näherte, und er war einverstanden, sich mit mir dort in einem Starbucks zu treffen. Ich fand, ich schuldete ihm ein Treffen von Angesicht zu Angesicht.

Er nippte an einem *Latte* und hörte ausdruckslos zu, während ich mein Gespräch mit Masterson beschrieb. Als ich fertig war, folgte ein langes und unangenehmes Schweigen.

Er ließ sein Glas summen, indem er mit dem Finger am Rand entlangkreiste, und sagte leise: »Ich dachte, wir wären uns einig gewesen, dass wir diese Sache für uns behalten. Zumindest hätte ich gedacht, du würdest es mir sagen, wenn du damit zu Masterson gehen willst.«

Ich rutschte auf meinem Sitz herum. Ich hatte es satt, mich vor jedem dafür rechtfertigen zu müssen, dass ich das Richtige tat. Und ich dachte immer noch über den Brief nach, den man mir beim Peachtree Road Race zugesteckt hatte. War L. A. wirklich enttäuscht oder spielte er es mir nur vor?

»Der Brief von Marshall hat alles verändert. Ich habe erkannt, dass ich diese Information nicht einfach zurückhalten kann und er einfach hingerichtet wird. So bin ich nicht.«

»Aber das wird sowieso passieren. Nur dass es jetzt dein Boss ist, der die Informationen zurückhält, und der Preis dafür ist, dass Caleb Tate davonkommt.«

»Das liegt nicht mehr in meiner Hand«, sagte ich.

»Wirklich? Ich verstehe nicht viel von der internen Politik bei der Staatsanwaltschaft, aber eines weiß ich: Du bist im Moment die größte Legende der ganzen Staatsanwaltschaft. Wenn es nach der Presse ginge, würden sie dich schlicht und einfach zur Heiligen erklären. Sogar Richter, die dir eine Strafe aufbrummen, werden von der Presse gekreuzigt. Wenn du irgendetwas durchsetzen wolltest, würde Masterson dir nicht in die Quere kommen.«

Ich fand, L. A. überschätzte meine Popularität, aber ich verstand, was er meinte. Ich wusste auch, dass er so hart daran gearbeitet hatte, Caleb Tate festzunageln, dass er jetzt nicht einfach aufgeben konnte. Und offen gestanden konnte ich das auch nicht.

L. A. hatte mehr als vierzig Zeugen befragt. Wir hatten gemeinsam eine schlüssige Theorie aus finanziellem Motiv, ehelichen Disputen und unheimlichen Parallelen zum Fall Kendra Van Wyck aufgebaut. Der Prozessbeginn war in nur drei Wochen. Aber alles hing immer noch von der Zeugenaussage von Rafael Rivera ab.

»Wir haben immer noch eine Chance, wenn wir einen anderen Beweis für Tates Zugang zu Drogen finden«, sagte ich.

L. A. verzog sein Gesicht. »Das ist nur ein Knochen, den dir Masterson zugeworfen hat. Das ist unmöglich, und er weiß es.«

Ich verbrachte fast eine Stunde mit L. A. in dem Starbucks, bevor ich mich entschuldigte. Ich musste nach Hause und mich um Justice kümmern. Ich ging mit einem unbehaglichen Gefühl, und ich wusste, L. A. ging es genauso. Das Knistern unserer früheren Treffen war verschwunden. An seine Stelle war ein geistiger Wettstreit zwischen zwei Profis getreten, die einander anscheinend nicht mehr ganz und gar vertrauten.

* * *

In dieser Nacht brachte ich mein Gehirn nicht zum Schweigen, selbst nachdem ich eine Schlaftablette genommen hatte. Mich quälte der Gedanke, dass Caleb Tate sein Strafverfahren gewann, ohne vor Gericht zu müssen, und das auch noch wahrscheinlich dadurch, dass sich mein Vater auf der Schattenseite des Gesetzes bewegt hatte. Doch diese Sorgen, so schwer sie waren, wurden von nur einem Bild in den Hintergrund gedrängt, das mich krank machte. In fünf Tagen würde ich in einem kleinen Raum im Gefängnis von Jackson stehen und zusehen, wie ein medizinischer Assistent eine tödliche Mischung aus Thiopental, Pancuronium und Kaliumchlorid in Antoine Marshalls Venen injizierte. Wie konnte ich schweigend dabei zusehen, in dem Wissen, dass es Beweise gab, die seiner Verteidigung dienen konnten? Aber wie konnte ich diese Beweise aushändigen, wenn der Bezirksstaatsanwalt es mir verboten hatte und dadurch vielleicht der Mörder meiner Mutter freikam?

Ich hatte sowohl Donnerstag- als auch Freitagnacht Albträume von der Hinrichtung und wachte morgens schweißüberströmt auf. Auch tagsüber konnte ich meine Gedanken nicht von der bevorstehenden Hinrichtung ablenken. Es war nicht nur das Andenken an meinen Vater oder meine Pflicht gegenüber dem System, die mir Magenschmerzen bereiteten; es war mein Glaube an einen Gott, der diejenigen belohnte, die ihn ehrten, und die bestrafte, die es nicht taten. Auch wenn wir Caleb Tate nie vor Gericht stellten und die Vorwürfe gegen meinen Vater niemals herauskamen, würde Gott wissen, dass ich diese Informationen gehabt hatte und tatenlos zugesehen hatte, wie Antoine Marshall hingerichtet worden war.

Am späten Samstagnachmittag rief ich Masterson an und erzählte ihm von meinen Bedenken. »Ob wir Caleb Tate anklagen oder nicht – ich denke, wir haben die Pflicht, Mace James diese Informationen weiterzugeben«, sagte ich.

»Sie sind zu sehr in den Fall involviert, um eine solche Entscheidung zu treffen«, sagte Masterson ruhig. »Es war richtig, dass Sie die Sache mir übergeben haben. Ich lasse gerade Ihre Ergebnisse überprüfen. Falls alles stimmt, wie Sie es herausgefunden haben, melde ich es am Montagmorgen direkt dem Generalstaatsanwalt, denn dort wird Marshalls Berufungsverfahren bearbeitet. Ich sage Ihnen dann auch, dass ich mir Sorgen über eine Gefährdung der Ermittlung gegen Richterin Snowden mache, aber wenn sie entscheiden, dass die Beweise entlastend und rechtserheblich sind, sollten sie sie offenlegen. Meiner Ansicht nach haben die Berufungsgerichte bereits entschieden, dass Snowden in diesem Fall angemessen geurteilt hat. Ich sehe die neuen Erkenntnisse nicht als entlastende Beweise an. Ich denke, sie könnten nur noch ein weiteres Ablenkungsmanöver für Mace James werden, mit dem er weitermachen kann.«

»Sollten wir die Generalstaatsanwaltschaft nicht zumindest bitten, Marshalls Hinrichtung auszusetzen, bis die Ermittlungsergebnisse da sind?«, fragte ich.

»Jamie, Sie sind der letzte Mensch, von dem ich gedacht hätte, dass ich es ihm einmal sagen müsste, aber dieser Mann hat schon sehr oft einen Aufschub in den letzten elf Jahren bekommen. Es wird immer irgendeine neue Information oder einen anderen Gesichtspunkt geben, den die Gerichte noch nicht berücksichtigt haben. Irgendwann müssen wir die Behörden ihren Job zu Ende bringen lassen.«

Als ich auflegte, hatte ich immer noch ein ungutes Gefühl im Bauch. Masterson benahm sich wie der ultimative Politiker – er ließ sich Zeit und schob den Schwarzen Peter dann dem Generalstaatsanwalt zu. Bis der am Montagmorgen die Information bekam, war es zu spät, um noch viel zu überprüfen, und er würde wahrscheinlich beschließen, die Information sei nicht rechtserheblich.

Am Samstagabend rief ich meinen Bruder an und bat ihn, mir noch einmal zu erklären, warum er die eidesstattliche Erklärung unterschrieben hatte, um die Umwandlung von Antoine Marshalls Todesurteil in eine lebenslange Haftstrafe zu erreichen. Diesmal war ich bereit, ihm zuzuhören.

Er sagte eine Menge Dinge, aber meine Gedanken rasten so schnell, dass ich mich auf das meiste gar nicht richtig konzentrieren konnte. Er sagte, was ich erwartet hatte, das Übliche über unsere Pflicht zur Vergebung und die widersprüchliche Anwendung der Todesstrafe durch den Staat und die Tatsache, dass er glaube, Antoine Marshall habe sich geändert. Das alles hatte ich schon gehört.

Aber er zitierte einen Bibelvers, von dem ich nie zuvor gehört hatte, und er ging mir noch lange nach unserem Gespräch im Kopf herum: »Denn es wird keine Barmherzigkeit für den geben, der anderen gegenüber nicht barmherzig war. Wer aber barmherzig war, wird auch vor dem Gericht Gottes bestehen.«

Am Samstagabend um elf nahm ich den Hörer ab und tat das Undenkbare: Ich rief Mace James an und bat ihn um ein Treffen ganz früh am Sonntagmorgen.

61

Mace James legte auf und starrte sein Telefon an. Er hatte in den letzten beiden Nächten insgesamt sechs Stunden geschlafen und fühlte sich wie kurz vor einem Delirium. Aber es gab keine Zweifel, dass er gerade genau das gehört hatte, was er glaubte, gehört zu haben. Aus dem Nichts heraus hatte Jamie Brock angerufen und wollte sich morgen früh als Erstes mit ihm treffen.

Es war ein Wunder biblischen Ausmaßes. Er war nicht mehr so aufgeregt gewesen, seit er vor vielen Jahren als freier Mann das Gefängnis verlassen hatte.

Jamie hatte nicht gesagt, was sie wollte, aber er wusste, sie würde sich nicht mit ihm treffen, nur um ihm noch einmal zu sagen, wie gern sie

Antoine Marshalls Tod sah. Chris Brock hatte bereits eine Petition an den Begnadigungsausschuss von Georgia unterschrieben. Mace hoffte, dass Jamie sich zumindest dieser Bitte anschließen wollte.

Antoine hatte seine Entschuldigungsbriefe an Jamie und Chris Brock abgeschickt, ohne sich mit Mace abzusprechen. Als Mace ihn damit konfrontierte, hatte Antoine gesagt, er habe sie abgeschickt, ohne zu fragen, weil er wusste, Mace wäre dagegen. In den letzten Tagen, während sein Hinrichtungsdatum am Dienstag näher rückte, hatte Antoine eine Haltung grimmiger Entschlossenheit angenommen. Diesmal, sagte er, würde es keinen Aufschub geben.

Bis jetzt hatte Mace ihm nicht widersprechen können. Ihm waren die Ideen ausgegangen. Obwohl ihm die produktiven und kreativen Köpfe bei Knight & Joyner aushalfen, fiel Mace kein einziger juristischer Kniff mehr ein, mit dem er das Gericht hätte auf sich aufmerksam machen können.

Und so war es darauf hinausgelaufen, beim Begnadigungsausschuss anzuklopfen. Sie hatten ihn schon vor vier Monaten abgewiesen. Aber wenn Mace eidesstattliche Erklärungen von beiden überlebenden Familienmitgliedern bekommen konnte …

Er hatte sich mit Jamie für sieben Uhr morgens in der Bibliothek der Southeastern Law School verabredet. Er durfte sein Büro nicht mehr benutzen, und so hatte er wie ein Erstsemester seine Bücher, Papiere und den Laptop an einem Arbeitsplatz in den Tiefen der Gänge zwischen den Bücherregalen ausgebreitet. Er freute sich nicht auf eine weitere Nacht mit Kaffee und Red Bull, in der er Anträge und Schriftsätze aufsetzte, die nie gelesen wurden.

* * *

Als ich am Sonntagmorgen an Professor James' Arbeitsplatz ankam, lag sein Kopf auf der Tischplatte, die Arme daruntergeklemmt, und er schlief tief und fest. Die Schreibtischlampe schien ihm auf den kahlen Kopf, und er schnarchte laut genug, dass das Echo von den Bücherregalen zurückgeworfen wurde.

Ich rüttelte ihn an der Schulter. Nichts. Ich rüttelte ein bisschen fester, und sein Kopf schoss hoch. Er rieb sich mit den Händen übers Gesicht und schüttelte den Kopf wie ein nasser Hund.

»Danke, dass Sie gekommen sind«, sagte er mit heiserer Stimme. Er sah auf die Uhr und schaute mit blutunterlaufenen Augen zu mir auf. »Wie wäre es mit Kaffee in der Mensa?«

»Gern.«

Die Mensa war geschlossen, aber aus den Getränkeautomaten kam Kaffee, pechschwarz und dickflüssig wie Öl, und Professor James ließ sich eine große Tasse einlaufen. Ich hielt mich an den Orangensaft aus einem anderen Automaten. Wir setzten uns an einen Tisch, und James schlürfte seinen Kaffee. Dampf stieg von der Tasse auf.

Er sah aus wie der Tod. Er hatte dunkle Ringe unter den blutunterlaufenen Augen und hatte sich wahrscheinlich seit drei Tagen nicht mehr rasiert. Er trug ein schwarzes T-Shirt und eine kurze Sporthose, und er roch wie eine Männerumkleidekabine.

»Ich weiß es wirklich zu schätzen, dass Sie gekommen sind«, sagte er. »Ich hätte ehrlich gesagt nie gedacht, dass ich einmal eine Chance bekommen würde, unter vier Augen mit Ihnen zu sprechen.«

Er nahm noch einen Schluck Kaffee, und ich spürte, dass er gerade erst warm wurde. »Ich konnte Ihnen nie sagen, wie leid es mir tut, dass Sie Ihre Mutter und jetzt auch Ihren Vater verloren haben«, fuhr er fort. Seine Augen waren noch immer halb geöffnet, aber sie strahlten Mitgefühl aus. »Es tut mir leid, dass ich den Mann vertrete, der als Mörder Ihrer Mutter gilt, und ich kann verstehen, wenn Sie mich dafür verachten. Aber irgendwer muss es tun. Und ich habe Sie beobachtet, wenn Sie Fälle für die andere Seite verhandeln. Ich weiß, dass Sie mit mir einer Meinung sind: Wenn man etwas tut, sollte man es mit ganzem Einsatz tun.«

»Sie machen Ihren Job«, sagte ich. »Das muss mir nicht gefallen.«

»Das erwarte ich auch gar nicht von Ihnen. Aber ich weiß auch, dass Sie nicht hergekommen sind, nur um mir eine Predigt zu halten.«

Mir war dieser Mann egal, und seine Entschuldigung änderte daran wenig. Ja, er musste seine Arbeit machen. Aber das bedeutete nicht, dass er Zeugen bedrohen und verprügeln musste, nur um ihnen eine Lüge abzupressen. Dennoch hatte er recht – ich war nicht aus Respekt vor oder Abscheu gegen Mace James hier. Ich war hier, weil ich mir selbst in die Augen sehen wollte.

»Ich bin bereit, eine eidesstattliche Erklärung zu unterzeichnen und darum zu bitten, dass die Strafe Ihres Mandanten von der Todesstrafe in eine lebenslange Haftstrafe umgewandelt wird. Ich bin nicht so leichtgläubig wie Chris, und ich glaube keine Sekunde, dass Ihr Mandant ein geläuterter Mensch ist. Aber ich schätze es, dass er die Verantwortung für sein Verbrechen auf sich nimmt. Das sollte honoriert werden.«

Professor James sah mich einen Moment an; in seinem verschlafenen Blick lag Ungläubigkeit. Schließlich war ich die kaltblütige Staatsanwältin, in deren Adern Gerüchten zufolge Eis floss. James glaubte wahrscheinlich, Chris habe mich moralisch verpflichtet, das zu tun. In Wahrheit schien es mir der einzige Ausweg.

Ich konnte Mace James nicht von den Beweisen erzählen, die Richterin Snowden belasteten, ohne meinen Job zu riskieren. Außerdem wollte ich nicht, dass Antoine Marshall einen neuen Prozess bekam. Gleichzeitig konnte ich mich nicht einfach zurücklehnen und nichts tun. Mein Vorschlag schien mir ein vernünftiger Kompromiss zu sein, das Beste, was ich unter diesen Umständen tun konnte.

»Es braucht Charakter, aufzustehen und so eine Kehrtwende zu machen ...«

»Verschonen Sie mich«, sagte ich. »Wenn Sie heute jemanden mit der Erklärung zu mir nach Hause schicken, unterschreibe ich sie. Ich sage nicht, dass Ihr Mandant nicht bestraft werden sollte. Aber ich möchte Ihnen dabei helfen, sein Leben zu retten.«

Mace James schaute in seinen Kaffee und schien scharf nachzudenken, was er als Nächstes sagen sollte. Er warf mir einen zögerlichen Blick zu und wählte seine Worte mit Bedacht. »Ich weiß, Sie wollen keine Lobhudeleien hören, aber es braucht eine Menge Mumm, um das hier zu tun. Mein Mandant wird sehr dankbar sein. Und Jamie, ihm und mir tut es wirklich sehr leid.«

»Das weiß ich zu schätzen«, sagte ich. »Und ich hoffe, dass es jetzt zumindest keine überraschenden Widerrufe von Gefängnisspitzeln mehr gibt.«

»Ich glaube, ich habe meine Lektion gelernt.«

62

Regina Granger kam am Montagmorgen im Büro zu mir und bat mich um ein kurzes Gespräch. Sie schloss die Tür und sagte, sie habe meinen Terminplan für diese Woche vollständig freigeräumt. Ich hatte vorgehabt, mir den Dienstag, den Tag von Marshalls Hinrichtung, freizunehmen, außerdem den Tag danach. Aber sie hatte alle meine Fälle in dieser Woche auf andere Kollegen verteilt.

»Du stehst im Moment sehr unter Druck, und du brauchst eine kleine Auszeit«, sagte sie. Ich fragte mich, wie viel ihr Bill Masterson erzählt hatte.

Ich wollte protestieren, aber sie ließ nicht mit sich diskutieren. Als mir klar wurde, dass ich ihre Meinung nicht ändern würde, dankte ich ihr, dass sie sich um alles kümmerte. Sie umarmte mich fest auf die typische Regina-Granger-Art und hielt mich danach noch an den Oberarmen fest.

»Jamie, im Büro wird schon viel über die Erklärung geredet, die du unterschrieben hast. Du weißt, dass Mace James die Runde in den Medien macht. Ich persönlich glaube, du hast das Richtige getan.«

Ich nickte und sagte ihr, wie sehr ich ihre Unterstützung schätzte. Aber es störte mich, dass meine Kollegen hinter meinem Rücken darüber redeten.

»Die Presse wird versuchen, dich heute zu interviewen«, sagte Regina. »Du kannst tun, was du willst – das ist eine persönliche Angelegenheit –, aber ich glaube nicht, dass du noch mehr Öl ins Feuer gießen solltest.«

»Erst mal müssen sie mich finden«, sagte ich. »Und dann bekommen sie von mir nicht mehr als ›Kein Kommentar‹.«

»Braves Mädchen!« Regina gab mir einen Klaps auf die Schulter, sagte mir, ich solle sie auf dem Handy anrufen, falls ich etwas brauchte, und wandte sich zum Gehen. »Ich will, dass du in einer Viertelstunde hier raus bist«, sagte sie noch über die Schulter.

Ich wusste nicht, was ich den Rest des Tages mit mir anfangen sollte. Ich ging ins Fitnessstudio, aber nach ein paar lustlosen Übungen war mir klar, dass ich keine Kraft dafür hatte. Also ging ich nach Hause und fing an, Onlineartikel und Fernsehschnipsel über Marshalls bevorstehende Hinrichtung zu suchen.

Wie vorherzusehen gewesen war, machte James viel Lärm um die Tatsache, dass die Familie des Opfers jetzt die Hinrichtung aufhalten wollte. Er sprach von dem Lügendetektor-Test und den unzuverlässigen Identifizierungen von Menschen anderer Hautfarbe. Kein Wort von dem neuen Test, den Antoine gemacht hatte. Die Spekulationen ärgerten mich, warum Jamie Brock, verschrien als abgebrühte Staatsanwältin, jetzt eine Kehrtwende gemacht hatte und in Sachen Todesstrafe plötzlich nachgiebig wurde.

Ich ignorierte die Anrufe von Reportern, die mein Handy blockierten. Aber ich musste etwas tun, um Klarheit zu schaffen.

Ich rief L. A. an und bat ihn, ein paar Informationen an seine Quellen bei Zeitungen und Fernsehsendern durchsickern zu lassen. »Meine Spezialität«, sagte er.

Am frühen Nachmittag war die Geschichte vollständiger. Es gab unbestätigte Berichte, dass Antoine Marshall eine neue Art von Lügendetektortest namens BEOS gemacht und nicht bestanden hatte. Der Test bewies angeblich, dass er Dr. Laura Brock umgebracht hatte. Ungenannte Quellen behaupteten außerdem, dass sich Antoine Marshall, nachdem er die Testresultate bekommen hatte, in einem Brief bei der Familie des Opfers entschuldigt habe. Die Reporter spekulierten jetzt, dass dieses Schuldeingeständnis eine Saite in mir zum Klingen gebracht und meine Kehrtwende in der Frage ausgelöst hatte, ob Marshall hingerichtet werden oder Lebenslänglich ohne Bewährung bekommen sollte.

Ich war darauf vorbereitet, von meinen Kollegen heftig getadelt zu werden, aber stattdessen erhielt ich Lob von anderen Staatsanwälten, die mein Recht verteidigten, im Privatleben Gnade zu zeigen, obwohl ich für die Todesstrafe eintrat, wenn ich andere Opfer vertrat. Ihr Lob wurde von den Gegnern der Todesstrafe aufgegriffen, die mich mit offenen Armen auf der Seite der Guten begrüßten. Währenddessen änderten sich meine eigenen Gefühle ständig. Regina hatte recht gehabt, als sie mich nach Hause schickte.

Meine Fähigkeit, logisch und nüchtern über dieses Thema nachzudenken, war verschwunden. So vollständig, dass ich am Montag um fünf Uhr nachmittags, als der Begnadigungsausschuss den Antrag auf Strafmilderung ablehnte, in eine Abwärtsspirale geriet. Obwohl Mace James immer noch sechsundzwanzig Stunden hatte, um ein Wunder aus dem Hut zu ziehen, wusste ich, dass es diesmal nicht passieren würde.

Ich spürte, wie ein Tsunami der Schuld mich fortriss. Ich hatte nicht nur die Informationen über die Erfolge meines Vaters in Richterin Snowdens Gerichtssaal zurückgehalten – ich hatte auch noch die Information über Antoine Marshalls Geständnis durchsickern lassen. Ich hatte es in der Annahme getan, dass der Begnadigungsausschuss die Umwandlung in eine lebenslange Strafe gewähren würde. Ich wollte, dass jeder wusste, dass in diesem Fall trotzdem kein Zweifel an Antoine Marshalls Schuld bestand. Aber jetzt, wo seine Hinrichtung sicher war, fiel es mir schwer, mit meiner eigenen Rolle in der ganzen Sache zurechtzukommen.

Aber warum fühlte ich das jetzt anders als vor vier Monaten?

Die Antwort auf diese Frage war das, was ich verzweifelt zu ignorieren versuchte: Vor vier Monaten hatte ich noch keine Zweifel an Antoine Marshalls Schuld gehabt. Aber jetzt, selbst nach dem BEOS-Test, bekam ich eine nagende Frage nicht aus dem Kopf.

Was, wenn sich mein Vater geirrt hat? Es gab keine DNS-Beweise. Keine Mordwaffe. Nichts, was die Zeugenaussage eines Mannes stützte, von dem ich mir nicht mehr sicher war, ob ich ihn wirklich kannte. Falls er bereit gewesen war, eine Richterin zu bestechen oder zu erpressen, war er dann auch bereit gewesen, seine Aussage zu fälschen, damit seine Identifizierung überzeugender aussah?

Nicht mein Vater. Er war immer fair und barmherzig gewesen. Nie hätte mein Vater die Wahrheit verschleiert, wenn dadurch ein Mensch in den Todestrakt kam.

Aber mein Vater hätte auch auf keinen Fall eine Richterin unzulässig beeinflusst. Und was war mit diesen Sachverständigen, die Snowden von der Aussage abgehalten hatte? Dr. Rutherford hatte auf mich ziemlich überzeugend gewirkt.

Und so würde ich gezwungen sein, der Hinrichtung von Antoine Marshall beizuwohnen, während mir diese Zweifel im Kopf herumwirbelten. Hatte mein Vater einen unschuldigen Mann in die Todeszelle gebracht? Und falls ja – hatte ich diesem Mann gerade die letzte Chance auf Rettung genommen?

63

Die Nachrichten über Antoine Marshalls Hinrichtung wurden am Dienstagmorgen von der Neuigkeit in den Hintergrund gedrängt, dass am Kammergericht von Milton County ein Deal geschlossen worden war. Ein Mann, der wegen bewaffneten Raubs angeklagt war, hatte sich im Austausch gegen eine verkürzte Gefängnisstrafe schuldig bekannt. Er war an einen geheimen Ort in einem anderen Teil des Staates gebracht worden, um dort seine Zeit abzusitzen, und Bill Masterson hatte eine Pressekonferenz abgehalten, um zu verkünden, dass die Blockade durchbrochen worden war. Der Gefangene mit Namen Latrell Hampton hatte trotz Strafmilderung noch anderthalb Jahre abzusitzen, und alle fragten sich, ob er lange genug überleben würde, um seine Freilassung zu erleben.

Masterson klang davon überzeugt: »Ich kann Ihnen versichern, dass er sicher in Einzelhaft untergebracht ist. Er wird bis zum Ende seiner Haftzeit nicht mit den normalen Häftlingen in Kontakt kommen. Das können wir zwar nicht für jeden Gefangenen tun, der sich schuldig bekennt, aber wir können besondere Vorkehrungen für alle Mutigen treffen, die als Erste aus der Reihe tanzen.«

Ich war begeistert von Hamptons Schuldeingeständnis, aber meine Gedanken waren anderswo. Den ganzen Morgen verfolgte ich die Anträge, die bei Gericht eingereicht wurden, weil ich eigentlich hoffte, dass Mace James und seine Mitstreiter bei Knight & Joyner es irgendwie doch noch schaffen könnten, die Hinrichtung zu verhindern. Aber bis Chris mich um ein Uhr nachmittags zu Hause abholte, hatten schon drei verschiedene Gerichte Urteile gefällt, in denen sie neue Anträge von Antoine Marshalls Anwälten ablehnten. Es blieb noch eine Chance – der US Supreme Court –, aber es gab nichts Neues, das die Aufmerksamkeit der dortigen Richter hätte wecken können.

Eine Sitzung mit Dr. Gillespie am Montag hatte mir geholfen, etwas von meinen Schuldgefühlen aufzuarbeiten. Er hatte mir außerdem ein anderes Schlafmittel verschrieben, von dem er sagte, es werde mir ein Gefühl tiefer Entspannung verschaffen, besseren REM-Schlaf und mein Wohlbefinden steigern. Ob es wirkte oder nicht – ich war am Dienstag weniger nervös als am Tag zuvor. Aber ich fand trotzdem keinen Frieden angesichts dessen, was mich heute erwartete.

Auf dem Weg nach Jackson versuchte Chris mich zu überzeugen, dass wir alles uns Mögliche getan hatten, um diesen Moment zu verhindern und dass Gott für eine Begnadigung sorgen würde, wenn Antoine Marshall nicht sterben sollte. Ich bewunderte den blinden Glauben meines Bruders an das Eingreifen Gottes, aber er wusste nicht, was ich wusste. Die Manipulationen hinter den Kulissen waren abstoßend und führten die naive Vorstellung von Gerechtigkeit ad absurdum, die ich bei meinem Eintritt in die Staatsanwaltschaft noch gehabt hatte.

Diesmal gab es keine Verkehrsstaus, und Chris und ich kamen zwei Stunden zu früh in Jackson an. Wir setzten uns in einen McDonald's und hielten uns eine Stunde an Cola light fest, jeder tief in seinen eigenen Gedanken versunken.

»Bereit?«, fragte mich Chris schließlich.

»Ich denke schon.«

Wir kamen um sechs auf dem Gefängnisparkplatz an, und die Demonstranten blieben stehen und starrten uns an. Fernsehkameras schwenkten zu uns herum. Chris ließ den Motor laufen, damit wir noch ein paar Sekunden lang die klimatisierte Luft genießen konnten. Er nahm meine Hand und schlug mir vor zu beten.

»Gute Idee«, sagte ich.

Ich neigte den Kopf, als Chris mit derselben Ernsthaftigkeit für Antoine Marshall betete wie damals, als Dad ins Krankenhaus kam. Er endete mit der Bitte, dass Gott sich Antoine Marshalls Seele erbarmen möge. Ich murmelte ein Amen und öffnete die Augen.

Ich berührte die Halskette meiner Mutter und spürte, wie mir Tränen in die Augen stiegen. »Ich konnte nie erwarten, dass dieser Tag endlich kommt«, sagte ich. »Und jetzt ist er da, und ich wünschte, es wäre anders.«

»Es liegt jetzt nicht mehr in unserer Hand«, sagte Chris. »Das lag es nie.«

Wir stiegen aus. Ich hielt den Blick stur nach vorn gerichtet und ignorierte die kleine Gruppe von Demonstranten, während ich neben Chris herging. Zu meiner Überraschung begannen die Demonstranten zu klatschen. Zuerst nur ein paar, dann stimmten alle ein – ein Zeichen von Respekt, während sie sich aufreihten, um uns in die Augen zu sehen und ihre Wertschätzung dafür zu zeigen, dass sich zwei unschuldige Opfer dafür eingesetzt hatten, einem Mann das Leben zu retten. Sogar die Fernsehteams verzichteten darauf, uns Fragen zuzubrüllen, auch wenn sie uns mit ihren Kameras folgten.

Chris nickte den Demonstranten zu und dankte ihnen, aber ich sagte kein Wort. Ich wollte nur in die relative Sicherheit des Gebäudes und die Sache hinter mich bringen.

Wir gingen durch fünf Sicherheitsbereiche – die Wache am stacheldrahtbewehrten Tor, der Metalldetektor und eine zweite Reihe Wachen, zwei hydraulisch geregelte Türen hintereinander und schließlich wurden wir noch abgetastet –, bevor wir in den Warteraum gebracht wurden. Bill Masterson kam ein paar Minuten später, gefolgt von dem Sheriff, der die Untersuchung nach dem Mord an meiner Mutter geleitet hatte. Ich umarmte sie beide und dankte ihnen für ihr Kommen.

In ein paar Minuten würden wir von einem Kleinbus zu dem weißen Gebäude am Rande des Geländes gebracht werden, in dem sich die Hinrichtungskammer befand.

Im Beobachtungsraum würden wir auf Mace James, den Gefängnispastor und fünf Reporter treffen. Caleb Tate würde nicht da sein. Dazu war er viel zu feige.

* * *

Um 18.19 Uhr erhielt Mace James, der neben seinem Mandanten in einer kleinen Zelle saß, eine SMS von einem Anwalt bei Knight & Joyner. Der Supreme Court hatte ihre letzte Bitte um einen Aufschub der Hinrichtung abgelehnt. Diesmal würde es kein Drama in letzter Minute geben.

Antoine sah Mace mit erwartungsvollem Blick an, in ihm ein letzter Hoffnungsschimmer, aber Mace schüttelte nur den Kopf. Antoine nickte, senkte den Blick und die Tränen begannen zu fließen. Nach ein paar Minuten wischte er sich die Augen und hob den Kopf. Er legte die Hand auf Maces Schulter. »Sie haben Ihre Sache super gemacht. Ich habe einen Anwalt wie Sie gar nicht verdient.«

Mace spürte einen Kloß im Hals, und er hatte Mühe zu sprechen. »Was Sie verdienen, ist ein Anwalt, der das Ganze hier aufhalten könnte.«

»Nee.« Antoine schüttelte den Kopf. »Ich verdiene genau das, was ich bekommen werde.«

Mace verfluchte sich selbst zum ungezählten Mal, dass er diesen BEOS-Test angezettelt hatte. Er war schockiert gewesen, als er die Ergebnisse gesehen hatte. Danach hatte er angefangen, an der Zuverlässigkeit der Methode zu zweifeln. Er hatte mit Experten gesprochen, die die Glaubwürdigkeit des Tests infrage stellten – Experten, die er während seiner Bemühungen um die Zulassung des Tests ignoriert hatte. Doch selbst als er Antoine das alles erklärt hatte, wollte der ihm nicht glauben. Antoine war zu der Überzeugung gelangt, dass er sich die ganze Zeit selbst etwas vorgemacht hatte und dass er Laura Brock im Drogenrausch getötet haben musste. Und anstatt ihn zu retten, hatte Mace nur erreicht, dass sein Mandant mit einer überwältigenden Schuldenlast ins Grab ging.

Die Männer saßen noch fünf Minuten schweigend da, bis der Geistliche für ein letztes Gebet kam. Der Gefängnispastor war ein großer und sanfter Mann und hatte Antoine besonders ins Herz geschlossen. Die beiden Männer umarmten sich und knieten dann gemeinsam auf den Boden. Mace kniete sich zu ihnen. Es war, als risse man ihm das Herz heraus, als Antoine versuchte, für Chris und Jamie Brock zu beten, seine Gedanken aber nicht zu Ende bringen konnte. Der Geistliche sprang ein und betete, während Antoine ungeniert weinte.

Mace fragte sich, ob sich sein Mandant in der halben Stunde wohl wieder fangen würde, die ihm bis zu seiner Hinrichtung blieb.

* * *

Als um genau 19 Uhr die Vorhänge zurückgezogen wurden, war Antoine Marshall schon auf die Liege geschnallt, die sich keine zwei Meter entfernt auf der anderen Seite des halb durchlässigen Spiegels befand. Der Raum war sauber und steril, mit weißen Wänden, einem Fliesenboden und nur der Liege in der Mitte. Vier Wachmänner standen neben dem Gefangenen, und ich wusste, dass einer davon ausgebildeter Sanitäter war. Ich wusste, dass keine Ärzte an der Prozedur beteiligt waren wegen ihres Gelöbnisses, ihren Patienten keinen Schaden zuzufügen.

Chris und ich saßen in der ersten Reihe, zusammen mit Masterson und dem Sheriff. Mace James und der Gefängnispastor saßen hinter uns und die dritte Reihe wurde von fünf Reportern besetzt. Der Gefängnisdirektor, der den Vorhang zurückgezogen hatte, trat an Antoines Seite und las den Hinrichtungsbefehl vor. Er fragte ihn, ob er noch etwas sagen wolle. Chris nahm meine Hand.

Ich war schockiert, wie hilflos und zerbrechlich Antoine Marshall aussah. Ich erinnerte mich, wie er beim Prozess ausgesehen hatte, und hatte einen mürrischeren, prahlerischeren Mann erwartet. Aber die Person da vor mir hatte trübe, rote Augen, deren Blick in elender Angst von einem Beobachter zum anderen schoss.

Er wirkte kleiner und dünner als in meiner Erinnerung. Eigentlich wirkte er sogar beinahe ausgehungert, schien in seinem orangenen Overall fast zu ertrinken. Erst später würde ich erfahren, dass er vierzig Tage gefastet hatte.

»Ich will ... nur sagen«, stammelte er, »dass es mir so leid tut. Jamie und Chris Brock ...« – seine Lippe begann zu zittern, und ich konnte Tränen über seine Wangen kullern sehen – »danke, dass Sie versucht haben, mir das Leben zu retten, obwohl ich Ihrer Mutter das ihre genommen habe. Ich habe jeden Tag für Sie gebetet, und wenn Sie mir irgendwie vergeben können, beten Sie bitte, dass Gott Erbarmen mit mir hat. Meine einzige Hoffnung liegt jetzt in Jesus.«

Er schloss die Augen, und ich hätte am liebsten den Blick abgewandt. Der Sanitäter tupfte seinen Arm mit Alkohol ab, fand eine Vene und stach die Nadel ein. Dann schloss er einen Infusionsschlauch an, der durch ein Loch in der Wand in den angrenzenden Raum führte. Dasselbe machte er mit Antoines anderem Arm – eine Ersatzinfusion zur Sicherheit, falls die erste versagte.

Der Direktor holte sein Handy heraus, um ein letztes Mal nachzusehen, nur um sicherzugehen, dass in keinem der Berufungsgerichte oder beim Begnadigungsausschuss ein Wunder geschehen war. Er verkündete, es sei kein Aufschub gewährt worden, und gab das Zeichen, dass die Hinrichtung fortgesetzt werden solle.

Ich hatte meine Hausaufgaben gemacht und wusste, dass in dem Raum hinter dem Gefangenen zwei Angestellte drei Spritzen nehmen und der Reihe nach in den Infusionsschlauch entleeren würden. Die erste würde Thiopental enthalten, ein schnell wirkendes Barbiturat, das innerhalb von dreißig Sekunden nach der Injektion ein Koma auslöste. Das zweite Medikament, Pancuronium, war ein Muskelrelaxans, das die Atemmuskeln lähmte. Das Dritte, Kaliumchlorid, würde das Herz anhalten.

Antoine war an einen Herzmonitor angeschlossen, und ich sah zu, wie sich seine Brust hob und senkte. Ich wusste, der Tod würde irgendwann zwischen fünf und zwanzig Minuten nach Injektion der Medikamente eintreten.

Er schloss die Augen, und seine Lippen bewegten sich, als bete er.

Der Mörder meiner Mutter öffnete die Augen nie wieder. Seine Brust hob und senkte sich, hob und senkte sich, hob und senkte sich. Chris drückte meine Hand fester.

Antoines Lippen standen still, seine Herzfrequenz wurde langsamer, und innerhalb von ein paar Minuten, fast unmerklich, hörte die Brust auf, sich zu heben. Der Herzmonitor zeigte eine Nulllinie. Und einfach so war es vorbei.

Ich schloss die Augen und betete in Gedanken.

Gott, hab Erbarmen mit diesem Mann. Und Herr, vergib mir, dass ich das zugelassen habe.

Als ich die Augen öffnete, sah ich zwei Ärzte in weißen Kitteln in den Raum treten. Nacheinander fühlten sie den Puls des Verurteilten und hielten ihre Stethoskope auf seine Brust. Dann sahen sie sich an und nickten.

Der Gefängnisdirektor verkündete Antoine Marshalls Tod um 19.07 Uhr. Mir wurde schwummrig, meine Knie wurden weich, aber irgendwie hielt ich lange genug durch, um aus eigener Kraft den Raum zu verlassen.

Ich verließ das Gefängnis wie betäubt. Bill Masterson sprach mit der Presse, während ich gedrückt zum Auto ging. Chris fuhr uns nach Hause; ich starrte aus dem Seitenfenster und versuchte, damit klarzukommen, was ich eben erlebt hatte.

64

Chris fragte mich, ob er über Nacht bleiben solle, aber ich log und behauptete, ich käme schon klar. Ich hatte immer gedacht, dass ich mit diesem Teil meines Lebens abschließen könnte und bereit für den nächsten Abschnitt wäre, wenn Antoine Marshall erst hingerichtet war. Aber auf dem Weg von Jackson zurück nach Hause merkte ich, wie sehr mich der jahrelange Kampf geprägt hatte. Jetzt, da er tot war, da der Kampf vorüber war, hatte ich das Gefühl, als sei auch ein großer Teil von mir gestorben. Noch schlimmer war die Verwirrung, in der alles geendet hatte. Antoine Marshall hatte das Richtige getan, hatte Verantwortung für seine Taten übernommen. Aber ich hatte mich vor meiner Verantwortung dem Justizsystem gegenüber gedrückt und Wege gefunden, um nachteilige Informationen geheim zu halten – und damit Antoine Marshalls Schicksal besiegelt.

Es war so plötzlich zu Ende. Und das Bild von Antoine Marshall, auf diese Liege geschnallt, mit geschlossenen Augen und den Infusionsschläuchen in beiden Armen, hatte sich in mein Gedächtnis eingebrannt. In dieser Nacht nahm ich das neue Schlafmittel, das Gillespie mir verschrieben hatte, erlebte aber nicht das Hochgefühl, das ich beim letzten Mal erlebt hatte. Das Mittel half mir einzuschlafen, aber am nächsten Tag kam ich nicht vor elf aus dem Bett. Ich wäre am liebsten zusammengerollt unter der Decke liegen geblieben, bis der Kummer verging, bis meine Mutter und mein Vater zurückkamen und der Schmerz in meinem Herzen verschwand.

Zwei Tage blieb ich bis in den Nachmittag hinein im Schlafanzug und wagte mich selten aus dem Haus. Am Donnerstagabend hatte ich eine Sitzung bei Gillespie, und er versuchte, ein paar Entspannungstechniken mit mir zu üben, aber nichts funktionierte. Mit dem Tod von Antoine Marshall und den Umständen seines Todes hatte ich meine Leidenschaft für den Beruf der Staatsanwältin verloren. Ohne diese Passion war ich mir nicht einmal mehr sicher, wer Jamie Brock eigentlich war.

Den Großteil des Freitags verbrachte ich damit, alte Sammelalben und Erinnerungsstücke durchzusehen, die mich an meine Mom erinnerten. Als Teenager hatte ich mich nicht besonders für ihre Arbeit als forensische Psychiaterin interessiert. Aber jetzt las ich ein paar Zeitungsausschnitte, die sie und mein Vater gesammelt hatten, und gewann ein neues Bewusstsein dafür, was für eine kompetente Gutachterin sie gewesen sein musste. Sie sagte im ganzen Land gegen Angeklagte aus, die auf Unzurechnungsfähigkeit aufgrund einer Störung der Impulskontrolle plädierten. Sie hatte sich anscheinend auf die Voraussetzungen für Gehirnwäschen spezialisiert und war die Psychiaterin der Wahl in vielen hochkarätigen Fällen, in denen die Staatsanwaltschaft diese Verteidigungsstrategie widerlegte.

Nur einer der vielen Artikel, die ich las, berichtete von einem Fall, den sie verloren hatte. Der Anwalt der Verteidigung war ein junger Angeber aus Las Vegas namens Quinn Newberg gewesen.

Aber meine Mom sagte auch für die Verteidigung aus. Und zwar bei Anklagen wegen sexuellen Missbrauchs, bei denen die Opfer unter Hypnose behaupteten, sich an den Missbrauch zu erinnern. Meine Mom war anscheinend landesweit führend darin zu zeigen, dass Menschen, die empfänglich für Hypnose waren, genauso empfänglich für Suggestionen durch den Hypnotiseur waren. Oft half der Berater oder Psychologe dem »Opfer«, eine detaillierte Schilderung von sexuellen Missbräuchen zu geben, die in Wirklichkeit nie stattgefunden hatten.

Es war so ein tragischer Verlust, dass meine Mom in der Blüte ihrer beruflichen Laufbahn hatte sterben müssen, ganz zu schweigen davon, dass es die Zeit gewesen war, in der ihre Tochter sie am meisten gebraucht hatte.

Ich rief Chris ein paarmal an, und es schien ihm leichter als mir zu fallen weiterzumachen. Aber andererseits musste er auch nicht mit den Geheimnissen leben, die ich mit mir herumschleppte. Ich hatte beschlossen, dass ich ihm nie von meiner Recherche erzählen würde. Ich hatte das Gefühl, ich zahlte schon selbst einen hohen Preis dafür, den Ruf meines Vaters geschützt zu haben. Es brachte nichts, Chris' Erinnerungen ebenfalls zu zerstören.

Am späten Freitagnachmittag hatte ich schließlich die Nase voll davon, mir selbst leidzutun, und rief Bill Masterson an. Er fragte, wie es mir ginge, und ich sagte ihm, es sei mir schon besser gegangen. Seine Lösung überraschte mich nicht.

»Ich denke, es ist Zeit, dass Sie wieder einsteigen. Das hätten Ihre Eltern beide gewollt.«

Ich stimmte ihm zu, denn ich hatte nicht die Energie, ihm die Wahrheit zu sagen – dass ich nicht wusste, ob ich überhaupt noch Staatsanwältin sein wollte.

»Wir müssen das Verfahren im Fall Caleb Tate diese Woche einstellen lassen«, sagte Masterson. »Und dann müssen wir uns auf den Ansturm der Presse vorbereiten.«

Ich wusste, was das bedeutete. Ich würde diejenige sein, die sich den Reportern stellen und ihnen erzählen würde, dass wir nicht genug Beweismaterial hatten, um damit vor Gericht zu gehen. Alle wussten, wie dringend ich Caleb Tate festnageln wollte. Die Tatsache, dass wir uns zurückzogen, zumindest für den Moment, würde besser aufgenommen, wenn die Information von mir kam.

Als ich am Freitagabend ins Bett ging, war das letzte Bild in meinem Kopf dasselbe, das ich auch in den anderen Nächten gesehen hatte, bevor das Schlafmittel wirkte – das Gesicht von Antoine Marshall, der mich im Tod genauso heimsuchte wie er es im Leben getan hatte.

65

Das Telefon weckte mich aus meinem Tiefschlaf am frühen Samstagmorgen. Zu früh. Ich schaute auf die Anzeige – L. A. – und drehte mich auf die andere Seite, um weiterzuschlafen. Als Nächstes schickte er mir eine SMS, in der stand, wir müssten reden, und ließ dann noch einen weiteren Anruf folgen. Er sprach mir auf den Anrufbeantworter, aber ich war zu müde, um ihn abzuhören, und es dauerte nicht lange, bis ich im Medikamentenrausch wieder wegdämmerte.

Doch L. A. war hartnäckig. Als ich das nächste Mal aufwachte, bellte Justice wie verrückt jemanden an, der an der Vordertür klopfte. Ich beschloss, auch das zu ignorieren, aber wer auch immer es war – er verstand keine zarten Andeutungen. Ich sah blinzelnd auf den Wecker. Er zeigte 7.05 Uhr an. Ich versuchte, die Wirkung des Schlafmittels abzuschütteln, und endlich dämmerte mir, dass niemand so früh klopfte, wenn es kein Notfall ist.

Ich sah meine wilde Frisur im Spiegel und glättete sie ein bisschen, bevor ich zur Tür tapste. Ich blinzelte ins Sonnenlicht und sah L. A. dort stehen, die Hände in den Hosentaschen und geduldig wartend. Als ich die Tür aufmachte, warf sich Justice auf L. A. und leckte ihn ab wie üblich. Ich hätte gerne etwas Schlaues gesagt, aber mein Hirn funktionierte noch nicht so recht.

»Kann ich reinkommen?«, fragte er. »Wir müssen reden.«

An seinem ernsten Blick konnte ich sehen, dass etwas ganz und gar nicht stimmte. Vielleicht war Caleb Tate mit der Information über meinen Vater und Richterin Snowden an die Öffentlichkeit gegangen. Vielleicht machte sich die Presse bereit für einen Enthüllungsbericht über etwas, das jemand über Masterson ausgegraben hatte. Ich hatte immer noch Schwierigkeiten, mich zu konzentrieren und meine Gedanken zu formulieren. Es war, als watete mein Geist durch einen Sumpf.

»Klar. Ich mache Kaffee.«

L. A. kam herein und setzte sich an meinen Küchentisch. Abwesend streichelte er Justice den Kopf, während ich die Kaffeemaschine anwarf.

»Erinnerst du dich an den Jungen, der sich am Montag schuldig bekannt hat?«, fragte L. A. Anscheinend wollte er nicht auf den Kaffee warten. Er musste einfach sein Herz ausschütten.

»Ja. Aber ich habe seinen Namen vergessen.«

»Latrell Hampton«, sagte L. A.

Ich stand mit verschränkten Armen neben der Kaffeemaschine. Das ganze Gespräch ergab keinen Sinn für mich. »Okay«, sagte ich.

»Wir haben ihn in Einzelhaft untergebracht«, sagte L. A. mit aschfahlem Gesicht. »Wir haben getan, was wir konnten, um ihn zu schützen. Wir wussten, dass Gangs versuchen würden, ihn umzubringen.«

Während ich auf den Kaffee wartete, wurde mein Kopf langsam klarer. Hampton war etwas zugestoßen.

»Das war meine Aufgabe gewesen. Ich habe sowohl seine Mutter als auch seine Exfreundin zwei Tage lang rund um die Uhr überwachen lassen. Aber unsere Mittel sind knapp, also haben wir uns auf Patrouillefahrten beschränkt. Gestern am späten Abend haben sie seine Freundin und ihren dreijährigen Sohn umgebracht. Haben der Freundin die Kehle durchgeschnitten. Und zweiunddreißig Mal auf sie eingestochen. Den Kleinen haben sie auch umgebracht. Mehrfach zugestochen.«

Der Gedanke daran drehte mir den Magen um. Und ich wusste, die Zeitungen würden sich darauf stürzen. Sie würden die Cops kreuzigen.

»Ich habe die Nacht drüben am Tatort verbracht. Jamie, wir hatten einfach nicht genug Beamte, um rund um die Uhr bei ihr und bei seiner Mutter Wache zu stehen. Und jetzt …« Er verstummte.

»Das tut mir leid«, sagte ich.

»Ich habe an vielen Tatorten gearbeitet«, fuhr L. A. fort und sah mich mit seinen traurigen, stahlblauen Augen an, »aber ich glaube nicht, dass ich je so viel Blut gesehen habe.«

Der Kaffee war fertig, und ich goss uns zwei Tassen ein. Dann setzte ich mich L. A. gegenüber an den Küchentisch und verbrachte eine halbe Stunde mit dem Versuch, ihm zu sagen, es sei nicht seine Schuld.

Er fragte, ob er eine Weile sitzen bleiben könne, und ich ging nach oben, um zu duschen und mich umzuziehen. Als ich wieder herunterkam, schlief er auf der Couch.

Wir verbrachten den Tag zusammen und vermieden es, über Latrell Hampton zu sprechen, bis auf ein paar Telefonate, die L. A. wegen der Ermittlung führen musste. Zum Abendessen gingen wir zu einem Italiener in der Nähe.

Es war das erste Mal seit einer Woche, dass ich mich wieder wie ein Mensch fühlte.

Als er mich zu Hause absetzte, blieb ich in seinem Auto sitzen und wir redeten noch eine halbe Stunde. Als ich gerade aussteigen wollte, lenkte er das Gespräch wieder auf den Fall, der ihn überhaupt zu mir geführt hatte.

»Wir wissen beide, wer dahintersteckt, Jamie. Du kannst ihn jetzt in diesem Mordfall nicht vom Haken lassen. Solange wir ihn nicht aus dem Verkehr ziehen, endet diese Verschwörung nie.«

»Das habe ich nicht in der Hand«, sagte ich. »Masterson hat seine Entscheidung getroffen.«

L. A. drehte sich auf seinem Sitz und sah mich an. »Weißt du, was ich an dir liebe? Du hast keine Ahnung, wie berühmt du bist. Wenn du drohen würdest, wegen dieser Sache zu kündigen, würde Masterson dich auf keinen Fall gehen lassen.«

»Du kennst Masterson nicht.«

»Ich weiß, dass er Politiker ist. Und ich kenne den sichersten Weg, wie er im Moment Wählerstimmen verliert. Nämlich wenn er der Öffentlichkeit sagen muss, dass er Jamie Brock gezwungen hat, das Verfahren gegen Tate einzustellen, und sie deshalb gekündigt hat. Denk darüber nach, wie das aussehen würde.«

L. A. hatte nicht ganz unrecht, aber ich wusste: So einfach war es nicht. »Wenn wir vor Gericht gehen, kommt dieses ganze Zeug über meinen Dad heraus. Tate wird Rivera im Kreuzverhör vernichten, und die Presse wird Masterson und mich kreuzigen. Jetzt ist es zu spät.«

»Da irrst du dich«, sagte L. A. hitzig. »Erstens glaube ich nicht, dass du irgendeine Pflicht hattest, diese Information an Mace James weiterzugeben. Niemand kann etwas beweisen, außer dass dein Vater sich in Richterin Snowdens Verhandlungen gut geschlagen hat. Und selbst wenn du die Pflicht gehabt hättest, es weiterzuleiten – du hast es Masterson gesagt, und der hat es dem Generalstaatsanwalt gemeldet. Was hättest du sonst noch tun können?«

»Ich weiß nicht«, sagte ich. »Es klingt logisch, während wir hier sitzen, aber Caleb Tate würde …«

»Jamie«, unterbrach er mich, »der kleine Junge musste dabei zusehen, wie sie seiner Mutter die Kehle durchgeschnitten haben. Die Spurenermittler konnten das an den Blutspritzern erkennen. Was für Tiere tun so etwas? Was für ein kranker Mensch stiftet sie zu so etwas an?«

L. A. lehnte sich vielleicht ein wenig weit aus dem Fenster, aber ich teilte seinen brennenden Wunsch, Caleb Tate auszuschalten. Vielleicht war ich zu einem Leben als Kämpferin verurteilt und mein Selbstbild definierte sich mehr durch meine Feinde als durch die Leute, die ich liebte.

»Ich denke darüber nach«, sagte ich.

»Mehr kann ich nicht verlangen.« Und dann, wie um den Handel zu besiegeln, fasste mich L. A. sanft im Nacken. Er beugte sich vor und gab mir einen Kuss, und ich wehrte mich nicht. Es war ein langer Tag gewesen, und meine Nerven lagen blank, aber das hier fühlte sich richtig an.

Wir lösten uns wieder ein wenig und blieben einen Augenblick so, nur ein paar Zentimeter voneinander entfernt.

»Ich sollte gehen«, sagte ich.

Ich stieg aus, weil ich mich nicht traute zu bleiben. Ich schloss die Wagentür, beugte mich aber noch einmal hinunter. Er öffnete das Beifahrerfenster. »Danke für den Kuss«, sagte ich.

»Wo der herkam, gibt es noch mehr.«

Ich lächelte. Wahrscheinlich zum ersten Mal seit mehr als einer Woche. »Daran habe ich nie gezweifelt«, erwiderte ich.

66

Ich stellte meinen Wecker für Sonntag auf sechs Uhr, und Justice trieb mich aus dem Bett. Er wedelte mit dem Schwanz und sprang herum, während ich ihm Frühstück machte, wie um zu feiern, dass sein Frauchen wieder ins Leben zurückkehrte. Ich arbeitete den ganzen Tag an einem Memo, in dem ich argumentierte, dass wir planmäßig in acht Tagen mit dem Tate-Prozess beginnen sollten. Ich wusste, wir konnten einen kurzen Aufschub erhalten und den Fall in den September hineinverschieben, falls es sein musste. Aber wir hatten die Zeugen schon vor mehr als einem Monat schriftlich vorgeladen, und ich hatte schon Entwürfe für alle ihre Aussagen gemacht. Ich wollte fristgerecht anfangen.

Am Sonntagabend kam L. A. vorbei und machte Abendessen, während wir alles besprachen, was wir in den nächsten Tagen erledigen mussten, falls Masterson erlaubte, dass der Fall weiterging. Wir mieden es, über die Alternative zu sprechen – was passieren würde, wenn Masterson es darauf ankommen ließ und ich wirklich kündigen musste.

* * *

Am Montagmorgen kam ich um acht zur Arbeit und legte einen Ausdruck meines Memos in einem Umschlag mit der Beschriftung *persönlich und vertraulich* auf Mastersons Schreibtisch. Um neun fragte ich bei seiner Assistentin nach, um sicherzugehen, dass Masterson das Memo noch an diesem Morgen sah. Er sei direkt zum Gericht gefahren, sagte sie, aber sie werde dafür sorgen, dass er es bekam.

Danach fragte ich noch zweimal bei ihr nach und hätte auch noch ein drittes Mal gefragt, aber sie wirkte inzwischen deutlich irritiert. Um halb fünf, gerade als ich den Hörer nehmen wollte, um ihn auf dem Handy anzurufen, kam Bill Masterson in mein Büro, schloss die Tür und setzte sich mir an meinem Schreibtisch gegenüber.

»Ich habe Ihr Memo bekommen«, sagte er. »Sie haben da eine Menge Arbeit hineingesteckt.«

»Wir müssen diesen Kerl fassen. Es ist das Richtige. Wie Sie merken, ist es mir ziemlich ernst damit.«

Ich musste nichts weiter sagen; ich hatte alles in mein Memo geschrieben. Caleb Tate war der Mann, der das Chaos mit den abgelehnten Deals ausgelöst hatte. Ich war mir sicher, dass er seine Frau umgebracht hatte. Ich war bereit, sowohl den Ruf meines Vaters als auch den von Richterin Snowden zu riskieren, nur um eine Chance zu bekommen, Tates Fall einer Jury vorzutragen. Mein letzter Abschnitt enthielt das Ultimatum. Ich würde eher kündigen als den Fall aufgeben.

Masterson und ich sprachen eine Weile darüber, wie wir Riveras Zeugenaussage handhaben konnten. Er bestätigte, dass er die Information über Snowden an den Generalstaatsanwalt weitergeleitet hatte. Sie hatten vergangenen Montag gemeinsam entschieden, sie nicht an Mace James weiterzugeben.

»Sie sind bereit, den Ruf Ihres Vaters aufs Spiel zu setzen?«

»Ja, Sir. Bin ich.«

Er rieb sich das Gesicht und starrte nachdenklich zu Boden. Dann leuchteten seine Augen auf, als sei ihm ein Licht aufgegangen.

»Rivera wird abstreiten, je etwas über eine Bestechung von Snowden erwähnt zu haben, richtig?«, fragte Masterson.

Seine Aufregung ließ mein Herz schneller schlagen. »Ja. Er streitet ab, dass dieses Gespräch je stattgefunden hat.«

»Richtig. Tate wird Rivera im Kreuzverhör danach fragen. Rivera wird abstreiten, dass das Gespräch zwischen ihm und Tate je stattgefunden hat. Die Erfolgsstatistik Ihres Vaters in Snowdens Verhandlungen ist kein direkter Beweis – im besten Fall ein indirekter, mehr nicht. Aber bevor solche indirekten Beweise vorgelegt werden können, muss jemand Riveras Drohung gegen Tate bezeugen. Und wer ist der einzige Mensch, der das tun kann?«

»Tate«, sagte ich. Es schien plötzlich so klar. Wie hatte mir das entgehen können? »Sie haben recht«, dachte ich laut weiter. »Selbst wenn wir Tates Version der Ereignisse glauben würden, hat Rafael Rivera meinen Vater nie erwähnt. Nur Richterin Snowden. Der einzige Zeuge, der meinen Vater mit hineinziehen kann, ist Tate. Und falls Tate auf sein Aussageverweigerungsrecht verzichtet und in den Zeugenstand tritt, nageln wir ihn fest.«

Masterson stand jetzt und ging das Ganze in Gedanken durch. »Also kann Tate zwar Rafael Riveras Zeugenaussage demontieren, aber dafür muss er selbst in den Zeugenstand.«

»Ich glaube, das stimmt«, sagte ich. Ich ärgerte mich, dass mir das nicht früher aufgefallen war. Aber gleichzeitig war Mastersons Begeisterung ansteckend.

»Und wenn er das tut, geht es letzten Endes nur um unser Kreuzverhör mit Tate«, sagte Masterson. An seinem Blick konnte ich erkennen, dass er den Gedanken genoss.

»Wir machen Folgendes«, sagte er. »Wir gehen nächste Woche vor Gericht. Sie übernehmen das Eröffnungsplädoyer und alle Zeugen bis auf Rivera und Tate. Ich übernehme die beiden und das Schlussplädoyer.«

»Okay, Sir«, sagte ich.

Wir besprachen noch eine Stunde die Einzelheiten des Falls. Masterson machte sich keine Sorgen, dass er sich nicht in vollem Umfang auf den Fall vorbereitet hatte; er würde sich auf den neuesten Stand bringen, indem er den ersten Teil des Prozesses beobachtete. Ich wünschte, ich hätte auch nur die Hälfte seines Selbstbewusstseins.

Nachdem er mein Büro verlassen hatte, rief ich L. A. an.

»Wir sind dabei«, sagte ich.

67

Mace James verbrachte die Tage nach Antoine Marshalls Hinrichtung damit, sein Versprechen einzulösen und den Namen seines toten Mandanten zu rehabilitieren. Mace war kein Psychiater und kannte die offiziellen Merkmale für eine Zwangsstörung nicht, aber er war sich ziemlich sicher, dass seine Besessenheit mit Antoine Marshall darunterfiel. Er hatte auch noch andere Mandanten, aber er verbrachte fast jede wache Stunde des Tages mit der Arbeit an Antoines Fall. Etwas stimmte nicht mit diesem Fall, aber nach all den Jahren konnte Mace immer noch nicht genau sagen, was. Jetzt war Antoine tot. Doch wie konnte er die Akte einfach schließen? Was, wenn er zugelassen hatte, dass ein Unschuldiger starb?

Er hatte angefangen, indem er die ganze Fallakte noch einmal las und die Geschehnisse aus einer anderen Perspektive betrachtete. In den letzten Jahren hatte er sich auf die Fehler in den Gerichtsurteilen konzentriert, damit sein Mandant einen neuen Prozess bekam. Aber jetzt suchte er nach Hinweisen auf den wahren Mörder, so wie er es getan hatte, als er den Fall neu übernommen hatte. Nachdem sich die Polizei auf Antoine eingeschossen hatte, hatten sie nie wirklich die Fragen weiterverfolgt, die sich Mace jetzt erneut stellte.

Was, wenn es gar kein zufälliger Einbruch gewesen war? Wer hätte Laura Brocks Tod gewollt? Was, wenn das eigentliche Ziel Robert Brock gewesen war? Wer waren seine Feinde?

Mace begann, alle Fälle durchzugehen, in denen Laura Brock als Expertin ausgesagt hatte. Als Nächstes schaute er sich die hochkarätigen Fälle an, die Robert Brock bearbeitet hatte. Und weil Richterin Snowden ihm immer verdächtig vorgekommen war, begann er auch ihre anderen Entscheidungen im Prozess zu studieren. Warum hatte sie sich förmlich ein Bein ausgerissen, um Robert Brock zu schützen? Was hatte sie gegen Caleb Tate? Welche anderen Fälle hatte Caleb mit ihr als Richterin verhandelt?

Zusätzlich wühlte er noch ein bisschen in der wissenschaftlichen Forschung, um zu verstehen, wie Marshall einen Lügendetektortest bestehen, aber in einem BEOS-Test durchfallen konnte. Er rief ein paar Wissenschaftler in Indien an, die führend waren in der Erforschung der BEOS-Methode und die auf ihre Zuverlässigkeit schworen. Lügendetektortests dagegen hatten allgemein bekannte Glaubwürdigkeitsprobleme.

Mace hatte die Zuverlässigkeit des BEOS-Tests gegenüber Antoine in dessen letzten Tagen heruntergespielt, weil es ihm richtig erschien. Aber je mehr er jetzt recherchierte, desto überzeugter wurde er, dass der BEOS-Test zuverlässig war. Vielleicht hatte Antoine recht gehabt. Vielleicht hatte er so unter Drogen gestanden, dass er keine bewusste Erinnerung an die Nacht hatte und einen Lügendetektortest bestehen konnte. Aber Mace brachte es einfach nicht über sich, die Akte nur wegen der Gültigkeit des BEOS-Tests zu schließen. Noch nicht. Vielleicht niemals. Mace hatte einen Mandanten sterben sehen. Er konnte nicht einfach zum nächsten Fall übergehen, während er noch Zweifel hatte.

Besonders neugierig machte Mace, dass Calebs Mandanten auffällig häufig einen Lügendetektortest bestanden hatten. Das, gepaart mit Tates eigener Live-Performance am Lügendetektor, brachte Mace dazu, Ermittlungen über Dr. Stanley Feldman anzustellen, den Polygrafenexperten, der Tate getestet hatte.

Mace drehte jeden Stein um. Er verbrachte Stunden damit, die Gerichtsakten von Milton County zu durchkämmen. Er ging zum Gefängnis und befragte Angeklagte, die mit den Fällen zu tun gehabt hatten. Er sprach mit Anwälten und Gutachtern und erstellte Tabellen und Schaubilder über seine Ergebnisse. Er dachte an seine Recherchen, wenn er abends ins Bett ging, und wachte morgens mit neuen Ideen auf, denen er nachgehen konnte.

Er hatte das Gefühl, kurz vor einem Durchbruch zu stehen – als sei er etwas auf der Spur, etwas, das ihm immer wieder entglitt, zum Greifen nah und doch nicht zu packen. Aber er wurde nicht ganz schlau daraus. Und leider war es, falls er es herausfand, auch zu spät, um seinem Mandanten noch das Leben zu retten.

68

Ich spürte, wie ich in der Woche vor dem größten Prozess meines Lebens die Kontrolle verlor. Wie alle anderen jungen Anwälte war ich vor einem wichtigen Fall immer nervös. Aber diesmal war es anders. Ich war so nervös, dass ich mich kaum konzentrieren oder irgendetwas abschließen konnte.

Teilweise war ich so nervös, weil ich ahnte, dass Tate einen Weg finden würde, um die Information über Richterin Snowden und meinen Vater in den Fall einfließen zu lassen. Auch falls er nicht in den Zeugenstand trat und aussagte, würde er es zur Presse durchsickern lassen. Er würde ihnen außerdem erzählen, dass er mir diese Informationen schon vor fast drei Monaten gegeben hatte und ich sie zurückgehalten habe, selbst als Antoine Marshall hingerichtet wurde. Tate würde einen Weg finden, das Blatt zu wenden, damit er nicht der Einzige war, der vor Gericht stand. Ich würde mich zu ihm gesellen. Und mein Dad.

Es gab Momente in dieser Woche, in denen ich an den Prozess dachte, mir all die schrecklichen Dinge vorstellte, die passieren konnten, und fühlte, wie mein Herz anfing zu rasen, wie ich schnell und oberflächlich atmete. Ich maß meinen Puls und stellte ein paarmal fest, dass mein Herz über 150 Mal pro Minute schlug. Wenn es bei der Arbeit passierte, schloss ich die Bürotür und setzte mich an den Schreibtisch, die Augen geschlossen, und zwang mich zur Ruhe. Zu Hause tigerte ich auf und ab oder legte mich aufs Bett, bis ich entspannt genug war, um wieder klar zu denken.

In der Nacht nahm ich Schlafmittel und tagsüber Muskelrelaxans. Ich sagte mir, dass sich diese Ängste nicht von der Nervosität eines Sportlers vor einem großen Wettkampf unterschieden. Wenn der Prozess erst angefangen hatte, würde es mir wieder gut gehen.

Aber ich war Sportlerin, und ich hatte nie etwas Derartiges erlebt. Manchmal fürchtete ich ernsthaft, den Verstand zu verlieren.

Es wurde schlimmer, als L. A. und ich Rivera via Skype für seine Zeugenaussage vorbereiteten. Es überraschte mich nicht, dass der Mann mürrisch und defensiv wirkte. »Er lügt«, sagte L. A., sobald wir aufgelegt hatten.

Ich hatte selbst auch Bedenken, aber ich hoffte, wir irrten uns beide. »Woher willst du das wissen?«

L. A. sah mich einen Augenblick an, als versuche er abzuwägen, ob er meine Zuversicht noch mehr zerstören sollte.

»Sag es mir!«, beharrte ich.

Er zuckte die Achseln. »Du hast gefragt.«

Wir hatten seinen Computer für das Gespräch benutzt, und ich hatte nicht gemerkt, dass er die Übertragung aufgenommen hatte. In der nächsten halben Stunde spielte er Teile von Riveras Aussage ab. Er deutete auf Mikroausdrücke, die in Riveras Gesicht aufgeblitzt waren. Er zeigte mir Diagramme von Frequenz und Stimmlage, die ein Programm berechnet hatte.

Riveras Wortfluss verlangsamte sich und seine Stimmlage änderte sich, wenn er Fragen darüber beantwortete, wie er Caleb Tate Drogen beschafft hatte.

»Die verlässlichsten Signale für Täuschung entstehen aus den kognitiven Anstrengungen und Emotionen, die eine Lüge hervorruft. Man braucht mehr gedankliche Leistung, um eine Lüge zu konstruieren als für die Erinnerung an die Wahrheit«, erklärte L. A. »Also verändern sich unser Sprechtempo und die Stimmlage, was aber für das bloße Ohr normalerweise nicht wahrnehmbar ist. Aber ein Computerprogramm kann es erfassen.«

Die faszinierendsten Hinweise waren Riveras nonverbale Signale. L. A. nannte es die »Lust am Überlisten« – die Freude, die ein Soziopath dabei empfindet, andere zu täuschen. »Sieh dir das an – hast du gesehen, wie dieses teuflische kleine Lächeln aufgeblitzt ist?«

Er hatte recht. In Echtzeit hatte ich es nicht bemerkt, aber wenn L. A. die Aufnahme in Zeitlupe abspielte, sah ich es. »Er spielt mit uns«, sagte L. A. »Caleb Tate mag schuldig sein. Aber dieser Kerl lügt nach Strich und Faden.«

Diese Erkenntnisse machten mir nur noch mehr Angst. Ich konnte nicht beweisen, dass Rivera log, aber mein Bauch sagte mir, L. A. hatte recht. Also machte sich Jamie Brock, die prinzipientreue Staatsanwältin, die Frau, die Rechtschaffenheit und Gerechtigkeit über alles andere stellte, dieselbe Frau, die vor Kurzem Informationen vor Mace James zurückgehalten hatte, bereit, in einem hochkarätigen Mordfall einen lügenden Zeugen in den Zeugenstand zu rufen.

Aber wie hätten wir den Fall ohne ihn gewinnen können?

69

Ausgerechnet. Es gab neun Richter am erstinstanzlichen Gericht von Milton County, und wir bekamen die eine Richterin, die ein persönliches Interesse an dem Fall hatte. Und so, wie sie mich von der Richterbank aus böse ansah, tat sie, als wäre der ganze Fall meine Schuld.

Eine bizarre Entscheidung folgte der nächsten, und ich schien die Einzige im Gerichtssaal zu sein, der das auffiel. Wenn Tate Einspruch einlegte, gab sie ihm automatisch statt. Wenn ich versuchte, Einspruch zu erheben, befahl sie mir, mich zu setzen. Masterson, der neben mir saß, war zu beschäftigt damit, sich Notizen für sein Kreuzverhör von Caleb Tate zu machen, um darauf zu achten.

Und dann dämmerte es mir. Ich war so auf die Ergebnisse meines Dads in Richterin Snowdens Verhandlungen fokussiert gewesen, dass ich mir Tates Statistik nie angesehen hatte. Was, wenn Tate nach Antoine Marshalls Prozess ein Licht aufgegangen war? Was, wenn er angefangen hatte, Snowden zu bezahlen wie die anderen Verteidiger? Oder sie zu erpressen oder was auch immer mein Vater getan hatte?

Plötzlich ergab es Sinn – die Entscheidungen gegen mich und dass Tate im Gerichtssaal herumstolzieren durfte und sagen konnte, was er wollte.

Ich wusste jetzt, wie Tate sich vor all den Jahren gefühlt haben musste, als er versuchte, Antoine Marshall zu verteidigen, und genauso gegen die Richterin gekämpft hatte.

Wirklich bizarr wurde es, als Tate in den Zeugenstand trat und Masterson sagte, er habe keine Fragen. Ich stand auf und erhob Einspruch. Ich hatte Fragen! Aber Masterson zog mich am Ellbogen, und Snowden schrie mich an, mich zu setzen, immer wieder, ihre schrille Stimme übertönte meine Fragen.

Tate fing an zu lachen, ein wirklich abscheuliches Lachen, das mich verhöhnte und die Justiz verspottete.

Und dann, als ich an der Grenze meiner Belastbarkeit war, drang das Klingeln zu mir durch. Ich schreckte hoch, mein Herz raste. Auf dem Nachttisch tastete ich nach meinem BlackBerry und schaltete ihn aus. Ich hatte Mühe, mich zurechtzufinden.

Erleichterung und Grauen durchfluteten mich gleichzeitig. Erleichterung, dass alles nur ein Traum gewesen war. Grauen, weil ein Teil davon trotzdem Wirklichkeit werden konnte. Wir würden erst am Montagmorgen erfahren, wer unser Richter sein würde. Und wir hatten eine Chance von eins zu neun, dass das Los auf Snowden fiel.

Masterson und ich hatten ausführlich darüber gesprochen. Falls wir Snowden bekamen, würden wir um eine Besprechung mit ihr und Tate in ihrem Büro bitten, um ihr von Riveras bevorstehender Aussage im Kreuzverhör durch Tate zu erzählen.

Snowden würde vermutlich wütend sein, aber wir gingen davon aus, dass sie den Fall am Ende wegen Voreingenommenheit abgeben würde. Damit wäre das Überraschungsmoment für Mastersons Ermittlung gegen die Richterin dahin.

Im Bett sitzend, zwang ich mich zur Ruhe. Justice, der auf dem Boden lag, machte ein Geräusch im Schlaf, ein Hundegrunzen, das mir sagte, ich solle weiterschlafen.

Auf keinen Fall. Ich war erschöpft, aber ich stand trotzdem auf. Den Tag müde bis auf die Knochen durchzustehen, war immer noch besser als die Albträume.

* * *

Am Donnerstagabend wurde mir klar, dass ich im Prozess zu nichts nütze sein würde, wenn ich die Panikattacken nicht stoppen konnte. Wie üblich war Aaron Gillespie bereit, seinen Terminplan umzuwerfen, um Zeit für mich zu schaffen.

Fast eine Stunde lang lud ich meine Sorgen bei ihm ab. Wir konnten Tate nichts nachweisen. Unser einziger Zeuge, der ihn mit den Drogen in Verbindung brachte, log wahrscheinlich. Dann die Sache mit meinem

Dad und Richterin Snowden. Meine eigene Rolle bei der Hinrichtung von Antoine Marshall. Die Einsamkeit. Die Schuldgefühle.

Gillespie hörte geduldig zu und erinnerte mich daran, dass ich unter unglaublichem Druck stand. Er sagte, ich hätte nie richtig um meinen Vater getrauert und dass mich das jetzt einhole. »Aber angesichts der Umstände glaube ich wirklich, dass du ganz gut mit allem zurechtkommst«, sagte er.

Es half, seine besonnene Bestärkung zu hören. Und er hatte sich auch ein paar Gedanken gemacht, wie ich mit dem Druck des Prozesses umgehen konnte.

»Sagt dir *Advanced Performance Imagery* etwas?«, fragte er mich.

»Ich habe mal davon gehört.«

Ich war Spitzensportlerin gewesen und mit dem Kajak Vierte in der Olympiaqualifikation geworden. Ich wusste, einige meiner Konkurrenten heuerten API für eine Art »Mentaldoping« an, um ihre Leistung zu steigern.

»Es ist die Firma, die viele Profisportler und Olympiateilnehmer trainiert«, sagte Gillespie. »Du hast wohl nie mit ihnen gearbeitet?«

»Nein. Ich hatte auch schon so genug Selbstbewusstsein.«

Ich fand immer, Gruppen wie API seien für Sportler mit mangelnder Willenskraft, die während anstrengenden Wettkämpfen ausflippten. Das Ganze roch für mich nach fernöstlichen Religionen und Hypnose. Etwas in der Art hatte ich nie gebraucht. Oder zumindest hatte ich das gedacht.

In den folgenden Minuten erklärte Gillespie mir den Hintergrund von etwas, das er »neurolinguistisches Programmieren« nannte.

»Was du in Gedanken übst, perfektionierst du in der Realität.« Er erklärte, wie zahlreiche Sportler ihre Psyche durch Visualisierung auf Erfolg trainiert hatten. Die Kunstturnerin Mary Lou Retton hatte einen Hypnotherapeuten namens Gil Boyne engagiert, bevor sie 1984 die Goldmedaille holte. Der Baseballspieler Mark McGwire hatte Visualisierungstechniken benutzt – wenn auch zusammen mit weniger harmlosen Hilfsmitteln –, um 1998 seinen Home-Run-Rekord aufzustellen. Gillespie hakte eine Liste von weiteren bekannten Sportlern und Trainern ab, die mit ähnlichen Methoden arbeiteten. Er hatte selbst mit mehreren Sportlern zusammengearbeitet.

»Ich weiß, es wird dir nicht gefallen«, sagte er, »aber ich will, dass du etwas ausprobierst.«

Er bat mich, mich auf die Couch zu legen und die Augen zu schließen. »Du hast dir alles Schlimme ausgemalt, was nächste Woche passieren kann«, erklärte er. »Ich will dir ein paar Entspannungstechniken beibringen und dir dann helfen, den Gerichtsprozess in Gedanken neu zu bewerten.«

Das Ganze fühlte sich ein bisschen komisch an, aber ich war bereit, es zu versuchen. Ich sollte mich auf meine Atmung konzentrieren, und Gillespie ging mit mir ein paar Übungen durch, mit denen ich jeden Muskel in meinem Körper entspannte, einen nach dem anderen. Er wies mich an, mir verschiedene Teile des Prozesses bildlich auszumalen – mein Eröffnungsplädoyer, die Zeugenbefragungen, wie ich mit Caleb Tates Eskapaden umging. Ich stellte mir die Geschworenen vor, wie sie dem Richter den Zettel mit dem Urteil gaben. Tiefe Atemzüge. Ruhig. Den Puls unter Kontrolle halten. Bewusst auf alle Muskeln konzentrieren. Entspannen.

»Kontrolle, Jamie. Es geht nur um Kontrolle.«

Ich stellte mir einen Schuldspruch vor, und trotz meiner Skepsis musste ich zugeben, dass ich mich die ganze Woche über nicht so entspannt gefühlt hatte. Ich verließ Gillespies Büro froh, dass ich mir die Zeit genommen hatte, mich mit ihm zu treffen. Fast hätte ich es mir selbst ausgeredet. Doch jetzt hatte ich zumindest ein paar Werkzeuge, wenn die Panik wieder zuschlug.

Ich wandte sie am Freitag um drei Uhr nachmittags an, als wir herausfanden, wer der Richter in unserem Prozess sein würde. Es war nicht Snowden, aber fast so schlimm.

»Dein alter Kumpel Harold Brown«, sagte Regina Granger. Der Richter, der mich wegen Missachtung belangt hatte. Eine der Gerichtsangestellten hatte Regina vorgewarnt. »Lass uns versuchen, diesmal höflich zu bleiben«, sagte Regina.

Tief atmen, sagte ich mir. *Und denk positiv.*

70

Bill Masterson wusste, wie man eine Jury auswählte. Am Montag und Dienstag sah ich staunend zu, als Masterson sich mit den potenziellen Geschworenen für Caleb Tates Mordprozess anfreundete. Er war entspannt und zurückhaltend und machte sogar Witze über sein Übergewicht.

Seine Art brachte die Geschworenen dazu, sich ihm zu öffnen, und er hatte seine eigenen Theorien über die besten potenziellen Geschworenen für unseren Fall. Er wollte Männer. »Sie werden viel nachsichtiger mit Rikki sein.« Er wollte Lateinamerikaner, weil der Hauptzeuge Rafael Rivera einer war. Und natürlich wollte er gute, gläubige evangelikale Christen. Da er Geschworene nicht einzig wegen ihrer Religion ablehnen konnte, näherte er sich dem Thema auf andere Art.

»Nun, wir werden beweisen, dass Rikki und Caleb Tate über vieles gestritten haben, unter anderem über Rikkis Bekehrung zum Christentum. Hat jemand von Ihnen je mit seinem Ehepartner über religiöse Fragen gestritten? Falls ja, würde das Ihre Sicht auf den Fall beeinflussen, oder wären Sie in der Lage, das beiseitezuschieben und Ihre Entscheidung allein auf die Beweise zu gründen?«

Ein paar hoben die Hände, und Bill plauderte mit ihnen über ihre Reibereien mit ihren Ehepartnern. Er sprach darüber, dass Rikkis Bekehrung große Veränderungen bei ihr bewirkt hatte. Ich beobachtete die Körpersprache der potenziellen Geschworenen genau. Es gab zwei, die nickten, und ich kreiste sie auf der Liste ein. Die mussten wir uns warmhalten. War irgendeiner von ihnen außerstande, den Fall wegen dieser religiösen Aspekte fair zu beurteilen, wollte Masterson wissen. Natürlich nicht.

Dann erzählte Bill, wie Rikkis Bekehrung sie dazu gebracht hatte, Webseiten zu verklagen, auf der ihre Nacktfotos gezeigt wurden. Caleb Tate hatte diese Klagen abgelehnt. Diesmal kreiste ich die Stirnrunzler ein. Bill wusste, dass viele Menschen selbst Probleme mit Pornografie hatten. Wäre jemand nicht in der Lage, Rikki einen fairen Prozess zu ermöglichen, weil sie irgendwann einmal Nacktfotos von sich hatte machen lassen? Bestimmt nicht.

Caleb Tate durfte die Geschworenen ebenfalls befragen. Es frustrierte mich, dass er unter dem Vorwand der Geschworenenbefragung mit der Jury sprechen durfte und sich dann hinter dem fünften Verfassungszusatz verstecken konnte und nicht in den Zeugenstand musste. Aber Richter Brown konnte nichts dagegen tun. Positiv war, dass Caleb viel steifer wirkte und sich nicht so wohlzufühlen schien wie Masterson. Ein paar Geschworene verschränkten die Arme, wenn er ihnen Fragen stellte. Machte Masterson einen Witz, lachten alle. Doch bei Caleb Tate waren sie ganz geschäftsmäßig.

Nach zwei Tagen des Sondierens, Feilschens und dem Versuch, Menschen auf Grundlage begrenzter Informationen zu beurteilen, beendeten beide Seiten ihre Geschworenenauswahl, und wir hatten eine Jury. Es war ein facettenreicher Querschnitt der Bürger von Milton County, und ich fühlte Dankbarkeit für das Geschworenensystem. Anders als viele andere Prozessanwälte vertraute ich Geschworenen. Sie kannten das Gesetz vielleicht nicht so gut wie professionelle Richter, aber sie hatten einen Instinkt für Gerechtigkeit, und sie trafen normalerweise die richtige Entscheidung.

Richter Brown entließ die Geschworenen mit den üblichen Instruktionen, dass sie mit niemandem über den Fall sprechen durften. Er sagte ihnen, wir würden am nächsten Morgen als Erstes mit den Eröffnungsplädoyers beginnen. Bei dem Gedanken schwitzten meine Handflächen. Normalerweise beruhigte ich mich während der Geschworenenauswahl, und bis zum Eröffnungsplädoyer hatte ich meine Nerven unter Kontrolle. Doch in diesem Fall hatte ich nur am Anwaltstisch gesessen, weil Bill Masterson die Geschworenenauswahl übernommen hatte, und das machte mich nur noch nervöser.

An diesem Abend wusste ich, ich würde ohne medikamentöse Hilfe nicht schlafen können, und versuchte es deshalb erst gar nicht. Als ich die Augen schloss, dachte ich an meine Sitzungen mit Gillespie und visualisierte die Geschworenen, wie sie hingerissen waren von meiner Eröffnung, mir mit Blicken zustimmten und die Beweise gegen Caleb Tate förmlich aufsaugten. *Tief atmen. Entspann die Muskeln. Denk daran, wie sie Bill Masterson angelächelt haben.*

Ich schlief ein und träumte von Schuldsprüchen.

* * *

Am wichtigsten Tag meines Berufslebens trug ich ein anthrazitfarbenes Kostüm, eine weiße Seidenbluse, schwarze Pumps und eine Goldkette. Ich glaubte an die Philosophie einer meiner Juraprofessoren: Verscherze es dir nicht mit den Geschworenen durch die Wahl deines Outfits. Es war besser, sich zurückhaltend zu kleiden, damit die Jury sich darauf konzentrierte, was man sagte und nicht wie man aussah.

Ich kam viel zu früh an und konnte mehrmals meine Notizen durchgehen, bevor der Gerichtssaal sich zu füllen begann. Während der Geschworenenauswahl war der Saal halb voll gewesen. Doch an diesem Morgen gab es nur noch Stehplätze. Richter Brown hatte eine Kamera erlaubt, die Aufnahmen für alle örtlichen Fernsehsender machte. Ein paar meiner Studienfreunde waren da und recht viele Kollegen von der Staatsanwaltschaft.

Bill Masterson hatte mich vorbereitet und mir versichert, ich sei bereit. Kurz bevor Richter Brown herauskam, um die Verhandlung zu eröffnen, beugte sich Masterson zu mir und legte mir den Arm um die Schultern.

»Ihr Vater war einer der besten Prozessanwälte, die ich je gesehen habe«, sagte er leise. Und Masterson hatte einige Prozessanwälte gesehen. »Sie sind genauso gut, Jamie. Vielleicht besser.«

»Danke. Aber ich glaube, ich muss gleich kotzen.«

Masterson kicherte und klopfte mir auf die Schulter. Dann legte er seine linke Hand vor mir auf den Tisch. »Fällt Ihnen etwas an meinen Fingernägeln auf?«, fragte er.

Er hatte sie so weit abgekaut, dass es wehtun musste. Ich hatte nie bemerkt, dass Masterson an den Fingernägeln kaute.

»Die Nägel haben noch ziemlich gut ausgesehen, bevor ich mit der Geschworenenauswahl angefangen habe«, sagte er. »Wenn Sie bei einem Fall wie diesem nicht nervös sind, sind Sie in der falschen Branche. Wir lernen nur, es zu verbergen.«

Der Mann war ein Genie. Wer weiß – vielleicht hatte er seine Nägel an diesem Morgen nur abgekaut, damit es mir besser ging. Aber der Trick funktionierte auf jeden Fall. Selbst der legendäre Bezirksstaatsanwalt von Milton County wurde vor einem großen Mordprozess nervös. Und schau, wie gut er sich schlug.

Bis Richter Brown die Richterbank betrat, die Geschworenen hereinrief und die Formalitäten hinter sich gebracht hatte, war ich bereit.

»Möchte die Staatsanwaltschaft ein Eröffnungsplädoyer halten?«, fragte er.

»Ja, Euer Ehren. Sehr gern.«

71

Meine Absätze klapperten, als ich mich der Jury näherte. Ich hatte meine Notizen auf dem Tisch gelassen und trat vor das Podium – jetzt war nichts mehr zwischen mir und ihnen bis auf das Geländer.

»Wie das Gericht Ihnen bereits sagte: Mein Name ist Jamie Brock, und ich habe die Ehre, in diesem Fall den Bundesstaat Georgia zu vertreten. Meine Aufgabe ist es, Gerechtigkeit für Rikki Tate zu erreichen. Sie kann nicht für sich selbst sprechen, denn sie wurde von dem Mann ermordet, den sie mehr als jeden anderen liebte und dem sie vertraute. Aber ich bin hier, um für sie zu sprechen, und ich werde Ihnen helfen, zu verstehen, wie und warum sie getötet wurde.«

Diesen Teil meiner Eröffnung trug ich reglos vor. Ich hielt das Kinn hoch erhoben und versuchte, überzeugt zu wirken. Die Geschworenen würden mir niemals glauben, solange ich mir nicht selbst glaubte. Dann hielt ich kurz inne und holte tief Luft.

»Caleb Tate ist ein Kontrollfreak«, sagte ich. »Und was er nicht beeinflussen kann, das tötet er.«

Ich hoffte, diese Zeile würde mir einen Einspruch von Tate einbringen und mein Argument unterstreichen. Ich hatte schon eine Erwiderung parat – *Sehen Sie, er versucht sogar, mein Eröffnungsplädoyer zu beeinflussen*. Aber er war zu schlau, um den Köder zu schlucken.

»Ich trage meine Haare kurz«, sagte ich und begann, auf und ab zu gehen, während ich sprach. »Ich brauche morgens nur fünf Minuten im Bad. Ich war immer schon Sportlerin, und ich hatte nach dem Training nicht immer Zeit, meine Haare aufwendig zu frisieren. Als ich mich erst an die Bequemlichkeit gewöhnt hatte, mochte ich diesen Stufenschnitt einfach. Die Frauen unter Ihnen wissen, unsere Haare sind ein großer Teil dessen, was uns ausmacht.«

Sie sahen mich an, als sei ich verrückt. Sie erwarteten etwas Dramatischeres – ein Schuldeingeständnis, DNS, vielleicht die Aufzeichnung des Notrufs. Aber Frisuren?

Ich hatte einen Bildschirm für die Geschworenen aufgebaut. Ich drückte einen Knopf, und Rikki Tate erschien. Computermonitore am Tisch der Verteidigung und an der Richterbank zeigten dieselbe PowerPoint-Präsentation.

»Das ist Rikki Tate vor einem Jahr.« Ich zeigte ein weiteres Bild. »Und ein Jahr davor.« Noch eins. »Das ist von vor fünf Jahren … Und dieses hier ist aus der Zeit, als sie und Caleb Tate sich kennenlernten.«

Jetzt erschienen alle Fotos auf dem Bildschirm aufgereiht. »Sie werden bemerken, dass Rikki Tate eine andere Philosophie als ich hatte, was Frisuren anging.« Die Fotos zeigten alle Rikkis lange, dunkle Haare. Auf einem Bild waren sie zu einem strengen Zopf gebunden, aber auf den anderen hingen sie ihr über die Schultern, voll und akribisch gebürstet. Sie hätte Shampoowerbung machen können.

»Rikki Tate war Bühnenkünstlerin. Und zu ihrem größten Kapital gehörten ihre langen Haare.«

Eine andere Aufnahme von Rikki leuchtete auf dem Bildschirm auf. Es war eine Nahaufnahme ihres Gesichts aus der Todesnacht. Man konnte das Erbrochene sehen, und ihre Haut sah blass und spröde aus. Sie hatte Ringe unter den Augen und sah zehn Jahre älter aus als auf dem Foto nur ein Jahr zuvor. Jetzt erschienen die beiden Fotos nebeneinander auf dem Bildschirm.

»Ein halbes Jahr vor ihrem Tod ließ sich Rikki Tate zum ersten Mal in ihrem Leben ihre langen Haare abschneiden. Ihre Freunde aus der Kirche werden Ihnen erzählen, warum. Aus dem Nichts heraus fing dieser Mann, Caleb Tate, an, ihr zu erzählen, wie gern er schon immer Frauen mit kurzen Haaren gemocht habe. Wie sexy es aussähe. Dass sie es auch ausprobieren solle. Er war regelrecht besessen davon. Er wollte – er *musste* – ihre Frisur kontrollieren.«

Ich sah die Geschworenen an und verzog das Gesicht, als dächte ich über etwas nach. »In jeder Ermittlung gibt es hundert scheinbar unwichtige Beweisstücke wie dieses. Dinge, die nicht recht zu passen scheinen. Und so beschloss ich, eine kleine Recherche durchzuführen und mir ein paar der Frauen anzusehen, die Caleb Tate geliebt hat.«

Ich zeigte der Jury Bilderstrecken von Caleb Tates ersten zwei Ehefrauen und drei seiner Freundinnen. Sie hatten alle langes, fließendes Haar. »Vielleicht liebte der Angeklagte wirklich kurze Haare. Vielleicht hatte er nur Pech und keine der kurzhaarigen Frauen interessierte sich für ihn. Oder vielleicht ...« Ich zögerte, und ich wusste, die Geschworenen hörten mir zu. »Vielleicht hat er seine Frau ein halbes Jahr lang mit Drogen vollgepumpt, bevor er ihr eine Überdosis verabreichte und sie tötete. Dazu musste er sichergehen, dass ihre Haare gerade die richtige Länge hatten, damit es so aussah, als hätte sie diese Drogen über einen sehr langen Zeitraum eingenommen. Anders ausgedrückt: Sie mussten kurz genug sein, damit wir bei der Untersuchung der Haare nur ein halbes Jahr zurückgehen können und über die Zeit davor nur Mutmaßungen anstellen können.«

Ein paar Minuten lang erklärte ich, wie Haartests funktionierten. Dann ging ich zu einem Flipchart und listete die Drogen auf, die man in Rikki Tates Blut gefunden hatte. Ich trat zurück, besah mir mein Werk und wiederholte die Bezeichnungen der Substanzen wie für mich selbst. Ich wandte mich der Jury zu.

»Es ist wie in einem Rätsel – was gehört nicht in diese Reihe. Codein und Oxycodon sind Betäubungsmittel und können in der richtigen Dosierung tödlich sein. Aber Promethazin – das ist nur ein Medikament gegen Übelkeit. Es ist in medizinischen Kreisen bekannt dafür, dass es die Aufnahme von Narkosemitteln im Körper so beeinflusst, dass diese die maximale medizinische Wirkung erreichen können. Doch Caleb Tate ist kein Arzt. Wie konnte er so etwas wissen?«

Ich stellte mich mitten vor die Geschworenenbank, damit ich den Geschworenen direkt in die Augen sehen konnte. »Manche von Ihnen erinnern sich vielleicht an den Fall des Rockstars Kendra Van Wyck, die beschuldigt wurde, eine Backgroundsängerin vergiftet zu haben, weil Kendra dachte, diese habe eine Affäre mit ihrem Ehemann. Es interessiert

Sie vielleicht, dass in diesem Fall exakt derselbe Drogencocktail benutzt wurde, zusammen mit ein paar anderen. Und es interessiert Sie vielleicht auch, dass das Urteil im Fall Van Wyck und mehrere Schriftsätze, die bei Gericht eingereicht worden waren, von Caleb Tate aus dem Internet heruntergeladen wurden, und zwar *sieben Monate,* bevor Rikki Tate starb. *Einen Monat,* bevor sie sich auf Drängen ihres Ehemannes die Haare abschneiden ließ.

Man erwartet bei Anwälten, dass sie sich Gerichtsprotokolle auf ihren Computer herunterladen. Aber die Beweisführung wird zeigen, dass er an nichts arbeitete, was auch nur annähernd Ähnlichkeit mit dem Fall Van Wyck hatte.

Wissen Sie, was die Beweisführung noch zeigen wird? Dass sogar Kontrollfreaks ab und zu etwas entgeht. Deshalb haben wir in diesem Fall, auch wenn wir keine Fingerabdrücke haben, etwas genauso Belastendes – Fingernägel.«

Ich erklärte der Jury, wie man Fingernägel genau wie Haare auf Drogenmissbrauch testen konnte. Als wir Rikkis Fingernägel untersucht hatten, hatten wir herausgefunden, dass Rikki in Wahrheit erst sechs Monate vor ihrem Tod den Drogen ausgesetzt worden war. »Man hat im Fall Van Wyck keine Fingernägel getestet, und anscheinend war Caleb Tate nicht klar, dass man das kann.«

In der folgenden halben Stunde setzte ich die Stücke des Puzzles zusammen. Gelegenheit. Motiv. Ich betonte Rikkis Bekehrung zum Christentum und wie das Calebs Kontrolle unterlaufen hatte. Rikki dachte jetzt eigenständig, und das gefiel ihrem Ehemann nicht. »Er hatte ein Showgirl aus Las Vegas geheiratet«, sagte ich, »keine Mutter Teresa. Und er hatte langsam genug davon, mit jemandem zusammenzuleben, der ihn ständig an seine eigenen Sünden und Schwächen erinnerte.«

Ich zeigte Caleb Tates finanzielle Schwierigkeiten auf. Ich erwähnte die Lebensversicherung. Und ich endete mit der Beschreibung der Nacht, in der Rikki starb. Wie ihr Ehemann sie mit einer massiven Überdosis vergiftet hatte. Wie er im Schlafzimmer gestanden und zugesehen haben musste, wie sie erstickte, sie vielleicht sogar davon abgehalten hatte, den Notruf anzurufen. Er hatte gewartet, bis sie ganz sicher tot war, bevor er den Notarzt rief, und dann hatte er die größte schauspielerische Leistung seines Lebens abgeliefert und sogar die Position inszeniert, in der seine Frau gefunden werden würde – halbnackt auf dem Schlafzimmerboden. ›Er hatte ein Showgirl geheiratet‹, sagte ich noch einmal, »keine Nonne. Und er inszenierte ihren Tod, um die Welt daran zu erinnern.«

Ich hielt inne und sah Caleb Tate an. Er erwiderte meinen Blick ungerührt, als gälten meine Anschuldigungen einem anderen. Er war jetzt ganz der Anwalt und dachte darüber nach, wie er während seines eigenen Eröffnungsplädoyers antworten sollte, aber ich konnte auch den Hass in seinen Augen erkennen. Und als ich mich wieder den Geschworenen zuwandte, merkte ich, dass meine Nervosität seit Langem weg war.

»Caleb Tate ist zu schlau und zu gerissen, um einen schlagenden Beweis zurückzulassen. Aber wenn Sie genau hinhören, flüstert Ihnen Rikki Tate aus dem Grab zu. Sie wird durch ihren Psychiater, Dr. Aaron Gillespie, sprechen. Sie wird durch ihre Freunde aus der Kirche sprechen. Sie wird durch die Gerichtsmedizinerin Dr. O'Leary sprechen.«

Ich wartete und sog die Stille im Gerichtssaal auf. »Und ja, sie hat durch die Haare gesprochen. Und durch die Fingernägel. Und durch ihr Blut – durch das das Gift floss, das ihr Ehemann ihr ein halbes Jahr lang eingeflößt hatte, auch während er sie verwöhnte, auch während er nachts mit ihr schlief. Vergiften ist ein feiges Verbrechen. Und am Ende dieses Prozesses werden wir Sie bitten, diesen Feigling, diesen Mörder, lebenslang ins Gefängnis zu schicken.

Denn es gibt ein paar Dinge, die Caleb Tate nicht beeinflussen kann – und zum Glück ist eines davon Ihr Urteil.«

72

Bei Caleb Tates Eröffnungsplädoyer wurde mir schlecht. Er begann damit, wie sehr er seine Frau liebte. Ich stand halb auf, um Einspruch zu erheben, aber Bill Masterson legte mir die Hand auf den Arm und hielt mich auf meinem Stuhl. »Betonen Sie es nicht noch«, grollte er flüsternd.

Es passte uns beiden überhaupt nicht, dass Tate, nur weil er dumm genug war, sich selbst zu verteidigen, mit der Jury sprechen konnte, ohne ins Kreuzverhör zu müssen. Wegen des fünften Verfassungszusatzes konnten wir gegen diesen kleinen Taschenspielertrick nicht einmal etwas sagen.

Das einzige Zugeständnis, das Richter Brown uns gegenüber gemacht hatte, war, dass Tate nach dem Eröffnungsplädoyer keinen Anwalt mehr an Bord holen konnte. »Wenn er sich selbst verteidigen will, kann ich ihn nicht aufhalten«, hatte Brown uns in einer Sitzung vor der Hauptverhandlung gesagt. Aber dann hatte er sich an Caleb Tate gewandt: »Aber Sie sollten sich vor Prozessbeginn entscheiden. Wenn Sie beschließen, es allein zu machen, erlaube ich Ihnen auch nicht, später einen Anwalt dazuzubitten, nachdem Sie im Eröffnungsplädoyer Ihren kleinen Plausch mit der Jury hatten.«

Caleb Tate hatte es achselzuckend abgetan. Dies sei kein Spiel, hatte er dem Richter gesagt. Sein Leben stünde auf dem Spiel, und er wolle sich selbst vertreten.

Er erzählte den Geschworenen, wie sehr er Rikki vermisse und wie schwer es sei, ohne die Frau zu leben, mit der er zwölf Jahre verheiratet gewesen war. Ich warf einen Blick zu Masterson, und er schüttelte abermals fast unmerklich den Kopf. Es schien mir, als teste Caleb Tate die Grenzen, um zu sehen, wie weit er gehen konnte, bis er einen Einspruch auslöste.

»Die Staatsanwaltschaft nannte mich einen ›Mörder‹ und einen ›Kontrollfreak‹. Also fragen Sie sich eines: Würde ein Kontrollfreak Rikkis Psychiater anrufen und ihn um Hilfe anflehen, sie von den Drogen wegzubringen? Denn das wird die Beweisführung zeigen. Ich rief an und sagte ihrem Psychiater, dass Rikki Suchtprobleme habe. Ich habe um Hilfe gefleht.

Und was die Haare angeht – ich wünschte, ich hätte Fotos von mir selbst zu Collegezeiten mitgebracht«, sagte Tate. Er trug einen seiner schmierigen karierten Anzüge, mit einem Einstecktuch, das zur Krawatte passte. Der Anzug schien zu schimmern, wenn er sich bewegte, und ich musste zugeben, dass die Jury ihm aufmerksam zuhörte.

»Ich hatte auch lange Haare. Vorlieben ändern sich. Rikki hatte so ein schönes Gesicht, dass ich fand, ihre kurzen Haare würden ihm den richtigen Rahmen …«

»Ich erhebe Einspruch«, sagte ich. Ich war aufgesprungen, bevor Masterson mich zurückhalten konnte. »Dürfen wir nach vorn kommen?«

Richter Brown rief uns zu sich und schaltete Störgeräusche auf die Lautsprecher, damit die Geschworenen uns nicht hören konnten.

»Euer Ehren, er macht eine Aussage, ohne in den Zeugenstand zu treten. Ein Eröffnungsplädoyer soll einen Überblick über die Beweise geben. Wenn er nicht vorhat, im Zeugenstand auszusagen, wie will er dann beweisen, dass er Rikki gebeten hat, sich die Haare schneiden zu lassen, weil er fand, es würde ihr Gesicht besser umrahmen?«

Ich spürte, wie mir das Blut in den Schläfen pochte. Ich war so wütend, ich hätte Caleb Tate am liebsten den Ellbogen in die Rippen gestoßen, während er hier neben mir stand.

Tate hob die Hände, als könne er nicht verstehen, was die ganze Aufregung sollte.

»Ich habe noch nicht entschieden, ob ich in den Zeugenstand gehe oder nicht«, sagte er mit unbewegtem Gesicht. »Und jeder weiß doch, dass das, was Anwälte in Eröffnungsplädoyers sagen, nicht beweiskräftig ist. Wenn Sie glauben, es könnte helfen, habe ich nichts dagegen, wenn Sie die Geschworenen daran erinnern.«

Brown beugte sich vor und sprach flüsternd. »Ich weiß, was Sie da tun, Mr Tate. Und ich will keine einzige Bemerkung mehr, die mehr wie eine Zeugenaussage klingt als eine Beschreibung eines Beweisstücks. Von jetzt an halten Sie sich daran, den Geschworenen von Zeugen zu erzählen, von denen Sie *wissen*, dass Sie sie in den Zeugenstand rufen werden, und von Beweisstücken, von denen Sie *wissen*, dass Sie sie verwenden werden. Ist das klar?«

»Verstanden«, sagte Tate.

Bill Masterson und ich kehrten an unseren Tisch zurück, und ich beugte mich vor, zum Sprung bereit, falls Tate die Grenze noch einmal überschreiten sollte. Er schien seine Gedanken zu sammeln.

»Ich habe früher einmal einen Mann namens Rafael Rivera vertreten«, sagte er. Er warf einen Blick über die Schulter zum Richter. »Ich meine, die Beweise werden zeigen, dass ich einmal einen Mann namens Rafael Rivera vertreten habe. Um genau zu sein, wird der Bezirksstaatsanwalt diesen Mann in den Zeugenstand rufen. Er wird aussagen, er habe mir die Drogen besorgt, mit denen ich angeblich meine eigene Frau vergiftet habe.«

Tate richtete sich auf und streckte entrüstet das Kinn vor. »Rafael Rivera wurde wegen drei Drogenvergehen verurteilt. Indem er gegen mich aussagt, wird ihm ein großer Teil seiner Gefängnisstrafe erlassen. Beobachten Sie ihn genau, wenn er in den Zeugenstand tritt – denn ich werde ihm ein paar Fragen stellen, die die Wahrheit ans Licht bringen werden. Ich werde ihn fragen, ob er mich aufgefordert hat, eine gewisse Richterin zu bestechen, damit die Anklage abgewiesen wird. Ich werde ihn fragen, ob er mir gedroht habe, als ich mich weigerte. Und ich will, dass Sie sein Gesicht beobachten, denn es wird das Gesicht eines anmaßenden Mannes sein, der glaubt, mit einer Lüge davonzukommen. Ein Mann, der einen Deal mit der Staatsanwaltschaft macht, als wäre die Gerechtigkeit ein Flohmarkt.«

Caleb hatte auf den Zeugenstand gedeutet, drehte sich aber jetzt wieder zu den Geschworenen um. »Und dann will ich, dass Sie sein Gesicht ansehen, wenn ich ihn bei seiner Lüge ertappe. Diesen Moment werden Sie nie vergessen. Und ich kann Ihnen jetzt schon sagen: Wenn ich Rafael Riveras Glaubwürdigkeit im Kreuzverhör nicht zunichtemache, sollten Sie mich verurteilen. Aber falls doch, müssen – und sollten – Sie mich freisprechen.«

Die Worte und das Selbstvertrauen, das von Caleb Tate troff, während er sie aussprach, schickten mir Schauder über den Rücken. Trotz all meiner Versuche, mir nur positive Ergebnisse vorzustellen, hatte mich das Kreuzverhör von Rafael Rivera bis in den Schlaf verfolgt. Ich konnte mir vorstellen, wie Tate ihn nach Richterin Snowden fragte. Ich konnte sehen, wie Rafael alles abstritt und ein großer Streit zwischen den Anwälten darüber folgte, ob Tate unterstützendes Beweismaterial über Snowden einführen durfte – Beweise, die auch meinen Vater betrafen. Ich konnte sehen, wie Tate herumstolzierte und schrie und Rivera beschuldigte, sich alles auszudenken, um seine eigene Haut zu retten. Und ich konnte den Zweifel in den Gesichtern der Geschworenen sehen, während sie über die Frage nachdachten, die ich mir seit Monaten stellte: *Wo hat Caleb Tate nur die Drogen her?*

»Ich vermisse sie«, sagte Tate. Er schien den Tränen nah. »Aber um ehrlich zu sein, werde ich nicht einmal anfangen, um sie zu trauern, bis dieser Fall vorüber ist. Das Einzige, das schwerer zu ertragen ist, als einen geliebten Menschen zu verlieren, ist, beschuldigt zu werden, einen geliebten Menschen ermordet zu haben.«

Ich überlegte hin und her, ob ich aufstehen und noch einmal Einspruch erheben sollte, aber ich wusste, das würde nur noch eine Konferenz vor der Richterbank mit sich bringen, während diese Worte den Geschworenen in den Ohren klingelten. Ich beschloss, sitzen zu bleiben und es zu ertragen.

»Und falls Sie, nachdem Sie alle Beweise gehört haben, zu dem Urteil kommen, dass ich unschuldig bin, werden Sie nicht sehen, dass ich die Faust recke wie andere Angeklagte oder jemanden im Gerichtssaal abklatsche. Ich werde zu dieser Tür hinausgehen …« Tate deutete dramatisch zur hinteren Tür des Gerichtssaales – »und zum Grab meiner Frau gehen und weinen wie ein Baby. Ich habe versucht, sie von diesen Drogen loszubekommen, aber ich habe mir nicht genug Mühe gegeben. Und egal, wie Sie entscheiden, dieses Versagen wird mich für den Rest meines Lebens heimsuchen.«

Caleb Tate ließ den Kopf hängen und ging langsam zurück an seinen Tisch. Ich fluchte unterdrückt, und der Boss schoss einen Blick zu mir.

Vielleicht hatte ich ein bisschen lauter geflucht, als ich gedacht hatte.

73

Bill Masterson und ich hatten viel Zeit damit verbracht, die Reihenfolge unserer Zeugen zu besprechen. Jeder Prozessanwalt weiß, dass man stark anfängt und stark endet und alle schwachen Leute in der Mitte vergräbt. Rafael Rivera würde der Tiefpunkt unserer Beweisführung sein, also würden wir ihn verstecken. Wir beschlossen, mit Dr. Grace O'Leary zu beginnen, die ziemlich kugelsicher war, und mit Dr. Aaron Gillespie zu enden, der genauso unanfechtbar war. Und wir würden L. A. direkt nach Rivera in den Zeugenstand rufen, damit er potenziellen Schaden sofort begrenzen konnte.

O'Leary weckte Vertrauen, als sie die rechte Hand hob und schwor, die Wahrheit zu sagen. Sie hatte das schon das eine oder andere Mal gemacht.

Sie stieg in den Zeugenstand, und ich legte meine Notizen aufs Pult und nahm einen Hauch Zigarettenrauch war, den sie hinter sich herzog. Sie machte es sich bequem und bog das Mikro nach unten. Sie wünschte der Jury einen guten Morgen, und ich begann mit meinen einleitenden Fragen zu ihrer Qualifikation.

O'Leary war geschäftsmäßig und diszipliniert in ihrer Wortwahl, ihr Sprachstil bildete einen hübschen Kontrast zu ihren widerspenstigen Haaren, die aussahen, als wären sie eine Woche nicht gebürstet worden. Sie stellte große Selbstsicherheit zur Schau, und sie sprach schnell, als habe sie es eilig, zur Sache zu kommen, damit sie der Jury erzählen konnte, wie Rikki gestorben war.

Sie sagte aus, dass sie Tausende von Autopsien durchgeführt habe. Ihr Lebenslauf enthielt zwanzig Seiten Publikationen in Fachzeitschriften und Seminaren. Sie war ausgiebig in Fernsehsendungen wie *20/20* und *60 Minutes* interviewt worden, also ließ ich sie von einigen ihrer interessanteren Fällen erzählen.

Sie erinnerte mich an eine strenge Grundschullehrerin – jemand, der viel mehr wusste als man selbst und keinen Unsinn duldete.

Spuck deinen Kaugummi aus! Sitz gerade! Dr. O'Leary spricht mit dir!

Ich wusste, es war Zeit, zum Punkt zu kommen, als ich ihr eine Frage zu ihrer Beratertätigkeit im Fall Kendra Van Wyck stellte und sie mir einen Vortrag hielt.

»Frau Staatsanwältin, ich bin mir sicher, die Geschworenen wissen alles über den Fall Kendra Van Wyck. Aber ich wette, was sie wirklich hören wollen ist meine Meinung zu *diesem* Fall. Und um ganz ehrlich zu sein, ich würde ihnen auch gern endlich von diesem Fall erzählen.«

Ich wurde rot, aber die Standpauke machte mir eigentlich nichts aus. Es stützte nur die Glaubwürdigkeit meiner Zeugin, wenn sie sich die Freiheit nahm, Staatsanwälte zusammenzustauchen.

»Dann kommen wir doch zum Thema – haben Sie eine Meinung dazu, was Rikki Tates Tod verursacht hat?«

»Wenn nicht, wäre das hier wohl eine ziemliche Zeitverschwendung für die Geschworenen.«

Das brachte ein paar Geschworene zum Lächeln.

»Wie wäre es dann, wenn Sie uns Ihre Meinung darlegten?«

»Rikki Tate starb an einer akuten Medikamentenvergiftung. Um genau zu sein, verursachte die Kombination von Codein und Oxycodon in ihrem Blut ein Lungenödem, was im Grunde heißt, dass sich ihre Lungen mit Flüssigkeit füllten und sie erstickte. Die erwähnten Medikamente sind Betäubungsmittel, die - wenn sie in so großen Mengen eingenommen werden wie hier- Kreislauf und Atmung hemmen und schließlich stilllegen, angefangen mit den Lungen.«

»Haben Sie irgendwelche Zweifel daran, dass Rikki Tate an einer akuten Medikamentenvergiftung gestorben ist?«

»Ich würde all mein berufliches Ansehen darauf setzen.« Dr. O'Leary schenkte mir ein listiges Lächeln. »Tatsächlich glaube ich, das habe ich schon getan.«

Wir verbrachten eine Stunde damit, die Einzelheiten der Autopsie zu besprechen, unter anderem auch das Fehlen von Traumata und Würgemalen oder Anzeichen irgendeiner anderen Todesursache. O'Leary sprach über die Haartests und dass sie Promethazin im Blut gefunden habe. Außerdem sagte sie über die genauen Mengen von Oxycodon und Codein im Blut aus.

»Wie hoch sind diese Mengen - 0,75 Milligramm Oxycodon pro Liter und 0,27 Milligramm Codein pro Liter -, wie hoch sind diese Mengen im Vergleich zu anderen Autopsien, die Sie gemacht haben?«

O'Leary verzog das Gesicht und wandte sich an die Jury. »Diese Mengen sind sehr hoch. Das Codein allein hätte sie umgebracht. Das Oxycodon allein hätte sie umgebracht. Zusammen steigerte sich die Wirkung noch, und es war im Grunde garantiert, dass Rikki Tate nicht überleben würde.

Habe ich je größere Mengen gesehen? Ein paar Mal - aber die meisten waren Hospizpatienten, die diese Medikamente seit Langem eingenommen hatten und eine unglaublich hohe Toleranz ausgebildet hatten. Nur aus Neugier habe ich ein Schaubild aus über zweihundert Fällen der letzten fünf Jahre erstellt, in denen entweder Oxycodon oder Codein als mögliche Todesursache infrage kamen. Davon war dies der Fall mit der zwölfthöchsten Oxycodon-Konzentration und mit der vierzehnthöchsten Codein-Konzentration.«

Bis hierhin war O'Learys Aussage unangreifbar, das wusste ich. Doch ich wollte, dass sie einen Schritt weiter machte, denn alle waren sich einig, dass Rikki Tate an einer Überdosis Drogen gestorben war. Die Frage, die wirklich zählte, war, ob es Selbstmord oder Tod durch Vergiften war.

»Wie lange hatte Rikki Tate bereits Oxycodon und Codein eingenommen?«

»Das ist schwer zu sagen. Den Haartests nach, die ich vorhin beschrieben habe, ist klar, dass sie ein halbes Jahr lang eine gewisse Menge an Oxycodon und Codein eingenommen hatte. Natürlich enthielten die distalen Segmente des Haares – die Abschnitte, die am weitesten von ihrem Kopf entfernt waren – viel niedrigere Mengen an Oxycodon und Codein.«

Ich ging jetzt zu einem neuen Beweisstück über – es würde ein zentraler Punkt unserer Beweisführung sein. »Gibt es Wege, Drogenmissbrauch weiter als ein halbes Jahr in die Vergangenheit hinein nachzuweisen?«

Dr. O'Leary rutschte auf ihrem Sitz herum, ich hatte das Gefühl, sie brauchte eine Zigarettenpause. Aber vorher wollte ich dieses wichtige Beweisstück besprechen.

»Absolut. Nachdem Sie auf dem Computer des Angeklagten den Hinweis auf den Fall Van Wyck gefunden hatten, und nachdem Detective Finnegan mit Zeugen gesprochen hatte, die sagten, Mr Tate habe …«

»Einspruch!« Tate war aufgesprungen. »Das ist Hörensagen.«

»Stattgegeben«, entschied Richter Brown.

Ich wusste, das konnte passieren, aber ich hoffte, die Geschworenen verstanden, worauf ich hinauswollte. Und ich hoffte, sie würden sich an mein Eröffnungsplädoyer erinnern – dass es Caleb Tate gewesen war, der vorgeschlagen hatte, seine Frau solle sich die Haare schneiden.

»Was haben Sie getan, falls Sie etwas getan haben, um festzustellen, ob Rikki Tate seit mehr als einem halben Jahr diesen Drogen ausgesetzt war?«

Dr. O'Learys Augen blitzten auf, und sie lächelte kurz. Das liebte sie –

diese subtilen Katz-und-Maus-Spiele im Gerichtssaal. »Tja, für den Fall, dass jemand Rikki Tate überredet hatte, sich die Haare abschneiden zu lassen, damit wir nicht feststellen konnten, ob sie länger als ein halbes Jahr vor ihrem Tod Drogen genommen hatte …«

Caleb Tate war sofort wieder auf den Beinen und sah angewidert drein. »Kommen Sie, Euer Ehren, das ist doch reine Spekulation!«

Richter Brown sah leicht amüsiert aus, aber er wandte sich an Dr. O'Leary. »Doktor, halten Sie sich bitte an die Fakten. Ich gebe dem Einspruch statt und bitte den Gerichtsdiener, Dr. O'Learys letzte Antwort zu streichen.«

»Entschuldigung, Euer Ehren«, sagte Dr. O'Leary. »Also, ich habe jedenfalls vorgeschlagen, die Fingernägel des Opfers zu testen. Rikki hatte relativ lange Fingernägel, und ich dachte, wir könnten Testergebnisse bekommen, die bis zu einem Jahr zurückreichen. Man macht im Grunde dasselbe wie mit Haaren – sie werden fein gemahlen und durch einen Gas-Chromatografen geschickt.«

»Wurden im Fall Van Wyck Fingernägel getestet?«, fragte ich.

»Nein. Also konnte jemand, der die Fallakte gelesen hat, nicht unbedingt wissen, dass wir länger als sechs Monate zurückgehen können, indem wir die Fingernägel testen.«

Tate stand auf, beschloss dann aber offenbar, dass es nichts nützte. Er setzte sich wieder.

»Und was haben Sie bei der Untersuchung der Fingernägel gefunden?«

»Tja, man muss verstehen, dass wir die Fingernägel von der Nagelhaut aus in verschiedene Abschnitte unterteilt haben. Anders ausgedrückt: Wir haben sie in Stücke geschnitten, die im letzten halben Jahr und in dem halben Jahr davor gewachsen sind. Die Ergebnisse zeigten sehr niedrige Mengen, Spuren, von Oxycodon und Codein in den Fingernagelabschnitten, die mehr als ein halbes Jahr alt waren. Anders ausgedrückt: Irgendwann im Zeitfenster um die sechs Monate vor ihrem Tod stieg die aufgenommene Menge an Oxycodon und Codein plötzlich dramatisch an.«

»Haben Sie Promethazin in den Fingernagelabschnitten gefunden, die dem Zeitraum von einem halben Jahr bis zu einem Jahr vor ihrem Tod entsprachen?«

»Überhaupt nicht.«

»Haben Sie irgendwelche anderen Drogen gefunden, die Sie nicht erwartet hatten?«

»Ja. Wir fanden Spuren von Morphin.«

»Morphin?«

»Ja. Das hat mich auch überrascht.«

»Konnten Sie daraus irgendwelche Schlüsse ziehen?«

Dr. O'Leary wandte sich an die Geschworenen. Zeit für die Pointe.

»Es schien mir eindeutig, dass jemand in den letzten sechs Monaten angefangen hatte, das Opfer mit Oxycodon und Codein zu vergiften. Gegen eine mögliche Übelkeit gab derjenige ihr außerdem Promethazin. Vielleicht hatte dieselbe Person vor dieser Zeit mit Morphin experimentiert, aber gemerkt, wie unüblich es aussehen würde, wenn im Blut einer angeblich Drogensüchtigen Morphin auftauchte. Vielleicht hat derjenige ein paar Monate gewartet, bis er zu Oxycodon und Codein übergegangen ist, und dachte, indem er dafür sorgte, dass sich Rikki Tate die Haare abschneiden ließ, könne das niemand mehr nachweisen.«

Ich war überrascht, dass sie ohne einen Einspruch von Caleb Tate durch ihre gesamte Antwort kam. Vielleicht war ihm klar, dass die Jury sich diese Schlussfolgerung schon zusammengereimt hatte, und er müsse sie nur im Kreuzverhör bestreiten. *Viel Glück*, sagte ich zu mir selbst.

»Ich habe keine weiteren Fragen«, sagte ich. »Bitte beantworten Sie alle Fragen, die Mr Tate hat.«

74

Caleb Tate stand rasch auf, ignorierte das Rednerpult und stellte sich in die Mitte des Gerichtssaals. »Das sind ganz schön viele Spekulationen, nicht wahr?«

O'Leary schenkte ihm einen strengen Blick: »Ich würde sie begründete Rückschlüsse aus medizinischen Daten nennen. Ihre Frau, möge sie in Frieden ruhen, erzählt mir eine Geschichte, und ich tue mein Bestes, um sie an die Geschworenen weiterzuleiten.«

Tate trat einen Schritt näher. »Drogensüchtige neigen dazu, immer mehr und mehr derselben Droge zu nehmen, um denselben Effekt zu erzielen; ist es nicht so?«

»Natürlich.«

»Deshalb kamen einige der höchsten Blutwerte auf Ihrer Liste von Hospizpatienten, stimmt das?«

»Ja. Und soweit ich weiß, war Ihre Frau keine Hospizpatientin.«

Tate erstarrte kurz und sah die Ärztin an. »Finden Sie das witzig?«

»Nein, ich finde, das ist eine schreckliche Tragödie. Und ich hoffe, das sehen Sie auch so.«

»Ich habe meine Frau verloren. Ich kann seit der Nacht, in der ich sie tot aufgefunden habe, nicht mehr schlafen. Ich würde den Platz mit ihr tauschen, wenn ich könnte ...«

Ich sprang auf. »Einspruch. Das ist keine Frage.«

»Sie hat recht«, blaffte Richter Brown. »Bleiben Sie bei Fragen.«

Tate brütete kurz nach. Ich wusste, es war nur eine Show für die Jury und dass er seinen nächsten taktischen Schritt schon parat hatte. »Sie können die Möglichkeit einer versehentlichen Überdosis nicht ausschließen, oder?«

»Alles ist möglich.«

»Sind Sie darüber informiert, dass die Polizei Tablettenfläschchen mit OxyContin und Codein unten in der Kommodenschublade meiner Frau gefunden hat?«

»Ja, das wusste ich.«

»Und dass auf diesen Fläschchen ihre Fingerabdrücke waren und nicht meine?«

»Ich würde annehmen, dass Sie, wenn Sie schlau genug sind, Ihre Frau zu vergiften, auch schlau genug sind, Handschuhe zu benutzen, wenn Sie mit den Tablettenfläschchen hantieren. Ich würde außerdem davon ausgehen, dass Sie schlau genug sind, dafür zu sorgen, dass Rikkis Hand diese Fläschchen auf irgendeine Art berührt.«

O'Learys Antwort entspannte mich. Ich war immer angespannt, wenn meine Zeugen im Kreuzverhör waren. Ich fühlte mich hilflos, wenn ich zusah, wie der andere Anwalt auf ihnen herumhackte, und wusste, dass ich nichts dagegen tun konnte. Aber O'Leary konnte selbst für sich sorgen. Und Caleb Tates Ego war viel zu groß, um das Klügste zu tun– sich hinzusetzen und den Mund zu halten.

»Untersuchungsergebnisse von Fingernagelproben sind viel unzuverlässiger als Haarproben, oder?«

»Es gibt mehr Möglichkeiten, falsch-positive Ergebnisse zu erzielen, ja.«

»Deshalb haben Sie die Fingernägel zuerst gar nicht untersucht. Richtig?«

»Das ist richtig.«

»Dann lassen Sie mich ein paar Fragen zu dem Morphin stellen.«

Tate hatte sich etwas erholt, und seine Stimme klang wieder selbstbewusster. Er hatte von dem Morphin erfahren, als wir den Untersuchungsbericht der Fingernagelproben als Beweisstück eingereicht hatten.

»Das Morphin ist in den Haaren nicht aufgetaucht?«, fragte er.

»Nein.«

»Es war nur in den Fingernagelproben sichtbar, die, wie eben festgestellt, zu falsch positiven Ergebnissen tendieren.«

»Wegen der Länge der Fingernägel konnten wir bei ihnen einen längeren Zeitraum testen. Wir gehen davon aus, dass das Morphin mehr als sechs Monate vor ihrem Tod eingenommen wurde.«

»Wissen Sie, dass meine Frau vor ungefähr zwei Jahren eine Affäre hatte?«

»Das hat man mir gesagt. Ich weiß nicht, ob es stimmt.«

»Tja, ich kann Ihnen versichern, dass es stimmt ...«

Ich sprang wieder auf. »Er macht eine Aussage, Euer Ehren.«

»Kommen Sie nach vorn!«, verlangte Richter Brown.

Caleb Tate und ich gingen zur Richterbank und standen dort Seite an Seite. »Mr Tate, sie hat recht. Sie sollten sich doch auf Fragen beschränken. Glauben Sie nur nicht, ich wüsste nicht ganz genau, was Sie hier tun.« Dann wandte sich Richter Brown an mich: »Und Sie können Ihre Einsprüche vorbringen, ohne darauf hinzuweisen, dass er eine Zeugenaussage macht: damit unterstreichen Sie jedes Mal, dass er aufgrund des fünften Verfassungszusatzes das Recht hat, die Aussage zu verweigern, wenn er sich damit selbst belasten würde. Sie wissen, dass Staatsanwälte das nicht erwähnen dürfen.«

Ich biss mir auf die Zunge. In diesem Prozess war ich wild entschlossen, keinen Streit mit Richter Brown anzufangen. »Ja, Euer Ehren«, sagte ich.

Ich kehrte an meinen Platz zurück, und Caleb Tate stellte sich wieder in die Mitte des Saales. »Kennen Sie den Namen des Mannes, mit dem meine Frau eine Affäre hatte?«

»Nein.«

»Und deshalb wissen Sie auch nicht, ob er Freizeitdrogen konsumierte oder nicht.«

»Ich bin Gerichtsmedizinerin, keine Detektivin.«

»Genau darum geht es mir«, schoss Tate zurück. »Sie wissen nicht, woher meine Frau diese Drogen gehabt haben könnte.«

»Zunächst einmal habe ich es so verstanden, dass sie die Affäre zwei Jahre vor ihrem Tod hatte. Die Fingernagelproben gehen nur etwas mehr als ein Jahr zurück. Und zweitens kenne ich nicht viele Konsumenten von Freizeitdrogen, die sich Morphin spritzen.«

»Aber ist es nicht so, dass sich Heroin in bestimmte Bestandteile zersetzt, wenn es im Körper verarbeitet wird und dass einer dieser Bestandteile Morphin ist?«

»Ja, das stimmt.«

»Wenn also die Ergebnisse der Fingernagelproben richtig waren und meine Frau Morphin im Körper hatte, hätte dieses Ergebnis auch durch den Konsum von Heroin entstehen können?«

Dr. O'Leary verzog das Gesicht. »Nicht wirklich.«

Die Antwort war typisch O'Leary. Sie warf sie hin wie eine Kampfansage. Sie hoffte, Tate würde dumm genug sein, sie zu fragen, warum. Und sie wusste, selbst wenn er es nicht tat, würde ich es im ergänzenden Verhör später noch einmal aufgreifen.

Aber Tate war kein Anfänger. Er lächelte und steckte die rechte Hand in die Tasche. »Okay, ich beiße an. Warum sagten Sie ›nicht wirklich‹?«

»Weil Heroin, wenn es im Körper verstoffwechselt wird, nicht nur Morphin bildet, sondern auch eine Substanz namens 6-Acetyl-Morphin, das man in der Glaskörperflüssigkeit nachweisen kann. Das ist die Flüssigkeit im Auge des Opfers. In Rikkis Fall fanden wir kein 6-Acetyl-Morphin.«

Es war ein Moment des Triumphs für O'Leary, aber Caleb Tate wirkte unbeeindruckt. Er ging langsam zurück zu seinem Anwaltstisch und blätterte ein paar Papiere durch, bis er fand, wonach er gesucht hatte. Die nächste Frage stellte er mit einem Dokument in der Hand.

»Aber 6-Acetyl-Morphin hat eine Halbwertszeit, oder nicht? Es baut sich mit der Zeit ab und wird ausgeschieden.«

»Ich sehe, Sie haben Ihre Hausaufgaben gemacht«, sagte Dr. O'Leary. »Ja, es hat eine Halbwertszeit, aber ich hätte dennoch eine gewisse Menge 6-Acetyl-Morphin in Rikkis Glaskörperflüssigkeit erwartet – abhängig natürlich vom exakten Datum, an dem sie sich Heroin gespritzt hat.«

»Und die Halbwertszeit von 6-Acetyl-Morphin ist kürzer als die von Morphin – richtig?«

»Das ist korrekt.«

»Also ist es möglich, falls Rikki mit einem ihrer Liebhaber lange vor ihrem Tod mit Heroin experimentiert hat, dass das Heroin zu 6-Acetyl-Morphin abgebaut wurde, das nicht mehr in ihrem Körper nachweisbar wäre, und zu Morphin, das man immer noch in Rikkis Fingernägeln fand.«

»Mr Tate, ich denke, ich habe bereits festgestellt, dass alles möglich ist.«

Das war eine gute Antwort, aber Tate hatte seinen Punkt ebenfalls deutlich gemacht. Und er war schlau genug, zu wissen, wann er enden musste. »Keine weiteren Fragen«, sagte er.

Der Rest des Tages war weit weniger ereignisreich. Ich rief den Toxikologen in den Zeugenstand, der sowohl die Haar- als auch die Fingernagelproben untersucht hatte. Ich schleuste fünf weitere Zeugen durch den Zeugenstand, um die Beweismittelkette der Tests zu schließen. Mithilfe eines Beamten, der bei der Hausdurchsuchung dabei gewesen war, führte ich eine Reihe von Beweisstücken ein, die man in Caleb Tates Haus sichergestellt hatte. Es waren nicht unbedingt fesselnde Zeugenaussagen, aber Stein auf Stein legte ich methodisch das Fundament für meine Anklage.

An diesem Abend schaute ich im Fernsehen ein paar Nachrichtensendungen, die O'Learys Aussage zeigten. In den Augen der Presse hatten wir am ersten Prozesstag einige Punkte gemacht.

Aber das war zu erwarten gewesen, und es war mir kein Trost. Ich wusste, die Kommentatoren würden die Sache anders sehen, nachdem Rafael Rivera am Freitag im Zeugenstand gewesen war. Außerdem zählten die Moderatoren nicht.

Und was die zwölf Menschen anging, die wirklich zählten – es war unmöglich gewesen, ihre Gesichter zu deuten.

75

Am Donnerstag versuchten wir, das schwer fassbare Motiv festzunageln. Ein Finanzexperte namens Nathaniel Barnes sagte über die Finanzlage von Caleb Tates Anwaltskanzlei vor dem Tod seiner Frau aus. Die Kanzlei hatte beinahe vierhunderttausend Dollar verloren und drei junge Partner entlassen. Tates persönliche Finanzen sahen nicht besser aus. Er hatte einen umfangreichen Kredit auf sein Haus aufgenommen und sämtliche Kreditkarten ausgereizt. Er hatte zwei teure Autos verkauft. Rikki hatte eine Lebensversicherung über eine Million Dollar, im Fall ihres Todes zahlbar an Caleb. Das Paar hatte einen Ehevertrag, also hatte er sich keine Sorgen um Unterhaltszahlungen machen müssen. Aber Rikki war Hausfrau gewesen und hatte finanziell nichts zu ihrem gemeinsamen Leben beigetragen. Für Caleb Tate war sie tot mehr wert als lebendig.

Tate verschwendete keine Zeit, Barnes' Behauptungen zu widerlegen. Er bewies, dass die Versicherungspolice bereits seit zwei Jahren bestand und in Rikkis letzten sechs Lebensmonaten nicht erhöht worden war. Die Versicherungsfirma hatte noch nicht gezahlt und würde es auch nie, falls Caleb des Mordes für schuldig befunden wurde.

Das Kreuzverhör endete mit einem Dialog, der zeigte, wie reaktionsschnell Caleb Tate war.

»Wollen Sie wirklich behaupten, ich würde meine Frau umbringen und eine Verurteilung wegen Mordes riskieren, nur um meine finanziellen Probleme zu lösen? Haben Sie noch nie von Insolvenz gehört, Mr Barnes?«

»Ich bezweifle, dass Sie je ernsthaft an eine Insolvenz gedacht haben«, gab Barnes zurück. »Das ist mit einem Makel behaftet.«

»Und Mord nicht?«, fragte Tate zurück.

Ich erhob Einspruch, aber der Richter ließ ihn antworten.

»Doch, natürlich«, musste Barnes zugeben.

Tief in meinem Inneren glaubte ich nicht wirklich, dass Caleb Tate seine Frau wegen Geld umgebracht hatte. L. A. glaubte, Tate habe eine Affäre mit seiner Assistentin, auch wenn wir nie einen verwertbaren Beweis hatten auftreiben können. Wir hatten nicht einmal eine verfängliche SMS oder E-Mail gefunden. Keinen einzigen Augenzeugen, nur eine Menge Gerüchte und verärgerte ehemalige Kollegen, die sagten, Caleb und seine Assistentin hätten »die Finger nicht voneinander lassen können«. Laut den Partnern, die er entlassen hatte, »wusste jeder im Büro, dass sie eine Affäre hatten«. Aber Richter haben ein paar Lieblingswörter für diese Art von Zeugenaussage – *Hörensagen, spekulativ* und *unzulässig*.

Ich war nicht so sicher, dass eine Affäre das Motiv gewesen war. Für mich war es mehr eine Frage des Glamours, der sich abnutzte. Rikki war nicht mehr das Ex-Vegas-Showgirl. Sie war Christin. Nicht mehr bereit, Tates aufreizend gekleidete Augenweide bei Cocktailpartys zu sein. Tate hatte keine Kontrolle mehr über sie.

Auf Barnes folgten die Ersthelfer, die erzählten, was sie in der Nacht von Rikki Tates Tod gesehen und gehört hatten. Caleb Tates Aussagen gegenüber den Polizisten aus dieser Nacht wurden als Beweismittel zugelassen. Er hatte ihnen gesagt, dass Rikki seit einiger Zeit Drogen nahm, aber dass er nicht wisse, woher genau sie sie hatte oder was sie nahm. Die Polizei hatte Promethazin im Medizinschrank gefunden und die halb leeren Flaschen OxyContin und Codein in Rikki Tates Kommodenschublade.

Ich beendete den Tag mit der Aussage von Elizabeth Franks, Rikkis bester Freundin aus der *Alpharetta Community Church*. Elizabeth hatte sich mit Rikki angefreundet und eine große Rolle bei Rikkis Bekehrung gespielt. In den anderthalb Jahren vor Rikkis Tod hatte Elizabeth mit Rikki zusammen einen Frauenbibelkreis besucht, und die beiden waren beim Kaffeetrinken enge Freundinnen geworden. Sie sprach über Rikkis Entschlossenheit, ihre Nacktfotos aus dem Internet entfernen zu lassen und Caleb Tates mangelnde Unterstützung. Sie sagte über die Probleme aus, die Rikki in ihrer Ehe gehabt hatte und wie sie um Gebete für Caleb gebeten hatte. Doch das Wichtigste: Elizabeth sagte aus, wie Rikki sich durch ihren neuen Glauben verändert hatte und wie sehr sie das Leben genoss. Sie liebte die Frauen in der Gemeinde und hatte etwas gefunden, für das es sich zu leben lohnte.

Niemand konnte Elizabeths Aussage hören und glauben, Rikki sei selbstmordgefährdet gewesen.

Caleb Tate begann das Verhör ganz sanft. Wussten Sie, dass Ihre gute Freundin Rikki Tate nach ihrer Bekehrung große Mengen Oxycodon und Codein konsumierte? Nein, das wusste Elizabeth nicht. Hätten Sie von einer guten Freundin erwartet, dass sie Ihnen so etwas erzählt? Ja. Haben Sie Anzeichen bemerkt, dass sie süchtig war? Nein. Sie war nicht seltsam oder lethargisch oder weggetreten? Nein, eigentlich nicht.

Die subtilen Details, die Caleb Tate gerade deutlich machte, mochten Elizabeth Franks vielleicht entgehen, mir aber nicht. Süchtige vertragen höhere und immer höhere Dosen derselben Droge ohne große Auswirkungen. Er malte ein Bild von Rikki als einer langjährigen Süchtigen, die mehr und mehr Betäubungsmittel nahm, bis sie es eines Nachts einfach versehentlich übertrieb. Ich wusste, wir würden in Tates Schlussplädoyer noch einmal von dieser Zeugenaussage hören.

»Haben Sie von den Rechtsstreitigkeiten meiner Frau mit den Betreibern verschiedener Webseiten gehört, damit sie ihre Nacktfotos entfernen?«

»Sie hat mir davon erzählt.«

»Aber Sie haben auch Berichte über diese Rechtsstreitigkeiten im Fernsehen gesehen, richtig?«

»Ja.«

»Was meinen Sie, welche Auswirkungen diese Berichterstattung auf die Besucheranzahl dieser Webseiten hatte?«

Elizabeth zögerte, bevor sie antwortete, aber es gab keinen Ausweg. »Sie hat sie wahrscheinlich in die Höhe getrieben.«

»Würde es Sie überraschen, zu erfahren, dass die Besucheranzahl um 9 000 Prozent gewachsen ist?«

»Ich weiß nicht. Eigentlich nicht.«

»Ist Ihnen und den anderen Frauen, die für meine verlorene Seele gebetet haben, jemals der Gedanke gekommen, dass ich vielleicht nur versucht habe, meine Frau zu schützen, indem ich sie davon abhalten wollte, diese Rechtsstreitigkeiten anzufangen? Dass ich vielleicht nicht wollte, dass sie zum Sexobjekt Millioner Perverser im ganzen Land wird?«

Elizabeth schien diese Behauptung zu überraschen. »Ich denke, so habe ich es nie gesehen.«

Caleb Tate ging zurück zu seinem Platz, aber ich wusste, er war noch nicht fertig. Ich hatte ihn das mit mehreren Zeugen während Antoine Marshalls Prozess tun sehen. Es war wie bei Columbo – er drehte sich um, als sei ihm gerade noch eine letzte Frage eingefallen.

»Oh, noch eines ... Sie haben ausgesagt, dass ich kontrollsüchtig wirkte; erinnern Sie sich?«

»Ja.«

»Dass Rikki mich anrufen musste, sogar für die Erlaubnis, die Kreditkarte für einen Einkauf von fünfzig Dollar zu benutzen?«

»Ja. Das habe ich mehrmals erlebt.«

»Haben Sie je zuvor mit einem Drogensüchtigen zusammengelebt, Ms Franks?«

»Nein, Sir. Das habe ich nicht.«

»Dann war Ihnen vermutlich nicht klar, dass man dann versucht, die Quelle der Drogen auszutrocknen. Und das bedeutet, die Ausgaben dieser Person sehr aufmerksam zu kontrollieren. Wussten Sie das?«

Elizabeth schüttelte den Kopf. »Nein, Sir, das wusste ich nicht.«

»Das dachte ich mir«, sagte Caleb. »Danke für Ihre Ehrlichkeit.«

Ich hatte den Tag mit einem Höhepunkt beenden wollen, aber Caleb Tate war ziemlich gut. Es schien, als könne er jedem Zeugen, den ich in den Zeugenstand holte, genug Fragen stellen, um seine Aussage zu verschleiern. Und bisher hatte ich nur meine besten Zeugen befragt. Dieser Teil der Beweisführung hätte meine Bestleistung werden sollen. Stattdessen hatte ich das Gefühl, als lande Tate einen Treffer nach dem anderen.

Und ich wusste, morgen würde er einen Knock-out versuchen.

76

Am Donnerstagnachmittag saß Mace James Rashad Reed gegenüber, dem Häftling Nr. 34 721 im Gefängnis von Milton County. Wie die meisten Insassen teilte sich Rashad mit zwei anderen eine Zelle, die für zwei Männer ausgelegt war, nicht für drei. Die Haftbedingungen durch die überfüllten Gefängnisse hatten Unmengen von Klagen auf Bundesebene ausgelöst. Rashad war überzeugt, ein reicher Mann zu werden, bevor er das Gefängnis verließ.

Falls er das Gefängnis verließ.

Rashad war dürr, trug einen Kinnbart, kurz geschorene Haare und Tätowierungen am ganzen Körper. Er hatte einen Goldzahn und sein linkes Auge öffnete sich nicht vollständig. Er erinnerte Mace an den kleinen Bruder, der ständig versuchte, mit den großen Jungs herumzuhängen, ab und zu verprügelt und nach Hause geschickt wurde und trotzdem immer wiederkam. Rashad strahlte eine nervöse Energie aus, sein Blick schoss hin und her, ein Bein federte pausenlos.

Er war wegen mehrerer Fälle von Carjacking angeklagt und musste mit einer Strafe von bis zu achtzig Jahren rechnen, wenn er verurteilt wurde. Vor fast neun Monaten hatte er Caleb Tate einen großen Vorschuss gezahlt, und sein Prozessdatum rückte rasch näher. Wie einige weitere von Tates Mandanten, die große Vorschüsse gezahlt hatten, hatte Rashad einen Lügendetektortest bestanden.

Mace hatte jetzt fast eine Stunde mit Rashad verbracht und ihn gedrängt, Tate zu feuern und ihn anzuheuern. Er sagte Rashad die volle, harte Wahrheit – dass ein Lügendetektortest vor Gericht keinen Bestand hatte. Doch falls Rashad in diesen neuen Hirnscan-Test einwilligte und die Ergebnisse so ausfielen, wie Mace erwartete, konnte er wahrscheinlich einen guten Deal für Rashad aushandeln. Er würde vielleicht anderthalb bis zwei Jahre sitzen müssen, die aber in Einzelhaft in einem anderen Gefängnis.

Rashad schüttelte den Kopf. »Auf keinen Fall, Mann. Ich hab gesehen, was sie mit den anderen Typen gemacht haben. Mann, die finden mich und schneiden mit die Zunge raus oder so was. Hier drin macht keiner mehr Deals.«

Mace sah die Angst in den Augen des Häftlings, und er konnte es ihm schwerlich verübeln. In den letzten Monaten hatte ein Deal das Todesurteil für den Häftling und seine Familie bedeutet. Aber achtzig Jahre im Gefängnis waren eine lange Zeit.

»Was, wenn ich Sie im Zeugenschutzprogramm unterbringen könnte?«, fragte Mace. »Das FBI verliert nie jemanden. Sie bringen Sie ans andere Ende des Landes, geben Ihnen eine neue Identität und einen neuen Start im Leben.« Mace wusste nicht, ob er das wirklich liefern konnte, aber im Moment versprach er alles.

Rashads Bein wippte schneller. Er blinzelte ein paarmal, und Mace war klar, der Mann war interessiert.

»Sie haben unter Umständen achtzig Jahre vor sich, und Sie werden mindestens zwanzig davon absitzen müssen«, erinnerte ihn Mace. »So eine Chance bekommen Sie nie wieder.«

»Ich weiß nicht, Mann.«

»Machen Sie einfach den Test«, drängte Mace. »Was kann es schaden? Es fällt alles unter die anwaltliche Schweigepflicht. Zumindest wissen wir dann Bescheid.«

Rashad zappelte herum und lehnte sich auf seinem Stuhl zurück, als könne er sich von dem ganzen Angebot distanzieren. Er warf einen verstohlenen Blick über die Schulter und beugte sich dann wieder zu Mace vor. »Sicher, dass es keiner erfährt?«

»Sie werden erfahren, dass Sie den Test machen. Aber niemand muss wissen, dass wir über einen Deal reden, bis Sie hier raus sind.«

Rashid musterte den Boden.

»Hören Sie«, sagte Mace, »ich habe wegen dem, was ich für meinen letzten Mandanten gemacht habe, meinen Job verloren, und es könnte sein, dass ich meine Lizenz verliere, bevor das alles hier vorbei ist. Wenn Sie mich beauftragen, tue ich *alles*, um Sie aus diesem Chaos hier herauszuholen. Oder Sie können bei Caleb Tate bleiben, der sich mehr Sorgen um seinen eigenen Hintern macht als um Ihren. Wann war er das letzte Mal hier?«

Rashad hob den Kopf und zuckte die Achseln. »Ich weiß nicht.«

»Was bedeutet: nie«, erwiderte Mace. »Wenn Sie aus dieser Tür gehen und mich nicht anheuern, komme ich nicht zurück. Ich mache den Deal für jemand anderen klar, und Sie können hier achtzig Jahre lang herumsitzen und verrotten. Gefällt es Ihnen im Gefängnis? Für mich sieht's aus, als würden Sie ziemlich herumgeschubst.«

Rashad sah Mace an und schüttelte leicht den Kopf. Es war Folter für den Jungen, diese Entscheidung zu treffen.

Mace stand auf.

»Wo wollen Sie hin?«

»Mir jemanden mit Mumm suchen«, erklärte Mace.

»Warten Sie, warten Sie«, sagte Rashad. Er streckte die Hände vor, die Handflächen zu Boden gerichtet, wie um Mace zu bremsen. »Setzen Sie sich wieder, Mr James. Sagen Sie mir noch mal, wie dieses Ding mit dem Zeugenschutzprogramm läuft.«

* * *

Den ersten Teil des Donnerstagabends traf ich mich mit Bill Masterson und Rafael Rivera in unserem Konferenzraum und versuchte, unseren Starzeugen für seine Aussage vorzubereiten. Als Rivera ging, schüttelte Masterson den Kopf. »Er ist *unser* Zeuge, und nicht einmal *ich* glaube ihm.«

Ich rieb mir die Schläfen; brüllende Kopfschmerzen begannen, sich in meinem Kopf auszubreiten. »Ich weiß, was Sie meinen. Aber wie hat er von dem Morphin erfahren? Woher wusste er von dem Zeitfenster von sechs Monaten?«

»Entweder er sagt die Wahrheit, oder wir haben größere Probleme«, sagte Masterson.

Bill und ich hatten das schon vorher durchgekaut. Es gab nur ein paar Leute, die von den Ergebnissen der Fingernageltests wussten, als Rivera zu uns kam. Der Toxikologe, Dr. O'Leary, L. A. und die zwei anderen Detectives, die an dem Fall arbeiteten. Ein paar Mitarbeiter aus unserem eigenen Büro. Weder Bill noch ich wollten glauben, dass irgendeiner von ihnen die Ergebnisse weitergegeben hatte.

Aber jedes Mal, wenn wir darüber diskutierten, dachte ich an das Peachtree-Road-Rennen und den Zettel, den mir jemand zugesteckt hatte. Ich hatte damals keinem davon erzählt, und jetzt schien es mir zu spät, es zu erwähnen. Das war noch eines meiner Geheimnisse – mein Versäumnis, etwas preiszugeben, das dem gewünschten Ergebnis im Weg stehen konnte.

* * *

Kurz vor acht Uhr kam ich nach Hause, um meinen zweiten Zeugen des Abends vorzubereiten. L. A. wartete auf meiner Treppe und lächelte breit, als er mich sah. »Justice dreht da drin durch«, sagte er. »Ich hätte fast beschlossen, in dein Haus einzubrechen, aber ich wollte nicht, dass du dir Sorgen machst, weil das so leicht geht.«

»Danke. Dann geht es mir ja jetzt schon viel besser.«

Wir öffneten die Tür, und Justice warf sich direkt auf L. A. Sie rauften ein bisschen herum, und ich versuchte, nicht eifersüchtig zu sein.

Bevor ich mich versah, spielten die zwei im Wohnzimmer Tauziehen und machten einen Riesenkrawall. Ich sagte L. A., ich sei gleich wieder zurück, und ging hinauf, um mich umzuziehen.

Als ich wieder herunterkam, standen zwei Teller chinesisches Essen auf dem Küchentisch. Ich hatte das Mittagessen ausfallen lassen, und das Hühnchen mit Brokkoli roch unglaublich gut.

»Wo kommt das denn her?«

»Hab den ganzen Nachmittag in der Küche gestanden«, sagte L. A.

Ich war zu ruhelos, um mich beim Essen zu entspannen, also holte ich meine Liste mit Fragen heraus und löcherte L. A., während wir aßen. Danach zogen wir in die Kommandozentrale um und verbrachten noch einmal drei Stunden mit Details des Falles. Um halb zwölf konnte ich sehen, wie L. A. müde wurde. Die Augenlieder wurden schwer, trotz seiner dritten Tasse Kaffee.

»Machst du nie Pause?«, fragte er.

»Nein. Also, was sagst du, wenn er nach den Fingerabdrücken auf den Pillenfläschchen fragt?«

L. A. schüttelte den Kopf. »Das hatten wir schon zweimal. Ich werde wahrscheinlich dasselbe sagen, was ich dir letztes Mal gesagt habe.«

Justice kratzte an der Hintertür, und ich stand auf, um ihn rauszulassen; L. A. folgte mir. Ich wartete an der Tür auf Justice, L. A. stand hinter mir. Er legte mir die Hände auf die Schultern und strich mir den Hals entlang.

»Mann, bist du verspannt«, sagte er. Seine starken Finger begannen, die Muskeln zu kneten.

»Mmm, das fühlt sich toll an.«

»Du musst böse Kopfschmerzen haben«, sagte er. »Diese Muskeln reißen demnächst durch.«

Diesmal sagte ich nichts. Ich senkte nur den Kopf und lehnte mich ein wenig zurück. Dieser Kerl wusste, was er tat. Die Finger arbeiteten sich meinen Hals hinauf und hinab und meine Schultern entlang. Ich holte tief Luft und versuchte zu entspannen und mich auf die Techniken zu konzentrieren, die ich von Gillespie gelernt hatte. Keiner von uns sagte etwas, und in der Stille konnte ich den sanften, rhythmischen Atem meines führenden Ermittlungsbeamten hören.

Ich wünschte, Justice wäre die ganze Nacht draußen geblieben, aber irgendwann kam er zurück, und ich musste meine Trance unterbrechen, um ihn hereinzulassen. Ich gab ihm ein Leckerli und ging zurück in die Kommandozentrale.

»Ich war noch nicht fertig«, sagte L. A.

Ich wandte mich ihm zu und wusste, wie ich mich entschieden hatte. Er streckte die Hand aus und führte mich zur Couch. Ich streifte die Schuhe von den Füßen, und er setzte sich hinter mich und massierte mir Schultern und Rücken, während ich spürte, wie die Anspannung meinen Körper verließ.

Nach ein paar Minuten lehnte ich mich an ihn und zog die Knie hoch. Er legte den Arm um mich, und ich kuschelte mich einfach an ihn, hörte ihn atmen und spürte seinen Herzschlag.

Innerhalb von Minuten war ich in eine Zone zwischen Wachen und Schlafen geglitten, zusammenhanglose Gedanken zogen durch meinen Kopf in einem letzten Bemühen, sich Sorgen um den nächsten Tag zu machen. L. A. hatte geschafft, woran Gillespie gescheitert war: Ich fühlte mich sicher, entspannt, gebraucht. Ich lehnte mit geschlossenen Augen an ihm, und die Welt kam mir zum ersten Mal seit Monaten wie ein sicherer Ort vor. Ich zog die Knie an die Brust und schmiegte mich enger an. Ich rutschte ein bisschen herum, bis ich es mir gemütlich gemacht hatte, und legte den Kopf an seine Brust. Es fühlte sich alles so natürlich an, dass ich mich nicht einmal erinnerte, eingeschlafen zu sein.

Um zwei Uhr morgens wachte ich in der Dunkelheit auf, mit einer Decke zugedeckt und einem Kissen unter dem Kopf. Ich brauchte eine Minute, um mich zu orientieren, doch dann setzte ich mich auf und sah mich um.

L. A. war fort. Das Haus war dunkel. Justice schlief auf dem Boden neben dem Sofa. Ich stand auf und taumelte ins Schlafzimmer, ohne mich um Schlaftabletten zu kümmern. Ich war so entspannt, dass ich mich fühlte, als hätte ich sie schon genommen.

Ich putzte mir die Zähne, zog mein Schlafshirt an und kletterte ins Bett. Den Wecker stellte ich auf sechs. Und als ich zum zweiten Mal in dieser Nacht eindämmerte, tat ich so, als läge ich in den Armen meines Lieblingspolizisten.

77

Zu unserem Pech hatte Rafael Rivera beschlossen, sich anzuziehen wie für den MTV-Award. Er trug einen dunkellila Nadelstreifenanzug mit einem rosa Hemd und einer breiten, gestreiften Krawatte. Seine Schuhe waren fliederfarben und spitz zulaufend, was seine Füße riesig aussehen ließ. Ich hatte ihm gesagt, er solle sich wie für einen Kirchenbesuch anziehen. Nächstes Mal würde ich mich genauer ausdrücken, beschloss ich.

Bill Masterson ging in die Mitte des Saales und knöpfte seinen alten, grauen Anzug zu. Es musste sein Lieblingsanzug sein, denn er war fast schon durchgescheuert. Außerdem trug er ein weißes Hemd, das am Hals nicht richtig schloss und von seiner Krawatte zusammengehalten wurde. Bill vermittelte gern das Bild eines Mannes aus dem Volk.

Rivera grinste und plusterte sich auf, während er über seine Beziehung zu seinem ehemaligen Anwalt aussagte. Er konnte sich nicht entscheiden, ob er die Jury oder Masterson ansehen sollte, also streute er seine Blicke in den Gerichtssaal, als wäre er ein Rockstar, den jeder bewundern wollte.

»Hat Mr Tate Sie einmal gefragt, ob Sie ihm Zugang zu gewissen Betäubungsmitteln verschaffen könnten?«, fragte Masterson.

Rivera kicherte. »Er musste nicht fragen. Er wusste es.«

»Haben Sie ihm welche besorgt?«

Rafael neigte den Kopf. »Zählen OxyContin und Codein dazu?«

»Das hatte ich gefragt«, sagte Masterson angewidert.

»Oh ja. Wir haben im September damit angefangen, und dann habe ich im November eine große Lieferung bekommen. Na ja, jedenfalls ... ja, ich habe ihm ein paar Drogen gegeben.«

»Soweit Sie sich erinnern können: Wann genau haben Sie angefangen, Mr Tate mit Drogen zu versorgen?«

Rivera schaute an die Decke und dann hinüber zu den Geschworenen, bevor er sich wieder an Masterson wandte. »Das müsste letzten September gewesen sein. Zwei Wochen nach dem Labor Day.«

»Haben Sie Mr Tate außer OxyContin und Codein noch andere Drogen beschafft?«

»Einmal. Hab ihm ein bisschen Morphin besorgt. Er sagte, seine Frau hätte große Schmerzen. Das war irgendwann im Sommer.«

»Warum, sagte der Angeklagte, brauche er OxyContin und Codein?«

Rivera breitete die Hände aus. »Er war ein guter Kunde. Außerdem war er mein Rechtsverdreher. Ich hab nicht viele Fragen gestellt.«

»Gab es einen Zeitpunkt, an dem Sie sich mit diesen Informationen an Ms Brock gewandt haben?«

Rafael lächelte mir zu, und ich hätte ihn am liebsten geschlagen.

»Als ich gesehen habe, dass sie Tate hochgenommen haben, weil er seine Frau erledigt hat, wusste ich, ich hatte was, was ihr brauchen könntet. Als mich die B- ... Polizisten wegen einer anderen Drogensache geschnappt haben, bin ich zu Ms Brock gegangen und habe ihr gesagt, ich würde einen Deal machen.«

»Hat Ms Brock geglaubt, was Sie ihr erzählt haben?«

»Nein, die ...« – er unterbrach sich. »Die Frau ist mir blöd gekommen. Hat mir die kalte Schulter gezeigt.«

»Wissen Sie, was sie umgestimmt hat?«

Aus dem Augenwinkel sah ich, dass Caleb Tate halb aufstand, sich aber achselzuckend wieder setzte.

»Ich erzählte ihr von dem Morphin. Anscheinend konnte das noch keiner wissen. Die Ergebnisse von den Fingernägeln und so waren noch nicht raus, und da wusste sie, dass ich nicht lüge.«

»Was haben Sie im Gegenzug für Ihre Aussage heute bekommen?«

»Ich werde nicht für die Drogensache angeklagt. Außerdem« – Rafael warf Caleb Tate ein durchtriebenes Grinsen zu – »konnte ich meinen Anwalt feuern.«

»Haben Sie irgendwelche Textnachrichten oder Telefonanrufe, die diese Drogenkäufe beweisen könnten?«

Das brachte Rafael zum Kichern. »Sorry, Mr Masterson. Wir führen nicht besonders gut Buch über unsere Drogendeals.«

Masterson sah den Richter an, Verachtung im Blick. »Ich habe keine weiteren Fragen an diesen Mann«, sagte er. Er kam zu unserem Platz, setzte sich und lümmelte sich auf seinen Stuhl. Ich ertappte mich dabei, wie ich mit den Zähnen knirschte.

Diesen Augenblick hatte ich seit dem Tag gefürchtet, als ich nach der Verhandlung im Berufungsgericht mit Caleb Tate gesprochen hatte. Ich wusste, Tate würde über Rafael Rivera herfallen und versuchen, meinen Vater und Richterin Snowden dabei bloßzustellen. Masterson hatte gesagt, er sei bereit. Er würde beim ersten Anzeichen, dass Tate meinen Vater mit hineinziehen wollte, Einspruch erheben und um ein Gespräch unter vier Augen mit dem Richter bitten. Er war überzeugt, dass er die Arbeit meines Vaters unter Richterin Snowdens Vorsitz aus dem Fall heraushalten konnte.

Ich war mir da nicht so sicher. Meine Hände hinterließen Schweißspuren auf der Glasoberfläche unseres Tisches. Mein Herz fühlte sich an, als wolle es mir aus der Brust springen. Und in diesem Moment hätte ich, wenn ich noch einmal von vorne hätte beginnen können, Mastersons Rat angenommen und den Fall gegen Caleb Tate schon vor Wochen fallen lassen, als wir noch die Chance dazu hatten.

78

Tate trat in die Mitte des Saales, strich sich übers Kinn und betrachtete den Zeugen. Rafael rutschte auf seinem Stuhl herum und schlug die Beine andersherum übereinander.

»Guten Morgen, Mr Rivera«, sagte Tate. Sarkasmus troff aus seinen Worten.

»Was geht?«, schoss Rivera zurück.

»Sie verstehen doch, dass die Schweigepflicht für unsere früheren Unterhaltungen nicht mehr gilt, weil Sie heute gegen mich aussagen, nicht wahr?«

Rivera zuckte die Achseln. »Ist okay für mich.«

»Und dass ich Ihnen Fragen über Dinge stellen kann, die ich für Sie tun sollte, während ich Sie vertreten habe?«

»Wenn Sie das sagen.«

»Das sage nicht ich; das sind die Regeln der Ethik.«

»Von mir aus.«

»Stimmt es nicht, Mr Rivera, dass Sie mich gebeten haben, Richterin Cynthia Snowden zu bestechen, damit sie die Anklage wegen Drogenbesitzes gegen Sie fallen lässt?«

Ich warf einen Blick auf Masterson, der für meinen Geschmack zu entspannt wirkte. Ich beschloss, dass ich, auch wenn es die Regeln der Gerichtssaal-Etikette verletzte, darauf vorbereitet sein musste, selbst Einspruch zu erheben, falls Tate meinen Vater erwähnte.

Rivera seinerseits schnaubte höhnisch, als wäre das das Lächerlichste, was er je gehört hatte. »Vielleicht in Ihren Träumen. In Wirklichkeit ist nie so etwas passiert.«

»Streiten Sie ab, mir gesagt zu haben, dass einige Ihrer Gangmitglieder Richterin Snowden in der Vergangenheit bestochen hatten?«

»Moment!«, unterbrach ihn Richter Brown. Er sah Tate finster an und schoss dann einen ebenso beunruhigten Blick auf Masterson ab. »Treten Sie vor!«

Ich gesellte mich vor Richter Browns Bank zu Tate und Masterson.

»Wohin soll das führen?«, zischte der Richter. »Ein dreimal verurteilter Straftäter beschmutzt den Ruf eines respektierten Mitglieds der Richterschaft?« Bevor Tate antworten konnte, wandte er sich an Masterson. »Und warum erheben Sie keinen Einspruch?«

Caleb Tate erklärte rasch seine Gründe für die Frage. Ich sah, dass sie Richter Brown nicht gefielen, aber er konnte Tate nicht vom Fragen abhalten. Die Frage zielte direkt auf Riveras Befangenheit in diesem Fall ab. Nachdem Brown das verstanden hatte, musste Masterson nicht mehr erklären, warum er keinen Einspruch erhob.

»Sie befinden sich hier an einer sehr kurzen Leine, Mr Tate«, sagte Brown. »Ich mag derartige unbegründete Anschuldigungen gegen Mitarbeiter der Justiz gar nicht.«

»Ich verstehe«, sagte Tate. »Aber ich bin nicht derjenige, der diesen Kerl in den Zeugenstand geholt hat.«

»Eine *sehr* kurze Leine, Mr Tate!«

Nach unserer Besprechung kehrte Tate in die Mitte des Gerichtssaals zurück und stellte die Frage erneut.

»Das habe ich nie gesagt«, behauptete Rivera.

»Streiten Sie ab, mich bedroht zu haben, als ich Ihnen sagte, ich würde nichts dergleichen tun und dass Sie so etwas nie wieder vorschlagen sollten?«

»Noch so eine lächerliche Frage. Nichts davon ist passiert.«

»Stimmt es nicht, Mr Rivera, dass Sie gedroht haben, zur Staatsanwaltschaft zu gehen und in diesem Fall gegen mich auszusagen, weil ich Richterin Snowden nicht bestechen wollte?« Caleb Tate erhob jetzt die Stimme, das erste Anzeichen von echten Emotionen und Zorn in diesem Fall. Er stach mit dem Finger in die Luft, und ich konnte nicht verstehen, warum Masterson keinen Einspruch erhob. »Stimmt es nicht, dass Sie sagten, Sie hätten etwas, das die Staatsanwaltschaft glauben *musste*? Dass Sie zusehen würden, wie sie mir eines Tages eine Nadel in den Arm stechen?«

»Mr Tate!«, unterbrach ihn Richter Brown. »Das sind drei Fragen. Lassen Sie ihn die erste beantworten.«

Masterson warf mir einen Blick zu. *Sehen Sie, es ist besser, wenn man den Richter eingreifen lässt.*

»Das waren drei Lügen«, sagte Rivera. »Keine Fragen.«

Caleb Tate stand einen Augenblick lang nur da und nickte. Er ging zurück zu seinem Konferenztisch und nahm ein Diktiergerät in die Hand. Er gab Bill Masterson eine Abschrift und reichte dem Gerichtsdiener ebenfalls eine, damit das Gericht mitlesen konnte.

Ich spürte, wie mir das Herz bis zu den Knien rutschte. Er hatte ein Band?

Diesmal war es Caleb Tate, der lächelte. »Sie haben mich nach dieser ersten Drohung zurückgerufen, um mir noch eine Chance zu geben. Erinnern Sie sich?«

Rivera beäugte ihn misstrauisch. In all unseren Gesprächen, in all unseren endlosen Befragungen zu diesen Ereignissen hatte Rivera nie ein Telefongespräch erwähnt. Aber ich konnte erkennen, dass seine Gedanken jetzt rasten und er versuchte, sich zu erinnern, was genau er gesagt hatte.

»Sie erinnern sich, nicht wahr?«, höhnte Caleb Tate. »Oder brauchen Sie eine Gedächtnisstütze?«

An Riveras Körpersprache konnte ich ablesen, dass er sich an den Anruf erinnerte.

Die einzige verbleibende Frage war, wie dumm er gewesen war - wie viel er gesagt hatte und was er ungesagt gelassen hatte.

»Euer Ehren, es scheint, als bräuchte der Zeuge Hilfe beim Erinnern«, sagte Tate.

Jetzt stand Masterson doch endlich auf. »Wir erheben Einspruch, Euer Ehren. Die Verteidigung hat das Band noch nicht beurkunden lassen. Wir haben es nie gehört. Wir wissen nicht einmal, ob es Mr Riveras Stimme ist.«

Richter Brown studierte das Transkript und sah Masterson über seine Lesebrille hinweg an. »Wir machen eine kurze Pause«, sagte er.

Ein paar Minuten später, in Abwesenheit der Geschworenen, bat Richter Brown Caleb Tate, die Aufnahme abzuspielen. Ich las in Mastersons Kopie der Abschrift mit, und mein Herz wurde mit jedem Wort schwerer.

Rivera: Sie haben vierundzwanzig Stunden; dann rede ich.

Tate: Tun Sie sich keinen Zwang an, Rafael. Dann können Sie eine Anklage wegen Drogenhandels und zusätzlich eine dafür haben, dass Sie die Staatsanwaltschaft belogen haben. Man wird einem dreimal verurteilten Gangster wie Ihnen niemals glauben.

Rivera: Die Leute reden. Ich weiß Dinge, die ich nicht wissen sollte. Man wird mir glauben.

Tate: Was zum Beispiel?

Rivera: Sie haben vierundzwanzig Stunden.

Tate: Wenn Sie zur Staatsanwaltschaft gehen, bin ich nicht länger Ihr Anwalt. Dann kann ich ihnen alles sagen, was Sie mir je erzählt haben. Vielleicht können sie noch eine Anklage wegen versuchter Bestechung dazunehmen.

Rivera [lacht]: Wie kommen Sie darauf, dass sie einem Gangster wie Ihnen glauben werden?

[Ende des Gesprächs.]

Nachdem die Aufnahme abgespielt war, stand Masterson langsam auf. Genau wie ich versuchte er, das alles in Warpgeschwindigkeit zu verarbeiten.

Das Band schien zu bestätigen, was Tate sagte. Aber in der Aufnahme war nichts, das uns explizit Gründe gab, Rivera den Deal zu verweigern. Die Aufnahme war zu mehrdeutig, als dass wir ihn dafür hätten anklagen können, uns belogen zu haben.

»Euer Ehren, Sie können so etwas nicht als Beweis zulassen, ohne zumindest die Stimmen authentifizieren zu lassen!«

»Ich habe das Recht, die Aufnahme abzuspielen und den Zeugen zu fragen, ob das seine Stimme ist«, schoss Tate zurück. »So authentifiziert man diese Dinge.«

Richter Brown wandte sich an Rivera. »Ist das Ihre Stimme?«

Rivera warf mir einen Blick zu, und ich starrte wütend zurück. Er sah den Richter an. »Klingt so.«

Brown nahm die Brille ab, rieb sich die Schläfen und wandte sich an Masterson. »Ich habe keine Wahl. Die Aufnahme ist als Beweisstück zugelassen.«

Nachdem sich die Jury wieder auf ihre Plätze gesetzt hatte, spielte Caleb Tate die Aufnahme ab. Ich ertrug es nicht, die Reaktionen der Geschworenen anzusehen. Dann fragte Tate Rivera noch einmal, ob das seine Stimme auf dem Band sei.

»Klingt so«, wiederholte Rivera.

»Erinnern Sie sich jetzt daran, mich bedroht zu haben?«, fragte Tate.

Vielleicht war Rivera schlau genug, sich herauszureden. Vielleicht würde er sich etwas ausdenken, das harmlos klang. Aber der Kerl war offensichtlich dumm genug, seinen Anwalt am Telefon zu bedrohen, also versuchte ich, meine Hoffnungen im Zaum zu halten.

»Das hatte nichts mit Richterin Snowden zu tun«, sagte Rivera. »Ich habe von etwas anderem geredet, das Sie tun sollten. Irgendeinen Einspruch einreichen oder so. Das habe ich doch nur so gesagt.«

»Damit ich das richtig verstehe«, sagte Tate mit Spott in der Stimme. »Sie sagten, ich hätte vierundzwanzig Stunden Zeit, um irgendeinen Einspruch einzulegen, oder Sie wollten zur Staatsanwaltschaft gehen und einen Deal machen mit einer Information, die jemand Ihnen über meinen Fall gegeben hatte?«

»So was in der Art.«

Tate deutete auf die Geschworenen. »Und Sie erwarten, dass diese Leute Ihnen das glauben?«

Masterson stand auf. »Einspruch!«

»Stattgegeben.«

»Auf dieser Aufnahme sagten Sie, Sie wüssten Dinge, die Sie nicht wissen sollten. Dass ›Leute reden‹. Meinten Sie damit das Wissen über die Spuren von Morphin in den Fingernagelproben?«

»Ich weiß nur, dass ich Ihnen Morphin gegeben habe, genau wie Sie verlangt haben. Darum ging es. Sie haben geredet.«

Tate lächelte breit, und ich sah, dass das Rivera wütend machte. »Ich will sichergehen, dass ich das richtig verstehe. Sie sagen, dass Sie in diesem Telefongespräch mit mir, als Sie sagten, dass ›Leute reden‹, in Wirklichkeit meinten, dass *ich* rede?«

»Ich weiß nicht mehr.«

»Verstehe. Tja, ich will Sie eines fragen – als Sie beschlossen, mit der Staatsanwaltschaft zu reden, mit wem haben Sie da als Erstes geredet?«

»Mit dem leitenden Ermittlungsbeamten in dem Fall.«

»War das dann Detective Tyler Finnegan?«, fragte Tate.

Rivera zuckte die Achseln. »Wenn Sie es sagen.«

»Und nachdem Sie sich mit Detective Finnegan getroffen haben, haben Sie beide sich gemeinsam mit Ms Brock getroffen – stimmt das?«

»Ja. Das habe ich schon gesagt, als Mr Masterson mich gefragt hat.«

»Bezeugen Sie unter Eid, auf die Gefahr hin, Ihren untadeligen Ruf aufs Spiel zu setzen, dass Detective Finnegan Ihnen vor diesem Treffen mit Ms Brock keine kleine Information über den Fall weitergegeben hat?«

»Ich weiß nicht, wovon Sie reden.«

»Ich spreche davon, dass Sie Informationen über das Morphin und den Drogenkonsum im Zeitraum von sechs Monaten erhalten haben.«

»Das ist nicht passiert.«

»Als Sie in dem Telefongespräch also sagten, dass ›Leute reden‹, bezogen Sie sich nicht auf Detective Finnegan?«

»Nein. Ich habe nicht ihn gemeint.«

»Sind Sie sich da sicher?«

»Hundertprozentig.«

79

Rafael Riveras Zeugenaussage war ein völliges Desaster gewesen, aber Bill Masterson bestand darauf, im selben Restaurant zu Mittag zu essen wie die ganze Woche schon. »Nie die Gewohnheiten ändern«, flüsterte er mir zu. »Sonst glauben sie, wir sind in Panik.«

»Damit hätten sie aber recht«, flüsterte ich zurück.

Ich folgte Masterson aus dem Saal, und die üblichen Reporter warteten auf der Treppe vor dem Gericht. Sie feuerten Fragen auf Masterson ab, doch er tat sie achselzuckend ab, genau wie sonst auch.

»Was werden Sie jetzt tun?«, fragte einer von ihnen.

»Mittagessen.«

»Nein. Ich meine, wegen der Aussage von Rafael Rivera.«

Masterson blieb einen Augenblick stehen und schaute in die Kameras. »Die Staatsanwaltschaft wird eine Untersuchung gegen Rivera einleiten und feststellen, ob seine Aussage zu einer Anklage führen sollte. Die Klage gegen Caleb Tate hängt aber nicht von Riveras Aussage ab. Wo Tate die Drogen herhatte, ist nicht das Thema. Wie Dr. O'Leary sagte, waren die Drogenmengen in Rikki Tates Blut und Magen so groß, dass sie eindeutig an einer vorsätzlichen Vergiftung gestorben ist, nicht an einer versehentlichen Überdosis.«

»Warum haben Sie Rivera dann in den Zeugenstand geholt?«

»Esst ihr Jungs eigentlich nie zu Mittag?«, fragte Masterson. Er ging weiter, und ich folgte ihm. »Wie Sie sehen können, lasse ich nicht viele Mahlzeiten aus.«

Als wir an unseren ruhigen Tisch im hinteren Bereich eines Diners in der Nähe ankamen, verdüsterte sich seine Stimmung. Er sprach davon, die Anklage fallen zu lassen. Er konnte nicht fassen, dass Caleb Tate eine Aufzeichnung hatte.

»Vielleicht kann L. A. uns die Kohlen aus dem Feuer holen«, sagte Masterson. »Er ist ziemlich raffiniert.«

Ich konnte mir nicht vorstellen, wie L. A. Riveras Misserfolg ungeschehen machen konnte, aber ich behielt meine Gedanken für mich. Zumindest hatten wir das Wochenende vor uns, um uns neu zu sammeln.

»Er hat Ihren Dad nicht erwähnt«, sagte Masterson zwischen zwei Bissen. »Musste er auch nicht. Er will dieses Damoklesschwert wahrscheinlich nur über unseren Köpfen schweben lassen. Um uns eine letzte Chance zu geben, die Klage zurückzuziehen, bevor er Ihren Vater mit hineinzieht.«

»Jetzt, da er Riveras Drohung mit der Aufnahme bewiesen hat, wieso ist dann die Erfolgsrate meines Vaters bei Snowden überhaupt noch relevant?«

»Ist sie wahrscheinlich nicht. Aber das heißt nicht, dass er die Sache nicht trotzdem platzen lässt wie eine Atombombe und Richter Brown dazu bringt, unserem Einspruch stattzugeben. Von da an übernimmt dann die Presse.«

Ich stocherte in meinem Essen, während wir besprachen, wie wir die Überreste unseres Falls retten konnten. Ich hatte auch vorher schon Zeugen untergehen sehen, aber nie so spektakulär. Masterson wirkte weniger verzweifelt. »Essen Sie etwas«, sagte er, während er sein Sandwich verschlang. »Sie stehen den Nachmittag nicht durch, wenn Sie nichts essen.«

Kurz vor dem Bezahlen brachte Masterson das Gespräch zurück auf meinen Vater. »Es ist eine Sache, den Ruf Ihres Vaters aufs Spiel zu setzen, wenn wir damit eine Chance haben, den Fall zu gewinnen«, sagte er. »Aber es ist etwas anderes, wenn der Fall sowieso den Bach runtergeht.«

»Ich finde nicht, dass der Ruf meines Vaters der entscheidende Faktor sein sollte«, protestierte ich.

»Das ist sehr nobel von Ihnen«, sagte Masterson. »Aber ich mochte Ihren Vater. Und ich bin derjenige, der entscheidet, ob wir seinen Ruf für das opfern, was von unserem Fall noch übrig ist. Zum Glück kann Tate jetzt, da Rivera aus dem Zeugenstand heraus ist, das Thema Richterin Snowden nicht mehr aufbringen, bis er seine eigenen Zeugen befragt. Bringen wir einfach den restlichen Nachmittag hinter uns, und dann reden wir.«

»Okay«, sagte ich, dankbar, dass der Prozess weiterging, auch wenn er nur an einem dünnen Faden hing.

80

L. A. betrat den Zeugenstand und sah gepflegt und entschieden nach Hollywood aus. Er lächelte strahlend für die Damen unter den Geschworenen, und allein sein Anblick hob meine Stimmung. Zeugen dürfen während anderer Befragungen nicht im Gerichtssaal sein, und soweit L. A. wusste, lief immer noch alles nach Plan.

Ich ging die Ermittlungen mit ihm durch, und er sagte mit Überzeugung und Präzision aus. Ich ertappte mich dabei, dass ich mich schämte, seine Loyalität angezweifelt zu haben.

L. A. machte seine Sache hervorragend, als er die Stücke des Puzzles zusammenfügte – die Verbindungen zum Fall Van Wyck, die dramatisch erhöhten Medikamentenspiegel in Rikkis Blutkreislauf, die aufgetreten waren, kurz nachdem Tate diesen Fall recherchiert hatte; Tates finanzielle Schwierigkeiten, die Lebensversicherung, die Eheprobleme, Rikkis Bekehrung zum Christentum und ihre Entschlossenheit, etwas anderes als Caleb Tates Vorzeigepüppchen zu sein.

Dann fragte ich ihn, ob er wisse, dass Caleb Tate ungefähr vier Monate vor Rikkis Tod Dr. Aaron Gillespie angerufen und ihm erzählt hatte, dass seine Frau schmerzmittelabhängig sei und ihn um Hilfe gebeten hatte.

»Ja. Das haben wir bei den Ermittlungen erfahren.«

»Zeigt das nicht, dass Caleb Tate seine Frau nicht vergiftet hat?«, fragte ich.

L. A. nickte, als wolle er sagen: *sehr gute Frage.* »Ganz im Gegenteil, es ist das perfekte Alibi. Denken Sie weiter«, schlug L. A. vor. »Falls Caleb Tate seiner Frau wirklich ab und zu heimlich Tabletten ins Essen gemischt hat, hätte sie abgestritten, ein Suchtproblem zu haben, wenn Dr. Gillespie gefragt hätte. Oder vielleicht hat Tate tatsächlich ein paar Schmerzmittel bei ihr gefunden und die Gelegenheit ergriffen, Dr. Gillespie anzurufen und sich so ein Alibi zu verschaffen. Auf diese Weise hätte er nach der Überdosis auf seinen Anruf als Beweis seiner Unschuld verweisen können – als einen Beweis dafür, dass er versucht hat, sie vom Drogengebrauch abzuhalten.«

Ich bemerkte, dass ein paar der jüngeren Frauen unter den Geschworenen nickten. Ich konnte es ihnen nicht verdenken. L. A. konnte sehr überzeugend sein.

»Was ist mit den fehlenden Fingerabdrücken auf den Pillenfläschchen?«

»Nun, Ms Brock, der Angeklagte ist schlau genug, zu wissen, dass es bei einer polizeilichen Untersuchung eine Autopsie gibt. Das bedeutet, die Behörden werden OxyContin und Codein im Blut seiner Frau finden. Das muss er irgendwie erklären. Also mischt er ihr die Tabletten heimlich ins Essen, sieht ihr beim Sterben zu. Dann legt er ihre Hände an die Pillenfläschchen. Dabei trägt er vermutlich die ganze Zeit Handschuhe. Sobald er damit fertig ist, ruft er den Notruf an, und die Show beginnt.«

Als Nächstes ging ich mit L. A. den zeitlichen Ablauf der Fingernageluntersuchungen durch. Ich verdeutlichte, dass zum Zeitpunkt von Riveras Kontaktaufnahme niemand außer L. A., der Staatsanwaltschaft, der Gerichtsmedizinerin und den Toxikologen von dem Morphin gewusst hatte. »Was bedeutet das für Riveras Zeugenaussage?«, fragte ich.

Ich dachte, das würde mir einen Einspruch einbringen, aber Tate ließ es durchgehen. Das machte mir Sorgen.

»Er sagte die Wahrheit darüber, dem Angeklagten die Drogen besorgt zu haben.«

Ich holte tief Luft, um mich zu entspannen. Ich hatte an der Formulierung der nächsten Frage gearbeitet, seit Rivera am Vormittag den Zeugenstand verlassen hatte. Ich hoffte, L. A. würde meine Hinweise verstehen.

»Was wäre gewesen, wenn Sie im Lauf Ihrer Ermittlungen erfahren hätten, dass Rafael Rivera den Angeklagten bedroht hat? Was, wenn Sie herausgefunden hätten, dass Rivera den Angeklagten gebeten hat, einen Richter zu bestechen? Dass er mit der bekannten Information zu uns kam, als der Angeklagte sich weigerte? Welche Auswirkungen hätte das auf Ihre Ermittlungen gehabt?«

L. A. verzog das Gesicht, als wolle er sagen: *Wen juckt's.* »Es hätte gar keine Auswirkungen gehabt. Wir wussten schon, dass Rivera ein verurteilter Straftäter war. Hat er versucht, seinen Anwalt dazu zu bringen, einen Richter zu bestechen, bevor er zu uns kam? Wahrscheinlich. Jeder weiß, dass Sie keine Deals schließen. Er hatte keine Garantie, dass er einen Deal mit Ihnen aushandeln konnte. Wenn er aus dem Gefängnis kommen konnte, indem er einen Richter bestach, hätte er das wohl vorher versucht. Aber das bedeutet nicht, dass er uns angelogen hat. Was Rivera uns gesagt hat, wurde von den wissenschaftlichen Beweisen bestätigt. Die Tatsache, dass er von dem Morphin wusste, bevor es ihm physisch möglich war, es zu wissen, beweist, dass er uns die Wahrheit darüber sagte, die Drogen besorgt zu haben.«

Ich hätte den Mann am liebsten geküsst. Ehrlich gesagt hatte ich schon lange Lust, den Mann zu küssen. Aber die Antwort war so glatt und glaubwürdig, dass ich fast das Gefühl hatte, er habe jedes Wort von Riveras Zeugenaussage gehört. Hatte er? Ich wollte es gar nicht wissen.

Aber ich wusste, dass ich diesen Moment in der Verhandlung nie vergessen würde. Die Aufnahme, die mir vor dem Mittagessen so verheerend erschienen war, wirkte jetzt nur noch wie ein Nachsatz. In ein paar kurzen Sätzen hatte L. A. alles wieder ins rechte Licht gerückt.

Manche Paare finden bekanntlich auf der Tanzfläche heraus, dass die Chemie zwischen ihnen stimmt. Für mich war es dieser Wortwechsel im Gerichtssaal.

»Keine weiteren Fragen. Zumindest im Moment nicht«, sagte ich. *Vielleicht später. Vielleicht bei mir zu Hause.*

Meine Absätze klapperten auf dem Boden, und ich setzte mich wieder an unseren Tisch. »Gute Arbeit«, flüsterte Masterson.

Anders als bei vorherigen Zeugen sprang Caleb Tate nicht auf, um dem Zeugen zu trotzen. Eine Minute lang vermutete ich, er sei gelähmt von den Ereignissen. In der Euphorie hatte ich die Hauptregel vergessen, die mir mein Professor im Seminar über Verhandlungsführung beigebracht hatte.

Stelle im Prozess keine Vermutungen an.

Und eine weitere Regel, diesmal eine, auf der mein Bruder, der Pastor, immer herumritt.

Hochmut kommt vor dem Fall.

81

Mace James beobachtete die Anzeige der Maschine, die die Hirnaktivität von Rashad Reed maß. Dies war das dritte Mal, dass er die Maschine in Betrieb sah, aber er verstand immer noch nicht, was die Kurven bedeuteten. Also behielt er gleichzeitig Dr. Rukmani Chandars Gesichtsausdruck im Auge, um vielleicht ein paar Hinweise aufschnappen zu können. Aber Chandar zuckte mit keiner Wimper, sein Pokerface verriet rein gar nichts.

Der BEOS-Test dauerte fast anderthalb Stunden in der engen Gefängniszelle, während Chandar mit Reed jeden Schritt seiner Taten durchging. Als er fertig war, dankte er Reed höflich und entfernte die Elektroden von seinem Kopf. Mace konnte immer noch nicht beurteilen, ob die Ergebnisse gut oder schlecht waren.

»Lassen Sie uns draußen reden«, schlug Chandar vor.

Mace verabschiedete sich von Rashad und wartete, bis der Doktor seine Sachen zusammengepackt hatte. Sie verließen den gesicherten Bereich und schwiegen, während sie eine Brandtür nach der anderen durchquerten. Erst als sie auf dem Parkplatz etwas Schatten gefunden hatten, gab Chandar seine vorläufige Meinung preis.

»Er war bei jedem einzelnen Carjacking dabei. Ich weiß nicht, wie er den Lügendetektor überlistet hat; der junge Mann erscheint mir nicht besonders gerissen. Aber deshalb bevorzuge ich den BEOS-Test – man kann sich nicht durchmogeln.«

»Gibt es irgendwelche Zweifel?«, fragte Mace. Er ragte über Chandar auf, der an die zwanzig Zentimeter kleiner war als er.

»Wie immer unterliegt meine vorläufige Meinung der Bestätigung durch die Auswertung«, sagte Chandar. »Aber dieser Fall erscheint mir ziemlich eindeutig.«

Mace dankte dem Doktor und sagte ihm, er werde eine eidesstattliche Erklärung brauchen. Nachdem sie noch ein paar Formalitäten geklärt hatten, kehrte Mace ins Gefängnis zu Rashad zurück. Er dachte über die Ironie des Rechtssystems von Milton County nach. Weil eine neue Art von Hirnscan soeben die Schuld seines Mandanten bewiesen hatte, würde Rashad Reed möglicherweise in ein paar Jahren aus dem Gefängnis herauskommen. Hätte der Hirnscan darauf hingewiesen, dass Rashad unschuldig war, hätte der Richter den Test wahrscheinlich nicht als Beweis zugelassen, und Reed hätte einen Prozess bekommen. Höchstwahrscheinlich hätte er mindestens zwanzig Jahre im Gefängnis verbracht.

Das Roulette-Rad der Strafjustiz in Milton County drehte sich, und Rashad Reed war vielleicht gerade auf der roten Sieben gelandet.

* * *

Caleb Tate schob ein paar Papiere auf seinem Tisch herum und richtete die Kanten aus, als hätte er alle Zeit der Welt.

»Hat die Verteidigung Fragen?«, forderte ihn Richter Brown auf.

»Ein paar.«

»Nun, dann wäre jetzt ein guter Zeitpunkt, sie zu stellen.«

Ohne aufzustehen, fragte Caleb Tate: »Sind Sie informiert, dass ich Antoine Marshall vertreten habe, den Mann, der des Mordes an Jamie Brocks Mutter angeklagt war?«

Die Muskeln an L. A.s Hals spannten sich. »Natürlich.«

»Und das ist der wahre Grund, warum sie mich auf jeden Fall festnageln will«, sagte Caleb Tate in beiläufigem Ton, als wisse das jeder.

Ich stand auf und sah den Richter an. »Einspruch. Relevanz.«

»Es geht um die Befangenheit des Zeugen«, sagte Tate.

»Ich gebe dem Einspruch statt«, sagte Richter Brown.

»Wissen Sie, dass Ms Brock versprochen hat, mich zu lynchen?«, fragte Tate.

»Mr Tate«, schnauzte Brown, »lassen Sie Ms Brock da raus!«

Tate sah mich an und dann wieder den Zeugen. »Haben Sie eine Beziehung mit Ms Brock?«

»Was habe ich eben gesagt?«, fragte Brown.

Tate stand endlich auf. »Wenn Euer Ehren mir nur ein paar Fragen erlauben möchten. Es geht direkt um Detective Finnegans Voreingenommenheit.«

Brown zögerte. Dachte nach. Machte sich wahrscheinlich Sorgen, wie das in der Berufung aussehen mochte. »Fahren Sie fort«, sagte er.

»Erinnern Sie sich an die Frage?«, wollte Tate wissen.

»Ja. Und die Antwort ist, dass meine Beziehung zu Ms Brock rein beruflicher Natur ist. Unser Ziel ist, Leute wie Sie ein Leben lang ins Gefängnis zu bringen.«

»Wollen Sie mich auch gelyncht sehen?«, fragte Tate.

»Nicht wirklich«, antwortete L. A. »Das wäre eine Verschwendung von guten Seilen.«

»Halten Sie das für einen Witz?«, schoss Tate zurück. »Ein Mann steht vor Gericht und sieht einer lebenslänglichen Strafe entgegen, und Sie finden, es sei Zeit für Witze?«

»Ich finde es extrem traurig – die Art, wie Sie das System manipulieren und missbrauchen.«

Ich wusste, L. A. köderte Tate, wartete auf eine Gelegenheit zu erwähnen, dass er Tate hinter der Strategie des Gefangenenaufstands vermutete.

Doch Tate bewies wieder einmal, dass er gute Prozessinstinkte besaß, und änderte die Fragerichtung. »In Wahrheit haben Sie mehr als eine berufliche Beziehung mit Ms Brock, nicht wahr?«

Ich stand auf, aber Richter Brown winkte ab. »Ich lasse es zu«, sagte er. »Betrifft die Voreingenommenheit des Zeugen.«

»Nein. Wir bearbeiten Fälle zusammen. Das ist alles. Ich fände es allerdings gut, wenn da mehr wäre.«

Überraschenderweise versetzte mir diese Bemerkung trotz der Hitze der Schlacht im Gerichtssaal einen Adrenalinstoß. Aber ich konnte nicht länger darüber nachdenken.

»Waren Sie gestern Abend bei ihr zu Hause?«

Es dämmerte mir im selben Moment wie L. A. Man war ihm gefolgt.

Er rutschte auf seinem Stuhl herum. »Ich war bei ihr zu Hause, um an dem Fall zu arbeiten.«

»Sind Sie bis nach halb zwei Uhr morgens geblieben?«

L. A. zögerte, und ich wusste, es entging der Jury nicht. »Ich weiß nicht, wann genau ich gegangen bin.«

Ich dachte an das große Panoramafenster an der Rückseite meines Hauses, das sich über die ganze Länge des Wohnzimmers zog. Der Garten war eingezäunt, deshalb zog ich selten die Jalousien zu. Ich fragte mich, ob Tates Ermittler Fotos hatten.

»Sie haben nicht die ganze Zeit gearbeitet. Oder?«

»Ich verstehe nicht, was das mit dem Fall zu tun hat.«

»Ich werte das als ein Nein.« Tate sagte es in einem abfälligen Ton, der mich rasend machte. »Das bedeutet wohl, Sie haben nicht die ganze Zeit gearbeitet?«

»Wir haben gearbeitet, bis sie eingeschlafen ist. Ich habe weitergearbeitet, bis ich gegangen bin.«

Meine Alarmglocken begannen zu schrillen, sobald L. A. mit seiner Antwort fertig war. Mein bester Zeuge hatte soeben im Zeugenstand gelogen, und ich war eine vereidigte Beauftragte des Gerichts. Nicht nur das – ich hatte auch Angst, dass Tate ihn auf dieselbe Art bloßstellen würde wie Rafael Rivera.

»Würde es Sie überraschen, zu erfahren, dass Ihr Wagen Ms Brocks Grundstück um ungefähr 1.45 Uhr verlassen hat?«

L. A. zuckte die Achseln, aber das hatte alles Auswirkungen auf die Jury. »Nicht wirklich.«

»Stimmt es nicht, Detective Finnegan, dass Sie alles in Ihrer Macht Stehende tun würden, um dieser Frau zu helfen, mich an die Wand zu nageln?« Bevor L. A. antworten konnte, änderte Tate seine Frage. »Oder vielleicht sollte ich sagen: mich am nächsten Baum aufzuknüpfen?«

»Ich muss keinen blutigen Handschuh in Ihrem Haus platzieren, Mr Tate, wie es Detective Fuhrman bei O. J. Simpson getan hat. Die Drogen waren unleugbar in der Blutbahn und im Magen Ihrer Frau. Es gibt eine Menge Zeugen, die über die Schwierigkeiten in Ihrer Ehe berichten können. Ich habe mir Ihre finanziellen Probleme nicht ausgedacht. Noch habe ich die Fallakte Van Wyck auf Ihren Computer heruntergeladen. All diese Beweise haben nichts mit mir zu tun.«

»Aaah«, sagte Tate gedehnt und mit selbstgefälliger Zufriedenheit, »aber Sie haben das Morphin nicht erwähnt. Stimmt es nicht, dass Sie Rafael Rivera von dem Morphin und den Fingernagelproben erzählt haben, noch bevor er sich mit Ms Brock getroffen hat?«

»Das ist lächerlich.«

»Und nur damit die Geschworenen das richtig verstehen – das bedeutet, Sie streiten es ab?«

L. A.s Gesicht war rot angelaufen. Seine Muskeln waren angespannt und sein Kiefer zusammengebissen. »Das stimmt; ich streite es ab.«

Caleb Tate stand einen Augenblick da, als versuche er zu entscheiden, ob er den nächsten Schritt machen sollte. Dann griff er in seine Aktentasche und zog ein paar Fotografien heraus. Ich sah L. A. rasch an und hoffte, er habe den Wink verstanden. Er starrte die Fotos an, aber Tate hielt sie mit dem Bild nach unten.

»Ich will sichergehen, dass ich das richtig verstehe. Streiten Sie ab, dass Sie und Ms Brock gestern Abend intim waren?«

»Nein. Wir waren nicht intim.«

»Haben Sie ihr auf der Couch den Rücken massiert?«

L. A. schluckte trocken und schien seine Möglichkeiten abzuwägen. *Woher wusste Tate das? Hatte er Fotos?* »Das könnte sein.«

»Könnte sein«, höhnte Tate. »Ist das ein Ja oder ein Nein?«

»Ich habe ihr den Rücken massiert. Sie ist neben mir auf der Couch eingeschlafen. Danach bin ich wieder an die Arbeit gegangen.« L. A.s Stimme klang nun defensiv.

Er starrte Tate an, während er diese Geständnisse machte, und vermied den Blickkontakt mit mir.

»Dann ist das alles, was ich von diesem Zeugen brauche«, sagte Tate.

Auf dem Weg an meinem Platz vorbei sah L. A. mich an und flüsterte ein »Sorry!«. Ich tat, als sei ich damit beschäftigt, etwas auf meinem Block zu notieren. Ich hoffte, die Jury hatte unseren raschen Austausch nicht gesehen.

Ich konnte praktisch den Dampf spüren, der von Mastersons Körper ausging. Deshalb hatte er mir an meinem ersten Tag im Büro die Regel Nummer eins eingebläut – keine Beziehung mit Opfern oder Mitgliedern der Ermittlungsbehörden.

»Es ist fast fünf Uhr«, sagte Richter Brown. »Die Verhandlung ist vertagt auf Montag.«

82

Masterson bat mich, ihm zurück ins Büro zu folgen, zu einem kurzen Meeting, wie er sagte. Ich erwartete eine wütende Standpauke. Doch als wir ankamen, sprach er in kontrolliertem Ton mit mir und vermittelte eher tiefe Enttäuschung als Ärger. Ich wünschte, er hätte mich einfach angeschrien.

Er schätzte unsere Chancen auf eine Verurteilung auf »gering bis nicht existent« ein. Die Fortsetzung des Prozesses würde nur den Ruf meines Vaters aufs Spiel setzen und die Staatsanwaltschaft rachsüchtig aussehen lassen. Und selbst wenn wir gewannen, hatte Tate jetzt zu viele Gründe für die Berufung. Statt Tate für diesen Mord zu bekämpfen, sollten wir daran arbeiten, ihn mit den Bandenmorden an Ronald Powell, Rontavius Eastbrook, Jimmy Brandywine und mit der brutalen Ermordung von Latrell Hamptons Freundin und ihrem kleinen Sohn in Verbindung zu bringen. »Wir stellen das Verfahren sofort am Montagmorgen ein«, erklärte mir Masterson. »Keine Widerrede.«

Ich sagte nichts. Aber ich fragte mich, wie viel Politik hinter dieser Entscheidung stand. Das Verfahren einzustellen, würde Masterson großmütig erscheinen lassen, als wäre ihm die Gerechtigkeit wichtiger als ein Sieg. Das Urteil der Jury, zu verlieren, würde uns beide inkompetent aussehen lassen.

»Wir lassen Rivera frei, und er kann bekommen, was er verdient«, fuhr Masterson fort. »Ich schicke ihn nicht nach Kalifornien, und ich verschwende keinen Polizeischutz an ihn. Er hat im Zeugenstand gelogen, auch wenn das Band zu mehrdeutig ist, als dass wir ihn wegen Meineids drankriegen könnten. Aber jetzt, da er seinen Deal gemacht hat, werden wir sehen, wie lange er überlebt.«

Selbst mir, der wohl abgebrühtesten aller Staatsanwältinnen, erschien das hartherzig. Der Mann hatte einen Meineid geschworen und uns als Dummköpfe hingestellt, aber mir gefiel der Gedanke nicht, ihn einfach auf die Straße zu setzen und sterben zu lassen. Andererseits war ich im Moment wütend auf so viele Leute - inklusive Rafael Rivera -, dass ich auch nicht für ihn eintreten wollte.

»Und Jamie, ich hoffe, Sie haben heute ein paar Dinge gelernt. Sie sind eine verflixt gute Staatsanwältin, aber Sie müssen Ihre Gefühle außen vor lassen.« Masterson schwieg kurz und warf mir einen Blick zu, der Stahl hätte schneiden können. »Und ich meine das mit allem gebührenden Respekt.«

»Ja, Sir«, erwiderte ich.

Ich blieb noch einen Augenblick sitzen, während Masterson irgendwelchen Papierkram erledigte. Er blickte auf. »Das ist alles«, sagte er.

* * *

Ich checkte meinen BlackBerry auf dem Heimweg, und ich hatte mehr als zwanzig Nachrichten. Die meisten waren von Freunden, die mich aufmuntern wollten. Außerdem waren da zwei Anrufe und eine SMS von Mace James, der mich so schnell wie möglich treffen wollte. In der Nachricht stand, es ginge um ein wichtiges Thema, das Caleb Tates Fall betreffen könnte. Aber Caleb Tates Fall war Geschichte. Ich ignorierte die Nachricht.

Die Textnachrichten von L. A., in denen er mich fragte, ob wir uns treffen könnten, ignorierte ich nicht. Ich schrieb zurück, sich sofort zu treffen sei wahrscheinlich keine gute Idee. Ich wünschte von Herzen, ich hätte den Vorabend ungeschehen machen können. Es war nicht unbedingt L. A.s Schuld, aber ich wusste, Masterson hatte recht. Ich hatte meinen Gefühlen freien Lauf gelassen, und jetzt bezahlte ich dafür.

Als ich nach Hause kam, stand ein Auto in der Einfahrt, und ich erkannte es sofort. Mein Bruder Chris war mir zu Hilfe geeilt. Er saß auf dem Fahrersitz und stieg aus, um mich fest zu umarmen.

Justice begrüßte uns beide wie siegreiche Helden. Er stürzte sich auf Chris, der lachte und mit ihm spielte, denn jeder, der in unser Haus kam, musste mit Justice spielen. Sie rangelten eine Weile im Wohnzimmer, und Justice kauerte sich nieder, sprang auf Chris los, wälzte sich auf dem Boden und knurrte spielerisch. Die einzige Art, wie ich ihn beruhigen konnte, war, ihm Abendessen zu machen.

Chris und ich setzten uns einander gegenüber an den Küchentisch und warteten, bis die Burger auf dem Grill gar waren. Ich wusste, Chris erwartete, dass ich weinte, aber ich hatte in den letzten Monaten genug geweint. Heute war ich nur verwirrt, frustriert und wütend. Ich redete mir alles von der Seele – die Schuldgefühle, weil ich nicht zu Hause gewesen war, als Mom starb, meine Verachtung meinem Dad gegenüber, weil er Strafverteidiger war, der Frust, nicht zu wissen, ob Antoine Marshall wirklich Moms Mörder war, und sogar meine Enttäuschung gegenüber Chris, weil er kein energischerer Verfechter der Gerechtigkeit war. Aber hauptsächlich meine Bitterkeit über alles, das in Caleb Tates Mordprozess passiert war.

»Ich kann nicht fassen, dass Gott ihn mit dem Mord an seiner Frau davonkommen lässt«, sagte ich.

Chris hörte geduldig zu und antwortete leise. Er hatte die Hände auf dem Tisch verschränkt und hielt den Blick gesenkt, während er sprach. Er sagte mir, ich könne mir nicht die Schuld an Moms Tod geben. Und er versicherte mir, dass Caleb Tate mit gar nichts davonkommen würde.

Er schwieg kurz und sah mich an. Heute Abend war es Chris, der

Tränen in den Augen hatte. »Wenn du leidest, leide ich mit«, sagte er. Dann wurde er philosophisch. »Wir können in dieser Welt keine vollkommene Gerechtigkeit erreichen, Jamie. Es gefällt Gott, wenn wir es versuchen. Aber letzten Endes ist dies eine gefallene Welt. Selbst die besten Systeme, die sich Menschen ausgedacht haben - und ich glaube, unser Justizsystem ist ziemlich gut - müssen unvollkommen sein. Aber es gibt einen Vers in 1. Mose, den ich immer geliebt habe: ›Sollte nicht der Richter der ganzen Welt gerecht handeln?‹

Daran halte ich mich fest. Selbst an Tagen wie heute, wenn die Welt ein einziges Chaos ist. Diese Jury hat nicht das letzte Wort. Und Richter Brown hat nicht das letzte Wort. Und Bill Masterson auch nicht.«

Chris wischte sich mit der Rückseite des Zeigefingers eine Träne vom Unterlid. »Entschuldige die Predigt«, sagte er. »Ich schaue besser mal nach den Burgern.«

83

Meine Schlaftabletten funktionierten, und ich hätte sicher ewig geschlafen, wenn Justice nicht mit der Pfote nach mir geschlagen hätte, bis ich ihn ungefähr um 10 Uhr morgens rausließ. Chris war früh aufgestanden, um sich auf seine Predigt für den nächsten Tag vorzubereiten, und hatte Pancakes mit Schokostückchen zum Frühstück gemacht.

»Womit habe ich einen Bruder wie dich verdient?«, fragte ich.

Mein Heiliger von einem Bruder fuhr gegen Mittag wieder ab. Ich war immer noch in Schlafshirt und kurzen Hosen und hatte vor, das heute auch nicht mehr zu ändern. Ich hatte mehrere Anrufe und SMS bekommen, unter anderem von Mace James und L. A. Ich war versucht, L. A. anzurufen, aber ich hatte in dieser Beziehung plötzlich gemischte Gefühle. Es war nicht nur, dass uns unsere mangelnde Diskretion vielleicht die Verurteilung gekostet hatte. Ich bekam auch langsam ein schlechtes Gefühl deswegen, wie L. A. die Wahrheit anpassen konnte, wenn es seinen Zwecken diente. Er kam ethisch aus einer anderen Ecke als ich, und unsere Werte waren sehr verschieden.

Außerdem war da die Frage nach dem Vertrauen. Er hatte nach seiner Aussage genauso erschüttert gewirkt wie ich, aber was, wenn das alles nur gespielt war? Meine Gefühle fuhren Achterbahn, was übrigens genau der Grund war, warum alle immer sagten, man solle mitten in einem Dampfkochtopf wie dem Tate-Fall keine Beziehung anfangen.

Als es um halb eins an der Tür klingelte, flog Justice förmlich vom Wohnzimmer zur Haustür und bellte auf dem ganzen Weg. Halb erwartete ich, L. A. draußen stehen zu sehen, vielleicht mit J-Lo an der Leine. Ein großer Teil von mir *wollte* L. A. dort stehen sehen. Stattdessen öffnete ich die Tür und blickte einem Mann in die Augen, den ich eigentlich nie hatte wieder sehen wollen.

Justice wand sich durch den Türspalt und sprang an Professor Mace James hoch.

»Justice!«, schalt ich. »Sitz!«

Aber Justice mit seiner miesen Menschenkenntnis ignorierte mich. Mace lachte und streichelte ihm den Kopf. »Der ist okay«, sagte er.

Obwohl ich Mace James am liebsten befohlen hätte, für immer aus meinem Leben zu verschwinden, ertappte ich mich dabei, wie ich mich entschuldigte: »Tut mir leid«, sagte ich. »Er glaubt, alle kommen nur, um ihn zu besuchen.«

Mace ging auf ein Knie und tätschelte Justice ein bisschen. Er sah zu mir auf. »Sein Name ist Justice, was?«

»Ja.«

»Das passt. Haben Sie eine Minute Zeit?«

Nicht für Sie. »Ich bin ziemlich beschäftigt.«

Mace richtete sich zu voller Größe auf. Er trug Jeans, Flip-Flops und ein weißes Hemd, das eng genug war, um jeden daran zu erinnern, dass er einen Kleinwagen stemmen konnte. Er hatte eine verspiegelte Sonnenbrille auf, und es sah aus, als hätte er sich seit Tagen nicht rasiert. »Das kann wirklich nicht warten«, sagte er.

Ich schaute finster drein.

»Ich weiß, Sie vertrauen mir nicht, Jamie. Aber geben Sie mir nur fünf Minuten.«

Es war Ende August und über dreißig Grad draußen, aber ich würde diesen Mann nicht in mein Haus lassen. Auf der Veranda standen zwei hölzerne Schaukelstühle, und ich beschloss, sie mussten genügen. »Warten Sie kurz«, sagte ich.

Ich ging ins Haus und holte Justices Leine, meine Lauf-Uhr und meine Sonnenbrille. Wenn ich seine Augen nicht sehen konnte, wollte ich auch nicht, dass er meine sah. Ich kam zurück nach draußen und deutete auf die Schaukelstühle. »Drei Minuten«, sagte ich. »Keine Sekunde länger.«

Beim letzten Mal, als mich jemand um ein paar Minuten meiner Zeit gebeten hatte, hatte Caleb Tate die Bombe über meinen Vater platzen lassen. Diesmal hatte ich ein ähnliches Gefühl in der Magengegend.

Wir gaben dort auf meiner Veranda wahrscheinlich ein ziemlich merkwürdiges Bild ab, wie wir da nebeneinander sanft in unseren Stühlen schaukelten. Ein Bodybuilder von fast eins neunzig mit Schweiß auf dem kahlen Schädel und eine eins zweiundsiebzig große Kajakerin in Schlafshirt und kurzer Hose, der die Haare in alle Richtungen standen, ohne Make-up, das Gesicht zu einem permanenten finsteren, möglichst kalten Blick verzogen. Justice legte sich zwischen uns, immer noch an der Leine, und legte den Kopf auf die Vorderpfoten.

Ich startete meine Stoppuhr, und Mace sagte: »Ich nehme an, das ist mein Stichwort.«

»Noch zwei Minuten fünfzig«, sagte ich mit Blick auf die Uhr.

Mace verschwendete keine Zeit mehr. »Bevor Antoine Marshall starb, habe ich ihm versprochen, weiter daran zu arbeiten, seinen Namen reinzuwaschen. Obwohl ich nach dem Hirnscan-Test Zweifel hatte, habe ich zwei Wochen damit verbracht, jeden Aspekt seines Falles neu anzuschauen. Ich habe die ganze Fallakte noch einmal gelesen und mich gefragt, ob es irgendwelche Hinweise gab, dass vielleicht jemand anders Ihre Mutter umgebracht haben könnte. Ich habe eine ganze Anzahl Fälle Ihrer Mutter und Ihres Vaters recherchiert, um zu sehen, ob sie Feinde hatten. Und ich habe die zwei Dinge recherchiert, die mich an Antoines Fall am meisten störten. Das Erste war die Art, wie Richterin Snowden meinen Mandanten behandelt hat. Das Zweite war die Tatsache, dass Antoine einen Lügendetektortest bestanden hat, obwohl er zu meiner Überraschung im Hirnscan-Test durchfiel.«

Mace holte Luft, und ich sagte: »Zwei Minuten.« Mir wurde bereits klar, worauf er hinauswollte, und mein Herz fing an zu hämmern. Er musste die Verbindung zwischen meinem Dad und Richterin Snowden gefunden haben.

Tief atmen. Langsamer Puls. Entspann dich.

»Ich dachte mir, dass Caleb Tate irgendetwas getan haben musste, um sich bei Richterin Snowden unbeliebt zu machen, also habe ich mir seine Prozesse angesehen, in denen sie den Vorsitz hatte. Ich habe keinen Grund für ihre offensichtliche Animosität gefunden, aber dafür etwas anderes, das mich fasziniert hat.«

Ich schaukelte schneller, merkte es und zwang mich, langsamer zu werden.

»In drei Fällen hatten Tates Mandanten Lügendetektortests gemacht und bestanden. In jedem Fall erklärte Snowden die Ergebnisse für unzulässig.«

Einige Vögel landeten in den Büschen vor dem Haus, und Justice stellte die Ohren auf. »Schon gut«, sagte ich und tätschelte seinen Kopf. Er legte sich wieder hin, als wäre er genauso fasziniert von der Geschichte wie ich.

»Ich fand das ungewöhnlich, also habe ich meine Recherchestrategie geändert. Ich bin alle Fälle von Tate der letzten zehn Jahre durchgegangen und fand insgesamt neun Angeklagte, die Lügendetektortests gemacht hatten. Obwohl die Tests nicht zugelassen wurden, hat er in sieben der Fälle gute Deals für die Angeklagten herausgeschlagen.«

Mace hatte auf die Straße geblickt, während er sprach, aber jetzt wandte er sich mir zu. Ich hatte plötzlich keine Ahnung, wo all das hinführte.

»Jamie, Sie sind lange genug Staatsanwältin, um zu wissen, dass kein Strafverteidiger so viele unschuldige Mandanten hat. Wieso haben Tates Mandanten also so gut bei den Tests abgeschnitten? Ich dachte mir, er müsse einen Lügendetektor-Experten auf der Lohnliste haben, sozusagen.«

Mace James Geschichte hatte eine interessante Wendung genommen. Ich hörte auf, mir Sorgen um den Ruf meines Vaters zu machen. Und ich hörte auf, auf meine Uhr zu sehen.

Mace richtete den Blick wieder auf die Straße. »Wieder falsch. Stattdessen entdeckte ich, dass die Tests von verschiedenen Versuchsleitern durchgeführt worden waren. Neun Tests. Fünf verschiedene Experten. Also musste etwas anderes dahinterstecken.«

Er unterbrach sich und sah auf seine eigene Uhr. »Tut mir leid; ich sehe, meine Zeit ist um.« Er lächelte. Ich nicht. »Gibt das Gericht mir noch zwei Minuten mehr?«

»Sagen Sie einfach, was Sie sagen wollen, und tun Sie es, so schnell Sie können.«

»Der Lügendetektor deckt, wie Sie wissen, eigentlich keine Lügen auf. Er misst physiologische Veränderungen, die auftreten, weil wir bei einer Lüge nervös werden. Erhöhte Herzfrequenz. Schwitzen. Veränderungen im Blutdruck. Solche Dinge.«

»Ich bin nicht von gestern«, erwiderte ich.

»Stimmt. Entschuldigung. Also jedenfalls ging ich davon aus, dass Tate einen Weg gefunden hatte, den Test zu manipulieren. Ich habe mit ein paar Lügendetektor-Versuchsleitern gesprochen und angefangen, Möglichkeiten für eine Täuschung zu recherchieren ...«

»Ich kenne die Möglichkeiten«, unterbrach ich ihn. »Ich habe sie für Antoines Fall recherchiert.«

»Das dachte ich mir. Na ja ... ich habe mich tatsächlich mit mehreren von Tates ehemaligen Mandanten getroffen, die den Test gemacht hatten, und sie stritten ab, etwas von Täuschungsversuchen zu wissen. Außerdem glaube ich, Antoine hätte mir von so etwas erzählt. Und noch etwas – diese anderen Mandanten wirkten nicht allzu schlau, und doch hatte jeder Einzelne von ihnen den Test bestanden. Meines Wissens nach ist nie ein Mandant von Tate durchgefallen.«

»Wo führt das alles hin?«, fragte ich.

Mace James hörte auf zu schaukeln. Er beugte sich vor, die Ellbogen auf den Knien. »Es gibt noch einen Weg, den Lügendetektor zu schlagen – man bringt sich selbst dazu, ehrlich zu glauben, dass man das Verbrechen nicht begangen hat. Der Lügendetektor erkennt nicht den Unterschied zwischen falschen und echten Erinnerungen; er kann nur testen, ob man *glaubt*, die Wahrheit zu sagen.

Dieser Aspekt wurde mein Fokus, als ich Antoines Lügendetektor-Ergebnisse mit seinen Hirnscan-Ergebnissen in Einklang bringen wollte. Jamie, es gibt einen ganz neuen Zweig in der Neurologie, der sich auf die Erzeugung von Pseudoerinnerungen konzentriert, durch eine Form der Hypnose, die bei einem großen Teil der Bevölkerung funktioniert. Die Wirkung wird verstärkt, wenn die Person gewisse Drogen nimmt. Das ist keine Showhypnose mit schwingenden Uhren und all dem Zeug; es ist eine sehr ausgeklügelte Form der Wahrnehmungsbeeinflussung, deren Wirksamkeit man in neurologischen Studien nachweisen kann. Die CIA hat vor mehr als zwanzig Jahren damit experimentiert, um Agenten zu schulen, die gewisse Aufträge ohne Reue und ohne Erinnerung an die Ereignisse durchführen konnten.

Mediziner in Indien haben es als Anästhesie benutzt, wenn sie operierten – sogar bei der Amputation von Gliedmaßen. Dieses Ding ist real, und es funktioniert.«

Meine Gedanken schossen in hundert verschiedene Richtungen. »Es kann Erinnerungen neu erschaffen?«

»Bei gewissen Teilen der Bevölkerung – ja.«

»Und bei Tates Mandanten waren es neun von neun?«

»Neun von neun.«

»Und zehn von zehn, wenn man Tate selbst mitzählt.«

»Sie haben es erfasst«, sagte Mace.

»Aber wie hilft mir das alles bei Caleb Tate?«, fragte ich. »In Ihrer SMS stand, Sie hätten vielleicht etwas, das ich verwenden könnte.«

»Ich fange ja gerade erst an«, sagte Mace.

Jetzt machte ich mir keine Gedanken mehr, wie lange er wohl brauchen würde.

84

Schweißperlen standen mir im Nacken, aber ich rührte mich nicht. »Was haben Sie gefunden?«, fragte ich.

»Ich konnte Antoines Fall nicht einfach abschließen – nicht mit so vielen unbeantworteten Fragen. Und das hat mich zu einigen Informationen geführt, die Sie vielleicht interessieren könnten.«

Er schwieg, aber ich wartete geduldig. Ich hatte festgestellt, dass es schwierig war, einen Juraprofessor hetzen zu wollen – man musste ihn seine Geschichte einfach auf seine Art erzählen lassen.

Und tatsächlich sprach er dann auch von selbst weiter. »Ich habe mich mit zwei von Caleb Tates ehemaligen Mandanten getroffen, die den Lügendetektortest bestanden hatten. Einer von ihnen hat seine Zeit abgesessen und ist wieder raus. Er hat mich engagiert, weil er glaubt, Tate habe ihn über den Tisch gezogen, und er will Rache. Ein zweiter Mandant hat in zwei Monaten einen Prozesstermin und ihm droht eine lange Strafe, wenn er verurteilt wird. Er hat mich als Verteidiger engagiert.«

»Himmel, hilf!«, sagte ich. Aber Mace ignorierte es.

»Dr. Chandar hat mit ihnen denselben Hirnscan gemacht wie mit Antoine. Der Kerl, der raus ist, hatte dasselbe Ergebnis wie Antoine.«

»Er ist durchgefallen?«

»Ja, er ist durchgefallen.«

Mace stand auf und nahm seine Sonnenbrille ab. Er drehte sich zu mir um, lehnte sich rücklings ans Geländer und verschränkte die muskulösen Arme. Sein massiger Körper schirmte die Sonne ab.

»Ich würde Ihnen gern von den Ergebnissen des anderen Kerls erzählen, der seinen Prozess noch vor sich hat, aber ich muss wissen, dass das nicht gegen ihn verwendet werden wird. Ich würde gern über einen Deal für ihn sprechen.«

Ich antwortete nicht sofort. Ich brauchte Zeit, um alles zu verarbeiten. »Sprechen wir einfach hypothetisch«, schlug ich vor.

»Also gut, nehmen wir an, das Ergebnis wäre dasselbe wie bei den anderen zwei«, erwiderte Mace. »Also hätten wir drei Typen, die einen Lügendetektortest bestanden haben, aber trotzdem im Hirnscan durchgefallen sind.«

Ich nickte. »Der eine oder andere würde darin ein Muster erkennen.«

»Aber denken Sie mal nach«, fuhr Mace fort. »Ich weiß, Sie hatten oft genug mit einer Verteidigung wegen Unzurechnungsfähigkeit zu tun. Sie wissen, dass Menschen durch Hypnose Zugang zu Erinnerungen bekommen können, die in ihrem Unterbewusstsein abgespeichert sind. Sagen wir also, wieder hypothetisch, dass wir meine zwei Mandanten wieder in Hypnose versetzen und so Informationen über ihre ursprünglichen Hypnosesitzungen bekommen. Wir kriegen den Namen des Psychiaters oder den Ort raus, wo die Sitzung stattfand, oder eine Beschreibung der Person, die die falschen Erinnerungen geschaffen hat. Ich bin mir sicher, Caleb Tate hat immer denselben Hypnotiseur benutzt, um mit seiner Hilfe den Lügendetektor zu überlisten. Sie lassen das Telefon desjenigen abhören. Dann machen Sie eine überraschende Hausdurchsuchung bei ihm, und er wird Caleb innerhalb von ungefähr zwei Sekunden anrufen. Das ist Ihr Weg zu Calebs Verurteilung. Verstehen Sie? Welchen Deal würden Sie für eine solche Möglichkeit schließen?«

Ich dachte darüber nach, stellte die Zusammenhänge her, und Mace war klug genug, mich nicht zu unterbrechen. »Wie heißt Ihr Mandant – der mit dem anstehenden Prozess?«

Mace zögerte, bevor er antwortete. Wir fanden es beide schwierig, einander zu vertrauen. »Rasheed Reed.«

»Wie lautet die Anklage?«

»Carjacking. In drei Fällen.«

»Wurde jemand verletzt?«

»Nein. Ein bisschen traumatisiert, aber nicht verletzt.«

»Haben Sie ihm gesagt, dass ich keine Deals schließe?«

»Ja. Aber ich habe ihm auch gesagt, dass Sie vielleicht eine Ausnahme machen.«

»Was will er?«

»Fünf Jahre, davon drei auf Bewährung. Verlegen Sie ihn in ein Gefängnis an einem abgelegenen Ort des Bundesstaates und geben Sie ihm eine Einzelzelle. Er will auch ein paar Privilegien für die Verhandlungspausen, aber er will vor allem nicht mit den anderen Gefängnisinsassen zusammen untergebracht sein.«

»Und ich will einen Ferrari«, sagte ich. »Aber wir bekommen nicht immer, was wir wollen.«

Mace senkte stirnrunzelnd den Blick auf die Veranda. »Jamie, ich weiß, es fällt Ihnen schwer, das zu glauben, aber mir ist Gerechtigkeit auch wichtig. Ich bin auch nicht allzu erpicht darauf, Rashad Reed in zwei Jahren wieder auf die Straße zu lassen. Aber Sie haben kein Geheimnis aus Ihrer Überzeugung gemacht, dass Caleb Tate hinter dem Ärger in Milton County steckt. Die Regeln der Ethik erlauben mir vielleicht nicht, vertrauliche Informationen über einen ehemaligen Mandanten weiterzugeben, aber ich darf meinen Mandanten ebenso wenig erlauben, das Gericht zu betrügen. Das ist der einzige Weg, den ich kenne, um die Wahrheit aufzudecken, meine ethischen Pflichten zu erfüllen und Milton Countys Strafrechtssystem wieder aufs richtige Gleis zu bekommen.«

Er wartete, während ich das verarbeitete, doch dann ging ihm anscheinend die Geduld aus. »Hören Sie, Rashad Reed ist bereit, als nächstes Versuchskaninchen einen Deal zu machen. Aber er braucht Einzelhaft und Schutz. Ich billige seine Taten nicht, aber er ist mein Mandant, und ich kann keinen Deal für ihn schließen, wenn das sein Todesurteil bedeutet.«

»Ich verstehe«, sagte ich. »Aber das bedeutet eine Menge Arbeit.« Meine Gedanken überschlugen sich. »Ich melde mich bei Ihnen, sobald ich kann.«

»Mehr kann ich nicht verlangen.« Mace kniete sich nieder, streichelte Justice den Kopf und richtete sich dann auf. Ich stand auch auf, und wir schüttelten uns unbeholfen die Hand.

»Danke fürs Kommen«, sagte ich.

»Danke fürs Zuhören.«

Ich sah ihm nach, als er zu seinem Truck ging und wegfuhr. Ich hatte das Gefühl, dass die Allianzen sich gerade irgendwie verschoben. Mace James und ich waren immer noch keine Freunde. Aber ich war mir auch nicht mehr sicher, ob wir noch Todfeinde waren.

85

Bevor ich Bill Masterson anrief, musste ich einige Dinge für mich ordnen. Mit neuer Energie ging ich ins Haus und zog mir Laufschuhe und einen Sport-BH an. Ich legte Justice an die Leine und lief über die Hügel in der Nachbarschaft, ließ zum ersten Mal seit fast zwei Wochen wieder meine Beine und Lungen arbeiten. Die Hitze war fast unerträglich, und ich lief nach den ersten fünf Minuten im Bogen zurück, um den hechelnden Justice ins klimatisierte Haus zu lassen. Ich sagte ihm, ich wäre bald zurück, und machte mich auf den Weg zu Runde zwei.

Ich lief, bis ich vollkommen erschöpft war, und ging dann noch zwei weitere Meilen. Ich dachte wieder wie ein Anwalt und verarbeitete alles, was Mace James mir gerade erzählt hatte. In Gedanken spielte ich verschiedene Szenarien durch, und bis ich zum Haus zurückkehrte, wusste ich, was ich zu tun hatte.

Während ich wartete, bis ich mich abgekühlt hatte, um duschen gehen zu können, rief ich Dr. Gillespie an und stellte ihm ein paar allgemeine Fragen über Lügendetektoren, Pseudoerinnerungen und Hypnose. Im Großen und Ganzen bestätigte er, was Mace James mir gesagt hatte.

»Warum fragst du?«

Ich holte tief Luft und erzählte ihm von meinem Gespräch mit Mace. Ich hielt mich zurück, denn ich wusste: Wenn ich Masterson überreden konnte, Caleb Tates Verfahren nicht einzustellen, würde Gillespie nächste Woche in den Zeugenstand müssen. Ich konnte ihm nicht sagen, dass unsere Anklage am Freitag zusammengebrochen war. Aber ich erklärte ihm ganz allgemein, dass wir die Anklage wahrscheinlich fallen lassen würden, wenn wir keinen neuen überzeugenden Beweis auftrieben.

Ich telefonierte fast fünfzig Minuten mit Gillespie und diskutierte verschiedene Szenarien. Irgendwann hatte er eine Idee. »Bevor ihr euch auf einen Deal einlasst, lasst ihr die Angeklagten nicht manchmal ihr Beweismaterial offenlegen?«

»Natürlich. Wir bekommen normalerweise volle Akteneinsicht, bevor wir den Deal bestätigen.«

»Warum tust du das dann nicht auch mit Rashad Reed? Frage ihn, ob du sein Unterbewusstsein befragen und erfahren kannst, was er weiß, *bevor* du irgendeinem Deal zustimmst.«

Dieser Vorschlag brachte mich zum Kichern. »Wenn Beweise offengelegt werden, gibt normalerweise der Anwalt eine sorgfältig formulierte Erklärung darüber ab, was sein Mandant als Zeuge aussagen wird. Ich habe noch von keinem Anwalt gehört – und bestimmt nicht von Mace James –, dass er einfach sagt: ›Klar, versetzen Sie meinen Mandanten in Hypnose, fragen Sie ihn, was Sie wollen, und dann machen wir einen Deal.‹«

»Du hast recht«, sagte Gillespie. »Ich sollte wohl lieber Gutachter bleiben.«

Doch dann dämmerte es mir. »Warte mal«, sagte ich. »Mace kann uns das nicht mit Reed machen lassen. Aber was ist mit seinem anderen Mandanten? Der Typ, der seine Zeit schon abgesessen hat. Wir könnten ihn in Hypnose versetzen. Wir könnten das zur Bedingung machen, dass wir überhaupt einen Deal für Reed in Betracht ziehen.«

»Wäre das kein Interessenskonflikt für James?«, fragte Gillespie. »Einen Mandanten zu etwas zu zwingen, damit ein anderer einen Deal bekommt?«

»Ja, das wäre es. Was mich noch entschlossener macht, es zu tun.«

Das war nur halb ernst gemeint, auch wenn es Mace recht geschah, wenn er sich ein bisschen winden musste. In Wahrheit hatte Mace gesagt, sein Mandant wolle helfen, Caleb Tate festzunageln. Das wäre ein Weg dazu.

»Kannst du die Hypnose durchführen?«, fragte ich Gillespie. »Oder kennst du jemanden, der das kann?«

»Alle Psychiater kennen die grundlegenden Techniken. Im Prinzip muss man den Patienten dazu bringen, seine Abwehr so weit sinken zu lassen, dass man in sein Unterbewusstsein vordringen kann. Ich bräuchte ein bisschen Zeit allein mit dem Kerl. Und ich kann nicht garantieren, dass es beim ersten Treffen funktioniert.«

Die Dinge entwickelten sich schnell. Wir hatten keine Zeit für mehrere Treffen. »Was, wenn wir Mace sagen, wir wollen uns sofort mit seinem Typen treffen? Hättest du heute Abend Zeit?«

Am anderen Ende der Leitung entstand eine Pause. »Lass mich kurz in meinen Kalender schauen.« Ein paar Sekunden später sagte er: »Ich muss vielleicht ein paar Termine verschieben, aber das könnte klappen. Wir müssen das aber überlegt angehen.« Jetzt klang er zögerlich. »Wenn ich nächste Woche als Zeuge aussagen soll, müssen wir vorsichtig sein. Als Erstes: Wer weiß alles noch davon?«

»Im Moment sind es nur Mace James und ich.«

»Okay, belassen wir es im Augenblick auch dabei. Du musst es aber wahrscheinlich mit Masterson abklären. Wie wäre es, wenn du James anrufst und fragst, ob sein Mandant grünes Licht gibt? Wenn nötig können wir am Sonntag eine Folgesitzung machen.«

Nach dem Gespräch mit Gillespie rief ich Bill Masterson an. Ich war nicht überrascht, als sein Anrufbeantworter ansprang, und sprach eine dringende Nachricht darauf.

Dann rief ich Mace James an und setzte ihm mein Ultimatum. Mein Vorschlag gefiel ihm nicht, aber ich war nicht in der Stimmung, zu verhandeln.

»Der Name des Typs ist David Brewster«, sagte Mace schließlich. »Hat fünf Jahre für einen bewaffneten Überfall auf einen Gemischtwarenladen gesessen.«

»Sorgen Sie dafür, dass Mr Brewster heute um zwanzig Uhr in Dr. Gillespies Praxis ist, und hoffen wir, dass es funktioniert«, sagte ich.

Nachdem ich geduscht hatte, schrieb ich Bill Masterson eine lange E-Mail und erklärte alles. Ich schickte ihm auch noch eine SMS, er solle seine E-Mails lesen. Danach begann ich mit meiner eigenen Recherche über Hypnose und Lügendetektoren.

Ich überflog ein paar Artikel auf den ersten zwei Google-Seiten und fühlte mich schon wohler mit dem, was mir Mace James erklärt hatte. Genau wie er gesagt hatte, erfuhr ich, dass die CIA Versuche mit Agenten gemacht hatte. Sie hatten sie unter Hypnose gesetzt und dann Lügendetektortests unterzogen. Sie hatten es geschafft, bei ihren Agenten falsche Erinnerungen zu schaffen und echte Erinnerungen auszulöschen. Die wissenschaftlichen Erkenntnisse überraschten mich, aber nicht so sehr wie das, was ich auf Seite drei meiner Google-Suche fand.

Da war ein langer Artikel, der in *Psychiatry Today* erschienen war, über die Macht der Hypnose beim Schaffen und Auslöschen von Erinnerungen. Wie die anderen Artikel bestätigte auch dieser, dass Hypnose Leute dazu bringen konnte, Dinge zu vergessen, die geschehen waren, und sich an Dinge zu erinnern, die nie passiert waren. Aber dieser Artikel ging noch weiter; er analysierte die Wirkungsmöglichkeiten der Suggestionen, die unter Hypnose eintraten. Unter den richtigen Umständen konnte man bei Versuchspersonen, die empfänglich für Hypnose waren, nicht nur die Erinnerungen verändern, sondern man konnte auch ihre Zukunft beeinflussen durch Suggestionen, die die Person als ihre eigenen Gedanken und Ideen wahrnahm. Der Autor illustrierte diese Wirkung mit verschiedenen juristischen Fällen, in denen Hypnose benutzt worden war, um Personen dazu zu bringen, sich an Missbrauch in der

Kindheit zu »erinnern«, der in Wirklichkeit niemals stattgefunden hatte. Es war die manipulative Natur der Befragung unter Hypnose und die Art, wie Vorstellungen ins Unterbewusstsein eingebettet wurden, die die Person glauben ließen, der Missbrauch habe tatsächlich stattgefunden.

Der Artikel zeigte außerdem auf, dass ein Hypnotiseur bei Menschen, die unter Hypnose eine tiefe Trance erlebten, zukünftige Vorlieben und Abneigungen beeinflussen konnte. Manchmal konnte man Versuchspersonen anweisen, Dinge zu tun, die ihrer normalen Natur widersprachen. Als Beweis wurden drei Fälle angeführt, in denen ein Hypnotiseur drei verschiedene Frauen in sexuelle Beziehungen gelockt hatte, während die Frauen in hypnotischer Trance waren. Der ganze widerliche Plan wäre vielleicht nie ans Licht gekommen, wenn der perverse Hypnotiseur die Zusammenkünfte nicht auf Video aufgenommen hätte.

All das waren verstörende und schockierende neue Informationen für mich, und ich begann, alles, was ich über Caleb Tate und Antoine Marshall wusste, im Lichte dessen neu zu überdenken. Aber die schockierendste Entdeckung von allen war die Person, die den Artikel geschrieben hatte. Ihr Name war Dr. Laura Brock. Und der Artikel war nur acht Monate vor ihrem Tod veröffentlicht worden.

86

Ich rief Dr. Gillespie noch einmal an und erzählte ihm von dem Artikel meiner Mutter. Er schlug vor, dass wir beide uns vor unserem Termin mit Mace James trafen. Vielleicht sei der Tod meiner Mutter nicht nur die zufällige Folge eines schiefgelaufenen Einbruchs. Gillespie fand das alles zu auffällig. Caleb Tate hatte Hypnose bei seinen Mandanten benutzt, meine Mutter hatte zu dem Thema geforscht, und dann wurde sie zufällig von einem Mann ermordet, den Caleb Tate verteidigte. Keiner von uns konnte die Puzzleteile ganz zusammensetzen, aber wir wussten beide, dass wir etwas auf der Spur waren.

Gillespie wollte sich bei mir zu Hause treffen, um die Ereignisse in der Todesnacht meiner Mutter noch einmal durchzugehen. Zwölf Jahre lang hatte ich versucht, nicht an diese Nacht zu denken. Ich hatte die Bilder von meiner Mutter, wie sie tot auf dem Boden lag, und von meinem blutüberströmten Vater verdrängt. Aber jetzt wollte Gillespie, dass ich das Trauma noch einmal durchlebte, weil in meinem Unterbewusstsein vielleicht etwas versteckt war, das uns helfen konnte, dieses Puzzle zu lösen.

Er kam um halb sechs, und selbst Justice schien zu verstehen, wie traurig der Abend geworden war. Er begrüßte Gillespie nicht mit dem üblichen Schwanzwedeln und Herumspringen und bettelte nicht um ein Spielchen. Stattdessen blieb er neben mir, als spüre er meine Angst vor dem, was wir vorhatten.

Dr. Gillespie begrüßte mich mit einer herzlichen Umarmung und versicherte mir, er verstünde, wie schwierig das für mich werden würde. Ich dankte ihm dafür, dass er an einem Samstag kam. Er sagte, er sei im Golfklub gewesen, als ich angerufen hätte, und hätte gerade nach einem jämmerlichen Tag auf dem Golfplatz mit ein paar Kumpels etwas getrunken und Unsinn geredet. »Ich brauchte sowieso eine Entschuldigung, um gehen zu können«, sagte er freundlich. »Ich schulde dir was.«

Er sagte, er habe über unser Telefonat nachgedacht und sei nun überzeugt, dass der Tod meiner Mutter kein Zufall gewesen sei. Er schlug vor, ihre alten Akten durchzusehen und uns auf alles zu konzentrieren, was mit Hypnose zu tun hatte. Wir glaubten beide, dass Caleb Tate irgendwie hinter alledem steckte.

»Hast du ihre Aufzeichnungen noch?«, fragte er.

Ich sagte, sie wären wohl irgendwo auf dem Speicher. Es konnte Stunden dauern, bis ich sie fand, und noch viele weitere, um sie durchzusehen. Wir einigten uns, dass das bis morgen warten konnte. Für diesen Abend war es wichtig, ob in meiner Erinnerung etwas war, das ich verdrängt hatte.

»Kommt jetzt so eine Aktion, bei der man sich auf eine pendelnde Uhr konzentriert?«, fragte ich.

Gillespie lächelte. »Das kannst du auf dem Jahrmarkt machen. Ich ziehe es vor, bei einer Tasse Kaffee zu reden.«

Ich machte für Dr. Gillespie Kaffee und mir ein Glas Wasser. Wir setzten uns in Sessel im Wohnzimmer, und er begann mit den Fragen. Wo war ich in der Nacht, als meine Mutter starb? Wie lange war ich weggewesen? Hatte ich etwas getrunken? Wie war das Wetter? Konnte ich mich erinnern, was ich gegessen hatte?

»Was ich gegessen habe?«, fragte ich.

»Wir müssen alle Wahrnehmungen aus dieser Nacht aktivieren. So viel wie möglich rekonstruieren, bevor ich anfange, Fragen darüber zu stellen, wann du nach Hause gekommen bist und deine Eltern gefunden hast. Du musst mich mit hineinnehmen, Jamie. Wir müssen die ganzen Ereignisse nacheinander durchgehen, und wenn möglich ohne Unterbrechung.«

Ich holte tief Luft. »Ich tue mein Bestes.«

»Vielleicht sollten wir Justice in den Garten rauslassen«, schlug Gillespie vor. »So kann er unseren Gedankengang nicht stören, wenn wir rekonstruieren, wie du ins Haus kamst.«

Ich tat, was Gillespie vorgeschlagen hatte, und wir redeten noch ein paar Minuten im Wohnzimmer. Er half mir, mich an die Gefühle aus dieser Zeit zu erinnern, und ich rief mir so viele Details wie möglich von der Party ins Gedächtnis, auf der ich an diesem Abend gewesen war. Dann gingen wir nach draußen und stiegen in sein Auto. Er fuhr rückwärts aus der Einfahrt und drehte in der Wendeplatte, bevor er wieder in die Einfahrt fuhr.

»Und jetzt gehen wir genau so ins Haus wie du damals in dieser Nacht mit Chris. Ich folge dir nur, und ich will, dass du bei jedem Schritt beschreibst, was du siehst und fühlst. Vielleicht stelle ich dir ein paar kurze Fragen, aber nur, um dich, wenn nötig, sozusagen einen Schritt weiterzuschubsen.«

Wir kamen durch die Garage, und ich hatte eine dunkle Vorahnung. »Ich glaube, eigentlich war Chris vor mir«, sagte ich. »Ich glaube, ich habe geschmollt, weil er mich abgeholt hatte.«

Gillespie machte einen Schritt nach vorn und öffnete die Tür, die von der Garage in die Waschküche führte. Ich folgte ihm an Waschmaschine und Trockner vorbei ins Wohnzimmer. Das Wohnzimmer öffnete sich zur Wohnküche hin, wo meine Mutter getötet worden war.

»Ich habe nicht geahnt, dass etwas nicht stimmte, bis wir hier drin waren und ich sie sah«, sagte ich und deutete mit dem Finger. »Da.« Schauer jagten mir über den Rücken, und ich begann ein wenig zu zittern. »Da lagen sie. Ich glaube, ich bin hier stehen geblieben. Mit der Hand vor dem Mund.«

Ich schloss wieder die Augen und hätte bei der bloßen Erinnerung an das Bild am liebsten geschrien.

»Wie lagen sie?«, fragte Gillespie. Er war an den Rand der Wohnküche getreten.

»Meine Mom lag komisch verdreht auf dem Boden. Nicht weit vom Tisch. Ihr Kopf war nach hinten geneigt und der Mund offen. Man hatte ihr in den Kopf geschossen. Aber was ich viel deutlicher wahrnahm, war mein Dad. Er war direkt hier drüben.«

Ich ging dorthin, wo mein Dad gelegen hatte, und kniete mich hin. »Sein Hemd war voller Blut, dunkler hier am Brustkorb, wo er getroffen wurde. Chris fing an, irgendwas zu schreien. Ich weiß nicht mehr, was. Aber es war so was wie ›Ruf den Notarzt! Hol einen kalten Waschlappen! Beeil dich!‹«

Während ich die Ereignisse beschrieb, spürte ich, wie mein Herz schneller schlug, und mir wurde ein bisschen schwindlig. Ich ging zum Waschbecken, wo ich in dieser Nacht den Waschlappen geholt hatte. »Es war so dumm – Chris, der mir sagte, ich solle einen Waschlappen holen. Meine Eltern lagen beide tot da.«

Die Nacht damals war jetzt in allen blutigen Einzelheiten wieder da. »Chris hielt das Ohr an den Mund meiner Mutter und prüfte ihren Puls. Ich rannte hinüber und kniete mich neben meinen Dad.«

Während ich sprach, durchlebte ich alles noch einmal und kniete auf dem Teppich neben der Stelle, wo mein Vater gelegen hatte.

»Ich neigte seinen Kopf zurück und fing mit der Wiederbelebung an«, sagte ich. »Seine Augen waren ein bisschen offen, und ich hatte das Gefühl, er atmete, aber ich wusste es nicht sicher, und ich war einfach verrückt vor Adrenalin. Chris hat mich zur Seite gestoßen oder so und sagte mir, ich solle den Waschlappen auf die Wunde pressen. Dann hat er mit der Herz-Lungen-Massage angefangen, und ich kann mich nicht einmal erinnern … Ich glaube, der Waschlappen schien mir nicht groß genug, also habe ich mir das Shirt heruntergerissen und meinem Vater an die Seite gepresst. Meine Hände waren bis zu den Handgelenken voller Blut.«

Ich setzte mich hin und schwieg kurz. Ich brauchte eine Pause. Ich sah Justice an der Hintertür sitzen und Gillespie neben der Kücheninsel mitten in der Küche stehen. Aber der Raum war verschwommen. Ich konnte nicht mehr scharf sehen. Ich neigte den Kopf nach hinten und holte ein paarmal tief Luft.

»War die Hintertür offen oder geschlossen?«, fragte Gillespie.

Ich hob die Hand. »Keine Fragen mehr, einen Moment«, sagte ich. Die Worte kamen ein bisschen entstellt heraus. Ich konnte jetzt nicht darüber nachdenken.

»Hat Chris überrascht gewirkt? Hat er geschrien, als er die Leichen sah?«

Ich konnte mich nicht mehr mit Gillespies Fragen beschäftigen. Der Raum drehte sich und wurde dunkler. Ich legte mich auf die Seite. Justice fing auf der Veranda an zu bellen und kratzte an der Tür.

»Erinnerst du dich, dass jemand von der Veranda hereingeschaut hat? Erinnerst du dich an Geräusche von oben? Erinnerst du dich …?«

Die Fragen berührten mich nicht mehr, sie waren nur noch Rauschen, das sich mit dem Bellen von der Veranda vermischte; meine Gedanken gerieten außer Kontrolle. Es fühlte sich an, als fiele ich in einen tiefen Brunnen und könnte nicht aus der Dunkelheit heraus. Ich neigte den Kopf zurück und schloss die Augen. Alles, nur damit der Raum aufhörte, sich zu drehen. Alles, um den Lärm in meinem Kopf zum Schweigen zu bringen.

Ich spürte, dass Gillespie jetzt wahrscheinlich über mir kniete, sein Gesicht war nur wenige Zentimeter entfernt. So nahe, dass ich den Alkohol in seinem Atem riechen konnte. »Hörst du mich?«

Ich versuchte zu antworten, aber es kam nichts heraus.

»Gute Nacht, Jamie«, sagte Gillespie.

Der Raum hörte auf, sich zu drehen, Frieden überkam mich, und die Dunkelheit übernahm die Kontrolle.

87

Mace James kam zu früh an der Praxis von Dr. Aaron Gillespie an. Er wartete allein auf dem schattigen Parkplatz, der vom Johns Creek Parkway aus nicht einsehbar war, und hoffte, David Brewster würde sein Versprechen halten. Um acht wurde er langsam nervös. Um fünf nach acht rief er Brewster an und hinterließ eine Nachricht. Um zehn nach acht schickte er ihm eine SMS und rief Jamie an. Sie ging auch nicht ans Telefon.

Gillespie fuhr um Viertel nach acht vor und begrüßte Mace. »Ist Ihr Mandant hier?«

Mace erklärte, dass Brewster versprochen habe, zu kommen, aber nicht ans Telefon ginge. Gillespie schlug vor, in der Praxis zu warten. Er schloss die Tür auf, und Mace folgte ihm durch einen Vorraum in einen dunklen Flur.

»Keine Bewegung«, sagte eine Stimme hinter Mace. Er spürte etwas wie einen Pistolenlauf im Genick. Er versuchte, einen schnellen Blick über die Schulter zu werfen, aber der Mann drückte die Pistole fester. »Ich meine es ernst. Ich puste Sie innerhalb einer Sekunde weg.«

Gillespie drehte sich zu Mace um. »Tun Sie, was er sagt«, warnte er.

Mace versuchte, die Lage einzuschätzen, aber es passierte alles zu schnell. *Gillespie gehört auch dazu?* Mace wusste, er musste etwas tun – musste versuchen, den Kerl hinter sich mit dem Ellbogen zu erwischen. Wenn er sich von dem Mann fesseln ließ, hätte er seine einzige Chance vergeben. Er spürte, wie sich die Waffe ein paar Zentimeter entfernte, sie berührte seine Haut nicht mehr.

In der nächsten Sekunde, ohne Vorwarnung, spürte Mace einen lähmenden Schmerz vom Kreuz aus durch seinen ganzen Körper schießen. Er versuchte auszuweichen, brach aber auf der Stelle zusammen. Der elektrische Strom aus einem Elektroschocker brannte wie Feuer an jedem Nervenende.

Benommen spürte Mace, wie zwei Männer ihm die Hände auf den Rücken zogen und Handschellen anlegten. Er schaute auf, blinzelte und sah Caleb Tate und Rafael Rivera.

»Das war dumm«, schnauzte Caleb.

»Es hinterlässt keine Spuren. Es ging durch die Kleider.«

Sie rissen Mace an den Armen hoch, und Caleb drückte ihm eine Waffe an den Hinterkopf. Rivera hielt den Elektroschocker ein paar Zentimeter von Maces Rippen entfernt.

»Mein Auto steht hinten«, sagte Caleb zu Gillespie. »Hast du das Mädchen?«

»Sie ist im anderen Auto.«

Rivera und Caleb drängten Mace zur Hintertür hinaus und auf den Beifahrersitz von Calebs Wagen. Caleb fuhr, und Rivera saß hinter Mace, der Elektroschocker berührte dessen rechte Schulter.

»Versuch's ruhig«, sagte Rivera. »Ich würde gern sehen, wie du noch mal zuckst.«

Mace wog seine Möglichkeiten ab, aber keine erschien ihm besonders verlockend. »Damit kommen Sie nicht durch«, sagte er. »Zu viele Leute wissen Bescheid.«

Caleb Tate schnaubte höhnisch. Er trug Jeans und ein schwarzes T-Shirt, und zum ersten Mal seit Mace ihn kannte, waren seine Haare nicht perfekt frisiert. Er hatte dunkle Ringe unter den Augen und war unrasiert.

»Wir sind hier nicht im Fernsehen«, sagte Caleb. »Sie können sich Ihre Klischees sparen.«

»Masterson weiß von der Sache. Finnegan weiß es. Und drei oder vier Ihrer ehemaligen Mandanten wissen alle davon.«

Caleb hielt den Blick stur geradeaus gerichtet.

»Klappe«, sagte Rivera vom Rücksitz.

»Masterson hat vor einer halben Stunde eine E-Mail von Jamies Computer bekommen«, sagte Caleb Tate süffisant. »Darin steht, Masterson solle ihre vorigen Nachrichten ignorieren. Ihre Theorien über mich seien alle falsch. Dass Sie nur versucht haben, einen Deal für Rashad Reed herauszuschlagen. Dass Gillespie diesen anderen Mandanten von Ihnen hypnotisiert hat - David Brewster - und herausgefunden hat, dass es keine vorherige Hypnose gab. Und was Detective Finnegan angeht - netter Versuch, aber Jamie vertraut ihm nicht. Er ist nicht eingeweiht.«

»Wo ist Jamie?«, fragte Mace.

»Sie stellen hier nicht die Fragen«, sagte Caleb. Er schaltete das Radio ein und bog links ab. »Abgesehen davon werden Sie das alles herausfinden, wenn wir ankommen.«

* * *

Es war dunkel, als Caleb Tate in die lange Einfahrt fuhr, die im Bogen zu seiner Villa führte. Bewegungsmelder schalteten die Straßenlaternen ein, die die Szene in ein schummriges Glühen tauchten. Mace James hatte einige Zeit hier verbracht, als Caleb Tate ihn eingestellt hatte. Caleb hatte Mace durchs Haus geführt, ihm das Schlafzimmer gezeigt, wo Rikki gestorben war und Schritt für Schritt erzählt, was passiert war. Jetzt inszenierte Caleb ein weiteres Drama in dem Haus, das auf Mord erbaut wurde, und Mace würde eine Hauptrolle darin spielen.

»Steig aus«, sagte Rivera vom Rücksitz aus.

Mace machte keine Anstalten, sich zu rühren. Warum sollte er kooperieren? Er wusste, dass der Plan der Männer davon abhing, keine Elektroschockerspuren oder Prellungen von direkten Schlägen zu hinterlassen. Sie würden wahrscheinlich irgendeine Schießerei inszenieren.

Als Caleb den Arm ausstreckte, um Maces Sicherheitsgurt zu öffnen, beschloss Mace zu handeln. Er stürzte sich auf Caleb und traf einen bösen Kopfstoß direkt über Calebs Augenbraue. Caleb ächzte, aber bevor Mace noch einen Schlag landen konnte, spürte er, wie sich der Elektroschocker in seine Schulter grub und der Strom durch seinen Körper schoss. Er krampfte fünf, vielleicht zehn Sekunden lang auf dem Vordersitz, während Caleb Obszönitäten ausspie und sich den Handballen gegen die Stirn presste, um den Blutfluss zu hemmen.

»Schaff ihn die Treppe rauf! Sofort!«, befahl er.

Caleb joggte beinahe die Vordertreppe hinauf im Versuch, kein Blut auf den Weg tropfen zu lassen. Rivera zog Mace aus dem Auto, doch dem wollten seine Muskeln nicht gehorchen. Er fiel einmal hin, stand auf, als Rivera ihn anstieß und taumelte auf die Treppe zu. Rivera hielt den Elektroschocker dicht an Maces Körper und schob ihn mit der freien Hand vorwärts.

»Versuch das noch mal, großer Mann«, höhnte Rivera. »Spielst du gern den Helden?«

Mace fühlte sich, als hätten ihm Klauen die Eingeweide herausgerissen. Er versuchte sich zu konzentrieren, und überlegte sich im Gehen einen Plan. Als er die Veranda erreichte, sah er einen SUV in die Einfahrt fahren. Aaron Gillespie stieg aus; er trug Handschuhe und fuchtelte mit einer Pistole herum. Ungefähr zwanzig Meter von der Veranda entfernt blieb er stehen.

»Was ist mit dir passiert?«, fragte er Caleb.

»Unser Junge spielt den Helden«, antwortete Caleb, das Gesicht blutüberströmt. »Wir müssen unseren Plan ein bisschen ändern. Er wird eine Prellung am Kopf haben, also müssen wir sichergehen, dass er mit der Stelle auf die Stufe aufschlägt, wenn er fällt. Ich weiche aus und falle gegen den Türpfosten oder so, damit ich eine Erklärung für das hier habe. Alles andere bleibt gleich.«

Mace kannte die Einzelheiten des Drehbuchs immer noch nicht, aber eines war offensichtlich – seine Figur würde nicht bis zum Schluss mitspielen. Er vermutete, Jamie war bereits tot. Ihm wurde bewusst, dass es ihr Wagen war, den Gillespie gefahren hatte. Er beschloss, wenigstens dem Gerichtsmediziner und den Cops etwas zu geben, womit sie arbeiten konnten.

Er befand sich immer noch auf der Veranda, nicht weit von Caleb Tate, und der Plan war offenbar, dass er hier starb. Gillespie wandte sich ihnen zu, die Waffe in der rechten Hand. Mace spürte, wie sich seine Muskeln neu spannten, und sprach in Gedanken ein schnelles Gebet. Ein Gedanke schoss ihm durch den Kopf – Samson im Tempel. Er musste vielleicht sterben, aber warum allein?

Er stürmte die Treppe hinunter, direkt auf Gillespie zu, darauf spekulierend, dass Caleb ihm nicht in den Rücken schießen würde.

»Halt ihn auf!«, schrie Caleb.

Gillespie richtete die Waffe auf ihn, erstarrte aber mit zitternder Hand. *Noch ein paar Schritte*. Doch gerade bevor Mace ihn erreichte, senkte Gillespie die Waffe und feuerte. In Maces linkem Oberschenkel explodierte der Schmerz, und er wurde zu Boden gerissen.

»Hol Jamie!«, schrie Gillespie. »Und gib ihm gleich hier den Rest!«

Maces linkes Bein fühlte sich an wie abgerissen. Der Schmerz blockierte seine Gedanken. Er versuchte taumelnd, auf die Füße zu kommen, aber Rivera drückte ihn wieder hinunter und stellte sich mit dem Elektroschocker über ihn. Caleb hatte die Waffe auf seinen Kopf gerichtet.

Gillespie rannte zu Jamies Wagen und steckte die Waffe in den Hosenbund. Er öffnete die Beifahrertür und zog Jamie heraus. Sie wirkte leblos, wie eine Puppe. Gillespie trug sie den Gehweg entlang, die Arme um ihre Taille gepresst.

Ein paar Meter vor Mace blieb er stehen, dicht genug, dass Mace in der Dämmerung den Schweiß auf seiner Stirn sehen konnte und die panisch weit aufgerissenen Augen. Caleb kam näher, die Waffe auf Maces Kopf gerichtet. Rivera war auch da, den Finger immer noch am Abzug des Elektroschockers. Gillespie stellte Jamie auf und hielt sie von hinten fest, die Arme um sie gelegt. Er zog die Pistole heraus, legte ihre leblosen Hände um den Griff und richtete sie auf die Eingangstür. Mit Jamies Finger am Abzug schoss Gillespie ein paarmal wahllos in die Gegend.

Da klickte es bei Mace.

Sie ließen es aussehen, als hätte Jamie ihn getötet. Als wäre er zu einem Treffen in Calebs Haus gewesen, während Jamie draußen auf der Lauer lag. Sie hatte das Feuer eröffnet, Mace getötet und vielleicht geglaubt, auch Caleb erwischt zu haben. Sie würden vermutlich Jamies darauf folgenden Selbstmord inszenieren, und Gillespie als ihr Psychologe würde behaupten, sie sei schon eine ganze Weile selbstmordgefährdet gewesen.

Nachdem Gillespie die Schüsse auf die Tür abgegeben hatte, richtete er die Waffe auf Mace. Drei Waffen - zwei davon Pistolen und ein Elektroschocker - waren jetzt auf ihn gerichtet. Es wurde Zeit, eine davon auszuschalten.

Er holte tief Luft, ignorierte den Schmerz in seinem verletzten Bein und warf sich kopfüber auf Caleb Tate. Doch der machte einen Schritt zur Seite, schaffte es, das Gleichgewicht zu behalten, und warf Mace zu Boden. Mace schoss der Schmerz ins Bein, als er auf dem Boden landete und wegrollte. Er verzog das Gesicht in Erwartung der Kugel.

Als er einen Schuss hörte, blickte er gerade rechtzeitig auf, um zu sehen, wie eine Kugel Rivera traf. Gillespie hatte Jamie fallen lassen und zielte jetzt direkt auf Caleb.

Bei seinem Angriff hatte Mace Caleb die Pistole aus der Hand geschlagen, aber sie lag ein paar Meter entfernt. Mit den Händen hinter dem Rücken gefesselt, hatte Mace keine Chance, sie schnell genug zu erreichen.

Er überlegte kurz. *Gillespie hat Rivera getötet?*

Bevor Mace alles verarbeiten konnte, feuerte Gillespie zwei weitere Schüsse ab – einer traf Caleb Tates rechte Schulter, die andere zerfetzte sein Gesicht. »Das war für Rikki!«, sagte Gillespie, als Caleb zusammenbrach.

Mace rollte sich zweimal herum und versuchte, an Calebs Pistole heranzukommen, doch Gillespie kam ihm zuvor. Er stellte seinen Fuß darauf und richtete Jamies Pistole auf Mace.

»Ich habe Jamie gerettet«, sagte er. Seine Hände zitterten, und in seinem Blick stand wilde Angst. »Sie kann ich nicht retten.«

Mace schloss die Augen, dachte an die unerledigten Dinge in seinem Leben und hörte den nächsten Schuss durch die Nachtluft hallen.

88

Beim zweiten Mal spürte Mace keinen Schmerz.

Er öffnete die Augen und sah, wie Gillespie nach hinten gerissen wurde; Blut breitete sich auf seinem Hemd aus. In der Ferne waren Sirenen zu hören. Und der große Bill Masterson trat mit einer Pistole in der rechten Hand hinter Jamies Wagen hervor. Er rannte zu ihr hinüber und prüfte ihre Atmung.

»Sind Sie okay?«, fragte er Mace.

»Nur eine Fleischwunde«, keuchte Mace. Seine Hände waren immer noch hinter dem Rücken gefesselt, deshalb konnte er die Wunde in seinem linken Schenkel nicht abdrücken. »Lebt sie?«

Masterson hatte die Hand an Jamies Hals. »Sie lebt, aber ihr Puls gefällt mir nicht.«

* * *

Mace James stellte auf dem Weg ins Krankenhaus so viele Fragen, wie er konnte, aber keiner schien etwas zu wissen. Der erste Krankenwagen hatte Jamie mitgenommen. Er war im Zweiten. Die Sanitäter sagten ihm, er solle sich beruhigen und versuchen, sich zu entspannen.

Sie hatten leicht reden. Er hatte gerade gesehen, wie mit verblüffender Geschwindigkeit drei Männer getötet wurden, alle nur auf Armeslänge von ihm entfernt. Man hatte ihn mit einem Elektroschocker traktiert und ihm eine Pistole an den Kopf gehalten. In seinem Schenkel steckte eine Kugel, was immer noch wie verrückt schmerzte. Und er verlor sehr viel Blut.

Seine Gedanken wirbelten.

Als sie vor der Notaufnahme des Johns Creek Hospital ankamen, entstand Hektik, es gab eine Menge ernste Gesichter und eilige Befehle, und Leute eilten hierhin und dorthin. Er unterschrieb die notwendigen Formulare, als die Schmerzmittel zu wirken begannen. Sie legten ihm Infusionen und pumpten etwas Blut in ihn, um ihn auf die Operation vorzubereiten.

Maces Fragen wurden immer noch abgeschmettert, aber er war sich auch nicht sicher, dass sie noch Sinn ergaben. Der Chirurg und der Anästhesist sprachen ein paar Minuten, und dann wurden die hellen Lichter im Operationssaal dunkel, als Mace James in einen wohlverdienten Schlaf hinüberglitt.

89

Irgendwann schaffte ich es, mich durch die Albträume, in denen ich immer wieder versunken war, an die Oberfläche meines Bewusstseins vorzukämpfen. Ich war immer noch orientierungslos. Mein Kopf fühlte sich an, als wolle er explodieren. Ich lag in einem Krankenhausbett in einem dunklen Zimmer, in dem der Fernseher lief. Ich hatte keine Ahnung, welche Tages- oder Nachtzeit war. An beiden Armen hatte ich Infusionsschläuche, und meine Gedanken fühlten sich an, als wateten sie durch Treibsand.

Ich versuchte, ein paar Mal mit den Augen zu blinzeln, um meine Erinnerungen zu ordnen, aber es funktionierte nicht. *Wie bin ich hierhergekommen? Wie lange war ich ohnmächtig?* Es gab Erinnerungsfragmente – Aaron Gillespie in meinem Haus, Bilder meiner Eltern voller Blut, ein Besuch von Mace James.

Ich drehte den Kopf langsam nach links, aber sofort brachen Benommenheit und der Schmerz wieder über mich herein. Ich schloss die Augen, blinzelte langsam und öffnete sie wieder. Bill Masterson hing ausgestreckt auf einem Sessel, mit offenem Mund, und schnarchte laut. Ich hatte keine Ahnung, warum er in meinem Zimmer war.

Ich versuchte zu sprechen, aber mein Mund war staubtrocken. Ich brauchte etwas zu trinken, hatte aber das Gefühl, meine Muskeln seien gelähmt und gehorchten den Befehlen meines Gehirns nicht. Ich schaffte es, etwas zu murmeln, und meinte, Bill auf seinem Sessel zucken zu sehen. Aber dann setzte er sein rhythmisches Schnarchen fort, und ich merkte, es nützte nichts, gegen den Schlaf anzukämpfen. Ich schloss die Augen, entspannte mich, und überließ wieder den Albträumen das Feld.

* * *

Mace fühlte sich nach der Narkose benommen, konnte die Fragen der Krankenschwester aber beantworten. »Wie heißen Sie? Wo sind Sie? Was für eine Operation hatten Sie?« Seine Worte klangen eher wie ein Grunzen, aber anscheinend hatte er alle Fragen richtig beantwortet, denn sie gab ihm Wasser und ein paar Kekse.

»Der Doktor kommt in ein paar Minuten«, erklärte sie ihm, »aber er sagt, Sie hatten großes Glück. Die Kugel hat Ihren Oberschenkelmuskel getroffen, aber keinen Knochen. Gut, dass Sie Gewichtheber sind.«

Während Mace seine Sinne wieder unter Kontrolle bekam, kamen ihm die Ereignisse der letzten vierundzwanzig Stunden wieder in den Sinn und hinterließen ein Gefühl der Trauer und Besorgnis. Er brauchte Antworten.

Er fragte nach seinem BlackBerry, aber die Krankenschwester sagte, er habe keinen bei sich gehabt, als er eingeliefert wurde. Er wollte das Telefon benutzen, doch die Krankenschwester erklärte ihm, er müsse warten und zuerst mit dem Doktor sprechen. »Danach will ein Detective Finnegan mit Ihnen sprechen.«

»Gibt es hier im Krankenhaus eine Patientin namens Jamie Brock?«, fragte Mace.

»Es tut mir leid, aber dazu darf ich Ihnen nichts sagen. Wie wäre es, wenn Sie sich ein bisschen ausruhen? Wenn das Bein anfängt, wehzutun, können Sie auf diesen Knopf hier drücken, dann kriegen Sie noch eine Dosis Morphin.«

Mace knurrte frustriert, aber er konnte nichts tun. Er wartete geduldig, bis sein Chirurg seine Visite gemacht hatte, und drohte dann, sich selbst aus dem Krankenhaus zu entlassen, wenn sie ihm kein Handy besorgten. Ein paar Minuten nachdem er seine Streitlust unter Beweis gestellt hatte, kam schließlich Detective Tyler Finnegan ins Zimmer und brachte Mace auf den neuesten Stand, was Jamie Brock und David Brewster anging.

»Wir haben Brewster im Kofferraum von Riveras Wagen gefunden«, sagte Finnegan. »Gefesselt und im Großen und Ganzen unverletzt. Wahrscheinlich wollten sie ihn später loswerden.

Jamie ist auch okay. Gillespie hat ihr eine Droge namens Ketamin gegeben, ein schnell wirkendes Narkotikum, das manchmal als Vergewaltigungsdroge benutzt wird. Es ist schwer im Blut nachzuweisen und kann Probleme mit dem Kurzzeitgedächtnis auslösen. Jamie kommt wieder zu sich, aber sie wird sich wahrscheinlich an nicht viel erinnern.«

Mace hatte tausend Fragen, aber Finnegan hatte selbst auch ein paar. Er zog sich einen Stuhl heran, schlug die Beine übereinander, holte einen Notizblock heraus und begann zu fragen. Eine halbe Stunde später – Finnegan bohrte immer noch nach Einzelheiten – schlief Mace wieder ein.

* * *

Ich machte die Augen auf, stellte fest, dass es zu hell war, und schloss sie wieder. In meinem Kopf hämmerte es immer noch und mir war speiübel. Ich hatte ein Gefühl der Taubheit, und irgendwie wurde ich die Benommenheit nicht los. Wieder begann ich wegzudämmern.

»Jamie?« Eine vertraute Stimme schnitt durch den Nebel. Ich fühlte eine Berührung am Arm, ein energisches Schütteln, und dann hörte ich wieder dieselbe Stimme. »Jamie, kannst du mich hören?«

Ich versuchte, die Hand nach der Stimme auszustrecken, und blinzelte im Versuch, die Silhouette vor mir scharf zu sehen.

»Gott sei Dank«, sagte Chris.

Er beugte sich über mich und umarmte mich vorsichtig, und ich hob die Arme, um die Umarmung zu erwidern.

Er bot mir etwas zu trinken an, und ich trank vorsichtig und schlückchenweise mit einem Strohhalm. Er schob mir ein Kissen unter den Kopf. Ich schaute zur anderen Seite des Bettes und sah L. A. dort sitzen, der mich aufmerksam beobachtete; ein leichtes Lächeln zeigte seine Erleichterung.

Ich mühte mich ab, ein paar Fragen zu formulieren, aber meine Zunge fühlte sich dick an und gehorchte mir nicht. Ich wusste nicht, wie ich hierhergekommen war und was passiert war, aber ich hatte das seltsame Gefühl: Was auch immer es war, es würde nicht verschwinden. Langsam schlichen sich Bilder in meine Gedanken.

»Wie … wie bin ich … hierhergekommen?«, brachte ich heraus.

Chris zog sich einen Stuhl heran und erzählte mir langsam und mit leiser Stimme alles, was passiert war. Ich versuchte, die Neuigkeiten zu verarbeiten, so gut ich konnte, aber mein schlecht funktionierender Kopf begriff nicht, dass Gillespie die ganze Zeit mit Caleb Tate zusammengearbeitet hatte. Ich schüttelte den Kopf, als könnte ich die Ereignisse durch bloße Willenskraft ändern.

Ich wollte verstehen, aber mein Körper brauchte Ruhe. Ich stellte ein paar Fragen, aber es kam mir alles wie ein furchtbarer Albtraum vor. Als Chris fertig war, sagte er mir, wie dankbar er sei, dass ich noch lebte. Er sagte, Gott habe auf mich achtgegeben und dass er offenbar große Pläne für meine Zukunft haben musste.

Ich schloss die Augen, während Chris meine rechte Hand hielt und L. A. die linke. Ich fühlte mich geborgen zwischen diesen beiden Männern und sicher hier im Krankenhausbett. Und ich wusste irgendwie, dass Chris recht hatte. Derselbe Gott, auf den ich wütend gewesen war, für den ich so wenig Zeit gehabt hatte, hatte jetzt mein Leben verschont.

Das Kissen war weich. Das Bett war warm. Und mein Körper brauchte seine Ruhe.

90

Sieben Tage später war ich bereit für ein Picknick und fragte mich, warum ich dem überhaupt zugestimmt hatte. Ich hatte eine kurze Hose an, ein Tanktop und Flip-Flops. Es war dreißig Grad heiß, also cremte ich mich mit Sonnencreme ein und nahm ein paar Handtücher mit. Justice schien zu spüren, dass etwas passieren würde, und wurde zappelig. Zumindest einer von uns freute sich.

Kurz nach eins klingelte es, und ich holte tief Luft, bevor ich in die Diele ging. Justice dagegen sprintete zur Tür und bellte wie ein Verrückter – bereit für das große Abenteuer des Tages. Ich öffnete die Tür, und Justice tanzte überschwänglich herum, leckte und gebärdete sich so wild, dass er meinen Gast beinahe von den Krücken warf.

»Tut mir leid«, sagte ich.

»Wir sind Kumpels«, sagte Mace James. »Abgesehen davon bin ich mit Hunden aufgewachsen.« Er streichelte Justice den Kopf. »Bereit?«, fragte er mich.

Eigentlich nicht. »Klar.«

Mace humpelte auf Krücken die Stufen hinab auf den Gehweg. Er war schneller als ich an der Beifahrertür seines Trucks und hielt sie mir auf wie ein perfekter Gentleman. Justice sprang natürlich als Erster hinein.

Mace humpelte zur Fahrertür, warf die Krücken auf den Rücksitz, stieg ein und zog sein verletztes Bein vorsichtig mit beiden Händen nach. Dann rutschte er so weit auf dem Sitz zurück, dass er das linke Bein ausstrecken konnte.

»Soll ich fahren?«, fragte ich.

»Nö«, antwortete er. »Wenn ich erst drin bin, geht's schon.«

Er fuhr zu meinem Lieblingspunkt am Chattahoochee River. Bevor wir zu Mittag aßen, humpelte Mace zum Fluss hinunter und warf einen Stock für Justice. Jedes Mal ein bisschen weiter, und Justice schien sich zu amüsieren wie nie. Dann humpelte Mace zu den Büschen neben der Bootsrampe und hob einen hübschen, dicken Stock auf, der fast einen Meter lang war. Auf einem Bein stehend schleuderte er ihn fast über den Fluss. Justice flog mit einem Bauchklatscher ins Wasser, schwamm bis zu dem Stock und schaffte es gerade so, ihn aus dem Wasser zu halten, als er zu Mace zurückschwamm, voller Stolz auf seine Leistung. Mace warf den Stock erneut, und Justice schoss los. Und das Spiel hatte begonnen. Mace schien entschlossen, seinen eigenen Wurf immer noch einmal zu übertreffen, und Justice schien genauso entschlossen, den Stock zurückzubringen und um mehr zu betteln. Ich suchte mir einen Platz im Schatten und ertappte mich dabei, wie ich über die zwei Alphahunde grinsen musste, die versuchten, sich gegenseitig zu übertreffen.

Als ich schließlich glaubte, Justice würde vor Erschöpfung untergehen, wenn er noch einmal in den Fluss sprang, rief ich die Hunde zurück - bildlich gesprochen - und schlug vor, mit dem Picknick zu beginnen. Mace hatte sich richtig Mühe gemacht. Es gab eine Kühltasche mit Obstsalat, Energiedrinks, einen Chefsalat mit geschnittenem Fleisch und Eiern und drei verschiedene Dressings in kleinen Tupperdosen. Ich fragte mich, wie er die Kühltasche überhaupt zum Wagen getragen hatte. Außerdem hatte er Stangensellerie, Karotten und zwei Energieriegel zum Nachtisch.

»Was bist du, ein Gesundheitsfanatiker?«, fragte ich.

»Im Grunde ja.«

Die erste Hälfte unseres Mittagessens sprachen wir über Trainingsprogramme, und die zweite Hälfte versuchten wir zusammenzupuzzeln, was genau mit Caleb Tate, Aaron Gillespie und Antoine Marshall passiert war. Es fiel mir schwer, weiterhin wütend auf einen Mann zu sein, der versucht hatte, mir das Leben zu retten. Außerdem entdeckte ich, dass Mace James viel weniger arrogant und dafür viel lustiger war, als ich mir je vorgestellt hätte.

In den letzten sieben Tagen war mir manches klar geworden. Gillespie war derjenige gewesen, der Caleb Tates Mandanten hypnotisiert hatte und ihnen half, die Lügendetektortests zu bestehen. Mit ein wenig Wühlarbeit hatte die Polizei zwei ehemalige Patientinnen von Gillespie gefunden, die behaupteten, er habe sie während ihrer Beratungssitzungen sexuell ausgenutzt. Die Arbeitshypothese der Staatsanwaltschaft war, dass er dasselbe mit Rikki Tate gemacht hatte und Caleb das herausgefunden hatte. Wir gingen davon aus, dass Caleb Tate gedroht hatte, Gillespie zu melden, wenn der nicht mitspielte.

Die Frauen, die von Gillespie missbraucht worden waren, inklusive Rikki Tate, entsprachen alle einem ähnlichen Muster. Sie waren als Kinder missbraucht worden. Sie hatten von Gillespie Narkotika verschrieben bekommen. Sie gehörten offensichtlich zu den 20 Prozent Menschen, die leicht auf Hypnose ansprachen. Als ich davon erfuhr, dachte ich an meine eigene Beziehung zu Gillespie, und das machte mir Angst. Er hatte mich mit Betäubungsmitteln vollgepumpt und auch an mir seine Manipulation versucht, aber zum Glück hatte es nicht funktioniert.

Die Verbindung zwischen meiner Mom und Gillespie war inzwischen auch geklärt. Bei der Untersuchung einiger alter Festplatten im Archiv des Psychiatrischen Zentrums meiner Mutter hatten die Ermittler herausgefunden, dass Mom eine Zeit lang Rikki Tate therapiert hatte. Die Notizen dieser Beratungssitzungen waren in der Nacht ihrer Ermordung gestohlen worden. Aber dass sie Rikkis Therapeutin gewesen war und die Tatsache, dass meine Mutter Nachforschungen über Psychiater angestellt hatte, die Betäubungsmittel und Tiefenhypnose benutzten, um ihre Patientinnen sexuell auszunutzen, machte deutlich, dass Moms Tod kein Unfall war.

Antoine Marshall hatte offensichtlich für Gillespie und Caleb Tate gearbeitet. Vielleicht hatte er nicht erwartet, dass mein Vater an diesem Abend zu Hause sein würde. So oder so: Meine Mutter war wohl so weit gewesen, Gillespie zu verpfeifen, und irgendwie hatten er und Tate das erfahren.

Mace nahm an, dass Antoine Marshall hypnotisiert worden war und den Mord unter Hypnose beging.

»Ist es nicht viel wahrscheinlicher, dass sie ihn dafür bezahlten, meine Mum umzubringen, und ihn dann hinterher hypnotisierten, damit er den Lügendetektortest bestand?«, fragte ich.

Keiner von uns konnte seine Theorie beweisen, und wir einigten uns darauf, dass wir uns nicht einig waren. »So viel weiß ich«, sagte Mace. »Antoine Marshall war am Ende ein geläuterter Mensch.« Ich aß einen

Löffel Obstsalat. Wir saßen an einem Picknicktisch in einem Pavillon, aber trotz einer leichten Brise war es drückend heiß.

»Du hast wahrscheinlich recht«, sagte ich.

Mace sah mich überrascht an. »Es muss viel passieren, damit du so etwas sagst.«

»Mein Bruder hat mir die ganze Woche Predigten gehalten«, sagte ich. Ich erwähnte nicht, dass Todesnähe auch dazu beitrug, dass man als Mensch ganz neu nachdachte. »Und ich glaube, mit einem hat er recht. Jemandem nicht vergeben zu können, ist wie Krebs. Selbst wenn man seine Rache bekommt, zerstört es die Seele.«

»Gesprochen wie eine wahre Strafverteidigerin«, sagte Mace.

»Wir wollen mal nicht übertreiben.«

Wir sprachen noch eine Weile über den Samstagabend. Soweit Mace in Erfahrung bringen konnte, hatten Gillespie und Tate geplant, es wie einen Mord mit anschließendem Selbstmord aussehen zu lassen. Die Pistole, die dafür benutzt wurde, Mace James zu töten, hätte meine Fingerabdrücke getragen. Tate hätte behauptet, ich habe auf dem Gehweg gewartet, als sie aus dem Haus kamen. Mace sei auf mich zugegangen, und ich hätte das Feuer eröffnet. Ich hätte auf Tate geschossen, und er sei hingefallen. Im Glauben, ich hätte ihn getötet, sei ich gegangen. Meine Leiche hätte man später mit Drogen vollgepumpt an einer verlassenen Straße in meinem Wagen gefunden.

Gillespie hätte über meinen psychischen Zusammenbruch ausgesagt. Eine E-Mail mit wirrem Text, an Bill Masterson von meinem eigenen Computer aus früher an diesem Abend gesandt, hätte bestätigt, dass ich übergeschnappt war. Ein Augenzeuge. Das Wort eines Psychiaters. Fingerabdrücke auf der Tatwaffe. Eine belastende E-Mail. Was brauchten sie mehr?

Doch an diesem Abend hatte es sich Gillespie offenbar anders überlegt. Statt mir eine tödliche Medikamentenüberdosis zu verabreichen, hatte er mich mit Ketamin außer Gefecht gesetzt. Er hatte anscheinend irgendeinen Plan, mich am Leben zu lassen und den Tod von Caleb Tate, Mace James und Rafael Rivera wie einen Bandenmord aussehen zu lassen. Keiner von uns konnte sich vorstellen, wie dieser Plan genau aussehen sollte.

Auf eine Art hatten die Ereignisse des letzten Samstagabends einen gewissen Abschluss gebracht, aber auf eine andere hatten sie nur neue Fragen aufgeworfen. Und es würde keinen Prozess geben, in dem alles geklärt würde; alle Verschwörer waren tot - getötet in einer Schießerei, während ich bewusstlos auf dem Boden lag.

»Wenn ich es richtig verstanden habe, warst du ziemlich heroisch«, sagte ich zu Mace.

»Wenn du meinst - ich hatte einen Schuss im Bein und habe geheult wie ein Baby ...«, erwiderte der. Er beschloss, das Thema zu wechseln. »Sag mir, wie du zu Justice gekommen bist.«

Ich erzählte Mace die Geschichte meines ersten Hundes Snowball, und wie er während meines Studiums vergiftet worden war. Ein paar Wochen später hatten Freunde Justice in einem Korb vorbeigebracht und vor meine Tür gestellt. Sie hatten eigene Namensvorschläge gehabt, aber ich hatte beschlossen, ihn Justice zu nennen.

Auf dem Heimweg verdiente sich Mace James noch mehr Pluspunkte, als er an der örtlichen Tierhandlung anhielt.

»Was tun wir hier?«, fragte ich.

»Du machst Justice noch zu einem Girlie-Hund, wenn du ihm keinen richtigen Knochen besorgst«, sagte Mace. Ich legte Justice an die Leine, und Mace stieg mit seinen Krücken aus. Wir drei gingen im Geschäft herum und sahen uns die Welpen aus dem Tierheim an.

»Was für einen Hund hattest du als Kind?«, fragte ich Mace.

»Einen Mischling. Einen großen Mischling.«

»Das passt ja.«

Schließlich fand Mace, was er suchte. Es war der größte Knochen im ganzen Laden. Zuerst der größte Stock am ganzen Flussufer und jetzt das. »Für dich, Junge«, sagte er zu Justice. Er zog die Verpackung ein Stück ab, damit Justice an dem Knochen schnüffeln konnte, und die beiden Jungs zementierten ihre ewige Freundschaft an Ort und Stelle.

Auf dem Heimweg saß Justice hinter uns, kaute auf seinem neuen Knochen herum und fragte sich, ob der Tag wohl noch besser werden konnte.

Mace schien zu glauben, dies sei der perfekte Moment, um ein bisschen Geschäftliches zu besprechen. »Wir haben immer noch unseren Deal mit Rashad Reed, oder? Er kommt für seine Hilfe im Fall Caleb Tate nach zwei Jahren raus?«

»Ging es darum die ganze Zeit? Ein Picknick im Park, um mich wegen Rashad Reed weich zu kochen?«

»Ja. Und ich dachte mir, wenn ich mir eine Kugel im Bein einfange, um dir das Leben zu retten, könnte das auch nicht schaden.«

»Okay. Verstanden. Ich gehe auf drei runter.«

»Drei?«

»Rashad Reed hat eigentlich gar nichts für Tates Fall getan«, sagte ich. »Aber zumindest mag mein Hund seinen Anwalt.«

»Wenn Rashad Reed und David Brewster nicht gewesen wären, wären Gillespie und Tate vielleicht mit allem davongekommen. Ich finde zwei Jahre sind ein Geschenk für dich.«

Ich antwortete nicht sofort. Ich hatte durchaus vor, den ursprünglichen Deal zu akzeptieren, aber ich wollte Mace noch ein bisschen zappeln lassen. Schließlich wollte ich kein Gerede, ich wurde weich.

Das Gerücht über Rashad Reeds möglichen Deal hatte in der vergangenen Woche ein paar andere Deals zur Folge gehabt.

Masterson war sich ziemlich sicher, dass die Blockade gebrochen war, jetzt, wo Caleb Tate nicht mehr da war, um die Bandenchefs zusammenzuhalten.

»Also gut«, sagte ich, als ich lange genug gewartet hatte. »Aber gewöhn dich nicht daran. Ich habe mein Wort gegeben, also bleibe ich bei unserem Deal. Aber, Mace James, das ist dein letzter Deal. Zumindest mit mir.«

»Mann«, ächzte Mace, »kein Wunder, dass Masterson solche Probleme hatte, einen Puls zu finden. Ohne Herz ist es schwierig, Blut durch einen Körper zu pumpen.«

Ich boxte ihm gegen den Arm, aber ich war mir ziemlich sicher, er spürte es nicht einmal.

Er war sieben Jahre älter als ich und arbeitete auf der dunklen Seite des Gesetzes. Aber er war ein Mann des Glaubens, und er wusste, dass der Weg zum Herzen einer Frau direkt über ihren Hund führte. Ich konnte mich daran gewöhnen, Zeit mit Mace James zu verbringen, beschloss ich.

* * *

Am nächsten Morgen wachte ich auf, als jemand um acht Uhr an der Tür klingelte. Ich hatte endlich wieder ohne Medikamente in einen normalen Schlafrhythmus gefunden, und ich schätzte es gar nicht, wenn jemand an einem Sonntagmorgen so früh vorbeikam. Justice und ich marschierten hinunter zur Tür, öffneten sie und stolperten beinahe über einen Transportkorb, der vor uns stand.

Oh nein. Ohne auch nur hineinzusehen, wusste ich, was vor sich ging. Ich hatte dasselbe schon mit Justice erlebt. Ich hatte keine Zeit, noch einen Welpen zu erziehen. Ich war vollkommen zufrieden mit dem Hund, den ich schon hatte.

Als ich mich hinkniete, war das kleine braune Fellknäuel in dem Korb natürlich unglaublich süß. Ich öffnete die Karte, die auf dem Korb lag. Offenbar war es gar kein »Er«.

Ich dachte, vielleicht könnte Justice eine kleine Schwester gebrauchen. Ich bin nicht reinrassig wie er, aber das Tierheim sagt, ich werde genauso groß. Ich habe ein wenig braunen Labrador in mir, wenn das hilft. Ach, und übrigens: Sie haben auch gesagt, dass sie mich einschläfern müssen, wenn ich kein Zuhause finde.

Ich weiß, du hast ein großes Herz, und ich hatte das Gefühl, du brauchst vielleicht jemanden, der Justice Gesellschaft leistet. Vielleicht könntest du mich Grace nennen.

»Du bist so süß«, sagte ich und steckte den Finger durch das Gitter. Justice schnüffelte an Grace, als hieße er das kleine Mädchen schon in unserem Zuhause willkommen. Aber ich wusste, das mussten wir gar nicht. Unter der Nachricht gab es noch ein PS:

Wenn du im Moment zu viel zu tun hast, um einen Welpen zu erziehen, könntest du mich vielleicht in die Pfoten eines Strafverteidigers weiterreichen, den ich kenne. Er sagt, er ist heute Mittag am See und dass du kommen musst, wenn du mich zurückgeben willst.

Ich trug den Korb nach drinnen und lächelte vor mich hin. Ich schickte Mace James eine SMS und bestätigte, dass seine Erpressung funktioniert hatte. Er schrieb zurück und lud mich vor unserem Rendezvous am Fluss in die Kirche ein. Ich überraschte mich selbst, indem ich zusagte.

Außerdem antwortete ich noch auf eine andere SMS, diesmal von L. A. Er wollte sich am Nachmittag mit mir treffen.

L. A. schien perfekt für mich. Er glaubte an Recht und Gesetz, genau wie ich. Er war jünger und hatte volles Haar und hätte von der Polizeiarbeit direkt zu einem Modeljob wechseln können. Außerdem mochte er Hunde.

Ich schickte ihm eine Nachricht, dass ich keine Zeit hatte. Grace fing an zu bellen und wollte heraus und spielen. Ich schüttelte den Kopf, denn ich wusste, worauf ich mich da einließ. Justice und Grace, das würde ein interessantes Gespann werden.

Epilog

Zwei Monate später

Am Dienstag, dem 6. November, gewann Bill Masterson die Wahl zum Generalstaatsanwalt mit vier Prozentpunkten Vorsprung, befeuert teilweise von der dramatischen Wende der Ereignisse, mit denen der Fall Caleb Tate geendet hatte. Masterson war zum Wyatt Earp von Georgia geworden, der Recht und Gesetz auf eine ganz neue Stufe hob.

Nach einer mitreißenden Dankesrede im Atlanta Hilton und einem kleinen Umtrunk mit ein paar Freunden sagte Masterson allen, er wolle nach Hause, um sich ein bisschen wohlverdiente Ruhe zu gönnen. Stattdessen fuhr er direkt ins Büro.

Es war sein letzter Abend als Bezirksstaatsanwalt. Er würde sofort zurücktreten, damit er mit den Vorbereitungen auf die Übernahme der Generalstaatsanwaltschaft anfangen konnte, ein Job, der eigentlich im Januar begann. Regina Granger würde zur kommissarischen Bezirksstaatsanwältin benannt werden, bis eine Nachwahl abgehalten werden konnte.

Masterson schaltete das Licht in seinem Büro an, schlüpfte aus den Schuhen und goss sich einen Bourbon ein. Es kam nicht oft vor, dass er einen Moment ruhiger Reflexion hatte, in dem er über die Ereignisse der letzten Jahre nachdenken konnte.

Eine gehobene Stellung wie die Seine erreichte man nicht ohne ansehnliches Gepäck auf dem Rücken, sagte er sich. Da waren Ted Kennedy und seine Fahrerflucht mit Todesfolge auf der Insel Chappaquiddick. Sein Bruder John und die Affäre mit Marilyn Monroe. Und in jüngerer Zeit Eliot Spitzer, Gouverneur von New York, der mit Prostituierten geschlafen hatte, während er in New York Generalstaatsanwalt gewesen war. Und wer wusste schon, wie viele noch? Große Männer, die Großes leisteten, aber Leichen im Keller hatten, von denen keiner wusste.

Der Unterschied zwischen den John Kennedys der Welt und den Eliot Spitzers war nicht, dass manche eine höhere Moral hatten; sondern nur, dass einige von ihnen schlau genug waren, sich nie erwischen zu lassen.

Und deshalb befand sich Bill Masterson am Abend seines größten

Erfolgs in seinem Eckbüro und löste noch ein paar offene Probleme. Details entschieden zwischen Erfolg und Misserfolg.

Es war vor dreizehn Jahren gewesen, als seine Probleme zum ersten Mal an die Oberfläche gekocht waren. Rikki Tate, die damals als Rikki Pearlman bekannt war, hatte eine beeindruckende Liste von Freiern gehabt. Und ihr Anwalt war kein Dummkopf. Als Caleb Tate zu Bill Masterson kam, um einen Deal für Rikki auszuhandeln, schlug er ihm gleichzeitig noch einen zweiten Deal vor. Rikki würde bequemerweise einen ihrer Kunden vergessen, solange dieser Mann einverstanden war, keine Gefängnisstrafe für das junge Callgirl zu fordern und ihrem Anwalt gelegentlich in ausgewählten zukünftigen Fällen den Gefallen zu erwidern. Als Masterson den Deal einging, wusste er, dass er damit dem Teufel seine Seele verpfändet hatte.

Doch Masterson und Caleb Tate waren Profis, und alles lief gut – bis zu Rikkis Bekehrung. Als sie das erste Mal zu Caleb sagte, sie könne einfach nicht so weiterleben und müsse die Wahrheit über Masterson gestehen, war Caleb direkt zu Masterson gekommen. Caleb war seiner Frau und ihrer Selbstgerechtigkeit überdrüssig geworden. Er hatte einen genialen Plan, wie er sie loswerden und gleichzeitig sich selbst und Masterson auf die Titelseiten der Zeitungen bringen konnte – öffentliche Aufmerksamkeit, die sie beide dringend brauchten. Sie wussten beide, dass Gillespie ihr Ass im Ärmel war, der Mann, der Rikki Tates Patientenakte so manipulieren konnte, dass sie alles bestätigte, was die Verschwörer brauchten. Masterson hatte sich bereit erklärt, das Verfahren gegen Caleb Tate am Ende einzustellen.

Als Tate seine drei Tage im Gefängnis verbrachte, hatte er sich die Idee mit der Dealblockade ausgedacht, womit er dem Plan noch einmal einen ganz neuen Schwung verlieh. Diese glückliche Wendung hatte Masterson zum Generalstaatsanwalt und damit zu einem Spieler auf nationalem Niveau gemacht.

Jamie Brock hätte beinahe alles ruiniert. Ihr Beharren auf den Prozess gegen Tate, selbst als Masterson beschlossen hatte, ihn einzustellen, war problematisch gewesen. Die erste Gegenmaßnahme war die Manipulation der Computerdateien der Bezirksstaatsanwaltschaft gewesen. Damit konnten sie es aussehen lassen, als sei Jamies Vater in eine Schmiergeldaffäre verwickelt gewesen, falls der Prozess weiterlief. Dazu musste Rivera in die Verschwörung aufgenommen werden. Aber Jamie hatte alle überrascht, indem sie darauf bestand, trotzdem weiterzumachen. Daraufhin hatten Masterson und Tate Plan B umgesetzt – die Tonbandaufnahme von Rafael Rivera, die die Beweisführung der Staatsanwaltschaft zusammenbrechen ließ.

Die Todesfälle hätten sich auf Rikki Tate beschränkt, wenn sich Mace James um seine eigenen Angelegenheiten gekümmert hätte. Doch als er erst einmal angefangen hatte, sich die Dinge zusammenzureimen, musste er beseitigt werden. Masterson hatte nie vorgehabt, Jamie sterben zu lassen.

Er wusste, Gillespie sollte ihr eine Überdosis Betäubungsmittel geben. Aber Masterson hatte immer vorgehabt, wie die Kavallerie bei Caleb Tate aufzutauchen, sowohl Tate als auch Gillespie zu töten, bevor sie ihn mit hineinziehen konnten, und Jamie rechtzeitig ins Krankenhaus zu schaffen, um ihr Leben zu retten.

Er hatte ein bisschen improvisieren müssen, aber es war sogar noch besser gelaufen, als er erwartet hatte.

Es gab ein Sprichwort, dem Masterson vollkommen beipflichtete: Zwei Männer konnten ein Geheimnis bewahren, solange einer von ihnen tot war. Die logische Folge war natürlich, dass vier Männer ein Geheimnis bewahren konnten, solange drei von ihnen tot waren.

Die Ermittlung zu der Schießerei vor Caleb Tates Haus war abgeschlossen. Das Schwierigste war gewesen, sein Erscheinen in letzter Minute zu erklären. Aber er war ein Mann der Details. Er hatte Gillespie gesagt, er solle Jamies Handy immer in ihrem Wagen mit dabeihaben. So konnte Gillespie nach Plan von Caleb Tates Haus aus eine SMS von Jamies Telefon schicken, wodurch man sie später mit dem Schauplatz des Verbrechens in Verbindung bringen konnte.

In diesem Wissen hatte Masterson ein paar Kollegen bei der *State Police* angerufen, nachdem er Jamies gefälschte E-Mail-Vorwürfe gegen Tate und Mace James erhalten hatte. Er hatte sie gebeten, ihr Telefon zu lokalisieren. Das hatte ihm den Vorwand geliefert, zu Tates Haus zu fahren. Dort angekommen, hatte er an der Einfahrt des Zufahrtsweges geparkt, sich hinter Jamies Wagen angeschlichen und um Verstärkung gebeten. Bevor die Hilfe eintreffen konnte, griff er selbst ein, erschoss Gillespie und rettete Mace James.

Das Timing war verzwickt gewesen, und die Geschichte war nicht perfekt, aber sie stellte die Ermittler zufrieden.

Jetzt musste er die letzten Einzelheiten klären. Er griff auf die Datenbank der Bezirksstaatsanwaltschaft zu und holte Robert Brocks Fallakten auf den Bildschirm.

Vor einem halben Jahr hatte er die Namen der tatsächlichen Richter in vielen von Brocks erfolgreichen Verhandlungen durch den von Richterin Snowden ersetzt. Er hatte sogar ein paar zusätzliche gerichtliche Verfügungen mit ihrem Namen eingescannt und ihre Unterschrift gefälscht, damit die Dokumente passten. Dasselbe hatte er bei zwei anderen Strafverteidigern gemacht.

Und jetzt, in seiner letzten Nacht im Büro, machte Masterson all diese Veränderungen wieder rückgängig. Die elektronische Datenbank der Bezirksstaatsanwaltschaft war wieder eine exakte Kopie der tatsächlichen Gerichtsakten. Als er fertig war, las er das Rücktrittsgesuch noch einmal durch, das er vor ein paar Tagen in Vorwegnahme des heutigen Tages entworfen hatte. Er steckte es in einen Umschlag, schrieb Reginas Namen darauf und legte es in seinen Postausgang.

Um ungefähr halb fünf Uhr morgens war er fertig und nahm einen letzten Schluck Bourbon. Er schaltete das Licht aus und dachte daran, wie sehr er dieses Büro vermissen würde.

Das Justizsystem war nicht perfekt. Manchmal brauchte es ein wenig Hilfe von Männern wie ihm. Er war entschlossen, seine Fehler der Vergangenheit wiedergutzumachen, indem er seine Sache als Generalstaatsanwalt gut machte. Georgia brauchte einen Generalstaatsanwalt, der austeilen und auch einstecken konnte, und Bill Masterson war genau der Richtige.

Er verließ das Büro, parkte ein letztes Mal aus seinem reservierten Parkplatz aus und machte sich auf den Heimweg, um ein bisschen zu schlafen. In zwei Monaten würde er seinen Job als Georgias oberster Gesetzeshüter antreten.

Ein neuer Sheriff würde in der Stadt sein. Und die Bösewichter überlegten sich am besten zweimal, was sie taten.

* * *

Einen Monat später

Regina Grangers zweite Pressekonferenz als kommissarische Bezirksstaatsanwältin löste kein großes Interesse aus. Ich war dabei und saß in der letzten Reihe. Neben mir saß Mace James. L. A. lehnte an einer Seitenwand.

Der Raum war für mehr als ein Dutzend Reporter ausgelegt, doch nur fünf waren gekommen. Sie nahmen an, dass Regina die Pressekonferenz einberufen hatte, um ihre Kandidatur für die bevorstehende Nachwahl zu verkünden – was niemanden überraschen würde. Die Reporter sahen gelangweilt aus und spielten mit ihren Smartphones herum, während Regina über die organisatorischen Veränderungen sprach, die sie in ihren ersten dreißig Tagen vorgenommen hatte. Die Deal-Krise lag hinter uns, und das Rechtssystem war zumindest zu einem gewissen Anschein von Normalität zurückgekehrt.

Während Regina sprach, schweiften meine Gedanken zu den Ereignissen der vergangenen Monate ab. Es fiel mir immer noch schwer, zu glauben, dass ich inzwischen so viel Zeit mit einem Strafverteidiger verbrachte, der sieben Jahre älter war als ich und auch noch den Mörder meiner Mutter verteidigt hatte.

Aber nach unserem ersten gemeinsamen Picknick hatten wir immer wieder Vorwände gefunden, uns zu sehen. Es stellte sich heraus, dass wir viel gemeinsam hatten und, ja, auch ein paar ziemlich krasse Unterschiede. Aber ich war gern mit einem Mann zusammen, der mich herausforderte und unberechenbar war und sich nicht von meinen festen Überzeugungen einschüchtern ließ.

Spätestens nachdem ich ihm von Richterin Snowden und meinem Vater erzählt hatte, wusste ich, dass uns etwas Besonderes verband. Ich hatte es ihm sagen müssen. Ich hätte mich wie eine Betrügerin gefühlt, wenn ich dieses Geheimnis noch länger mit mir herumgetragen hätte, aber ich brauchte trotzdem drei Tage, um den Mut dafür aufzubringen. Ich erzählte es ihm, als wir allein auf der Veranda saßen, während die Hunde im Garten spielten.

Ich erzählte ihm alles – wie ich mich damit gequält hatte, ob ich vor Antoines Hinrichtung etwas sagen sollte, wie ich es schließlich Masterson erzählt hatte, wie er die Information wiederum an die Generalstaatsanwaltschaft weitergeleitet hatte und wie mich das Ganze dazu gebracht hatte, eine eidesstattliche Erklärung zu unterschreiben im Versuch, Antoine doch noch das Leben zu retten. Mace nahm alles mit unbewegter Miene auf und schaute in den Garten hinaus, während ich sprach. Er stellte ein paar Fragen und wurde ziemlich still.

An diesem Abend ging er ohne eine Umarmung oder ein Dankeschön oder sonst einen Gefühlsausdruck. Während ich seinem Truck nachschaute, war ich mir sicher, dass er mich nie wieder besuchen kommen würde.

Am nächsten Tag kam er wieder. Und diesmal war er ganz geschäftsmäßig. »Ich habe die Gerichtsakten von Snowdens sämtlichen Fällen überprüft«, sagte er mir. »Die von deinem Dad auch. Und die von Caleb Tate. Was du da sagst, ergibt keinen Sinn.«

Wir verglichen unsere Notizen, und später an diesem Tag verglich ich unsere Ergebnisse mit der Datenbank der Staatsanwaltschaft. So entdeckte ich, dass jemand die Namen der Richter in der Datenbank geändert hatte. Die Fälle meines Vaters hatten immer noch dieselben Ergebnisse, aber jemand hatte es so aussehen lassen, als habe Richterin Snowden den Vorsitz über die meisten seiner gewonnenen Fälle gehabt.

Ich erzählte Mace von dem mysteriösen Läufer beim *Peachtree Road Race*, der mir die Botschaft zugesteckt hatte, ich solle vorsichtig sein, wem ich vertraute und in der das Morphin erwähnt worden war. Ich hatte angenommen, dass Caleb Tate jemanden bezahlt hatte, mir den Zettel zuzustecken – im Versuch, mich davon abzuhalten, L. A. zu vertrauen und ihm von der Sache mit meinem Vater und Richterin Snowden zu erzählen. Aber woher wusste Tate von dem Morphin? Ich war zu dem Schluss gekommen, dass er entweder die ganze Zeit mit Rivera zusammengearbeitet hatte und uns nur eine Falle stellte, oder dass er wirklich eine Insiderquelle hatte.

Jetzt war mir klar, dass beides zutraf.

Wir erweiterten unsere Ermittlungen und zogen L. A. und Regina Granger ins Vertrauen. Am Wahlabend, als Bill Masterson die Dateien der Staatsanwaltschaft änderte, wussten wir, wir hatten ihn. Von da an übernahm L. A. die Laufarbeit. Er befragte Frauen, die vor inzwischen fast dreizehn Jahren für denselben Begleitservice gearbeitet hatten wie Rikki Tate. Es hatte Gerüchte gegeben, dass einer von Rikkis Kunden ein mächtiger Beamter gewesen war, der nie erwischt worden war. Einer Intuition folgend überredete L. A. eine von Rikkis Freundinnen aus der Kirche dazu, Bill Masterson anzurufen und ihm zu erzählen, sie wisse von ihm und Rikki. Schließlich beichteten neue Gläubige wie Rikki gern ihre Sünden der Vergangenheit. L. A. ließ die Frau verkabeln, als sie sich anschließend mit Masterson traf und er ihr Schweigegeld zahlte.

Für mich bedeuteten die Ermittlungen gegen Masterson mit die größte seelische Qual und Verwirrung meines Lebens. Der einzige Lichtblick war, dass ich zumindest das Gefühl haben durfte, meinen Vater wiedergewonnen zu haben. Der Mann, den ich kannte und liebte, war genau der, den ich zu kennen glaubte – hart arbeitend, prinzipientreu, seinen Mandanten verpflichtet und erfolgreich in Verhandlungen unter dem Vorsitz verschiedener Richter.

Aber der Mann, der mir die Anwendung der Gesetze beigebracht hatte, war ein Betrüger. Und jetzt, während Regina Granger sich bereit machte, eine Ankündigung zu machen, die den designierten Generalstaatsanwalt von Georgia stürzen würde, konnte ich mir eine gewisse Niedergeschlagenheit nicht verkneifen.

Der Bill Masterson, den ich kannte, hatte sich vor mich gestellt, wenn Strafverteidiger mich attackierten. Er hatte mir liebevolle Strenge gezeigt und mich gelehrt, wie ich mich im Gerichtssaal behaupten konnte. Ich hatte gesehen, wie er sein Leben aufs Spiel setzte, um Bandenchefs zu verurteilen, und sich weigerte, Fälle vor Gericht zu bringen, wenn er glaubte, die Cops irrten sich. Dies war der Mann, der neben mir gestanden und mir Kraft gegeben hatte, während ich der Hinrichtung von Antoine Marshall zusah.

Doch das war natürlich alles nichts als Schauspielerei eines Mannes gewesen, der ein Doppelleben geführt hatte.

Ich schaute zu L. A. hinüber, und er zwinkerte mir zu. Falls ihn meine Beziehung mit Mace James störte, zeigte er es nicht. Und wer konnte es ihm verdenken? Er war zweifellos zu schöneren und lebenslustigeren Frauen als mir übergegangen. Uns hatte der Druck der Ermittlungen gegen Tate zusammengeschweißt, aber wir waren ganz unterschiedliche Menschen.

»Ich möchte außerdem eine kurze Stellungnahme zu einer kürzlich erfolgten Anklage abgeben«, sagte Regina Granger. »Ich beantworte allerdings keine Fragen dazu.«

Zwei der Reporter blickten von ihren Smartphones auf. Die anderen taten es achselzuckend ab.

»Ganz gleich, wie lange ich im Gesetzesvollzug arbeite, ich bin mir sicher, dass dieser Tag immer einer der traurigsten Momente meiner beruflichen Laufbahn sein wird«, fuhr Granger fort.

Jetzt hatte sie die volle Aufmerksamkeit aller.

Sie schluckte trocken und schaute stur geradeaus, um die Fassung wiederzugewinnen. Bill Masterson war auch ihr Freund gewesen. Mehr als das: Er war ihr Mentor gewesen. Er hatte sie vor Jahren zu seiner Vertreterin gemacht und ihr erst kürzlich Unterstützung für ihren Wahlkampf angeboten.

»Gestern hat eine Grand Jury den designierten Generalstaatsanwalt Bill Masterson wegen Mordes in mehreren Fällen angeklagt. Er wird in diesem Moment verhaftet. Ich halte nichts davon, die Presse zu Verhaftungen einzuladen, und genauso wenig halte ich davon, meine Fälle in der Presse zu verhandeln. Wenn Sie heute diesen Saal verlassen, bekommen Sie alle eine Kopie der Anklageschrift. Sie können auch mehrere Kopien haben, da so viele Ihrer Kollegen beschlossen haben, fernzubleiben.«

Regina hielt eine ganze Weile inne, um wieder Herrin ihrer Gefühle zu werden. Ihr Ringen um Fassung ließ meine eigenen Emotionen an die Oberfläche steigen. Dieser Mann war wie ein zweiter Vater für mich gewesen, und ich spürte, wie mir die Tränen in die Augen stiegen. Ich dachte an die Brust meines eigenen Vaters, wie sie sich hob und senkte, während er seine letzten Atemzüge tat. Jetzt hatte ich dasselbe Gefühl, als verlöre ich einen zweiten Vater. Ich hatte Antoine Marshalls Hinrichtung mit diesem Mann beigewohnt, und jetzt würde Bill Masterson eines Tages selbst auf der anderen Seite der Scheibe sein, wenn Regina Granger Erfolg hatte.

Ich streckte die Hand aus, und Mace James nahm sie. Er hatte kein Mitleid mit Masterson. Seiner Meinung nach war er schuld an Antoines

Hinrichtung und am Tod all der anderen Menschen, die hatten sterben müssen, um seinen politischen Ambitionen zu helfen. »Für Menschen wie ihn gibt es einen besonderen Ort in der Hölle«, hatte Mace gesagt.

Aber jetzt drückte er meine Hand, um mich zu trösten.

»Bill Masterson war ein Freund und Mentor«, sagte Regina Granger. »Wir haben an vielen Fällen zusammen gearbeitet – bei ein paar sogar unser Leben riskiert. Aber niemand steht über dem Gesetz. Es geht hier um Kapitalverbrechen. Und sie verdienen die Höchststrafe. Wenn Sie Ihre Kopien der Anklageschrift bekommen, werden Sie sehen, dass wir genau diese fordern.«

Regina schloss kurz die Augen, und Hände schossen in die Höhe. Die fünf Reporter machten Lärm wie zwanzig, aber Regina beantwortete, getreu ihrem Wort, keine Fragen. Sie biss die Zähne zusammen und verließ das Podium.

»Herr, hab Erbarmen«, sagte ich.

»Ich hoffe, er bekommt die Todesspritze«, flüsterte Mace.

Danksagung

Als ich noch ein junger und aggressiverer Anwalt war, habe ich einmal über den Schriftsatz eines Gegners geschrieben, er sei »eine Parade von Sätzen, die vergeblich nach einer Idee suchen«. Ich fürchte, das Gleiche könnte man über meine Geschichten sagen, wenn ich nicht die Hilfe der hier aufgeführten literarischen Paradeanführer hätte.

Ich beginne mit Lee Hough, gleichzeitig Agent und Freund, der mir während der Konzeptentwicklung immer großartige Ratschläge gibt. Danke auch an Michael Garnier, Mary Hartman und meine Frau Rhonda, die mir bei der Arbeit an der Geschichte geholfen haben, noch bevor Tyndale mit dem gründlichen Lektorat angefangen hat. Ich würde ohne euch nicht einmal mit dem Schreiben anfangen. Bei diesem Buch durfte ich von der Expertise von Andrew Hall profitieren, einem der besten Strafverteidiger in Georgia, der mir als Anwalt aus Virginia half, die klaffenden Lücken in meinem Verständnis der Strafprozessordnung von Georgia zu schließen. All dies geschah, bevor die Lektoratszauberer von Tyndale übernommen haben.

Danke dir, Karen Watson, für die hartnäckigen und bohrenden Fragen während der Konzeption (Hast du schon mal über ein Jurastudium nachgedacht?). Wie immer waren deine Einsichten (und deine Ermutigung) unbezahlbar. Dank an Jeremy Taylor für die Hilfe bei der Konzentration auf die Handlung und bei der Schärfung der Figuren auf einem ganz neuen Level. Und danke an Stephanie Broene, die dritte Person des Tyndale-Triumvirats, deren perfekt dosierte konstruktive Kritik mir unzählige Ermutigungen geschaffen hat.

Aber das ist noch nicht alles. Manchmal wird eine Geschichte von wahren Begebenheiten inspiriert, von herausragenden Menschen. Und so ist es auch hier. Und ihnen muss ich auch danken.

Gift. Der verdächtige Todesfall eines Ehepartners. Der Verlust eines Vaters. Die Jagd nach Gerechtigkeit. Das sind die Themen von *Die Staatsanwältin*. Sie sind nicht aus der Luft gegriffen.

Ich stehe in der Schuld von Ginger Somerville-Grant, Sara Somerville und Alita Miller. Sie haben mir gestattet, sie neun Jahre lang auf der Suche nach Gerechtigkeit für den Tod ihres Vaters zu vertreten. Euer

Kampf für Gerechtigkeit hat viele der Themen inspiriert, die ich auf diesen Seiten einfangen wollte. Danke, dass ihr nie aufgegeben habt. Manchmal gewinnen die Guten.

Lass dich nicht vom Bösen überwinden,
sondern überwinde das Böse mit dem Guten.
Römer 12,21

Randy Singer

Der Imam
Thriller

Paperback, 13,5 x 20,5 cm, 384 S.
Nr. 395.325, ISBN 978-3-7751-5325-6

Ehrenmorde erschüttern die Stadt Norfolk. Schnell gerät der Imam einer großen Moschee unter Verdacht. Er selbst beteuert seine Unschuld, und der junge Anwalt Alexander Madison tritt an, um ihn zu verteidigen. Auf der Suche nach dem Mörder deckt er Unglaubliches auf.

Randy Singer

Das Spiel
Thriller

Paperback, 13,5 x 20,5 cm, 416 S.
Nr. 395.198, ISBN 978-3-7751-5198-6

Nach einem Amoklauf verklagen die Angehörigen der Opfer die Firma, die die Tatwaffe hergestellt hat. Kelly Starling und Jason Noble vertreten die beiden Seiten. Nach und nach entdecken sie: Sie sind nur Figuren in einem Spiel, das von unsichtbarer Hand gesteuert wird.